ENTRE DOIS MUNDOS

Coleção Judaica
Dirigida por J. Guinsburg
Planejamento gráfico Wollner

Equipe de realização: Elena Moritz, Elisabeth Kander, Esperança Medina, Fany Kon, Geraldo Gerson de Souza, J. Guinsburg, Mary Gdanski, Mina Regen, M. J. Alves Lima, Moysés Baumstein, Newton Ramos de Oliveira, Renata Mautner, Roberto Schwartz, Ruth Simis.

# Entre Dois Mundos

Introdução de Anatol Rosenfeld
Seleção e Notas de Anatol Rosenfeld, J. Guinsburg, Ruth Simis e Geraldo Gerson de Souza

Editôra Perspectiva S. A.
Av. Brigadeiro Luís Antônio, 3025
São Paulo — 1967

Direitos exclusivos para a língua portuguêsa
Editôra Perspectiva S. A.

# INTRODUÇÃO

## *I. Propósito*

Num estudo sôbre Franz Kafka, Günther Anders interpreta a situação do grande narrador como a do "estranho": "Como judeu não pertencia totalmente ao mundo cristão. Como judeu indiferente — pois de início o foi — não pertencia totalmente ao judeus. Como cidadão de língua alemã, não totalmente aos tchecos. Como judeu de língua alemã, não totalmente aos alemães da Boêmia. Como boêmio, não totalmente à Áustria. Como funcionário de um Instituto de Seguro para os Operários, não totalmente à burguesia. Como filho de burguês, não totalmente ao operariado. Mas tampouco pertencia ao escritório, pois se sentia escritor. Entretanto, nem escritor é, já que sacrifica a sua energia à família. Contudo, "eu vivo na minha família uma vida mais estranha que um estranho".

Anders acrescenta que o fato de que Kafka não se sentiu pròpriamente como parte dos judeus resultou na situação de êle ter vivido duplamente como pária: já não pertencia aos judeus burgueses ocidentais; é lá que tem as suas raízes, mas êste judaísmo civilizado e liberal representava para êle uma existência inautêntica. Todavia, menos ainda pertence aos judeus do Leste que viviam realmente como grupo coeso, como "povo", e que conhecera na forma de uma companhia teatral ídiche. Êste grupo o convence da autenticidade dêle (grupo) pelo modo unívoco mercê do qual é o que é. Entretanto, compreende-se que êste grupo trata Kafka como a alguém que está longe de fazer parte dêle.

O caso de Kafka naturalmente é extremo. Não vivia "entre dois mundos" mas entre dez e de nenhum fazia parte totalmente. Não seria difícil interpretar os seus três romances — e outras das suas narrações — ao nível do "exilado" que anseia por integrar-se ou que, por algum crime misterioso, repentinamente é expulso, não pertence mais aos outros e se diferencia dêles; que assiste à vida "da galeria" e que, ao fim, promete participar da "construção de uma cidade", no lugar determinado pela tradição, apesar de êle se encontrar "a meio caminho" e suas dúvidas serem grandes. Os conhecedores de Kafka não concordariam com uma interpretação que reduzisse o crime misterioso de José K. (*O Processo*) à suposição muito simples de êle ser judeu. Com efeito, seria uma simplificação grotesca interpretar o romance apenas desta forma, baseado num dado biográfico. Todavia, convém manter no horizonte da consciência essa interpretação, dando-lhe validade parcial e entendendo o fato "judeu" apenas como estímulo biográfico,

6 Entre Dois Mundos

estímulo radicalmente transformado, na obra, pela elaboração imaginativa. De qualquer modo, José K. morre sem saber por quê. Também as irmãs de Kafka morreram assassinadas, num campo de concentração, sem saber por quê. E fim semelhante teria sido o do próprio autor de *O Processo* se tivesse vivido mais. Também Kafka teria morrido sem saber por quê.

Justamente por ser extremo, o caso de Kafka é exemplar; exemplar num sentido que ultrapassa a situação judaica e torna universal o caso. É por isso mesmo que a obra de Kafka, tôda ela uma epopéia da frustração, da procura baldada de integração e ajustamento — mas isso sem perda de identidade, sem virar rodinha na engrenagem — veio a ter essa imensa repercussão universal que não pode ser explicada apenas por razões estéticas. Nenhum leitor da "lonely crowd" dos nossos tempos pode deixar de pelo menos sentir o fundo de verdade que há na obra de Kafka. Nenhuma pessoa de sensibilidade, que viva realmente o momento atual, pode fechar-se inteiramente a esta "teologia do exílio" — fórmula que talvez defina aspectos essenciais da obra kafkiana. Sòmente o expoente de um grupo tradicionalmente exercitado em semelhante experiência — pioneiro, por assim dizer, de um desenvolvimento geral — poderia ter o duvidoso privilégio de se tornar o paradigma dessa consciência. Seria ingênuo supor que a base universal, o fundo dessa teologia do exílio, tenham sido eliminados pela criação de um Estado, por mais que se deva saudá-la, visto anular, pelo menos para os que ali se radicam, os aspectos tradicionais do "estranho ahasvérico".

Em certo sentido, tôdas ou quase tôdas as narrações desta coletânea variam êste tema central. Mesmo nos casos mais atenuados nota-se algo da situação do estranho que vive entre os mundos.

Com efeito, esta coletânea de contos e novelas de autores judeus de muitas nacionalidades, que vivem ou viveram em muitos países e escrevem ou escreveram em muitas línguas, documenta de um modo impressionante aspectos centrais da existência de um grupo disperso entre as nações. Entre êsses aspectos ressaltam tanto os problemas daqueles que procuram manter plenamente a sua identidade judaica, num ambiente mais ou menos adverso, como os daqueles que, em sociedades mais acolhedoras, vivem em várias fases e graus de adaptação. A coletânea documenta uma gama nuançada de ajustamentos ou não-ajustamentos às sociedades do velho continente, pondo em relêvo a ruptura total da convivência, com o funesto cortejo da discriminação, da perseguição, dos *pogroms* e do aniquilamento total levado a cabo pelo nazismo. De outro lado, apresenta uma imagem da integração maior ou menor no

# Introdução 7

Nôvo Mundo, passando pelos problemas e vicissitudes da emigração.

Num estudo sôbre Samuel Rawet, Jacó Guinsburg diferencia os vários tipos de imigrantes, desde aquêles dos fins do século passado e inícios do nosso, descritos em obras como *Judeus sem Dinheiro,* de Michael Gold, autor que se detinha sobretudo na análise social da transplantação maciça e destacava a proletarização das massas pequeno-burguesas do leste europeu na voragem da "América" e da máquina capitalista, até aos vários tipos do refugiado, deslocado, ex-prisioneiro do campo de concentração e "sobrevivente", com suas tragédias pungentes, com suas almas destroçadas flutuando num mar de cinzas e lembranças sangrentas [1]. E é agora, ressalta Guinsburg, que o desajustado, sintetizando as três condições de judeu, imigrante e marginal, passa a alinhar-se entre os grandes símbolos que na literatura contemporânea, preocupada com a alienação social, moral e artística, consubstanciam a "situação do homem". Kafka, como vimos, antecipou êsses problemas na sua "teologia do exílio". E Heinrich Heine, como veremos, precedeu-o, como um dos exemplos mais típicos do "homem marginal".

As dificuldades da geração dos imigrantes talvez sejam mais drásticas e dramáticas, mas elas continuam de um modo diverso, mais sutil e sub-reptício, na geração dos filhos e netos — a maioria dos autores americanos que aparecem nesta coletânea pertence a esta geração sutilmente marcada. Os choques da primeira geração transmitem-se, atenuados embora, através de uma espécie de acústica familial, aos jovens que, por sua vez, já muito mais adaptados ao nôvo ambiente, fàcilmente se distanciam dos pais, ainda imbuídos dos valores judaicos tradicionais ou dos da terra de onde provieram.

Todos êsses fenômenos decorrem, de um ou outro modo, das relações mais ou menos normais, mais ou menos precárias ou tensas entre o grupo marginal e o mundo-ambiente. Os contos da coletânea abordam múltiplas facêtas de semelhante situação e ilustram de que forma ela repercute nas relações entre os membros do próprio grupo judaico e na vida psíquica de pessoas que vivem sob vários graus de pressão. O sociólogo e o psicólogo certamente podem extrair dessa coletânea dados de grande interêsse, apesar de quase tôdas as narrações pertencerem ao reino da ficção. É evidente que os contos, enquanto ficção, não podem pretender qualquer tipo de "verdade" exata, em têrmos científicos ou históricos. Não é esta, aliás, a função da literatura imaginária, mesmo quando realista. Não lhe cabe fotografar ou reproduzir, ponto por ponto, a realidade empírica e sim interpretá-la em vários ní-

---

(1) Jacó Guinsburg, *Motivos.* Ed. da Comissão de Literatura do Conselho Estadual de Cultura do Estado de São Paulo, 1964.

8                                    Entre Dois Mundos

veis de profundidade. Cabe-lhe dar uma imagem intensa e
coerente do âmago dessa realidade, imagem estèticamente válida, embora não necessàriamente objetiva. Mais do que conhecimento preciso, a ficção comunica, graças à sua vibração
estética, uma experiência vivida, capaz de ser apreendida como
vivida experiência. Se de conhecimento se quiser falar, tratar-
-se-á de conhecimento ao nível da vivência e contemplação in-
tuitiva e não do raciocínio conceitual. A experiência comuni-
cada através da arte não pode ser reduzida a conceitos e fórmulas. Por isso a ficção contém sempre menos que o conhecimento racional, por não ter a precisão dêle, e ao mesmo tempo
mais, por suscitar um amplo jôgo de vivências imaginárias que,
permitindo embora a contemplação crítica e distanciada, in-
cluem ao mesmo tempo a participação emocional intensa, por
vêzes levada quase ao choque fisiológico.
Acrescente-se a isso que a situação dos judeus é vista, nestes
contos, por judeus, isto é, por autores que vivem em condições
até certo ponto semelhantes àquelas que abordam. Êste fato,
se pode ser causa de deformações ou de enfoques subjetivos
e unilaterais, tende a aumentar a autenticidade das narrações,
o cunho de coisa experimentada e vivida. Nenhum dos autores dêste volume teve de adotar o método do repórter americano que escureceu a sua epiderme artificialmente para, passando por membro da comunidade dos homens de côr, sentir-
-lhes as dores na "própria pele" e para, desta forma, escrever
uma reportagem "autêntica", de dentro da vida dos negros.
É por isso que se pode falar, no caso desta coletânea, de
documentação. Não tanto pelo que a abordagem fictícia da
realidade apresenta de verdade objetiva — verdade evidente
embora não redutível a juízos precisos — mas pelo que ela
contém de confissão, depoimento, experiência pessoal, auto-
-análise e, sobretudo, de deformação subjetiva. De fato, a
maneira subjetiva de como a realidade objetiva é abordada
nestes contos contém pelo menos tanto valor de documentação quanto a própria realidade apresentada e interpretada, se
é que se pode separar, a título de exposição, o enfoque e o
mundo focalizado.
É preciso pensar sòmente no modo torturado, envolvido, intricado, dir-se-ia proustiano, com que G. Bassani narra o caso
do sobrevivente que volta do campo de concentração; ou a maneira subjetiva de como Howard Fast procura ser objetivo,
identificando-se com o legado romano Lêntulo Silano e descrevendo a partir desta perspectiva de um estranho o estranho
povo judeu; ou na distância a partir da qual Alfred Doeblin,
o judeu alemão, vê os judeus poloneses, proletários, trabalhando na terra do petróleo — é preciso apreciar sòmente tais es-
tilos, modos de narração e focalização para obter, através

# Introdução 9

dêsses elementos aparentemente secundários, informações ao menos tão valiosas quanto as ligadas ao mundo narrado. É com razão, portanto, que se pode falar, no caso desta coletânea, de documentação. O fato é que os responsáveis pela seleção, longe de desprezarem êsse aspecto, chegaram a acentuá-lo ao ponto de por vêzes terem preferido um conto inferior a outros, superiores, mas de menor importância documentária.

### II. O Judeu Marginal

A problemática de *Entre Dois Mundos,* o fulcro de tudo, inicia-se com a emancipação dos judeus, resultado do Século das Luzes e da Revolução Francesa. Antes disso, os judeus viviam perseguidos como um grupo coeso, sòlidamente entrincheirados nas suas tradições multisseculares. Depois disso continuam a ser perseguidos, mas de um modo mais civilizado, mais sub-reptício, mais elegante e mais cordial. E como o grupo se dispersa, o preconceito tende a tornar-se mais diferenciado, mais individualizado, atingindo com muito mais virulência pessoas desprotegidas, sem o apoio sólido da comunidade coesa. Graças à emancipação, abriram-se, pelo menos aos judeus dos países ocidentais, as portas dos guetos, franqueando-se aos que quisessem o acesso à vida social e cultural dos povos-hospedeiros. Isso, contudo, com tamanhas restrições e sob pressões tão variadas do preconceito — para não falar da exigência habitual da conversão ao cristianismo — que as conseqüências, pelo menos para os indivíduos mais sensíveis, se afiguram extremamente ambíguas. O fato é que num país como a Alemanha, onde a integração e assimilação de mais de meio milhão de judeus fizera grandes progressos, mesmo na fase democrática da República de Weimar (1918--1933), era quase impossível que um judeu não convertido se tornasse professor catedrático de uma universidade.

A Alemanha e o império austro-húngaro da velha monarquia dos Habsburgos talvez representem o foco crítico em que se manifestaram de um modo marcante as vicissitudes de uma convivência cultural intensa entre judeus e não-judeus, unidos pela língua alemã, conquanto ao mesmo tempo nunca deixasse de exercer-se a pressão de um anti-semitismo modulado, por vêzes intenso, por vêzes atenuado, segundo as circunstâncias. Em parte nenhuma a contribuição cultural dos judeus foi tão rica e de tanto alcance. A participação dos judeus na literatura alemã é considerável e ultrapassa de longe a dos judeus franceses, italianos ou inglêses, para não falar dos países do leste europeu em que as condições não favoreciam a colaboração judaica na vida cultural das respectivas nações. É preciso mencionar só nomes como os de Heine, Schnitzler, Hofmannsthal, Kraus, Kafka, Wassermann, Feuchtwanger, Broch, Doeblin, Stefan e Arnold Zweig para ter uma idéia dessa contribuição que não inclui a filosófica, científica e artística. Só recentemente nota-se semelhante surto de participação judaica nos Estados Unidos, em condições aparentemente mais favoráveis do que as da esfera alemã, graças à tradição democrática e de pluralismo cultural da América do Norte, embora de modo algum faltem ali as típicas manifestações do preconceito anti-semita.

Não é, pois, mero acaso que o primeiro grande escritor judeu a viver "entre dois mundos" é um alemão: Heinrich Heine. O autor de *O Rabi de Bacherach* é de fato o arquétipo do judeu europeu emancipado e se Nietzsche o chamou um "acontecimento europeu", em virtude da sua arte arejada, universal e avêssa ao provincialismo, êle o é sobretudo por ser a primeira encarnação completa do *déraciné*. Embora diverso de Kafka em quase tôdas as características de escritor, êle o antecipa no "complexo do exílio" e isso de um modo tão exemplar que não se pode deixar de atribuir um valor sôbre-individual ao fenômeno dêsses dois autores, entre os maiores da língua alemã, com os quais em essência se inicia e encerra o ciclo da participação judaica na vida cultural do mundo alemão. Ninguém melhor do que Heine para caracterizar a situação do homem "entre dois mundos". Um ligeiro exame de certos aspectos da sua vida e obra — naturalmente selecionados em função do propósito desta introdução — talvez sirva para completar o que foi dito sôbre Kafka.

Heinrich Heine (1797-1856) é o tipo acabado do judeu marginal. Na casa de seus pais não havia nenhuma tradição, nem de ordem judaica, nem alemã. Essa geração de judeus semi-emancipados já não podia amparar-se nos rígidos padrões do gueto, nem se integrara, de outro lado, na cultura ocidental. Assim, Heine passou a juventude num ambiente completamente amorfo, espiritual e socialmente instável. "Heine — escreveu um biógrafo não-judeu — não experimentou em Düsseldorf (sua cidade natal, onde os judeus então já podiam freqüentar as escolas públicas) nem os sofrimentos do povo judeu, nem a felicidade de pertencer a qualquer povo particular. Era um estranho, um homem só, perdido na massa, e por isso sem apoio íntimo e externo, que só pode ser proporcionado por uma comunidade grande e forte."

Acrescente-se que os judeus daquela região deviam muito da sua emancipação a Napoleão e aos exércitos franceses. Depois da queda de Napoleão, a posição de igualdade legal dos judeus foi revogada pelos prussianos. Tal decisão representou golpe tremendo para os judeus semi-emancipados que tinham

# Introdução

freqüentado escolas alemãs e, repentinamente, se viam tratados como cidadãos de classe inferior.

Tudo isso se refletia, evidentemente, nas atitudes e idéias da família Heine e do jovem Heinrich. Quase durante tôda a sua vida admirou Napoleão como uma espécie de Messias; de outro lado estudou em universidades rìgidamente nacionalistas e participou do saudosismo romântico pela Alemanha Imperial da Idade Média. Vivia, pois, na encruzilhada de várias lealdades — lealdade à França e à Revolução de 1789, lealdade à Alemanha e ao Império Medieval e lealdade ao judaísmo, sendo que cada uma predominava intermitentemente e às vêzes tôdas as três (e mais outras) entravam em conflito. Boa parte das suas atitudes oscilantes decorre dessa situação de instabilidade que se reflete também na sua vida escolar. Logo era aluno de uma escola particular israelita, logo de uma escola com programa de ensino francês, dirigida por padres católicos mas contando, ao mesmo tempo, com professôres jovens que pregavam o materialismo dos Enciclopedistas franceses; logo, finalmente, se tornou aluno de uma escola comercial, com orientação totalmente diversa.

Compreende-se daí que já na adolescência mostrou certas características do judeu *déraciné*: desassossêgo, inquietação profunda e o chamado nervosismo judeu — provocados pelas múltiplas impressões desencontradas, pelos conflitos mentais e de lealdade e pela labilidade de sua situação psíquica e social. A melhor expressão dessa agitação íntima é o fato de que Heine passou boa parte da sua vida em viagem (e quando se fixou em Paris trocou constantemente de residência). E não é por acaso que êste Ahasverus moderno — que se tornou famoso pelos seus *Quadros de Viagem* — é o autor do *Holandês Voador* (Navio Fantasma), do homem que não encontra repouso — páginas aproveitadas por Richard Wagner na sua conhecida ópera.

Graças à mesada de um tio rico, iniciou em 1819 o estudo de direito. Isso implicava a conversão ao cristianismo, pois de outro modo não podia tornar-se advogado. Mas foi só em 1825, depois de bacharelar-se, que adotou a religião protestante. Na ocasião declarou que "o certificado do batismo é o bilhete de admissão à cultura européia". Heine converteu-se mas não se tornou advogado. E mais tarde disse: "Sinto imensamente a minha conversão; não posso dizer que desde então tenha andado melhor. Ao contrário: isso só me trouxe desgostos".

Na Universidade de Bonn mostrou-se ardente patriota. De cabeleira loura e olhos azuis, passava mais ou menos por "ariano" e logo se filiou a uma corporação estudantil, usando o boné vermelho e escrevendo versos inflamados em favor dos

12 **Entre Dois Mundos**

cavaleiros medievais, do vinho do Reno (bebendo-o, contudo, com cautela) e da santidade e pureza da língua germânica. O seu patriotismo tinha o excesso de quem precisava provar aos outros o seu autêntico germanismo. A sua identificação tinha o acento forçado de quem não está realmente identificado. Contudo, não passou pela prova principal: a bebida. Não bebia cerveja, fato funesto que havia de marginalizá-lo numa corporação estudantil alemã. Já Kant verificou na sua *Antropologia*: "De um modo geral, mulheres, sacerdotes e judeus não se embriagam; pelo menos evitam cuidadosamente tôdas as aparências da embriaguez, porque a sua posição cívica é fraca e êles têm de comportar-se com reserva. Todos os separatistas, isto é, aquêles que se submetem não só à lei geral do país, mas além disso a uma especial lei sectária, expõem--se, devido à sua excentricidade e alegada eleição, à crítica e à atenção da comunidade e assim não podem relaxar no seu autocontrôle, porque a intoxicação, que nos priva da nossa cautela, seria um escândalo para êles". Isso é excelente. As estatísticas comprovam a sobriedade dos judeus, pelo menos na Diáspora.

Da segunda universidade, a de Goettingen, Heine foi expulso. Expulso foi também da corporação estudantil. Não há dúvida que o preconceito influiu nisso.

Em seguida estudou em Berlim onde, movido por uma onda de anti-semitismo que se alastrou em 1818 pela Alemanha, se filiou a um grupo de jovens judeus, cujo fito era a renovação do judaísmo e que fundou a Associação para a Cultura e Ciência dos Judeus. Contudo, a contribuição de Heine para os trabalhos foi mínima. Alegava dores de cabeça. Todavia, não se deve ter dúvidas do seu entusiasmo pelos ideais do grupo, da mesma forma como não se deve duvidar do seu entusiasmo momentâneo pelas idéias catolizantes das associações estudantis. Com orgulho declarou: "Sou um poeta judeu!" Enquanto oficialmente se apaixonou por elevados ideais, exclamando: "Definhe a minha mão direita se eu me esquecer de ti, Ieruscholaim!", exprimiu em cartas a sua aversão de artista e esteta à plebe judia malcheirosa. Referindo-se a Deus, falava do "velho Barão do Sinai", dirigindo-lhe blasfêmias: "Entre nous, Monsieur, vous n'existez pas!"

Ao mesmo tempo, porém, tomou-se de feroz ódio ao cristianismo (a que, no entanto, logo iria converter-se) e à Alemanha (que depois cantou em tantos poemas comoventes). "Tudo que é alemão é-me repugnante — é para mim um vomitório." O episódio da Associação judaica, de qualquer modo, deixou profundas marcas na mente de Heine. Tornou-se consciente da sua situação ambígua de judeu e alemão e desde então

# Introdução

nunca conseguiu reprimir as suas dúvidas relativas à possibilidade de um judeu ser um verdadeiro poeta alemão.

Entrementes Heine se tornara famoso pela publicação dos seus primeiros poemas e dos *Quadros de Viagem*. Daqui por diante sua vida é a de um autor glorioso, um dos mais extraordinários e ao mesmo tempo mais populares que a Alemanha já teve. Isso, porém, só aumentou a sua marginalidade. A fama precoce lançou-o ao embate do grande mundo europeu e lhe solapou as bases, já em si não muito sólidas, da sua personalidade versátil e pouco estável. O estado de exilado espiritual transformou-se em exílio físico quando abandonou a Alemanha e se estabeleceu em 1831 na França. A agressividade de Heine, os seus constantes ataques ao feudalismo e as suas atitudes de liberal radical tornaram a sua situação na Alemanha insustentável. Os seus escritos eram alvo predileto da censura e alguns foram proibidos mesmo antes de aparecerem. O golpe final foi a sua polêmica com o poeta alemão Platen que o pegara no seu ponto fraco, no seu judaísmo, falando de cheiro de alho e coisa que o valha. A resposta de Heine foi demolidora e uma peça genial de humorismo, mas tão indecente como o desafio de Platen. O curioso é que todo o mundo teve pena do desgraçado Platen que, afinal, começara a briga, enquanto a fúria da Alemanha culta se dirigiu contra Heine (devorando, ainda assim, àvidamente as suas obras).

A Revolução Francesa de 1830 foi o motivo exterior para que o liberal se radicasse no País da Liberdade. Mas em Paris o nôvo exilado, ainda verde, brigou quase imediatamente com todos os outros liberais exilados, entre êles o judeu convertido Ludwig Boerne que acusava Heine de não manter a linha justa. Aquêles liberais representavam em essência o republicanismo da pequena burguesia e Heine, se de um lado era muito mais radical, prevendo o papel decisivo do proletariado e aproximando-se das idéias do seu amigo Marx, de outro lado se inclinava pela monarquia, particularmente depois de receber uma subvenção anual do rei Luís Filipe.

Até seu fim, em 1856, Heine continuou um *déraciné,* um filho pródigo, o tipo acabado do exilado, um homem só, um estranho. Estranho na própria casa, onde passou os últimos oito anos, prêso à cama, em hedionda solidão, apesar da companhia da sua espôsa, uma *midinette* que tinha mais afinidade com o papagaio da casa do que com o marido moribundo. Dêle se pode dizer o que Georg Hermann, romancista judeu alemão, põe na bôca de uma das suas figuras *déracinées*: "Quem pode estar certo de que não terá amanhã outra opinião? Invejo todos aquêles que acreditam poder responsabilizar-se por alguma coisa".

# Entre Dois Mundos

A caracterização de Heine (sem dúvida um pouco unilateral) coincide com a do *marginal man,* apresentada por Everett Stonequist na sua famosa obra do mesmo título. As pesquisas de Stonequist abrangem um amplo campo de fenômenos de marginalidade, tanto na África do Sul, entre os mestiços e hindus, como na Índia entre os eurasiáticos e nas Américas entre os homens de côr e os imigrantes europeus. A personalidade marginal é a do homem racial ou culturalmente *híbrido.* A situação de que êle é fruto (muitas vêzes fruto extremamente valioso) distingue-se pelo contraste, tensão e conflito de grupos sociais que diferem quanto à raça ou cultura, enquanto os membros do grupo marginal procuram ajustar-se ao grupo que possui maior prestígio e poder. O homem marginal é aquêle a quem o destino condenou a viver entre dois mundos, em duas sociedades ao mesmo tempo, e a formar-se sob a influência de tradições e culturas diversas.

Surge assim um ser dúplice, de atitudes ambíguas, por vêzes sem integridade mental e moral. A mente do marginal é a encruzilhada de dois mundos em choque, decorrendo daí o desassossêgo, o nervosismo, a labilidade psíquica e um sem-número de traços que encontramos acentuados na vida e personalidade de Heine. Nêle, como expoente genial, tudo toma feições excessivamente agudas, mas as suas peculiaridades são, em essência, as de todos os marginais, sejam êles mulatos, mestiços da Índia, imigrantes ou sobretudo seus filhos nos quais se manifesta incisivamente o drama da "segunda geração" — já sem as tradições dos pais e ainda mal adaptada ao ambiente. Quase todos os traços aduzidos por Stonequist para caracterizar o homem marginal são também feições de Heine a quem o autor, de resto, se refere várias vêzes como protótipo do marginal.

O indivíduo que participa extensa e ìntimamente da cultura do grupo dominante torna-se, quando rejeitado, o tipo extremo do marginal e é êsse o caso de Heine (expulsões da universidade e da corporação estudantil, exílio etc.). "O grau da sua assimilação mede a profundeza da sua identificação psíquica e isso, por sua vez, dá a medida da severidade do choque mental causado pelo conflito de culturas, ao afetar-lhe a aceitabilidade social" na comunidade da maioria dominante.

Êsse choque levou no caso de Heine a uma acentuada ambivalência, aquêle oscilar entre as atitudes acima descrito (muitos traços semelhantes encontramos em grandes mulatos como Machado de Assis ou Lima Barreto). O gentio é logo admirado, logo desprezado. A monarquia é-lhe antipática e ao mesmo tempo propaga-lhe os méritos. O proletariado é a classe do futuro, mas seu cheiro não lhe agrada. A Alemanha é o país dos sonhos do exilado, amada com ternura, mas em

Introdução 15

prosa e versos irrompe um tremendo ódio contra a Alemanha. Êle ama os franceses e ao mesmo tempo os ridiculariza. E no que se refere ao judaísmo, é-lhe logo refúgio e consôlo, logo uma prisão maldita e odiosa que lhe repugna. Em tôdas as suas atitudes e em tôdas as questões importantes do seu tempo nota-se a dupla lealdade e êsse tumulto doloroso na sua alma reflete-se nas opiniões e ações flutuantes e contraditórias. Entendemos daí o triste *splendid isolation* de Heine, seu anseio de integração, sua sêde de amizade, o sentimentalismo com que procura identificar-se com valores de fato muito distantes, mas apresentados como se fôssem parte íntima dêle.

Êsse isolamento era só a expressão extrema da sua atribulada existência de viajante e exilado, com uma palavra da sua existência de estranho, nisso exatamente igual à de Kafka. Estranho como alemão entre franceses, como judeu entre cristãos, como protestante entre católicos (em França), como convertido entre judeus, como liberal *sui generis* entre os liberais corretos e como socialista *sui generis* entre os socialistas atuantes. Sôbre o estranho, Georg Simmel escreveu um grande capítulo na sua *Sociologia*. O estranho é o peregrino potencial que não se sente ligado aos costumes e tradições locais. É aquêle que hoje vem e amanhã não vai, mas fica. Entretanto, embora permaneça, continua na situação de desatamento e disponibilidade de quem vai e vem. Os seus traços particulares são o estar-distante embora esteja perto; a sua mobilidade é a causa da sua objetividade, liberdade e incapacidade de dizer "nós". Heine nunca pôde dizer "nós": nem nós alemães, nem nós judeus, nem nós protestantes, nem nós burgueses, nem nós proletários. Hoje talvez pudesse dizer "nós marginais". Mas é um plural extremamente precário.

Não estaria completa a caracterização da marginalidade de Heine — a que se poderia acrescentar a agressividade de quem não se sente inibido pelos padrões convencionais (por não fazer parte de grupo nenhum) e as atitudes do judeu inautêntico analisadas por Sartre — se não se apresentasse uma breve análise da expressão dessa marginalidade na sua obra.

A obra de Heine distingue-se pela singular mistura de emoção e raciocínio, requinte virtuoso e sentimentalismo, singeleza popular e escárnio — agregado que, caracterològicamente talvez ambíguo, amálgama tìpicamente híbrida, exerce poderoso fascínio quando transmudado para as categorias estéticas. Com predileção usa a quadra singela do *Volkslied* (canção popular). A manipulação da simplicidade popular, nos seus versos, é um milagre de empatia e de arte suprema. Sabe-se

16                                               Entre Dois Mundos

quanto trabalho e artesanato lhe custou esta simplicidade. Num dos seus poemas mais famosos, de duas quadras apenas ("Leve passa pela minh'alma — suave tilintar"), trabalhou durante várias semanas para obter as rimas *imperfeitas* do *Lied*. O "canto popular" feito por intelectuais urbanos afigura-se como uma espécie de exotismo, a procura de unidade e identificação de poetas românticos que se sentiam fragmentados, frustrados e solitários em face da civilização moderna. Revela--se certo saudosismo feudalizante nesta busca de uma ingenuidade que de modo algum corresponde nem aos seus autores, nem à realidade cada vez mais complexa e contraditória. O passadismo que se refugiava na paz rural e imitava o gorjeio dos passarinhos, embora produzisse alguns dos mais formosos poemas alemães, sòmente poderia revelar-se nocivo quando se tornava tendência e escola de gerações inteiras.

Heine, para falar com Nietzsche, tornou-se realmente um "acontecimento europeu" no momento em que se estabelece uma ligeira tensão, quase imperceptível de início, entre os vários planos (entre "conteúdo" e "forma") de seus poemas. A simplicidade se torna ambígua e revela, a despeito dela, o problema que não só reside na ingenuidade forçada do intelectual urbano, mas também na constelação de uma poesia (de evasão) inadequada à sua época. O próprio Heine teve uma clara noção do seu procedimento. Numa carta a Wilhelm Müller, cujos poemas se tornaram famosos através das composições de Schubert, escreve (aos 29 anos): "Sou bastante grande para confessar-lhe francamente que meu pequeno ritmo... não se assemelha só por acaso ao seu ritmo comum, mas que êle deve provàvelmente sua cadência mais íntima aos seus *lieder*... Como suas canções são verdadeiras e claras! e tôdas elas são canções populares! Nas minhas poesias, ao contrário, só a forma é até certo ponto popular; o conteúdo faz parte de uma sociedade em que reina a convenção".

Quem não notaria nestas linhas o saudosismo do marginal por uma simplicidade e transparência que falta ao homem dúplice e dissociado? Mas o que importa verificar é que Heine tem plena consciência da tensão ou mesmo inadequação que por vêzes se estabelece nos seus poemas entre os diversos planos. Essa incongruência e ambigüidade produz um ligeiro abalo tanto do "conteúdo" como da "forma". Esta, não assentando inteiramente, adquire um ar quase imperceptível de máscara e pose. Todavia, o que em geral se critica como "falsidade" acaba sendo de fato uma superação e crítica dela.

O fato é que a relação entre os planos se complica ainda mais pelo estilo que por vêzes muda repentinamente de nível, passando do poético ao coloquial, do rural (ou bucólico) ao urbano, do provincial ao mundano. Este jôgo de níveis de

# Introdução 17

estilo introduz uma verdadeira dialética em poemas de teor aparentemente corriqueiro. Atrás do choque estilístico há um choque sociológico. A atitude provincial, feudal e arcaica, passando de repente à atitude mundana ou "internacional", é revelada como falsa; a inflexão urbana desmente a arcaica. Níveis de estilo, afinal, representam classes sociais e fases históricas. Assim se trava, nestes pequenos poemas, um conflito que ultrapassa de longe o efeito da mera *pointe* irônica destinada, como geralmente se acredita, a mascarar o sentimentalismo. Longe de encobrir, essa ironia desmascara a singeleza impossível, desmistifica o romantismo. Ela desnuda a própria fragmentação do autor e, muitas vêzes, a falsidade de uma literatura que foge à realidade. Heine está longe de poupar a si mesmo, consciente do seu profundo envolvimento na poesia romântica de cujo encanto nunca se libertou por completo.

Certamente reside nesta profunda cisão (que lhe impossibilitou qualquer decisão verdadeira) uma das razões do mágico efeito que a obra de Heine exerceu quase desde o início. No jôgo de reflexos da sua ironia — que constantemente brinca com um sentimentalismo tendente a simular a identificação com valores de fato distantes ou superados — reflete-se o homem marginal e, de certo modo, o homem moderno, cindido por contradições. "Ironia é distância", disse Thomas Mann. Distância é a situação do estranho e marginal.

As idéias e emoções heterogêneas do marginal, o conflito em que vive, exprimem-se também de um modo conciso na adjetivação antitética de Heine que procura unir sempre o antagônico. O paradoxal o atrai, pelo choque das idéias desencontradas. Assim fala da "estupidez insondável", da "ingratidão quase humana de Deus", da "mais suja pureza", da "refinada falta de gôsto". Um belo holandês é um "Apolo de queijo". A sua fenomenal capacidade de associação liga as coisas mais desconexas. Por exemplo, quando fala dos paralelepípedos das ruas de Paris, que durante uma das revoluções foram arrancados pelo povo para serem usados como arma e que agora, passados os dias da rebelião, são de nôvo colocados para apagar todo vestígio do levante popular. "Assim também, prossegue Heine, recoloca-se o povo no seu antigo lugar, da mesma forma como os paralelepípedos, e, como antes, o povo é pisado." "A história da vida de Kant, alega, é difícil de descrever. Pois êle não teve nem vida, nem história." Vejamos esta manifestação de uma agilidade mental típica dos marginais, segundo Stonequist: "No caso de Fichte há ainda a particular dificuldade de que êle exige do espírito a capacidade (tão conhecida de Heine) de observar-se a si mesmo enquanto está trabalhando. O pensamento tem de espreitar o seu próprio processo de pensar, enquanto aos poucos se vai esquentando cada

18 Entre Dois Mundos

vez mais até ficar cozido. Essa operação lembra-nos aquêle macaco que está em cima do fogão diante de uma caldeira de cobre e ferve o seu próprio rabo. Pois êste macaco pensava: a verdadeira arte culinária não consiste em cozinhar apenas objetivamente, mas no fato de o cozinheiro se tornar também subjetivamente consciente do ato de cozinhar". Quando fala das sereias, que metade são humanas e metade serpentes, chama de feliz aquêle cuja amante só pela metade é serpente. "Vi a Morgue em Paris e vi também a Academia Francesa, onde há igualmente muitos cadáveres desconhecidos."
As suas caracterizações surpreendem pelo absurdo e, no entanto, exato da associação. Fala de uma "cara de milha quadrada" ou de "um rosto manufaturado"; certo homem é um "purgante comprido" ou tem "pernas abstratas" e um "terno transcendental". Outro tem uma "cara como um feto em álcool" ou "pensamentos bem penteados" ou uma "cara açucarada e amassada em conserva" com "olhos medrosamente miudinhos". Fala de "idéias vestidas de couro verde" e "gente pintada por dentro de côr cinzenta e mobiliada de intestinos de pau". Assim, Heine se lembra sempre das noções mais heterogêneas ou antagônicas para ligá-las, procurando o choque dos conceitos em conflito. Nisso temos boa parte do seu chiste contundente. O chiste, segundo Freud, é, como o sonho, um mecanismo de defesa por meio do qual nós nos libertamos de um conflito espiritual íntimo.
Heine representa de forma arquetípica o homem que vive entre os mundos e a sua obra é a expressão, em têrmos estéticos válidos, dêsse fenômeno. Com Heine a arte conquistou uma nova dimensão — certamente duvidosa, mas rica de promessas e possibilidades: a dimensão da ambigüidade até a raiz. Da própria inautenticidade soube tirar arte autêntica e todo o fenômeno do *Kitsch,* da pseudo-arte, hoje tão amplamente discutido em conseqüência da produção em massa das indústrias culturais, já encontra nêle um representante e crítico agudo e impiedoso. A própria pose de Heine, os disfarces e misérias da sua vida, tornam-se na sua obra expressão pungente da verdade.


### III. *Roteiro*

*Entre Dois Mundos* não foi organizado segundo a cronologia ou nacionalidade dos autores. Os problemas se assemelham através dos países e tempos, por mais que variem as circunstâncias.
1) *Pogrom.* — O ponto de partida é a parte dedicada ao *pogrom*. A violência física, a tortura, a matança são as últimas

# Introdução 19

conseqüências do preconceito. A emancipação não conseguiu extinguir o preconceito — nem sequer a violência. Ao contrário, o maior *pogrom* da história foi promovido por uma nação muito civilizada em cujo seio viviam grupos judaicos há mais de dez séculos. Segundo uma enciclopédia, *pogrom* é uma palavra de origem russa. O têrmo define um ataque não provocado por uma turba armada visando a um grupo que reside no território de outra nação. "A maioria dos *pogroms* foi dirigida contra os judeus. Verificou-se pela publicação de documentos secretos e por meio de investigações que o govêrno russo teve parte na instigação de *pogroms,* tentando desviar o descontentamento político e social do povo pelos canais do nacionalismo e do fanatismo religioso. *Pogrom* especialmente calamitoso... foi o de Kischinev, de 1903. Tais morticínios cresceram em número após a revolução fracassada de 1905, tendo sido organizados quase abertamente pela polícia e pelos gendarmes. Neste ano, 64 cidades e 626 aldeias e lugares foram atacados. Foram mortas 810 pessoas e feridas 1770... Os *pogroms* desempenharam papel importante na emigração judaica aos Estados Unidos."

Evidentemente, no caso do extermínio nazista não se tratava de um *pogrom* no sentido exato. Não eram "turbas" a que se deve a matança-mor hitlerista. O próprio Estado se encarregava dos massacres, sem subterfúgios e sem máscara, de um modo disciplinado e empenhando eficazmente todos os recursos da técnica moderna.

A coletânea inicia-se com a parte *pogrom* por se tratar da manifestação mais virulenta do preconceito. Êste, por mais atenuado, decente, cordial e civilizado que seja, constitui, em caso de crise, o terreno virtual para tôdas as perseguições mais violentas, geralmente manipuladas por variados interêsses. Mesmo para os judeus há muito emancipados, quer vivam entre dois mundos, quer se sintam completamente integrados nas suas respectivas terras pátrias, o *pogrom* é, por assim dizer, uma memória coletiva que permanece latente, na orla da consciência, e imprime, por vêzes de um modo quase imperceptível, certos matizes ao comportamento do grupo judaico.

O capítulo inicia-se com *A Lenda dos Justos,* de André Schwarz-Bart, narrando com humor negro alguns episódios da história judaica. O humor negro, certamente inspirado por Kafka, revela um mundo perverso através da própria perversidade da revelação; não humaniza o desumano pela ira, pela indignação, pelo sentimento ou pela piedade. Focalizando os horrores de um modo frio, por vêzes quase burlesco, Schwarz-Bart realça, de forma assustadora, a estupidez e maldade humanas. Marek Edelman documenta, em seguida, os últimos momentos do gueto de Varsóvia. O clássico fragmento de

# 20           Entre Dois Mundos

Heinrich Heine (*O Rabi de Bacherach*), enquanto é expressão típica de certo saudosismo em relação a valores judaicos perdidos, apresenta, em plano próximo, a visão tradicional da malícia anti-semita, cuja brutalidade explode numa cena breve e incisiva de Arnold Zweig. E é de nôvo com humor negro que, no grande conto de *Schulim,* Sydor Rey narra a estória ambígua de um judeu formoso que sobrevive os anos do campo de concentração. A estranha narrativa, terrível, bela e nauseabunda, coloca lado a lado motivos platônicos, enaltecendo a dignidade humana em plena cloaca, e visões quase apocalípticas da degradação moral e física. A volta do sobrevivente e a sua incapacidade de readaptação é o tema do conto sutil de G. Bassani, que encerra a primeira parte.

2) *O Preconceito.* — Na segunda parte, "Preconceito", encontramos algumas estórias abordando o anti-semitismo tradicional nas suas formas mais ou menos acentuadas. Não poderia faltar um conto de Karl Emil Franzos — autor austríaco do século passado que só se tornou escritor porque lhe era vedada a possibilidade de, como judeu, ingressar na carreira de professor de filologia clássica. E apesar de excelentes exames de bacharel de direito, tampouco conseguiu um lugar na administração da Áustria imperial. É a Franzos, conhecido pelas narrações em que nos transmite uma imagem colorida da vida judaica da Polônia, Bucovina, Romênia e Rússia meridional, que se deve a redescoberta do genial dramaturgo alemão Georg Büchner. No conto *Barão Schmule* transparece algo da patologia do anti-semitismo, assim como da deformação que produz nas suas vítimas. Ao lado dêsse conto figura uma anedota sôbre Hebel, de Berthold Auerbach, o antigamente muito famoso autor das *Estórias Aldeãs da Floresta Negra.* Auerbach tornou-se escritor pelas mesmas razões de Franzos. Johann Peter Hebel, o herói do contozinho que de certo modo antecipou a experiência mencionada do repórter americano transformado em negro, é o grande autor alemão das *Kalendergeschichten* (Estórias de Folhinha) a quem Auerbach deve muito como escritor. Pelo conto se verifica que nem nos cachorros se pode confiar. Tornaram-se demasiado humanos, de modo que não surpreende a existência de um cachorro alemão anti-semita. Verifica-se que Auerbach, em pleno século XIX, já sabe muito do anti-semitismo, enquanto o humorista M. G. Saphir, no seu pequeno suelto sôbre *O Inimigo dos Judeus,* chega a antecipar, à sua maneira, algumas teses das *Reflexões sôbre a Questão Judaica* de Sartre: não há maneira mais simples de um homem sem caráter adquirir um caráter que tornar-se inimigo dos judeus. Indo de fracasso em fracasso, acumulando ressentimentos, acaba encontrando um recur-

# Introdução

so para fazer-se notar. Saphir, bem antes de Sartre, já sabe que o anti-semita, se não houvesse judeus, teria que inventá-los. Quem ler a narração de Edmond Fleg, participará da experiência de uma criança, ao notar pela primeira vez que ela é "diferente", "estranha", que vive entre dois mundos. Terá uma noção viva de como mesmo o preconceito atenuado e civilizado repercute de um modo definitivo no desenvolvimento e na formação da mente infantil. Mas não só os alvos do preconceito são vítimas. Os portadores dêle, como hoje sabemos, são vítimas também, muitas vêzes atingidas por êle no cerne da sua personalidade. O preconceito, de fato, é uma doença devastadora, causa e conseqüência de estados patológicos, no nível psicológico e social, ao ponto de, sendo sintoma da doença de uma sociedade, poder por sua vez agravá-la e levar a perturbações de difícil contrôle. É preciso pensar sòmente no preconceito contra o negro nos Estados Unidos e na África do Sul para ter uma idéia dos terríveis problemas sociais e políticos de que em parte provém e que, por sua vez, amplia e aprofunda. A patologia psico-social, que se exprime no preconceito e que torna o portador dêle em vítima corroída no íntimo da personalidade, foi amplamente estudada, particularmente nos Estados Unidos. André Maurois, no seu conto *Pobres Judeus,* ilumina com um *flash* poderoso a doença do preconceito.

Tôda a situação dos judeus austríacos, quer assimilados, quer empenhados na luta contra a assimilação por meio do sionismo, é discutida de um modo muito agudo pelo vienense Arthur Schnitzler, amigo de Freud, famoso autor de *A Ronda.* Ressurge, muito viva, a época dos inícios do século. As palavras finais do trecho reproduzido — que são de um personagem e não do autor — "êstes tempos (da fogueira dos judeus) não voltarão nunca mais" — soam hoje terrìvelmente irônicas. Parecia então realmente impossível a volta da barbárie de "épocas escuras". Mas ela voltou, mais espantosa do que nunca. Mesmo vencido no país da sua irradiação mais violenta, o preconceito continua vivo, quer contra os judeus, quer contra outros grupos. Há entre os próprios judeus alguns que manifestam preconceitos contra os negros, desejosos talvez de se identificarem com a maioria dominante pela adoção dos mesmos vícios e maldades, como se não reconhecessem que o preconceito é um só, sempre sintoma da mesma corrupção íntima.

Ao capítulo dedicado ao anti-semitismo pertence naturalmente também a preciosa estória do hussardo que gostava de três judeus. Não adianta gostar de três judeus, nem de todos, por princípio, como fazem os filo-semitas, gente simpática mas um pouco suspeita, já que invertem o preconceito negativo e o substituem por outro, positivo. Qualquer conceito sôbre um

22 Entre Dois Mundos

grupo inteiro é sempre um preconceito. E ambos, o negativo e o positivo, exercem uma pressão que impede a convivência normal e acentua a distância. Ademais, o preconceito positivo implica e intensifica o negativo: o judeu, tido por muito inteligente, é tanto mais perigoso, competidor terrível e particularmente sujo. Os judeus são intelectuais por nascimento — ora, são, portanto, suspeitos por nascimento. O judeu, por si só e como tal, não é, evidentemente, nem sujo, nem sobremaneira inteligente. São as pressões que o tornam eventualmente sujo ou sobremaneira inteligente, de modo que, pouco a pouco, o preconceito estabelece um círculo vicioso: molda a vítima e, depois, encontra nela razões para nutrir-se, em alguns casos, de dados reais. É claro que semelhantes pressões estabelecem também fricções dentro do próprio grupo judaico, como se vê pelo conto de Molnar. Os judeus assimilados olham o judeu de cafetã com olhos de anti-semita, internalizando o preconceito da maioria dominante com que desejam identificar-se.

3) *Distância e Ajustamento.* — A distância e o ajustamento é o tema fundamental da terceira parte. O legado romano Lêntulo Silano, extraordinária invenção de Howard Fast, faz um esfôrço enorme para entender o ódio aos judeus por parte dos povos em cujo seio vivem: os judeus mantêm-se segregados dos demais moradores da cidade, não ingerindo os mesmos alimentos, nem bebendo o mesmo vinho. Há nêles um arrogante e inflexível sentimento de orgulho e superioridade, mesclado, contudo, com incrível humildade. Êles são diferentes. São os estranhos. O que agrada aos outros ofende-os e o que ofende os outros agrada-lhes. Tôdas as demais culturas que não sejam a sua, lhes são ofensivas. Um sentimento indomável de liberdade domina-os, pois "nós fomos, outrora, escravos na terra do Egito". O legado romano que tanto quer entendê-los acaba admirando-os e — odiando.

É óbvio que as considerações do legado nascem de um etnocentrismo tão típico dos romanos e dos demais povos como o é o dos judeus. Nenhum povo pode reprovar a nenhum povo o fato de ser diferente, como um todo, na sua própria terra. O que talvez irrite os povos é o fato de que o judeu continue diferente mesmo na terra dêles, que insista em manter a sua identidade. "Não somos nós que os segregamos — são êles que se segregam!" O templo foi destruído — embora não pelo pêgo do conto de D. Szomory — mas até hoje os judeus parecem levar consigo um templo invisível e indestrutível que lhes garante a identidade. O belchior judeu de Salonica, o homem do cachimbo, vivendo entre gregos, turcos e árabes, mantém tenazmente os seus costumes ascéticos, embora tanto sonhe com as farras dos outros.

Introdução                                                    23

Indubitàvelmente, êste belchior fictício existe. E por que não
deveria existir? Não há nenhuma razão para não admitir, no
âmbito de uma nação, certo pluralismo cultural. Mas a visão
do judeu segregado é naturalmente unilateral. Quantos grupos
e indivíduos judeus desapareceram para sempre, totalmente
amalgamados aos povos em que submergiram! De outro lado,
quão profundas podem ser as diferenças entre judeus — entre
o sefardita tìpicamente espanhol e o judeu *aschkenazi* de Israel
Zangwill e entre os judeus poloneses e Alfred Doeblin que os
vê com os olhos distantes do *"Jaecke"*, do judeu alemão, à semelhança de Kafka em face da companhia teatral ídiche, vendo-
-a, um pouco, como o nosso folclorista urbano observa, numa
viagem ao interior, a Dança de São Gonçalo.
O estranho, sem dúvida, assusta, perturba, suscita dúvidas,
provoca risadas e maledicências, simplesmente por ser diferente.
Mas isso pouco explica. Não explica o ódio tenaz e virulento
através dos séculos. Afinal, um estranho de tantos séculos há
muito deveria ter-se tornado um estranho perfeitamente familiar. Ocorre que o estranho é minoria fraca. Por isso desen-
cadeia fàcilmente um mecanismo de projeção: todos os vícios,
ruindades e infortúnios do povo-hospedeiro são atribuídos ao
estranho indefeso que acaba tornando-se em bode expiatório.
Se o estranho pertence a um grupo tradicional e familiarmente
estranho — através dos séculos — grupo por cima acusado de
ser responsável pela morte de um Deus — quando o fato é que
sem a morte dêste Deus não teria surgido a religião que acusa
os judeus desta mesma morte — então ocorre fàcilmente que
o bode expiatório ocasional passa a ser uma tradição consagrada, espécie de utilidade pública indispensável, não para resolver e sim para mascarar inúmeros problemas sociais e políticos.
Torna-se então impositivo que o judeu continue estranho, justamente quando há muito já se aproximou e se tornou compatrio-
ta. A sua identidade talvez há muito se restrinja apenas a
alguns parcos usos e símbolos religiosos — como a *mezuza* fixada à porta que o menino de Ernst Toller destrói no seu conflito com o mecânico "Bom Deus" — êle talvez já faça parte,
integralmente, da vida econômica, social e cultural do povo, talvez já não se distinga em nada, seja "assimilado" — mas ainda
assim perdura o preconceito histórico, já agora usando outros
argumentos, outros estereótipos, outras acusações. Há, como
na narração *Águas Misturadas,* momentos de aproximação — e
o autor os focaliza com muito humor — que mostram a semelhança humana fundamental entre um campônio francês e um
manufatureiro de bonés judeu. Ao mesmo tempo é desmasca-
rada a artificialidade e idiotice dos preconceitos mútuos. "No
fundo, não há grandes diferenças entre nós, exceto que para
você o Messias ainda não veio, e quando se vê o que se passa

nos dias de hoje, gases asfixiantes e o resto, pode-se perguntar se não são vocês que têm razão." Mas tal aproximação não ocorre sem conflitos de lado a lado, nem sem profundos receios, particularmente por parte dos judeus, como se vê pela narração de Ikor.

A acomodação e o ajustamento são perfeitamente possíveis em períodos sossegados — o idílio de Hatvany (*Bondy Jr.*) é um belo exemplo — ou em países de velha tradição democrática, como a Dinamarca, de que nos apresenta uma visão característica Meir Aron Goldschmidt. Mas em ambas as narrações — e particularmente na segunda — certa distância permanece. A aproximação íntima ao povo-hospedeiro, através do amor, é só momentânea, as resistências são fortes, a fôrça centrípeta da comunidade histórico-religiosa exerce ainda um poder de coesão invencível. A assimilação através do casamento misto e da conversão ocorre com freqüência no século XX e Jean-Richard Bloch apresenta-nos um quadro hilariante dêste aspecto, mostrando bem menos simpatia que Ikor na narração acima mencionada. Já Isaac Bábel, no seu grande conto *Guy de Maupassant,* apresenta uma imagem violenta e quase caricata de ricaços convertidos na Rússia. Nenhum caso de ajustamento, contudo, e tão paradoxal e patético, mostrando ao mesmo tempo a tensão e distância entre os dois mundos como o de Ilia, o filho do rabi de Jitomir, soldado moribundo da Revolução Russa, em cuja bagagem se ajuntam os retratos de Lenin e de Maimônides, linhas tortas de versos hebraicos e panfletos comunistas. Êste conto de Bábel ilustra talvez um dos casos mais radicais da existência "entre dois mundos".

Muito freqüente é a permanência numa posição marginal e a busca de um ajustamento superior, através da mediação entre os mundos, através do comércio espiritual. Thomas Mann, no seu *Doutor Faustus,* apresenta-nos a figura arquetípica do empresário artístico judeu: é que os valores do mundo espiritual e artístico em geral não respeitam diversidades religiosas, fronteiras, etnias, preconceitos. Nesta esfera da inteligência e criação costuma predominar, em geral, uma universalidade em que muitos judeus anseiam por integrar-se, se não fôr possível como artistas, cientistas, críticos, escritores, ao menos como mediadores, empresários ou comerciantes. É a típica canalização para as atividades marginais, sob o efeito do preconceito. Êste tende a reservar as indústrias básicas e profissões influentes que manipulam o poder e o prestígio social, a elites impermeáveis ao acesso de elementos "adventícios". Os contos *Buchmendel,* de Stefan Zweig, e *Os talões de bagagem do sr. Wollstein,* de Feuchtwanger, abordam, neste sentido, expoentes típicos de um grupo estranho, ansiosos por fazerem parte de um mundo superior, por mais que se segreguem por isso mesmo do

# Introdução 25

mundo real. Tipos como Buchmendel e Wollstein vivem na "galeria" da vida. É "visto da galeria", visto desta distância, que o mundo se desvenda ao olhar crítico. A êste olhar afastado da realidade se revela a realidade da amazona combalida no picadeiro, a realidade profunda do subjuntivo e da imaginação que desmente a realidade superficial e falsa vista pelos demais. É êste olhar crítico e distante de Kafka, típico dos marginais, que também a Agathon Geyer faz ver a verdade.

Ninguém nos contos desta parte é mais bem ajustado do que a criança de Ossip Mandelstam, totalmente deslumbrada, no seu imperialismo juvenil, pelo esplendor militar de Petersburgo. Ela ainda não percebe que vive entre os mundos. Mas o olhar crítico virá depois: "Tôda essa militarice em profusão e até uma espécie de estética policial iam bem a algum filho de general... mas não concordava de modo algum... com o escritório de meu pai que tresandava a couro, camurça e pele de vitelo..."

4) *O Nôvo Mundo.* — Preconceito, perseguição, *pogroms,* finalmente o extermínio em massa — não admira que desde os fins do século passado ondas e ondas de emigrantes judeus tenham depositado a esperança de uma vida normal e promissora no Nôvo Mundo, onde já havia prósperas congregações de judeus alemães — de uma delas Edna Ferber apresenta-nos uma visão um tanto idílica. Pequenos grupos dirigem-se à Palestina, dedicados à *Construção de uma Cidade,* na esperança de ali poderem reencontrar e viver plenamente a sua identidade, sem se ajustarem a maiorias mais poderosas. Depois de construída a cidade, a *aliá* dos sobreviventes para Israel torna-se maciça. Mas a grande maioria, através das décadas, segue rumo às Américas. Alguns dos imigrantes chegam destroçados pelos campos de concentração, completamente alienados da realidade — mas de um modo sinistro adaptados a ela por terem perdido tôdas as ilusões, como ocorre ao anti-herói de *A mais velha história jamais contada;* outros retornam ao ponto de partida, incapazes de esquecer, incapazes de adaptar-se nem ao nôvo país, nem à vida indiferente dos seus correligionários, "cegos e surdos na insensibilidade e auto-suficiência", como escreve Samuel Rawet, no conto *O Profeta.* Mas a maioria permanece, passando pelas vicissitudes de uma adaptação difícil, nas variadas condições de países e épocas vários, enquanto o passado pesa terrìvelmente, como ocorre no conto *A Prece.* Já é clássica a narração de Michael Gold, recordando a terrível miséria das primeiras levas de judeus do Leste europeu ao tentarem enfrentar, completamente despreparados, a já imensa engrenagem do grande país do capitalismo. Em *Mate Amargo,* E. Espinoza narra singelamente o destino de Abraham Petacovski, depois de radicar-se em 1905 na capital argentina. A. Gerchunoff

apresenta, em dois contos, tipos curiosos de judeus gaúchos. Saul Bellow, no capítulo *Napoleon Street,* evoca vigorosamente os primeiros tempos difíceis de uma família judia russa nos Estados Unidos. Uma escapada à África do Sul, através do conto *O Zulu e o Zeide,* coloca-nos diante do problema das gerações: o filho, adaptado, já não consegue comunicar-se com o velho pai, completamente desajustado à vida metropolitana e incapaz de aprender a língua inglêsa. O velho se isola dêle e se afeiçoa ao criado zulu, tão desajustado quanto êle no mundo europeizado. Ambos são mudos neste ambiente e ambos se entendem às mil maravilhas, aproximados pela sua condição de marginais.

É um clima bem chagalliano que a imaginação de B. Malamud cria na própria Nova Iorque, estabelecendo, também êle, uma relação entre um velho judeu e um negro, desta vez, bem entendido, um anjo, embora bem marginal, que leva uma vida um tanto sórdida nos bares de Harlem, mas acaba ajudando o velho judeu e sua mulher a saírem da sua terrível situação. Com um humor ao mesmo tempo carinhoso, um tanto blasfêmico e um tanto caricatural — revelando traços típicos de escritor "entre dois mundos" — o jovem Sol Biderman nos apresenta em *O Rabino* aspectos da vida judaica americana, nos quais ainda se nota, embora remotamente, certa aura chagalliana. É certamente pela primeira vez na história judaica universal que um rabino ortodoxo assume o papel de Papai Noel.

As Américas estarão cumprindo tôdas as promessas de uma vida livre e normal para todos que para cá se dirigem? Seria ingênuo supor tal coisa. É um continente de países reais e não Utopia. Os países reais importaram com os elevados valores da Europa também muitos vícios do Velho Continente e entre êles muitos preconceitos. Todavia, a situação básica parece ser diferente, embora talvez haja variação de país para país. Certo pluralismo cultural, o influxo de uma grande diversidade de nações e raças, a lei da nacionalização pelo nascimento, a carga bem menor de tradições históricas transformadas em espectros, concepções mais abertas e livres — tudo isso tende a facilitar a convivência, permitindo todos os graus de distância voluntária e ampla aproximação, mesmo sem conversão. Sem dúvida, ocorrem formas de assimilação que se revestem de um ridículo particular quando, conservada a "denominação" religiosa, a religião é adaptada ao *american way of life.* Surgem caricaturas como a do *seder* com pernil assado e outros horrores, tais como descritos no precioso conto *Egito, 1937.*

É evidente, no entanto, que não falta o preconceito. Êle existe em tôda a parte e de todos os jeitos: contra os negros, mulatos, judeus, católicos, protestantes e assim por diante. Mas o modo humorístico — sem humor negro — com que Alberto

# Introdução

Dines nos fala, em dois contos, do preconceito no Brasil, é já por si um "nôvo mundo", embora em um dos contos não falte o acento da dor. Os norte-americanos são generosos na admissão plena do pluralismo cultural — é verdade que dentro do *american way of life,* êsse poderoso etnocentrismo (típico também de muitos judeus) que é expressão de certo messianismo ingênuo. Também os americanos se consideram um povo eleito, como antes os alemães e, antes, os judeus e, de resto, quase todos os povos. Para o casal americano que vai à Palestina, em busca saudosa dos lugares santos, é tremenda a revelação ao verificarem que Jesus pregava entre povos cujos descendentes não fazem muita questão de um bom W.C. americano. Nestes lugares, por onde Jesus andava e anunciava mensagens tão familiares ao casal, são êles os estranhos, horrìvelmente estranhos. Seu etnocentrismo não lhes permite abrir-se a outras molidades de vida e cultura. E de repente sentem uma afeição terna pelo judeu americano, companheiro de viagem que os ampara na sua desolação e a quem, nos Estados Unidos, talvez não teriam cumprimentado. Esta estória de Ludwig Lewisohn deve ser meditada profundamente pelo leitor, judeu ou não.

Duas narrações sombrias concluem o volume — uma de Norman Mailer, *O Canhão,* extraída do famoso romance, *Os Nus e os Mortos,* em que o mecanismo do preconceito se revela na explosão de uma situação extrema, durante a Segunda Guerra Mundial, no exército americano. A outra é de Irwing Shaw. Aborda o mesmo tema, de um modo ainda mais radical e violento. Mas termina com um "ato de fé" — fé na América.

## IV. Conclusão

Não há dúvida que a situação peculiar dos judeus foi dramatizada nas páginas acima. Afinal, habitualmente tudo corre bem, a regra não é esta, a regra é amena, tudo parece estar em ordem. Vive-se perfeitamente bem entre dois mundos; de fato, tal situação é uma fonte de enriquecimento. No entanto, não é a regra que elucida os fenômenos e que facilita o entendimento. A essência ressalta na exceção, no caso excepcional. A dramatizacção pretende realçar o essencial. Os casos excessivos e dramáticos de Kafka e Heine, justamente por serem exceção, iluminam a situação normal e lhe revelam o âmago. A regra abriga, invisível, o germe da exceção. A exceção apenas amplia o vírus e o torna virulento. O extenso excurso sôbre Heine — caso mais simples e óbvio que o de Kafka — apenas serviu para exemplificar e radicalizar ao extremo, através do excesso, uma situação que normalmente exigiria uma análise

# 28                     Entre Dois Mundos

microscópica para revelar os traços que, no grande homem, se agigantam, aliás também nos seus aspectos positivos, enriquecedores.

Quanto aos contos, é evidente que, na maioria, realçam igualmente o conflito e não a normalidade. A literatura é sempre uma tentativa de conscientização e é no conflito e não no cotidiano corriqueiro que em geral se revela o fundo das coisas. Mesmo visando apresentar a normalidade, a literatura tem de levá-la ao extremo do tédio e da náusea ante o invariável e a repetição monótona, para desta forma realçar a essência do cotidiano. Conscientizando, a literatura corresponde a uma de suas metas fundamentais.

A idéia desta coletânea de narrações não é a de polemizar, atacar, mostrar rumos para reformar. Seu fito é apenas o de tôda a literatura: revelar, elevar à consciência através da experiência imaginária que é sempre catarse, libertação e purificação. Exprimir é libertar. Também esta coletânea baseia-se num ato de fé. Baseia-se na fé de que o homem é homem pela sua capacidade de ultrapassar-se infinitamente. Isto é apenas outra fórmula para dizer que é um ente espiritual, capaz de objetivar a sua situação. E objetivando-a, já está além dela.

ANATOL ROSENFELD

# POGROM

# A. SCHWARZ-BART

ANDRÉ SCHWARZ-BART (1928) nasceu em Metz, de judeus emigrados da Alemanha, logo após a Primeira Guerra Mundial. Seu pai, bufarinheiro, foi morto, bem como a mãe e dois de seus irmãos, nos campos nazistas. Ingressou na Resistência em 1943. Detido, evadiu-se e alcançou o *maquis*. Sobrevindo a Libertação, alistou-se no Primeiro Exército. Foi operário ajustador em fábrica, em seguida arrumador nas Halles. Começou a preparar uma licenciatura, que êle nunca chegou a prestar. Obsedado pelo holocausto do povo judeu, lia tudo o que se escrevia sôbre a sua história. Iniciou a redação de um manuscrito interminável, que iria reescrever por cinco vêzes. A última versão entusiasmou a Paul-André Lesort, que a publicou nas Editions Seuil, em 1959. Não tivesse obtido o Prêmio Goncourt dêsse mesmo ano, André Schwarz-Bart não deixaria de ser o escritor que conta. Essa testemunha angustiada da consciência ocidental estende-nos um espelho em que somos obrigados a nos reconhecer, pois se trata de nossa história. Uma vez mais, um escritor recolhe a tortura às mãos ardentes da guerra e coloca-a a serviço de uma obra de arte; o tema do processo, da inocência perseguida e da justiça absurda reencontra-se no livro que reflete uma das grandes tragédias dos tempos modernos. Mas, tanto quanto Camus, o autor de *O Último dos Justos* não nos diz por que o mal existe.

## A LENDA DOS JUSTOS

Os nossos olhos recebem a luz de estrêlas mortas. Uma biografia do meu amigo Ernie caberia perfeitamente no segundo quartel do século XX; mas a verdadeira história de Ernie Levi começa muito antes, por volta do ano mil de nossa era, na velha cidade anglicana de York. Mais precisamente: a 11 de março de 1185.

Nesse dia, o bispo William de Nordhouse pronunciou grande sermão e, aos gritos de "Deus o quer!", a multidão espalhou-se pelo adro da igreja; minutos mais tarde, as almas judias prestavam contas de seus crimes a êsse Deus que os chamava a si pela bôca de seu bispo.

No entanto, graças à confusão da pilhagem, várias famílias conseguiram refugiar-se numa velha tôrre abandonada, um tanto afastada da cidade. O cêrco durou seis dias. Tôdas as manhãs, ainda na penumbra, um monge aproximava-se do fôsso da muralha e, de crucifixo em punho, prometia salvar a vida dos judeus que reconhecessem a Paixão de Nosso Senhor Jesus Cristo. A tôrre, porém, permanecia "muda e cerrada", segundo os têrmos de uma testemunha ocular, o beneditino D. Bracton.

Na manhã do sétimo dia, o Rabi Iom Tov Levi reuniu todos os sitiados na plataforma de vigia. Irmãos, disse-lhes êle, Deus nos deu a vida; devolvamos-lha nós mesmos, com nossas próprias mãos, como fizeram nossos irmãos da Alemanha.

Homens, mulheres, crianças, anciãos, todos estenderam a fronte à bênção e, em seguida, a garganta à lâmina que o rabi empunhava com a outra mão. O velho rabi ficou só ante a própria morte.

Relata D. Bracton:

"E elevou-se então um alto lamento, que foi ouvido até no bairro de Saint-James..."

Segue-se um piedoso comentário, e o monge termina assim sua crônica:

"Contaram-se vinte e seis judeus na plataforma da tôrre, sem falar das mulheres e da casta miúda. Dois anos depois, descobriram-se treze mais no subterrâneo, enterrados durante o cêrco; mas quase todos tinham a idade de peito. Quanto ao rabi, segurava ainda o cabo do punhal que lhe atravessava o pescoço. Não se encontrou, na tôrre, outra arma, além da sua. O seu corpo foi lançado em grande fogueira e, infelizmente, suas cinzas se dispersaram ao vento. De modo que nós o respiraremos; e que, pela comunicação dos espíritos fracos, sobrevir-nos-á algum humor peçonhento que a todos nos espantará!"

# A. Schwarz-Bart

Esta estória, em si, não oferece nada de notável. Aos olhos dos judeus, o holocausto da tôrre não passa de episódio insignificante de uma história sobrecarregada de mártires. Nessas épocas de fé, como sabemos, grandes comunidades se lançaram nas chamas a fim de escapar às seduções da Vulgata. Aconteceu em Espira, em Mogúncia, Worms, Colônia e Praga no curso do fatídico verão de 1096. E mais tarde, por ocasião da peste negra: em tôda a cristandade.

Mas a ação do Rabi Iom Tov Levi difundiu-se com singular fortuna; elevando-se acima da tragédia comum, converteu-se em lenda.

Para compreender o processo desta metamorfose, é preciso estar ao corrente da antiga tradição judaica dos *Lamed-vav* que certos talmudistas fazem remontar à origem dos séculos, aos tempos misteriosos do profeta Isaías. Rios de sangue correram, colunas de fumo obscureceram o céu; mas, transpondo todos êsses abismos, a tradição manteve-se intata, até os nossos dias. Segundo ela, o mundo repousaria em trinta e seis justos, os *Lamed-vav,* que em nada se distinguem dos simples mortais; por vêzes, êles mesmos se ignoram. Se, porém, viesse a faltar um só que fôsse, o sofrimento dos homens empeçonharia até a alma das crianças e a humanidade sufocaria num grito. Porque os *Lamed-vav* são o coração multiplicado do mundo e nêles se derramam tôdas as nossas dores como num receptáculo. Milhares de relatos populares o testemunham. Sua presença é atestada em tôda a parte. Um texto muito antigo da Hagadá conta que os mais piedosos são os *Lamed-vav* que se ignoram. Para êsses, o espetáculo do mundo é um inferno indizível. No século VII, os judeus andaluzes veneravam uma rocha em forma de lágrima, que acreditavam ser a alma, petrificada de dor, de um *Lamed-vav* "ignorado". Outros *Lamed-vav,* como Hécuba uivando pela morte dos filhos, teriam sido transformados em cães. "Quando um Justo anônimo ascende ao céu — reza uma crônica hassídica — apresenta-se de tal modo gelado que Deus precisa aquecê-lo mil anos entre os seus dedos antes que sua alma possa abrir-se no Paraíso. E sabe-se que a muitos o sofrimento humano deixou para sempre inconsoláveis; a êles, nem o próprio Deus consegue aquecer. Então, de tempos em tempos, o Criador, bendito seja Êle, adianta um minuto no relógio do Juízo Final."

A lenda do Rabi Iom Tov Levi procede em linha reta dessa tradição dos *Lamed-vav.*

Deve também sua origem a um fato estranho, que é a extraordinária sobrevivência do jovem Salomão Levi, filho mais nôvo do Rabi Iom Tov. Aqui, atingimos o ponto em que a história se confunde com a lenda e nela se submerge; faltam os dados precisos e divergem os juízos dos cronistas. Segundo uns, Sa-

34 Entre Dois Mundos

lomão encontrava-se entre umas trinta crianças que receberam o batismo cristão no meio do morticínio. Segundo outros, mal golpeado pelo pai, teria sido salvo por uma camponesa que o entregou a judeus do condado vizinho.

Entre as numerosas versões que circulavam nas judiarias do século XIII, guardemos a fantasia italiana de Simão Reubeni de Mântua, que relata o "milagre" nos seguintes têrmos:

"Na origem do povo de Israel, há o sacrifício de um só, nosso pai Abraão, que oferece seu filho a Deus. Na origem da dinastia dos Levi, encontra-se o sacrifício de um homem só, o mui doce e luminoso Rabi Iom Tov, que, com a própria mão, degolou duzentos e cinqüenta fiéis — alguns dizem mil.

"Ora pois: A agonia solitária do Rabi Iom Tov foi insuportável a Deus.

"E mais: Dentre as pilhas de cadáveres, cobertas de môscas, renasceu o seu benjamim, Salomão Levi, de quem os anjos Uriel e Gabriel cuidaram.

"E enfim: Quando Salomão atingiu a idade da razão, o Eterno apareceu-lhe em sonho e disse: Ouve, Salomão, atenta às minhas palavras. No décimo sétimo dia do mês de Sivan de 4945, teu pai, o Rabi Iom Tov, foi digno da minha piedade. Será, pois, concedida à sua descendência, e pelos séculos dos séculos, a graça de um *Lamed-vav* em cada geração. És o primeiro, és aquêle, és santo."

E o excelente autor conclui com essas palavras:

"Ó companheiros do nosso velho exílio, assim como os rios correm para o mar, assim tôdas as nossas lágrimas se derramam no coração de Deus".


Verídica ou enganosa, a visão de Salomão Levi suscita o interêsse geral. Seus menores feitos e gestos são descritos pelos cronistas judeus da época. Alguns pintam seu rosto como fino, pensativo, um pouco infantil e como que florido de longos cachos prêtos.

Mas tiveram de render-se à evidência: suas mãos não curavam as chagas, seus olhos não vertiam bálsamo algum; e se permaneceu por cinco anos na sinagoga de Troyes, ali rezando, comendo, dormindo num mesmo banco de glória, tal exemplo era freqüente no inferno minúsculo dos guetos. Por isso esperava-se que, no dia de sua morte, Salomão Levi talvez pusesse fim àquela dúvida.

Ela ocorreu no ano da graça de 1240, após o interrogatório ordenado pelo rei São Luís, de preciosa memória.

Segundo o costume, os talmudistas do reino de França permaneciam de pé, perfilados, em frente do tribunal eclesiástico em que se notava Eudes de Châteauroux, chanceler da Sorbonne, e o célebre Nicolas Donin. Nestes estranhos interrogatórios, a morte pairava sôbre cada resposta dos talmudistas. Tomavam a palavra, um de cada vez, a fim de repartirem eqüitativamente a ameaça do suplício.

A uma pergunta do bispo Grotius, relativa à divindade de Jesus Cristo, houve uma hesitação bem compreensível.

Mas, de repente, viu-se surgir o Rabi Salomão Levi, que até então se mantivera algo recuado, como um adolescente intimidado por uma assembléia de homens. Muito franzino sob a levita preta, apresenta-se hesitante ante o tribunal. Se é verdade, murmura êle, numa voz constrangida, se é verdade que o Messias de que falam nossos velhos profetas já veio, como, pois, explicais o estado do mundo atual? Depois, tossindo de angústia, o timbre da voz reduzido a fio: Nobres senhores, no entanto os profetas disseram que, à vinda do Messias, choros e gemidos desapareceriam do mundo, ah!... não é verdade? Que leões e cordeiros pasceriam juntos, que o cego seria curado e que o coxo saltaria como ... um cervo! E também que todos os povos quebrariam suas espadas, oh sim, a fim de as fundirem em relhas de arado, ah ... não é verdade?

Enfim, sorrindo com tristeza, ao Rei Luís:

— Ah, que diriam, Sire, se Vossa Majestade se esquecesse de como se faz uma guerra?

Eis as conseqüências dêsse pequeno discurso, tais como foram expostas no atroz Livro do Vale das Lamentações:

"... Então decidiu o rei Luís que nossos irmãos parisienses seriam obrigados a assistir à missa, ao sermão, a usar rodela amarela e chapéu pontiagudo, assim como a pagar multa adequada. Que nossos divinos livros seriam jogados na fogueira, num largo desabrigado de Paris, pois que são falsos, e mentirosos e ditados pelo Diabo. Que, enfim, para a edificação, seria mergulhado no seio das chamas do Talmud o corpo vivo dêsse Justo, êsse *Lamed-vav*, êsse homem de dores, oh! quão experiente em dores, o Rabi Salomão Levi cognominado depois: o Triste Rabi. Uma lágrima para êle."

Depois do auto-da-fé do Justo, seu filho único, o belo Manassés, seguiu para a Inglaterra donde seus antepassados haviam fugido outrora. Há dez anos reinava a paz nas margens inglêsas, e parecia aos judeus que se estabelecera para a eternidade.

Manassés instalou-se em Londres, onde o renome dos Justos o colocou à testa da comunidade renascente. Como era muito gracioso de rosto e de fala, pediram-lhe que defendesse a

36 Entre Dois Mundos

causa dos judeus, diàriamente acusados de feitiçaria, assassínio ritual, envenenamentos de poço e outras graciosidades. Em vinte anos, obteve sete absolvições, o que era muito notável.

As circunstâncias do sétimo processo são pouco conhecidas; tratava-se de um tal Eliezer Jefryo que diziam ter apunhalado uma hóstia e, por conseguinte, assassinara a Cristo e derramara o sangue de seu coração, que é o pão sêco da hóstia. Êste último sucesso inquietou duas poderosas mitras episcopais. Pouco depois, apresentado em juízo perante o tribunal da Santa Inquisição, Manassés era acusado de um crime de que acabava de ilibar a Eliezer Jefryo.

Submeteram-no aos tratos do interrogatório extraordinário, não repetido — o que era interdito pela legislação em vigor — mas simplesmente "continuado". Os autos do processo mostram-no atingido do malefício de taciturnidade. Assim, a 7 de maio de 1279, perante a platéia das mais lindas damas de Londres, sofreu a paixão da hóstia por meio de uma adaga veneziana, benta e cravada três vêzes em sua garganta.

"Foi assim, escreve ingênuamente um cronista, que, depois de nos defender inùtilmente perante os tribunais dos homens, o Justo Manassés Levi ascendeu ao céu para defender a nossa causa."


Seu filho Israel, ao que parecia, não iria seguir êsse perigoso caminho. Homem de sangue pacífico e suave, tinha uma tendinha de sapateiro e forjava poemas elegíacos enquanto martelava. Sua discrição era tanta que raras pessoas o visitavam, e apenas com sapatos para consertar. Alguns afirmam que era extremamente versado no Zohar; outros, que tinha exatamente a inteligência de uma pomba, tal como possuía seus olhos lentos e sua voz úmida. Alguns dos seus poemas entraram no ritual *aschkenazi*. É o autor da célebre *seliha*: *Ó Deus, não cubras o sangue com o Teu silêncio.*

Israel moldava, assim, seu pequeno mundo, discretamente, quando rebentou o edito de expulsão dos judeus da Inglaterra. Sempre ponderado, foi dos últimos a deixar a Ilha; primeiro fizeram proa para Hamburgo, mas acabaram por resignar-se com as costas de Portugal. No Natal, depois de quatro meses à deriva, a caravela fundeava no pôrto de Bordéus.

O pequeno sapateiro dirigiu-se furtivamente para Toulouse, onde passou vários anos num anonimato divino. Amou esta província meridional, onde os costumes cristãos eram brandos, quase humanos. Tinha-se o direito de cultivar um pedaço de terra, podia-se exercer outros ofícios além da usura e até prestar juramento perante os tribunais como se um judeu tivesse uma verdadeira língua de homem. Era um antegôzo do Paraíso.

# A. Schwarz-Bart

Única sombra no quadro, um costume antigo denominado *Cofiz* exigia que, todos os anos, na véspera da Páscoa, o presidente da comunidade judia se dirigisse, de camisa, à catedral, onde o Conde de Toulouse, aos acordes da missa, lhe administrava, com grande pompa, uma bofetada. Mas, com o passar dos séculos, tal usança polira-se singularmente: mediante cinqüenta mil escudos, o senhor se satisfaria com uma bofetada simbólica à distância de seis passos. Já assim era, quando Israel foi reconhecido por um emigrante judeu e pròpriamente "denunciado" aos fiéis de Toulouse. Tiraram-no de sua oficina, abençoaram-no a êle, a seu pai, a sua mãe, a todos os antepassados, e todos os descendentes, e, com ou sem vontade, teve de aceitar a presidência, que se tornara um cargo sem perigo.

Os anos se escoaram com seu cortejo de dores e pequenas alegrias, que êle persistia em pôr em versos; fazia também alguns sapatos, para êste e aquêle, às escondidas. No ano da graça de 1348, morre o velho Conde de Toulouse; seu filho tivera excelentes preceptores, e decidiu administrar a bofetada pascal.

Israel apresentou-se de camisa, os pés descalços; na cabeça, o chapéu pontiagudo tradicional e duas grandes rodelas amarelas cosidas na brancura de sua roupa, à frente e às costas; contava nesse dia setenta e dois anos atrás de si. Uma multidão imensa viera assistir à bofetada. O chapéu rolou violentamente por terra. Segundo a antiga prática, Israel baixou-se para apanhá-lo e agradeceu o jovem conde por três vêzes; depois, apoiado por correligionários, atravessou as fileiras ululantes da multidão. Quando chegou em casa, o ôlho direito sorria com uma doçura tranqüilizadora; é apenas uma questão de hábito, disse à mulher, e eu já o tenho bastante. Mas, acima da face marcada com os quatro dedos do conde, o ôlho esquerdo chorava e, nessa noite, o seu velho sangue começou a converter-se lentamente em água. Três semanas depois, teve a fraqueza insigne de morrer de vergonha.


O Rabi Matatias Levi, seu filho, era um homem tão versado nas ciências matemáticas, na astronomia e na medicina que mesmo alguns judeus desconfiavam de que êle pactuasse com o Diabo. Era notória sua habilidade em tôdas as coisas; em uma das suas historietas, Iohanã ben Hasdai compara-o ao furão; outros autores acentuam êsse traço, indicando que êle parecia eternamente em fuga.

Praticou medicina em Toulouse, Auch, Gimont, Castelsarrasin, Albi, Gaillac, Rabastens, Verdun-sur-Garonne. Sua condição era a mesma dos médicos judeus da época. Em Auch e em Gaillac, foi acusado de envenenar os doentes cristãos; em Castelsarrasin, imputaram-lhe a lepra; em Gimont, foi envenenador de um poço. Em Rabastens, teria usado um elixir à base de sangue humano e, em Toulouse, curava com a mão invisível de Satã. Finalmente, em Verdun-sur-Garonne, foi perseguido como propagador da terrível peste negra.

Devia a vida aos doentes que o mantinham informado, o escondiam e faziam-no desaparecer.

Fizeram-lhe numerosas intimações, mas sempre encontrava, diz ben Hasdai, "estranhas razões para abrir a porta a um doente cristão". Anunciaram sua morte em diversos lugares. Mas fôsse jogado no Buraco-dos-Judeus de Moissac, queimado vivo no cemitério de Auch ou massacrado em Verdun-sur-Garonne, um belo dia, o furão apresentava-se tristemente em uma sinagoga. Quando, atendendo ao bom conselho de seu confessor, Carlos VI publicou o edito de expulsão dos judeus da França, o Rabi Matias Levi escondia-se na região de Bayonne; um pulo apenas e se achou na Espanha.

E lá morreu muito velho, nos meados do século seguinte, na imensa laje branca do *Quemadero* de Sevilha. Em volta dêle, misturados aos feixes de lenha, estavam os trezentos judeus da fornada diária. Ignora-se mesmo se cantou no suplício. Após uma vida comum, essa morte tão incolor fêz duvidar de sua qualidade de Justo...

"Todavia, escreve ben Hasdai, deve-se incluí-lo na ilustre linhagem; porque, se o mal é sempre manifesto, fulgurante, o bem, muitas vêzes, se reveste da vestimenta dos humildes e diz-se que numerosos Justos morrem ignorados."


Em contrapartida, seu filho Joaquim testemunhou com eloqüência sua vocação. Com menos de quarenta anos, compôs uma coletânea de sentenças espirituais, assim como uma vertiginosa descrição das três *sefirot* cabalísticas: Amor, Inteligência, Compaixão. "Êle possuía, reza a lenda, um dêstes rostos esculpidos em lava e basalto, que o povinho julga que Deus realmente os modela à sua imagem."

Nesta altura, as perseguições não o atingiram. Sempre nobre e grave, pontificava entre os discípulos, vindos de todos os recantos da Espanha, e a cada um falava a linguagem de sua morte. Durante uma polêmica que ficou famosa, estabeleceu definitivamente que as perseguições têm por fim a suprema delícia. Nesse caso, é evidente que o bom judeu não sente os terrores da tortura: "lapidado ou queimado, enterrado vivo ou enforcado, permanece insensível, sem que se lhe escape dos lábios um só queixume".

A. Schwarz-Bart 39

Entretanto, enquanto o ilustre *Lamed-vav* discorria, Deus, por seu lado, por intermédio do frade Torquemada, congeminava divinamente o edito de expulsão perpétua da Espanha. No céu negro da Inquisição, o decreto caiu como um raio, significando, para numerosos judeus, a expulsão imediata do seio da existência.

Para a sua grande vergonha, o Rabi Joaquim pôde entrar em Portugal, sem que pudesse testemunhar o seu ensinamento. D. João III propunha aos banidos a oferta de uma estada de oito meses, mediante uma soma razoável à entrada. Mas, sete meses mais tarde, por singular aberração, o mesmo soberano decretou que faria mercê desta vez da vida aos judeus que deixassem sem demora o território: e mediante ao quê já se compreende, à saída. Por falta de economias, o Rabi Joaquim foi vendido por escravo com milhares de outros desgraçados; sua mulher foi destinada aos lazeres do Turco; seu filho Haim, destinado a Cristo, batizado e rebatizado em vários conventos.

Subsiste uma dúvida sôbre o fim do rabi. Uma balada sentimental situa-o na China, na ponta de um pau; mas os autores mais ponderados confessam a sua ignorância. Supõem que sua morte foi digna dos seus ensinamentos.

Haim, seu filho, conheceu um prodigioso destino; educado no convento, ordenado mais tarde, judaizava sob a batina; mas, satisfeitos com sua boa conduta aparente, seus superiores enviaram-no como delegado à Santa Sé, em 1522, com um grupo importante de "padres judeus" destinados à edificação do círculo do papa. Tendo partido para Roma de batina e barrete, chegou a Mogúncia de levita preta e chapéu pontiagudo, e lá foi pomposamente acolhido pelos sobreviventes do recente holocausto.

Olhados e tratados como animais, os judeus naturalmente eram ávidos de sobrenatural. Já a posteridade do Rabi Iom Tov ultrapassara todos os muros do Gueto. Das costas atlânticas aos confins da Arábia, todos os anos, no vigésimo dia do mês de Sivan, praticava-se um jejum solene; e os precentores salmodiavam as *selihot* do Rabi Salomão Ben Simão de Mogúncia:

*Com lágrimas de sangue choro a santa comunidade de York.*
*Um grito de dor jorra-me do coração pelas vítimas de Mogúncia.*
*Os heróis do espírito que morreram pelo nome sagrado.*

A chegada de Haim Levi, surgido do fundo dos mosteiros, pareceu tão miraculosa quanto a libertação de Jonas: os abismos cristãos haviam devolvido o Justo.

Abençoado, acarinhado, circuncidado, leva uma vida de cônego. Geralmente o apresentam sob o aspecto de um homem alto, magro e frio. Uma testemunha alude ao tom monocórdio e untuoso de sua voz, bem como a outros traços eclesiásticos. Após oito anos de reclusão na sinagoga, desposa certa Raquel Guerschon que logo lhe oferece um herdeiro. Alguns meses mais tarde, traído por um correligionário, é reconduzido a Portugal. Lá quebram-lhe os membros no potro; derramam-lhe chumbo nos olhos, nas orelhas, na bôca, no ânus, à razão de uma gôta por dia; queimam-no por fim.

Seu filho Efraim Levi foi piamente educado em Mannheim, Carlsruhe, Tubingen, Reutlingen, Augsburgo, Ratisbonne, cidades em que os judeus não foram perseguidos com menos devoção. Em Leipzig, sua mãe morre de cansaço. Mas foi aí que conheceu o amor da mulher com quem veio a casar.

O margrave não era nada piedoso, nem tampouco avaro ou mau; era apenas falto de dinheiro. Por isso, recorreu ao jôgo favorito dos príncipes alemães, que consistia em expulsar os "infames", retendo-lhes os bens. O jovem Efraim fugiu com sua nova família para Magdeburgo, donde se dirigiu para Brunsvick; aí tomou o caminho da morte dos Justos, atingido em Cassel por uma pedrada.

Quase não existem escritos sôbre êle; os autores parecem evitá-lo: Judas bem Aredeth consagra-lhe apenas oito linhas. Mas Simão Reubeni de Mântua, o suave cronista italiano, evoca "os cachos saltitantes de Efraim Levi, seus olhos risonhos, seus membros elásticos que se agitavam como que para a dança. Dizem que, desde o dia em que conheceu a espôsa, o que quer que lhe acontecesse, estava sempre rindo; por isso, alcunhavam-no de Rouxinol do Talmud, o que indica uma familiaridade talvez excessiva para com o Justo".

Estas linhas são as únicas que fixam a pessoa encantadora do jovem Efraim Levi, cujos amôres felizes pareceram indignos de um *Lamed-vav*. Nem o seu suplício derradeiro conseguiu vencer o rigor dos historiadores judeus, que não mencionam essa data.

Seu filho Jonatã teve vida mais recomendável. Percorreu durante longos anos a Boêmia e a Morávia, como bufarinheiro de coisas usadas e profeta. Quando transpunha as portas de um gueto, começava a desembrulhar suas bugigangas; terminado o seu pequeno comércio, e com a trouxa enrolada aos

# A. Schwarz-Bart

pés, provocava os transeuntes sôbre o capítulo de Deus, dos anjos, da vinda iminente do Messias.

Um pêlo ruivo cobria-lhe o rosto até o contôrno dos olhos e, o que era pior, sua voz ressoava em falsete; possuía, contudo, diz a crônica, "um conto para cada um de nossos sofrimentos".

Naquele tempo, todos os judeus do Ocidente usavam o uniforme de infâmia ordenado pelo Papa Inocêncio III. Após cinco séculos dêsse catecismo, as vítimas estavam curiosamente transmutadas: sob o chapéu pontiagudo, o *pileum cornutum,* a boa gente imaginava agora dois pequenos cornos; na parte inferior das costas, no debrum da rodela, adivinhava-se a lendária cauda; e ninguém mais ignorava a terminação bifurcada dos pés judeus. Os que despiam seus cadáveres se espantavam, viam um último sortilégio nesses corpos tão humanos. Mas, regra geral, quer estivesse morto ou vivo, nunca se tocava num judeu a não ser com a ponta de um pau.

Durante a viagem de longo curso que foi a sua vida, o Rabi Jonatã sujeitou-se muitas vêzes ao frio, à fome e à prescrição do Papa Inocêncio III. Tôdas as partes de seu corpo foram violentamente atormentadas. Judas ben Aredeth escreveu: ao fim, o Justo não tinha mais rosto. Em Polotzk, onde foi parar no inverno de 1552, teve de renunciar à sua trouxa de bufarinheiro. Graças a uma feliz indiscrição que revelou a sua essência de *Lamed-vav,* trataram o enfêrmo, casaram-no, foi admitido no seminário do grande Iehel Mehiel, onde passou onze anos como se fôsse um dia.

Nessa ocasião, Ivã IV, o Terrível, anexava Polotzk com a rapidez de um raio!

Como se sabe, todos os judeus foram afogados no Dvina, à exceção daqueles que beijassem a Santa Cruz, prelúdio à aspersão salvadora de água benta. Como o czar mostrasse desejo de exibir em Moscou, devidamente aspergido, "um par de buliçosos rabinotes", procedeu-se então à conversão metódica do Rabi Iehel e do Rabi Jonatã. Em desespêro de causa, amarraram-nos à cauda de um cavalinho mongol, depois içaram os seus restos mortais no ramo principal de um carvalho, onde os aguardavam os cadáveres de dois cães; finalmente, na massa oscilante da carne, apuseram a famosa inscrição cossaca: DOIS JUDEUS DOIS CÃES TODOS OS QUATRO DA MESMA RELIGIÃO.

Os cronistas terminam de bom grado esta história com uma nota lírica. Assim, Judas ben Aredeth, habitualmente tão sêco:

"Oh! como êles tombaram, os heróis..."

42                                      Entre Dois Mundos

Na têrça-feira, 5 de novembro de 1611, uma velha serva tocou ao portão da Grande Sinagoga de Vilna. Chamava-se Maria Kozemenieczca, filha de Jesus, mas criara um menino judeu; e talvez, concluía tìmidamente, os judeus quisessem cotizar-se para o livrarem do serviço militar...

Apertada por várias perguntas, jurou primeiramente por todos os santos que a criança lhe fôra *engendrada* por um bufarinheiro, à beira da estrada, *de passagem;* depois, reconheceu que a encontrara, no dia seguinte à anexação russa, às portas do antigo gueto de Polotzk; finalmente, disse a verdade... Antiga cozinheira do falecido Jonatã, recebera o garôto das mãos da jovem espôsa, no momento em que os russos arrombavam a porta. Pela noite, fugiu para a sua aldeia natal. Sentindo-se velha, enterneceu-se e guardou como seu o *inocente*. Era tudo. E que isto me seja perdoado, concluiu num súbito chôro.

— Volte a sua aldeia — disse-lhe o rabino — e diga a êsse rapaz que venha até aqui. Se estiver convenientemente circuncidado, pagaremos o resgate exigido.

Passaram-se dois anos.

O prudente rabino de Vilna não dissera uma palavra a ninguém e congratulava-se por isso.

Mas, uma noite, ao sair do templo, deparou-se com um môço camponês postado sob o pórtico, desvairado, traços vincados de fadiga, os olhos iluminados por um misto de arrogância e de espanto:

— Olá, rabino de uma figa, parece que sou da sua gente; então me explique como se faz para ser uma bêsta de um judeu!

No dia seguinte, amargamente:

— O porco na pocilga e o judeu no gueto; cada um é o que é, n'é mesmo?

Um mês mais tarde:

— Eu bem queria ter consideração pelo senhor, mas não consigo, é como se tivesse um enjôo na barriga.

De confidência em confidência, contou seu furor e vergonha, seu sepultamento no exército. Desertara uma bela noite, por um impulso irresistível. "Acordei uma noite e vi que todos roncavam como bons cristãos. Jezry, Jezry, disse para mim mesmo, você não saiu do ventre que você pensava, mas cada um é o que é, e porco seja quem se renega!..." Depois de tão pertinente reflexão, caíra sôbre a sentinela, e depois sôbre um transeunte a quem despojara das roupas. Como um animal desentocado, na noite, pusera-se a caminho para Vilna, que se encontrava a duzentos quilômetros do local de sua guarnição.

De tôdas as províncias acorriam homens que haviam conhecido seu pai, o Justo Jonatã Levi. A princípio impressionados com sua rudeza, faziam comparações, analisavam seu olhar. Dizem que sòmente depois de cinco anos conseguiu parecer-se com o pai; ria às gargalhadas ao descobrir que tinha cabelos judeus, olhos judeus, um longo nariz curvo à judia. Mas sempre se temia o louco camponês que dormitava nêle; às vêzes era acometido de cóleras, falava em *sair do buraco,* proferia blasfêmias que obrigavam as pessoas a tapar os ouvidos. Depois, encerrava-se durante semanas num mutismo atento, aplicado, sofredor. Em sua célebre *Relação de um Milagre,* conta o prudente rabino de Vilna: "Quando não compreendia o sentido de uma palavra hebraica, o filho dos Justos esmagava a cabeça entre as grossas mãos de campônio, como se quisesse arrancar dali a ganga tão espêssa dos polacos".

Revelou sua mulher que, tôdas as noites, enquanto dormia, êle gritava, implorando ora figuras bíblicas, ora um certo São Johannus, padroeiro de sua infância cristã. Um dia, enquanto se celebravam os ofícios, caiu de comprido, desferindo violentos sôcos nas têmporas. Sua loucura foi logo considerada santa.

Segundo o rabino de Vilna, "quando o Eterno enfim se apiedou dêle, Neemias Levi havia substituído uma a uma tôdas as peças de seu antigo cérebro".


A vida de seu filho, o burlesco Jacó Levi, não é mais que uma fuga desesperada diante da "bênção" implacável de Deus. Era uma criatura de membros finos e alongados, de cabeça mole, longas orelhas espantadiças de coelho. Em sua paixão pelo incógnito, encurvava-se ao extremo, como que para disfarçar sua alta estatura; e, como um homem perseguido procura confundir-se na multidão, dedicou-se à profissão insignificante de correeiro.

Quando lhe falavam de seus antepassados, afirmava que havia engano a seu respeito, alegando o fato de não sentir nada dentro de si, exceto mêdo. Não passo de um inseto, dizia a seus cortesãos indiscretos, um miserável inseto; que querem de mim? No dia seguinte, havia desaparecido.

Felizmente, o céu o associara a uma mulher tagarela. Cem vêzes ela jurara calar-se, mas pela manhã, murmurava ao ouvido de uma vizinha: "Meu marido não tem o ar de nada, hem?..." começava manhosamente. E, sob o sêlo do segrêdo, a confidência espalhava-se como um rastilho, o rabino convidava o modesto correeiro e, quando não lhe oferecia seu ministério, fazia dêle um Bem-aventurado, perigosamente res-

44                                         Entre Dois Mundos

plendente de glória. Em tôdas as cidades que o casal atravessou, assim aconteceu. "Para que não pudesse saborear a quietude dos obscuros, escreve Meir de Nossack, Deus colocara a seu lado, de sentinela, uma língua de mulher."

Por fim, já cansado, Jacó repudiou a mulher para se encurralar numa viela do gueto de Kiev, onde exerceu discretamente seu ofício. Não tardaram a encontrar sua pista, mas, receando que êle desaparecesse de nôvo, vigiavam-no de longe, com uma discrição igual à dêle. Os observadores relatam que a sua estatura se elevou, que seus olhos se iluminaram e, por três vêzes, em menos de sete anos, se entregou a momentos de franca alegria. Êstes anos foram felizes, dizem.

A sua morte correspondeu à expectativa de todos:

"... Os cossacos encerraram um grupo na sinagoga e pediram aos judeus presentes, homens e mulheres, que se despissem. Alguns começavam a tirar as roupas quando avançou um homem do povo, que um sutil rumor dizia pertencer à célebre dinastia dos Levi de York. Voltando-se para o grupo de desesperados, curvou sùbitamente os ombros e entoou com voz titubeante as *selihot* do Rabi Salomão Ben Simão de Mogúncia: *Com lágrimas de sangue choro*...

Cortaram seu canto a machadadas, mas já outras vozes retomavam a lamentação, e outras mais; depois não houve mais ninguém para a retomar, pois tudo era sangue... Foi assim que as coisas se passaram, nesta terra de Kiev, a 16 de novembro de 1723, durante esta terrível Hadaimakschina." (Moise Dobiecki, *História dos Judeus de Kiev.*)

Seu filho Haim, chamado o Mensageiro, recebeu como herança a sua modéstia. De tudo tirava uma lição, do repouso e do estudo, das coisas e dos homens. "O Mensageiro escutava tôdas as vozes e teria aceito a censura de um fio de erva."

Nessa época, no entanto, já era um belo pedaço de homem, talhado à polonesa e tão varonil que os habitantes do gueto temiam por suas filhas.

Alguns espíritos maldosos insinuam que o celibato do jovem rabi não teve nada a ver com seu afastamento súbito de Kiev.

Na verdade, foi por ordem expressa dos Anciãos que se dirigiu para junto de Reb Israel Schem Tov, o divino Mestre do Nome, a fim de, disseram êles, aumentar a sua ciência e aperfeiçoar seu coração.

Depois de dez anos de recolhimento no flanco mais selvagem dos Carpatos, o Baal Schem Tov estabelecera-se em sua aldeia natal de Miedsibotz, na Podólia, de onde irradiava por sôbre tôda a Polônia judaica. Iam a Miedsibotz para tratar de uma

# A. Schwarz-Bart

úlcera, decidir uma questão ou esconjurar um demônio. Os sensatos e os loucos, os simples e os depravados, as nobres reputações e todo aventureiro da fé confundiam-se à volta do eremita. Não ousando revelar sua identidade, Haim Levi desempenhava as funções de carregador, dormia no barracão dos doentes e espreitava, trêmulo, o olhar luminoso do "Bescht" [1]. Assim se escoaram cinco anos. Tornou-se tão parecido a um criado que os peregrinos de Kiev não o reconheceram.

Seu único talento visível era a dança; quando se formavam as rodas para alegrar o coração de Deus, elevava-se tão alto no ar e soltava tais gritos de entusiasmo que muitos *hassidim* se quedavam ofuscados. Relegaram-no definitivamente para o meio dos enfermos; dançava entre êles, para distraí-los.

Mais tarde, quando se soube de tudo, alcunharam-no também o Dançarino de Deus...

Um dia, o Baal Schem recebeu uma mensagem do velho Gaon de Kiev. Mandou proclamar imediatamente que em Miedsibotz se escondia um Justo. Interrogaram a todos os peregrinos: doentes, sábios, possessos, rabis, pregadores; na manhã seguinte, constataram que o carregador desaparecera. Afluíram testemunhas na hora, cada uma contando a sua pequena estória: o vagabundo do barracão dançava à noite, tratava dos doentes etc. Mas o Baal Schem Tov, enxugando uma lágrima, disse simplesmente: era o são entre os enfermos, e eu não o vi.

As novas filtraram-se como que por gôtas.

Soube-se que o pobre Haim errava pelos campos, pregando nas praças públicas ou exercendo estranhos ofícios, como, por exemplo, o de "endireita" das duas mãos (que cuida indiferentemente dos homens e dos animais). Numerosas crônicas assinalam que êle só pregava a contragôsto, como que sob o império de um anjo oficiante. Depois de quinze anos dessa louca solidão, sua figura tornou-se tão popular que numerosos relatos o identificam com o próprio Baal Schem Tov, de quem se tornara a encarnação vagabunda. Não é possível, neste pulular de velhos pergaminhos, separar fio a fio o quotidiano do maravilhoso. Contudo, não restam dúvidas de que o Mensageiro permanecia muitas vêzes numa cidade sem desincumbir-se de outra coisa além de sua medicina, de sorte que passava duplamente despercebido.

Mas sua lenda corria mais depressa do que êle e logo o reconheceram por certos sinais: primeiramente, a alta estatura de lenhador, o rosto lavrado de cicatrizes; finalmente, a famosa orelha direita mutilada, arrancada por camponeses polacos.

---

(1) Acróstico de Baal Schem Tov, célebre rabi, fundador do Hassidismo. V. Glossário.

46 Entre Dois Mundos

Desde então, notaram que êle evitava as grandes cidades, onde as suas características eram por demais conhecidas.

Uma noite, no inverno de 1792, chegou às proximidades do pequeno burgo de Zemyock, cantão de Moydin, na província de Bialistock. Caiu inanimado no limiar de uma casa judia. Seu rosto e suas botas estavam tão gastos, tão endurecidos pelo frio que, à primeira vista, o tomaram por um dos numerosos bufarinheiros que percorriam a Polônia e a "zona de habitação judaica" da Rússia. Tiveram de decepar-lhe as pernas à altura do joelho. Quando melhorou, puderam apreciar seus talentos manuais e sua habilidade de copista da Torá. Todos os dias, o seu hospedeiro transportava-o num carrinho de rodas para a sinagoga. Era um farrapo humano, um desgraçado, mas prestava pequenos serviços e, por isso, não era uma carga muito pesada. "Falava apenas de coisas materiais, tais como pão e vinho", escreve o Rabi Leib de Sassov.

O Justo mantinha-se em seu carrinho, tal como um círio vivo plantado num canto obscuro da sinagoga, não longe do oratório, quando aconteceu ter-se o rabi da aldeia enganado na interpretação de um texto sagrado. Haim ergueu um sobrolho, tateou sua orelha única, pigarreou prudentemente, tateou-se de nôvo: calar a verdade sôbre Deus é grave, grave... Enfim, tateando-se uma última vez, apoiou-se com uma mão no braço do carrinho e pediu voz na matéria. Em seguida, crivaram-no de perguntas. Sofrendo mil mortes, respondeu brilhantemente a tôdas. Para completar o desastre, o velho rabi de Zemyock entrou numa espécie de êxtase choroso:

— Senhor dos mundos — clamava êle entre dois soluços — senhor das almas, senhor da paz, admirai-me bem as pérolas que saem com tanta facilidade desta bôca! Oh!, não, meus filhos, não posso continuar a ser vosso rabi, pois êste pobre vagabundo é maior sábio do que eu. Que estou dizendo: maior? Apenas maior?

E aproximando-se, beijou seu sucessor aterrado.

# M. EDELMAN

MAREK EDELMAN (1922) nasceu em Varsóvia de uma família de operários. Jovem ainda, tornou-se colaborador da imprensa ídiche e trabalhador ativo no Bund socialista judeu. Foi um líder do movimento secreto no gueto de Varsóvia, durante a ocupação nazista, servindo como chefe do Serviço de Inteligência da Organização de Combatentes Judeus. Um dos poucos sobreviventes da batalha do gueto, vive agora na Polônia. *A Última Resistência no Gueto de Varsóvia* é parte de seu relato da experiência épica, que foi publicada primeiramente em polonês, em 1945, e depois traduzida para o ídiche, com o título de *In di Iorn fun idischen hurben* (Nova Iorque, 1948).

## A ÚLTIMA RESISTÊNCIA NO GUETO DE VARSÓVIA

Os alemães finalmente decidiram liquidar o gueto de Varsóvia. As primeiras notícias de que se estavam aproximando chegaram através de nossos postos avançados de observação, às duas horas da madrugada de 19 de abril de 1943. Informavam-nos que policiais alemães, com o auxílio da polícia polonesa "azul-marinha", estavam cercando os muros externos do gueto, com trinta metros de intervalo. Demos um alarme de emergência e, em quinze minutos, tôdas as unidades se achavam em seus postos de combate. Alertamos igualmente a população civil quanto ao perigo iminente; a maioria dos habi-

48                                  Entre Dois Mundos

tantes do gueto depressa mudou-se para abrigos prèviamente preparados, e depósitos em porões e sótãos. Reinava silêncio absoluto sôbre o gueto. A Organização de Combatentes Judeus estava em guarda.

Às quatro horas, os alemães começaram a infiltrar-se no intergueto, áreas não habitadas, em grupos de três, quatro e cinco, para não despertar suspeitas. Uma vez no interior, formaram em pelotões e companhias. Às sete horas, destacamentos motorizados, com tanques e veículos blindados, entraram no gueto. Os S. S. estavam prontos para atacar. Em formações cerradas, em ruidosa parada militar, marcharam através das ruas, aparentemente mortas, do Gueto Central. Seu triunfo afigurava-se completo. O moderno exército, soberbamente armado, ao que parecia, amedrontara o punhado de homens cheios de bravata; era como se aquêles poucos rapazes imaturos houvessem compreendido, finalmente, que não adiantaria tentar o impossível; e se tinham compenetrado de que os alemães possuíam mais rifles do que êles munição para tôdas as suas pistolas.

Não nos amedrontaram, porém, e não nos apanharam de surprêsa. Aguardávamos apenas um momento oportuno. Logo êle se apresentou. Os alemães haviam escolhido o cruzamento das ruas Mila e Zamenhofa para seu acampamento, e nossos combatentes, entrincheirados nos quatro cantos, abriram fogo concentrado sôbre êles, ao mesmo tempo. Estranhos mísseis (granadas preparadas em casa e coisas semelhantes) começaram a explodir por tôda a parte; de quando em quando uma metralhadora solitária vomitava balas pelo ar (a munição tinha de ser cuidadosamente preservada); ao longe os rifles se puseram a disparar. Era o início.

Os alemães tentaram a retirada, mas foram impedidos. As suas perdas lastravam a rua. Os sobreviventes procuravam abrigar--se nas lojas próximas e nos portais, mas a proteção era insuficiente. Os S. S., a essa altura, deram ordens para que os tanques avançassem e, sob sua cobertura, os restantes soldados de duas companhias empreenderam a retirada. Todavia, a má sorte dos homens naquele dia estendia-se também aos tanques. O primeiro foi queimado por uma de nossas garrafas incendiárias; os demais não tentaram aproximar-se de nossas posições. O fado dos alemães apanhados na armadilha Mila-Zamenhofa estava selado: nem um só saiu vivo da área.

Ao mesmo tempo, travava-se uma batalha enfurecida entre as ruas Nalewki e Gesia. A luta durou mais de sete horas, e duas unidades de combate impediram a entrada dos alemães no gueto por aquêle ponto. Os germânicos encontraram alguns colchões e usaram-nos como abrigo, mas os tiros certeiros de nossos combatentes forçaram-nos a sucessivas retiradas. O sangue alemão corria nas ruas. As ambulâncias estavam ocupadas em transportar seus feridos para uma pracinha encostada aos edifícios da comunidade. Lá jaziam em desordem na calçada, aguardando sua admissão no hospital. Um pôsto alemão de ligação aérea, na esquina da rua Gesia, indicou nossas posições a seus aviões. Entretanto, no momento éramos invencíveis tanto em terra como no ar. A batalha Gesia-Nalewki findou com o completo desbarato dos inimigos.

Luta cerrada também se desenvolvia na Praça Miranowski. Nesse local, os alemães atacaram de tôdas as direções. Unidades de combate, postadas nos quatro cantos da praça, revidavam ferozmente, e com esforços verdadeiramente sôbre-humanos, conseguiram repelir o adversário. Foram capturadas duas metralhadoras alemãs, bem como inúmeras outras armas. Além disso, um tanque alemão foi incendiado — o segundo naquele dia.

Às duas horas da tarde, não restava um alemão vivo no gueto. Era a primeira vitória completa da Organização de Combatentes. O restante do dia passou-se em relativa calma, exceto por algumas rajadas de artilharia vindas da Praça Krasinskich, fora do gueto, e por diversos bombardeios aéreos.

Tudo permaneceu calmo até o dia seguinte às duas da tarde. Então os alemães, mais uma vez em formações cerradas, chegaram ao portão dos fabricantes de escôvas. Um guarda da fábrica, alemão, foi abri-lo. Naquele preciso momento, um dos nossos colocou um pino numa tomada elétrica e uma mina que há muito estava preparada para os alemães, explodiu sob os pés dos S. S. Mais de cem foram mortos. Os restantes fugiram sob o fogo de nossos combatentes.

Duas horas mais tarde, tentaram a sorte novamente. Dessa vez mudaram de tática, aproximando-se cautelosamente em filas extensas, procurando penetrar na área dos fabricantes de escôvas. Lá, contudo, foram devidamente recebidos por uma unidade de combate. Dos trinta alemães que conseguiram penetrar, alguns poucos apenas puderam sair. Mais uma vez, os germânicos bateram em retirada do gueto. Mais uma vez nossa vitória foi completa. Ensaiaram a entrada por diversos outros pontos. Porém, em todos os locais encontraram a mesma resistência determinada, onde cada casa era uma fortaleza.

Sùbitamente, estamos cercados num sótão. Os alemães estão ali mesmo, no próprio local, e não podemos chegar às escadas. Não conseguimos nem mesmo ver-nos uns aos outros nos cantos escuros. Não percebemos Sewek Dunski e Junghajzer rastejarem escadas acima, colocarem-se atrás dos alemães e atirarem

# 50 Entre Dois Mundos

uma granada. Nem mesmo hesitamos quando Mihal Klepfisz atirou-se sôbre a metralhadora dos teutos, que atirava por trás da chaminé. Tudo o que vemos é que se abrira um caminho. Horas depois, quando os atacantes foram escorraçados, encontramos o corpo de Mihal crivado como uma peneira.

A área dos fabricantes de escôvas não pôde ser tomada.

Então acontece algo sem precedentes. Aparecem três oficiais com os rifles abaixados e rosetas brancas na lapela — emissários. Querem negociar uma trégua de quinze minutos com o Comando da Área, a fim de remover os mortos e feridos. Estavam igualmente dispostos a prometer a todos os habitantes uma evacuação organizada para os campos de trabalho de Poniatow e Trawniki, permitindo-lhes que levassem todos os seus bens.

Fogo é nossa resposta. Cada casa continua sendo uma fortaleza de combate. De cada andar, de cada janela, balas buscam odiosos capacetes alemães, odiosos corações alemães.

Nosso velho soldado, Diament, está em seu pôsto de comando, atrás de uma janelinha no quarto andar. Seu longo rifle data do tempo da guerra russo-japonêsa. Diament é fleumático, seus movimentos são lentos, deliberados. Os rapazes ao lado tentam apressá-lo, porém, êle permanece imperturbável. Aponta para o estômago, acerta no coração. Cada descarga liquida mais um alemão.

Numa janela do segundo andar, a camarada Dworja está atirando furiosamente. Os alemães localizam-na: "Olhe, Hans! Uma mulher atirando!" Atiram contra ela, porém erram. Aparentemente ela não erra muito, pois êles se retiram apressadamente.

No Pôsto Número 1, no corredor do primeiro andar, os combatentes Schuster e Kazik estão lançando granadas de mão. O suprimento chega ao fim enquanto dois alemães ainda se movem no pátio. Schuster apanha uma garrafa incendiária e, com ela, atinge em cheio o capacete de um dêles. Imediatamente pega fogo e o germânico se transforma numa tocha.

Tão determinada é a resistência dos combatentes judeus, que os alemães finalmente abandonam todos os métodos habituais de combate e recorrem a novas táticas: põem fogo de todos os lados do quarteirão dos fabricantes de escôvas, simultâneamente. Em poucos minutos, o fogo se alastra pelo quarteirão inteiro. A fumaça sufoca-nos as gargantas, queima-nos os olhos. Teremos de jogar com nossas vidas. Decidimos abrir caminho para o Gueto Central.

As chamas envolvem nossas roupas fumegantes. O calçamento se derrete em negro alcatrão grudento, sob nossos pés. Vidro quebrado, espalhado pelas ruas, corta-nos os sapatos. Nossos

M. Edelman

pés queimam no calor do asfalto. Um a um, cambaleamos através do incêndio. De casa em casa, de quintal em quintal, meio aturdidos, centenas de martelos batendo em nossos crânios, vigas incandescentes caindo sôbre nós, ultrapassamos afinal a área incendiada. Sentimo-nos felizardos por estar fora do inferno.

Resta ainda a parte mais difícil de nosso caminho. Só há uma passagem para entrar no Gueto Central — através de uma pequena brecha no muro, atentamente guardada pelo inimigo. Cinco unidades de combate terão de passar sob os olhos dos policiais alemães, da polícia "azul-marinha" e dos destacamentos ucranianos. Tensos a ponto de estourar, os pés envoltos em trapos para abafar o som dos passos, os grupos de Gutman, Berlinski e Grinbaum introduzem-se sob pesado tiroteio. Sucesso! O grupo de Iurek Blone cobre pela retaguarda. Quando o primeiro dêste grupo surge na rua, entretanto um holofote alemão ilumina tôda a área. Ninguém mais, parece, poderá salvar-se. De súbito, um tiro bem calculado do combatente Romanowicz despedaça o holofote. Antes que os alemães se refaçam do imprevisto, nosso grupo inteiro consegue atravessar.

Continuamos a lutar no Gueto Central, juntamente com a unidade de combate ali estacionada. Como na área dos fabricantes de escôvas, mover-se livremente era impossível. Ruas inteiras estavam bloqueadas por grandes incêndios. Oceanos de chamas envolviam casas e quintais; vigas de madeira estalavam ruidosamente; paredes ruíam. Não havia mais ar, apenas a sufocante fumaça negra e o calor abrasador de rubras paredes e as pedras ardentes das escadarias.


O que os alemães não puderam fazer, as chamas onipotentes agora realizavam. Milhares pereciam no incêndio; o mau cheiro de corpos queimando espalhava-se por tôda a parte. Cadáveres carbonizados jaziam nas sacadas, nos nichos das janelas, nos degraus ilesos das chamas. Labaredas enxotavam o povo de seus abrigos, forçava-os a sair de seu esconderijo em porões e sótãos. Milhares cambaleavam pelos quintais, prêsa fácil dos alemães, que os detinham ou matavam de imediato. Exaustos e extenuados, adormeciam no leito das ruas, às soleiras das portas, de pé, sentados, deitados e eram atingidos durante o sono pelas balas inimigas. Ninguém observava sequer que um velho que dormia numa esquina jamais acordaria; que uma mãe que amamentava seu bebê morrera havia três dias; que o chôro do bebê e sua sucção eram inúteis, pois os braços de sua mãe estavam frios, os seios mortos. Centenas suicidavam-se saltando de janelas de quartos e quintos pavimentos.

# Entre Dois Mundos

Depois das lições exemplares no Gueto Central e na área dos fabricantes de escôvas, os alemães supunham que as outras fábricas não mais se oporiam a uma evacuação "voluntária". Por conseguinte, estabeleceram um prazo para comparecerem aos pontos de concentração, fazendo ameaças em caso de desobediência. Nem petições e nem ameaças, contudo, tinham efeito àquela altura.

Os combatentes do Gueto estavam alertas em todos os cantos. As primeiras tentativas para romper a ocupação do Gueto Central pelas unidades alemãs foram feitas na área Tebbens e Schultz. Sôbre os caminhões que passavam carregados de S. S. choviam granadas e tiros das sacadas, das janelas e dos telhados. Explodiram um caminhão em velocidade, do lado ariano. De outra feita, o camarada Rozowski e Schlomo, o delegado do Comando da Área, perceberam um caminhão alemão que se aproximava durante uma inspeção da área. Ràpidamente subiram à sacada e fizeram uma descarga certeira sôbre o veículo, com quatro libras de pólvora, matando cinqüenta e cinco dos sessenta S.S.

Cinco dias depois, expirou o prazo para a evacuação "voluntária", e os alemães mais uma vez aplicaram-se a "pacificar" a área. Como anteriormente encontraram obstinada resistência. Infelizmente, já não havia fôrça elétrica no gueto, e as minas prèviamente preparadas especialmente para essa ocasião não puderam ser acionadas. Houve, todavia, fogo pesado. Combatentes entrincheirados nos edifícios impediam o avanço dos teutos. Como nas outras áreas, cada casa tornou-se um campo de batalha.

Na Rua Leszno n.º 56, Iurek está no seu pôsto avançado. Um grupo de S. S. o cerca. Um dêles atira uma granada. Destramente, Iurek apanha-a no ar, antes que explodisse, e joga-a de volta sôbre os S. S. Quatro morreram instantâneamente.

Com o braço ferido, Schlomo cobre a retirada do número 72 da Rua Nowolipie. De repente, seu grupo é cercado. Tudo parece perdido, não há tempo para evitar o desastre. Então, Schlomo ràpidamente arranca um lençol de uma cama e todos descem para o pátio. Como não restava ninguém para segurar o lençol para êle, pula do segundo andar.

Nesta área, como nas outras os alemães finalmente salvaram sua honra militar, pondo fogo de casa em casa.

A Organização dos Combatentes Judeus agora mudou de tática, para tentar a proteção de grupos maiores da população, escondidos em depósitos e abrigos. Assim, duas unidades escoltavam várias centenas de pessoas, desde o abrigo destruído do número 37 da Rua Mila, até o número 7. Aí milhares encontram abrigo por mais de uma semana.

Lentamente, o incêndio dissipou-se. Entretanto, agora não havia lugar algum para morar. Pior ainda, não havia água. Os próprios combatentes desciam aos abrigos subterrâneos ocupados por não-combatentes, para defenderem o pouco que restava para ser defendido.

Encontros armados tinham lugar, principalmente à noite. Durante o dia, o gueto estava sem vida. Nossas patrulhas agora se estendiam por tôdas as áreas do gueto. Nossos homens encontravam os alemães no escuro e quem conseguisse disparar primeiro, vencia. Os germânicos e ucranianos costumavam patrulhar as ruas juntos e ficavam à nossa espera. Tôdas as noites havia muitas vítimas.

Nossa situação tornava-se cada vez mais desesperadora. Havia escassez, não só de alimento e água, mas também de munição. Foram interrompidas as comunicações com o lado ariano; conseqüentemente, não podíamos conseguir a transferência de mais armas que nos eram destinadas pelo Exército do Povo. Os alemães tentavam agora localizar todos os abrigos habitados, por meio de poderosos detetores de som e cães policiais. No dia 3 de maio, descobriram o abrigo da Rua Franciszkanska que servira de base de operações para nossos grupos da área dos fabricantes de escôvas. Uma das mais brilhantes batalhas foi travada lá, durante dois dias, e metade de nossos homens foram mortos. Todavia, mesmo nos momentos mais cruciantes, Abrascha Blum mantinha vivos nossos espíritos. Sua simples presença nos fortalecia mais do que se possuíssemos as melhores armas. Não se pode realmente falar em vitória numa batalha pela sobrevivência que se perdeu. Entretanto, pode-se dizer uma coisa com segurança, a respeito dêste combate particular: não permitimos que os alemães realizassem seus planos. Não evacuaram uma única pessoa com vida.

A 8 de maio, destacamentos alemães e ucranianos cercaram o Quartel-General da Organização de Combatentes. A batalha durou duas horas. Quando os alemães constataram que não podiam tomar o armazém por assalto, lançaram uma bomba de gás. Os que sobreviveram às balas e ao gás germânicos, suicidaram-se, pois não havia outra saída. Iurek Wilner convocou todos os combatentes para morrerem juntos. Lutek Rotblat deu um tiro em sua mãe, em sua irmã e finalmente em si mesmo. Ruth desfechou vários tiros em si própria. Oitenta por cento dos combatentes remanescentes pereceram, entre êles o Comandante da Organização de Combatentes, Mordehai Anilewicz.

54                                             Entre Dois Mundos

À noite, os poucos que milagrosamente haviam escapado à morte juntaram-se aos sobreviventes dos destacamentos dos fabricantes de escôvas, espalhados na Rua Franciszkanska n.º 22. Naquela noite, dois de nossos agentes de ligação chegaram do lado ariano. Nosso Comando de Combatentes os havia enviado aos nossos representantes lá, dez dias atrás, para acertarem a retirada dos grupos combatentes, pelos esgotos. Agora estavam de volta, mas era tarde demais. Por uma única razão: a Organização de Combatentes fôra dizimada. Entretanto, nem mesmo os pobres remanescentes podiam ser evacuados do gueto, todos de uma só vez.

Durante tôda a noite andamos pelos esgotos, arrastando-nos através de numerosos obstáculos colocados pelos alemães justamente para essa contingência. Os bueiros estavam soterrados com cascalhos, as galerias continham armadilhas, com explosivos. De quando em quando, os alemães lançavam gás nos canos. Nessas circunstâncias, esperamos quarenta e oito horas num esgôto de sessenta centímetros de altura, com água à altura dos lábios. Cada minuto, um desmaiava. A sêde era nosso maior sofrimento. Alguns punham-se a beber o líquido viscoso. Os segundos esticavam-se, pareciam meses.

Às dez horas da manhã do dia 10 de maio, dois caminhões moviam-se lentamente ao lado da bôca-de-lôbo no cruzamento Prosta-Twarda. A prometida cobertura do exército polonês não se concretizou e sòmente três de nossos agentes e um representante do Exército do Povo patrulhavam a rua. Assim sendo, em plena luz do dia, a tampa do bueiro foi levantada. A aparição de um judeu apenas era algo que causava sensação naquele momento. Não obstante, de um a um, judeus armados emergiam do buraco escuro, diante de multidões estupefatas.

Nem todos os nossos puderam sair. A tampa fechou-se violentamente e os caminhões partiram a tôda velocidade. Duas unidades de combate ficaram no gueto. Mantivemos contato com êles até meados de junho. A partir de então, perdeu-se o menor vestígio.

# H. HEINE

HEINRICH HEINE (1797-1856) é o nome de um dos mais inspirados poetas líricos, de um grande prosador e vigoroso ensaísta alemão. Nasceu em Düsseldrof e morreu em Paris, onde se havia fixado em 1831, já que, devido às suas idéias avançadas, a sua situação na Alemanha se tornara insustentável. Nascido no judaísmo, converteu-se ao protestantismo em 1825. Em Paris casou-se com Crescentia Eugénie Mirah, chamada por êle Mathilde, môça inculta que nada sabia do seu marido famoso, um dos mais festejados autores da Europa e criador de uma nova poesia. Conservou em tôdas as suas obras, escreve Fleg, aquêle misto de humor e melancolia de pessimismo e otimismo que caracteriza o temperamento do judeu moderno." Sua obra poética é das mais ricas e expressivas da literatura alemã. Deixou um livro com os seus famosos *Lieder* (1827), tão populares que até no período nazista eram cantados apesar das proibições. Ciclos poéticos importantes são os poemas de *Mar do Norte* e *Melodias Hebraicas*. Poemas épicos de forte cunho satírico são *Alemanha, um canto invernal* (1844) e *Atta Troll* (1847). De 1826 a 1831 apareceram seus *Quadros de Viagem,* nos quais criou um nôvo estilo impressionista e coloquial, cheio de verve e humor. A estória aqui inserida tem a tradução de J. Guinsburg.

56 Entre Dois Mundos

## O RABI DE BACHERACH

### Capítulo I

Abaixo do Rheingau, onde as margens do Reno perdem o seu sorriso, onde penhasco e montanha com seus altaneiros castelos em ruína lançam o seu desafio e uma selvagem e severa majestade se ergue — lá, qual uma terrível saga de outros tempos, jaz a sombria e antiqüíssima cidade de Bacherach. Mas estas muralhas, com as ameias desdentadas e cegas atalaias, em cujas brechas o vento uiva e os pardais se aninham, nem sempre estiveram tão desmanteladas e carcomidas. Nas miseráveis e repulsivas vielas lamacentas, visíveis através do derruído portão, nem sempre reinou o lúgubre silêncio, apenas de quando em quando interrompido por crianças gritando, mulheres discutindo e vacas mugindo. Outrora, estas muralhas foram poderosas e altivas, nestas vielas agitou-se uma vida livre e viçosa, o poder e a pompa, a alegria e a dor, muito amor e muito ódio. Bacherach pertenceu àquelas municipalidades que os romanos fundaram, quando do seu domínio sôbre o Reno. E seus habitantes, embora os tempos ulteriores fôssem muito tempestuosos, embora caíssem mais tarde sob a suserania dos Hohenstaufen e finalmente dos Wittelsbach, sabiam, não obstante, segundo o exemplo de outras cidades renanas, manter uma comunidade razoàvelmente livre. Esta consistia numa liga de diferentes corporações, com as da antiga burguesia patrícia e as das guildas — subdivididas, por sua vez, de acôrdo com os vários ofícios — lutando pelo poder exclusivo. Assim, enquanto exteriormente todos permaneciam em estreita união na defesa e na vigilância comum contra os vizinhos barões salteadores, internamente interêsses em conflito mantinham-nos em constante dissensão; entre êles havia, pois, uma reduzida convivência, muitas suspeitas e até mesmo o violento eclodir de paixões. O nobre Alcaide permanecia em seu elevado castelo de Sareck; e, como o seu falcão, flechava sempre que o chamavam e, às vêzes, sem ser chamado. O clero reinava nas trevas através do obscurecimento do espírito. Uma das mais isoladas e indefesas corporações, gradualmente segregadas pelas leis civis, era a pequena coletividade judaica que se estabelecera em Bacherach ainda nos tempos dos romanos e que, mais tarde, durante a Grande Perseguição, acolhêra rebanhos inteiros de fugitivos correligionários.

A Grande Perseguição contra os judeus começou com as Cruzadas e sua fúria atingiu o auge na metade do século quatorze, ao fim da Peste Negra. Esta, como tôdas as outras calamidades públicas, também foi atribuída aos judeus. Afirmava-se que haviam atraído a ira de Deus e que, com o auxílio dos leprosos, tinham envenenado as fontes de água. As turbas enfurecidas, especialmente as hordas dos Flagelantes — homens e mulheres seminus que, em penitência, açoitando-se a si próprios e entoando um desvairado cântico à Virgem, assolaram a Renânia e o sul da Alemanha — assassinaram milhares e milhares de judeus, torturando e batizando à fôrça muitos outros. Uma segunda acusação que, mesmo em épocas anteriores e no curso de tôda a Idade Média até o início do século passado, lhes custou muito sangue e muita angústia, era a pueril história, repetida *ad nauseam* em crônicas e legendas, segundo a qual os judeus furtavam a hóstia consagrada e feriam-na com seus punhais até que o sangue corresse e, além disso, imolavam crianças cristãs na celebração de sua Páscoa, utilizando o sangue das vítimas para os seus ritos noturnos. Os judeus, já bastante odiados por sua fé, suas riquezas e seus livros de contas, ficavam nos dias desta festividade inteiramente à mercê de seus inimigos, que, com facilidade, podiam obter sua perdição, espalhando rumôres sôbre um dêstes infanticídios ou, mesmo, introduzindo furtivamente na proscrita casa de um judeu o cadáver ensangüentado de uma criança, a fim de assaltar à noite a família entretida nas preces. Haveria, então, mortes, pilhagem e batismos, grandes milagres seriam realizados pela criança morta que a Igreja acabaria até canonizando. São Werner é um dêsses santos. Em sua honra erigiram, em Oberwesel, a suntuosa abadia, hoje uma das mais belas ruínas, que tanto nos deslumbra com o esplendor gótico das longas janelas ogivais, dos arrojados pilares e relevos de pedras, quando num risonho e verdejante dia de verão por ali passamos e ignoramos sua origem. Em honra dêste santo construíram ao longo do Reno três outras igrejas e inúmeros judeus foram supliciados e mortos. Isto aconteceu no ano de 1287, e, em Bacherach, onde se edificou uma das igrejas de S. Werner, os judeus sofreram muitas provações e tribulações. Mas, desde então, por duzentos anos, os judeus da cidade estiveram a salvo de tais ataques do populacho, embora continuassem sempre bastante hostilizados e ameaçados.

Entretanto, quanto mais bloqueados pelo ódio exterior, mais íntima e cordial era a vida doméstica e mais profundas eram as raízes da piedade e do temor a Deus dos judeus de Bacherach. Um modêlo de devoção religiosa era o rabino local, chamado Rabi Abraão, um homem ainda jovem, mas já famoso em tôda parte por sua erudição. Nascera nessa cidade, e seu pai, que aí fôra igualmente rabino, ordenara-lhe, como última vontade, que se consagrasse ao mesmo cargo e jamais abandonasse Bacherach, exceto em perigo de vida. Êste mandado e uma estante de livros raros fôra tudo quanto lhe deixara o pai, cuja vida decorrera na pobreza e no estudo. Não obstante, Rabi Abraão era um homem muito rico; casado com a filha única de seu falecido tio paterno, antigo negociante de jóias, herdara-lhe as grandes riquezas. Alguns bisbilhoteiros da comunidade continuavam a aludir ao fato, como se o rabi houvesse desposado a sua mulher apenas pelo dinheiro. As mulheres, porém, contestavam em uníssono; tinham velhas histórias para contar: de como o rabi, antes mesmo de sua viagem à Espanha, estivera enamorado de Sara — comumente chamada a Formosa Sara — e de como Sara tivera de esperar sete anos por seu regresso, depois que o rabi a desposara contra a vontade do pai dela e mesmo sem o seu consentimento, por meio da aliança nupcial. Pois todo judeu pode tornar uma donzela judia a sua espôsa legal, se conseguir pôr-lhe no dedo um anel de ouro e proferir, ao mesmo tempo, as seguintes palavras: "Recebo-te para minha espôsa, segundo a lei de Moisés e Israel!"

À menção da Espanha, os bisbilhoteiros costumavam sorrir de modo especial; e isto provàvelmente devido ao obscuro rumor, segundo o qual o Rabi Abraão, embora se aplicasse com bastante zêlo ao estudo das sagradas leis na academia de Toledo, copiara também hábitos cristãos e absorvera formas de livre-pensamento, à semelhança dos judeus espanhóis que, naquela época, desfrutavam de um nível cultural excepcionalmente elevado. Mas, no imo de suas almas, tais bisbilhoteiros pouco acreditavam em suas próprias insinuações. Pois a vida do rabi, após o regresso da Espanha, fôra extremamente pura, devota e séria; observava os menores ritos com escrupulosa consciência, jejuava tôdas as segundas e quintas-feiras, apenas no sábado e em outras festividades provava carne e vinho, e passava os dias entregue ao estudo e à oração. Durante o dia expunha a sagrada Lei aos discípulos que sua fama atraíra a Bacherach; e à noite fitava as estrêlas no céu ou os olhos da Formosa Sara. O casamento não lhe dera filhos; não obstante, ao seu redor não havia falta de vida e bulício. O grande salão de sua casa, situada perto da sinagoga, era franqueado ao uso da comunidade inteira; ali todos entravam e saíam sem cerimônia, proferiam rápidas orações, trocavam novidades ou deliberavam em caso de necessidade coletiva; ali brincavam as crianças no sábado pela manhã, enquanto na sinagoga era lido o capítulo semanal; ali reuniam-se para os cortejos nupciais ou fúnebres; ali altercavam e reconciliavam-se; ali os enregelados encontravam uma estufa acesa e os famintos, uma mesa posta. Além disso, em tôrno do rabi movia-se uma multidão de parentes; irmãos e irmãs com os maridos, mulheres e filhos, bem como os tios e tias de sua espôsa e os seus próprios, e uma incontável parentela — todos os que consideravam o rabi como chefe de família — punham-se à vontade em sua casa, desde cedo até a noite e, nas grandes festividades, todos comiam à sua mesa. Êstes grandes repastos familiais em casa do rabi ocorriam particularmente durante a celebração anual da Páscoa, uma antiqüíssima e maravilhosa festa, que ainda hoje os judeus de todo o mundo observam na noite do décimo quarto dia do mês de Nisan, como eterna lembrança de sua redenção do cativeiro egípcio, e da seguinte maneira:

Tão logo anoitece, a dona de casa acende as luzes, estende a toalha sôbre a mesa, coloca no centro três pedaços do achatado pão ázimo, cobre-os com um guardanapo, e sôbre êste lugar mais elevado dispõe seis pequenos pratos contendo alimentos simbólicos: um ôvo, alface, rábano silvestre, o osso de um cordeiro e uma escura mistura de uvas passas, canela e nozes. A esta mesa, senta-se o chefe da família com todos os parentes e amigos, e recita-lhes um livro muito curioso denominado Hagadá, cujo conteúdo é uma estranha mescla de lendas dos antepassados, de maravilhosas histórias do Egito, de singulares narrativas, de controvérsias, preces e cânticos festivos. Uma grandiosa ceia intercala a celebração; e, mesmo durante a leitura da Hagadá, em determinados momentos, os convivas provam algo dos pratos simbólicos, comem pedaços do pão ázimo e bebem quatro cálices de vinho tinto. Esta celebração tem o caráter de melancólica alegria, de festiva gravidade, sendo misteriosa como um conto de fada. E a melopéia tradicional com que o chefe da casa recita a Hagadá, de vez em quando repetida em côro pelos ouvintes, soa com uma intensidade tão aterradora, um acalento tão maternal e, ao mesmo tempo, provoca um despertar tão abrupto que mesmo aquêles judeus que há muito esqueceram a fé dos antepassados e perseguem alegrias e honrarias estranhas comovem-se até o fundo de seus corações, quando, por acaso, as velhas e bem conhecidas melodias pascais ferem os seus ouvidos.

E assim, certa vez, o Rabi Abraão, sentado à mesa do grande salão de sua vivenda, em companhia de parentes, discípulos e outros convidados, deu início à celebração da noite de Páscoa. No recinto, tudo brilhava mais do que habitualmente; sôbre a mesa estendia-se a toalha bordada de sêda, cujas franjas douradas desciam até o assoalho; os pratos com os alimentos simbólicos cintilavam convidativamente, assim como os altos cálices cheios de vinho, ornamentados com gravuras em relêvo das histórias sagradas; os homens sentavam-se com suas capas pretas, rufos brancos e chapéus rasos também prêtos; as mulheres, com vestidos maravilhosamente brilhantes de pano da Lombardia, usavam seus diademas e colares de ouro e pérolas; e o sabático candelabro de prata derramava a sua luz mais festiva sôbre as faces piedosamente contentes de jovens e velhos. Recostado, como exige o costume, nos coxins de veludo côr de

60 Entre Dois Mundos

púrpura de uma cadeira mais alta que as outras, Rabi Abraão recitava e cantava a Hagadá e o coral misto acompanhava-o ou respondia-lhe nas passagens prescritas. O rabi também envergava o seu fato negro de festas; suas feições nobres e algo austeras pareciam mais suaves do que usualmente; salientando-se por entre a barba castanha, seus lábios sorriam como se quisessem contar muitas coisas agradáveis, e os olhos estavam como que inundados de lembranças e pressentimentos felizes.

A Formosa Sara, sentada a seu lado, também numa alta cadeira de veludo, não trazia nenhuma de suas jóias, dada a sua qualidade de anfitrioa; apenas o linho branco cingia-lhe o corpo esbelto e o rosto piedoso. Êste rosto era de uma formosura comovedora, como é em geral, na sua enternecedora peculiaridade, a beleza das judias; a consciência da profunda miséria, da amarga ignomínia e das péssimas contingências em que vivem seus parentes e amigos, infunde às suas faces encantadoras uma espécie de doloroso fervor e atenta ansiedade de amor, que fascina estranhamente os nossos corações. Assim, nessa noite, a Formosa Sara estava sentada e observava constantemente os olhos do marido; mas, a cada momento, lançava também um olhar sôbre a Hagadá aberta à sua frente, aquêle belo volume de pergaminho encadernado em veludo e ouro: um antigo legado, com velhas nódoas de vinho, que procedia do tempo de seus avós e onde havia inúmeras iluminuras, ousadas e multicoloridas, às quais, ainda quando menina, gostava tanto de contemplar nas noites de Páscoa. Apresentavam tôda sorte de histórias bíblicas, tais como: Abraão destruindo com um martelo os ídolos de pedra de seu pai; Abraão recebendo os anjos; Moisés matando o *Mitzri*; o faraó suntuosamente sentado ao trono e os sapos não lhe dando sossêgo, mesmo à mesa. Mostravam também como o faraó se afogou, graças a Deus; como os filhos de Israel atravessavam cautelosamente o Mar Vermelho; como, ao lado de seus carneiros, bois e vacas, quedaram-se boquiabertos diante do Monte Sinai; como o piedoso Rei Davi tocava harpa e, finalmente, como Jerusalém, com as tôrres e ameias de seu Templo, brilhava ao resplendor do sol!

O segundo cálice já fôra servido; as faces e as vozes dos convidados animavam-se cada vez mais, e o rabi, apanhando um pedaço de pão ázimo e erguendo-o em alegre saudação, recitou as seguintes palavras da Hagadá: — Vêde! Êste é o pão que os nossos antepassados comeram no Egito. Quem estiver faminto, que venha e dêle partilhe! Quem estiver triste, que venha e participe de nosso júbilo pascal. Êste ano celebramos aqui a Festa, mas no ano vindouro celebrá-la-emos na Terra de Israel! Êste ano ainda a festejamos como escravos mas no ano vindouro festejá-la-emos como filhos da liberdade!

# H. Heine 61

Neste instante, a porta da sala abriu-se e entraram dois homens altos e pálidos, envoltos em largos mantos. Um dêles disse: — A paz seja convosco, somos homens de vossa fé, em viagem, e desejamos comemorar a Páscoa em vossa companhia. — E o rabi, rápida e cordialmente, respondeu: — Convosco seja a paz; sentai-vos junto de mim.

Os dois estranhos sentaram-se prontamente à mesa e o rabi prosseguiu na leitura. Às vêzes, enquanto os outros entoavam as respostas, o rabi atirava à sua espôsa uma palavra carinhosa e aludindo ao velho gracejo, segundo o qual, nesta noite, o chefe de um lar judaico se considera um rei, disse-lhe o rabi: — Alegra-te, minha rainha! — Ela, porém, sorrindo melancòlicamente, respondeu: — Mas falta-nos o príncipe! — referindo-se ao filho da casa, que, segundo preceitua uma passagem da Hagadá, deve interrogar o pai, com certas palavras prescritas, sôbre o sentido da festividade. O rabi nada replicou e apenas apontou o dedo para o quadro que acabava de aparecer na Hagadá; êste, com uma graça singular, mostrava como os três anjos vieram a Abraão para anunciar-lhe que teria um filho de sua mulher Sara, a qual, com astúcia feminina, permanecia atrás da porta da tenda, a fim de ouvir a conversa. A leve insinuação tingiu de um triplo rubor as faces da bela mulher; ela abaixou os olhos e, depois, com um brilho afável, ergueu-os novamente para o marido, que continuava cantando as maravilhosas histórias do Rabi Ioschua, Rabi Eliezer, Rabi Azaria, Rabi Akiba e Rabi Tarfon, os quais se reclinam no Bne Brak e falam a noite inteira sôbre o êxodo do Egito dos Filhos de Israel, até que seus discípulos vêm chamá-los, pois já é dia e na sinagoga já se diz a grande prece matutina.

Então, enquanto ouvia assim devotamente e observava constantemente o espôso, a Formosa Sara notou que, de súbito, o rosto do marido se petrificara numa horrível contorsão, o sangue abandonara-lhe as faces e os lábios, e seus olhos pareceram sair das órbitas como estalactites de gêlo. Mas, quase no mesmo instante, viu suas feições retomarem a primitiva calma e serenidade, o rosto e os lábios avermelharem-se de nôvo e os olhos porem-se a errar cheios de animação, como se, na realidade, uma louca alegria, inteiramente alheia à sua natureza, se apoderasse de todo o seu ser. A Formosa Sara atemorizou-se como nunca em tôda a sua vida e um gélido pavor começou a erguer-se em seu íntimo, não tanto pelos sinais de rígido terror que vislumbrara por um momento na fisionomia do marido, como por sua atual jovialidade que, aos poucos, se convertia em exultante folia. O rabi, brincando, movia o gorro de uma orelha para a outra, puxava e enrolava burlescamente os cachos da barba, cantava o texto da Hagadá à maneira de um refrão popular; e, na enumeração das pragas do Egito, quando

62 Entre Dois Mundos

é costume umedecer o dedo indicador no cálice cheio de vinho e sacudir sôbre o chão as gôtas pendentes, o rabi respingou as meninas mais jovens de vinho rubro e houve muitas lamentações acêrca de golas manchadas e ruidosas gargalhadas. A Formosa Sara sentia-se cada vez mais ansiosa diante dessa convulsiva e borbulhante jovialidade do espôso, e, opressa por uma inominável angústia, pôs-se a contemplar o enxame zunidor de criaturas vivamente iluminadas, que se balouçavam confortàvelmente para cá e para lá, mordiscando o fino pão pascal ou bebericando o vinho ou tagarelando ou cantando alto, todos sumamente contentes.

Então chegou a hora da ceia; todos se levantaram para as abluções e a Formosa Sara trouxe a grande bacia de prata ricamente ornamentada com figuras de ouro em relêvo, segurando-a diante de cada convidado, enquanto derramavam água sôbre as mãos dêste. Quando serviu assim o rabi, êste piscou-lhe de forma significativa e esgueirou-se pela porta afora. A Formosa Sara seguiu-lhe os passos; precipitadamente o rabi agarrou a mão de sua mulher, conduziu-a a tôda pressa através das escuras vielas de Bacherach; cruzaram ràpidamente o portão da cidade em direção à estrada que, ao longo do Reno, leva a Bingen.

Era uma dessas noites de primavera que, embora bastante tépida e estrelada, inunda a alma de estranhos frêmitos. A fragrância das flôres era de um perfume de morte; os pássaros chilreavam como que jubilosos com a dor alheia e ao mesmo tempo êles próprios angustiados; a lua arremessava sôbre o escuro e sussurrante rio pérfidos feixes de luz amarela; os altos e maciços penhascos das margens pareciam cabeças de gigantes oscilando ameaçadoramente; o guarda da tôrre do Castelo de Strahleck fêz soar melancólica melodia e, entrementes, dobrou, zelosamente estrídulo, o pequeno sino fúnebre da igreja de S. Werner. A Formosa Sara ainda tinha na mão direita a bacia de prata, a mão esquerda o rabi segurava e ela sentiu que os dedos dêle estavam frios como o gêlo e que seu braço tremia; mas seguia-o em silêncio, talvez porque se habituara, há muito, a obedecer cegamente ao espôso sem fazer perguntas, ou talvez porque o mêdo lhe selara os lábios por dentro.

Abaixo do Castelo de Soneck, defronte a Lorch, próximo ao local onde agora se encontra o vilarejo de Niederrheinbach, um elevado penhasco pende arqueado sôbre a margem do Reno. Foi êste rochedo que Rabi Abraão escalou com a espôsa e, uma vez no alto, olhou para todos os lados, pondo-se, em seguida, a fitar as estrêlas. A Formosa Sara, tremendo e enregelada por um terror de morte, permanecia ao seu lado, observando o seu pálido semblante, que a lua iluminava fantasmagòricamente, e onde como que palpitavam, num vaivém, a dor, o mêdo, a devoção e a raiva. Mas, quando o rabi lhe arrancou bruscamente das mãos a bacia de prata, atirando-a nas águas do Reno, onde caiu com um ruído surdo, ela não mais resistiu à terrível ansiedade e, com um grito: — "Misericordioso *Schadai!"*, jogou-se aos pés do espôso, implorando-lhe que afinal lhe revelasse o obscuro enigma.

O rabi, que não conseguia articular as palavras, por repetidas vêzes moveu mudamente os lábios e enfim exclamou: — Não vês o Anjo da Morte? Lá embaixo êle sobrepaira Bacherach! Nós, porém, escapamos a seu alfanje. Louvado seja o Senhor! — E, numa voz ainda transida de mêdo, contou-lhe como, ao recitar alegremente a Hagadá, reclinado em sua cadeira, olhara casualmente para baixo da mesa, e lá, a seus pés, avistara o corpo ensangüentado de uma criança. — Notei então — prosseguiu o rabi — que os nossos dois hóspedes tardios não eram da comunidade de Israel mas da assembléia dos incréus que planejara introduzir sorrateiramente o cadáver em nossa casa a fim de nos inculpar da morte da criança e incitar o povo a nos pilhar e assassinar. Eu não podia dar a perceber que meu olhar penetrara na obra das trevas; eu teria apenas apressado a minha própria destruição, e só a astúcia nos salvou. Louvado seja o Senhor! Não tenha receio, Formosa Sara, nossos parentes e amigos também serão salvos. Êstes celerados almejam apenas o meu sangue; escapei-lhes e hão de contentar-se com o meu ouro e a minha prata. Vem comigo, Formosa Sara, para outro país; deixaremos para trás a infelicidade e, para que ela não nos persiga, lancei-lhe, como oferenda propiciatória, o último de meus haveres, a bacia de prata. O Deus de nossos antepassados não nos abandonará. Vamos descer, estás cansada; lá embaixo, o Silencioso Guilherme encontra-se junto do barco; êle nos conduzirá Reno acima.

Sem articular um único som e como se tivera as pernas quebradas, a Formosa Sara tombou nos braços do rabi; e lentamente êle a carregou para baixo, até a beira do rio. Ali se achava o Silencioso Guilherme, um jovem surdo-mudo, mas de rara beleza, que para sustentar a velha mãe adotiva, uma vizinha do rabi, dedicava-se à pesca e guardava o seu bote naquele local. Entretanto, era como se já percebesse o intento do rabi ou como se, na realidade, já o esperasse; pois em seus lábios cerrados flutuava a mais terna compaixão e seus grandes olhos azuis pousavam significativamente sôbre a Formosa Sara, quando a transportou com todo o cuidado para dentro do barco.

O olhar do jovem mudo despertou a Formosa Sara de seu atordoamento. De súbito, compreendeu que tudo o que o marido lhe relatara não era apenas mero sonho, e torrentes de amargas lágrimas rolaram sôbre suas faces, agora tão brancas como suas vestes. Sentada no meio do barco, era uma estátua de mármore em pranto; e, sentados ao seu lado, o rabi e o Silencioso Guilherme remavam ardorosamente.

Seja devido à uniformidade das remadas, ao embalo do barco ou à fragrância daquelas margens montanhosas, onde cresce a alegria, sucede sempre que mesmo o mais aflito é singularmente reconfortado, quando, numa noite de primavera, um leve bote o conduz levemente sôbre o claro e querido rio Reno. Na verdade, o velho e bondoso pai Reno não suporta ver o pranto de seus filhos; aquietando-lhes as lágrimas, acalenta-os em seus braços devotados, conta-lhes as suas mais belas histórias e promete-lhes os seus mais áureos tesouros, talvez até mesmo o antiqüíssimo e imerso tesouro dos Nibelungos. Também as lágrimas da Formosa Sara fluíam com crescente mansidão; suas maiores dores eram travêssamente carregadas pelas ondas murmurejantes. A noite perdeu o seu escuro terror e as montanhas da terra natal saudavam-na como no mais carinhoso adeus. Entretanto, mais íntima do que tôdas era a saudação de sua montanha favorita, o Kedrich, e, no estranho clarão do luar, era como se, no alto, de nôvo se encontrasse uma donzela com os braços ansiosamente estendidos, como se enxames de ágeis anões saíssem das fissuras de suas rochas e como se um cavaleiro subisse a encosta a todo galope; e a Formosa Sara sentia-se novamente uma menina, e mais uma vez estava sentada no colo de sua tia de Lorch que lhe contava a bonita história do bravo cavaleiro, o redentor da pobre donzela raptada pelos anões, e outras histórias verdadeiras: do maravilhoso Vale do Murmúrio onde os pássaros falam de forma bastante sensata, e da Terra do Pão de Gengibre para onde vão as crianças boas e obedientes, e das princesas encantadas, e das árvores canoras, e dos castelos de cristais, e das pontes de ouro e das risonhas ondinas... Mas, por entre todos êsses bonitos contos, que tilintando e brilhando começavam a viver, a Formosa Sara ouviu a voz de seu pai, que repreendia furiosamente a sua pobre tia por encher a cabeça da criança com tantas tolices! Logo em seguida, pareceu-lhe como se a sentassem na banqueta defronte a cadeira de veludo do pai, que, com sua mão macia, lhe afagava os longos cabelos, todo contente e sorrindo com os olhos, e balançando-se confortàvelmente para cá e para lá no amplo chambre sabático de sêda azul... Devia ser um sábado, pois a toalha florida guarnecia a mesa, tôda a prataria do aposento fulgurava, polida como um espelho e, ao lado do pai, estava sentado o funcionário da congregação, de barba branca, mastigando uvas passas e falando hebraico. O pequeno Abraão também entrou, com um enorme volume, e modestamente pediu licença ao tio para interpretar um capítulo da Sagrada Escritura, a fim de que êste se

H. Heine

65

convencesse por si próprio que estudara muito durante a semana passada e merecia, portanto, muitos elogios e muitos doces... Em seguida, o menino colocou o livro sôbre o largo braço da cadeira e começou a explicar a história de Jacó e Raquel, de como Jacó erguera a voz e chorara alto quando vira pela primeira vez a sua prima Raquel, como lhe falara tão meigamente junto ao poço, como tivera de servir sete anos por ela e como êstes anos passaram depressa, e como êle se casara com Raquel e a amara sempre, sempre... De repente, a Formosa Sara recordou-se que o seu pai, em voz jovial, exclamara então: — Não queres te casar assim, com tua priminha Sara? — Diante do quê, o pequeno Abraão respondera: — Quero e ela há de esperar sete anos. — Obscuramente, tais imagens desfilavam pela alma desta bela mulher; via como ela própria e o seu pequeno primo, que agora se tornara tão grande e era seu marido, brincavam infantilmente juntos no tabernáculo, como se deliciavam com o papel colorido de parede, com as flôres, os espelhos e as maçãs douradas, como o pequeno Abraão a acariciava com crescente ternura, até que, aos poucos, se tornou maior e mais soturno e, afinal, inteiramente grande e soturno... E por fim, estava sentada em casa, em seu quarto, sòzinha, num sábado após o anoitecer; a lua brilhava vivamente através da janela; de repente, a porta escancarou-se e o primo Abraão, em trajes de viagem, pálido como a morte, irrompeu no aposento, agarrou sua mão e, enfiando-lhe um anel de ouro no dedo, disse solenemente: — Recebo-te, por êste meio, como minha espôsa, segundo a lei de Moisés e Israel! Agora, porém — acrescentou tremendo — preciso partir para a Espanha. Adeus, deves esperar sete anos por mim! — E precipitou-se para fora, e, chorando, a Formosa Sara contou tudo ao pai... Êste rugiu e enfureceu-se: — Corta os teus cabelos, pois tu és uma mulher casada! — e quis cavalgar atrás do sobrinho para lhe arrancar uma carta de divórcio, mas Abraão já se encontrava além das colinas e o pai voltou em silêncio para casa, e quando a Formosa Sara, ajudando-o a descalçar as botas, observou apaziguadoramente que após sete anos Abraão regressaria, êle os amaldiçoou: — Sete anos ireis esmolar! — e pouco depois morreu.

Assim, na mente da Formosa Sara desfilaram velhas histórias como um veloz jôgo de sombras; as imagens misturavam-se estranhamente e dentre elas surgiam rostos barbados, meio desconhecidos, meio familiares, e grandes flôres com uma folhagem de largura fabulosa. Então, o Reno também pareceu murmurar as melodias da Hagadá e suas iluminuras ergueram-se da água, em tamanho natural, mas em quadros destorcidos e insanos: o Patriarca Abraão destrói ansiosamente os ídolos que por si próprios se recompõem a tôda pressa; o *Mitzri* defen-

66                                    Entre Dois Mundos

de-se com ferocidade do exasperado Moisés; o Monte Sinai relampeja e chameja; o Rei Faraó nada no Mar Vermelho com a sua pontiaguda coroa entre os dentes; sapos com feições humanas nadam atrás dêle, ondas espumam e estrugem, e uma escura mão de gigante emerge ameaçadoramente das vagas.

Era, porém, a Tôrre dos Ratos do Bispo Hatto, e o barco varava exatamente a corredeira de Binges. Isto arrancou um pouco a Formosa Sara de seus devaneios e ficou a contemplar as montanhas junto às margens, em cujos cimos tremeluziam as luzes dos castelos e em cujos sopés se arrastava a névoa noturna iluminada pelo clarão do luar. Mas, de súbito, pareceu-lhe ver ali amigos e parentes com faces de cadáveres, envoltos em brancas e esvoaçantes mortalhas, passando em espavorida fuga ao longo do Reno... aos seus olhos tudo pretejou, uma torrente de gêlo inundou-lhe a alma e, como que em sono, apenas ouviu o rabi dizer por ela a prece noturna, com uma voz lenta e aflita como se diz por pessoas mentalmente enfêrmas, e como ainda em sonho balbuciou as palavras: — Dez mil à direita, dez mil à esquerda; para proteger o rei contra o mêdo da noite...

Mas, de repente, tôda escuridão invasora e o terror desapareceram. A sombria cortina foi arrancada do Céu. E no alto surgiu a Cidade Santa de Jerusalém com suas tôrres e portões; o Templo fulgurou em seu áureo esplendor; no pátio externo, a Formosa Sara avistou o pai em seu amarelo chambre sabático, contente e sorrindo com os olhos; das redondas janelas do Templo, todos os amigos e parentes acenavam-lhe alegremente; no Sacrário ajoelhou-se o piedoso Rei Davi com um manto de púrpura e uma fúlgida coroa e o seu cântico e a sua harpa soaram docemente. E feliz e sorrindo, a Formosa Sara adormeceu.

### Capítulo II

Ao abrir os olhos, os raios do sol quase cegaram a Formosa Sara. As altas tôrres de uma grande cidade erguiam-se à sua frente e o Silencioso Guilherme, ereto no barco, empunhando um croque, guiava a embarcação através do alegre torvelinho de navios vivamente embandeirados, cujas tripulações ou ficavam olhando ociosamente os que passavam ou empenhavam todos os braços na faina de descarregar caixas, barris e fardos, que barcos menores transportariam à terra, tudo isto em meio ao alarido ensurdecedor dos constantes "alôs" dos barqueiros, dos gritos dos mercadores postados à margem do rio e da vozearia dos portageiros que, com seus rubros casacos, bran-

H. Heine

cos bastonetes e pálidas faces, saltavam de navio em navio.

— Sim, Formosa Sara — disse o rabi à mulher, sorrindo contente — esta é a mundialmente famosa Cidade Livre e Comercial de Francforte-sôbre-o-Meno e é o próprio Rio Meno que ora navegamos. Lá, do outro lado daquelas casas risonhas, por entre verdes colinas, fica Sachsenhausen, de onde o Coxo Gumpertz nos traz as belas mirras para a Festa das Cabanas [1]. Aqui também, vês a sólida ponte sôbre o Meno, com seus treze arcos e, sôbre ela, passa com tôda segurança, muita gente, carros e cavalos, e no meio encontra-se a casinhola onde vive, como a Tia Taubchen nos contou, um judeu convertido que paga, a quem lhe trouxer um rato morto, seis moedas por conta da comunidade judaica que tem de entregar anualmente, ao conselho municipal, cinco mil rabos de ratos.

A respeito dessa guerra que os judeus de Francforte tinham de travar com os ratos, a Formosa Sara não pôde deixar de rir; a clara luz solar e o nôvo e colorido mundo que emergia à sua frente afugentaram-lhe da alma todo o terror e mêdo da noite anterior, e, quando, do barco acostado, o seu espôso e o Silencioso Guilherme levantaram-na para a margem, sentiu-se possuída por uma feliz sensação de segurança. Mas o Silencioso Guilherme, com seus belos e profundos olhos, fitou-lhe demoradamente o rosto, num misto de dor e alegria, e depois, lançando ao rabi outro olhar significativo, pulou de volta para o barco e logo êle e o bote desapareceram.

— O Silencioso Guilherme é muito parecido com o meu defunto irmão — observou a Formosa Sara.

— Os anjos são todos parecidos — replicou o rabi com ligeireza e, tomando a mão da espôsa, conduziu-a através do turbilhão humano da margem do rio, onde agora, na época da Feira da Páscoa, um sem-número de tendas de madeira fôra erigido. Quando entraram na cidade pela escura porta principal de Meno, depararam um tráfico não menos intenso. Aqui, numa estreita rua, uma loja erguia-se ao lado da outra e as casas, como em qualquer parte de Francforte, apresentavam-se especialmente preparadas para o comércio: os pavimentos térreos sem janelas, apenas com portas abertas em arco, de tal modo que o olhar penetrava profundamente o interior e cada transeunte podia observar nìtidamente a mercadoria exposta. Como se maravilhou a Formosa Sara ante essa massa de objetos preciosos e o seu esplendor nunca visto! Ali se encontravam venezianos que ofereciam à venda todo o luxo da Itália e dos países levantinos e a Formosa Sara sentiu-se como que fascinada pela visão das jóias e bijuterias, das coloridas toucas e espartilhos, dos braceletes e colares de ouro e de todos

(1) Ver, no glossário, Sucot.

68                                    Entre Dois Mundos

os penduricalhos que as mulheres gostam tanto de admirar e ainda mais de usar. As sêdas e os veludos ricamente bordados pareciam falar à Formosa Sara e querer reverberar em sua memória tôdas as espécies de maravilhas, e era como se realmente fôsse de nôvo uma menina e a Tia Taubchen, cumprindo a sua promessa, a houvesse trazido à Feira de Francforte e agora estivesse parada diante dos belos vestidos de que tanto lhe falaram. Com secreta alegria já ponderava sôbre o que desejava levar de volta a Bacherach — qual dos seus dois priminhos, a pequena Florzinha, ou o pequeno Passarinho, gostaria mais do cinto de sêda azul; e serviriam as calcinhas verdes para o pequeno Gottschalk? — quando abruptamente disse a si mesma: — Oh, Deus, todos êles cresceram neste ínterim e ontem foram assassinados! — A Formosa Sara estremeceu violentamente e as imagens da noite começaram a ressurgir com todo o seu horror; mas os vestidos bordados a ouro piscavam atrás dela com mil olhos velhacos, dissipando com sua forte persuasão tôdas as trevas de sua mente. E, ao erguer o olhar para o rosto do marido, deu com um semblante desanuviado e estampando a habitual e grave amenidade.

— Fecha os olhos, Formosa Sara — disse o rabi e continuou guiando a espôsa através do redemoinho humano.

Que alegre bulha! Em sua maioria eram mercadores barganhando aos berros ou falando sòzinhos ao calcularem com os dedos ou então fazendo com que vários entregadores, pesadamente carregados e que corriam atrás dêles num curto trote de cão, transportassem suas compras à estalagem. Outros rostos deixavam transparecer que apenas a curiosidade os atraíra para cá. Pelo manto encarnado e pela gargantilha de ouro reconhecia-se o gordo intendente. O negro, pròsperamente entufado gibão revelava o respeitável e altivo patrício. O morrião de ferro, o gibão de couro amarelo e as tilintantes e enormes esporas anunciavam o pesado servo de cavaleiro. Sob a coifa de veludo prêto, que se unia em ponta sôbre a fronte, ocultava-se um rosto rosado de môça e os rapazes, farejando como cães de caça, saltavam atrás dela, mostrando-se perfeitos peralvilhos, com os ousados e emplumados barretes, os sonantes e pontiagudos sapatos e os trajes de sêda bicolor, verde do lado direito e vermelho do lado esquerdo, ou então com listras iriadas numa banda e xadrezes variegados na outra, de tal modo que os tolos rapazes pareciam como que partidos ao meio. Arrastados pela torrente humana, o rabi e sua mulher chegaram ao Römer, a grande praça do mercado da cidade, cercada por altos espigões, e cujo nome provém de uma enorme casa chamada "Ao Römer", que foi adquirida pela municipalidade e consagrada como sede da prefeitura. Neste edifício era eleito o

Imperador da Alemanha e, em frente, realizavam-se com freqüência torneios de cavaleiros. O Rei Maximiliano, um ardente aficionado de tais jogos, encontrava-se então em Francforte e um dia antes fôra organizada em sua honra uma grande justa diante do Römer. E junto à estacada de madeira, que os carpinteiros agora arrancavam, ainda permaneciam muitos ociosos que comentavam entre si como o Duque de Brunswick e o Marquês de Brandeburgo, ontem, sob o ressoar dos tambores e clarins, investiram um sôbre o outro, como Dom Valter, o Vadio, desmontara tão violentamente o Cavaleiro do Urso que os estilhaços de sua lança voaram pelo ar e como o comprido e loiro Rei Max, rodeado de seus cortesãos, estava na sacada e esfregava as mãos de contentamento. Os tapêtes de tecido dourado ainda pendiam das balaustradas dos balcões e das janelas ogivais do edifício da municipalidade. Os demais prédios da praça também se achavam festivamente enfeitados e ornamentados com seus escudos de armas, sobretudo a Casa de Limburgo em cujo estandarte fôra pintada uma donzela que trazia um falcão na mão, enquanto um macaco lhe apresentava um espelho. No balcão desta casa, viam-se muitos cavaleiros e damas em sorridente colóquio, olhando para a multidão que embaixo ondulava em loucos cortejos e grupos. Que massa de ociosos de tôdas as categorias e idades aqui se comprimia apenas para satisfazer a curiosidade! Aqui, choramingava-se, ria-se, furtava-se, beliscavam-se nádegas e, entrementes, ressoava a estridente trombeta do médico que, em seu manto vermelho, com o seu palhaço e macaco, permanecia sôbre um alto tablado, trombeteando literalmente a sua própria habilidade, apregoando as virtudes de suas tinturas e de seus miraculosos ungüentos ou examinando solenemente o vidro de urina apresentado por alguma velha ou então preparando-se para arrancar o dente do siso de um pobre camponês. Dois mestres-de-armas, esvoaçando em fitas multicolores, com floretes brandidos, encontravam-se aqui como por acaso e chocavam-se com raiva simulada; após um longo duelo, declaravam-se mùtuamente invencíveis e coletavam algumas moedas. Agora, com pífaros e tambores desfilava a recém-fundada corporação de besteiros. Em seguida, conduzido pelo bailio, que empunhava uma bandeira vermelha, surgia um bando de raparigas errantes que procediam do prostíbulo de Würzburgo "Ao Asno" e se dirigiam a Rosental, onde as mui honradas autoridades houveram por bem designar-lhes um alojamento para o período da Feira.

— Fecha os olhos, Formosa Sara! — disse o rabi. Pois aquelas fantásticas prostitutas, mui escassamente vestidas, sendo algumas muito bonitas, comportavam-se com extrema licenciosidade, desnudavam os alvos e impudicos seios, provocavam os transeuntes com palavras desavergonhadas e agitavam seus

70                                    Entre Dois Mundos

bordões de viagem, e, enquanto os cavalgavam como cavalos
de pau, ao descerem para a Porta de Santa Catarina, cantavam
em voz estridente a canção da bruxa:

> Cadê o bode, êste bicho do capeta?
> Cadê o bode? O bode está a faltar,
> e nós vamos montar, e nós vamos montar,
> e nós vamos montar em cima da vareta!

Esta toada, audível mesmo à distância, perdeu-se afinal entre
os distendidos sons catedralescos de uma procissão que se aproximava. Era um triste cortejo de monges tonsurados e descalços que conduziam círios acesos ou pendões com imagens de
santos ou ainda grandes crucifixos de prata. À frente, meninos paramentados de branco e vermelho caminhavam com tu-
ríbulos fumegantes. No centro da procissão, sob um suntuoso
pálio, viam-se padres com alvas sobrepelizes de rendas preciosas ou estolas de sêdas multicores e um dêles segurava na mão
um vaso de ouro em forma de sol, que, ao chegar a um nicho de
santo, numa esquina da praça do mercado, êle ergueu bem alto,
enquanto em parte declamava e em parte cantava palavras la-
tinas... Ao mesmo tempo soou um pequeno sino e todo o
povo em derredor emudeceu, caiu de joelhos e persignou-se.
O rabi, porém, disse à sua espôsa:
— Fecha os olhos, Formosa Sara! — e apressadamente conduziu-a para uma pequena rua lateral, através de um labirin-
to de estreitas e tortuosas vielas e finalmente através da desabi-
tada e desolada praça que separava o nôvo quarteirão judeu
do resto da cidade.
Antes daquele tempo, os judeus viviam entre a catedral e a
margem do Meno, isto é, desde a ponte até o Lumpenbrunnen
e desde o Mehlwaage até São Bartolomeu. Mas o clero católico obtivera uma bula papal proibindo-lhes que morassem tão
próximo da matriz e a Municipalidade concedeu-lhes um sítio
em Wollgraben, onde construíram o atual bairro judeu. Êste
fôra dotado de fortes muros, bem como de correntes de ferro
diante das portas, a fim de bloquear as investidas do populacho, pois também aqui os judeus viviam no mêdo e na angústia, e, ainda mais do que hoje, na memória de desgraças passadas. No ano de 1240, a turba desenfreada armara-lhes um
grande banho de sangue que foi denominado a primeira matança
de judeus, e no ano de 1349, quando os Flagelantes, à sua
passagem, puseram fogo na cidade e acusaram os judeus de
incendiários, a maioria dêstes foi chacinada pelo povo enfurecido ou encontrou a morte entre as chamas de suas próprias
casas, e isto recebeu o nome de segunda matança de judeus.
Mais tarde, viram-se ameaçados de carnificinas similares e,

# H. Heine

em todos os distúrbios internos de Francforte, particularmente nos conflitos entre o conselho municipal e as corporações, o populacho cristão estava sempre pronto a assaltar o quarteirão judeu. Êste último possuía duas portas, que eram fechadas por fora nas festividades católicas e por dentro nas festividades judaicas, e diante de cada porta havia uma casa de guarda com soldados da cidade.

Quando o rabi e sua espôsa chegaram à porta do bairro judeu, os lansquenetes estavam, como se podia ver pela janela aberta, espichados no catre de sua casa de guarda, e fora, ante a porta, sentado em plena luz do sol, o tambor improvisava em sua enorme caixa de rufo. Era uma pesada e gorda figura; o gibão e as calças eram de um tecido amarelo côr de fogo, largamente entufados nos braços e nas coxas e, como se incontáveis línguas humanas saíssem serpejando do pano, guarnecidos de alto a baixo com pequenos laços costurados. Seu peito e suas costas estavam couraçados com negras almofadas de pano das quais pendia o tambor; trazia na cabeça um barrete achatado, redondo e prêto; o rosto também achatado e redondo, da mesma côr amarelo-laranja e pontilhado de pequenas espinhas vermelhas, contorcia-se num sorriso bocejante. Assim sentado, o sujeito repicava no tambor a melodia da canção que os Flagelantes costumavam cantar nas matanças de judeus e com sua voz de cerveja gargarejava as palavras:

> A querida Nossa Senhora
> andou no rocio da aurora,
> *Kyrie eleison!*

— João, esta é uma péssima melodia — gritou uma voz por trás do portão trancado do bairro judeu; — é também uma péssima canção, João, não serve para o tambor, não serve nem um pouco e ainda menos durante a Feira e na manhã de Páscoa; é uma péssima canção, uma canção perigosa, João, Joãozinho, meu pequeno João Tambor, sou um homem só e se gostas de mim, se gostas de Stern, o comprido Stern, o comprido Narigudo Stern, então pára com isso!

Estas palavras do interlocutor invisível foram proferidas, parte com pressa angustiosa, parte com lentos suspiros, num tom que o arrastado macio e o rouco duro se alternavam abruptamente, como se verifica entre os tísicos. O tambor permaneceu imóvel e, repicando a melodia anterior, continuou a cantar:

> Aí veio um menino andando,
> sua barba estava brotando.
> Aleluia!

72                                   Entre Dois Mundos

— João — soou de nôvo a voz do interlocutor acima mencionado — João, sou um homem só e esta é uma canção perigosa; eu não gosto de ouvi-la e tenho minhas razões, e se tu me aprecias, cantarás algo diferente e amanhã iremos beber...

À palavra "beber", João cessou de repicar e cantar e, num tom rude, disse:

— O diabo carregue os judeus, mas tu, querido Stern Narigundo, tu és meu amigo, eu te protejo e, se bebermos juntos com freqüência, ainda te converterei. Serei teu padrinho; se te batizares, serás bem-aventurado e se tiveres talento e estudares aplicadamente comigo, ainda chegarás a ser um tambor. Sim, Stern Narigudo, poderás ir muito longe; repicarei para ti todo o catecismo, amanhã, quando bebermos juntos; mas agora abre o portão, dois estranhos acham-se aqui e pedem admissão.

— Abrir o portão? — berrou Stern Narigudo e sua voz quase sumiu. — Isso não vai tão depressa, meu caro João, a gente nunca sabe, a gente nunca sabe e eu sou um homem só. Veitel Cabeça-de-boi tem a chave e está agora quieto num canto resmungando as Dezoito Bênçãos [2]; nisto não se deve ser interrompido. Iekel, o Bôbo, também se encontra aqui, mas agora está urinando. Sou um homem só!

— O diabo leve os judeus! — exclamou João Tambor e, rindo ruidosamente de seu próprio gracejo, dirigiu-se a passos negligentes para a casa de guarda e também se deitou no catre.

Então, enquanto o rabi e sua mulher permaneciam inteiramente a sós diante do grande portão trancado, ouviu-se por trás do mesmo uma voz estridente, nasal, algo zombeteiramente arrastada.

— Sterninho, não percas tanto tempo, tira a chave do bôlso do casaco do Cabecinha-de-boi ou pega o teu nariz e abre com êle o portão. Essa gente já está esperando há muito tempo.

— Essa gente? — gritou, ansiosa, a voz do homem a quem chamavam de Stern Narigudo. — Pensei que havia um só e eu te peço, querido Iekel Bôbo, espia para fora e vê quem está aí.

Então, abriu-se no portão uma pequena e bem gradeada vigia e apareceu um gorro amarelo com dois cornos e, debaixo dêste, o cômico e enrugado rosto de histrião de Iekel, o Bôbo. No mesmo instante, a vigia foi novamente fechada, com um berro irritado:

— Abra, abra, lá fora há apenas um homem e uma mulher.

— Um homem e uma mulher! — gemeu Stern Narigudo. — E quando o portão estiver aberto, a mulher larga a saia e é

(2) Ver, no glossário, Schmone Esré.

H. Heine

também um homem, e já são dois homens e nós somos apenas três.

— Não sejas uma lebre — replicou Iekel, o Bôbo. — Tenha ânimo e mostre coragem!

— Coragem! — exclamou Stern Narigudo e riu com mal-humorada amargura. — Lebre! Lebre é uma péssima comparação, a lebre é um animal impuro. Coragem! Não foi por causa de minha coragem que me puseram aqui, mas devido à minha cautela. Se aparecem muitos, devo gritar. Mas eu próprio não posso contê-los. Meu braço é fraco, tenho uma fontanela e sou um homem só. Se atiram em mim, estou morto. Então o rico Mêndel Reiss, sentado à mesa no sábado, limpará da bôca o môlho de uvas passas, acariciará a barriga e dirá: "Aquêle comprido Sterninho Narigudo era, apesar de tudo, um bom rapaz; não fôsse êle, teriam arrombado o portão. Por nós, deixou-se matar, era um bom rapaz; é pena que esteja morto".

Aí a voz tornou-se gradualmente macia e lacrimosa, mas de súbito reverteu para um tom precipitado, quase amargurado:

— Coragem! Para que o rico Mêndel Reiss possa limpar da bôca o môlho de uvas passas, acariciar a barriga e chamar-me de bom rapaz, devo deixar que me matem? Coragem! Ânimo! O pequeno Strauss teve ânimo e assistiu ontem às justas no Römer e pensou que não o reconheceriam só porque usava um casaco de veludo violeta, de três florins por jarda, com caudas de rapôsa, todo bordado de ouro, muito luxuoso, e êles bateram tanto no casaco violeta até que êste descorou e as costas de Strauss também se tornaram violeta e não mais pareciam algo humano. Coragem! O torto Leser teve ânimo e chamou o nosso acanalhado burgomestre de canalha e êles o penduraram pelos pés entre dois cães e João Tambor batia o tambor. Coragem! Não sejas uma lebre! Entre muitos cachorros a lebre está perdida, eu sou um homem só e tenho realmente mêdo!

— Jura! — exclamou Iekel, o Bôbo.

— Tenho realmente mêdo! — repetiu Stern Narigudo com um suspiro. — Eu sei, o mêdo está em meu sangue e eu o herdei de minha falecida mãe...

— Sim, sim! — interrompeu Iekel, o Bôbo. — E tua mãe o herdou do pai dela, e êste por sua vez de seu pai, e assim o herdaram os teus antepassados um do outro, até o teu ancestral, que sob o Rei Saul entrou em campanha contra os filisteus e foi o primeiro a correr. Mas veja, Cabecinha-de-Boi quase terminou, êle já se curvou no "Santo, Santo, Santo" e agora apalpa cuidadosamente o bôlso...

De fato, as chaves retiniram, uma rangente meia porta abriu-se e o rabi e sua mulher penetraram na Rua dos Judeus totalmente deserta. O guarda-chaves, porém, um homenzinho

74 Entre Dois Mundos

de rosto bondoso e azêdo, inclinava a cabeça sonhadoramente como alguém que não gosta de ser perturbado em seus pensamentos e, depois de chavear o portão com a máxima cautela, arrastou-se, sem proferir palavra, para um canto atrás da entrada, murmurando incessantes preces. Menos taciturno estava Iekel, o Bôbo, um camarada atarracado, algo cambêta, de rosto cheio, rubicundo e sorridente, e mão desumanamente carnuda que estendeu em boas-vindas, das largas mangas de sua jaqueta vivamente axadrezada. Atrás dêles, mostrava-se ou, melhor, escondia-se uma comprida e magra figura, o escanifrado pescoço emplumado de branco por um delicado rufo de cambraia e o fino, pálido rosto maravilhosamente adornado com um nariz incrìvelmente longo, que se movia para cá e para lá em ansiosa curiosidade.

— As boas-vindas de Deus para a boa festa! — exclamou Iekel, o Bôbo. — Não vos admireis que a rua esteja tão vazia e quieta. Tôda a nossa gente encontra-se agora na sinagoga e chegastes exatamente a tempo de ouvir, lá, a leitura da história do sacrifício de Isaac. Conheço-a; é uma história interessante e, se eu não a tivesse ouvido já trinta e três vêzes, com prazer tornaria a ouvi-la êste ano. E é uma história importante, pois se Abraão de fato matasse Isaac e não a um bode, haveria agora mais bodes e menos judeus no mundo. — E com uma careta truanesca, Iekel pôs-se a cantar o seguinte relato da Hagadá:

— Um cabritinho, um cabritinho, comprado por meu paizinho que pagou duas moedinhas. Um cabritinho, um cabritinho!

— E veio o gatinho e comeu o cabritinho comprado por meu paizinho que pagou duas moedinhas. Um cabritinho, um cabritinho!

— E veio um cachorrinho e mordeu o gatinho que comeu o cabritinho comprado por meu paizinho que pagou duas moedinhas. Um cabritinho, um cabritinho!

— E veio uma varinha e surrou o cachorrinho que mordeu o gatinho que comeu o cabritinho comprado por meu paizinho que pagou duas moedinhas, um cabritinho, um cabritinho!

— E veio um foguinho e queimou a varinha que surrou o cachorrinho que mordeu o gatinho que comeu o cabritinho comprado por meu paizinho que pagou duas moedinhas, um cabritinho, um cabritinho!

— E veio uma agüinha e apagou o foguinho que queimou a varinha que surrou o cachorrinho que mordeu o gatinho que comeu o cabritinho comprado por meu paizinho que pagou duas moedinhas, um cabritinho, um cabritinho!

— E veio um boizinho e bebeu a agüinha que apagou o foguinho que queimou a varinha que surrou o cachorrinho que mordeu o gatinho que comeu o cabritinho comprado por meu paizinho que pagou duas moedinhas, um cabritinho, um cabritinho!

— Veio um magarefezinho e abateu o boizinho que bebeu a agüinha que apagou o foguinho que queimou a varinha que surrou o cachorrinho que mordeu o gatinho que comeu o cabritinho comprado por meu paizinho que pagou duas moedinhas, um cabritinho, um cabritinho!

— E veio o Anjo da Morte, e matou o magarefezinho que abateu o boizinho que bebeu a agüinha que apagou o foguinho que queimou a varinha que surrou o cachorrinho que mordeu o gatinho que comeu o cabritinho comprado por meu paizinho que pagou duas moedinhas, um cabritinho, um cabritinho!

— Sim, linda senhora! — acrescentou o cantor. — Dia virá em que o Anjo da Morte matará o magarefe e todo o nosso sangue recairá sôbre Edom; pois Deus é um Deus vingador...

Mas, de repente, desembaraçando-se à fôrça da seriedade que o surpreendera involuntàriamente, Iekel, o Bôbo, precipitou-se de nôvo em suas bufonarias e, numa raspante voz de histrião, prosseguiu:

— Não temais, linda senhora, Stern Narigudo não vos fará mal. Êle só é perigoso para a velha Schnapper-Elle. Ela se apaixonou por seu nariz, mas êste bem o merece. É belo como a tôrre que domina Damasco e elevado como o cedro do Líbano. Por fora, brilha como fôlha de ouro e xarope e, por dentro, é pura música e encanto. Floresce no verão e no inverno enregela, e no verão e no inverno é acariciado pelas mãos brancas de Schnapper-Elle. Sim, Schnapper-Elle está apaixonada por Stern Narigudo, doidamente apaixonada. Ela cuida dêle, alimenta-o e assim que estiver bastante gordo casar-se-á com êle e, para a idade dela, Schnapper-Elle é bem jovem e quem por acaso vier aqui, para Francforte, dentro de trezentos anos não poderá enxergar o céu devido ao número de Sterns Narigudos!

— Sois Iekel, o Bôbo — riu o rabi — percebo-o por vossas palavras. Ouvi falar muitas vêzes a vosso respeito.

— Sim, sim — replicou o outro com uma cômica modéstia — sim, sim, eis o que faz a fama. Um homem é às vêzes largamente conhecido como um bôbo maior do que êle próprio o sabe. No entanto, esforço-me muito para ser um bôbo, e salto e sacudo-me para que os guizos ressoem. Para outros as coisas são mais fáceis... Mas dizei-me, rabi, por que viajais em dia de festa?

— Minha justificativa — contestou o interrogado — está no Talmud, que diz: O perigo afugenta o Sábado!

76                                       Entre Dois Mundos

— Perigo! — bradou de súbito Stern Narigudo, assumindo um ar de quem sente um terror mortal — perigo! perigo! João Tambor, bate o tambor, bate o tambor! Perigo! Perigo! Perigo! João Tambor!...

De fora, porém, João Tambor berrou com sua voz grossa de cerveja:

— De mil trovões! O diabo que carregue os judeus! Hoje, é a terceira vez que me acordas, Stern Narigudo. Não me deixem com raiva. Quando fico com raiva, sou como a própria encarnação do Satanás, e então, com tanta certeza como sou cristão, atiro com o mosquete pela vigia do portão e que cada qual cuide de seu nariz!

— Não atire! Não atire! Sou um homem só! — choramingou Stern apavorado, e apertou fortemente o rosto à parede mais próxima e permaneceu nesta posição tremendo e orando baixinho.

— Dizei, dizei, o que aconteceu? — Iekel, o Bôbo, perguntava agora com aquela apressada curiosidade que já então caracterizava os judeus de Francforte.

O rabi, porém, desvencilhou-se dêle e, com a sua mulher, prosseguiu pela Rua dos Judeus.

— Vê, Formosa Sara — suspirou êle — como Israel está mal protegida! Falsos amigos guardam as suas portas por fora e, por dentro, suas sentinelas são a Doidice e o Mêdo!

## *Capítulo III*

Os dois seguiram lentamente pela longa rua deserta, onde apenas de quando em vez uma cabeça de menina em flor espiava por uma janela, enquanto o sol se espelhava festivamente nas vidraças cintilantes. Pois naquele tempo as casas do bairro judeu ainda eram novas e agradáveis e também mais baixas do que agora; só mais tarde, quando os judeus se multiplicaram muito em Francforte e no entanto não se lhes permitiu ampliar o seu quarteirão, é que êles construíram um andar sôbre o outro, apertando-se como sardinhas e assim atrofiando-se de corpo e alma. A parte do bairro que permaneceu em pé após o grande incêndio, o assim chamado Beco Velho, aquelas casas negras e altas em cujo interior mercadeja um povo úmido e de riso contorcido, é um terrível monumento da Idade Média. A velha sinagoga não mais existe; era menos espaçosa que a atual, que foi edificada posteriormente, depois que os refugiados de Nuremberg foram admitidos na comunidade. Situava-se mais ao norte. O rabi não precisava informar-se sôbre a sua localização; ouvia de longe o confuso e estridente vozerio. No pátio da casa de Deus, separou-se de sua espôsa, lavou as mãos na fonte e entrou naquela parte mais baixa da sinagoga onde os homens rezam; a Formosa Sara, ao invés, subiu as escadas e dirigiu-se à seção das mulheres.

Esta seção superior era uma espécie de galeria com três fileiras de assentos de madeira pintados de castanho-avermelhado, cada qual provido no espaldar de uma tábua pendente, mas fàcilmente ajustável para se colocar em cima o livro de orações. As mulheres sentavam-se aí tagarelando juntas, ou permaneciam de pé orando com fervor; às vêzes, também se aproximavam com curiosidade da ampla grade que se estendia ao longo da parte oriental, através de cujas finas e verdes barras, podia-se olhar para baixo, para a seção inferior da sinagoga. Lá, atrás de altas estantes de oração, estavam os homens em seus mantos prêtos, as barbas pontudas caindo sôbre os rufos brancos e as cabeças cobertas de gorros achatados, mais ou menos envôltas num xale quadrado de lã ou sêda branca, com as franjas prescritas pela Lei e, às vêzes, bordado com passamanes de ouro. As paredes da sinagoga apresentavam-se simplesmente caiadas e não se via qualquer tipo de ornamento, exceto, talvez, a dourada grade de ferro em tôrno da quadrada plataforma, onde eram lidos os capítulos da Lei, e a Arca Sagrada, um custoso cofre lavrado, aparentemente sustentado por pilares de mármore com ricos capitéis, cujo trabalho floral e de folhagens vicejava deliciosamente, e coberto por uma cortina de veludo azul-celeste na qual uma piedosa inscrição fôra bordada com palhêtas de ouro, pérolas e gemas multicores. Era aí que pendia a lâmpada comemorativa de prata e também onde se erguia um estrado gradeado, sôbre cuja balaustrada se encontrava tôda a sorte de utensílios sacros, dentre êles o candelabro de sete braços. E diante dêste, com a face voltada para a Arca, estava o chantre e seu cantar era acompanhado como que instrumentalmente pelas vozes de seus dois assistentes, o baixo e o soprano. Pois os judeus baniram de sua igreja todos os verdadeiros instrumentos de música, na ilusão de que os hinos de louvor a Deus ascendem mais edificantes do cálido peito humano do que dos frios tubos do órgão. A Formosa Sara sentiu um prazer verdadeiramente infantil quando o chantre, um excelente tenor, ergueu a voz e as graves e antiqüíssimas melodias que ela tão bem conhecia desabrocharam em nôvo e jamais sonhado encanto, enquanto o baixo, em contraponto, entremeava o murmúrio de suas notas profundas e escuras, e o soprano, nos intervalos, trinava doce e delicadamente. A Formosa Sara nunca ouvira um cantar igual na sinagoga de Bacherach, onde o cabeça da congregação, Davi Levi, atuava como chantre, e quando êste homem trêmulo e já idoso, com a sua voz rachada e tremelicante, tentava trinar como uma mocinha e em tão

78 Entre Dois Mundos

violento esfôrço sacudia o seu braço frouxamente pendente, induzia muito mais ao riso do que à devoção.

Um piedoso confôrto, mesclado de curiosidade feminina, atraiu a Formosa Sara para a grade, de onde podia observar a seção inferior, a assim chamada *Männerschul*. Jamais vira tão grande número de correligionários como o que vislumbrava lá embaixo, e no íntimo de seu coração sentiu-se ainda mais feliz em meio de tanta gente tão estreitamente aparentada com ela pela ascendência, modo de pensar e sofrimento comuns. Mas a sua alma de mulher ficou ainda mais comovida quando três velhos avançaram respeitosamente para a Arca Sagrada, afastaram para um lado a cortina cintilante, abriram o cofre e com o máximo cuidado tiraram o livro que Deus escreveu com a sua própria e santificada mão e por cuja preservação os judeus sofreram tanto, tanta miséria e ódio, infâmia e morte — um martírio milenar. Êste livro, um grande rôlo de pergaminho, estava envolto, qual criança principesca, em uma capinha de veludo vermelho vivamente bordada; em cima, sôbre os dois rolos de madeira, fixavam-se duas caixinhas de prata em que se moviam e tilintavam delicadamente tôda a sorte de granadas e sininhos; e na frente, em correntinhas de prata, pendiam escudos de ouro incrustados de gemas multicores. O chantre tomou o Livro, e, como se fôra uma verdadeira criança, uma criança pela qual se sofreu muito e por isso é a mais amada, embalou a Torá em seus braços, saltitou com ela de um lado para o outro, apertou-a contra o coração e, estremecendo ao seu contato, alçou a voz num cântico de graças tão jubilosamente fervoroso que pareceu à Formosa Sara como se os pilares da Arca Sagrada começassem a florescer, e as flôres e fôlhas dos capitéis crescessem mais e mais alto, e todos os sons do soprano se convertessem em rouxinóis, e a abóbada da sinagoga se rompesse sob os poderosos tons do baixo, e a alegria de Deus se derramasse do céu azul. Era um belo salmo. A congregação repetiu em côro o verso final e, enquanto o chantre com a Sagrada Torá encaminhava-se lentamente para o estrado erguido no centro da sinagoga, homens e meninos acotovelavam-se às pressas a fim de beijar a capa de veludo do Livro Santo, bem como os envoltórios inscritos com letras multicores, e do rôlo de pergaminho aberto, naquele tom recitativo que na Festa da Páscoa é ainda mais peculiarmente modulado, o chantre leu a edificante história da tentação de Abraão.

A Formosa Sara retrocedera modestamente da grade e uma vasta mulher de meia idade, carregada de jóias, e com um ar de benevolência extremamente afetado, permitira-lhe com um mudo aquiescer de cabeça que olhasse em seu livro de orações. Esta senhora não parecia ser grande doutôra em Escrituras; pois, enquanto murmurava as preces para si própria à maneira das mulheres, que não devem entoá-las em voz alta, a Formosa Sara percebeu que tomava excessivas liberdades com a pronúncia de muitas palavras e às vêzes saltava de todo um bom número de linhas. Pouco depois, entretanto, os límpidos olhos da boa mulher ergueram-se languidamente, um insípido sorriso deslizou sôbre o seu rosto branco e rubro como porcelana e, com uma voz tão derretida quanto possível, disse à Formosa Sara: — Êle canta muito bem. Mas na Holanda ouvi cantar bem melhor. Sois forasteira e não sabeis talvez que êste é o chantre de Worms e que se deseja conservá-lo aqui, caso se contente com quatrocentos florins por ano. Êle é uma criatura adorável e suas mãos são como alabastro. Aprecio muito uma bonita mão. Uma bonita mão adorna a pessoa tôda. — Com isso, a boa mulher pousou vaidosamente a sua mão, que de fato ainda era bonita, sôbre o espaldar da estante de orações, e, indicando com uma grandiosa curvatura da cabeça que não gostava de ser interrompida enquanto falava, acrescentou: — O cantorzinho é apenas uma criança e parece muito magro. O baixo é demasiado feio e o nosso Stern disse certa vez com muito espírito: "O baixo é um bôbo maior do que se pode exigir de um baixo!" Todos os três comem em minha pensão mas talvez não saibais que eu sou Elle Schnapper.

A Formosa Sara agradeceu-lhe esta informação e Schnapper--Elle, por seu turno, contou-lhe em pormenor como estivera certa vez em Amsterdã e lá, devido à sua beleza, vira-se exposta a inúmeras reqüestas, como chegara a Francforte três dias antes de Pentecostes e se casara com Schnapper, como êste afinal morrera, como proferira em seu leito de morte as coisas mais comoventes e como era difícil, para uma dona de pensão, conservar as mãos bonitas. De vez em quando, lançava desdenhosos olhares de esguelha, provàvelmente contra algumas irreverentes mulheres jovens que inspecionavam o seu traje. Êste era assaz singular: uma larga e tufada saia de cetim branco com todos os animais da Arca de Noé bordados em côres berrantes; um casaquinho de brocado de ouro qual uma couraça; as mangas de veludo vermelho cortado de amarelo; na cabeça um toucado monstruosamente alto; em tôrno do pescoço, um onipotente rufo de linho branco engomado, bem como uma corrente de prata da qual tôda sorte de medalhas, camafeus e antiqualhas — dentre elas um grande quadro da cidade de Amsterdã — pendiam até o colo. Mas o traje das outras mulheres não era menos singular e compunha-se provàvelmente de uma mistura de modas de diferentes épocas, e algumas mulherzinhas, cobertas de ouro e diamantes, pareciam uma joalheria ambulante. Na verdade, a lei naque-

80                                    Entre Dois Mundos

le tempo prescrevia aos judeus determinado traje: para se distinguirem dos cristãos, os homens deviam usar círculos amarelos em seus mantos e as mulheres, em seus toucados, altos véus listrados de azul. No bairro judeu, porém, prestava-se pouca atenção a esta ordenança municipal; e aí, especialmente nos dias de festa e sobretudo na sinagoga, as mulheres procuravam superar umas às outras no esplendor das vestes, em parte para suscitar inveja e em parte para mostrar a prosperidade e a solvabilidade de seus esposos.

Embaixo na sinagoga, enquanto se procede à leitura dos capítulos da Lei dos Livros de Moisés, a devoção costuma ceder. Muitos se põem à vontade e se sentam, cochicham com os vizinhos acêrca de negócios seculares ou saem para o pátio, a fim de tomar um pouco de ar fresco. Entrementes, meninos pequenos permitem-se a liberdade de visitar as mães na seção feminina, e aí, a esta hora, a devoção retrocede ainda mais; aqui, as mulheres tagarelam, falam mal dos outros, riem e, como em tôda parte, as mais novas galhofam das mais velhas e estas, por sua vez, queixam-se da frívola mocidade e da degenerescência dos tempos. E assim como existia embaixo na sinagoga de Francforte um primeiro chantre, na seção superior existia uma primeira mexeriqueira. Era Lulu Reiss, uma criatura achatada e esverdinhada que farejava qualquer infortúnio e sempre tinha uma história escandalosa na ponta da língua. O alvo habitual de suas farpas era a pobre Schnapper-Elle; sabia arremedar com muita comicidade a gentileza forçada da outra, bem como o lânguido pundonor com que aceitava os maliciosos cumprimentos da juventude.

— Sabeis — exclamou Lulu Reiss — o que Schnapper-Elle disse ontem? Se eu não fôsse bonita, inteligente e amada, não gostaria de estar no mundo!

Houve uma forte risada em surdina e Schnapper-Elle, estando perto e percebendo que era à sua custa, levantou desdenhosamente o nariz e, como um orgulhoso galeão, velejou para um lugar mais distante. Ochs Passarinho, uma mulher rotunda e algo desajeitada, observou que, embora Schnapper-Elle fôsse vaidosa e obtusa, era também muito boa de coração e fazia muito bem às pessoas necessitadas.

— Especialmente a Stern Narigudo — sibilou Lulu Reiss. E todos que estavam a par desta terna ligação riram mais alto.

— Sabeis muito bem — acrescentou venerosamente a Lulu — que agora o Narigudo até dorme em casa de Schnapper-Elle... Mas vêde, lá embaixo a Susaninha Flörsheim usa o colar que Daniel Fläsch empenhou com o seu marido. A mulher de Fläsch está furiosa... Agora está conversando com a Flörsheim... Como se apertam cordialmente as mãos! E no entanto se odeiam como Madiã e Moab! Que amável troca de sorrisos! Cuidado apenas para que não vos devoreis uma à outra por puro amor! Quero ouvir a conversa.

E então, como uma fera à espreita, Lulu Reiss deslizou sorrateiramente até lá e ouviu as duas mulheres permutando sentidas lamentações acêrca do árduo trabalho que realizaram na semana passada, a fim de arrumar as casas e esfregar os utensílios de cozinha — o que tem de ser feito antes da Festa da Páscoa — de modo a não deixar uma só migalha de pão fermentado. As duas mulheres também falavam do penoso labor de cozer o pão ázimo. A Fläsch possuía queixas especiais; na padaria da comunidade tivera de agüentar coisas bem piores, pois pela ordem da sorte só pudera iniciar a panificação no último dia, na véspera da Festa e assim mesmo bem tarde depois do almôço, e então a velha Ana amassara a farinha de maneira completamente errada, e as criadas com seus rolos de macarrão deixaram a massa muito fina, a metade dos pães queimou-se no forno e, além disso, choveu tanto que a água não parava de pingar através do teto de madeira da padaria, e tiveram de trabalhar assim, molhadas e cansadas, até tarde da noite.

— E nisso, minha querida Flörsheim — adicionou a Fläsch com uma atenciosa amabilidade que era tudo menos autêntica — e nisso também tivestes um pouquinho de culpa, porque não me mandastes a vossa gente para me ajudar na cozedura.

— Oh, sinto muito — replicou a outra — minha gente estava muito ocupada; era preciso empacotar a mercadoria para a Feira, temos agora tanto o que fazer, meu marido...

— Eu sei — interrompeu-a a Fläsch num tom apressado e cortante — eu sei, tendes muito o que fazer, muitos penhôres e bons negócios e colares...

Uma palavra venenosa ia escapar-lhe dos lábios e a Flörsheim já ficara vermelha qual uma lagosta, quando de repente Lulu Reiss pôs-se a guinchar: — Pelo amor de Deus, a forasteira está morrendo... Água! Água!

Pálida como a morte, a Formosa Sara jazia desmaiada e, ao seu redor, comprimia-se um enxame de alvoroçadas e chorosas mulheres. Uma amparava-lhe a cabeça, outra segurava-lhe o braço; algumas velhas borrifavam-na com a água dos pequenos frascos que pendiam atrás de suas estantes de oração e que serviam para lavar as mãos caso tocassem acidentalmente em seus próprios corpos; outras mantinham sob o nariz da desfalecida um velho limão recheado de especiarias, que sobrara da última festividade, quando servira de inalante para fortalecer os nervos. Afinal, com um profundo suspiro de exaustão, a Formosa Sara abriu os olhos e com miradas silenciosas agradeceu os bondosos cuidados. Mas agora, lá embai-

# 82 Entre Dois Mundos

xo, entoavam-se solenemente as Dezoito Bênçãos, que ninguém devia perder, e as azafamadas mulheres precipitaram-se de volta aos seus lugares a fim de ofertar a prece, como está prescrito, de pé, com a face voltada para o oriente, na direção de Jerusalém. Ochs Passarinho, Schnapper-Elle e Lulu Reiss foram as que mais se demoraram junto da Formosa Sara; as duas primeiras oferecendo solìcitamente os seus serviços e a última inquirindo-a mais uma vez por que desmaiara de maneira tão inopinada.

O desfalecimento da Formosa Sara obedecia, porém, a uma causa muito especial. É costume na sinagoga que todo aquêle que escapou de um grande perigo se apresente pùblicamente, após a leitura dos capítulos da Lei, e agradeça a sua salvação à Divina Providência. E quando Rabi Abraão levantou-se lá embaixo para esta ação de graças e a Formosa Sara reconheceu a voz de seu marido, ela notou como o tom passou gradualmente para o sombrio murmúrio da oração fúnebre; ouviu os nomes de seus parentes e amigos seguidos daquela palavra abençoadora que é reservada aos defuntos; e a última esperança abandonou a Formosa Sara, sua alma foi destroçada pela certeza de que seus parentes e amigos haviam sido realmente assassinados, que a sua pequena sobrinha estava morta, que suas priminhas Florzinha e Passarinho estavam mortas, que o pequeno Gottschalk também estava morto, todos assassinados e mortos! Sob a dor desta compreensão, ela própria quase morrera, se um misericordioso desmaio não se derramasse sôbre os seus sentidos.

### Capítulo IV

Quando a Formosa Sara, após o término dos serviços, desceu ao pátio da sinagoga, o rabi lá se encontrava à espera da espôsa. Com um ar jovial acenou-lhe com a cabeça e conduziu-a à rua, onde a quietude anterior desaparecera completamente e, em seu lugar, surgira uma ruidosa e turbilhante multidão. Barbudos fatos negros como formigueiros; mulheres esvoaçando resplendentes como escaravelhos de ouro; meninos em ternos novos, que seguiam os velhos e carregavam os livros de prece; mocinhas, a quem não era permitido entrar na sinagoga, saíam agora de suas casas e saltavam ao encontro dos pais, inclinando as cabecinhas cacheadas para receber a bênção — todos muito animados e alegres passeavam na rua para cima e para baixo, na feliz antecipação de um bom almôço, cujo delicioso aroma já fazia água na bôca, ao erguer--se das negras panelas marcadas com giz que ridentes criadas acabavam de retirar do grande forno da comunidade.

# H. Heine

Nesta balbúrdia destacava-se especialmente a figura de um fidalgo espanhol, cujas feições juvenis exibiam aquêle provocante palor que as mulheres atribuem em geral a um infeliz caso de amor e os homens, a um feliz. O seu andar, embora negligentemente ocioso, era de uma elegância estudada; as plumas de seu barrete moviam-se mais pelo aristocrático oscilar da cabeça do que pelo soprar da brisa; mais do que o exatamente necessário tiniam as esporas de ouro e o talim da espada. Parecia carregá-la no braço e sua preciosa guarda fulgurava por entre o alvo manto de cavaleiro que lhe envolvia os membros esbeltos com aparente descaso e, no entanto, traía o mais cuidadoso arranjo das pregas. De vez em quando, em parte com curiosidade, em parte com ar de conhecedor, aproximava-se das representantes do belo sexo que passavam, encarava-as calma e firmemente, prolongava a inspeção quando os rostos lhe pareciam valer a pena, lançava umas poucas e apressadas palavras lisonjeiras a alguma bonita mocinha e prosseguia em seu descuidado caminho, sem esperar pelo efeito. Já rondara várias vêzes a Formosa Sara e fôra sempre repelido pelo olhar imperativo desta, ou pelo semblante de enigmático sorriso de seu marido; mas afinal, libertando-se altivamente de todo o tímido embaraço, bloqueou audaciosamente o caminho do par, e com fátua segurança e melosa galanteria proferiu o seguinte discurso:

— Señora, juro! Ouça, Señora, juro! Pelas rosas das duas Castelas, pelos jacintos de Aragão e pelos botões das granadas andaluzas! Pelo sol que ilumina tôda a Espanha com suas flôres, cebolas, sopas de ervilha, bosques, montanhas, mulas, bodes e cristãos-velhos! Pelo pálio do céu no qual o sol é uma simples borla de ouro! E por êste Deus que está sentado sôbre o dossel do firmamento e medita dia e noite sôbre a criação de novas e encantadoras formas femininas... Juro, Señora, sois a mais linda mulher que já vi em terra alemã, e se vos aprouver aceitar os meus serviços, peço-vos o favor, a graça e a permissão de me chamar vosso cavaleiro e de usar, no insulto e nas horas graves, as vossas côres.

Uma dor enrubescente deslizou sôbre a face da Formosa Sara e, com um daqueles olhares tanto mais cortantes quanto mais suaves os olhos que o lançam e num tom tanto mais aniquilador quanto mais trêmula e macia a voz, a mulher profundamente ferida respondeu:

— Meu nobre senhor! Se quereis ser o meu cavaleiro, tendes de lutar contra povos inteiros e, nesta luta, há poucos agradecimentos a conquistar, e ainda menos honra! E se quereis usar as minhas côres, deveis coser círculos amarelos ao vosso manto ou enrolar-vos numa *écharpe* listrada de azul, pois estas são as

84 Entre Dois Mundos

minhas côres, as côres da minha casa, que se chama Israel, e que é a mais miserável, e que os filhos da fortuna escarnecem nas ruas.

As faces do espanhol tingiram-se sùbitamente de púrpura e um infinito embaraço agitou tôdas as suas feições e, quase gaguejando, disse:

— Señora... Não entendestes bem... um gracejo inocente... mas, por Deus!, nenhum escárnio, nenhum escárnio contra Israel... eu próprio descendo da Casa de Israel... meu avô era judeu, talvez até o meu pai...

— E com tôda a certeza, Señor, o vosso tio é judeu — interveio, de súbito, o Rabi Abraão que observava calmamente a cena e, com um olhar alegre e malicioso, acrescentou:

— E prestarei o meu testemunho pessoal que Don Isaac Abarbanel, o sobrinho do grande rabi, provém do melhor sangue de Israel, senão da própria casa real de Davi.

Agora o talim da espada retiniu sob o manto do espanhol e suas faces tornaram a empalidecer, assumindo uma lividez incolor; seu lábio superior contorceu-se como se o escárnio porfiasse com a dor; de seus olhos chacoteou uma cólera mortal, e, numa voz inteiramente alterada, gélida, incisiva, declarou:

— Señor rabi! Vós me conheceis. Muito bem, então sabeis quem sou. E se a rapôsa sabe que pertenço à ninhada do leão, ela tomará cuidado para não expor a sua barba de rapôsa e não provocar a minha ira! Como pretende a rapôsa julgar o leão? Só quem sente como o leão pode compreender as suas debilidades.

— Oh, compreendo muito bem — contestou o rabi e uma gravidade melancólica estendeu-se sôbre a sua fronte — compreendo muito bem, como o altivo leão pode despir, por orgulho, a sua pele principesca e mascarar-se com a brilhante armadura escamosa do crocodilo, porque está na moda ser um voraz, ardiloso e escarnecedor crocodilo. O que devem fazer os animais menores se o leão nega a si próprio? Mas acautelai-vos, Don Isaac, não fôstes criado para viver no elemento do crocodilo. A água (sabeis muito bem a que me refiro) é a vossa desgraça e haveis de vos afogar. Vosso reino não é a água; nela a mais fraca truta sair-se-á melhor do que o rei da floresta. Ainda vos lembrais como as correntes do Tejo desejavam engolir-vos...?

De repente Don Isaac explodiu numa ruidosa gargalhada, cingiu o pescoço do rabi, cerrou sua bôca com beijos e pulou de alegria, com as esporas retinindo, de tal modo que amedrontava os judeus que passavam, e, com o seu tom natural de regozijo e cordialidade, exclamou:

— Na verdade, sois Abraão de Bacherach! E foi uma boa pilhéria e também um ato de amizade quando da Ponte de

# H. Heine

Alcântara de Toledo saltastes na água e agarrastes pelo topête o vosso amigo, um melhor beberrão do que nadador, e o puxastes à terra firme. Eu estava em vias de encetar pesquisas muito aprofundadas para saber se no leito do Tejo se encontravam de fato pepitas de ouro e se os romanos tinham razão em chamá-lo Rio de Ouro. Digo-vos, ainda hoje me resfrio com a mera lembrança daquela festa aquática.

A estas palavras, o espanhol gesticulou como se quisesse sacudir de si gôtas d'água ainda pendentes. Mas a alegria voltara ao semblante do rabi. Apertou repentinamente a mão de seu amigo, dizendo: — Alegro-me!

— E eu também — respondeu o outro — não nos vemos há sete anos; à nossa despedida, eu ainda era mancebo inexperiente e vós já éreis tão calmo e sério... Mas o que aconteceu à bela Dona que na época vos arrancava tantos suspiros, bem rimados suspiros que acompanháveis no alaúde...

— Silêncio, silêncio, a Dona pode ouvir-nos! Ela é minha mulher e vós a provestes hoje de uma amostra de vosso próprio gôsto e talento poético.

Não foi sem um ressaibo de seu primitivo embaraço que o espanhol saudou a formosa mulher; ela, agora, com encantadora bondade, lamentava haver agravado um amigo de seu espôso com expressões de desprazer.

— Oh, Señora — replicou Don Isaac — quem procura apanhar uma rosa com a mão desajeitada, não deve queixar-se que os espinhos o arranhem! Quando a estrêla vésper cintilante de ouro se espelha no rio azul...

— Pelo amor de Deus — interveio o rabi — peço-vos, parai com isso!... Se tivermos de esperar até que a estrêla vésper cintilante de ouro se espelhe no rio azul, minha espôsa morrerá de fome. Ela não comeu nada desde ontem e, entrementes, sofreu muitas desgraças e penas.

— Então levá-los-ei à melhor pensão de Israel — exclamou Don Isaac — à casa de minha amiga Schnapper-Elle, que fica aqui perto. Já sinto o seu aroma inebriante, da pensão, é claro. Oh, Abraão, se soubésseis como êste aroma me seduz! É o que me tem atraído tantas vêzes às tendas de Jacó, desde que me encontro nesta cidade. Do contrário, não alimento predileção especial pela companhia do Povo de Deus e, na verdade, não é para rezar, mas para comer que visito o Beco dos Judeus...

— Nunca nos amastes, Don Isaac.

— Sim — continuou o espanhol — amo muito mais à cozinha do que à vossa fé; falta-lhe o môlho apropriado. A vós mesmos jamais pude digerir satisfatòriamente. Mesmo nos vossos melhores tempos, mesmo sob o reinado de meu antepassado Davi, que foi rei sôbre Judá e Israel, duvido que pudesse agüentar-me em vosso meio, e, certa manhã, bem cedo, eu teria escapado seguramente da Fortaleza de Sion, e emigrado para a Fenícia ou para a Babilônia, onde a alegria de viver espumava no templo dos deuses...

— Estais blasfemando, Isaac, contra o Deus único — murmurou tôrvamente o rabi — sois bem pior do que um cristão, sois um pagão, um idólatra...

— Sim, sou um pagão, e tão detestáveis quanto os áridos e tristes hebreus são para mim os sombrios nazarenos ávidos de martírio. Que a querida nossa senhora de Sidon, a santa Astarté me perdoe por eu me ajoelhar e rezar diante da dolorosa Mãe do Crucificado. Apenas o meu joelho e minha língua prestam homenagem à morte, meu coração permanece fiel à vida!...

— Mas não fique tão azêdo — prosseguiu o espanhol em seu discurso, ao ver quão pouco êste parecia edificar o rabi — não me olhe com aversão. Meu nariz não se tornou apóstata. Quando um acaso me trouxe a esta rua, certo dia, à hora do almôço, e os bem conhecidos odôres da cozinha judaica alcançaram o meu nariz, dominou-me o mesmo anelo que sentiam os nossos antepassados quando se lembravam do cozido egípcio; saborosas memórias de infância despertaram em mim; vi de nôvo em minha mente as carpas em môlho castanho de uvas passas que minha tia sabia preparar tão edificantemente para a noite de sexta-feira; tornei a ver o carneiro cozido com alho e rábano, capaz de ressuscitar os mortos, e a sopa com os arrebatadores bolinhos flutuantes... e minha alma derreteu-se como o canto de um rouxinol enamorado, e desde então como na pensão de minha amiga Dona Schnapper-Elle!

Neste ínterim, chegaram à pensão; Schnapper-Elle estava à porta e saudava cordialmente os forasteiros da Feira que, famintos, abriam passagem para dentro da casa. Atrás dela, com a cabeça inclinada por sôbre o seu ombro, encontrava-se o comprido Stern Narigudo e perscrutava com ansiosa curiosidade todos os que chegavam. Com exagerada *grandezza*, Don Isaac aproximou-se de nossa hospedeira, que respondeu às suas maliciosamente profundas curvaturas com infinitas cortesias; em seguida, o espanhol descalçou a luva direita, envolveu a mão na ponta de seu manto, e, tomando a mão de Schnapper-Elle, passou-a lentamente sôbre os pêlos do bigode e disse:

— Señora! Vossos olhos porfiam com as labaredas do sol! Mas, enquanto um ôvo fica mais duro à medida que ferve, meu coração amolece quanto mais ferve sob os raios flamejantes de vossos olhos! Da gema de meu coração sai esvoaçando o Amor, o deus alado, e busca um ninho confortável em vosso seio... Êste seio, Señora, com o que hei de compará-lo? Em tôda a criação não há flor, não há fruto, que se lhe assemelhe! Esta planta é única em sua espécie. Embora a tempestade desfolhe a mais terna rosa, vosso seio é uma rosa de inverno que desafia todos os ventos! Embora a idade apenas amareleça e enrugue o azêdo limão, o vosso seio rivaliza pela côr e ternura com o mais doce ananás! Ó Señora, mesmo que a cidade de Amsterdã seja tão bela quanto me contastes ontem, e anteontem, e todos os dias, a base em que repousa é mil vêzes mais bela...

O cavaleiro proferiu as últimas palavras com simulada timidez e entortou langorosamente os olhos para o enorme quadro suspenso no pescoço de Shnapper-Elle; Stern Narigudo mirou inquiridoramente de alto a baixo e o seio celebrado começou a arfar tanto que a cidade de Amsterdã oscilava de um lado para o outro.

— Oh! — suspirou Schnapper-Elle — a virtude vale mais do que a beleza. De que me serve a beleza? Minha juventude passará, e uma vez que Schnapper está morto (êle possuía ao menos belas mãos) de que me adianta a beleza?

Então ela suspirou novamente e, qual um eco quase inaudível, Stern Narigudo suspirou atrás dela.

— De que vos adianta a beleza? — exclamou Don Isaac.
— Ó Dona Schnapper-Elle, não pequeis contra a bondade da natureza criadora! Não injurieis as suas mais graciosas dádivas. Ela tomaria terrível vingança. Êstes olhos sedutores tornar-se-iam estùpidamente vidrados; êstes lábios atraentes achatar-se-iam até a insipidez; êste corpo casto que busca o amor se converteria num pesado barril de sebo; e a cidade de Amsterdã viria repousar num bolorento pântano...

E assim, item por item, pintou a aparência atual de Schnapper-Elle, até que a pobre mulher ficou estranhamente angustiada e tentou escapar à inquietante conversação do cavaleiro. Neste momento, ela sentiu-se duplamente satisfeita quando avistou a Formosa Sara e pôde inquirir, com insistência, se ela se restabelecera totalmente de seu desmaio. E com isso lançou-se num animado discurso em que exibiu tôda a sua espúria afetação e genuína bondade de coração. E com mais prolixidade do que inteligência, Schnapper-Elle contou a triste história de como ela própria quase desfalecera de susto quando, inteiramente estranha, chegara a Amsterdã pelo barco do canal e o canalha do carregador que transportou o seu baú conduziu-a, não a uma respeitável estalagem, mas a um devasso prostíbulo, o que ela percebeu logo pelo grande consumo de aguardente e pelas propostas imorais... e, como já foi dito, ela teria na realidade desmaiado se ousasse fechar os olhos por um só instante, durante as seis semanas que passara naquela suspeita...

— Devido à minha virtude — concluiu Schnapper-Elle — eu não poderia atrever-me a tal coisa. E tudo isso me aconteceu por causa de minha beleza! Mas a beleza passa e a virtude permanece.

Felizmente — pois Don Isaac estava pronto a iniciar uma análise dos pormenores desta história — o vesgo Aarão Hirschkuh de Homburgo-sôbre-o-Lahn saiu da casa com um branco guardanapo na bôca e queixou-se colèricamente que a sopa já fôra servida havia muito e os hóspedes estavam sentados à mesa e só faltava a hospedeira...

(A conclusão e os capítulos seguintes perderam-se, não por culpa do Autor).

# A. ZWEIG

ARNOLD ZWEIG (1887) nasceu em Glogau, Silésia. Não é parente de Stefan Zweig. Seu pai, Adolf Zweig, era seleiro. Arnold estudou línguas modernas, literatura e filosofia nas Universidades de Breslau, Munique, Berlim, Göttingen, Rostock e Tübingen. Além de suas especialidades literárias, Arnold Zweig é um apaixonado pelos problemas de história, artes e psicologia. Serviu na Primeira Guerra Mundial. Expulso da Alemanha pelos nazistas, em 1933, percorreu a Europa e foi fixar residência na Palestina. Depois da guerra, regressou à Alemanha, radicando-se em Berlim Oriental. Em 1958, foi-lhe conferido o Prêmio Lênin da Paz. Arnold Zweig publicou peças teatrais, ensaios e artigos em que aborda com freqüência temas judaicos. Mas o seu gênero favorito é o romance, campo em que se tornou um dos últimos grandes representantes alemães do realismo tradicional. Dentre as suas obras destacam-se *Novelas em Tôrno de Cláudia* (1912), *O Caso do Sargento Grischa* (1928), *Jovem Mulher de 1914* (1931), *Educação Diante de Verdun* (1935), *Coroação de um Rei* (1937), *Intervalo de Fogo* (1954), *O Tempo Está Maduro* (1957). Trata-se, nestes romances, excetuando-se o mencionado em primeiro lugar, de um grande ciclo cujo título geral é "A grande guerra dos homens brancos". Nêle procura dar uma visão ampla da Primeira Guerra Mundial, das suas causas e das conseqüências sociais e psicológicas, criando assim "um documento literário da época de transição entre o imperialis-

90  Entre Dois Mundos

mo e a era socialista". Entre os personagens principais figuram judeus. O último romance do ciclo tem o título de *O Gêlo se Rompe* e procura demonstrar que "não se pode manter nenhuma sociedade que insira dentro dos seus alicerces. como pilares, a guerra e a negociata em tôrno dela". Arnold Zweig, que goza de grande prestígio no mundo socialista, dirigiu não raro severas críticas contra o regime da Alemanha Oriental.

## POGROM

O tiroteiro acordou Eli Seamen. As duplas fôlhas da janela, amplamente abertas, com as cortinas balouçando ao vento como corpos de enforcados, acolhêram o estampido das pistolas Browning que viera ecoar, através dos telhados, dentro de seu quarto. Sentou-se. Sôbre a cidade, o céu matizava-se com as tintas rubras de uma conflagração ou de uma multidão de luzes. Mas, no alto, uma legião de estrêlas abria caminho através da escuridão infinita. Contra a luz fraca e distante, a janela recortou uma cruz refulgente bem no centro da Ursa Maior. Pela disposição das estrêlas, o menino pensou que deveria ser perto de onze horas. Ouviu tiros... A porta que dá para o quarto de seu pai se escancarou violentamente, e o inspetor Seamen assomou ao limiar. — Levanta-te, Eli — gritou com a voz dura e àsperamente excitada. — *Pogrom?* — exclamou o filho, saltando com os pés sôbre o tapête. Qualquer resposta era desnecessária.

Vestiu-se com mãos rápidas e trêmulas, enquanto o pai selava uma carta à luz de um tôco de vela. O tabuleiro de xadrez ainda permanecia na agonia da luta, como o haviam deixado na noite anterior. O golpe decisivo tinha sido dado. As figuras projetavam-se negras à luz da vela, alinhando-se como sombras obstinadas sôbre as casas do tabuleiro. Eli, cheio de orgulho, lançou um olhar ao quadrado: seu pai, o bravo jogador que era, fôra obrigado a submeter-se assombrado ante aquêle último movimento triunfal... Mas a realidade presente imediatamente o dominou. Enquanto amarrava apressadamente os sapatos, ocorreu-lhe o pensamento, que lhe deu uma sensação de alegria, de que as coisas iam mal, agora, para os seus inimigos, os garotos judeus, que lhe atiravam pelotas de barro, acusando-o de profanar o Sabá e comer coisas impuras. E pensou que era bem feito o que estava acontecendo, pois êles eram muitos, e nunca o atacavam individualmente.

— Bem, você já está pronto? Ainda não! — O inspetor, com o gorro de peles na cabeça, agitava-se de um lado para outro, à entrada da porta, batendo com os sapatos no chão. Impaciente, o inspetor vociferou de dentro de sua espêssa barba

A. Zweig                                                                91

negra: — Está com mêdo? — E de repente — antes nunca pensara nisso — Eli compreendeu que poderia ser assaltado também, pois o bando não tinha elementos para saber que o seu pai era inimigo dos outros. Mas tal idéia, como veio, foi.
— Não, não — respondeu colérico. — Aqui estou. Vamos. O pai fechou a carta na escrivaninha. — Vamos ver... Temos que socorrê-los...

Em seguida, olhou para o filho e examinou o rapaz de 16 anos, como se fôsse uma peça de mercadoria recém-entregue. Não, êle não estava com mêdo.

— Escute, Eli. É possível que aconteça algo lá adiante... a mim também... está entendendo? E se amanhã eu não estiver mais aqui... — Pai! — gritou o rapaz e os seus olhos se converteram em dois buracos negros. — Tudo pode acontecer. Neste caso, escute, volte imediatamente para a Alemanha... — Pai! — E estude algo decente, compreendeu? Engenharia. — Oh, por favor, por favor, pare! — gritou o menino com voz agoniada, agarrando com ambas as mãos o braço do pai. — Caso precise disso, você já é bastante crescido, tome lá. — E entregou-lhe com ímpeto a pistola achatada. Eli agarrou-a com fôrça, embora lhe tremessem as mãos. — Pai, a polícia nos ajudará. — Mas o inspetor já se lançara pela porta a fora, empunhando uma Browning numa das mãos e na outra uma bengala de ferro recoberta de couro. Os seus passos ressoavam no fim do corredor. O garôto se apoderou apressadamente de sua bengala de alpinista, recostada num canto, um bastão amarelo, de carvalho, terminando numa ponta metálica. Ao sair, encontrou o pai visìvelmente perplexo. — Na realidade, você deveria ficar aqui. O que poderá fazer lá?

— Sem o senhor? Não o deixarei ir só, por um momento sequer. — Quero que me obedeça — disse o pai. — Arrombarei a porta e o seguirei — gritou o robusto rapaz. O inspetor conhecia o seu filho mais velho. — Bem, se é assim... Talvez seja melhor — e sorrindo levemente virou a chave com fôrça na fechadura.

Ambos transpuseram os três lances da escada e cruzaram o largo pátio da fábrica. O sangue de Eli corria-lhe rápido e alegre: aventura! E que aventura! Um *pogrom* exatamente na véspera do Sabá de Páscoa! Amanhã, haveria cânticos de graças nas igrejas. Eli não estava nem um pouco assustado. Seu dedo acariciou feliz o gatilho da arma. Teria que atirar? E conseguiria atingir o alvo? Com certeza, contanto que as mãos não tremessem demais. Prometeu a si próprio encontrar Gabriel Butterman, o cabeça ruiva, que gostava de atirar pedras nêle. Êsse não havia de escapar... e sentiu a felicidade ante-

92 — Entre Dois Mundos

cipada da inveja que despertaria em todos os colegas de classe e no seu irmão Leo, quando lhes narrasse os acontecimentos. Retesou os braços como quem faz ginástica, e os seus músculos cresceram. O quintanista da escola levantou o rosto de sobrancelhas arqueadas e a cabeça coroada de cabelos negros. Olhou dentro da noite. O guarda-barreira estava ainda acordado. Projetava-se uma luz amarela das janelas de seu alojamento. Dando-lhe as chaves da casa, o inspetor lhe disse, em polonês: — Abre-me a porta. — É arriscado sair — argüiu o velho, agitando, ao falar, os bigodes amarelecidos pelo fumo. — É verdade, Janek. Mas estarei de volta dentro de uma hora. Toma conta das chaves, por mim. — Rangeram os gonzos do portão. Ao longe, ouviam-se os estampidos do tiroteio. O pai estava com tanta pressa que Eli quase ficou para trás. As ruas estendiam-se, escuras e desertas. Apenas muito no alto, havia algumas janelas iluminadas. Os dois dobraram ràpidamente à direita, venceram num passo largo todo o comprimento da Petersburgerstrasse, tropeçando em poças de lama e água, atravessaram a Patjomkinplatz e entraram na Schlusselstrasse. O barulho se ia tornando cada vez mais distinto, até se transformar em tumulto selvagem. A cada passo, era maior o número de pessoas. — O que é que há? — perguntou o pai, em russo, a uma sombra que passava apressada dentro da escuridão da noite. — Estão assaltando os judeus infiéis, não perca tempo, amigo. — E a polícia? — Não a encontrará desocupada — respondeu o cidadão, rindo-se contentemente e afastando-se apressado. Eli tomou ali mesmo a resolução de atirar nos soldados, mesmo que êles já tivessem liquidado a Gabriel.

A rua tornava-se cada vez mais clara à luz das lanternas e candeeiros que vinha de dentro das casas. Em pouco tempo, acharam-se no meio da multidão. Puseram-se a abrir caminho violentamente e, quando o pai não pôde mais fazê-lo com suficiente rapidez, segurou o filho pelos ombros e empurrou-o ao abrigo de um edifício alto. — E agora para onde vamos? — perguntou o rapaz excitadamente. — Vem! — Subiram correndo apressadamente dois, três e quatro lances de escadas. Da clarabóia, de uma pequena abertura suja, puderam descortinar as ruas limítrofes, pois nenhuma das casas vizinhas tinha mais de dois ou três andares de altura. A disposição das casas na praça oferecia um quadro bem visível, embora reduzido pela distância. Era, em seu conjunto, um quadro maravilhoso do que ocorria. Viram as chamas tremulando através das janelas e a espêssa fumaça listrada de vermelho. Viram gente correndo, membros voando, homens e mulheres em bandos e grupos. Ouviram a gritaria infernal, o vozerio, tiros solitários daqui e dali. E através do ruído e das explosões violentas do

A. Zweig

conflito, o rumor surdo de quedas, de vigas caindo e portas arrombadas. Por um único e diabólico minuto, o horror do espetáculo se estampou no rosto do inspetor, depois, sùbitamente, mandou que o filho o seguisse e lançou-se com êle escada abaixo. Em vez de voltar-se em direção à porta, dirigiu-se para o pátio escuro, segurando a bengala entre os dentes, transversal ao rosto, pulou, pela parte baixa do muro, para dentro da casa vizinha. Eli atirou o bastão para o outro lado, saltou, agarrando-se às bordas do muro, transpôs o obstáculo, exatamente como nas aulas de ginástica da escola e aterrou do outro lado quase de gatinhas. A seguir, correram estrepitosamente através dos quarteirões do fundo do outro pátio e por meio de um portão baixo alcançaram a rua. Prosseguiram ràpidamente ao longo das casas da direita, atravessaram duas, três ruazinhas, sem ver vivalma e estacaram outra vez na Katherinestrasse, que, lá embaixo, burburinhava de nôvo, cheia de luzes e fumaça. Por um momento, ainda permaneceram parados, os corações palpitando sem fôlego. Em seguida caminharam uns setenta passos, vagarosa e tranqüilamente, descendo em direção da Metchnikoffstrasse, empunhando as Brownings. Aí viraram a esquina e algo aconteceu.

Na direção dêles corria uma mulher em trajes íntimos. Cobria-lhe a parte superior do corpo um pedaço de pano marrom. Estava sem fôlego, incapaz de articular uma sílaba. Destorcia-lhe o rosto o terror da morte. Segurava pela mão a sua jovem filha. A criança não trazia uma roupa sequer para cobrir-lhe o corpo. Os cabelos caíam-lhe soltos em volta do rosto. Os pés desnudos, incapazes de se moverem, pareciam projetar-se automàticamente para a frente. A bôca escancarada da mulher mostrava todos os dentes e a sua mão livre apertava o seio esquerdo. Três jovens seguiam-na bem de perto. Entre ela e êstes, um menino de nove anos, talvez, caminhava mancando horrìvelmente, sem conseguir se aproximar de sua mãe... Eli julgou reconhecer o irmão mais nôvo de Gabriel, mas poderia estar enganado. A criança cambaleou e caiu, levantou-se, tornou a cair e, quando se ergueu pela segunda vez, o primeiro rufião passou correndo perto dela. O segundo, correndo também, ao passar cravou um punhal nas costas da criança.

— Ma-a — gritou o menino. A mãe, ouvindo o grito lancinante, voltou a cabeça, endureceu o corpo e desmaiou sem deixar de segurar a menina. De repente, Eli notou que o seu pai, que há pouco estava ali ao seu lado, saltara dez passos à frente. Dentro de Eli explodiu um tumulto feroz e êle pulou atrás do pai. Por um instante único e violento, sentiu alegria por ter a sua mãe morrido há muito. Então êle viu a tremenda bengala de seu pai girar sôbre o crânio do primeiro desordeiro, arrebentando-o como se fôsse um pote de barro. E o ho-

94 Entre Dois Mundos

mem rolou nas pedras da rua. Instantâneamente, êle viu os outros dois passarem à defensiva. E o furor se desencadeou. Ouviu, primeiro, um tiro, depois dois. Passou então a Browning para a mão direita. Seu pai pulou ante o ataque de um homem que atirara, mas havia outro atrás dêle, com a faca erguida. Eli sentiu um calafrio. E ainda de pé, disparou um tiro, outro, mais outro. E a faca retiniu no calçamento da rua. Uma terrível excitação fê-lo gritar: — Foi atingido! — Ouviu o grito lancinante da mulher atrás dêle, e o som de passos pesados. Um tiro surdo atroou atrás dêle, logo outro, desta vez não era de Browning, êle sabia. Foi quando viu o rosto do pai voltado para êle, empalidecido, os olhos esbugalhados e chamejantes de cólera terrível. E depois, nada mais. Caiu para a frente. "Pai..." pensou e ao mesmo tempo foi abatido e atirado ao chão, como que fulminado por um raio.

O tenente da polícia, limpando o sabre, ordenou: — Adiante. — Tendo-se distanciado os policiais, as duas mulheres, de horror, fitaram com um olhar mortalmente perplexo as figuras estendidas no chão: o homem, os jovens, o rapaz e a criança.

# SYDOR REY

SYDOR REY é o nome pelo qual é conhecido o escritor polonês Izak Reis, que atualmente vive nos Estados Unidos, em Nova Iorque. *O Livro dos Sobreviventes,* publicado em polonês e mais tarde traduzido para o inglês, é uma de suas obras mais conhecidas. Seus contos aparecem em *Commentary,* e outros periódicos ianques. *A História de Schulim,* o relato que figura nesta coletânea, é um exemplo magistral da arte de Sydor Rey na narrativa curta: audácia no tema, originalidade no desenvolvimento, profundidade no alcance, eis algumas de suas qualidades mais sensíveis.

## A HISTÓRIA DE SCHULIM

Suspeitava-se secretamente — pelo menos, era esta a minha impressão — de que eu tivesse tendências homossexuais, mas estas suspeitas não me incomodavam. Houve um momento em que andei tão obcecado pelas matanças nazistas, que meu tormento se transformou numa espécie de ternura pelo corpo humano, num anelo por êle, como se êle não mais existisse aqui sôbre a terra. Como um corpo de mulher apresentava para mim, homem, um valor muito definido, estabelecido desde a minha primeira infância, minha nova ternura pelo corpo humano teve de centrar-se no homem.

Assim como meus primeiros desejos de um corpo de mulher afastaram minha imaginação do de minha mãe, do mesmo modo meus primeiros desejos de um corpo de homem voltaram minha imaginação para o corpo de meu irmão martirizado. Via diante de mim o corpo de meu irmão, belo, branco, quente e calmo, como os nossos montes cobertos de neve num silencioso dia de sol.

Foi assim que fiquei sabendo que meu afeto pelo corpo do homem era um eco de amor fraterno e não indicava uma anomalia sexual. A nudez bela de meu irmão como símbolo de fraternidade, um corpo de homem — porque também as guerras são travadas entre homens.

Um dia acompanhei um jornalista ao Hotel Marseille, para ver o primeiro grupo de deslocados que chegaram a Nova Iorque, a maioria dos quais sobrevivera à guerra sob ocupação nazista.

A feiúra dos homens me deprimiu. A caminho do hotel, alimentara a esperança de que os refugiados fôssem belos, como ferro emergindo do fogo — sua beleza havia de ser uma resposta aos insultos nazistas... Não me doeu a feiúra das mulheres, sua feiúra fazia sentido. Elas haviam sido distendidas, desfiguradas pelas crianças que delas brotaram, que nelas se alimentaram, e que agora as rodeavam como o fruto nôvo rodeia as árvores. Sua feiúra não ofendia mais que uma árvore deformada, com frutos belos. Mas a feiúra dos homens não fazia sentido algum: era como um esgar congelado de bobos e loucos.

De repente percebi um homem de meia idade, belo de fazer estremecer a alma; parecia sutilmente gasto, como um velho vaso votivo e, por isso mesmo, mais belo. Era como que feito de prata, marfim e madrepérola. A idade não constituía uma componente de sua personalidade — juventude, maturidade e declínio uniam-se nêle como estágios zoológicos contraditórios em um mesmo animal.

Depois de algum tempo, percebi que conhecia aquêle homem, que seu nome era Schulim — tanto me impressionara a sua beleza. Sòmente em sonhos rostos familiares se nos aparecem tão estranhos em sua beleza.

Schulim era feito da matéria luminosa dos sonhos — senão, como explicar sua beleza? Alto, muito esguio, tinha o rosto oblongo, faces encovadas, pele amarelada, olhos cinzentos, e cabelos grisalhos que lhe caíam sôbre a testa.

Quando dei por sua presença, estava parado, em silêncio e imóvel, no meio da multidão irrequieta; mas, quando me movi em sua direção, começou, sùbitamente, a circular pelo saguão, falando em voz alta, que me lembrava o grasnar ritma-

Sydor Rey

do de alguma ave. Pensei: "Uma fênix!"; naquele mesmo instante Schulim me viu e, no meio de seus gritos de ave, caímos nos braços um do outro.

Schulim fulgurava por sôbre todos os homens no saguão. Subimos pelo elevador até seu quarto, que era escuro, triste e pareceria um túmulo, não fôsse sua mulher, com uma criança ao peito: assim, lembrava uma toca, quente, de animal.

O filho de Schulim, de dezesseis anos, parecia-se tanto com o pai, que se afigurava ter emergido dêle, e não da mãe. Todavia, não era tão belo — estava verde ainda. Entre pai e filho de um lado, mãe e bebê de outro, havia tal diferença de aspecto, que ou o pai e o filho eram humanos — e então a mãe e o bebê eram animais, ou a mãe e o bebê eram humanos — e então o pai e o filho eram anjos. Poder-se-ia dizer que ali estava o começo da vida; ali, naquele quarto abafado de hotel de Nova Iorque, o paraíso, no qual a mãe e o bebê eram a Árvore da Vida, e o pai e o filho, querubins velando por ela.

Depois disso, passei muitas horas passeando com Schulim por Nova Iorque. Passear era, para êle, uma espécie de contemplação, uma dança simplificada para uso diário. Êle falava sòmente quando nos sentávamos, e sua voz, que não mudara, que ainda era, tal como em sua infância, como um grito de pássaro, uma mistura de alegria e temor, reconduzia-me aos meses de verão que, em meninos, passávamos, nus, às margens do rio. Naquele tempo Schulim era tão belo, tão diferente de todos nós, que precisávamos — não só para alívio nosso, como também para o dêle — ridicularizá-lo um pouco e o apelidamos de "cegonha".

Por causa dos horrores supervenientes, não me lembrava de mais nada daqueles maravilhosos meses de verão, salvo fragmentos de uma melodia na qual, há muito, se tinham transformado, e quisesse eu dizer algo sôbre êles, lograria apenas proferir uns poucos sons inarticulados, os gritinhos intermitentes de uma criança; mas, na voz de Schulim, redescobri a melodia inteira.

Muitas vêzes, quando, sentados num banco, olhávamos Nova Iorque, Schulim exclamava, de repente: — Ah! que lindo, que lindo.

Em geral, o que se nos oferecia nesses momentos era um cortiço repulsivo, uma árvore moribunda, ou uma praça coberta de lixo, e eu não conseguia compreender por que êle estava tão entusiasmado. No fim, descobri que, à vista de qualquer coisa feia, Schulim muitas vêzes visualizava sua metamorfose, sua transfiguração da feiúra para a beleza.

98                                       Entre Dois Mundos

No momento, êle estava desempregado, e um dia me confiou que gostaria de voltar à sua ocupação de antes da guerra, ou seja, à venda de objetos de camisaria. Em Nova Iorque, seria um prazer vender belas gravatas, cachecóis, camisas, luvas, lenços, cintos e meias; nesse país de abundância, é possível vender coisas belas aos mais pobres, aos trabalhadores, pensava Schulim, porque mesmo o homem comum tem gôsto, embora não tenha fôrça ou tempo para escolher.

— Ah, que lindo, que lindo! — repetia Schulim, admirando uma vitrina pouco atraente de roupas para homens: tínhamos parado, justamente, diante de uma lojinha num bairro operário. Seu entusiasmo era tanto mais ardente, quanto nascera de tristeza e dúvidas, como um lírio d'água num pântano.

— Será, será que valeu mesmo a pena lutar tanto para sobreviver? — perguntava às vêzes em sua voz de ave, relanceando em tôrno, rápido, como um pássaro.

Antes da última guerra, na nossa cidade, Schulim dirigira uma camisaria famosa na região tôda, cujos fregueses eram os donos das terras dos arredores e os profissionais liberais. Não trabalhara quando solteiro, mas, depois de se casar com Haia, que lhe trouxe um pouco de dinheiro como dote, decidira que uma camisaria era o apropriado para êle — dar-lhe-ia oportunidade de mexer constantemente com sêda, de vestir com elegância os outros e de vestir-se bem êle mesmo. Não havia uma coisa feia em sua loja — no que superava tôdas as outras lojas do mundo — e podia-se encontrar nela artigos tão belos quanto os das lojas de Londres, Paris, ou Varsóvia. Tôda a nossa elite sabia disso. Schulim tinha orgulho de sua loja, e era por isso que se contentava com lucros moderados, e não tratava seus aristocráticos fregueses com a servilidade de outros lojistas judeus. Ficava em sua loja como se ali estivesse ùnicamente por prazer, como se a loja não fôsse sua, e eram sua aparência, a elegância de suas roupas, que encorajavam a gente a comprar. Quando seus clientes diziam que êle era um homem limpo, pensavam, principalmente, em sua limpeza física e na pureza de seu gôsto; êsse modo de estar sempre bem arrumado sugeria honestidade.

O pai de Schulim, um *schohet,* literalmente banhava-se em sangue. Era um espetáculo digno de ser visto, êle em seu matadouro, a barba em desordem, mangas arregaçadas, botas altas, embebidas de sangue, curvar-se sôbre um boi, com a faca reluzente na mão. Era muito alto, mais alto que Schulim; tinha uma longa barba vermelha, olhos cinzentos, cabelos negros e negros cachos nas têmporas. Dotado de bela voz de barítono, compunha lindos hinos litúrgicos, que os músicos tocavam em bailes nas propriedades. Suas composições, tôdas

Sydor Rey 99

em ritmo de valsa, eram destinadas à oração da sexta-feira à noite, com que os fiéis saúdam a vinda do Sabá, personificado como a noiva querida.

Tôda sexta-feira, da manhã até à noite, Iehiel patinhava no sangue dos frangos, patos e gansos que matava, e depois do pôr do sol, lá estava, como que no meio do fogo, diante do púlpito, e seu barítono lírico saudava Sabá, a noiva.

Iehiel recusava ser pago por seus serviços de chantre: parecia-lhe que, se aceitasse remuneração, uma única vez que fôsse, não seria nunca mais capaz de compor uma canção, e poderia mesmo perder a pureza de sua voz.

Sua mulher era feiosa, gorda, tinha cabelos prêtos, e quando jovem teria sido parecida com Haia; os gracejadores afirmavam que Iehiel por certo engendrara seu belo Schulim com "Sabá, a noiva".

Durante a ocupação, o velho *schohet,* decidido a não deixar os nazistas desonrarem seu corpo, matara-se de fome.

— Não sei como fêz — dizia Haia. — Por alguns dias não comeu nada, sentado diante da Bíblia, cantarolando canções de vez em quando, e assim adormeceu para sempre. Não sei como fêz; meu sogro era forte como um leão, e não há dúvida que Deus lhe facilitou a morte. Como ficou bonito depois da morte. Lavei seu corpo. Que homem, que homem!

— Onde estão os heróis do período da ocupação? — perguntei a Schulim.

— Heróis, heróis! — disse Schulim, apontando a terra com o dedo. — Todos êles morreram, não restou nenhum. Foram todos gastos, só para salvar a humanidade. É verdade que alguns heróis potenciais ainda sobraram, aquêles que não tiveram tempo de se tornar heróis; são os que sobreviveram à ocupação ao lado dos heróis, graças ao heroísmo dêstes, e são os melhores dos sobreviventes. Pois só êles emergiram da ocupação para dar testemunho da existência de auto-sacrifício, de lealdade, heroísmo, e vínculos sociais...

"Só êsses homens, disse Schulim, podem restaurar os valores humanos, ou seja, aquelas qualidades belas que o homem adquiriu graças a seus vínculos sociais. Quando digo que todos os heróis morreram — exclamou — refiro-me sòmente àqueles que, como se fôsse essa a única maneira humana de viver, viviam só para a comunidade. Alguns bravos sobreviveram. Você se lembra de Miécio Artman, cujo pai era administrador de uma propriedade em Chocien? No tempo da ocupação, Miécio, com a ajuda apenas da amante, escondeu-se sòzinho na floresta, e depois da ocupação, vagou por aí, com

100 Entre Dois Mundos

uma pistola automática na mão, matando todo colaborador que encontrasse. Bem, e daí? Êle sobreviveu, tirou sua vingança, mas que parcela de humanidade terá sobrevivido nêle?

— Meu pai se trancou num armário de carvalho, quando vieram levá-lo para um campo de concentração — disse Haia — e recusou-se a abrir a porta. Os nazis o balearam através da porta, e o deixaram lá.

— Ah! tôda a família dela é teimosa — disse Schulim.

Não me contou nada de si mesmo. Eu sabia que êle trabalhara num almoxarifado militar dos alemães, onde era protegido de um certo Capitão Heinecke, e que passara os dez últimos meses da guerra num abrigo subterrâneo.

Quando, com aparente indiferença, perguntei: — E com você, como foi? — êle me contou, ao invés, como seu benfeitor, o Capitão Heinecke, matara Janek — Janek, a quem as tias vestiam de menina até os seis anos, pondo fitas em seus longos cabelos, ou trançando-os tanto, que as outras crianças o consideravam uma menina, e êle continuara menina pelo resto da vida, a cara da mãe.

A mãe de Janek morrera, mal contava êle uns dias de vida, e ficara aos cuidados das quatro irmãs mais velhas da mãe, tôdas solteiras, e lindas como a mãe o fôra. Sua tutôras decidiram educá-lo como menina, para substituir a irmã menor, morta. Janek era para elas uma irmã substituta; as tias o criaram de tal maneira, que no fim êle se identificara com a mãe e, rapaz crescido já, exibia orgulhosamente sua graça feminina. Parecia uma jovem que acabasse de acordar. Seria porque as tias lhe haviam contado como sua mãe, poucos dias depois de tê-lo dado à luz, bela entre os lençóis brancos, dissera, sorrindo: "Boa noite, queridas", fechando os olhos, como se fôsse dormir, e tinha morrido?

Ao ver Janek com um grupo de judeus que iam ser mandados para um campo de extermínio, o Capitão Heinecke dirigira-se a êle, tomara-lhe a mão, levara-o para fora — estava precisando de um chofer.

Por um ano Janek foi chofer do capitão, belo nas botas justas, calças e jaquetas de couro, o cabelo loiro e ondulado escapando de baixo do boné de couro. Certa manhã, o capitão ordenou-lhe que visse alguma coisa no motor do carro, e, quando Janek se curvou, o capitão deu-lhe um tiro na nuca, e afastou-se. No dia seguinte, Janek seria conduzido a um campo de extermínio; êle não sabia disso. Aparentemente, o Capitão Heinecke ficara com pena, ou então quisera provar que não nutria simpatias por judeus — ou talvez ambos os motivos ditassem sua ação.

Sydor Rey 101

Em outra ocasião, Schulim respondeu à minha pergunta: —
E com você, como foi? — contando como o capitão matara Prokop, que fôra o camponês mais bonito da nossa região.

Alto, encorpado, com um bigode vasto, dourado, e grandes
olhos azuis, Prokop era diferente, em sua beleza, dos outros
camponeses. Embora descendente de gerações de camponeses,
parecia um ator representando o papel de um camponês. Trabalhava duro mas estava sempre bem pôsto, descansado, e seu
rosto era alegre e invariàvelmente festivo; seu corpo, como o
de um cavalo, estava sempre estremecendo, cheio de risadas
escondidas. Trajava-se à moda rústica com tecidos grosseiros,
feitos em casa, como todos os outros camponeses, e mesmo
assim havia nêle algo de suave e elegante, como se vestisse
sêdas.

Prokop mantinha suas terras, construções, cavalos e gado nas
melhores condições. Tinha os trabalhadores mais bonitos da
aldeia, e a mais bela das mulheres — pois que outra pode ser
desposada por um homem que não faz senão olhar para ela?
Tinha mulher porque não pode haver fazenda sem mulher.
Também necessitava dela para seus amados trabalhadores:
quando algum dêles queria uma mulher, para variar, não precisava deixar a fazenda.

Embora, de vez em quando, Prokop fôsse objeto de brincadeira, ninguém se surpreendia com isso tudo, nem se indignava,
porque gente de aldeia aceita calmamente essas excentricidades
de nascença. Prokop pertencia a uma velha família da região,
era bom fazendeiro, bom vizinho, e era tratado como qualquer
outro fazendeiro.

Um dia teve um ataque apoplético, que o deixou mudo e parcialmente paralisado. Daí por diante, arrastava-se pela aldeia
com o rosto contorcido, um dos olhos repuxados para baixo,
um braço e uma perna duros, e o órgão tristemente pendendo
da braguilha aberta, parece que por conveniência, a fim de não
se molhar quando satisfazia as suas necessidades.

Também seus vizinhos se acostumaram com isso depressa. A
maioria considerava a condição de Prokop um castigo divino,
um ato de justiça imanente; as mulheres comentavam, bem-hu-
moradas, que "de qualquer jeito, a coisa nunca fôra muito
útil". O Capitão Heinecke freqüentemente encontrava Prokop
pelos campos, e tôdas as vêzes ficava terrìvelmente irritado;
no fim, deu-lhe um tiro. Ninguém estava presente, mas todos
sabiam que Heinecke o matara: diversas vêzes declarara que
Prokop devia ser liquidado, porque isso não era vida para êle,
e nem os outros deviam ser obrigados a ver criatura tão repugnante.

102          Entre Dois Mundos

— Se fôsse questão de feiúra, Heinecke devia ter-se suicidado — disse Schulim. — Prokop ainda apresentava aspecto humano, mas êsse Heinecke era tão feio, que fedia.

Nada ofende tanto quanto um homem bonito que, com a juventude, perdeu também a humanidade. O rosto de alguém assim, em vez de envelhecer gradualmente, morre de repente e se desintegra, deixa de ser humano.

Heinecke era uma dessas pessoas que não suportam o impacto do tempo, cuja humanidade não consegue atravessar a soleira da velhice, nem mesmo a da maturidade; sua juventude é breve, e também o é sua humanidade.

Era poeta; na primeira juventude, publicara um volumezinho de versos polidos e superficiais, escritos — conforme imaginava — no estilo da Grécia antiga, nos quais a vida humana, reduzida a elementos físicos e juventude masculina, aparecia terrìvelmente insignificante e curta. A vida era insignificante — o importante era a morte.

A vida de Heinecke reduzira-se apenas à juventude, e depois também esta se fanara. Perdendo a vitalidade, muito jovem ainda, continuou mais tarde impelido pela ilusão de sua própria juventude e beleza. Assim iludido, era-lhe fácil apontar o que era feio nos outros, considerando sua impiedade em relação às pessoas feias como missão estética. Era com êsses estetas que os nazis contavam para realizar sua política de extermínio, e a fim de facilitar sua missão, haviam reduzido sua vítima ao nível de vermina repulsiva.

Foi assim que os países ocupados pelos nazistas vieram a prover Heinecke de um magnífico campo de ação. Foi êsse Heinecke que pôs Schulim sob sua proteção, a êle é que Schulim devia a vida — o próprio Schulim me contou isto. Não fêz menção alguma de me explicar simples e diretamente como sobrevivera debaixo de tal homem: aparentemente não conseguira explicar o caso nem a si mesmo, e tive a sensação de que nem isso lhe interessava. Sabia que eu não podia nutrir suspeita alguma de que êle colaborara com o inimigo, porque havia testemunhas, e isto lhe bastava.


Schulim não dava a impressão de alguém que estivesse escondendo algo. Sem se fazer de rogado, contara-me as histórias de Janek, Prokop, e outros incidentes relacionados com o capitão, e contava tudo isso na convicção de que estava falando de si mesmo. Além do mais, pensava que a questão de como lograra sobreviver era do meu interêsse, não do seu, e que no fim eu a compreenderia e a explicaria a êle. Esperava que eu encontrasse nêle a chave da questão, era só eu continuar perto dêle.

Sydor Rey

— Lembra, um dia um retrato de um homem, lindo, valioso, foi descoberto na cabana de um pobre montanhês — disse. — Fazia anos que o retrato estava pendurado lá, o camponês nunca tentara vendê-lo. Achara-o em algum lugar, durante a primeira guerra mundial, gostara dêle, pendurara-o em sua parede, e depois esquecera-o — que ficasse. E êste retrato sobreviveu...

Chegando à nossa cidade, o Capitão Heinecke foi visitar Schulim, o qual, a essas alturas, já fechara a loja, e exigiu que lhe mostrasse tudo o que restara da mercadoria. Schulim só tinha uns poucos artigos, mas todos da melhor qualidade.

— *Schoen, schoen* — repetia o capitão enquanto Schulim lhe mostrava as camisas, gravatas, meias e lenços. Mas o que mais o impressionou foi a beleza indestrutível de Schulim, daquela beleza que distingue as obras-primas da antiguidade, de narizes e lábios esfacelados, olhos erodidos, obras-primas de que nada resta a não ser a beleza.

As mãos e unhas de Schulim estavam descuidadas, mas eram belas; seu cabelo não fôra nem cortado, nem lavado, mas ficava-lhe belamente na cabeça; seu terno, embora gasto e manchado, assentava-lhe tão bem quanto as penas assentam a um corpo de pássaro, e seu rosto devastado parecia mais belo por ser devastado.

Tendo-lhe dado beleza, a natureza não mais podia roubá-la de Schulim. Tôda a sua vida, o Capitão Heinecke laborara na ilusão de que só a êle fôra dada beleza tão indestrutível, e agora, descobrindo-a em outra pessoa, sua delusão reforçou-se. Mais ainda: considerava a beleza de Schulim como sua. (Sempre consideramos nossas as posses alheias que suscitam nossa cobiça apaixonada; por isso é que nos é tão fácil estender a mão para pegá-las.)

Ordenou a Schulim que entregasse a mercadoria em seu alojamento, e que no dia seguinte se apresentasse para o trabalho no almoxarifado militar. Schulim foi mantido nesse almoxarifado por mais de um ano. O capitão o salvou de diversas batidas sucessivas, e arrumou-lhe um esconderijo subterrâneo já de antemão, para o caso de sua intervenção ser mal sucedida.

Por que Heinecke ajudara Schulim ou, mais exatamente, por que não o deixara morrer? É óbvio que eu não podia perguntar isto a Schulim. Mas o próprio Schulim perguntou, em sua voz de pássaro: — Por que os leões não molestaram o profeta Daniel? Será que emanava dêle um ardor que amedrontava as feras, que o confundiam com fogo, ou será que se exalava dêle um odor que mantinha os leões à distância?

Minhas insinuações quanto à natureza da relação de Heinecke com Schulim devem, suponho eu, ser tomadas como hipotéticas. Mas, se eu pudesse repetir tôdas as observações, todos os olhares e gestos casuais de Schulim e, sobretudo, se eu pudesse, por meio de palavras, revelar Schulim a outros da maneira como êle próprio se me revelou, minhas conjeturas teriam para outros a mesma eloqüência verdadeira que têm para mim.

O fato é que havia uma qualidade indefinida em Schulim e por causa desta coisa indefinida é que Heinecke lhe conservou a vida. Para ser mais exato, Heinecke não o deixou morrer porque havia algo de incognoscível em Schulim. Heinecke ficou fascinado pelo incognoscível.

Nem por um momento Schulim permitiu que Heinecke esquecesse que êle era um homem, um ser vivo; pois um ser humano vive enquanto se conserva nêle sua humanidade, e enquanto Schulim fôsse belo, era um homem. Amiúde imaginava que Heinecke estava à espera dêle, como cães famintos atrelados a um trenó esperam que o mais fraco dêles tombe exausto, para então se lançarem sôbre êle; até as aves numa gaiola se comportam assim. Schulim tinha de ser imaculado, a mais leve falha teria provocado Heinecke, tal como o sangue provoca o tubarão.

Naqueles dias terríveis, sua beleza indestrutível proclamava a superioridade da vida sôbre a morte; em sua presença, Heinecke sentia que o homem pertencia à vida, que não tinha nada em comum com a morte.

A beleza de Schulim confirmava a ilusão de Heinecke sôbre sua própria beleza, e despertava-lhe o anelo de imortalidade. Assim a beleza de Schulim tornou-se sua, e a vida de Schulim tornou-se sua, e proteger a vida de Schulim era proteger a si mesmo. (É êste, suponho, o significado de "ama a teu próximo como a ti mesmo".)

Heinecke teria preferido tratar os homens como certos conquistadores trataram as mulheres nos países que subjugavam — tê-los-ia poupado a todos. Resignou-se a exterminar um sem-número só porque considerava o fato como uma campanha contra a feiúra; a condição em que se encontravam tais homens convenceu-o de seu motivo, e sua proteção a Schulim provava-lhe que era sincero. Defender Schulim era defender suas próprias convicções.

À medida que eram mortos seus parentes e amigos, Schulim tornava-se mais belo. Era suas vidas que êle absorvia mais do que suas mortes, e a vida de cada um dêles agora lhe parecia bela. Sentindo que precisava viver por êles, absorvia suas vi-

Sydor Rey                                                      105

das. Ameaçado constantemente pela morte, não esqueceu
nunca sua própria vida, como se tal lapso se tornasse uma
concessão à morte. Estava assim constantemente lutando contra a morte, transformando a morte em vida, produzindo um
milagre.

Talvez fôsse êste o elemento incognoscível que fascinava Heinecke, um elemento de que Schulim ainda trouxera vestígios
a Nova Iorque.

— Devia ter visto como Heinecke enfeava de dia para dia
— disse Schulim. — As pessoas eram assassinadas à sua volta,
e êle enfeava, como se cada morte imprimisse uma sombra a
mais em seu rosto.

Eu disse a Schulim que sua beleza, a meu ver, salvara-o da
morte.

— Pode ser, pode ser — respondeu com uma modéstia que
só podia refletir simplicidade. — Mas agradava bastante a
Heinecke que eu não gostasse dos bolcheviques, e ridiculari-
zasse seus modos e uniformes.


Ou teria Schulim sobrevivido simplesmente por ter sido amante do Capitão Heinecke? Voltava muitas vêzes a essa suposição,
embora sabendo-a infundada. Mas lembrava a mim mesmo
que, se fôsse assim, êle não se sentiria constrangido em men-
cioná-lo, como um dos pesadelos da ocupação. Ter-me-ia provàvelmente relatado naquela maneira simples, elegante, abstrata, que possibilita ao narrador falar sôbre si próprio, como
se fôsse uma terceira pessoa, e que, não obstante, encarece a
plausibilidade de sua história, embora removendo a sordidez
de algo sórdido a fim de torná-lo mais acessível. Se, sob a
ocupação, Schulim houvesse comido excremento (um dos grandes antiquários de Nova Iorque me contou tê-lo feito), falaria
do fato como de algum infortúnio humano.

Além disso, não precisava me dizer que tôdas as suas experiências lhe haviam deixado marcas, e êle as revelava com tamanho tato, que nós, os não iniciados, conseguíamos olhar
para elas sem piscar.

— Como essas experiências foram tão dolorosas, deve ser
duro ficar ouvindo histórias sôbre elas — notava Schulim. O
que se costuma dizer nessas ocasiões: "Se eu consegui supor-
tá-las, vocês bem podem escutá-las".

Não só a ocupação deixara de matar a sensibilidade de Schulim ao sofrimento, ela nem ao menos afetara seu senso esté-
tico; para êle os dois eram idênticos. Um dia contou-me que
um senhor de idade havia abordado seu filho num cinema
perto de Times Square, com propostas óbvias — seu filho lho
tinha contado. Qualquer pessoa que estivesse observando

Schulim e ouvindo seu relato do incidente teria notado que a homossexualidade era para êle tão estranha quanto o canibalismo.

Fui com êle a um banho turco, e quando vi seu corpo, tive certeza de que Heinecke olhara para Schulim como se estivesse vendo o corpo de Cristo. Para Heinecke, para quem a forma ideal era representada pelo corpo masculino, Schulim encarnava grandes valores espirituais e era, por isto, sexualmente negativo.

Êle admirava e protegia Schulim apesar da ausência de atração sexual, e com isto provava a si mesmo sua lealdade platônica ao corpo masculino. Precisava de tal prova, ou porque estivesse velho, ou então porque os anos de guerra o tivessem afetado tanto.

Ao olhar para o corpo de Schulim senti que, para Heinecke, representara o mesmo que representava para mim — uma resposta à degradação infligida ao homem; e que a proteção de Heinecke constituíra o protesto de um hedonista ofendido. Para manter a pureza do protesto, nesta sua proteção de Schulim, Heinecke precisava abster-se de um comércio sexual com êle. Além do mais, estou certo de que, se Heinecke tivesse mantido alguma relação sexual com Schulim, acabaria por liquidá-lo, ou por deixá-lo morrer.

Da atroz devastação, uma vida humana, bela, fôra salva, e Heinecke a defendera — precisava desta satisfação.

Schulim contou-me que um dia, quando êle e sua mulher já se encontravam por trás do arame farpado, prestes a serem embarcados para um campo de extermínio, o Capitão Heinecke aparecera de repente numa limusine elegante, exibira algum documento ao guarda, e depois levara Schulim de volta ao almoxarifado, enquanto Haia permanecia dentro do cercado.

— Bem, o que fêz Lot, quando sua mulher virou estátua de sal? — exclamou Schulim na sua voz de pássaro. — Fugiu da chuva de fogo. — Schulim pensou que tivesse perdido a mulher, mas no dia seguinte o coveiro Proksymiak, na casa de quem Schulim escondera seu filho pequeno, veio lhe contar que Haia estava com êle. Ficou-se sabendo que ela entrara na latrina num dos limites do cercado, espremera-se pela abertura para dentro da vala, atravessara a cêrca e escapara através dos campos até o cemitério e a casa de Proksymiak.

— Eu lhe disse, ela descende de uma família teimosa — arrematou Schulim, apertando o nariz com dois dedos.


Haia e seu filho pequeno permaneciam escondidos na casa de Proksymiak, enquanto Schulim continuava a trabalhar no almoxarifado.

Um dia o capitão lhe declarou que daí por diante nada mais podia fazer por êle, que Schulim precisava ocultar-se. Puk, acrescentou, viria à noite levá-lo ao esconderijo.

Puk informara antes Schulim de que lhe preparara um abrigo por ordem do capitão, com quem Puk, o manco, metade camponês, e metade comerciante, barganhava ovos, galinhas, manteiga, queijo e creme de leite por tabaco, café, chá e açúcar. Heinecke jamais veio a saber onde era o lugar do esconderijo, e Schulim, só no último instante.

À noite, Puk levou Schulim, Haia e o filho para o seu sítio, onde sua mulher, que era de ascendência judia, e cêrca de uma dúzia de judeus viviam numa vala hàbilmente camuflada no estábulo. Nesta vala, Schulim e sua família abrigaram-se até a retirada dos alemães.

Havia diversos casais na vala. Quando perguntei se isso não provocara situações embaraçosas, Schulim exclamou: — Ah!, você sente curiosidade por êsses pormenores bobos, como todos aquêles escritores baratos!... Não houve nada de drástico. De vez em quando algum de nós imaginava estar vendo alguma coisa, mas depois se convencia de que havia sonhado, e fechava os olhos.

Schulim contou que a coitada da Sra. Puk, que era católica devota e muito pudica, rezava alto, para disfarçar, tôda vez que se sentava no penico. Ou será que nessa posição a pobre mulher se sentia mais vulnerável, como um cachorro, e rezava de mêdo?

Uma senhora cuja irmã estivera com Schulim na vala contou-me que, no momento em que Schulim lá aparecera, todos os outros pareceram ficar mais nobres.

No dia da retirada dos alemães, a viúva de Prokop matou o Capitão Heinecke. Atirou-se sôbre êle no campo aberto e deu-lhe na cabeça com uma acha. — Isto é por você ter assassinado o pobre Prokop! — gritara.

Disseram que Heinecke morreu de mêdo, e não da pancada. Seu corpo ficou largado no campo solitário por vários dias.

— Ah! como ficou feio depois de morto! — disse Schulim. — Senti pena dêle.

— Como? Você acha que não se deveria matá-lo? — perguntei, surprêso.

— Não, não! Êle merecia morrer depois de tais crimes. Mas tive pena porque depois de morto ficou tão repulsivo.

Após a retirada dos alemães, Schulim trabalhou por algum tempo num curtume, separando o couro cru, mas sentia-se atraído pelos países inatingidos pela guerra.

— Todos os lugares eram feios, feios como a morte — disse.

Alguns meses depois da sua chegada a Nova Iorque, Schulim arranjou uma banca de gravatas num setor habitado principal-

108                                    Entre Dois Mundos

mente por operários e alguns escritores, artistas e atôres principiantes.

Nem uma só das gravatas da sua banca era de mau gôsto; eram tôdas de qualidade superior em tecido e estampa, e fora daí só podiam ser obtidas nas lojas mais elegantes de Nova Iorque. Schulim vendia-as por uma fração do preço de qualquer outro lugar, e mesmo assim tinha algum lucro. Ficara conhecendo diversos fabricantes e atacadistas, e comprava mercadoria levemente imperfeita por preços baixos.

Os transeuntes não vinham atraídos pelas gravatas, que eram discretas demais para o gôsto dêles, por demais sutis; chamava-os a aparência de Schulim, suas roupas, seu rosto, seus olhos de coruja, sua postura. Quem quer que parasse por um só momento na sua banca sentia imediata necessidade de melhorar sua aparência, e comprava a primeira gravata, que não podia ser feia, porque não existiam gravatas feias na banca. Embora muito cuidadoso na escolha de sua mercadoria nos estoques dos fabricantes e dos atacadistas, Schulim vendia-as displicentemente, como se as distribuísse de graça.

Tôdas as suas gravatas tinham o mesmo preço; às vêzes, à maneira grandiosa de um homem de altos negócios, êle não tirava lucro algum. Em pouco tempo sua banca se tornou famosa nas redondezas e havia deleite à sua volta, como se estivesse distribuindo a boa vida. As mulheres lhe sorriam com uma ponta de mêdo nos olhos.

Sob a influência de Schulim, também comecei a me vestir com mais cuidado, numa espécie de alegria infantil. Meu corpo se distendeu e encheu-se de risadas. Comecei a ver-me como um protesto contra as degradações nazistas. Sempre visitava Schulim na sua banca; e êle repetia sempre que precisava, algum dia, abrir uma camisaria, uma loja, com árvores na frente e um rio nos fundos; e que num país tão rico quanto os Estados Unidos, mesmo o mais pobre dos homens podia trajar-se elegantemente. Continuava a vender sua mercadoria com displicência; de vez em quando tirava a gravata velha de algum freguês, e, cuidadosamente, punha-lhe a nova — parecia então estar vestindo o próprio irmão ou filho.

Menos de um ano mais tarde, possuía uma camisaria encantadora, numa cidade pequena perto de Nova Iorque. Na frente da loja havia umas árvores lindas, um riacho corria nos fundos, e seus fregueses eram trabalhadores comuns a quem êle parecia estar ensinando elegância.

— Para que precisamos de cidades grandes num país como êste! — exclamava Schulim. — Há eletricidade, água corrente,

Sydor Rey

telefone, rádio, televisão em todo lugar. Numa cidade pequena as pessoas podem ser mais belas, especialmente os operários. Desde que um belo dia não comecem a cair bombas sôbre nós. Desde que, de repente, não nos digam que devemos renunciar a gravatas bonitas porque precisamos de algumas estações interplanetárias.

Era um sonhador, e seu sonho não se refletia em suas palavras, mas na sua personalidade tôda. Era um sonhador intrépido. Nunca deixou de acreditar na terra prometida, que lhe fôra revelada num dos seus sonhos de adolescente. As coisas terríveis por que passara não lhe mataram a fé; ao contrário, fortaleceram-na. Êle o expressou simplesmente: "Assim como pôde haver tal horror, poderá haver quantidade igual de beleza".

# G. BASSANI

GIORGIO BASSANI (1916) nasceu em Bolonha, em uma família judia de Ferrara e passou a juventude nesta última cidade. Participou do movimento de Resistência ao fascismo, foi prêso em 1943 e, mais tarde, mudou-se para Roma onde publicou poesia e trabalhou como editor na conhecida revista literária *Botteghe Oscure.* Durante dez anos publicou contos e novelas, reunidos mais tarde sob o título de *Le storie ferrarese* (1960), donde extraímos o conto aqui inserido. Seu romance, *Il giardino dei Finzi-Contini,* foi laureado com o prêmio Viareggio. Essas novelas e êsse romance, bem como outros textos, formam como que um ciclo, cuja temática, técnica narrativa e característica são muito próximas. Representam múltiplos fragmentos da vida de uma cidade, Ferrara, nos quais reaparecem por vêzes os mesmos personagens, de tal modo que acabam por criar uma impressão de unidade. As novelas e romances de Bassani evocam, sobretudo, em tôrno da pequena comunidade judia de Ferrara, de seus costumes, de sua linguagem, o drama afetivo e sentimental de uma infância e uma adolescência a que êle retorna como que contra a vontade. São marcados por três datas: 1937, primeiras leis discriminatórias; 1943, período da resistência e das sangrentas repressões das brigadas negras, as deportações e os massacres; 1945, os movimentos de uma sociedade que tenta a todo preço esquecer as tragédias. Para cada um de seus relatos, Bassani retoma o processo do *flash-back,* que, mais do que qualquer outro, está

112                                           Entre Dois Mundos

apto a dar essa presença obsedante do passado e permite mostrar o plano anterior, fantasmático, constituído pela tropa das sombras, em superimpressão sôbre a imagem de uma cidade de que sòmente o exterior parece imudado. *Uma Lápide na Via Mazzini* é um exemplo em que tais características, somadas ao estilo indireto e proustiano, revelam o seu extraordinário poder ficcional.


## UMA LÁPIDE NA VIA MAZZINI

> *Et j'ai vu quelquefois ce que l'homme a cru voir.*
>
> (RIMBAUD.)

Quando, em agôsto de 1945, Geo Josz reapareceu em Ferrara, único sobrevivente dos cento e oitenta e três membros da Comunidade israelita que os alemães haviam deportado no outono de 1943, e que todos consideravam, não sem razão, exterminados há muito tempo nas câmaras de gás, ninguém, na cidade, a princípio o reconheceu.

Para dizer a verdade, nem mesmo recordavam quem fôsse. A menos que — acrescentavam alguns com ar de dúvida — a menos que se tratasse de um filho daquele Angelo Josz, conhecidíssimo atacadista de tecidos, que, embora descriminado por méritos patrióticos (assim dizia a exposição de motivos do decreto de 1939: e, afinal de contas, fôra uma atitude humana da parte do finado cônsul Bolognesi, que já naquele tempo era Secretário Federal de Ferrara e que continuou sempre um ótimo amigo do velho Josz, usar uma linguagem tão genérica em memória das façanhas esquadristas [1] comuns na juventude), nem por isso conseguira evitar para si e sua família a grande deportação de 1943.

Sim, talvez fôsse um daqueles moços isolados — começavam a lembrar com um apêrto de lábios e uma ruga na testa — uns dez ao todo, que, por terem sido obrigados a cortar tôda relação de estudos com os ex-colegas de escola desde 1938, e, em conseqüência, terem deixado de freqüentar suas casas, a partir de então raramente eram vistos por ali, e haviam crescido com uma expressão tão esquisita no rosto — misto de mêdo, selvageria e desdém — que, ao revê-los de vez em quando, recurvados no guidão de uma bicicleta que passava velozmente pela Giovecca ou pelo Corso Roma, a gente, impressionada, preferia esquecê-los.

Mas fora isso: naquele homem de idade indefinida, tão gordo que parecia inchado, com um *colbak* de pele de carneiro na

---

(1) De esquadrismo, antiga organização das esquadras de choque fascistas.

cabeça raspada, e vestido com uma espécie de mostruário de todos os uniformes militares conhecidos e desconhecidos do momento, quem poderia ter reconhecido o gracioso menino de sete anos, ou o nervoso, magro e amedrontado adolescente de três anos atrás? E se houvesse nascido e existido um Geo Josz e mesmo se êle, como afirmava, tivesse estado naquela coluna de cento e oitenta e três larvas engolidas por Buchenwald, Auschwitz, Mauthausen, Dachau etc.; seria possível que êle, sòmente êle, voltasse agora de lá, e se apresentasse estranhamente vestido, é verdade, mas ainda assim bem vivo, a narrar estórias suas e dos outros que não haviam voltado, nem por certo voltariam mais? Depois de tanto tempo, depois de tantos sofrimentos experimentados por quase todos, e sem distinção de fé política, de censo, de religião, ou de raça, êste homem que queria agora? Mesmo o engenheiro Cohen, o presidente da Comunidade israelita, que, voltando da Suíça, desejou tributar aos desaparecidos uma grande lápide de mármore, a qual ràpidamente apareceu, rígida, enorme, novíssima, na fachada de tijolo vermelho do Templo (e depois teve de ser refeita, não sem satisfação dos que haviam censurado ao engenheiro a pressa de celebrar: pois que a roupa suja — a caridade da Pátria nos ensina! — é sempre melhor lavá-la sem escândalo), mesmo êle, a princípio, havia levantado uma série de objeções; enfim, não queria tomar conhecimento.

Mas vamos pela ordem; e, antes de continuar, detenhamo-nos por um instante no episódio da colocação da lápide na fachada do Templo israelita por incauta iniciativa do engenheiro Cohen. Êsse episódio, pròpriamente, dá início à estória do retôrno de Geo Josz a Ferrara.


Contando-a agora, a cena poderá parecer pouco verídica. E para duvidar, bastaria imaginá-la desenrolando-se no cenário, para nós tão comum, tão familiar da via Mazzini (nem mesmo a guerra a tocou: como a querer dizer que nada, jamais, poderá acontecer-lhe!): da via, pois, que partindo da Piazza delle Erbe, e costeando o velho gueto — com o oratório de São Maurélio no início, a estreita passagem da via Vittoria na metade do caminho, a fachada de tijolo vermelho do Templo israelita um pouco mais adiante, e a dupla fileira de suas cem lojas e bazares, cada um escondendo, na penumbra impregnada de odôres, uma alminha sagaz, embebida de ceticismo mercantil e ironia, — liga os becos contorcidos e decrépitos do núcleo medieval de Ferrara com as magníficas artérias, tão devastadas pelos bombardeios, da parte renascentista e moderna da cidade.

# 114                                Entre Dois Mundos

Imersa no brilho e no silêncio do meio-dia de agôsto, um silêncio interrompido a longos intervalos pelos ecos de disparos distantes, a via Mazzini estendia-se vazia, deserta, intata. E assim se apresentava também ao jovem operário que, desde uma e meia da tarde, empoleirado em um andaime, com um gorro de jornal na cabeça, estava às voltas com a placa de mármore que o haviam mandado colocar, a dois metros do solo, contra o muro poeirento da sinagoga. A sua presença de camponês obrigado pela guerra a procurar a cidade e a improvisar-se pedreiro (sentia-se lentamente penetrado pelo sentimento da própria solidão e de vago temor: pois se tratava, certamente, de uma lápide comemorativa: mas êle, firmemente, evitara ler o que estava escrito!), perdera-se desde o princípio na luz e não conseguira anular o deserto do lugar e da hora. Êsse deserto, tampouco o anulara o pequeno grupo de transeuntes que, reunindo-se mais tarde sem que êle, aparentemente, o percebesse, viera a cobrir, pouco a pouco, em atitudes e côres variadas, boa parte da calçada às suas costas.

Os primeiros a parar foram dois rapazes: dois guerrilheiros barbudos, com óculos grandes, calças curtas até os joelhos, lenço vermelho ao pescoço, metralhadora a tiracolo: estudantes, mocinhos da cidade — pensara o jovem pedreiro camponês, ouvindo-os falar e espiando-os com o rabo do ôlho. A êsses, pouco depois, juntara-se um padre, impassível, apesar do calor, na sua batina negra, mas com as mangas arregaçadas — num estranho ar belicoso, como que de desafio — nos antebraços brancos e peludos. E logo em seguida, um burguês, um sexagenário de barbicha grisalha, aparentemente excitado, a camisa aberta ao peito macérrimo, o pomo-de-adão inquieto, o qual, depois de começar a ler à meia voz o que presumìvelmente estava escrito na lápide (e eram nomes e mais nomes: mas, segundo parecia, não eram todos italianos), em certo ponto interrompera-se bruscamente para exclamar com ênfase: "Cento e oitenta e três entre quatrocentos!": como se também nêle, Podetti Aristide da Bosco Mésola, que estava em Ferrara por acaso, que não tinha intenções de ficar mais do que o necessário, e que, nesse ínterim, cuidava sòmente do trabalho e de nada mais, aquêles nomes e aquêles números pudessem despertar sabe lá que lembranças, suscitar sabe lá que emoções. Que lhe importava saber a quem pertenciam aquêles nomes e por que razão haviam sido gravados no mármore? As conversas do povo que, ao contrário, atraído por êles, se tornava cada vez mais compacto, produziam um zumbido importuno a seus ouvidos. Judeus, está bem, cento e oitenta e três entre quatrocentos. Cento e oitenta e três entre quatrocentos, que viviam em Ferrara antes da guerra. Mas, afinal de contas, quem eram êstes judeus? Que pretendiam dizer,

# G. Bassani 115

aquêles e os *outros,* os fascistas, com essa palavra? Eh!, os fascistas! Lá mesmo no seu lugarejo, na Baixa Itália, que, a partir do inverno de 1944, êles transformaram numa espécie de quartel-general, haviam espalhado o terror pelos campos durante meses e meses. Eram chamados *tupin,* ratinhos, devido à côr de suas camisas: e como os ratos, quando chegou a hora de prestar contas, encontraram logo a toca onde se esconder. Estavam escondidos, agora. Mas quem podia garantir que não voltariam mais? Quem podia jurar que não andariam ainda, pelas estradas, com o lenço vermelho ao pescoço, esperando a hora da desforra? No momento oportuno, tão ràpidamente como haviam sumido, saltariam à vista novamente, com suas camisas pretas, suas cabeças de morto: e então, quanto menos a gente soubesse, melhor.

E o pobre rapaz estava de tal modo determinado a não querer saber de nada — a êle bastava trabalhar, nada mais lhe interessava —; de tal modo ignorante e desconfiado de tudo e de todos, enquanto, fechado no seu grosseiro dialeto do Delta, dava as costas obstinadas ao sol, que, de repente, sentindo-se tocado levemente no tornozelo ("Geo Josz?" disse ao mesmo tempo uma voz zombeteira), voltou-se de súbito com olhar maldoso.

Um homem baixo, atarracado, com estranho barrete na cabeça, postava-se à sua frente. Com o braço levantado, mostrava a lápide. Como era gordo! Parecia inchado, cheio d'água, como que um afogado. Mas nada havia a temer: o homem ria, certamente para ganhar a sua simpatia.

"Geo Josz?", repetia êle, sempre mostrando a lápide: mas estava sério, agora.

Riu-se novamente. Mas, de súbito, como que arrependido, e enchendo a sua fala de freqüentes "desculpe", num forte sotaque germânico (exprimia-se com a elegância de um grande conversador: e Podetti Aristide, pois era a êle que o homem se dirigia, escutava-o com a bôca aberta), declarou-se desgostoso, "creia-me", de haver estragado tudo com sua intervenção, a qual, estava pronto a reconhecê-lo, apresentava tôdas as características de uma gafe. Pois é — suspirou: a lápide deveria ter sido refeita, já que aquêle Geo Josz, a quem era dedicada em parte, não era outro senão êle próprio, ali presente. A menos que (e, assim dizendo, volveu os olhos azuis em tôrno, como a assenhorear-se de uma imagem da Via Mazzini, da qual estivesse excluída a pequena multidão que se acotovelava à sua volta sem dizer uma palavra: entrementes, nenhuma cabeça aparecera em qualquer das muitas lojas ali perto), a menos que a comissão promotora das honrarias, aceitando o fato como uma sugestão do destino, renunciasse desde logo à idéia da lápide comemorativa: a qual — escarneceu — tinha

116 Entre Dois Mundos

a vantagem indubitável, colocada naquele lugar de intenso movimento, de se fazer ler quase que à fôrça ("Porém, o senhor não leva em conta a poeira, meu amigo; dentro de alguns anos, o senhor verá, ninguém a perceberá mais!"), não obstante tivesse o grave defeito de alterar inconvenientemente a fachada tão honesta, tão simples, do "nosso caro e velho Templo": uma das poucas coisas, incluindo a própria Via Mazzini — que a guerra, graças a Deus, poupara completamente, e que permanecera idêntica a "antes" — uma das poucas coisas com que ("... sim, caro amigo, digo-o também a você que, acredito, não é israelita...") a gente ainda poderia contar.

"Seria mais ou menos como se o senhor, com essa cara, com essas mãos, fôsse obrigado, que sei eu, a envergar um *smoking.*"

E, entrementes, mostrava as próprias mãos, indescritìvelmente cheias de calos; mas cujos dorsos eram tão brancos que um número de matrícula, tatuado um pouco acima do pulso direito na pele amolecida, como que cozida, podia ser lido claramente nos seus cinco algarismos, precedidos da letra J.

Assim, pois, com um olhar já não ameaçador, porém irônico e divertido (seus olhos, de um azul diluído, olhavam frios de baixo para cima: como se êle emergisse, pálido e inchado como estava, do fundo do mar), Geo Josz reapareceu em Ferrara, entre nós.

Vinha de muito longe, de muito mais longe realmente do que os quilômetros que havia percorrido! E encontrava-se de repente aqui, na cidade em que nascera...

A coisa se passara mais ou menos da seguinte forma.

O caminhão militar, no qual pudera transportar-se em poucas horas do Passo de Bremen ao vale do Pó, desviando-se do caminho de Pontelagoscuro, tornara a subir lentamente a margem direita do rio. E eis que, chegado ao tôpo, depois de um último e quase relutante solavanco, oferecia-se-lhe ao olhar a imensa e esquecida planície da infância e da adolescência. Lá embaixo, deslocada um pouco à esquerda, devia estar Ferrara. Mas era Ferrara — perguntara a si mesmo e ao motorista sentado ao lado —, era Ferrara aquêle polígono escuro de pedra poeirenta, reduzido, à exceção das quatro tôrres do Castelo, que, aéreas, irreais, despontavam no centro, reduzido a uma espécie de lúgubre ferro de passar que descia pesadamente sôbre os campos? Onde estavam as antigas árvores verdes e luminosas, que se erguiam outrora ao longo das muralhas derruídas? O caminhão aproximava-se velozmente da cidade, como se, acelerando ao longo do asfalto intato da estrada, se precipitasse lá do alto; e, através das largas brechas

G. Bassani 117

abertas aqui e ali nos bastiões, já se podia vislumbrar as ruas urbanas, antigamente tão familiares, agora irreconhecíveis devido aos bombardeios. Haviam decorrido apenas dois anos, desde o dia em que o levaram dali. Mas dois anos que valiam vinte, ou duzentos.

Voltara quando ninguém mais o esperava. Que queria, agora? A fim de responder com calma a uma pergunta como essa — com a calma necessária para compreender e perdoar aquilo que, num primeiro momento, talvez não fôsse mais que um simples, embora inexpresso, desejo de vida — seriam necessários talvez outros tempos, outra cidade.

Em todo caso, seria preciso que as pessoas fôssem um pouco menos medrosas do que certos cavalheiros, nos quais ainda e sempre a opinião pública se baseava (havia, entre êles, junto com alguns poderosos comerciantes e proprietários de terra, muitos dos mais autorizados profissionais de Ferrara: o núcleo, enfim, daquela que fôra, antes da guerra, a nossa chamada classe dirigente): pessoas que, por terem sido obrigadas a "aderir", mais ou menos em bloco, à defunta República Social, pois não sabiam resignar-se nem por pouco tempo a um papel secundário, viam ciladas, inimigos e mesmo rivais políticos em tôda parte. Haviam recebido a cédula, a famigerada cédula do partido, é verdade. Mas por puro civismo. E, mesmo assim, não antes do fatal 15 de dezembro de 1943, que assistira ao fuzilamento simultâneo de uns onze compatriotas, o qual havia marcado o início, na Itália, da nunca bastante lamentada "luta fratricida". Crivados de balas defronte ao pórtico do Café da Bôlsa — onde ficaram expostos o dia todo, guardados de perto pela tropa de metralhadoras em punho —, êles os haviam visto, com seus próprios olhos, os cadáveres daqueles "coitados", caídos na neve deteriorada, como uma porção de pacotes! E assim, continuando neste tom, todos, prêsa como eram do esfôrço de convencer, aos outros e a si mesmos, que, se se haviam enganado, fôra mais por generosidade do que por mêdo (por essa razão, pondo de lado qualquer outro distintivo, haviam começado a aparecer por aí com tôdas as condecorações disponíveis, arvoradas na frente do paletó): não podiam, certamente, considerar-se os sujeitos mais aptos a reconhecer nos outros aquela simplicidade e normalidade de propósitos, aquela notável "pureza" de ações e de intenções a que, por si mesmos, não sabiam renunciar. Portanto, no caso específico do homem do *colbak,* admitindo mesmo que fôsse Geo Josz — do que, porém, absolutamente não estavam convencidos! —; mesmo admitindo isso, era preciso desconfiar dêle da mesma forma. Aquela sua gordura, tôda aquela gordura, despertava suspeitas. *O edema da fome, sei!* Mas quem, a não ser o próprio Geo, podia fazer circular uma

118 Entre Dois Mundos

tal estória, numa inábil tentativa de justificar um vigor que contrastava singularmente com tudo o que diziam dos campos de concentração alemães? *O edema da fome* não existia, era uma pura invenção. E a gordura de Geo significava duas coisas: ou no *lager* não se passava tanta fome como a propaganda afirmava; ou então Geo gozara de condições privilegiadas. Um fato era certo: debaixo daquela enorme boina de pêlo, atrás daqueles lábios franzidos por um sorriso permanente, nada mais podia haver, seriam capazes de jurar, do que pensamentos e projetos hostis.

E o que dizer dos outros — uma minoria, é verdade — que ficavam escondidos em casa, com o ouvido atento ao menor ruído que viesse de fora, a própria imagem do mêdo e do ódio?

Entre êstes últimos, havia quem se oferecera para presidir, com uma bela faixa tricolor ao peito, os leilões públicos dos bens seqüestrados à Comunidade israelita, inclusive os lampadários de prata do Templo e os pergaminhos antigos das Escrituras; e quem, colocando sôbre os cabelos brancos o gorro prêto com a caveira da Brigada Negra, participara de um tribunal extraordinário responsável por vários fuzilamentos: de resto, quase sempre gente boa, que talvez, até aquela data, nunca parecera interessar-se por política e, ao contrário, em grande maioria, haviam levado uma vida prevalentemente retraída, dedicada à família, à profissão, aos estudos... Não obstante, temiam tanto, êsses homens; tinham tanto mêdo de morrer que, mesmo que Geo Josz tivesse desejo apenas de viver (e, convenhamos, era o mínimo que podia desejar): pois bem, mesmo num pedido tão simples, tão elementar, teriam visto algo de que se sentirem pessoalmente ameaçados. O simples pensamento de que um dêles pudesse, uma noite dessas, ser prêso às ocultas pelos "vermelhos", e conduzido ao matadouro num lugar qualquer do mato: êste pensamento terrível voltava às suas mentes com assiduidade, fazendo-os enlouquecer de angústia. Viver, sobreviver de qualquer modo! Era uma aspiração violenta, exclusiva, desesperada.

Se pelo menos o homem do *colbak,* "aquêle farrapo humano", se decidisse a ir embora de Ferrara! Indiferente a que os guerrilheiros, sucedendo ao Comando da Brigada Negra, usassem a casa da Via Campofranco, pertencente a seu pai, como quartel e prisão, era óbvio, ao contrário, que êle se contentava em perambular em volta, obsessivo, com aquela cara de mau-agouro: certamente para fomentar a ira de quem tivesse desejos de vingar a si e aos seus. O escândalo maior, no entanto, era que as novas autoridades suportassem tal estado de coisas. Ao prefeito, Doutor Herzen, empossado no cargo no dia seguinte à "chamada" Libertação,

# G. Bassani 119

pelo mesmo C.L.N. [2] de que se tornara presidente clandestino, após os acontecimentos de dezembro de 1943, era inútil recorrer: se era verdade, como era mesmo, que as listas de proscrição eram compiladas tôda noite, em seu escritório, no Castelo. Pois sim, êles conheciam de sobejo aquêle tipo que, em 1939, se deixara expropriar, quase sorrindo, da grande fábrica de calçados de que era proprietário nas portas da cidade, e que agora certamente a teria exigido de volta se os bombardeios aliados não a houvessem reduzido a escombros! Nos seus quarenta anos, calvo, com óculos de aro de tartaruga, tinha o aspecto caracterìsticamente pacífico e inofensivo (fora o nome "judeu", Herzen, e as costas rígidas, inflexíveis, que pareciam parafusadas ao selim da bicicleta de que não se separava nunca) daquelas pessoas que, na realidade, são as mais temíveis. E a Cúria do arcebispado? E o Governador inglês? Não seria êste, infelizmente, o sinal dos tempos: ou seja, que, mesmo daquele lado, não viria outra resposta exceto um suspiro de desolada solidariedade, ou, pior, um sorriso de mofa?

Com o mêdo e o ódio não há raciocínio. Pois, se quisessem, voltando ao nosso Geo Josz, ter compreendido alguma coisa do que, na verdade, êle levava na alma, teria bastado, afinal de contas, recordar a sua extraordinária reaparição em Ferrara: e precisamente, o que aconteceu estranhamente, junto à entrada do Templo israelita, na Via Mazzini, quando, de repente, oferecera suas mãos, não sem sarcasmo, ao exame amedrontado de um jovem pedreiro.

Talvez se lembrem do burguês de mais ou menos sessenta anos, barba rala e grisalha, e pescoço enrugado, que fôra um dos primeiros a parar em frente da placa de mármore da lápide comemorativa exigida pelo engenheiro Cohen, levantando em dado momento a voz estridente ("Cento e oitenta e três entre quatrocentos!", gritara êle com orgulho) para comentar-lhe o conteúdo.

Pois bem, quando êste indivíduo, depois de acompanhar com os outros, silenciosamente, aquilo que acontecera nos minutos sucessivos, se afastara com movimentos desconexos da pequena multidão, e se lançara nos braços do homem do *colbak,* beijando-o fragorosamente nas faces, e demonstrando assim, o primeiro de todos, haver reconhecido nêle, sem sombra de dúvida, a Geo Josz: êste último, que ainda estava com as mãos estendidas para a frente, logrou apenas dizer em tom frio e distante: "Com esta barbicha ridícula, caro tio Daniele, por pouco não o reconhecia": frase, em verdade, reveladora, não só das relações de parentesco existentes entre êle e um dos supérstites representantes citadinos da família Josz (um

(2) Comitato di Liberazione Nazionale, Comitê de Libertação Nacional.

120 Entre Dois Mundos

irmão de seu pai, mais precisamente, que, escapando por milagre à grande caçada de novembro de 1943, voltara à cidade nos últimos dias de abril passado), como também da intolerância aguda, profunda, que êle, Geo, experimentara, de repente, por qualquer indício que lhe falasse, em Ferrara, da passagem do tempo e das mudanças, embora mínimas, que isso trouxera às coisas.

E assim:

— Por que esta barba?

— Acredita talvez que esta barba lhe fica bem?

Parecia, sèriamente, não ter outra coisa em mente que observar, com ôlho crítico, tôdas as barbas de forma e comprimento diversos, que a guerra, da mesma maneira que os famosos papéis falsos, tornara de uso comum: e esta era a sua maneira, já que não se podia dizer que fôsse um tipo loquaz, de desaprovar, de não estar de acôrdo.

Naquela que fôra, antes da guerra, a casa de Josz, onde tio e sobrinho apareceram na mesma tarde, havia, naturalmente, uma infinidade de barbas; e ao baixo palácio de pedra vermelha, encimado por uma airosa tôrre gibelina, tão comprido que cobria quase inteiramente um lado da curta e isolada via Campofranco, chegava uma canção militaresca, feudal, própria talvez a evocar os antigos donos do edifício, os Marqueses del Sale, de quem Angelo Josz o adquirira em 1910 por alguns milhares de liras, mas de nenhum modo evocava a êle, o atacadista de tecidos judeu, desaparecido com mulher e filhos nos fornos de Buchenwald.

O portão de baixo estava escancarado. Em frente, sentados nos degraus da entrada, com a metralhadora entre as pernas nuas, ou deitados nos assentos de um jipe estacionado ao lado do alto muro que separava a via Campofranco de vasto jardim particular, espreguiçavam-se uma dúzia de guerrilheiros. Mas outros, em maior número, alguns carregando grossos volumes debaixo do braço, e todos com uma expressão de fôrça e energia em seus rostos, iam e vinham sem descanso, apesar do mormaço da tarde avançada. Desenvolvia-se assim, entre a estrada meio na sombra e meio no sol e o pórtico fendido do velho palácio gentílico, um vaivém intenso, vivaz, alegre, combinado plenamente com os estridores das andorinhas que esvoaçavam baixo, raspando nas pedras, e com o matraquear das máquinas de escrever que se escutava ininterruptamente através das enormes grades seiscentistas das janelas do andar térreo.

O estranho par — um, magro, alto, assustado; outro, gordo, lento, um pouco suado — entrou pois pelo portão, e imediatamente chamou a atenção dos presentes: em grande parte

# G. Bassani                                   121

gente armada, habitualmente com cabelos e barbas abundantes, que esperavam em bancos rústicos, ao longo das paredes. Aproximaram-se; e Daniele Josz, que, evidentemente, fazia questão de mostrar ao sobrinho a própria familiaridade com o ambiente, já respondia de bom grado às perguntas, por sua própria conta e pela do companheiro.

Mas êle, Geo, fixava um a um aquêles rostos bronzeados, sangüíneos, que os cercavam, como se, através das barbas, quisesse descobrir sabe lá que segrêdo, que defeito escondido.

"A mim vocês não enganam!" — dizia o seu sorriso.

Pareceu tranqüilizado sòmente por um instante, ao descobrir que, além do portão do pórtico, bem no centro do pequeno jardim despido, que se estendia lá, resplandecia ainda, morena e viçosa, uma grande magnólia. Mas não tranqüilizado bastante, porque, um pouco mais tarde, em cima, no escritório do jovem Secretário provincial da A.N.P.I. [3] (o mesmo que, dois anos mais tarde, se tornaria o mais brilhante deputado comunista da Itália: tão gentil, cortês e tranqüilizador, que fazia suspirar de pesar, visto pertencer a uma das melhores famílias burguesas de Ferrara, os Bottecchiari, e ainda por cima ser solteiro, não poucas das nossas mais dignas *mères de famille*), êle repetia novamente a sua já conhecida observação:

— A barba não lhe fica nada bem, sabe?

De modo que, no gêlo embaraçoso que imediatamente desceu sôbre aquela que, até o momento, por mérito exclusivo do tio Daniele, fôra uma conversa não desprovida de cordialidade, no curso da qual o futuro deputado havia dado mostras de não acentuar o tratamento distante em que Geo se mantinha de sua parte, e havia insistido no afetuoso *tu* dos coetâneos e dos companheiros de partido, emergiu claramente, de súbito, o que Geo Josz realmente queria, a razão pela qual se achava ali (e pudessem ter assistido àquela cena todos aquêles que tanto o temiam!). Aquela casa, onde *os senhores,* assim como os *outros,* os camisas negras, antes dêles, se haviam instalados, era dêle, não se lembravam disto? Com que direito se haviam apoderado dela? Olhou ameaçador a datilógrafa que, estremecendo, cessou imediatamente de bater nas teclas, como se pretendesse dizer a ela também, justamente a ela, que de maneira nenhuma se satisfaria com uma sala só, mesmo que fôsse aquela em que agora se encontravam, tão bonita e ensolarada — outrora sala de visitas, é verdade, embora os tacos tivessem sido todos arrancados do chão para serem empregados talvez como lenha —, na qual, não é?, se

---

(3) Associazione Nazionale dei Partigiani Italiani, Associação Nacional dos Guerrilheiros Italianos.

122                                  Entre Dois Mundos

estava tão bem, desde manhãzinha até o pôr do sol, e talvez
por mais tempo ainda, a trabalhar em companhia do jovem
comandante guerrilheiro que parecia tão decidido, bondade
sua, a renovar o mundo.

Cantavam embaixo na estrada:

Assobia o vento, brame a tormenta
Os sapatos rotos e é preciso andar...

e o canto entrava, impetuoso e absurdo, pela janela aberta
contra o céu de um rosa tênue, dulcíssimo.

Mas a casa era dêle, não se iludissem. Cedo ou tarde, êle
a teria de volta, inteira.

E isto aconteceria, de fato, embora não de imediato, é óbvio.
Por enquanto, Geo pareceu contentar-se com um quarto só
— e não se tratava, certamente, do escritório de Nino
Bottecchiari! Ao contrário, era uma espécie de celeiro, no alto da tôrre que dominava a casa. Para chegar até êle, precisava subir nada menos do que cem degraus e, finalmente, por
meio de uma escadinha de madeira caranchada, acedia-se diretamente de um cubículo sotoposto que já servira de esconderijo conveniente. Foi o próprio Geo, com a inflexão aborre-
cida de quem se resigna ao pior, que primeiro falou daquela
"solução". Quanto ao cubículo inferior, também êste, acrescente-se, lhe teria sido bastante útil, podendo acomodar ali,
como pretendia, o tio Daniele...

Todavia, daquela altura, através de ampla vidraça, fêz-se evidente que Geo podia manter-se a par de tudo o que acontecesse-
se no jardim, de um lado, e na via Campofranco, do outro. E
como êle quase nunca saía de casa, passando presumìvelmente
grande parte do dia a olhar a ampla paisagem das telhas ene-
grecidas, das hortas e dos campos verdes que se estendiam a
seus pés (um panorama imenso, agora que as frondosas árvores das Muralhas não mais estavam lá a limitá-lo!), a sua
presença contínua em breve tornou-se, para os habitantes dos
andares de baixo, um pensamento incômodo, desagradável. As
adegas da casa Josz, que davam tôdas para o jardim, haviam
sido, desde a época da Brigada Negra, transformadas em cadeias secretas, a respeito das quais se contaram, na cidade,
muitas estórias sinistras, mesmo depois da Libertação. Mas
agora, submetidas ao provável e desconfiado contrôle do hóspede da tôrre, não serviam mais, naturalmente, àquelas finali-
dades de justiça sumária e clandestina para que haviam sido
instituídas. Agora, com Geo Josz instalado naquela espécie de
observatório, não havia segurança nem por um segundo: pôsto
que a lâmpada de petróleo que êle mantinha acesa tôda a noi-

# G. Bassani

te — e via-se a tênue claridade filtrar-se através dos vidros, lá de cima, até o amanhecer — deixava supor que êle estava sempre alerta, que jamais dormia. Deviam ser duas, ou três horas da madrugada seguinte à tarde em que Geo aparecera, pela primeira vez, na via Campofranco, quando a Nino Bottecchiari, que ficara a trabalhar no escritório até aquela hora e finalmente se dispunha a conceder-se um pouco de descanso, apenas na rua, sucedeu de erguer os olhos em direção à tôrre. "Veja lá o que faz!", advertia a luz de Geo suspensa no ar, no céu estrelado. E foi censurando-se acerbamente de leviandade culposa e de aquiescência — mas ao tempo, como bom político, preparando-se para considerar as novas circunstâncias do fato — que o jovem futuro deputado decidiu subir, com um suspiro, no seu jipe.

Mas o caso era que êle, em breve, habituou-se a aparecer, a qualquer hora do dia, de um momento para outro, pelas escadas ou embaixo no portão: passava pelos guerrilheiros ali reunidos permanentemente, vestido com o impecável costume burguês de gabardine côr de oliva, que quase de imediato substituíra o *colbak,* o casaco de couro e as calças estreitas nos tornozelos de sua chegada a Ferrara. Passava pelos guerrilheiros emudecidos sem cumprimentar a nenhum, elegante, barbeado com esmêro, com a aba do chapéu de fêltro marrom abaixada de um lado da testa, cobrindo olhos frios, de gêlo; e no difuso mal-estar que se seguia a cada aparição sua, êle foi, desde o princípio, o respeitável dono da casa, educado demais para discutir, mas seguro dos seus direitos, a quem basta mostrar-se para recordar, ao inquilino vandálico e moroso em pagar, que deve retirar-se. E o inquilino hesita, finge não perceber o mudo e insistente protesto do proprietário do imóvel, que, por enquanto, nada diz, mas não deixará por certo de, oportunamente, ajustar as contas dos soalhos estragados, das paredes esburacadas: de maneira que, mês após mês, a sua situação piora, torna-se cada vez mais embaraçosa e precária. Sòmente mais tarde, depois das eleições de 1948, quando tantas coisas em Ferrara já se haviam modificado, ou melhor, voltado ao estado de antes da guerra (mas, neste meio tempo, a candidatura a deputado do jovem Bottecchiari coroara-se de pleno êxito), foi que a A.N.P.I. resolveu transferir a sua sede para outro lugar; e precisamente para as três salas da antiga Casa del Fascio, no viale Cavour, onde desde 1945 estava instalada a Federação Provincial do Trabalho. É verdade, todavia, que, pela ação silenciosa, implacável de Geo Josz, essa transferência resultava mais do que necessária.

Êle quase nunca saía de casa, portanto, como se desejasse que nem por um instante se esquecessem de sua existência.

124 Entre Dois Mundos

Mas isso não o impedia de aparecer de vez em quando na via Mazzini, onde, a partir de setembro, conseguira que a loja de seu pai, na qual a Comunidade vinha amontoando tudo o que se podia recuperar dos bens seqüestrados aos judeus durante o período da República Social, fôsse evacuada, tendo em vista os "mais que necessários" — como disse ao engenheiro Cohen, em pessoa — "trabalhos de restauração e reabertura da firma"; ou então, mais raramente, ao longo do corso Giovecca, com o andar incerto de quem avança em terreno proibido e tem a alma dividida entre o temor de encontros desagradáveis, e o desejo acre, totalmente oposto, de tê-los, no passeio noturno que já recuperara a animação e a vivacidade de costume; ou então na hora do aperitivo, sentando-se pesadamente a uma mesinha — pois lá chegava sempre esfalfado, molhado de suor — do Café da Bôlsa, no corso Roma, que continuava sendo o centro político da cidade. Nem mesmo a atitude de irônico desprêzo que lhe era comum — e havia convencido até o próprio tio Daniele, tão expansivo e tão eletrizado pela atmosfera do imediato após-guerra, a renunciar de pronto a tôda conversa através do alçapão ameaçador sôbre a sua cabeça — conseguia desarmar de repente as manifestações de cordial acolhida, os afetuosos desejos de boas-vindas que agora, depois das incertezas dos primeiros momentos, começavam a surgir de todos os lados.

Saíam das lojas próximas à que fôra de seu pai, agora sua, como a mão estendida de quem oferece ajuda e conselho, ou promete diretamente, por hipérbole de generosidade, uma concorrência leal para todo o sempre; ou atravessavam propositadamente a Giovecca em tôda a sua largura e, com impulso excessivo, tornado mais histérico ainda pelo fato de que, geralmente, só o conheciam de nome, abraçavam-no efusivamente; ou então despregavam-se dos bancos do bar, ainda imerso naquela mesma escuridão sectária da qual outrora saíam, todos os dias às treze horas, as notícias radiofônicas das derrotas (notícias que mal alcançavam, à passagem, a bicicleta fugitiva do Geo rapaz), para vir sentar-se ao seu lado, sob o tôldo amarelo que tão pouco abrigava do sol escaldante e da poeira das ruínas. Estivera em Buchenwald, e, único!, voltara de lá, depois de haver suportado sabe lá que torturas físicas e morais, após ter presenciado sabe lá que horrores. Pois bem, ali estavam êles agora, todo ouvidos, à sua disposição, para escutar. Que êle contasse; e lá ficariam sem se cansar, prontos a renunciar, por êle, até mesmo ao almôço que já anunciavam as duas badaladas do relógio do Castelo. Pareciam, no conjunto, outras tantas desculpas patéticas de terem demorado a reconhecê-lo, de terem tentado repudiá-lo, de terem-no rejeitado mais uma vez. Era como se em côro lhe dissessem:

"Você mudou, sabe? Um homem feito, que diabo! e depois tão gordo! Mas veja: nós também mudamos, também para nós o tempo passou..."; enquanto mostravam, como em testemunho de sua boa fé, e em apoio da evolução que suas "idéias" haviam sofrido naqueles anos tremendos, decisivos, as calças de pano cru, as mangas arregaçadas, as jaquetas coloniais, os colêtes sem gravata, as alpercatas sem meias: e especialmente a barba, era natural, pois não havia ninguém que não a usasse... E eram sinceros em se oferecerem tôda vez ao exame e à avaliação de Geo, e sinceros, depois, em se lamentarem de suas repulsas inflexíveis: assim como foi sincera, a seu modo, a convicção que, depois de abril de 1945, se apoderou de quase todos, na cidade — inclusive daqueles que mais tinham a temer do presente e a duvidar do futuro —, a convicção de que, bem ou mal, se estava iniciando uma época nova, melhor, de qualquer forma, do que a outra que, como um longo sono repleto de íncubos atrozes, estava findando no sangue.

Quanto ao tio Daniele, a quem, vivendo há três meses de expedientes e sem moradia fixa, o cubículo sufocante da tôrre se apresentara, em seu otimismo incurável, como uma aquisição maravilhosa, ninguém mais do que êle estava convencido de que, com o fim da guerra, tivesse começado realmente a época feliz da democracia e da fraternidade universal.

"Finalmente se respira!", aventurara-se a comentar, na primeira noite em que tomara posse do cubículo — e falava deitado de costas no colchão de crina, as mãos atrás da nuca.

"Finalmente se respira, ah, ah!", repetiu mais alto. E depois: "Não lhe parece, também a você, Geo, que a atmosfera na cidade está diferente? As coisas mudaram, acredite; no íntimo, na substância, não sòmente na aparência. São os milagres da liberdade. Eu, no meu modo de pensar, estou profundamente persuadido..."

Aquilo de que Daniele Josz estava profundamente persuadido, para Geo, ao contrário, devia parecer de interêsse bastante dúbio, pois a única resposta que êle deixava cair da abertura de onde saíam a escadinha de madeira e as apaixonadas apóstrofes do tio era um "hum" qualquer, ou ao máximo um "Pois é" que não deixavam ao coitado nenhuma vontade de prosseguir. "O que fará êle?", perguntava-se agora o velho, calando-se, enquanto os olhos caminhavam no teto estapeado, de um lado para o outro, por um par de chinelos incansáveis; e não sabia o que pensar.

Afigurava-se-lhe impossível que Geo não compartilhasse do seu entusiasmo.

Fugindo de Ferrara nos dias do armistício, passara quase dois anos, hóspede de camponeses, escondido num vilarejo perdido nos Apeninos entre a Toscana e a Emília. E lá, após a mor-

126                             Entre Dois Mundos

te da mulher, que, coitada, tão religiosa!, foi enterrada sob nome falso em terra consagrada, juntara-se na qualidade de comissário político a uma brigada de guerrilheiros. Fôra um dos primeiros a entrar, tostado pelo sol e barbudo, em cima de um caminhão, em Ferrara libertada. Dias inesquecíveis! Reencontrara a cidade meio destruída, é verdade, quase irreconhecível, mas completamente limpa dos fascistas, dos de *antes,* e dos de Saló — de todos aquêles rostos, enfim, de que, em boa parte, o próprio Geo sem dúvida se lembrava: para êle, fôra uma felicidade tão completa, tão extraordinária! Sentar-se tranqüilamente no Café da Bôlsa, que, de imediato, êle transformara na base de operações de sua antiga e modesta atividade de corretor de seguros, sem que nenhum abelhudo lhe dissesse para sair; antes, sentindo-se o centro da simpatia universal: e agora, depois de satisfazer por completo êsse seu desejo, poderia até morrer! Mas Geo? Seria possível que Geo nada sentisse de tudo isso? Seria possível que, depois de haver descido aos infernos e, por milagre, ter de lá saído, não tivesse êle outro impulso que não fôsse reevocar imòvelmente o passado, como provava, de algum modo, a angustiante fileira de fotografias de seus mortos (o pobre Angelo, a pobre Luce, o pequenino Pietruccio, que nascera dez anos depois de Geo, quando ninguém mais na família o esperava, e sòmente para conhecer a violência e a angústia e para acabar em Buchenwald): fotografias que êle, quando às escondidas fôra até lá em cima, no quarto do sobrinho, vira coladas às paredes do cubículo? Seria possível, enfim, que a única barba, na cidade, contra a qual nada tinha a opor, fôsse justamente a daquele velho fascista Geremia Tabet, cunhado do pobre Angelo, que, mesmo depois de 1938, a despeito das leis raciais e do conseqüente ostracismo impôsto em tôda parte aos judeus, pudera continuar freqüentando o Círculo dos Comerciantes, para o bridge de tôdas as tardes, ainda que não oficialmente? Na mesma noite em que retornara Geo, êle, Daniele Josz, tivera de acompanhar a contragôsto o sobrinho até a casa de Tabet na via Roversella, aonde, desde que voltara à cidade, nunca aparecera. Pois bem, não era inconcebível — continuava dizendo a si próprio o ex-comissário político, o sexagenário: e entrementes o sobrinho, no quarto de cima, não parava de caminhar pesadamente num vaivém incessante —, não era inconcebível que Geo, nem bem o tio fascista assomara à janela do primeiro andar, tivesse dado um grito tão agudo, ridículo e histèricamente apaixonado, quase selvagem? Por que aquêle grito? O que significava? Queria dizer talvez que o jovem, não obstante Buchenwald e o extermínio de todos os seus, crescera, tal qual o pai, Angelo, que permanecera na sua ingenuidade até o fim, e talvez até o limiar da câmara de gás: um

# G. Bassani 127

"patriota", isto é, como tantas vêzes ouvira-o professar com orgulho insensato?

— Quem é? — perguntou uma voz preocupada, vinda do alto.

— Sou eu, tio Geremia, Geo!

Encontravam-se embaixo, em frente ao portão fechado da casa Tabet. Já passavam das dez horas, e não se enxergava nada, a um palmo de distância, naquela ruela. O grito de Geo — lembrava Daniele Josz — fizera-o tremer de surprêsa. Fôra um grito estranho, estrangulado pela mais violenta e inexplicável das emoções. Surprêsa e perturbação: impossibilidade de dizer algo. No silêncio, chocando-se um contra o outro e tropeçando nos degraus, haviam subido aos tropeções, no breu mais absoluto, dois íngremes lances de escadas.

Finalmente, em cima, nas escadas, um pé fora, o outro dentro, aparecera, de pijama, o advogado Geremia Tabet em pessoa. Segurava na mão direita um pires que continha uma vela, cuja luz vacilante dava à palidez natural de seu rosto, emoldurado por uma barba pontiaguda, não de todo grisalha, vagos reflexos esverdeados. Nem bem o vira, êle, Daniele Josz, parara de chôfre. Era a primeira vez que o revia, desde o fim da guerra; e agora se encontrava ali, prestes a visitá-lo, a isso induzido ùnicamente para agradar a Geo que, ao contrário, depois da vistoria na casa de via Campofranco algumas horas antes, parecia nada mais ter em mente do que "o tio Geremia". Colocada a vela no chão, o advogado Tabet apertara o sobrinho ao peito, com um longo abraço: e bastara isto para que o *tertius* importuno, que ficara a observar a cena do patamar imerso na escuridão, esquecido lá como um estranho, voltasse a sentir-se o parente pobre que todos êles — seu irmão Angelo concordando também nisto com os Tabet — haviam sempre evitado e desprezado por suas idéias "subversivas". Ir embora. Ir embora sem cumprimentar. Não botar mais os pés naquela casa. Que pecado ter resistido à tentação! Detivera-o, na realidade, apenas uma esperança, uma absurda esperança. Afinal de contas, pensara, a pobre Luce, a mãe de Geo, era uma Tabet: irmã de Geremia. Fôra talvez apenas a lembrança da mãe que detivera Geo, no início, de comportar-se em relação ao tio materno com a frieza que o velho fascista merecia...

Mas se enganara, infelizmente: e pelo resto da noite, ou melhor, pela noite adentro, pois parecia que Geo não se decidia nunca a se despedir, fôra-lhe dado assistir, sentado num canto perdido da sala, a manifestações de afeto e confidência um tanto quanto desagradáveis.

Era como se, por instinto, se estabelecesse entre os dois uma espécie de entendimento, ao qual, com presteza um tanto ins-

128                        Entre Dois Mundos

tantânea, aderiram os outros membros da família: Tania Tabet, ela sim, envelhecida e gasta!, e sempre suspensa, com aquêles seus olhos assustados, aos lábios do marido: e os três jovens: Alda, Gilberta e Romano, que, porém, logo se retiraram, com a mãe, para dormir. Era êste o acôrdo: Geo não se referiria, nem indiretamente, aos pecados políticos do tio, e êsse, de seu lado, evitaria de pedir ao sobrinho que lhe contasse o que vira e sofrera na Alemanha, onde também êle, de resto — e isto deviam contudo lembrar aquêles que pensassem em recriminar-lhe algum êrrozinho da juventude, ou algum engano mais que humano de opção política — havia perdido uma irmã, um cunhado e um sobrinho adorados. Que desventura, por certo, que fatalidade! Mas o senso de equilíbrio e de discrição (o passado era o passado: inútil estar a remoê-lo!) devia sobrepor-se a qualquer outro impulso. Melhor olhar para a frente, para o futuro. E, por falar em futuro, quais eram — perguntara em dado momento Geremia Tabet, assumindo o tom grave mas benévolo de chefe de família que vê longe e pode conseguir muito —, em que consistiam os planos de Geo? Pensava, por certo, em reabrir a loja do pai: aspiração nobilíssima, que êle só podia aprovar, uma vez que, *pelo menos,* ainda havia a loja. Mas para êsse empreendimento, precisava dinheiro, muito dinheiro: necessitava do apoio de algum banco. Poderia ajudá-lo, nesse último sentido? E o desejava, desejava-o realmente. Mas se, entrementes, visto que a casa da via Campofranco fôra ocupada pelos "vermelhos", quisesse morar temporàriamente com êles, um estrado, ou mesmo uma cama, sempre se conseguiria remediar a situação!

Foi neste momento exato — lembrava Daniele Josz — que êle, erguendo a cabeça, com atenção mais viva, tentara de nôvo, embora inùtilmente, compreender.

Suando abundantemente, apesar de estar de pijama, o advogado Tabet sentava-se, com os cotovelos apoiados na grande mesa preta, no centro da qual luzia a vela já próxima do fim; e enquanto isto, perplexo, alisava com a ponta dos dedos a barbicha grisalha, a clássica pêra do esquadrista que, único entre os velhos fascistas de Ferrara, tivera a coragem, ou o atrevimento, ou talvez a sagacidade, quem sabe?, de não cortar. Quanto a Geo, enquanto, abanando negativamente a cabeça, declinava com um sorriso o convite, era justamente para aquela pêra já acinzentada e aquela mão gorducha que a remexia, do outro lado da mesa, que se dirigiam seus olhos cerúleos, com uma fixidez obstinada, fanática.


O outono terminou. Sobreveio o inverno, o longo e frio inverno da nossa região. Voltou a primavera. E lentamente, jun-

G. Bassani 129

to com a primavera, mas como se a evocá-lo houvesse apenas o olhar perspicaz de Geo, voltava o passado.

Estranho, não é verdade? Não obstante, o tempo estava dispondo as coisas de uma forma tal que seria lícito pensar que entre Geo e Ferrara — entre Geo e nós — existisse, se assim se pode dizer, uma espécie de relação secreta e dinâmica. É difícil, eu sei, explicar com clareza. Havia, de um lado, a progressiva reabsorção, pelo corpo de Geo, daqueles humores malsãos que, na sua primeira aparição em via Mazzini, em agôsto do ano anterior, tinham dado lugar a tantas discussões e perplexidades. De outro lado, havia o reaparecimento contemporâneo, a princípio tímido, depois cada vez mais decidido e evidente, de uma imagem de Ferrara e de nós mesmos, moral e física, que ninguém, no âmago de si mesmo, desejara até certo ponto esquecer. Paulatinamente, êle emagrecia, reassumindo com o transcorrer dos meses, abstração feita dos cabelos ralos e precocemente encanecidos nas têmporas, um rosto que as faces glabras tornavam ainda mais juvenil. Mas também a cidade, depois que foram removidas aquelas montanhas mais altas de entulho, e se desvaneceu a mania inicial de modificações na superfície, também a cidade se recompunha pouco a pouco no seu perfil adormecido, decrépito, que os séculos de decadência clerical, seguindo-se de repente, por maligno desígnio da história, aos longínquos, ferozes, gloriosos tempos do Senhorio gibelino, haviam enfim fixado, para qualquer eventual futuro, numa máscara imutável. Tudo, em Geo, dizia do seu desejo, ou melhor, da sua pretensão de voltar a ser jovem, aquêle jovem que fôra um dia, sim, mas que, ao mesmo tempo, precipitado como fôra naquele inferno sem proporção de Buchenwald, nunca pudera ser. E eis que nós também, seus concidadãos, que fôramos testemunhas de sua meninice e adolescência, embora dêle criança lembrássemos apenas vagamente (mas êle, sim, lembrava de nós, lembrava de nós diferentes do que éramos hoje!), voltávamos a ser os de antigamente, aquêles de antes da guerra e de sempre. Por que resistir? Se êle nos queria assim, e se, acima de tudo, éramos assim, por que não contentá-lo? — chegávamos a pensar com inesperada indulgência e cansaço. Mas nossa vontade, sentia-se isso muito bem, influía pouco ou nada. Tínhamos a impressão de ser todos arrastados, Geo Josz de um lado, nós do outro, em um movimento vasto, lento, fatal, do qual não era possível escapar. Um movimento tão lento — concorde como o de esferas ligadas por engrenagens sujeitas a um único eixo invisível — que sòmente o crescer gradativo dos pequenos plátanos replantados ao longo dos bastiões da cidade, no verão de 1945, ou o acumular gradual da poeira sôbre a grande lápide

# 130 Entre Dois Mundos

comemorativa de via Mazzini, poderia dar-lhe a medida conveniente.

Chegamos ao mês de maio.

Então era para isso! — dizia alguém de si para si, sorrindo. Então era apenas para que uma saudade absurda não parecesse tão absurda, e *sua* ilusão fôsse perfeita, que, a partir dos primeiros dias do mês, começaram a desfilar pela via Mazzini, com os guidãos de suas bicicletas repletas de flôres do campo, uma multidão de lindas jovens que pedalavam lentamente, em direção ao centro da cidade, de volta de excursões ao campo. E era, aliás, pela mesma razão que, nesse mesmo tempo, saída sabe-se lá de que esconderijo para apoiar as costas contra o estípite de mármore que mantivera de pé, por séculos, um dos três portões do gueto, reaparecia lá longe na esquina, imudada como um ìdolozinho de pedra, e símbolo para todos nós, sem nenhuma exceção, do diversamente feliz *entre deux guerres,* a figura hermética do famigerado Conde Scocca. ("Veja só, o velho louco: lá está êle de nôvo!", fôra êste o comentário espontâneo, apenas reconheceram ao longe a inconfundível palhêta amarelecida, inclinada sôbre a orelha, o palito apertado entre os lábios finos, o grosso nariz sensual levantado a farejar os odôres das ruínas que o ventinho vespertino trazia consigo).

E como, no entretempo, a mais nova geração de lindas môças de Ferrara, suscitando francas exclamações de elogios das estreitas calçadas e os mais secretos olhares de admiração vindos das escuras lojinhas e armazéns, quase terminava, numa daquelas tardes, de subir preguiçosamente a via Mazzini, e ademais, prestes a desembocar na Piazza delle Erbe, continuavam o seu caminho, rindo: assim, frente ao espetáculo da vida em eterno renovar-se, não obstante sempre igual a si mesma, e indiferente aos problemas e às paixões dos homens, realmente não houve mau-humor, por mais obstinado que fôsse, que resistisse a êsse ponto. O pequeno palco da via Mazzini apresentava à esquerda, vindas contra o sol do fundo da rua, as fileiras cerradas e luminosas das jovens ciclistas; e à direita, imóvel e cinzento como o muro em que se encostava, o Conde Lionello Scocca. Como não sorrir ante um espetáculo semelhante, e à luz que o envolvia, dando-lhe uma aparência como que de posteridade? Como não comover-se perante aquela espécie de sábia alegoria que conciliava de repente tôdas as coisas: o ontem angustioso, atroz, com o hoje mais sereno e rico em promessas? O certo é que, revendo aquêle patrício maduro e sem dinheiro retomar o seu antigo pôsto de observação, de onde, para quem, como êle, tivesse vista aguda e ouvido fino, era possível vigiar a via Mazzini em tôda a sua extensão e, ao mesmo tempo, a vizinha Piazza delle Erbe, de re-

# G. Bassani                                                    131

pente faltava ânimo para censurá-lo por ter sido, anos a fio, informante profissional da O.V.R.A. [4] ou por ter dirigido, de 1939 a 1943, a seção local do Instituto de Cultura Ítalo-Germânico. Aquêles bigodinhos à Hitler, que deixara crescer para a ocasião, e ainda conservava, induziam apenas a considerações embebidas de simpatia e mesmo, por que não?, de gratidão.

Assim, pareceu escandaloso que, em relação ao Conde Scocca — no fundo, uma inócua manchinha — Geo Josz se comportasse, ao invés, de uma forma a que, senão a simpatia e a gratidão, devia achar-se alheio o mais elementar senso de humanidade e de discrição. E a surprêsa foi tanto mais viva, quanto dêle e de suas bizarrias, inclusive da aversão pelas chamadas "barbas de guerra", de uns tempos para cá, difundira-se o hábito de sorrir, com benevolência e compreensão. Falar de Geo e de seus famosos caprichos ("Cismou com a barba! Não seja por isso..."), e assumir a atitude resignada de quem, obrigado e vexado, se dispunha a fazer-lhe a vontade, "só para contentá-lo", sobretudo "para dar-lhe prazer": era êsse o costume e esta, ao mesmo tempo, a verdade profunda. Não sem que, depois, sempre em matéria de barbas citadinas que, uma a uma, caíam sob a tesoura do barbeiro, se lhe pudesse reconhecer boa fatia de mérito — já que, repito, tudo acontecia em grande parte "para contentá-lo", sobretudo "para dar-lhe prazer" — se tantos rostos de homens probos ousaram finalmente restituir-se, nus, à nua luz do sol. E era verdade, verdade mesmo, a êste último propósito, que o advogado Tabet, o advogado Geremia Tabet, tio materno de Geo, não havia ainda cortado a sua barba, e, com tôda a probabilidade, não a cortaria jamais. Mas o seu caso poderia ter representado uma exceção válida sòmente para quem não soubesse associar mentalmente àquela pêra encanecida o paletó prêto de tecido grosso da Sardenha, as botas pretas lustrosas, o fêz de veludo prêto com os quais, todo domingo, até o verão de 1938, até o extremo limite dos "belos tempos", o advogado Geremia costumava apresentar-se em glória, entre meio-dia e uma hora, no Café da Bôlsa.

No início, o incidente pareceu inverossímil. Ninguém acreditava. Não conseguíamos positivamente visualizar a cena: Geo entrando sem surprêsa, com seu andar lento, no campo visual do Conde Scocca encostado ao muro; Geo golpeando as faces mirradas do velho espião redivivo com duas bofetadas sêcas, peremptórias, "dignas de um esquadrista". No entanto, o fato acontecera sem dúvida alguma: dezenas de pessoas o ha-

(4) Opera Volontaria per la Repressione dell'Antifascismo, polícia secreta do fascismo; espionagem política.

132                                    Entre Dois Mundos

viam presenciado. Mas, de outro lado: não era bastante estranho que, imediatamente, corressem várias versões, e contraditórias, do modo como se passaram as coisas? Chegava-se
quase a duvidar, não só dos fundamentos de cada uma delas,
como da verdade real, objetiva, daquele duplo estalo, *pam-
-pam,* tão cheio e sonoro, segundo a voz geral, que se ouvira
em bom trecho da via Mazzini: desde o oratório de São Maurélio, a poucos metros de onde estacionava o Conde, até a
altura do Templo israelita e mesmo mais adiante.

Para muitos, o gesto de Geo permanecia desmotivado, sem
explicação possível. Poucos momentos antes, êle fôra visto andando no mesmo sentido das môças de bicicleta, lentamente,
deixando-se pouco a pouco ultrapassar por elas. Jamais vol-
via os olhos do meio da rua: e nada em seu rosto, onde se
lia um sentimento misto de alegria e estupefação, fazia prever o que iria acontecer dali a instantes. Chegando em frente
ao Conde Scocca, e desviando o olhar de um trio de ciclistas próximas a desembocar da via Mazzini na Piazza delle Erbe, eis que Geo, de repente, pára nos dois pés: como se a presença do Conde, naquele lugar e naquele momento, se lhe afi-
gurasse um tanto inconcebível. A sua hesitação, de qualquer
forma, fôra mínima. O bastante para enrugar a fronte, aper-
tar os lábios, cerrar convulsivamente os punhos, murmurar algo truncado e incoerente. Após o quê, como impulsionado por
uma mola, êle, literalmente, voara em cima do pobre Conde,
o qual, de seu canto, até então não demonstrava por nenhum
sinal perceber sua presença.

Tudo isso? Não obstante, havia uma causa, tinha que haver
— objetavam outros, torcendo os lábios duvidosos. O Conde
Scocca não se apercebera da aproximação de Geo: e nisso,
embora a coisa, em si mesma, pudesse parecer estranha, estavam todos suficientemente de acôrdo. Mas como era possível
pensar que Geo, êle sim, se apercebesse do Conde, naquele
momento mesmo em que as três ciclistas, sôbre quem se fixa-
vam, ávidos, seu olhos, estavam para desaparecer na neblina
dourada da Piazza delle Erbe?

Pela versão delas, o Conde, ao invés de permanecer imóvel
e silencioso olhando a calçada, com nada mais preocupado,
exceto em sair-se absolutamente idêntico à imagem que êle e
a cidade, com movimento concorde de simpatia, juntos acariciavam, fazia algo. E êste algo, que ninguém que passasse a
mais de dois metros de distância podia perceber — pois que,
não obstante tudo, seus lábios persistiam em transferir um palito de um canto ao outro da bôca —, êste algo era um assobio sutil, tão fraco que parecia mais casual do que tímido: um
assobiozinho ocioso e fortuito, que passaria, decerto, desper-

# G. Bassani

cebido se a melodia fôsse diferente da de *Lili Marlene* [5]. (Mas não seria justamente êste último, aliás, o detalhe mais delicioso, aquêle de que se devia ser mais grato ao antigo delator?)

*Tôdas as noites à sombra do farol*

assobiava baixo, mas com clareza, o Conde Scocca, também êle com o olhar vagando, apesar de seus setenta e mais anos, em direção das môças ciclistas. Também êle, talvez, deixando por um instante de assobiar, em dado momento tenha unido a sua voz ao côro unânime de elogios que se elevava das calçadas da via Mazzini, para murmurar em dialeto, segundo o sensual e bonachão uso da Emília: "Benza Deus" ou então "Benditas sejais vós e a mãe que vos fêz!" Mas quis o azar que o assobio ocioso, pacífico, inocente — inocente, entenda-se, para qualquer outra pessoa que não fôsse Geo! — lhe voltasse logo aos lábios. Inútil acrescentar que daqui até o final a segunda versão do incidente concordava plenamente com a primeira.

Contudo, havia uma terceira versão: e esta, como a primeira, nada dizia sôbre *Lili Marlene* nem de outros assobiozinhos mais ou menos inocentes ou provocadores.

A dar crédito a êste último relato, o Conde bloqueara Geo. "Ehi!", exclamara vendo-o passar. Geo parara de repente. E então, de súbito, o conde falara-lhe, interpelando-lhe pelo nome e pelo sobrenome ("Ora, vejam só: não será Geo Josz, o filho do meu amigo Angiolino?"): pois êle, Lionello Scocca, sabia tudo de todos, e os anos que tivera de passar escondido, sabe lá onde e como, não haviam ofuscado em nada sua memória ou atenuado a sua capacidade de reconhecer um rosto entre mil e ainda que se tratasse de um rosto como o de Geo, que em Buchenwald, não já em Ferrara, se tornara um rosto de homem! E assim, antes que Geo se precipitasse sôbre o velho e, sem levar em conta sua idade ou qualquer outra razão, o esbofeteasse com violência, por alguns minutos os dois continuaram a conversar entre si com muita afabilidade, o Conde Scocca interrogando Geo acêrca do fim de Angelo Josz, ao qual, disse, mantivera-se *sempre* muito afeiçoado, informando-se minuciosamente da sorte dos outros seus familiares, Pietruccio inclusive, deplorando aquêles "horríveis excessos", ao mesmo tempo que se congratulava pelo regresso dêle, Geo; e Geo respondendo com uma relutância embaraçada, é verdade, mas sempre respondendo: em nada difeririam do aspecto normal de dois cidadãos, parados na calçada, falando de coisas de somenos, enquanto esperavam o anoitecer. O que teria impelido Geo depois a investir de repente contra o

(5) Canção muito cantada durante a guerra pelos soldados alemães.

134 Entre Dois Mundos

Conde, que, era justo acreditar que, não dissera nada que de algum modo pudesse ofender ou ferir seu interlocutor, e não esboçara, no caso em aprêço, o mínimo assobio: a esquisitice de Geo estava tôda aí, a juízo de quem contava tais coisas, estava tôda nesse "enigma": e o falatório e as suposições sôbre o assunto continuariam ainda por muito tempo.

Qualquer que tenha sido a forma como os fatos se sucederam, o certo é que, a partir daquela noite de maio, muitas coisas mudaram. Compreenda quem quiser compreender. Aos outros, à maioria, foi dado pelo menos saber que se produzira uma reviravolta, que acontecera algo de grave, de irreparável.

Foi mesmo no dia seguinte, por exemplo, que o povo se deu conta realmente de quanto Geo havia emagrecido.

Absurdo como um espantalho, ante a admiração, o mal-estar e o alarme geral, êle reapareceu vestindo os mesmos trapos que envergava quando voltara da Alemanha, em agôsto de 1945, *colbak* e jaqueta de couro inclusive. Ficavam-lhe tão largos, agora — e êle, era óbvio, nada fizera para amoldá-los melhor a seu corpo —, que pareciam pendurados a um cabide de armário. O povo via-o chegar pelo corso Giovecca, no sol da manhã que brilhava ledo e pacífico sôbre seus trapos, e custava crer nos próprios olhos. Pois, durante aquêles meses todos, êle não fizera outra coisa que emagrecer, que secar! Pouco a pouco, ficara reduzido a pele e ossos! Mas ninguém conseguia rir. Ao vê-lo atravessar a Giovecca na altura do Teatro Comunal, e em seguida tomar pelo corso Roma (atravessava atento aos carros e às bicicletas, com cautela de velho), bem poucos foram os que, em seu íntimo, não se sentiram gelar.

E assim, a partir daquela manhã, sem jamais trocar de roupa, Geo instalou-se, pode-se dizer, definitivamente no Café da Bôlsa, no corso Roma, onde um a um, senão, realmente, os recentes seviciadores e massacradores da Brigada Negra, que sentenças condenatórias, de resto já "inatuais", mantinham ainda escondidos, ainda afastados, voltavam a aparecer os antigos espancadores, os remotos dispensadores dos expurgos de 1922 e 1924, que a última guerra desbaratara e relegara ao esquecimento. Recoberto de andrajos, êle, de sua mesinha, fixava êstes grupinhos com certo ar entre desafio e súplica. E sua atitude contrastava, para desvantagem sua, naturalmente, com a timidez, o desejo de não se fazer notar, que cada gesto dos ex-tiranos revelava. Envelhecidos, agora inofensivos, com sinais impetuosos que os anos de desventura haviam multiplicados em seus rostos e em seus corpos, e todavia reservados, educados, bem vestidos, êstes últimos apresentavam-se muito mais humanos, muito mais comoventes e merecedores de piedade do que o outro, do que Geo. O que queria Geo Josz? — recomeçaram a perguntar muitos. Pois o tempo da incerteza e da perplexidade, o tempo — que agora se apresentava quase heróico! — em que, antes de tomar a menor das decisões, se media muito bem para não dar um passo em falso: aquêle tempo cheio de romantismo do imediato após-guerra, tão propício às questões morais e aos exames de consciência, não podia, infelizmente, ser reevocado. O que queria Geo Josz? Era a antiga pergunta, sim, mas formulada sem temores secretos, com a brutalidade impaciente que a vida, ansiosa por seus direitos, agora impunha.

Por isso, exceção feita ao tio Daniele, a quem a presença, naquelas mesmas mesinhas, "assim na vista", de alguns dos mais conhecidos expoentes do primeiro esquadrismo local, ex-Cônsules da Milícia, ex-Secretários Federais, ex-Podestades etc., enchia sempre de indignação e veia polêmica (mas sua fidelidade era muito natural, óbvia demais: quem podia senti-la como real exceção, como consolação verdadeira?): por isto, digo, escasseavam os freqüentadores do Café da Bôlsa que ainda eram capazes de realizar o esfôrço de se levantarem de suas cadeiras de vime, percorrerem os poucos metros necessários, e enfim sentarem-se ao lado de Geo.

Havia alguns, contudo: relutantes mais do que os outros a render-se à repugnância interna. Mas a sensação de embaraço que tôda vez traziam dessas *corvées* voluntárias, era sempre a mesma. Não era possível, exclamavam, conversar com um homem mascarado! Além disso, se o deixassem falar, começava logo a contar de Fossoli, da Alemanha, de Buchenwald, do fim de todos os seus: e continuava assim, por horas inteiras, de tal modo que não se sabia como safar-se. Ali, no café, sob o tôldo amarelo que, castigado lateralmente pelo siroco, mal protegia as mesinhas e as cadeiras da fúria do sol vespertino, não havia nada mais a fazer, enquanto Geo contava, do que seguir com o olhar os movimentos do operário ocupado, ali em frente, a encher de cimento os furos produzidos, no parapeito da Fossa do Castelo, pelo fuzilamento de 15 de dezembro de 1943. (A propósito: deve ter sido o nôvo Comissário prefeitoral, enviado recentemente de Roma, após a fuga imprevista do Dr. Herzen para o exterior, que dera instruções precisas a respeito!) E entrementes Geo repetia as palavras que seu pai, antes de cair alquebrado na trilha que ia do *lager* à mina de sal onde juntos trabalhavam, lhe murmurara num sussurro; e depois, não satisfeito, refazia com a mão o pequeno gesto de adeus que a mãe lhe enviara, na lúgubre estação de chegada, em meio à floresta, enquanto era empurrada para longe com as outras mulheres; e depois, ainda nar-

136                                    Entre Dois Mundos

rava sôbre Pietruccio, o irmãozinho caçula, sentado ao seu lado, no escuro, no caminhão que da estação por entre os pinheiros os transferia para as barracas do campo, e que de repente desaparecera, assim, sem um grito, sem um lamento,
sem que nada mais se pudesse saber, nem então, nem nunca... Horrível, compreende-se, estarrecedor. Mas em tudo
isso havia alguma coisa de excessivo — declaravam de comum
acôrdo os que voltavam daquelas longas e deprimentes ses-
sões, não sem um honesto espanto, convém dizer, pela própria frieza —, havia algo de falso, de forçado. Culpa da propaganda, talvez — ajuntavam desculpando-se. Verdade é que
já se haviam ouvido, *a seu tempo,* tantos relatos dêste tipo,
que agora, ouvindo-os mais uma vez derramar-se, quando talvez o relógio do Castelo batesse indicando a hora do almôço ou
da janta, não se conseguia evitar, francamente, uma sensação
como que de tédio e de incredulidade. E como se bastasse,
afinal de contas, para fazer-se escutar com maior atenção, envergar um paletó de couro e enfiar um gorro de peles na cabeça!
   Durante o restante de 1946, durante todo o ano de 1947 e
boa parte de 1948, a figura cada vez mais estraçalhada e desolada de Geo Josz não saía nunca da frente de nossos olhos.
Nas ruas, nas praças, nos cinemas, nos teatros, em volta dos
campos de esportes, nas cerimônias públicas: virava-se a cabeça, e lá estava êle, incansável, sempre com aquela sombra
de aflito estupor no olhar, como se não pedisse outra coisa exceto falar. Mas todos fugiam dêle como da peste. Ninguém compreendia. Ninguém queria compreender.
   De volta de Buchenwald, com a alma ainda torturada pela
ânsia e pela angústia, era muito compreensível — admitiam
geralmente — que êle permanecesse de bom grado em casa
ou, saindo, às ruas do tipo do corso Giovecca, tão grande e
amplo que, às vêzes, produzia uma sensação quase de verti-
gem mesmo na mais normal das pessoas, preferisse, por instinto, os becos tortuosos da cidade velha, as escuras e estreitas
vielas do gueto. Mas que, em seguida, abandonando o terno
de gabardine que a alfaiataria Squarcia, a melhor da cidade,
lhe fizera sob medida, e voltando a usar novamente seu lúgubre uniforme de deportado, se aplicasse em aparecer onde
quer que houvesse gente com vontade de divertir-se ou, simplesmente, com o desejo sadio de sair da aridez daquele sujo
após-guerra, de andar para a frente de qualquer maneira, de
"reconstruir": que desculpa podia encontrar para uma linha
de conduta tão extravagante e ofensiva? E que importava, a
êle, que, numa noite de agôsto de 1946 tivera o mau gôsto
de comparecer, vestido daquela maneira horrível, apagandc
o sorriso em tôdas as bôcas, que lhe importava, Santo Deus,

# G. Bassani

se, mais de um ano após o fim da guerra, se houvesse pensado em inaugurar um nôvo *dancing* ao ar livre: aquêle, perto da porta San Benedetto, justamente na curva do Doro? Não era um dêsses lugares habituais! Como qualquer um devia reconhecer, tratava-se de um local moderníssimo, no estilo americano, com magnífica iluminação de néon, fabuloso bar e restaurante abertos dia e noite, cozinha sempre aparelhada para servir, ao qual não era dado dirigir crítica mais séria (segundo o que se lera no artigo publicado na *Gazzetta del Po* por aquêle pobre iludido Bottechiari) do que surgir a menos de cem metros do lugar onde, em 1944, foram mortos por represália os cinco componentes do Diretório do II C.L.N. clandestino. Pois bem, à parte o fato de que o *dancing* da curva do Doro distava, em linha reta, não cem, mas pelo menos duzentos metros do pequeno cipo de mármore do fuzilamento, sòmente um maníaco que odiasse a vida teria tido a idéia de enfurecer-se contra um lugar tão simpático, tão alegre. Que mal havia nisso? Nos primeiros meses, quase todos nós íamos lá, ao sair do cinema, depois da meia-noite, com a idéia de fazer um lanche. Mas, geralmente, acabava-se jantando lá; e depois dançava-se ao som de uma vitrola, talvez até em companhia de gente de fora ou de motoristas de caminhão, alegremente, todos juntos até de madrugada. Era mais do que natural. A sociedade, desbaratada pela guerra, procurava reorganizar-se. A vida recomeçava. E quando recomeça, já se sabe, não olha a cara de ninguém.

De repente os rostos, até há pouco amargamente interrogativos, sem uma luz de esperança, iluminavam-se de maligna certeza. E se o camuflar-se e o exibir-se de Geo, tão insistente, tão irritante, tivesse preciso escopo político? E se — e piscavam maliciosamente o ôlho — êle fôsse um comunista?

Naquela noite do *dancing,* por exemplo, em que se pusera a mostrar a torto e a direito as fotografias de seus familiares perecidos em Buchenwald, chegara a tal excesso de petulância que tentava segurar pelas roupas rapazes e môças que nada mais desejavam, naquele momento — pois a orquestra recomeçara a tocar —, exceto lançarem-se abraçados na pista de dança. Não eram mentiras, centenas de pessoas o haviam visto. E então: a que queria aludir êle, com aquêles gestos, com aquêles sorrisos melosos, com aquêles trejeitos imploratives, irônicamente imploratives!, com aquela sua pantomina bizarra e macabra, enfim, senão que êle e Nino Bottechiari, concordes ùltimamente em relação à casa da via Campofranco, teciam agora, *também no que dizia respeito ao resto, isto é, ao comunismo,* um amor perfeito? E se as coisas estavam neste pé, se êle nada mais era senão um inocente útil, não se justificava, então, que o Círculo dos Amigos da América, no qual

138 Entre Dois Mundos

na confusão e no entusiasmo do imediato após-guerra alguém inscrevera de ofício também a Geo, exigisse a sua exclusão imediata do quadro de sócios, como medida óbvia de prudência? Provàvelmente ninguém, para dizer a verdade, ao menos no momento, teria sonhado em pensar nêle, Geo Josz. Mas êle *desejava* o escândalo, estava claro: tanto isto é verdade que, na noite famosa em que pretendera entrar à fôrça no Círculo (foi em 1947, em fevereiro), os garçãos viram aparecer-lhes à frente, não um homem decentemente trajado, mas um estranho indivíduo, tal qual um mendigo, com a nuca raspada dos presidiários — algo, considerando também a sujeira e o mau-cheiro, de muito semelhante ao pobre Tugnín da Ca di Dio —, o qual, do vestíbulo cheio de capotes e casacos de peles pendurados ali à mostra, nos cabides, se pusera a proclamar de viva voz que êle, sendo, como depois ficou comprovado, sócio regular do Círculo, podia freqüentá-lo quando o desejasse. Com que direito, aliás, poderia ter-se criticado o próprio Círculo por haver tomado, em relação a Geo, uma decisão tão radical, se já no outono do ano passado a assembléia geral dos sócios expressara por voto unânime o desejo de que se retornasse o mais ràpidamente possível ao antigo, glorioso nome de Circolo dei Concordi, restringindo novamente o âmbito das inscrições à aristocracia — aos Costabili, aos Del Sale, aos Maffei, aos Scroffa, aos Scocca etc. — e à parte mais selecionada da burguesia? Se para os Amigos da América, *pro temporum calamitatibus,* fôra de bom-tom acolher quem quer que fôsse sem dificuldades, para os Concordi algumas normas, certas tradições seculares, certas exclusões normais — e nisso não entrava política alguma — não era mais o caso, ora!, de ter receio de restaurá-las. Por quê? Havia algo de estranho nisso? Também a velha Maria, a Maria Ludargnani, que naquele mesmo inverno, entre 1946 e 1947, havia reaberto a sua casa de tolerância na via Arianuova (permanecera o único lugar, enfim, onde a gente podia reunir-se sem que as opiniões políticas interferissem, envenenando as relações entre as pessoas: e passávamos as noites como antigamente, no máximo limitando-se a um bate-papo gostoso, ou a jogar baralho com as pequenas...), ela também não quisera absolutamente saber, naquela noite em que Geo batera à sua porta, de deixá-lo entrar: e não quisera desprender-se da vigia, por onde ficara a observá-lo por muito tempo, antes de vê-lo desaparecer dentro da neblina. Enfim, se não passara pela cabeça de ninguém, naquele transe, que Geo estava sendo espoliado de algum direito, com maior razão ainda se devia reconhecer que o Circolo dei Concordi agira, em relação a êle, na forma mais correta e avisada. A democracia, se algum sentido tinha essa palavra, devia salvaguardar *todos* os

G. Bassani                                                    139

cidadãos: os da classe baixa, de acôrdo, mas também os da alta!

Sòmente em 1948, após as eleições de 18 de abril, depois que a Seção provincial da A.N.P.I. foi forçada a transferir-se para as três salas da antiga Casa del Fascio, no viale Cavour (e teve-se a prova tardia, com êste fato, de que os boatos de uma adesão ao comunismo do proprietário da casa de via Campofranco eram puramente fantásticos), sòmente no verão daquele ano, Geo Josz se decidiu a abandonar a cidade. Desapareceu de repente, sem deixar atrás de si o menor sinal, como um personagem de romance: e logo alguns afirmaram que emigrara para a Palestina, no rastro do Doutor Herzen, outros para a América do Sul, outros ainda, para um país qualquer "atrás da cortina".

Falou-se dêle por alguns meses ainda: no Café da Bôlsa, no Doro, na casa de Maria Ludargnani e em muitos outros lugares. Daniele Josz teve oportunidade de proferir alocuções públicas a respeito. O advogado Geremia Tabet interveio como curador dos interêsses, por nada negligenciáveis, do desaparecido. E entrementes:

— Que doido! — ouvia-se repetir em todo lugar.

Abanavam a cabeça, bonachões, apertavam os lábios em silêncio, elevavam os olhos para o céu.

"Se tivesse tido um pouco mais de paciência!", acrescentavam suspirando: e eram de nôvo sinceros, agora, de nôvo sinceramente entristecidos.

Diziam depois que o tempo, que dá um jeito em tôdas as coisas dêste mundo, e graças ao qual também Ferrara, por sorte, ia ressurgindo idêntica por entre os escombros, o tempo teria apaziguado também a êle, tê-lo-ia ajudado a voltar ao leito, a engrenar novamente, em suma — pois era êsse, em resumo, o *seu* problema. E, no entanto, não. Preferira ir-se. Desaparecer. Tragicizar. Logo agora que, alugando bem o palácio já desimpedido da via Campofranco, e impulsionando oportunamente o negócio do pai, poderia ter vivido cômodamente, muito bem mesmo, e pensar até em reconstituir uma família. A casar-se, por certo: já que não haveria mocinha em Ferrara, da classe social a que êle pertencia, que, no caso, houvesse considerado a diferença de religião (os anos não tinham passado em vão: nesse particular, eram bem menos rígidos do que no passado!) um obstáculo intransponível. Maluco como era, êle não podia sabê-lo: mas as coisas, com noventa e nove por cento de probabilidades, teriam acabado por ajustar-se assim. O tempo teria resolvido tudo, como se nada de nada houvesse jamais acontecido. Certo, precisava esperar. Precisava saber dominar os próprios nervos. Ao contrário, já se vira algum dia maneira mais ilógica de comportar-se? Ca-

140          Entre Dois Mundos

ráter mais indecifrável? Ah, mas para compreender com que raça de indivíduo, com que espécie de enigma vivo a gente topara, o episódio do Conde Scocca, sem que fôsse necessário esperar o resto, teria sido mais que suficiente...

Um enigma, é verdade.

No entanto, analisando bem, se, por falta de indícios mais seguros, fôssemos induzidos àquele senso de absurdo, e ao mesmo tempo de verdade revelada, que na noite iminente pode despertar em nós qualquer encontro, realmente o episódio do Conde Scocca não teria apresentado nada de enigmático, nada que não pudesse ser compreendido por um coração apenas solidário.

Oh! é bem verdade! A luz do dia é tédio, duro sono do espírito, "tediosa hilaridade" como diz o Poeta. Mas deixe descer a hora do crepúsculo, a hora igualmente banhada da sombra e da luz de um calmo crepúsculo de maio: e coisas e pessoas que dantes se afiguravam completamente normais, indiferentes, pode ser que de repente se mostrem tais quais são realmente, pode ser que, de repente, comecem a falar — e, neste instante, será como se um raio vos alcançasse — pela primeira vez de si mesmos e de vós.

"Que faço eu aqui, com êste indivíduo? Quem é êste indivíduo? E eu, que respondo às suas perguntas, e no entretanto me presto ao seu jôgo, eu, quem sou?"

Haviam sido duas bofetadas que, após alguns instantes de mudo estupor, haviam respondido, fulminantes, às perguntas insistentes, embora gentis, de Lionello Scocca. Mas àquelas perguntas poderia ter respondido também um grito furibundo, desumano: tão alto que a cidade inteira, além do cenário intato e enganador da via Mazzini até às longínquas Muralhas fendidas, tê-lo-ia escutado com horror.

# PRECONCEITO

# K. E. FRANZOS

KARL EMIL FRANZOS (1848-1904) nasceu em Czortkov (hoje Polônia, antigamente Áustria), sendo filho de um médico. Estudou direito e tornou-se escritor, visto que lhe eram vedadas as possibilidades de ingressar, sem conversão ao Cristianismo, em qualquer carreira administrativa. Fêz grandes viagens pela Europa e pelo Oriente. Dedicou-se durante muito tempo ao jornalismo. Faleceu em Berlim. Franzos é considerado um dos narradores representativos do realismo alemão do século passado. Suas obras se destacam pelos valiosos quadros sócio-culturais que apresenta, particularmente da vida judaica do Leste europeu. As suas análises da assimilação judaica são agudas e constituem importante fonte para o pesquisador da história judaica. Uma das suas contribuições mais notáveis para a literatura alemã foi a redescoberta e primeira edição crítica das obras de Georg Büchner.

## BARÃO SCHMULE

Quem viaja de Barnow para o sul, em direção à Bucovina ou à região do Moldava, depois de umas três horas de caminho, lá onde a estrada transpõe o Dniéster, divisa, sôbre uma colina, um altivo castelo de altos muros brancos e reluzentes janelas. Soberbo jardim o circunda, estendendo-se morro abaixo e penetrando fundo na planície. Êste é talvez o mais

144                                      Entre Dois Mundos

belo solar da Podólia e certamente o mais rico. Pertence ao "Barão Schmule", como é chamado, em tôda parte, o homem que antes usara o nome de Schmule Runnstein e agora é o poderoso Barão Sigismund von Ronnicki.

Êsse homem percorreu uma longa trajetória; como uma flecha, disparou em direção ao alvo. É algo que pouca gente consegue; pois a maioria das pessoas assemelha-se a um pião; movem-se contìnuamente, com grande ruído e rapidez, mas giram sòmente em tôrno de si mesmos, sem sair do lugar. O movimento da flecha não é maior, nem mais ruidoso, nem mais rápido, mas vai reto, em direção ao alvo. Assim foi o Barão Schmule. Mirou firmemente seu objetivo e encaminhou-se firmemente para êle — embora dispusesse de um ôlho só.

Contudo, a princípio também êle fôra um pião e, sòmente graças a um certo fato, é que se transformou em flecha: um golpe de chibata. É uma estória estranha... Foi há mais de cinqüenta anos, que, em Z., vivia uma viúva paupérrima, que sustentava a si e ao filho com um mister que, numa cidade tão pequena, dificilmente poderia saciar a fome de duas pessoas: era doceira. A mulher chamava-se Míriam Runnstein. O filho auxiliava a mãe, quando ainda mal sabia andar e contar: era o vendedor da mercadoria. Incansàvelmente o pequeno Schmule corria pelas ruas, gritando: — Olhem as tortinhas! Tortinhas e amêndoas confeitadas! Comprem! Comprem! — No entanto, poucos são os gulosos na *gasse* [1], e casamentos ou circuncisões, ensejos em que as casas requerem os préstimos das doceiras, tampouco ocorrem todos os dias. Os tostões custavam a entrar no casebre e a fome doía; o pobre menino, muitas vêzes, derramava amargas lágrimas por cima de seu comércio de doce.

A sua melhor freguesia morava a meia légua da cidadezinha, lá no alto, no castelo. O castelo, na época, pertencia ao Barão Wodnicki, Alfred Wodnicki, homem de imensa fortuna e que, apesar de grande dissipador, com dificuldade conseguia gastar mais do que o produto de suas vastas terras. Quase nunca residia no castelo, pois aquilo era calmo demais e o aborrecia; vivia ou em Paris ou em Baden-Baden. Quer dizer: vivia em Baden-Baden quando a espôsa estava em Paris e ia a Paris quando a espôsa vinha a Baden-Baden. Era um acôrdo tácito entre os cônjuges que, de resto, se davam muito bem. O único rebento dêsse matrimônio, o jovem Barão Wladislaus, tampouco morava no castelo, mas era educado num colégio jesuíta, perto de Cracóvia. Lá em cima, portanto, vivia apenas a criadagem. O leitor talvez conheça o provérbio po-

(1) Ruazinha de cidade pequena.

K. E. Franzos

lonês: — É tão preguiçoso e guloso, como um lacaio. Neste caso êle também assenta. Quando o pequeno Schmule, ofegante, subia com sua cesta, sempre ganhava seu dinheirinho e, por isso tanto no calor do verão como no rigor do inverno, repetia, incansàvelmente, o longo caminho. É verdade que cada centavo vinha acompanhado de um beliscão; a isto, porém, uma criança judia, na Podólia, se acostuma com o tempo. Foi assim que chegou aos treze anos e ninguém sabe quanto tempo ainda passaria vendendo as tortinhas e amêndoas confeitadas pela mãe, se não lhe tivesse sucedido o fato que o transformou de pião em flecha.

Foi no mês de agôsto, num dia muito quente e por volta do meio-dia. Mais uma vez, Schmule, apesar da canícula, subia resfolegante e a passo acelerado a íngreme trilha do castelo. Estava particularmente apressado; era sexta-feira e não havia um níquel em casa para o Sabá; e, se a fome dói todos os dias, no Sabá ela dói duas vêzes mais. Schmule, ao subir assim correndo, entretido com o cálculo do que devia ainda comprar à última hora, não ouviu o ruído de cascos que se aproximavam, até que no último momento, com um pulo, se pôs a salvo do cavaleiro que descia a galope pelo escarpado caminho. Era um môço pálido com uma espingarda de caça ao ombro, o jovem Barão Wladislaus Wodnicki, que viera passar as férias no castelo paterno. Riu a bom rir ao dar com o feioso menino judeu, trêmulo de mêdo, que em seu susto esquecera de tirar o gorro. Depois voltou a montaria e vagarosamente cavalgou em direção a Schmule, parando bem junto dêle. O rapaz apoiou-se, tremendo, à parede da encosta.

— Por que não me saudou, seu cão judeu? — perguntou o jovem barão, brandindo o chicote.

— Porque fiquei tão as...sustado — gaguejou Schmule.

O môço baixou o chicote e refletiu por um momento. Depois deu uma súbita risada. — Então seu mêdo do cavalo é tão grande assim? — inquiriu. — Pois bem! Ponha-se ali! — Indicou o meio do caminho. — Ali! — repetiu irado e o menino, trêmulo, postou-se no lugar indicado. — E não se mexa daí até eu dar permissão, ouviu? Ai de você, se der um passo — pôs a mão na espingarda. — Por todos os santos, atiro em você como num cão raivoso!

Com isto galopou ladeira acima; chegando lá, volveu a montaria e disparou com um raio, descendo pelo mesmo caminho, direto para onde estava o menino. Mortalmente assustado, viu o animal aproximar-se — uma névoa encobriu-lhe os olhos — um instante depois pulou para o lado — os cascos do cavalo acertaram sòmente a cesta que carregava a tiracolo, esmagando-a e espalhando os doces no pó da estrada. O menino também caiu, mas foi só de susto.

146        Entre Dois Mundos

— Seu cachorro! Você se mexeu! — gritou o barão, arrancando a espingarda do ombro. Em seguida pensou melhor e limitou-se a, como um louco, fazer chover golpes de chibata sôbre o garôto que se torcia a seus pés. Ora batia com o chicote, ora com o cabo. De súbito Schmule soltou um grito horrível, levou a mão ao ôlho direito e caiu sem sentidos. O jovem barão afastou-se a galope.

Uma hora mais tarde, um camponês misericordioso transportou em sua carroça de feno o menino ainda desfalecido e com o rosto horrìvelmente desfigurado para a cidade dos judeus, entregando-o à mãe.

Foram buscar o médico e êste fêz Schmule voltar a si; lavou e enfaixou seus ferimentos. Deu, também, esperanças de um breve restabelecimento. A vista direita, porém, estava perdida; vazara e, sinistra, a órbita vazia fitava as pessoas.

No dia em que Schmule deixou a cama pela primeira vez, chegou uma visita inesperada: o gordo Gregório, lacaio particular do jovem Barão. Trouxe dois ducados e declarou que seu jovem amo se prontificava, por mercê, a pagar também ao médico e ao farmacêutico, se Schmule se abstivesse de tôda e qualquer queixa.

— Fora! — gritou êste. Foi sòmente esta sua resposta, mas tão sinistro era o brilho de seu único ôlho que o homem obedeceu com a maior rapidez, reportando em casa:

— Com a licença de V. Exa., senhor barão, mas acho que V. Exa. não só arrancou o ôlho do judeu mas também o juízo; o sujeito parecia um animal.

Tão logo Schmule teve permissão de sair, sua primeira caminhada foi à Justiça. O presidente da congregação ofereceu-se para acompanhá-lo; Schmule, porém, declinou a oferta.

— Fico-lhe grato — falou — mas não sou mais criança; o golpe me deixou dez anos mais velho, de uma só vez. Além disto, é apenas meu direito o que procuro.

Foi ao juiz e fêz a queixa. Esta foi aceita; a demanda teve início e foi conduzida da forma... bem, da forma como na Podólia, naquele tempo, era costume conduzir a demanda de um pobre menino judeu contra um barão polonês. Contudo, a sentença ao menos veio rápida, em não mais de um mês. Schmule foi chamado a juízo e o meritíssimo gritou duramente com êle:

— Foi tudo mentira sua, judeu miserável! Você, em vez de desviar-se do cavalo do excelentíssimo senhor barão, ao contrário, se apertou contra êle, de modo a ser atingido sem querer pelo chicote. Dê graças a Deus porque S. Exa., o jovem barão, não o denunciou por difamação, seja-lhe grato! E agora, suma-se!

K. E. Franzos                                                    147

Schmule foi para casa. A mãe, ao vê-lo, entrar na sala, gritou horrorizada:

— Meu filho, você, como está diferente! Aconteceu outra desgraça?

— Sim — replicou — desgraça maior ainda: não consegui fazer valer o meu direito.

Depois, baixinho, ficou a murmurar coisas, falando em seguida com voz alta:

— Farei aquilo que o senhor juiz exigiu de mim, ser-lhe-ei grato...

— Filho — gritou a velha senhora, tomada de mêdo mortal — vejo-o estampado em seu rosto: queres ir ao castelo matá-lo durante a noite...

— Não — respondeu Schmule e sorriu. — Isto também não seria mau, mas então eu seria enforcado e quem iria sustentá-la depois? Não, devo tentar proceder de outra maneira, devo tornar-me um homem rico.

— Deus lhe confundiu o juízo — queixou-se a mãe e chorou mais ainda quando Schmule lhe comunicou a sua decisão de emigrar para Barnow. Êle, porém, continuou firme em seu propósito. Vendeu a única coisa que tinha de seu e que sua saída de casa tornava dispensável: a cama e os cobertores. Acrescentando alguns livros de oração, recebeu cinco florins em pagamento.

— Repartirei honestamente meus ganhos com você — prometeu à mãe ao despedir-se. Com os cinco florins dirigiu-se a Barnow e lá adquiriu um pequeno sortimento de fósforos, sabonetes, pomadas e penas de escrever. Com isto, passou a mascatear pelas ruas e hospedarias. E, como era incansável e não gastava quase nada consigo mesmo, conseguiu não só ajudar a mãe mas ainda economizar um pouco.

Após dois anos progredira tanto que pôde deixar êsse comércio para iniciar outro mais rendoso. Isto é, tornou-se bufarinheiro de aldeia, profissão terrìvelmente trabalhosa. Andava de aldeia em aldeia, de feira em feira, com um grande pacote às costas onde continha tudo o que um camponês pudesse necessitar. Em geral não era pago em dinheiro, mas em frutas e peles. Mas justamente por isto o comércio lhe era rendoso. Após ter sido ambulante de aldeia por três anos, voltou à cidade e abriu, num nicho da praça do mercado, uma loja de mil miudezas. O negócio também prosperou e logo pôde alugar um armazém decente e ajudar mais generosamente a sua mãe. Êle mesmo, contudo, continuava vivendo quase só de pão sêco e sòmente nc sábado permitia-se um pedacinho de carne.

Contava vinte e três anos, dez anos eram decorridos desde a sua saída de Z., quando sua mãe morreu. Morreu em seus braços. Depois de sepultá-la, passados os oito dias de luto,

148            Entre Dois Mundos

mudou-se para uma cidade maior, para Tchernovtski. Quis o acaso que, à saída da cidadezinha, o Barão Wladislaus Wodnicki, em sua brilhante carruagem, cruzasse com êle. Acabava, justamente então, de receber a administração de seus bens.

— Foi bom encontrá-lo exatamente agora — disse Schmule a um companheiro de viagem — senão a dor do luto me levaria a esmorecer por algum tempo.

Agora Schmule estava só no mundo, mas continuou a trabalhar febrilmente como se precisasse alimentar uma grande família, e assim aos poucos tornou-se um homem abastado. E porque, além disto, era rapaz esforçado e direito, conseguiu, a despeito de seu único ôlho, desposar uma das mais ricas herdeiras de Tchernovtski. Fundou então um grande negócio com amplos depósitos e uma placa brilhante: "Comércio de gêneros variados de Samuel Runnstein". E, como se todo êsse trabalho ainda não fôsse suficiente, iniciou, paralelamente, um extenso comércio de vinho. Só agora Schmule demonstrou inteiramente a enorme capacidade de trabalho e a energia que residia em seu íntimo. Viajou pela Alemanha e França, depois pela Rússia e ao longo do Moldava, e, em tôda parte, criou novos núcleos de compra e venda. Dez anos depois era considerado um dos mais ricos comerciantes da região.

Foi então que lhe faleceu a espôsa, após dar à luz uma filhinha. Schmule, agora, pôs em execução um nôvo plano; com grande lucro vendeu seus dois negócios e fêz-se comerciante de trigo. Comprava na Podólia, na Bessarábia e na Moldávia, e vendia no Ocidente. De um único latifundiário, porém, jamais comprou, do Barão Wladislaus Wodnicki, embora o administrador dêste lhe fizesse freqüentemente ofertas vantajosas. É verdade que o pobre homem vivia em constantes apuros para levantar as imensas somas que seu amo necessitava. Pois aquilo que, apesar de sua dissipação, o velho barão não conseguira, Wladislaus agora fazia-o brilhantemente: em um mês perdia no jôgo tanto quanto ganhava em um ano. Sua espôsa, uma senhora de família francesa, por seu turno, contribuía esforçadamente para dilapidar a imensa fortuna da casa. Assim, o administrador via-se em dificuldades e Schmule lhe vinha muito a propósito. Êste, porém, declinava e respondia com estranho sorriso:

— Uma vez, há vinte cinco anos prometi a mim mesmo que, com seu amo, só faria *um* negócio neste mundo. E *êste* negócio ainda não está maduro...

O tempo passou; Schmule enriqueceu-se cada vez e casou de nôvo com uma mulher que lhe trouxe um grande dote. Depois chegou o ano de 1848 e neste agitado ano o rico negociante transformou-se em milionário.

# K. E. Franzos

O Senhor Sigismundo Runnstein — era assim que, aos poucos, passaram a chamá-lo respeitosamente, agora que era muito rico — fôra encarregado do aprovisionamento dos russos na Hungria, com o que realizara um negócio altamente vantajoso. Depois disto, aposentou-se e, tôda vez que o convidavam para algum nôvo empreendimento, respondia:

— Estou esperando!

Não precisou esperar muito tempo. É possível acabar mesmo com uma fortuna imensa quando se é um imenso gastador. Passaram-se dois anos, e o Barão Wladislaus com sua espôsa não puderam mais viver em Paris, e mesmo em Z., para onde se haviam retirado, passavam dificuldades. Pois, de tôdas as propriedades, na realidade, não lhes restava mais nem uma palha, e de todos os lados os credores os apertavam. A baronesa voltou para sua família na França e o barão, ainda que não o quisesse, teve de ficar, procurando consôlo no champanha e depois na aguardente.

Daí então, sùbitamente, pôde respirar mais aliviado: o apêrto dos credores cessara de um golpe. Schmule havia adquirido tôdas as letras e dívidas, empenhando nisto os seus milhões.

— Êste é o primeiro mau negócio que Schmule Runnstein fêz em tôda a sua vida — diziam as pessoas, cujo pasmo cresceu mais ainda ao verificar que Schmule aparentemente não dava passo algum para cobrar seus créditos. Mas êle não restara inativo; endereçara uma petição à Sua Majestade o Imperador, pedindo que lhe fôsse concedido o privilégio de poder adquirir propriedades imóveis, pois era proibido aos judeus naquele tempo possuir bens de raiz na Galícia. Viajara, êle mesmo, para Viena a fim de reforçar sua petição. Porém, tudo fôra em vão!

— Houvesse eu cometido um assassinato, talvez pudesse me livrar — disse Schmule quando voltou. — Mas esta é a única coisa que é impossível obter.

Em seguida, durante longos dias, andou ensimesmado; travava árdua luta. Finalmente sua decisão estava tomada; procurou a espôsa, a quem amava muito, e lhe falou:

— Estou resolvido a me batizar, a me tornar cristão. Não te assustes, não chores, escuta-me com calma. *Tenho* de fazê-lo. Senão, tôda minha vida terá sido uma mentira, uma estupidez. Tenho de adquirir a todo custo as propriedades de Wodnicki. Passei privações, trabalhei como talvez ninguém no mundo. Não quero, porém, o lucro de tudo isto, quero sòmente o meu *direito*. Não há, pois, dúvida que devo fazê-lo. Tu, porém, podes escolher. O quanto lhe tenho amor, não preciso dizer; mas mesmo assim afirmo-te, conformar-me-ei com a tua decisão. . .

150          Entre Dois Mundos

Também ela o amava muito, contudo não pôde decidir-se pela conversão de sua fé. Separaram-se. Schmule converteu-se à Igreja Católica e tomou o nome de Sigismundo Ronnicki. A filha do primeiro matrimônio, já adulta, batizou-se juntamente com o pai e recebeu o nome de Maria. Seria difícil descrever a enorme sensação que o acontecimento causou em todo o país.

No dia seguinte ao batismo, Schmule mandou executar tôdas as dívidas de Wladislaus. As propriedades foram a leilão e Schmule as adquiriu. O barão desapareceu — ninguém sabia de seu paradeiro. Schmule mudou-se para o castelo de Z. e lá viveu com sua filha Maria. No ano de 1854, quando o Estado necessitou de muito dinheiro para armamentos, Schmule comprou, por uma grande soma, o título de barão.

— Mas ainda não obtive todo o meu direito — dizia freqüentemente — ainda falta algo.

E também isto o estranho homem conseguiria. Soube-se, certo dia, pelos jornais poloneses que um nobre benfeitor provera sustento, para o resto da vida, ao incorrigível vagabundo e bêbado, Barão Wladislaus Wodnicki.

E assim foi. O "nobre benfeitor" era o Barão Sigismundo Ronnicki. Recolhera o vagabundo da estrada, no sentido literal da palavra, pois êste, ùltimamente, vagava pelas redondezas e dentro da cidade de Barnow, e lhe dera abrigo em seu castelo. O vagabundo recebia tudo o que desejasse, menos aguardente. E por quê?

— Se beber aguardente — dizia Schmule — não se lembrará. E êle deve lembrar-se. Quero o meu direito.

Mas o bêbado não satisfez por muito tempo a vontade do nôvo senhor de seu castelo. No verão do ano seguinte, celebrou-se uma grande festa no solar. O Barão Ronnicki casava a sua filha com um nobre magiar, um capitão dos hussardos. Naquela noite, Wodnicki conseguiu arrumar aguardente. Bebeu muito e saiu cambaleando pelo portão e pela vereda abaixo, a mesma em que outrora, há cinqüenta anos, deparara com o menino judeu. Nunca mais tornou ao castelo. Na manhã seguinte encontraram-no, ao pé da montanha, esfacelado pela queda. Se despencara por causa da embriaguez ou se êle próprio se lançara encosta abaixo, isto é algo que ficará para sempre em dúvida.

Vejam — histórias assim também acontecem de quando em vez neste mundo.

# B. AUERBACH

BERTHOLD AUERBACH (1812-1882) nasceu em Nord-stetten, na Floresta Negra. Destinado à profissão de rabino, estudou teologia, filologia e filosofia, passando vários meses na prisão por participar de movimentos estudantis progressistas. Sem possibilidades profissionais, tornou-se escritor. Obteve grande êxito com as *Estórias Aldeãs da Floresta Negra* (4 vols., 1843-1854) e diversos romances, tais como *Barfuessele* (1856), *Na Altura* (1865), *Waldfried* (1874) etc. Faleceu em Cannes. Auerbach escreveu também ensaios e peças teatrais. Dedicou--se particularmente ao estudo de Spinoza, cuja obra traduziu e ao qual dedicou um romance (1837). Auerbach foi o autor alemão mais popular de seu tempo. Empenhou-se na sua obra por idéias liberais, pela emancipação espiritual do judaísmo e pelo desmascaramento do anti-semitismo. Nas suas estórias da Floresta Negra, opõe a vida singela do mundo rural à vida urbana, segundo a tradição da literatura regional. Não escapou ao perigo de invadir, por vêzes, o terreno da pieguice. Auerbach influiu na obra do grande romancista suíço Gottfried Keller e também na de Tolstói que o visitou. Êste fato ilustra a enorme repercussão da obra de Auerbach, a partir dos meados do século passado.

## JUDEU POR UMA HORA

Foi no ano de 1775, justamente quando surgiu pela primeira vez o Calendário Geral do Reino. Um alegre estudante atravessava os portões de Erlangen, em direção à casa paterna. Ninguém suspeitava, e êle menos ainda, de que um dia êste estudante se tornaria o mais renomado calendarista alemão, pois tratava-se do jovem teólogo evangélico Peter Hebel, que, depois de dois anos de estudos na Universidade de Erlangen, voltava para casa a fim de, como se diz, ingressar na vida filistéia. O estudante, ao seguir o seu caminho, de sacola às costas e bastão em punho, costumava entreter-se com uma alegre cançãozinha ou um gracejo divertido. Hoje, porém, o seu ânimo não permitia nem canções nem gracejos, pois quem já usou o boné colorido [1] (e também Hebel o usara pois pertencera à Fraternidade dos moselanos), quem, na exuberância da mocidade, já se entregou de corpo e alma aos estudos e às travessuras da juventude, compreenderá o que significam as palavras da velha canção: "Agora que retorno à velha casa paterna, filisteu terei de ser também". Na verdade, o provérbio tem muita razão: quem diz A diz B, e assim por diante até o Z. A partir do momento em que, finda a infância, se aprende o primeiro A na escola, o estudo e o aprendizado não terminam mais. O jovem que passa da escola superior para a escola, mais elevada, da vida tem quase a mesma sensação da criança em seu primeiro dia de aula. Esta não sabe explicar exatamente o que lhe oprime o coração em disparada. A emoção do jovem, porém, é maior ainda, pois êle conhece o significado dêste momento. A fase da juventude despreocupada já fluiu agora e tudo passa a saudá-lo com muito mais seriedade: as árvores, as ruas, os campos, as aldeias e cidades. Você agora precisa ajudar a construir, governar, organizar e ensinar. Ali vai um funcionário com um pacote de processos empilhados — logo êle lhe trará uma pilha para o despacho. Ali vão crianças para a escola — logo elas virão a você e você terá que cumprir com elas as horas marcadas. Toca o sino e o pastor vai, com passos medidos, vestido com os paramentos, em direção à igreja — logo será você a fazer êsse caminho e subir ao púlpito. Mas que mal faz? Lá das janelas encobertas por flôres surgem róseos rostos de mocinhas — logo você a conduzirá ao altar e ela será sua. Logo vocês ambos formarão um mundo completo e terão um mundo nôvo à sua volta. Onde estará aquela que um dia deve preencher sua vida? Aguarde! Agora goze a vida e vamos a um trago! O mundo é belo e nôvo a qualquer tempo, basta ter os olhos abertos. Sim, na verdade, há dois mundos em conflito na alma de um estudante que volta ao lar: um despreocupado e alegre, o outro

---

(1) Distintivo dos estudantes alemães. A côr indica o ano escolar ou universitário.

sério e cheio de cuidados; e em muita gente êste conflito não termina jamais e isto tem também o seu lado bom; quem dentro de si não conserva o "eterno estudante", não tem coração jovem.

O estudante Hebel seguia calmamente o seu caminho, ora alegre ora sério, ora relembrando os bons tempos, ora sonhando com o futuro.

— Alto lá, judeu! Paga a taxa — gritaram de repente a Hebel. Estava diante dos portões de Seegringen, o então limite de Anspach. Hebel olhou em volta e em seguida a quem o interpelava. Para quem é isto? A quem se dirige?

— Por que ficas aí plantado, maldito judeu? Pensas que podes iludir o fisco?

Assim gritava o guarda caolho no portão da cidade e, através da janela, cerrava o punho contra Hebel. E um cão, pulando para fora, pôs-se a latir contra êle. Sabia o significado das palavras do dono e também que, sem receio, podia dar largas à sua ira e, se quisesse, rasgar as roupas do indivíduo. Sòmente então Hebel percebeu que era a êle que se dirigiam.

Como alguém, numa floresta, perdido em devaneios sôbre a inefável e excelsa vida da natureza, fôsse, repentinamente, alcançado por uma fera ou, pior ainda, por uma martelada desferida por mão humana, assim ficou Hebel, petrificado. É êste, então, o mundo em que se deve ingressar para pregar a palavra do amor?

Sem querer, Hebel gritou, depois do primeiro susto:

— Não sou judeu.

— Ah! — gritou o guarda — ainda negas? Espera que eu te mostro — e foi saindo, pronto para agarrar Hebel, com o cachorro disposto a ajudar.

Hebel, então, com um ar em que se disputavam tristeza e zombaria, disse:

— Pode deixar que sei andar sòzinho; acompanhá-lo-ei.

De súbito, deu-se conta do cômico e do jocoso que havia em sua atual situação e quis saboreá-la até o fim.

Vamos a ver como é que se vive nestê mundo como judeu, pensou êle, e como entendesse bem a língua hebraica, disse:

— Será que tenho que pagar o tributo dos judeus por ter aprendido o hebraico? Sinto-me lisonjeado por vocês me tomarem por um hebraísta tão bom como se eu fôsse um judeu nato. — E, com expressão zombeteira acrescentou: — Além do mais, não pago. Podem me levar ao juiz.

Sorrindo, Hebel deixou-se escoltar pela cidade; todos zombavam dêle e as crianças gritavam às suas costas: *hephep,* como se tivessem aprendido na cartilha. Hebel, porém, sorria e con-

154 Entre Dois Mundos

tinuava sorrindo, mesmo diante do juiz simplório que, imediatamente, queria mandar servir-lhe uma sopa de pancadas e, depois, hospedá-lo de graça.

Aí, então, a brincadeira começou a passar dos limites. Hebel apresentou os seus boletins universitários e o passaporte. O juiz embasbacou, mas não se deu por convencido; queria castigar o estudante por ter passado por alguém que não era. Hebel, entretanto, soube impor-se, pois, naturalmente, primeiro era preciso interrogar o guarda; êle não havia pretendido passar por outrem. O juiz, porém, não quis castigar o guarda; um corvo não arranca o ôlho do outro e, neste caso, seria pior ainda, pois o guarda já era caolho. Com palavras ásperas, em vez de votos de boa viagem, Hebel foi dispensado.

O estudante, que se preparara para um bom trago ao se aproximar da cidade, agora não quis tomar uma gôta sequer em albergue algum. Sentia na bôca o gôsto do fel e da tristeza. Tratou de sair logo pelo outro portão da cidade, mas ao voltar--se pensava: "Seegringen, jamais te esquecerei!" E não a esqueceu, pois em anos futuros, as tôlas brincadeiras que inventava nas horas de bom humor, aplicava-as de preferência a Seegringen.

Continuando o caminho de volta, Hebel refletiu muito sôbre êste mundo, em que, de um ser humano, apenas por ser de credo diferente, se exige o pagamento de um tributo corporal, como se se tratasse de um animal; sòmente que o animal é mais feliz, pois não é êle que paga o tributo e não se ruboriza com a humilhação que lhe fazem.

Hebel ainda alcançou o tempo, e viveu mesmo muito além, em que o tributo do judeu — a custo acreditamos que tenha existido algum dia — foi revogado. Naquela hora, porém, em que êle mesmo foi tomado por judeu, conheceu tôda a profunda dor que é o quinhão do judeu no mundo burguês. O tributo corporal foi suprimido, mas o espiritual se manteve e ainda persiste em muitos meios. Do judeu julgado preconceituosamente exige-se, a cada nôvo encontro, em cada nova situação da vida, que prove ser homem honesto, probo, amante da humanidade e da pátria. Hebel ligou-se a êles com particular afeição e, sempre, pôde conhecer de nôvo a sinceridade, a gratidão e a bondade. Que exilassem aquêles que eram movidos por um espírito de barganha, não o incomodava. Êsses encontramos, sob tôdas as confissões e tôdas as formas.

Hebel, em conversa, e também no seu almanaque, gostava de contar tôda espécie de anedotas e ditos jocosos de judeus e sôbre judeus. E, em escritos como aquêle a respeito de Moses Mendelsson e do sanedrim de Paris e vários outros, foi dos que mais contribuíram para esclarecer os seus concidadãos cristãos acêrca dos judeus; demonstrava-lhes que o verdadeiro amor é aquêle que se dedica ao próximo de convicções e fé diferentes, desde que procure a retidão, à sua maneira.

Se todo aquêle que nutre preconceito contra os judeus — e é grande o número daqueles que, sem querer confessar a si próprios, nutrem algum preconceito — fôsse por um dia ou uma hora tido por judeu, abandonaria êsse preconceito e o transformaria em justiça e amor.

# M. G. SAPHIR

MORITZ GOTTLIEB SAPHIR (1795-1858) nasceu em Lovas-Berény, Hungria, estudou teologia judaica e filologia clássica e tornou-se jornalista em Viena e Berlim, muito temido e odiado pela malícia de sua pena satírica. Fundou um periódico — *Der Humorist* — e distinguiu-se como crítico, homem de teatro e excelente conferencista. Saphir, que passou certo tempo prêso e sofreu muito da censura, faleceu num lugar perto de Viena.

## O INIMIGO DOS JUDEUS

O Bom Deus a cada criatura deu suas próprias armas; a cada plantinha, suas particularidades e a cada homem, seu caráter peculiar, do qual êle se serve para afirmar-se e merecer afeição. Na escala da criação, não existe quem seja totalmente despojado de atrativo, completamente sem interêsse, ou quem pela vida passe sem ser jamais notado; desde o carrapato até o mamute, desde o hissôpo que se agarra ao muro, até o magnífico cedro, desde o imbecil até Sócrates. Vejamos, por exemplo, o apagado senhor Spindelfuss [1]. Êle é insípido como um cataplasma frio; insôsso como um bôlo de semolina amanhecido; grosseiro como um russo que até na Rússia passa por grosseiro; sem miolos como uma autêntica múmia; aborrecido como uma quaren-

(1) O nome Spindelfuss sugere mesquinhez e ridículo.

158            Entre Dois Mundos

tena de cólera; ignorante como um mameluco e pretensioso como um aristocrata recém-saído do forno. De uma insignificância tão grande, que a Morte terá dificuldade em encontrá-lo quando chegar o seu dia e, por certo, ficará para trás sem ser notado pela Divina Providência, quando soar a hora da Ressurreição.

Entretanto, mesmo a êste zero em pessoa, a esta nulidade em forma de gente, a Misericórdia Divina houve por bem distinguir com uma qualidade, através da qual se pudesse fazer notar: fêz dêle um inimigo dos judeus.

Não há maneira mais simples de um homem sem caráter adquirir um caráter. Pergunta-se em sociedade: — Mas, quem é esta sombra humana? Será, por acaso, um cientista? Não. — Um poeta? Não. — Um agricultor? Não. — Um banqueiro? Não. — Um artesão? Não. — Um artista? Não. — Um doutor? Não. — Um advogado? Não. — Então, que é que êle faz? — Ora! É um inimigo dos judeus! E vejam! De repente adquiriu um caráter.

Essa inimizade aos judeus faz de "seu" Spindelfuss um tipo extremamente amável. Depois que viu esgotar-se aos poucos o encanto dispensado durante trinta anos a tôdas as donzelas, depois que as suas quarenta mil declarações de amor mofaram no correio, depois que todos os seus pedidos de casamento voltaram na mesma hora sem serem abertos sequer, aí então o seu espírito tacanho toma impulso: põe-se diante do espelho, num gesto ousado coloca o chapéu sôbre a cachola, alisa o cavanhaque na face encovada que, descarnada como a verdadeira imagem da quaresma, sorri do próprio gênio e diz a si mesmo: "Sou mesmo um camarada encantador, e ninguém vai negar que sou um inimigo dos judeus muito simpático".

O nosso amigo Spindelfuss tolera tudo: grosserias das grandes, pequenas provocações, tapa na cara; gosta mesmo de incitar tôda sorte de desavenças e velhacarias, qualquer que seja o lugar ou a ocasião; enfim, o supra-sumo do sórdido faz bem à sua alma delicada; sòmente quando se trata dos judeus, é que a irritação de seus nervos se revela. Todo o seu humor, tôda a sua coragem, tôdas as suas idéias, tôda a sua eloqüência, todo o seu sorriso doce e beato gira em tôrno dos judeus, e se, um dia, os judeus lhe pregassem a peça infame de se extinguirem completamente, êle tornar-se-ia o homenzinho mais abatido, mais deplorável, mais miserável dos cinco continentes; deixaria de ser alguém e ficaria condenado a andar mudo por aí.

Na mesa, êle consome os judeus como sal, salada e sobremesa. É só ler no cardápio "Peixe judeu [2] ao môlho pardo" e está salvo. Ganha nova vida. Já tem assunto para conversa! La-

---

(2) Em alemão *judensfisch* designa um tipo de peixe e o A. usa a palavra como um trocadilho.

menta que sirvam "Peixe judeu ao môlho pardo", pois preferiria consumir "Judeus pardos ao môlho de peixe". Quando nosso amigo Spindelfuss se encontra num lugar onde não há judeus, põe-se a rodopiar como um guarda-chuva totalmente desbotado pelo sol, e observa: "Graças a Deus, não há nenhum judeu aqui!" Dizendo isto, desmancha-se num sorriso feliz de bacalhau sêco, pois agora tem um assunto; já sabe de que falar. As boas senhoras que têm a infelicidade de ter de ouvi-lo, agora já sabem que sua bôca transbordará de judeus.

Mas, se êle se encontra num lugar onde existem judeus, então sua felicidade não tem limites. Agora pode começar a falar imediatamente, sem antes sentir aquela dorzinha de barriga. É que, na sua enorme insipidez, êle não é capaz nem mesmo de conversar sôbre o tempo ou a saúde. Sòmente os pobres judeus, ou melhor, os ricos têm a capacidade de movimentar as cordas vocais dêle. Começa assim: "Ah, êste lugar seria tão agradável, se não houvesse tantos judeus!" — Após êste esfôrço intelectual, descansa sôbre seus talentos oratórios. Em seguida, dirige-se com amabilidade efusiva a outra dama, fazendo gratuitamente a seguinte observação: "Judeus por tôda parte". Exausto com êste desperdício de humor e sabedoria positiva, murcha como um balão furado; restabelece-se, porém, após alguns momentos e a uma terceira vítima endereça as seguintes palavras: "Que desgraça! Judeus por todo canto!" Chegado a êste ponto, não pode deixar de admirar a si próprio pela abundância de seu gênio, e dirigindo-se a um lamentável quarto objeto de sua atenção, profere êste brilhante discurso: "Por que será que os judeus têm que estar por tôda parte?" Em seguida, tal qual uma anchova mascarada, rompe por entre a multidão, e, no outro extremo da sala com infinita graça e voz fanhosa, remete a uma infeliz senhora esta frase lapidar: "Não é que a gente topa com judeus por tôda parte!" Creio que o "seu" Spindelfuss, quando passar desta para melhor, ainda fungará aos ouvidos da Morte: "Existem judeus por aqui?"

Já que o ódio pelos judeus em geral começa onde acaba o bom senso, o leitor pode ter certeza do seguinte: Ao usar a palavra "judeu" como injúria, o juízo de quem fala ou ainda não começou, ou já chegou ao fim. Quem possui, ou está em vias de possuir, coração e espírito igualmente tolos e vazios, usa tão-sòmente das cinco cordas vocais para falar, proferindo certamente o grito de guerra: "Judeu, judeu!"

Como demonstração matemática do que foi dito acima, "seu" Spindelfuss anda à sôlta entre nós. Êle é o tipo mais engraçado e ridículo desta raça da terra, e se pudermos descobrir, com o correr dos tempos, a sua evolução nesta ciência, aumentaremos ocasionalmente a História Natural de Buffon com uma ilustração litografada desta jóia de um inimigo dos judeus.

# E. FLEG

EDMOND FLEG (1874-1965) nasceu em Genebra. Depois de cursar várias Universidades européias, Fleg lutou, na primeira grande guerra, incorporado ao exército francês. Depois do conflito, consagrou-se à vida literária. Ao lado de André Spire, é sem dúvida a figura mais representativa do tema judeu na literatura francesa. Fleg inscreve-se diretamente naquela geração que sob o impacto do Caso Dreyfus defrontou-se, não só com o problema político e social, mas principalmente com o da consciência da condição judaica. Sua reação, carregada daquele espírito e daquela exaltação que arde em Péguy e que se abebera muitas vêzes em Bergson, faz ressoar, como protesto e afirmação, uma voz épica arrebatada pelos valores positivos e eternos da presença de Israel no mundo: sionismo, ressurgimento judaico, revalorização do profetismo ético são outros tantos elementos dessa contribuição. Daí também nasce a originalidade da figura artística de Fleg. No quadro de uma literatura que sempre teve no cartesianismo, na medida racional, no *esprit,* na contenção e no *savoir* apolíneo, um de seus pólos, o autor de *Ouve, ó Israel* traduz um momento e uma personalidade inconfundíveis. Sua obra, extremamente rica, abrange os mais variados gêneros literários, como o ensaio, a poesia, o romance, a novela e o teatro. Dentre os seus poemas destacam-se *Ouve, ó Israel* (1922), *O Muro das Lamentações* (1919), *O Salmo da Terra Prometida* (1919). Escreveu *Moisés, Salomão, Jezabel,* legendas bíblicas. Dentre as suas peças de teatro

162                                     **Entre Dois Mundos**

mencionaremos *Édipo* e *Macbeth*. Além de numerosas traduções, Fleg é o autor de *Por que Sou Judeu, Minha Palestina, Deus 1936,* reunidos no volume *Israel e Eu* e de uma interessante *Antologia Judaica* (1923). Podem-se citar ainda *Tu Amarás o Eterno* (1948), a peça *O Judeu do Papa* e ainda *O Pequeno Profeta,* de onde foi extraído o trecho aqui publicado.


## O PEQUENO PROFETA

Que idade tinha eu, quando comecei a compreender? Quatro, cinco anos talvez.

Será que encontrarei as palavras simples? Escrever como eu falava, como pensava aos cinco anos! Conseguirei?... Em todo caso, tentemos.

Aconteceu atrás de nossa casa, no jardim de Notre-Dame, junto à fonte em forma de campanário, que parece uma igreja--bebê ao lado da igreja-mamãe.

Estávamos passeando, minha velha ama Élise me levava pela mão. Um homem gordo passa: chapéu de abas largas, roupa preta (soube depois que se chama batina).

— Oh! que criança linda — diz êle. — Um perfeito Menino Jesus.

Inclina-se e me olha, com olhos redondos e bondosos, bem junto aos meus. Uma porção de preguinhas risonhas nas bochechas.

— Como é seu nome, meu filho?

— Claude Lévy.

Não se mexe. A cabeça ainda inclinada para mim. Mas que tem êle? De repente seu olhar fica distante! E que expressão tristonha êle tem agora!

Élise diz com voz estranha:

— Êle é um judeuzinho, Reverendo.

Êle responde:

— Que pena!

E vai embora.

Meu cérebro trabalha:

— Nanã, o que é aquela grande bola cinzenta, lá em cima no céu?

— É o Panthéon, meu bem.

— E êsses navios em cima d'água, para onde vão?

— Para muito longe.

— E por que essa touca branca que você sempre usa?

— Sou da Bretanha e lá as môças usam toucas brancas.

# E. Fleg 163

— E aquela casa grande, lá, daquele lado?
— É a igreja de Notre-Dame, a catedral, como é chamada.
— E quem é que mora na catedral?
— O Menino Jesus.
— E eu, sou parecido com o Menino Jesus?
— Sim, meu bem.
— E o que quer dizer um judeuzinho?
Não há resposta.

— Está gostoso na sua caminha? Está? Agora reze.
— Querido Deus, proteja mamãe, papai que está na guerra...
Diz uma coisa, nanã, por que você nunca me leva na catedral,
já que sou parecido com o Menino Jesus?

Hoje de manhã, a mamãe está tocando piano. Toca tão devagar. Como é triste!... Seus dedos são brancos. As mãos têm covinhas...
E se eu lhe perguntasse o que é um judeuzinho?
Não, não me atrevo. Quando ela toca piano, sei que está pensando no papai que está lá...
Hoje não... Outra vez!

Por que será que o Reverendo disse: "Que pena"?

Costumamos brincar no jardim de Notre-Dame, eu e minha amiguinha Mariette, que mora na rue Chanoinesse.

Ela é a verdureira que leva ao mercado as cenouras bem arrumadinhas: e eu sou o cavalo. Ela é a enfermeira que transporta os feridos na ambulância; e eu, o cavalo. Ela é a condêssa que vai cantar a *Madelon* para os soldados nas trincheiras; e eu, o cavalo da condêssa.
Muitas vêzes, eu ficava zangado: para mim sempre o arreio com os guizos e para ela sempre o chicote! por quê?
— Você é o cavalo porque é menino.
— Mas menino também pode ser o cocheiro, e a menina, a égua!
— Não, você é o cavalo. Se você não fôr o cavalo, não brinco mais.
Brincamos também de marido e mulher.
Madame está com enxaqueca: o patrão corre comprar uma aspirina. Madame espera hóspedes para o jantar: o patrão desce à adega para buscar os vinhos. Madame dispensa a arrumadeira, e o patrão precisa engraxar os sapatos.

164          Entre Dois Mundos

Por fim, fiquei furioso:

— Por que o homem deve sempre obedecer?

— Porque a mulher sempre manda!

Oh! o senhor gordo de roupa preta está passando. O Reverendo Que-pena. Hoje êle não sorri. Lê num livrinho que segura aberto nas mãos, e mexe com os lábios...

Êle me viu! Tenho certeza que me viu!...

Então por que faz de conta que não me vê?... Talvez porque eu seja um ju...

— Diga uma coisa, Mariette, você sabe o que é um judeuzinho?

— Um judeuzinho? Não, não sei... Nada de bom, imagino. Se você quiser pergunto à mamãe: ela me explica tudo.

— Como é, sua mãe explicou o que é?

— O quê?

— Um judeuzinho.

— Ah! sim. Um judeuzinho é uma criança muito, muito infeliz.

— Por quê?

— Porque, no Natal... você sabe, antes de dormir, no dia de Natal, a gente bota os sapatos na chaminé, não é? E à meia-noite o Menino Jesus vem pela chaminé, não é? E deixa lindos presentes dentro dos sapatos, não é? Pois bem!... para os judeuzinhos o Menino Jesus não traz presentes.

— Por quê?

— Porque o Menino Jesus os castiga.

— Por que o Menino Jesus castiga os judeuzinhos?

— Porque sim. A mamãe disse que a gente deve ter muita pena dêles: êles são castigados e são muito, muito infelizes.

Fiquei pensando:

Devo ser castigado? Nanã nunca me dá castigos. Nem a mamãe. E o Menino Jesus vai me castigar?... Todo mundo, na rua, diz que me pareço com êle. Então por que iria me castigar?... Que foi que lhe fiz? Não o conheço. Nunca o vi. E depois, não sou infeliz!

Então, talvez eu não seja um judeuzinho?

Mas a nanã disse! Nanã deve saber!...

Então, foi a Mariette quem me enganou: os judeuzinhos não são castigados, os judeuzinhos não são infelizes.

Mas o homem gordo, de roupa preta, ficou tão triste, quando nanã lhe disse!... E respondeu: "Que pena!"... Por que será que disse: "Que pena"?

E. Fleg  165

— Hoje à tarde posso levar você, se quiser, hoje é a noite de Natal. Mas não diga nada à mamãe! Você promete?
— Prometo. E vou ver o Menino Jesus?
— Vai.

E entramos, nanã e eu, na grande igreja.
Primeiro, vi tudo escuro, só escuro; depois, muitas luzes.
— Olhe, lá está êle, deitado na palha.
— Êsse bebêzinho todo nu, perto do boi e do burro?
— É, e ajoelhada em frente dêle, é a sua mãe.
— Que é que ela está fazendo?
— Está rezando.
— Ao seu bebê? Ela reza? Por quê?...

Élise fala baixinho, baixinho... Eu também. Na grande igreja, não se tem vontade de falar alto...
— E êsse velho de barba grande, é o pai dêle?
— Não, o papai dêle está no céu. E êle também, está no céu.
— Então, como é que está aqui, se está no céu?
— Êle está em tôda parte.
— Mas você não disse que é Deus que está em tôda parte?
— Deus e o Menino Jesus são a mesma coisa.
— O Menino Jesus e Deus?
— Você está vendo êsse prêto de coroa na cabeça? E os outros, também de coroa? São os Reis Magos. Vieram de muito longe. Trazem presentes, porque êle é Deus...
— Oh! nanã! E aquêle! que está pregado nos dois pedaços de madeira?... O seu sangue está escorrendo...
— É êle também.
— Quem? Deus?
— Sim. Jesus Cristo, nosso Salvador, que morreu na cruz por nós.
— Quem foi que o pregou assim na cruz?
— Gente má.
— Que espécie de gente má?
— Gente má.
— E essa maldade foi castigada?

Quando saí da igreja, encontrei Mariette no Jardim.
Veio falar comigo.
— Sabe, hoje é noite de Natal. Você vai colocar os sapatos na chaminé?
— Sim, talvez.

166 Entre Dois Mundos

Com que olhar estranho ela me fita. Fico vermelho!... Queria tanto não ficar vermelho!... Estou vermelho! Sinto que estou ficando vermelho!...

— De que vamos brincar? — pergunta Mariette.

Hoje não tenho vontade de brincar. Fico pensando:

... Como é que o Menino Jesus, que se vê, pode ser também Deus que não se vê?... Então, se sou parecido com o Menino Jesus, sou parecido com Deus? Eu, sou parecido com Deus?

Ouço Mariette estalar o chicote e me chamar:

— Vamos, cavalinho, vamos!... Isto é terrível! Estou com seis feridos em estado grave e meu cavalo não se mexe do lugar!

Continuo pensando:

... Êle morreu na cruz... Então, Deus pode morrer?... E essa gente ruim que o pregou lá, quem é?... Talvez os judeuzinhos, já que êle os castiga...

E Mariette grita:

— É demais! Meus convidados já chegaram e meu marido ainda está na adega! Como é, Marcel! Você vem afinal!... Aposto que está bebendo meu vinho!...

E penso:

... Eu o teria pregado na cruz? eu?... Onde?... Quando?... Mas eu me lembraria!... Mas não, não o preguei, não o preguei!... Não sou nenhum judeuzinho!...

Oh! como gostaria de saber!... Que posso fazer para descobrir?

Essa noite, gostaria tanto de pedir à mamãe que me explicasse!...

Estava deitado na cama e pensava:

... Ela nunca me conta nada de Deus, só nanã fala nêle e me manda rezar... Por quê?... Quem sabe a mamãe está zangada com Deus porque êle permite a guerra?

...Quase nunca a vejo. Ela trata dos doentes, o dia todo... À noite, quando volta para casa, já estou na cama... Ela entra para me dar um beijo de boa-noite...

E o papai! Será que o conheço mesmo? Só o vi três vêzes, quando veio de licença... Usava um boné azul... Que diria a mamãe se soubesse que à noite rezo por êle?... Ela não pode saber que tenho mêdo... mêdo de que êle não volte... Sei o que fica pensando, quando não recebe cartas...

# E. Fleg

...A mamãe é tão linda... E me quer tanto bem!... Se eu fôsse castigado, ela não gostaria mais de mim... Se eu fôsse castigado, se eu tivesse feito mal ao Menino Jesus, se eu fôsse um judeuzinho...

... Está chegando... Ouço a porta!...
— Está dormindo, meu nenê?
... Oh! se eu tivesse a coragem de lhe perguntar!
— Está dormindo?
...Não tenho coragem... Não tenho.
Ela me beija. Sai de mansinho.
...Quero saber! Quero saber!... Se eu puser o sapato...

Desci da cama, sem acender a luz... Foi difícil encontrar o sapato, debaixo da cadeira, no escuro... E depois, achar a chaminé... E depois, encontrar a cama...

E deitei-me novamente. E esperei.

...É à meia-noite que êle vai chegar com um lindo presente se eu não fôr um judeuzinho...
Que será que êle vai me trazer? Um cinema? Seria maravilhoso!... Ou um álbum, como se diz, para selos, com selos para o álbum, e um pincel e cola para os selos... E eu colaria meus selos no meu álbum, como meu primo René... Oh! Menino Jesus, um álbum de selos! À meia-noite, não é?
Meia-noite, quantas badaladas são mesmo?... Muitas vêzes quando estou acordado, ouço bater as horas na grande igreja... Não vou dormir até meia-noite. Quero vê-lo, quando descer...

...Oh! estas sombras escuras, no teto... Estou com mêdo! Quem sabe, fiz mal em pôr o sapato!... Se vier me castigar de nôvo?... Elas se mexeram, as sombras!... Quem falou?
— Não vou lhe trazer nenhum cinema. Não vou lhe trazer nenhum álbum de selos. Não vou lhe trazer nada, nada, você é um judeuzinho!... Foi você que me pregou na cruz!
...Não, mamãe, não!... Não quero! Não! Não!
— Um! dois! três! quatro! cinco! seis! sete! oito! nove! dez!... Dez badaladas, será que isso é meia-noite?

...Ah! meu Deus! meu Deus! Mande o Menino Jesus! Deixe que êle ponha um presente no meu sapato! Faça que eu não seja, que não seja um judeuzinho!

E na manhã seguinte, quando acordei — o sapato vazio!

168                                            **Entre Dois Mundos**

Fazia muito frio, naquele dia, no jardim. A água da fonte estava gelada. Mariette chegou de boné de veludo, com faces tôdas vermelhas.

— Como é, que êle pôs no teu sapato, o Menino Jesus?
— Nada de especial.
Como ela me olhou de nôvo!... Tinha lágrimas nos olhos? Ou era apenas o frio?

E de repente, me chama:
— Como é, seu cocheiro? O senhor não sobe na boléia? Hoje sou a égua, sabe?
...Por que hoje ela é a égua?
E trota, trota, fazendo retinir os arreios com os guizos. E sou eu quem estala o chicote!
E depois brincamos de marido e mulher. Mas minha mulherzinha está tão diferente. Por que é hoje tão delicada?
— Você está esperando os amigos para um aperitivo, querido? Corro já até a confeitaria. O que gostaria? Bolinhos? Bombas recheadas de creme?... Nada é bastante bom para o meu maridinho!... Mas você parece cansado! Anda trabalhando demais!... Precisa descansar, meu bem! Uma viagem a Biarritz seria bom: vou arrumar as malas!
...Como ela me agrada!... Quer dizer, então, que não é mais a mulher quem manda?

E quando nos despedimos, toma outro tom de voz, uma voz que eu não conhecia. Olhou-me bem fundo nos olhos, com tanta tristeza! E me disse:
— Meu pobre Claude! Meu pobre Claude!

...Ela adivinhou! Tenho certeza que adivinhou!

...Sabe, quando ficarmos grandes, quero ser sua mulher, sua mulher de verdade!... Você é tão infeliz!... Tá, fique com meu anel, meu pobre, pobre Claude!

...Ela adivinhou! Ela adivinhou!

Fiquei olhando quando ela se foi. Comecei a tremer... E nas mãos tinha um pequeno anel de prata...

Mariette preparava-se para a primeira comunhão. Estava levando tudo muito a sério.
— É o dia mais lindo de minha vida, compreende?

# E. Fleg

Eu não compreendia.

— Os sinos vão tocar, vai haver música na igreja e muitas luzes. Será uma festa para mim, como para uma rainha!... Quando subir até o altar, no último degrau... Jesus, meu Deus, que mêdo vou sentir... E quando tiver de falar em voz alta, dentro da igreja, cheia de gente... Nunca terei coragem!...

— Você terá de falar?

— Naturalmente, terei de confirmar a promessa.

— Que promessa?

— A promessa que meu padrinho fêz por mim, no Batismo, quando era pequena. Essa vez, devo confirmar a promessa.

— Que promessa?

— Renuncio a Satanás, a tôdas as suas obras e a tôdas as suas pompas.

Pompas? Não compreendia.

— É que, se eu fizer uma primeira comunhão má, serei condenada para sempre, você compreende; irei direto para o inferno. Mas se fizer uma primeira comunhão boa, vou conviver com os anjos. Por isso, quero me preparar bem.

— Como é que você se prepara?

— Meu confessor me ajuda... Faço um exame de consciência. Sim, quando estou na cama, antes de dormir, me pergunto: "Que fiz de ruim, hoje? Que fiz de bom?" Escrevo tudo no caderninho, as vitórias e as derrotas.

— Que vitórias?

— As vitórias sôbre meu pecado capital.

— Você tem um pecado capital?

— Todos os meus pecados são capitais! Primeiro, o orgulho: quero sempre mandar. Depois, a gula: escolho sempre as melhores maçãs. E a luxúria: quando o banho está quente, gosto demais... E sabe, li livros proibidos!

— Livros proibidos?

— O Evangelho, em francês! Papai tem na biblioteca... Mas é proibido às crianças... Pois eu o li!...

Antes de dormir, eu refletia:

...Um confessor! Alguém com quem ela pode falar de si!... Que sorte ela tem!... A mim, só dizem: "Segura o garfo direito!" "Não jogue o pão fora! Pense nas crianças que passam fome." "Não minta. Um homem não mente..." Mas quem me ajuda a pensar?

# 170 Entre Dois Mundos

Seu pecado capital... E eu? Qual é o meu pecado capital? Oh! sei qual é! Mas como devo chamá-lo? Não sei...

Tenho sempre mêdo que digam "judeu" na minha frente: eis meu pecado capital. Ninguém diz essa palavra quando estou presente; e, apesar de tudo, tenho mêdo que a digam... Meus companheiros de escola, durante o recreio... E, nas férias, nos hotéis, quando brinco com os meninos que não me conhecem: sempre, creio que estão pensando nisso!... Como posso me livrar dêsse pecado? Já tentei: não consigo!...

"Judeu", o que quer dizer isso? Sei tanto a respeito como quando tinha cinco anos...

Parece que hebreus e judeus são a mesma coisa... No segundo ano, no livro de História, havia um capítulo sôbre os hebreus; era muito mais curto do que sôbre os egípcios e os assírios...

Os hebreus eram uma tribo pequena. Viviam como nômades com seus rebanhos, debaixo de tendas. Foram escravos no Egito. Moisés os conduziu através do Mar Vermelho. E, depois, tiveram patriarcas que fizeram aliança com Deus... Uma aliança com Deus!... Êles pensavam que eram o povo eleito!...

Tiveram também reis: Salomão sucedeu a Davi, por volta de 973 antes de Cristo, e construiu o Templo, no qual se ofereciam sacrifícios. Nesse Templo, havia castiçais de sete braços. Nabucodonosor sitiou Jerusalém, queimou o Templo e conduziu os hebreus para o cativeiro, na Babilônia...

Tiveram também profetas, que diziam que os outros deuses eram falsos, e que o Deus dêles era o único verdadeiro, criador do céu e da terra. E seus profetas anunciavam que um dia viria um Messias, que os salvaria, e faria com que a justiça reinasse no mundo...

Onde estão êsses hebreus? Que tenho eu com êles?...
Israel, povo de Deus!...

Quando volto da escola, fico em frente da banca dos jornais, junto à ponte. Por trás do vidro está diàriamente pendurado um jornal aberto, e leio: "Os Judeus e o Bolchevismo"... "A América do Norte entregue aos Judeus"... "A França traída pelos Judeus"...

Então, papai que se alistou, que voltou à frente de batalha, apesar dos majores médicos, com sua bala no pulmão e suas costelas quebradas... traiu a França?

Que são êsses hebreus? Que são êsses judeus?

# A. MAUROIS

ANDRÉ MAUROIS (1885), pseudônimo literário de Emile Salomon Wilhelm Herzog, nasceu em Elbeuf, Normandie, de ascendência alsaciana, como nos revela seu nome original. Depois de estudos em sua terra natal, dirigiu-se a Rouen, onde foi o aluno preferido do filósofo Alain, para enfim formar-se em filosofia na Universidade de Caen. Por vários anos, trabalhou em uma indústria de seu pai. Sobrevindo a Primeira Guerra Mundial, serviu como oficial-intérprete do exército britânico. Foi então que publicou a sua primeira novela, *Les silences du Colonel Bramble* (1918). No mesmo gênero de recordação humorística das suas relações com colegas britânicos, figura ainda *Les discours de Docteur O'Grady* (1921). Entre os romances pròpriamente ditos, ressaltam *Bernard Quesnay* (1926), com forte influxo autobiográfico, *Climats* (1928), *Terre Promise* (1947). Maurois é o fundador da *biographie romancée,* espécie de versão francesa de Stefan Zweig. Neste gênero, distinguem-se as obras que abordam a vida de Shelley, Chopin, Byron, Voltaire, Hugo, Lyautey, Disraeli, Dickens, Proust etc. Seu interêsse pelos países anglo-saxões manifesta-se em obras históricas, como *Histoire d'Angleterre* (1937) e *Histoire des États-Unis* (1943). Maurois enveredou também pelo campo da narrativa filosófica, como *Le Peseur d'âmes* (1931), *La machine à lire les pensées* (1937). Em todos os escritos da sua imensa obra mostra o mesmo estilo claro e fácil que torna a sua vasta erudição acessível a um público enorme. Em 1938

172 Entre Dois Mundos

tornou-se membro da Academia Francesa. Depois do colapso da França, na Segunda Guerra Mundial, seguiu para os Estados Unidos, onde fêz conferências e lecionou.

## POBRES JUDEUS

— Você tem de encontrar um leito para ela — disse Kahn ao Dr. Rosenthal.

O médico ergueu os braços e encolheu os ombros. Usava óculos com aros de chifre, e, quando importunado, tirava-os e punha-se a limpá-los.

— Insisto. Tem de encontrar um leito para ela — repetiu Kahn com a autoridade dos tímidos... — Ela me foi recomendada por vários amigos. É paupérrima e dentro de alguns dias estará aí uma criança.

— É contra o regulamento do hospital — disse o médico, agastado... — Ela não é judia.

Tirou os óculos e limpou-os.

— Quem foi que fundou êste hospital? — perguntou Kahn.

— Eu é que paguei tudo: prédio, material, corpo médico... Posso mudar o regulamento, se quiser... Ela não é judia, mas é uma coitada... é quanto basta.

— Coitadas há muitas — disse o médico com azedume. — Mas como não são princesas, não se modifica o regulamento em favor delas... Eu conheço essa... Tenho um péssimo motivo para conhecê-la... É a filha do General Atnikov, que era governador da província durante o *pogrom* de Kischinev. O pai dela consentiu que centenas de judeus fôssem massacrados, não mandou um soldado sequer para defendê-los.

— Mais uma razão para tratar a filha com bondade — disse Kahn irritado. — Mostraremos a ela que os judeus não são gente sem coração.

O Dr. Rosenthal deixou de teimosia logo que foi confiada aos seus cuidados a Princesa Baratinsky. Ela era bonita, graciosa e agradável. A revolução e o exílio tornaram-na tímida. Tivera de fugir da Rússia no dorso de um cavalo, junto com um tio. O pai fôra morto. Em Paris, conseguira viver alguns meses com o dinheiro das jóias que vendera. Depois casara-se com Baratinsky, tão pobre quanto ela, e empregara-se como vendedora num pequeno estabelecimento, com um salário de fome. Quando as coisas iam piores, viu-se grávida. Se não fôra Kahn, a quem alguns amigos a recomendaram, só Deus sabe o que teria sido feito dela.

— Doutor — disse ela. — O senhor vai me deixar gritar, não? Quando sinto dor, gosto de gritar.

A. Maurois                                                            173

Rosenthal sorriu. Ela o desarmara. Além do mais, todo o mundo do hospital gostava da princesinha. Mlle Ester, a enfermeira, tricotava toucas para o bebê. De noite, o Principe Baratinsky, que era motorista de táxi, vinha vê-la e sentava-se perto da cama. Inclinando-se para o lado dêle, ela lhe sussurrava mil e uma coisinhas bôbas, que o faziam rir. Às vêzes dizia pensativa: — Não pode imaginar, Pierre, como êles são bondosos comigo. Você sabe, quando penso no passado, tenho remorsos... Como éramos injustos, nós, russos, para com os judeus... Meu pobre pai...

Quando o marido a deixava e ela não conseguia dormir, espalhava cartas sôbre as cobertas, para ler a sorte.

— E então? São favoráveis as cartas? — perguntava Mlle Ester, ao encontrá-la sonhando sôbre o baralho.

Mas a princesinha limitava-se a sacudir a cabeça. Acreditava em cartas.


O hospital era escrupulosamente asseado. As paredes brancas, curvando-se para o teto, tornavam vulneráveis os ninhos de micróbios. O Dr. Rosenthal, maníaco pela desinfecção, conhecia o seu ofício. Em seu hospital os acidentes eram raros, quase desconhecidos.

— Temos as melhores estatísticas de Paris inteira — disse Kahn, esfregando as mãos. O parto da princesinha foi difícil, mas sem perigo. Ela gritou bastante. Pediu clorofórmio, mas Rosenthal recusou-se a aplicá-lo, pois pertencia à escola que acredita na valiosa influência da dor. Nasceu um menino, de um bonito rosado, muito forte para uma mãe tão frágil.

Mlle Ester ficou estupefata quando, três dias depois do parto, a temperatura da paciente subiu. Pela manhã o termômetro marcou 39º, e à noite 40º. A paciente tinha febre e queixava-se de dores no corpo todo.

— Doutor — disse Mlle Ester, quando ambos se afastavam do leito. — Doutor, isso não me agrada... Parece-me um mau caso... Desde quando M. Kahn a trouxe, eu estava preocupada.

Rosenthal tirou os óculos e começou a limpá-los com o lenço.

— Um mau caso? — disse êle. — Como? O que poderia ser?... Infecção não pode ser. Onde teria apanhado os germes?

O médico não conseguia descobrir como a princesinha apanhara os germes da infecção puerperal, mas era fora de dúvida que ela os apanhara, pois sua temperatura subia incessan-

174 Entre Dois Mundos

temente. A princípio, o caso não a preocupou. Julgava que se tratasse de uma febre benigna. Depois, ante a evidente preocupação dos que a rodeavam, começou a se atemorizar. Mandou chamar o marido.

Foi difícil achar o príncipe que, por medida de economia, estava trabalhando de noite. Por fim, êle veio e sentou-se junto à cama dela. Era alto, tinha cabeça raspada e o curioso desembaraço de um capitão da Guarda. Não tivera tempo de trocar o uniforme de motorista de táxi, o que lhe dava uma aparência militar.

— O que há? — perguntou êle com impaciência a Rosenthal. — Que espécie de tratamento o senhor aplicou?... Algo tem de ser feito... Não há sôro?

— Sôro há — disse Rosenthal, ansioso e irritado. — Dei injeções... Na maior parte das vêzes, é o que dá resultado... Mas nesse caso... nada... Talvez...

A princesinha estava agora com uma febre tão alta que não reconhecia mais ninguém. Amarrotando os lençóis, ela dizia:

— O Valete de Paus... O Valete de Paus...

Apenas uma vez, olhou para o marido e disse com ternura:

— Pierre, os pobres judeus...

Ao anoitecer, chegou M. Kahn, acompanhado de Mlle Tamson, a diretora atenciosa e inquieta.

— Já me explicaram — disse êle severamente a Rosenthal. — É uma desgraça... em meu hospital... Para isso dei a você autoridade para gastar sem limite... É uma desgraça...

Rosenthal limpou os óculos, sem responder.

— Temos de chamar o maior obstetra — disse Kahn. — O maior. Quero salvar essa pequena... Nós a salvaremos, Príncipe — disse êle ao marido.

O doutor telefonou a um de seus antigos professôres e o grande homem veio, acompanhado de um de seus colegas. Êles, naturalmente, aprovaram tudo quanto Rosenthal fizera. Depois, afastando Kahn do marido, comunicaram-lhe que não havia esperança.

Perto da meia-noite, todos estavam em volta do leito da princesinha, ela começou a delirar violentamente. Erguendo do travesseiro o lindo rosto corado de febre, os cabelos desgrenhados, pôs-se a gritar. De repente, parou, agarrou a mão do marido, inclinando-se para êle, e sussurrou:

— Está vendo, Pierre?... Todos aquêles judeus!... Precisam ser queimados...

Êle tentou acalmá-la e olhou para os circunstantes como que pedindo perdão. Mas ela prosseguiu, séria e apaixonadamente:

— Vá, chame o meu pai! Conte-lhe tudo... Meu pai é o governador da Província... Diga-lhe que atire todos êsses judeus aos camponeses. Que os enforque nas árvores dos caminhos... Aquêle ali, Pierre, aquêle de óculos... mate-o... mate todos os judeus!

Sua voz elevava-se, aguda e angustiada. Petrificados, Kahn, Rosenthal e Mlle Ester circundavam o leito da moribunda, entreolhando-se com os olhos rasos de água.

# A. SCHNITZLER

ARTHUR SCHNITZLER (1862-1931) nasceu e morreu em Viena. Abraçou a profissão de seu pai, médico afamado. A ampla repercussão de sua obra fêz com que se retirasse das atividades profissionais e se dedicasse sòmente à literatura. Membro da abastada burguesia austríaca, vivendo num ambiente de gôsto cultivado, não muito distante daquele do seu contemporâneo, correligionário, patrício e amigo S. Freud, desenvolveu a sensibilidade requintada dêsse mundo impressionista do *fin du siècle,* cujo "pontilhismo", praticado numa vida dedicada ao momento fugaz, procura apreender, na arte, tôda a gama psicológica de personagens sutis e diferenciados. Schnitzler tornou-se o diagnosticista por vêzes frio e sempre preciso da alta burguesia e dos círculos aristocráticos de Viena, na época que vai de 1890 a 1920, analisando a vida ociosa e frívola dessas camadas e com isso a decadência da monarquia austro-húngara. Suficientemente identificado com êste mundo para lhe conhecer, não sem simpatia, o modo de vida refinado e esteticista, tinha como judeu suficiente distância para lhe perscrutar e criticar serenamente a dissolução inevitável. No fundo, porém, estava mancomunado com a *dolce vita* da *belle époque* vienense, cujo aroma inconfundível impregna os seus romances, novelas e peças. Tôda essa atmosfera elegante e *blasée,* com a sua pose de melancolia crepuscular, se condensa no ciclo de quadros cênicos *Anatol* (1893). Um de seus maiores êxitos foi o drama *Liebelei* (1895), têrmo que talvez

178                                                Entre Dois Mundos

possa ser traduzido por *Flirt* ou *Liaison*. Proibida, considerada o supra-sumo da obscenidade e apresentada sòmente depois da Primeira Guerra Mundial, a ronda niilista do sexo é dramatizada em *Reigen* (1897), peça que se tornou mundialmente famosa através de versões cinematográficas (*A Ronda*). Schnitzler, cuja obra narrativa é igualmente importante, foi um dos primeiros a introduzir o monólogo interior, nas novelas *Tenente Gustl* (1901) e *Senhorita Else* (1924). No romance *O Caminho à Liberdade* (1908) — de que foi extraído o trecho que se segue — aborda o problema judaico, ao qual dedicou também o drama *Professor Bernhardi* (1913).

## A EXCURSÃO

Georg e Heinrich saltaram de suas bicicletas.

As últimas residências haviam ficado para trás, e a estrada larga, que subia gradualmente, conduzia à floresta. A folhagem das árvores ainda era bastante frondosa, mas cada sôpro, por suave que fôsse, destacava as fôlhas que caíam vagarosamente. Um brilho outonal derramava-se sôbre as colinas alaranjadas. A estrada continuava íngreme, passando pelo jardim imponente de um restaurante com escadaria de pedra. Umas poucas pessoas, sentadas ao ar livre. A maioria, porém, preferia abrigar-se na varanda envidraçada. Pareciam não confiar muito no calor tardio e suspeito daquele dia de outono em que, de quando em quando, se fazia sentir um ventinho perigosamente frio.

Georg lembrou-se, com enfado, de uma tarde de inverno em que êle e a Sra. Marianne eram os únicos hóspedes naquele lugar. Entediado, sentara-se ao lado dela, escutando com impaciência sua tagarelice sôbre o concêrto do dia anterior, em que a Srta. Bellini cantara composições dêle. E, na volta, quando Marianne, receosa, o obrigou a saltar da carruagem numa rua suburbana, sentira-se aliviado. Na verdade, sempre experimentara aquela sensação de liberdade ao se despedir de uma amante, mesmo depois de um encontro dos mais agradáveis. Mesmo há três dias, quando deixara Anna ao portão da casa, após a primeira tarde de completa felicidade, sentira acima de qualquer emoção a imensa alegria de estar novamente só. E, logo em seguida, seu coração, sem que houvesse nêle o menor sentimento de gratidão e a idéia de uma verdadeira solidariedade para com aquela criatura dedicada e meiga que cingira todo o seu ser com tanto afeto, entregara-se a sonhos cheios de nostálgicas viagens em um mar luminoso, de costas que sedutoramente se aproximavam, de passeios em praias que logo tornariam a desaparecer, de distâncias azuis, de indepen-

A. Schnitzler 179

dência e de solidão. Na manhã seguinte, ao acordar, veio-lhe
à memória o perfume da tarde anterior com suas recordações cheias de promessas. Naturalmente, a viagem foi adiada para mais tarde, para um dia, talvez não muito distante,
porém mais oportuno. Pois, nesta hora mesma, Georg dava-se conta, sem nenhuma angústia, de que também esta aventura terminaria, por mais belo e encantador que houvesse sido
o seu início. Anna se lhe entregara, sem que nenhuma palavra, nenhum gesto, nenhum olhar seu sugerisse que, para ela,
de alguma forma começara nôvo capítulo de sua vida. E também a despedida, Georg sentiu bem no íntimo, se daria sem
tristeza, nem pesar: um apêrto de mão, um sorrisinho — "Foi
bonito". Sentiu-se ainda melhor quando, no outro encontro, ela
o recebeu com um cumprimento simples e afetuoso sem os
embaraçados tons de insinuante melancolia ou de destino realizado, como ouvira ressoar nas palavras de muitas outras para as quais tal amanhecer não era o primeiro de sua vida.

As linhas esbatidas de uma serra apareceram no horizonte
e tornaram a desaparecer à medida em que os dois homens
galgaram a estrada aberta na mata densa. Ali, árvores de fôlhas e coníferas cresciam, lado a lado, como vizinhas amistosas, a folhagem colorida pelo outono das faias e dos vidoeiros
transluzindo através dos tons mais apagados dos pinheiros.
Surgiram andarilhos, alguns munidos de mochila, varapau e
botas ferradas, como que para realizar consideráveis excursões
de alpinismo. De vez em quando, ciclistas apressados despencavam pela estrada, em grande animação.

Heinrich contava ao companheiro sôbre a viagem de bicicleta que efetuara, ao longo do Reno, no princípio de setembro.

— Não deixa de ser estranho — observou Georg; — já andei tanto pelo mundo e ainda não conheço a região de onde
vêm os meus antepassados.

— Realmente? — disse Heinrich. — E você não sente nenhuma emoção ao ouvir a palavra Reno?

Georg sorriu. — Afinal, fazem quase cem anos que meus bisavós saíram de Biebrich.

— Por que é que você está rindo, Georg? Faz muito mais
tempo que meus antepassados partiram da Palestina e, ainda
assim, muita gente, de resto bastante sensata, exige que meu
coração estremeça de saudade daquela terra.

Georg sacudia a cabeça, aborrecido. — Ora, por que não
pára de se preocupar com essa gente! Isto em você já se tornou idéia fixa.

— Ah! você acredita que me preocupe com anti-semitas? De
jeito nenhum. Tampouco levo a mal a opinião dêles, pelo menos às vêzes. Mas pergunte só ao nosso amigo Leo o que êle
acha da questão.

# 180        Entre Dois Mundos

— Ah! nosso amigo Leo! Ora, êle não toma a coisa tão ao pé da letra, mas em certa medida de um modo simbólico, ou político — acrescentou Georg, um tanto inseguro. Heinrich aquiesceu com a cabeça. — Êsses dois conceitos devem ser vizinhos na mente dessa espécie de gente. — Ficou pensativo por um momento, empurrou sua bicicleta, dando-lhe impulsos leves e impacientes e ultrapassando de pouco o seu companheiro. Voltou a falar de sua excursão em setembro passado. Lembrava-se dela quase com emoção. Não gozara então de tríplice felicidade? Encontrar-se sòzinho, lugares desconhecidos, movimentos por tôda a parte!

— Não tenho palavras para lhe descrever a emoção que senti quando me vi ìntimamente livre — disse. — Você conhece o estado de espírito em que tôdas as lembranças, remotas ou próximas, perdem, por assim dizer, sua gravidade? Em que as pessoas, com quem a gente está de alguma forma relacionada, seja pela dor, pela aflição ou pela ternura, pairam à nossa volta mais como sombras, ou, melhor, como personagens inventadas por nós mesmos? E estas personagens inventadas se apresentam tão naturais e são pelo menos tão vivas quanto as pessoas de quem nos lembramos como reais. Travam-se, então, entre as figuras reais e as inventadas as mais extraordinárias relações. Poderia falar-lhe de uma conversa entre meu falecido tio-avô, que era rabino, e o Duque Heliodoro, sabe, uma das personagens de meu libreto de ópera, uma conversa tão divertida, tão profunda, como nunca ocorre na vida, nem nos textos de ópera... Sim, como são magníficas tais viagens! A gente atravessa cidades que nunca viu antes e que talvez nunca mais verá, passa por tantos rostos desconhecidos, que logo desaparecem para todo o sempre... e a gente vai ràpidamente, pela estrada luminosa, entre o rio e os vinhedos. Realmente purificadores são tais estados d'alma. Pena que nos sejam dados tão poucas vêzes!

Georg, como sempre, sentia-se um pouco embaraçado, quando Heinrich se tornava patético. — Talvez já dê para ir tocando — disse, e subiram nas bicicletas. Um atalho estreito e bastante feio, entre o prado e a floresta, não demorou a levá-los até uma casa de dois andares, construída com mau gôsto e de aparência triste, a qual se anunciava como albergue por uma insígnia escura e pesada. No gramado, separado da casa pela estrada, espalhava-se grande quantidade de mesas cobertas de toalhas que um dia foram brancas ou eram floreadas. Perto da estrada, em algumas mesas juntadas sentavam-se dez ou doze moços, membros de um clube de ciclismo. Alguns haviam tirado as jaquetas, outros traziam-nas sôltas sôbre os ombros. Os pulôveres azul-celestes com debrum amarelo ostentavam emblemas vermelhos e verdes, bordados e em

A. Schnitzler 181

relêvo. Cantavam em côro, elevando-se suas vozes ao céu com um som forte, mas nem sempre puro: "O Deus, que fêz crescer o ferro, não quer que sejamos escravos".

Heinrich lançou um olhar rápido na direção do grupo, semicerrou os olhos e disse a Georg por entre os dentes, realçando as palavras:

— Não sei se êstes rapazes são tão bons, leais e corajosos como parecem julgar-se. Mas que cheiram a lã e a suor não há dúvida. Assim, acho bom tomarmos lugar a uma distância conveniente.

"O que será que êle deseja na realidade?, pensou Georg. Talvez achasse mais simpático encontrar aqui um grupo de judeus poloneses, entoando salmos."

Os dois empurraram suas bicicletas até uma mesa mais adiante e sentaram-se. Apareceu um garção, com uma casaca preta cheia de manchas de gordura e comida. Limpou a mesa diligentemente com um guardanapo sujo, anotou os pedidos e desapareceu.

— É uma lástima — disse Heinrich — que, nas proximidades de Viena, se encontrem, quase em tôda parte, restaurantes tão desleixados. Francamente isto é bastante triste.

Georg achou essa melancolia exagerada assaz inoportuna.

— Deus meu — disse — no campo não se deve ligar tanto para estas coisas. Ao contrário, a mim me parece até que fazem parte do ambiente.

Heinrich não concordou com a opinião e começou a traçar um plano para construir sete hotéis na orla dos bosques vienenses. Estava justamente fazendo o cálculo que, para tanto, precisaria de três a quatro milhões no máximo, quando, de súbito, Leo Golowski surgiu diante dêles. Estava à paisana, e, como ocorria muitas vêzes, suas roupas não deixavam de ser algo bizarras. Hoje trajava um paletó saco cinza-claro, com colête de veludo azul-celeste, completado por uma gravata de sêda amarela, prêsa com uma argola lisa de metal. Os dois saudaram-no alegremente e manifestaram certa surprêsa.

Leo sentou-se ao lado dêles. — Ora, ouvi quando vocês combinaram a excursão ontem à tarde — disse — e como hoje nos soltaram no quartel, já às nove da manhã, pensei que seria uma boa idéia passar uma hora ao ar livre com dois amigos inteligentes e simpáticos. Assim, fui para casa, vesti-me à paisana e vim para cá. — Falou em seu costumeiro tom de voz, amável e quase ingênuo, que nunca deixou de cativar Georg, mas, que, na lembrança, sempre adquiria um ressaibo de ironia, até de falsidade. Contudo, parecia que Leo usava semelhante tom de voz, por assim dizer furta-côr, apenas em conversas triviais, chegando mesmo a impressionar Georg. Ùltimamente, no café, tivera ocasião de ouvir algumas discussões en-

182                                    Entre Dois Mundos

tre Leo e Heinrich, sôbre teoria da arte, especialmente sôbre
as relações entre as leis da música e as da matemática. Leo
imaginava ter encontrado os motivos pelos quais o tom maior
e o menor tocam a alma humana de maneira tão diversa.
Georg seguia de bom grado as explicações claras e perspica-
zes, embora algo em seu íntimo se opusesse à tentativa ousada de analisar a magia e os mistérios dos sons, como se fôssem regidos por leis tão inexoráveis e eternas, como as que ex-
plicam o movimento da Terra e das estrêlas e procedentes da
mesma raiz que aquelas. Só quando Heinrich tentava desenvolver as teorias de Leo, aplicando-as ocasionalmente à arte
literária, Georg ficava impaciente e sentia-se, de repente, alia-
do secreto de Leo, que costumava escutar as narrativas fantásticas e confusas de Heinrich com um sorriso indulgente.
A mesa foi servida, e os jovens comeram com apetite, tanto
Heinrich como os outros, embora o primeiro desaprovasse a
cozinha em têrmos veementes, disposto a considerar o serviço
do dono do albergue não só como expressão de uma pequene-
za de espírito pessoal, mas também como uma característica
da decadência da Áustria em muitos outros terrenos. A conversa descambou para as condições militares do país, e Leo
entreteve os amigos com relatos sôbre seus camaradas e superiores, com que os dois se divertiram à grande. Especialmente, contou-lhes de um primeiro-tenente, que se apresentara a uma unidade de voluntários com as seguintes palavras
ameaçadoras: "Comigo não se brinca! Sou uma bêsta em forma humana!"
Não tinham ainda terminado a refeição, quando um senhor
se aproximou da mesa, bateu os saltos, levou a mão ao boné
de ciclista e cumprimentou-os com um jovial "Salve!", acrescentando um "Como vai?" mais íntimo para Leo; em seguida,
apresentou-se a Heinrich: — Meu nome é Josef Rosner. —
Bem-humorado, iniciou a conversa: — Então, os senhores também estão fazendo uma excursão de bicicleta? — Como ninguém contestasse, prosseguiu: — Sim, é preciso aprovei-
tar os últimos belos dias, infelizmente esta maravilha não vai
mais durar muito!
— Não quer sentar-se, Sr. Rosner? — perguntou Georg, com
delicadeza.
— Muito obrigado, mas... — indicou os seus companheiros... — Vamos partir logo; pretendemos ir longe, até Tulln
e voltar depois para Viena por Stockerau... Com licença...
— Pegou um fósforo da mesa e acendeu um cigarro com ares
elegantes.
— Como se chama mesmo o clube de vocês? — perguntou
Leo. Georg estranhou um pouco o "você", mas, depois, lembrou-se de que os dois eram amigos de infância.

A. Schnitzler                                                    183

— Clube de Ciclistas de Sechshauser — respondeu Josef. Embora ninguém se admirasse, acrescentou: — Os senhores devem estranhar que eu, um filho de Margaretner, pertença a êsse clube de subúrbio. Mas é porque o chefe dêles é um bom amigo meu. Vejam, é aquêle gordo, que está justamente pondo a jaqueta. É o jovem Jalaudek, filho do deputado e conselheiro municipal.

— Jalaudek... — repetiu Heinrich, demonstrando nìtidamente desdém na voz, porém não disse mais nada.

— Ah! — observou Leo — é aquêle que há dias deu aquela magnífica definição de ciência, num debate sôbre a Associação de Expansão Cultural Popular. Vocês não a leram?

Ninguém se lembrou.

— Ciência — citou Leo — ciência é o que um judeu copia de outro judeu.

Todos caíram na gargalhada. Inclusive Josef, que logo esclareceu: — No fundo, êle não é assim, conheço-o bem. Sòmente na vida política é um tanto grosso... é que em nossa querida Áustria as contradições se entrechocam demasiado. Em geral, porém, é um homem muito sociável. O filho, sim, é muito mais radical.

— Êste clube de vocês é cristão-social ou nacional-alemão? — perguntou Leo, com amabilidade.

— Oh!, aí não fazemos diferença nenhuma. Naturalmente, sabe como é... — interrompeu-se, algo embaraçado.

— Claro, claro! — retornou Leo num tom animador. — Entende-se por si mesmo que seu clube não aceita judeus! Nota-se de longe.

Josef achou mais acertado dar risada. Em seguida, disse: — Oh!, por favor, nas montanhas não se discute política; de qualquer modo, já que estamos falando dêsse assunto, os senhores fazem idéias erradas. Por exemplo, um dos nossos sócios ficou noivo de uma israelita. Mas, vejo que estão fazendo sinais para mim. Tenho de me despedir. Muita satisfação, senhores. Até logo, Leo. Salve! — Tornou a fazer uma saudação marcial e saiu a passos largos. Os três seguiram-no com a vista, sorrindo sem querer.

De repente, Leo dirigiu-se a Georg: — E a irmã dêle, como vai de canto?

— Como? — assustou-se Georg e corou ligeiramente.

— Therese me contou — continuou Leo calmamente — que você está fazendo música com Anna, de vez em quando. A voz dela está boa agora?

— Sim — respondeu Georg, um pouco hesitante — acho que sim. Em todo caso, ela tem uma voz agradável, muito suave e melodiosa, especialmente no timbre baixo. Pena que não seja suficiente, quero dizer, para um espaço maior.

184 Entre Dois Mundos

— Não seja suficiente — repetiu Leo, pensativo. — Que expressão!

— Como é que você diria então, Leo?

Leo deu de ombros, olhando calmamente para Georg. — Veja — disse — eu também sempre achei simpática a voz dela, mas, mesmo no tempo em que Anna quis dedicar-se ao palco..., francamente nunca acreditei que daí saísse algo.

— Provàvelmente você sabia — respondeu Georg, com propositada morosidade — que a Srta. Anna sofre de estranha fraqueza das cordas vocais.

— Claro que sabia disso. Mas, se ela estivesse destinada a uma carreira artística, quero dizer, ìntimamente destinada, teria dominado essa fraqueza.

— Você acha?

— Acho, sim. Decididamente. E, por isso, acredito que expressões como "estranha fraqueza", ou "a voz não dá" não passam de circunlóquios em tôrno de algo mais profundo, psíquico. Evidentemente, não está escrito na linha de seu destino que se tornaria uma artista, eis a verdade. Seu destino é, por assim dizer, desde o princípio, acabar burguêsmente.

Heinrich estava de acôrdo com essa teoria da "Linha do destino" e começou a desenvolver a idéia cada vez mais, no seu modo labiríntico de pensar, principiando com idéias brilhantes, passando ao excêntrico, até chegar ao absurdo. Em seguida, propôs que se deitassem no gramado por meia hora, ao sol, pois os dias bonitos iam acabar logo. Todos concordaram.

A cem passos do restaurante, Georg e Leo deitaram-se em cima de seus sobretudos. Heinrich sentou-se no gramado, cruzou os braços em cima dos joelhos e olhou vagamente adiante. A seus pés, o gramado descia até o bosque. Mais abaixo enxergavam-se as casas de campo de Neuwaldegg, mergulhadas numa folhagem frouxa. De dentro de uma neblina cinzento-azulada, brilhavam as cruzes das tôrres e as janelas da cidade, ofuscadas pelo sol e, bem ao longe, como enlevada pela atmosfera brumosa, escurecia a planície.

Excursionistas passavam pelo gramado em direção do albergue. Alguns cumprimentaram-nos, e um môço que segurava uma criança pela mão observou para Heinrich: — Que dia lindo! Até parece que estamos no mês de maio!

No princípio, e contra a vontade, Heinrich ficou sensibilizado, como já acontecera mais de uma vez, com essa amabilidade fácil, porém inesperada. Mas logo se conteve, pois percebeu que o gesto do môço se devia a certo êxtase em que caíra neste dia suave, na paisagem tranqüila e bela. Sabia que, no fundo do coração, êste jovem também sentia animadversão contra êle, tanto quanto todos os outros que por ali passavam tão inofensivos. E, como acontecera tantas vêzes, não com-

A. Schnitzler                                                        185

preendeu por que a visão daquelas colinas, traçadas tão suavemente, e daquela cidade crepuscular sempre lhe suscitava uma emoção tão dolorosa e doce, já que os homens daquela terra para êle significavam tão pouco, e raramente algo de bom.

O clube dos ciclistas disparou pela estrada, as jaquetas penduradas flutuando, os emblemas brilhando, o riso grosseiro dos rapazes ressoando através do prado.

— Gente horrível, essa — disse Leo, incidentalmente, sem mudar de posição.

Heinrich acenou com a cabeça. — E êstes camaradas — disse entre dentes — têm a presunção de estar aqui mais em casa do que nós.

— Pois é — retrucou Leo, calmamente. — O fato é que êstes camaradas não deixam de ter sua razão.

Heinrich virou-se para êle e disse num tom de escárnio: — Desculpe-me, Leo. Esqueci, por um momento, de que você mesmo deseja apenas ser tolerado neste país.

— Você está redondamente enganado — respondeu Leo, sorrindo — e não há por que me interpretar de maneira tão maliciosa. Mas não podemos levar a mal que esta gente se considere em casa aqui, e veja a nós, você e eu, como estranhos. Afinal, é mera expressão de seu instinto sadio no tocante a um fato antropológico e histórico estabelecido. E não há nada que se possa fazer contra isto ou contra o que se segue daí, nem com sentimentalismo judeu e nem cristão. — Virando-se para Georg, perguntou amàvelmente: — Você não acha também?

Georg corou, pigarreou, mas não chegou a responder, porque Heinrich, franzindo a testa profundamente, interveio logo com indignação: — Julgo meu instinto pelo menos tão autorizado quanto o dos Srs. Jalaudek pai e filho e o meu instinto me diz infalìvelmente que minha terra é esta, aqui mesmo, e não num país qualquer que não conheço, que, segundo ouvi falar, não me agrada nem um pouco, e que certas pessoas se esforçam por me inculcar como minha pátria, sob a alegação de que, alguns mil anos atrás, meus antepassados foram dispersados de lá pelo mundo afora. Ao que posso acrescentar que os antepassados dos Srs. Jalaudek, e mesmo do nosso amigo, o Barão de Wergenthin, aqui estavam tão pouco em casa como os meus ou os seus.

— Não me leve a mal — respondeu Leo — mas a sua visão dêsses fatos é algo limitada. Você pensa sempre em si e na circunstância secundária... perdão, a circunstância secundária, no caso, é que você é um poeta que casualmente escreve em língua alemã, porque nasceu num país alemão, e que fala sôbre a gente e as condições austríacas, porque vive na

186 Entre Dois Mundos

Áustria. Todavia, não se trata primordialmente de você, nem de mim, nem dos poucos funcionários judeus que não progridem, nem dos poucos voluntários judeus que não chegam a oficiais, ou dos docentes judeus que nunca ou só com atraso conquistaram uma cátedra. São meros inconvenientes, digamos, de segundo grau. Trata-se, no caso, de pessoas bem diferentes, que você não conhece bem, ou não conhece mesmo. Trata-se de destinos, sôbre os quais, meu caro Heinrich, tenho a certeza de que você não refletiu bastante, embora seja a sua obrigação, a meu ver. Sim, você nunca pensou a fundo sôbre tais assuntos; do contrário, não falaria de tudo isso de maneira tão superficial e tão... egoísta. — A seguir, Leo contou que assistira a um congresso sionista na Basiléia, no ano passado, ocasião em que tivera uma visão mais profunda do caráter e da mentalidade do povo judeu, como jamais até então. A saudade da Palestina não era artificial nesses homens que êle via de perto, pela primeira vez. Era um sentimento puro, nunca extinto, e que agora, reavivado pela necessidade, renascera com todo ardor. Era um fato de que ninguém podia duvidar, depois de ver, como êle, resplandecer a ira sagrada nos olhos daquela gente, quando um dos oradores declarou ser preciso renunciar, por ora, à esperança de voltar à Palestina e contentar-se com colônias agrícolas na África e na Argentina. Vira muitos velhos chorar, não homens incultos, mas sábios e instruídos, por temerem que o país de seus antepassados, que bem sabiam, mesmo realizando-se os planos sionistas mais ousados, nunca seria acessível a êles próprios, talvez também se fechasse a seus filhos e netos.

Georg escutou a narração de Leo, admirado, até mesmo um pouco emocionado. Heinrich, porém, que media os passos pelo gramado, replicou que o sionismo lhe parecia o pior castigo jamais infligido aos judeus e que precisamente as palavras de Leo o haviam persuadido do fato, mais do que qualquer reflexão ou experiência anterior. Desde sempre, sentimento nacional e religião eram para êle palavras que o irritavam por causa de sua ambigüidade leviana, pérfida mesmo. A palavra "pátria" não passava de uma ficção, uma idéia abstrata de política, incerta, variável, impossível de conceber. Sòmente a terra natal significava algo real, e não a pátria, e assim sendo, o amor à terra natal dava também o direito à terra natal. E quanto à religião, as lendas cristãs e judaicas lhe agradavam da mesma maneira que as lendas helênicas ou hindus. Mas cada uma, por seu turno, se lhe tornava insuportável, repugnante, tão logo tentavam obrigá-lo a aceitá-la como dogma. E solidariedade não sentia nenhuma, com ninguém no mundo, nem com os judeus chorosos da Basiléia, nem com os teutônicos que berravam no parlamento austríaco; nem com os usurários ju-

A. Schnitzler                                                    187

deus e menos ainda com os aristocratas nobres; nem com um botequineiro sionista, e tampouco com um dono de mercearia cristão-social. E ainda muito menos com pessoas inteiramente estranhas ao seu íntimo, só porque sofreram perseguições comuns, ou por causa de um ódio sofrido coletivamente. Aceitava o sionismo como princípio moral e ação filantrópica, quer dizer, caso êle se reconhecesse a si mesmo sinceramente como tal. Mas a idéia da construção de um Estado judaico em base religiosa e nacional parecia-lhe uma insurreição absurda contra o espírito de todo desenvolvimento histórico. — E no fundo do seu coração — exclamou, parando em frente de Leo — você não acredita que tal objetivo possa ser atingido algum dia, e nem o deseja, embora o caminho para alcançá-lo seja de seu agrado, por uma ou outra razão. Que significa para você a "terra natal" Palestina? Uma noção geográfica. Que significa para você a fé dos seus antepassados? Uma coleção de rituais que há muito você não observa mais, cuja maior parte lhe parece tão ridículo e de mau gôsto quanto a mim.

Falaram ainda por muito tempo, ora com violência e quase com hostilidade, ora com mais calma, num esfôrço honesto para convencer um ao outro; ficavam surpresos, às vêzes, de alimentar a mesma opinião, para, no momento seguinte, entrarem em nôvo desacôrdo. Georg, deitado em cima do seu sobretudo, escutava o que diziam. Ora sua mente concordava com Leo, em cujas palavras transparecia ardente compaixão por seu povo infeliz, e que se afastava altivamente dos homens que não o admitiam como seus iguais, ora se sentia mais próximo de Heinrich, que, irritado, repelia uma emprêsa que achava fantástica e míope ao mesmo tempo, cujo objetivo era reunir de todos os cantos do mundo os membros de uma raça, para mandá-los a uma terra estranha, da qual não sentiram nostalgia alguma, raça cujos melhores expoentes haviam sido completamente absorvidos pela cultura do país em que viviam, ou em que pelo menos colaboravam. E, na mente de Georg, surgiu o pressentimento de como deveria ser difícil, precisamente para êste grupo de escol, tomar uma decisão a respeito, pois era na alma dêles que se preparava o futuro da humanidade. Precisamente para êste grupo dos melhores, a razão de sua existência, do seu valor, dos seus direitos, havia de confundir-se, entre estados de desafio e fadiga, já que viviam oscilando entre o temor de parecerem importunos e a indignação em face da imposição de cederem a uma maioria insolente; entre o sentimento inato de estarem em casa na terra onde viviam e trabalhavam, e a revolta de serem perseguidos e insultados nesta mesma terra. Pela primeira vez, a denominação "judeu", que êle mesmo pronunciara muitas vêzes com leviandade, sarcasmo e desprêzo, parecia-lhe apresentar-

-se numa luz nova, quase sombria. Começava a vislumbrar obscuramente algo do destino misterioso dêsse povo, dêsse destino que se exprimia, de uma maneira ou de outra, em cada um dos seus descendentes; tanto naqueles que procuravam fugir dessa origem como de uma vergonha, de um sofrimento ou de uma lenda que não os interessava, como naqueles que teimavam em apontar esta procedência como se fôsse uma fatalidade, uma honra ou um fato histórico inexorável.

E enquanto Georg se perdia na contemplação de ambos, escutando-lhes as falas, analisava-lhes as feições que sobressaíam nìtidamente ante o céu roxo-avermelhado, com linhas de traços marcantes e agitados. Notou então, e não pela primeira vez, que Heinrich, que insistia ser a Áustria a sua terra, parecia na feição e nos gestos um fanático pregador judeu, enquanto Leo, cujo desejo consistia em ir para a Palestina com o seu povo, lhe lembrava, tanto na fisionomia como no porte, a estátua de um adolescente grego que vira outrora no Vaticano ou no Museu de Nápoles. E, mais uma vez, ao seguir com prazer os movimentos vivos e nobres de Leo, compreendeu muito bem que Anna se houvesse apaixonado pelo irmão de sua amiga, tempos atrás, naquele verão passado junto ao lago.

Heinrich e Leo continuavam no gramado, um em frente do outro, e sua conversa se enovelava cada vez mais. As palavras precipitavam-se uma contra as outras, convulsivas, passando impetuosas uma ao lado da outra, indo terminar no vazio. Houve um momento em que Georg deu-se conta de ouvir o som de suas vozes, sem poder seguir o sentido de suas palavras.

Um vento fresco soprou do planalto, e Georg levantou-se, estremecendo de leve, o que fêz com que os dois, quase esquecidos dêle, recordassem a sua presença. Decidiram partir. A luz do dia ainda iluminava a paisagem, mas o sol rubro e agonizante se punha por sôbre uma nuvem alongada.

Enquanto amarrava o sobretudo na bicicleta, Heinrich falou: — Depois dessas conversas, resta-me sempre uma insatisfação que se intensifica até me causar angústias perto do estômago. Sério mesmo. Elas não conduzem a nada. E que sentido têm as concepções políticas para homens cuja profissão ou cujo negócio não seja a política? Exercem por acaso a menor influência sôbre o modo de vida ou os rumos da existência? Tanto você, Leo, quanto eu, nunca poderemos proceder de outra maneira, senão realizar o que jaz no fundo de nosso ser, das nossas capacidades. Jamais em sua vida você emigraria para a Palestina, mesmo que fôsse fundado um Estado judeu e lhe oferecessem imediatamente o cargo de primeiro-ministro ou de pianista da côrte.

— Isto você não pode saber — interrompeu Leo.

— Sei, sim! Tenho absoluta certeza — disse Heinrich. — Em compensação, confesso-lhe que, não obstante a minha completa indiferença para com qualquer forma religiosa, nunca na vida me converterei, ainda que fôsse possível (o que hoje em dia é menos o caso do que nunca), com tal artimanha, escapar para sempre à burrice e à infâmia anti-semitas.

— Humm! — disse Leo. — Mas se êles tornarem a acender as fogueiras?

— Se isto acontecer — retrucou Heinrich — comprometo-me aqui solenemente a seguir o seu exemplo por completo.

— Oh! — observou Georg — êstes tempos não voltarão nunca mais...

# F. MOLNAR

Representante típico dêsse espírito de Budapeste que êle mesmo ajudou a cristalizar, FERENC MOLNAR (1879-1952) estreou com *A Cidade Faminta,* romance de que a própria capital é a protagonista. Observador agudo e malicioso, mas não isento de sentimentalismo e ternura, Molnar manteve essas características noutros romances, cujo cenário (um cenário ativo, se podemos dizer) é sempre a sua cidade natal. Em seus contos (*Crianças, O Gigante, Pequeno Tríptico*), mostra ainda, de preferência, quadros e episódios de Budapeste; nêles, tipos colhidos ao natural travam diálogos reproduzidos com alucinante exatidão. Vários dêsses tipos e cenas reclamam dramatização, de tão teatrais. Foi esta a sorte do conto que serviu de germe ao drama mundialmente famoso: *Liliom, Vida e Morte de um Malandro* (1909), que, depois de conquistar as melhores platéias do Velho e do Nôvo Mundo, passou ao cinema numa adaptação igualmente vitoriosa e teve, ùltimamente, uma reapresentação triunfal num dos teatros de Nova Iorque, sob o título de *Carroussel.* Outras peças do dramaturgo — *O Diabo* (1907), *O Lôbo* (1912), *O Cisne* (1914) (esta última filmada com Grace Kelly) — tiveram êxito não menos retumbante. Todo um grupo (por exemplo, *O Guarda Imperial* (1910), *Farsa no Castelo* (1927) tem como personagens atôres e versam sôbre a natureza do teatro e da ilusão por êle criada, lembrando certos dramas de Pirandello (menos a profundeza metafísica). Em tôdas se apresenta Molnar como mes-

192                                    Entre Dois Mundos

tre da técnica da cena e do diálogo, vivaz, divertido, cintilante. Desviado, pelos próprios êxitos, dos problemas palpitantes da época, Molnar preferiu ser um divertidor, quando poderia ter sido um crítico. Homem de intensa vida social, um dos festejados donos da vida da Budapeste do começo do século, aplaudido em tôdas as capitais da Europa, Molnar decerto não teria imaginado o fim de sua existência. Fugindo ao nazismo, estabeleceu-se em 1940 em Nova Iorque, onde passou os últimos anos da vida, num isolamento quase completo, entregue às suas reminiscências, que relatou em alguns livros comoventes.

## O HUSSARDO QUE GOSTAVA DE TRÊS JUDEUS

— Bem — disse o capitão — começou com os judeus. Gostei de dois judeus em minha vida. Um era o proprietário do Café Mirabella, o outro o Tenente Rado, cujo nome era Roth, mas quando se tornou oficial da ativa mudou o nome para Rado, soava mais húngaro. Era um jovem judeu, magro, moreno, calado, pontual e metódico, um excelente soldado. Ficou no Exército porque os oficiais gostavam dêle e insistiram para que se engajasse, quando terminou seu serviço militar. Embora fôsse judeu. Mas, primeiro, vou contar-lhe ràpidamente a estória do proprietário do Café Mirabella. Era um judeu de meia idade. Pode escrever esta, não a de Rado. Você sabe onde é o Café Mirabella?

— Na Andrassy *ut?*

— Certo. Num grande edifício de quatro andares, na esquina. Dizem que pertencia a outro judeu chamado Pollak. Bem, uma tarde um judeu polonês de barba comprida e longo cafetã prêto entrou no Café de Pollak. O Mirabella estava cheio de mulheres vestidas de sêda, tomando café. O homem do cafetã sentou-se a um canto, numa mesinha, e esperou. O garçom passou por êle umas dez vêzes sem perguntar o que desejava.

"Finalmente chamou o garçom: — Uma xícara de café, por favor. — O garçom olhou-o e respondeu: — Não temos café. — O homem do cafetã observou-o espantado. — O quê? Não há café num Café grande como êste? — Começou a desconfiar que não queriam servi-lo porque tinham vergonha do seu cafetã, ante todos os outros judeus elegantes.

"Dirigiu-se à caixa onde se achava o proprietário, cumprimentou-o polidamente e perguntou: — Por favor, é verdade o que me diz o garçom, que não há café aqui? — O proprietário olhou-o desdenhosamente e respondeu: — Não para você.

F. Molnar

"— Obrigado — disse o homem do cafetã e foi embora. Chovia lá fora; isto também é importante. Ficou de pé na chuva, fora do elegante Café, por alguns minutos, com uma dor no coração. Sei disso porque êle mesmo me contou. Seu coração doía porque o judeu dono do Café se envergonhava dêle por causa dos fregueses, também judeus. — Se se tratasse de um anti-semita, eu não abriria a bôca — disse êle.

"Ficou de pé fora do café por algum tempo, depois entrou no prédio e perguntou ao porteiro onde morava o dono do edifício. Morava no segundo andar. Subiu para vê-lo. Contou-me que discutiram o assunto durante quase uma hora.

"Depois de uma hora telefonaram ao advogado, porque o homem do cafetã comprara o prédio. Pagou o preço integral da compra no ato e, então, desceu ao Café com o advogado e deu a notícia ao proprietário. Êste ficou tão embasbacado com a estória que sòmente uma hora mais tarde desmaiou no salão de jôgo.

"Isto aconteceu há uns oito anos; desde aquela época, o outro homem é o dono do Café e dobrou sua fortuna. Pode escrever a estória mas ponha o título: "A Raiva é Má Conselheira".

"Êsse indivíduo tornou-se muito querido para mim. É um ótimo sujeito. Durante anos eu ia ao Café tôdas as noites e costumávamos tomar um drinque juntos. Fazia-o contar-me o caso tôdas as semanas porque é uma estória extraordinária. Apenas lamentei que êle passasse a usar um terno cinza de *tweed* inglês e uma gravata vermelha. Nunca deveria ter tirado o cafetã. Mas isso agora não é da minha conta. Sòmente mencionei porque êle é um dos meus judeus.

— E Rado?

— É o outro. Êle teve influência em minha vida o pobre-diabo. Rado não era um hussardo, era um soldado da infantaria. Entretanto, estava na mesma cidade de Nagyvarad onde me encontrava. Costumava ficar muito com êle no Café; não tanto no restaurante. Era excelente jogador de xadrez. Bem, se me faz o favor, lá na Dalmácia ou em qualquer outro lugar daquelas regiões selvagens, êles estavam fazendo manobras. E o caso que vou narrar aconteceu com Rado. Durante as manobras, isto é, quando estava a serviço como tenente, atravessava uma grande mata e atrás dêle ia seu ajudante de ordens, um bravo rapazote húngaro. Caminharam muito e sentaram-se em grandes pedras ou rochas, para descansar.

"Lá estavam, quando o ordenança de Rado repentinamente começou a gritar; uma cobra o havia mordido. Dizem que o país todo está cheio de cobras. O rapaz gritava e Rado ficou terrìvelmente assustado, pois sabia que uma picada daquelas

194                               Entre Dois Mundos

víboras era mortal. A serpente mordera o rapaz no alto da coxa, onde pôde atingi-lo enquanto estava sentado, bem embaixo do quadril. Repare nesse detalhe, porque é importante. Embaixo do quadril. Uma pequena patrulha de oficiais apareceu e ouviram o que sucedera, mas ninguém podia fazer nada. O pobre rapaz continuava a gritar porque êle também sabia que poderia ser mortal. Vários dêles disseram que, se sugassem o sangue do ferimento imediatamente, nada aconteceria.

"Bem, quem estava pronto a fazer tal coisa? Ninguém. Rado gostava muito do rapaz. Nem seria necessário dizê-lo porque geralmente é assim. Bem, quem estava disposto? Ninguém estava. Na verdade, êles até sorriam. Finalmente, Rado forçou-se a sugar o sangue da mordida envenenada. Centenas de médicos disseram depois que assim êle salvou a vida do ordenança. Era num lugar ruim, como lhe disse — na parte superior da coxa. As conseqüências na cidade de Nagyvarad foram sobremaneira infelizes. Os oficiais declararam que não se sentariam à mesma mesa que Rado. Você sabe como são essas coisas numa cidade provinciana. A cidade tôda sabia do ocorrido. Havia tantos mexericos que o corpo de oficiais teve de tomar partido.

"Não posso culpar aquêles oficiais; do ponto de vista dêles, estavam perfeitamente certos. Nenhum oficial podia circular no meio dos soldados depois de ter beijado o traseiro de um dêles, mesmo tendo sido de um lado. Era uma situação desastrosa.

"Os oficiais tinham razão e o pobre Rado também. Eu porém era jovem naquela ocasião e fiquei muito indignado com o convencionalismo estreito dos oficiais. Tive discussões muito exaltadas com êles e mesmo com os oficiais meus companheiros de cavalaria.

"Rado não era encontrado em parte alguma; foi para Budapeste, pois sentia vergonha de ser visto. Eu continuava me expondo cada vez mais; você sabe, tinha tomado o caso a meu cargo e me envolvi nêle. Naquele tempo eu ainda acreditava que um indivíduo como Rado poderia suicidar-se se fôsse obrigado a demitir-se do Exército. Por causa dêle eu me indispusera com todos e durante semanas jantei sòzinho. Não pude ajudá-lo em nada. Deram a entender a Rado que deveria renunciar à sua patente imediatamente e deixar o Exército; e dentro de um mês o assunto estava esquecido. A única coisa que não foi esquecida é que eu defendera renhidamente o ponto de vista oposto e minha posição começava a ficar insustentável...

# F. Molnar

Na manhã seguinte, às nove horas, o capitão bateu ruidosamente à minha porta. Fazia isso freqüentemente, embora soubesse que eu costumava ir para a cama às seis da manhã. Sentou-se ao meu lado.

— Contei-lhe recentemente que eu gostava de dois judeus. Estava errado. Gostei de três.

— E para isso acordou-me no meio de meus sonhos?

— Para isso. O nome do terceiro era Schurz. Era um velho. Sua profissão era agiota.

— E você gostava dêle? Um agiota?

— Gostava muito.

— E... é só isso?

— Não. Preciso explicar por que gostava dêle. Não sou anti-semita, mas quando se trata de um judeu, um oficial da cavalaria deve explicar sempre por que gosta dêle. Há judeus, embora naturalmente uns poucos apenas, de quem até Sua Majestade Real e Imperial gosta. Mas cumpre dizer sempre por quê. É esquisito, mas é assim; não tenho culpa.

"Uma única vez eu disse algo ligeiramente desagradável a um judeu, e assim mesmo me arrependi depois. Caso se interesse, trata-se de meu afilhado. Um honesto funcionário de banco com trinta anos de idade. Batizou-se, adotou a fé católica e escolheu-me para padrinho.

"Na véspera da cerimônia veio visitar-me e perguntou: — Estarei vestido devidamente se fôr à igreja para ser batizado amanhã, de fraque e calças listadas escuras?

"— Certo — respondi-lhe.

"— Que sapatos deverei usar? — perguntou.

"— Isso não posso dizer-lhe, meu rapaz, porque eu estava descalço quando me batizaram.

"Mas voltemos ao velho Schurz. Como já mencionei, o velho Schurz era usurário. Na minha opinião, os usurários são benfeitores da humanidade e principalmente da cavalaria. Não precisa olhar para mim dêste jeito. Um oficial da cavalaria tem dois atributos indispensáveis: o cavalo e os apuros financeiros. Amigos que ajudam ocasionalmente com pequenos empréstimos são apenas médicos que receitam um comprimido para dor de cabeça; mas os agiotas são os grandes cirurgiões que salvam nossa vida com uma grande intervenção. Repito pela terceira vez, o velho Schurz era um agiota.

"Nesse tempo eu era jogador de baralho. Schurz morava na cidade de Arad, porque ali havia um regimento de hussardos em guarnição. Um bom usurário nato não gosta nem da infantaria nem da artilharia; sòmente da cavalaria. Êle não apenas empresta dinheiro aos oficiais, como se encarrega também dos outros assuntos dêles.

"Em geral o considerávamos um sujeito decente. Os oficiais não só gostavam dêle; confiavam nêle. A tal ponto que quando um era transferido para alguma outra cidade, não importa aonde o destino o levasse, continuava sendo cliente do velho Schurz durante anos. Certas pessoas, que queriam ser espirituosas a qualquer custo, chamavam-no de Shylock. Sempre considerei isso vil ingratidão.

"Por êsse tempo fui transferido de Arad para Budapeste. Lá, naturalmente, eu jogava mais do que nunca. Perdi e me vi em grave apêrto financeiro.

"Eu tinha um antigo anel de família, valioso, e decidi vendê-lo. Evidentemente, não pensei em mais ninguém a não ser no velho Schurz. O caso era muito urgente. Peguei o anel, coloquei-o em seu velho estôjo de couro vermelho, embrulhei-o e mandei-o pelo correio ao velho Schurz em Arad, com um bilhete curto e categórico.

"Escrevi: "Incluso envio-lhe meu velho anel de família. Se quiser dar três mil coroas por êle, guarde-o. Se não quiser dar tanto, devolva o anel imediatamente. Não aceitarei um cêntimo menos. Nada de pechinchas". Fiquei esperando a resposta.

"Depois de dois dias recebi um telegrama. Contrariando minhas instruções, o velho Schurz tentava discutir o preço. Dizia: "Anel não vale três mil. Dou dois mil no máximo".

"Furioso respondi: "Preço do anel três mil. Não pechinche".

"No dia seguinte chegou outro telegrama. A velha rapôsa continuava pechinchando: "Ofereço duas mil e quinhentas, definitivamente nada mais".

"Diante disso perdi a paciência e telegrafei: "Anel três mil. Não pechinche. Devolva imediatamente".

"Passados alguns dias, recebi um pacote pelo correio: vinha de Schurz. Conteúdo: anel. Abri o pacote. Lá estava o estôjo com o anel, cuidadosamente amarrado e lacrado. Em cima do estôjo estava um bilhete do velho Schurz — importunava-me regateando mais uma vez, como se segue: "Como perito digo-lhe que êsse anel não vale três mil coroas. Nunca alcançará êsse preço em lugar algum do mundo. Entretanto, como gosto de você, subo minha última oferta de duas mil e quinhentas para duas mil e oitocentas coroas. É minha última palavra. Se quiser vender por êsse preço, não abra o estôjo, apenas devolva-o como está. Mandarei o dinheiro no dia seguinte. Se não quiser vender mesmo por duas mil e oitocentas, fique com seu anel; não o comprarei".

"Fiquei profundamente amargurado ao ler isso. Fiz voto de não vender o anel mais barato, não o mandaria de volta e tentaria vendê-lo a outra pessoa.

# F. Molnar

"Exasperado, rompi o lacre e abri o estôjo de couro vermelho. O anel não estava. Em seu lugar encontrava-se um papelzinho com as seguintes palavras: "Está bem, está bem, não se zangue, dar-lhe-ei três mil coroas".

Eu tinha quase adormecido no meio da estória mas diante desta conclusão inesperada, acordei.

— Como se pode deixar de gostar de um homem como êsse? — exclamou o capitão num tom de genuíno entusiasmo.

# DISTÂNCIA E AJUSTAMENTO

# H. FAST

HOWARD FAST (1914), nascido em Nova Iorque, filho de operários, tornou-se escritor depois de ter exercido múltiplas atividades e levado uma vida bem agitada. Durante longo período de sua vida se empenhou vivamente pelas idéias comunistas, desempenhando papel ativo em prol de suas teses políticas. Foi condenado em 1946 por "desprêzo ao Congresso", ao se recusar a denunciar nomes de companheiros políticos, e passou em 1954 três meses na cadeia. Após o XX Congresso em Moscou — em que se revelaram os crimes de Stalin — confessou-se profundamente envergonhado e depois da invasão da Hungria por tropas russas rompeu com o comunismo.

Muitos dos seus romances abordam temas revolucionários da história americana — assim o da luta pela existência dos índios em *A Última Fronteira* (1941), ou da guerra de independência em *Cidadão Tom Paine* (1943). O romance *O Caminho da Liberdade* (1944) é dedicado à luta pela libertação dos negros. Tais livros, cheios de vibração patriótica e de exaltação da justiça e da liberdade, encontraram grande repercussão durante a guerra. Ao tema judaico dedicou em parte (*Spartacus, Torquemada*), ou integralmente vários de seus livros, entre outros *Moisés* e *Os Meus Gloriosos Irmãos,* de onde é extraído o capítulo que se segue, numa tradução de J. Guinsburg.

## O RELATÓRIO DO LEGADO LÊNTULO SILANO

Jerusalém na Judéia

Possa agradar ao nobre Senado que a minha missão esteja terminada; conforme as instruções, segui para o país dos judeus — ou *iehudim,* como êles próprios se intitulam — e lá permaneci três meses, para cumprir os meus deveres. Neste ínterim, mantive inúmeras conversações com o seu chefe, o Macabeu, como o denominam, e que é também chamado Simão, o Etnarca; e tais conversações abordaram vários assuntos, inclusive a questão das futuras relações entre a Judéia e Roma. Disso tratarei no curso de meu relatório e, novamente, nas poucas recomendações que submeto, com humildade, à apreciação do Senado. O resto do tempo foi despendido no estudo do país, de seus costumes e no preparo dêste relatório.

Segundo as ordens recebidas, fui de navio para Tiro e lá desembarquei. Não tendo o menor conhecimento dos judeus, não tendo encontrado ou visto um só antes de minha chegada a Tiro, decidi passar alguns dias nesta cidade, a fim de facilitar a minha viagem à Judéia. Assim, encaminhei-me para o bairro judeu que é bem extenso em Tiro e entrei, pela primeira vez, em contato com êste estranho povo.

Não encontrei, felizmente, dificuldades de linguagem. O aramaico é o idioma comum a quase todos os povos que vivem nesta parte do mundo e assemelha-se tanto ao dialeto falado pelos habitantes de Cartago — que aprendi durante as Guerras Púnicas — que, em pouco tempo, eu estava falando tão bem como um nativo. Eu recomendaria que todos os legados e embaixadores expedidos para esta região fôssem versados no aramaico, quer para glorificar o longo braço de Roma, quer para facilitar o intercâmbio de idéias.

O aramaico é a língua comum dos judeus, dos fenícios, dos samaritanos, dos sírios, dos filisteus e de inúmeros outros povos que habitam estas paragens, e também dos gregos; mas os judeus, em certas ocasiões, usam o hebraico, a antiga linguagem do que êles chamam de suas "santas escrituras", uma fala aparentada ao aramaico, mas dificilmente inteligível para mim. Mesmo as crianças parecem versadas em ambas as línguas; contudo, para as necessidades quotidianas, o aramaico me foi suficiente.

Os judeus de Tiro opuseram-me menos dificuldades do que as autoridades locais. Estas sentiram-se, a princípio, inclinadas a limitar as minhas idas e vindas, razão por que dirigi-me a Maltus, o príncipe, e lhe fiz saber, em têrmos insofismáveis, que, fôsse qual fôsse o tratamento a mim dispensado, os detalhes seriam inclusos em meu relatório oficial ao Senado. Depois disto, cessou a interferência.

# H. Fast

Os judeus, de outra parte, possuem um claro e definido código de conduta em relação aos estrangeiros e, embora a maioria dêles apenas soubesse da existência de Roma e raramente tivesse visto um de seus cidadãos, receberam-me com grande cortesia e não me interditaram parte alguma de sua pequena comunidade, mesmo os seus lugares sacros, cognominados "sinagogas". Tal atitude surpreendeu-me, tanto mais quanto eu já percebera — nas poucas horas de minha estada em Tiro — o ódio, a suspeita e o desprêzo que os judeus inspiram aos demais habitantes da cidade. E êste ódio não é peculiar a Tiro; encontrei-o, qual uma constante, no decorrer de tôda a minha viagem terrestre para a Judéia, e mesmo escravos, cuja condição desafia qualquer descrição, encontram tempo e rancor para odiar os judeus. Uma manifestação tão consistente intrigou-me ao máximo e creio ter descoberto vários dos fatôres que a originam; alguns dêles hei de enumerar e discutir no desenrolar do meu relatório.

Dos judeus de Tiro, direi pouca coisa; parece-me mais útil descrever as primeiras impressões que me causaram em seu país natal, a Judéia; devo mencionar, porém, que, em Tiro, êles se mantêm segregados dos demais moradores da cidade, não ingerindo os mesmos alimentos, nem bebendo o mesmo vinho. Há nêles algo, compartilhado pelos judeus da Judéia, que, no entanto, é bem mais visível num país não-judeu: trata-se de um arrogante e inflexível sentimento de orgulho e superioridade, o qual, de certa forma, se mescla a incrível humildade, predicado que atrai e irrita ao mesmo tempo; assim, desde o primeiro contato, a despeito de sua cortesia, vi-me lutando contra o desejo de evidenciar-lhes clara hostilidade.

Entre êles, descobri e contratei um judeu velho, um certo Aarão ben Levi, ou, em nossos têrmos, Aarão filho de Levi; e devo assinalar, de passagem, que êste povo não adota sobrenomes, todavia o mais miserável judeu é capaz de traçar a sua genealogia, com cuidado e precisão, até a quinta, a décima e, mesmo, até a décima quinta geração. Que se trata de um povo antigo, ninguém poderá contestar, talvez o mais antigo povo desta área. E possuem um sentido do passado que assombra e perturba.

Êste Aarão ben Levi mostrou-se muito útil como guia e informante; pois fôra cameleiro e caravaneiro a vida tôda, salvo naqueles anos em que abandonou a sua ocupação para lutar sob a bandeira do Macabeu. Não só conhecia cada estrada e vereda da Palestina, como foi de uma utilidade inestimável, graças às suas lembranças das guerras judias. Comprei um cavalo e uma sela por dezessete *schecalim*, estando ambos devidamente anotados e comprovados no balanço geral de minhas despesas. Comprei ainda um burro para conduzir o velho; em seguida, partimos para o sul, ao longo da principal estrada costeira, na direção da Judéia.

Que me seja permitida mais uma ou duas palavras sôbre êste meu cameleiro, pois as suas características são peculiares a todos os judeus, servindo assim de precioso elemento na avaliação do potencial dêste povo, bem como da grande ameaça que representa. A sua idade aproximava-se dos sessenta anos, mas era sêco, rijo e escuro como uma noz; tinha um nariz alto e fino, quase todos os dentes e um par de olhos cinzentos, faiscantes e insolentes. Ao contrário da maioria dos judeus, que em geral são de estatura mais elevada do que os demais povos desta região, ou mesmo de Roma, êle era baixo e curvado, mas tôda a sua atitude e o seu porte eram ultrajantemente patrícios. Embora estivesse há mais de um ano sem trabalho, quando o tomei a meu serviço, constituindo, portanto, uma carga para a comunidade, literalmente um mendigo, dava a impressão de me prestar um grande obséquio ao aceitar a minha comida e o meu dinheiro. Se bem que eu não possa acusá-lo de ofender-me por uma palavra, ou um olhar seu, de algum modo cada palavra e cada gesto seu era matizado de um compadecido desdém, indicando, com clareza, que o fato de eu ser menos do que nada era devido a um acidente de nascimento, daí por que eu não era totalmente culpado.

Reconheço que estas são impressões curiosas, em se tratando de um cidadão de Roma e de um legado do Senado; mas, na verdade, elas são tão características dêste povo — embora variando em sutilezas, segundo o indivíduo — que não posso omiti-las.

A princípio, a minha intenção era forçá-lo a manter-se em seu lugar e tratá-lo como a qualquer outro guia. Mas, bem depressa, compreendi a impossibilidade de fazê-lo e comecei a entender a máxima tão popular nestas paragens: "Toma um judeu por escravo e logo êle será teu senhor". O Senado há de reconhecer que não me falta experiência nesta matéria, pois, como centurião, aprendi a comandar homens e a fazer-me respeitar; com êste povo, porém, tal coisa é inexeqüível. Êste Aarão ben Levi nunca deixava de me prodigalizar os seus conselhos acêrca de todo e qualquer assunto sob o sol; a sua advertência sempre era dada com um ar protetor e não admitia discussão e, contìnuamente, êle a emitia, acompanhando-a dessa filosofia judaica, rígida, algo aborrecedora, soberba e humilde, cuja origem se situa na história dêste povo, nas suas crenças religiosas algo vis e bárbaras, incorporadas no que denominam seus "sagrados rolos", ou, em sua língua, a Torá. Uma vez, perguntei-lhe, por exemplo, por que insistia, como todo o seu povo, em usar o longo manto de lã, uma peça que desce da cabeça aos pés, inteiramente raiada de branco e prêto. E, em vez de responder, perguntou-me:

— E por que, romano, usas uma couraça que, sob o nosso sol, esquenta de tal forma que, com certeza, queima a tua pele?

— Isto nada tem a ver com o teu manto.

— Ao contrário, isto tem muito a ver com o meu manto.

— Como?

Êle suspirou e disse: — Um equilíbrio falso é uma abominação ao Senhor, mas um pêso justo constitui a sua delícia.

— E o que, precisamente, tem uma coisa a ver com a outra? — perguntei.

— Tudo ou nada, como quiseres — contestou êle, quase com tristeza, e assim terminou o nosso diálogo. Eu poderia matá-lo ou despedi-lo, mas nada disso serviria ao meu objetivo que era ir à Judéia e encetar negociações com o Macabeu. Engoli, pois, a minha raiva e refugiei-me no silêncio, um recurso obrigatório quando se trata dêste povo. Em outra ocasião, interroguei-o acêrca do Macabeu, do primeiro Macabeu, cujo nome era Judá, o filho de Matatias, e que foi morto no curso das recentes guerras contra os gregos.

— Que espécie de homem êle era? — perguntei-lhe.

E êste velho, miserável e desgraçado cameleiro fitou-me com ar de comiseração, retrucando-me: — Tu não compreenderias, mesmo que te fornecesse os menores detalhes.

— Suponhamos que tentes me explicar.

— A vida é curta e a morte é eterna — disse êle, sorrindo.

— Deve um homem tentar o inútil?

Foi então que empreguei, pela primeira vez, uma expressão que, cedo ou tarde, de uma ou de outra forma, aflora aos lábios de quem quer que tenha negócios com êste povo: — Judeu imundo!

A reação foi bem diversa da que eu esperava; o velho se entesou, seus olhos relampejaram de cólera e ódio e, com suavidade, êle disse: — O Senhor Deus, romano, é um só, e eu sou um velho, mas comandei uma vintena sob as ordens do Macabeu. Tenho a minha faca e tu tens a tua espada; vejamos, pois, como é um homem de Macabeu, ainda que eu não possa dizer como êle próprio era.

Resolvi a disputa sem ter de matá-lo. Eu não via em que podia favorecer o propósito de Roma a morte de um cameleiro velho e quase sem fôrças. Entretanto, o incidente serviu-me de lição, indicando-me a natureza dêste povo e a maneira de abordá-lo. O diferente está incrustado na própria alma dos judeus; o que nós consideramos sagrado, êles consideram profano, e o que nós julgamos belo, êles julgam desprezível. Tôdas as

206                                                        Entre Dois Mundos

coisas a que aspiramos lhes são abomináveis, e tôda a tolerância que demonstramos em relação aos deuses e aos costumes dos demais é convertida, por êles, numa inflexível intolerância. Assim como condenam os nossos prazeres, do mesmo modo blasfemam contra os nossos deuses e contra os deuses de todos os povos. Destituídos de moralidade, não possuem também um Deus, pois adoram a não-existência e em suas sinagogas e no seu sagrado Templo, em Jerusalém, não há imagens, nem presença. O seu Deus — se é um Deus o que êles adoram — não está em parte alguma, e mesmo o seu nome, embora escrito, não pode ser invocado por qualquer habitante do país. Êste nome é "Jeová"; mas não é nem sequer murmurado; em compensação, dirigem-se a êste misterioso personagem, denominando-o de *Adonai,* o que significa "meu senhor", ou de *Melech Haolam,* isto é, "Rei de todos os países", ou ainda uma dúzia de têrmos similares.

A raiz disto encontra-se no que chamam de *brit,* que pode ser traduzido livremente por "convênio", ou "aliança", entre êles e o seu Jeová. De certo modo, é mais a esta aliança que adoram do que ao próprio Deus e, para completá-lo, têm um código de setenta e sete preceitos, intitulado a "Lei", embora não seja uma lei judiciária, como conhecemos, mas antes o fundamento dêste tal de *brit.* Muitas dessas normas são horríveis e repugnantes ao extremo, como, por exemplo, a lei que obriga à circuncisão de tôdas as crianças do sexo masculino; outras são insensatas, como a lei que ordena o repouso no sétimo dia, o alqueive da terra no sétimo ano e alforria de todos os escravos depois de sete anos de servidão. Outros preceitos fazem um fetiche da limpeza corporal, tanto que vivem lavando-se eternamente e, como a lei os proíbe de barbear-se, todos os homens do país usam cabelos compridos e barbas espêssas.

Isto eu não percebi de pronto, nem as demais questões semelhantes que hei de analisar no curso do presente relatório, mas creio ser melhor anotá-las aqui, em relação a êste cameleiro e às suas ações; porque, como já salientei, suas ações podem ser consideradas um esbôço exagerado do povo que eu iria encontrar. Devo acrescentar, ainda, que os seus trajes eram os trajes dos homens da Judéia: sandálias, calças de linho branco, uma jaqueta curta, um cinto e, cobrindo tudo, um longo e pesado manto de lã, que êles põem sôbre a cabeça, quando entram na sinagoga ou no Templo. Abominam a nudez, embora sejam bem formados, os homens de grande fôrça física, as mulheres de surpreendente atrativo e encanto. Estas mulheres imiscuem-se na vida da comunidade, de uma maneira totalmente estranha para nós; não parecem mostrar qualquer respeito ou obediência particular aos homens, mas, ao contrário,

H. Fast

partilham dessa censurável arrogância judaica, num grau ainda mais pronunciado. As vestes femininas consistem numa única e longa bata, de mangas curtas, que desce quase até os tornozelos, cingida na cintura por uma faixa de côr viva. Como os homens, envergam, com freqüência, um longo manto de lã, mas, em seu caso, nunca é listrado; os seus cabelos são longos e habitualmente repartem-se em duas pesadas tranças.

Detalho êstes e outros pontos por dois motivos: inicialmente, porque sinto que, sendo o primeiro relatório oficial, endereçado ao Senado sôbre êste povo, um informe assim arca com uma especial responsabilidade, quer em têrmos específicos, quer em têrmos gerais; segundo, porque vejo nos judeus um grave problema que Roma deverá, certamente, enfrentar. Tentarei, pois, ser objetivo na medida do possível, procurando sobrepujar a profunda aversão que, aos poucos, tal povo me inspirou.

De Tiro à Judéia, a viagem decorreu sem novidades, pois tôda a estrada litorânea encontra-se sob a mão de ferro de Simão, o Etnarca, que não tolera o banditismo, nem a interferência estrangeira. Na Planície de Scharon, do lado oposto à Apolônia, deparei-me com a primeira patrulha militar judaica: dez homens a pé, esta é a sua maneira habitual de viajar, pois o seu país é pequeno e montanhoso. A unidade em questão serve de exemplo dos costumes judaicos em matéria de armamentos e de guerra. Os soldados, que, ao contrário de todo o mundo civilizado, não são profissionais, nem mercenários, mas voluntários camponeses, não usam armaduras. Para isto, como para a maioria dos problemas, apresentam duas explicações: uma, que constituiria afronta a Jeová depositar maior confiança no metal do que naquilo que denominam, em seu estilo invariàvelmente contraditório, sua terrível bondade; e outra, que a couraça embaraçar-lhe-ia de tal modo os movimentos, que anularia qualquer benefício que dela poderia advir.

Em vez de espadas, portam suas longas facas, ligeiramente curvas, de pesadas lâminas, das quais se utilizam com efeitos terríveis nos combates corpo a corpo. Seus oficiais usam, em geral, espadas gregas, como símbolo da vitória sôbre os invasores e para imitar o primeiro Macabeu, Judá ben Matatias, que, desde o início da luta, empregou a espada como única arma. Entretanto, sua arma principal é o arco judeu, um instrumento curto e mortal, feito de chifre de carneiro laminado. Possuem um processo secreto para amolecer o chifre; depois, dividem-no em lâminas delgadas que são coladas umas nas outras, no formato desejado. As flechas, com vinte e sete polegadas de comprimento, são de cedro, finas e com ponta de ferro. Tais flechas, êles as usam com prodigalidade, disparando uma atrás da outra, em tão rápida sucessão, que enchem o

208                                    Entre Dois Mundos

ar e caem como chuva. Nos estreitos desfiladeiros da Judéia, não há, aparentemente, defesa alguma contra tais ataques.

O seu quadro de organização militar distribui os homens em unidades de dez, vinte, cem e mil, mas não há, ao que parece, qualquer diferença perceptível no comando: o capitão de qualquer grupo, seja qual fôr a sua importância, é sempre denominado de *schalisch*. Também não há uma disciplina militar compreensível em têrmos romanos. Cada operação é debatida com todos os homens e não empreendem qualquer movimento, ofensivo ou defensivo, sem o conhecimento unânime de tôdas as tropas. Quem estiver em desacôrdo com um dado ponto tático pode abandonar as fileiras e ir para casa, e, ao que tudo indica, tal ato não implica em responsabilidade alguma. Nestas condições, parece incrível que seja possível qualquer operação bélica; e, no entanto, é um fato histórico inegável que os judeus, há pouco tempo, emergiram de um período de vinte e sete anos de contínuas e encarniçadas guerras.

O fato de todos os seus métodos parecerem pouco militares e dêsse povo adorar, literalmente, a paz, não deve induzir o Senado a subestimá-los; pois, como evidenciará o presente relatório, não há, no mundo inteiro, povo tão pérfido e perigoso como o judeu.

A patrulha nos deteve e nos interrogou. Não havia o menor traço de hostilidade em seus atos, mas o meu guia, Aarão ben Levi, tomou a ordem de parada como uma ofensa pessoal. Quando perguntaram aonde íamos, êle replicou:

— Sou escravo, por acaso, que não possa ir aonde quero?

— Com um *nochri?* — (Esta é a palavra que usam para designar todos os não-judeus.)

— Com dez *nochrim,* jovem tolo. Ainda sugavas o seio de tua mãe, quando eu já combatia ao lado do Macabeu.

E, assim, prosseguia a discussão, com essa insolência peculiar que os judeus não conseguem abandonar, nem mesmo entre si. Afinal, tudo se arrumou e a patrulha nos escoltou até as fronteiras da Judéia e, durante todo o percurso, não cessaram de me assaltar com perguntas sôbre Roma, tôdas elas eriçadas de pontas e sutilezas e construídas de maneira a provar sempre a sua própria superioridade.

Da Judéia, do país em si, são poucos todos os elogios. Entrar na Judéia vindo das terras baixas da Fenícia é como sair de um deserto e entrar em um jardim. Nas colinas e por tôda a parte, levantam-se terraços, como encantados jardins suspensos. Mesmo ao norte, que é a região menos cultivada, o país apresenta o aspecto de um canteiro cuidadosamente conservado. No país inteiro, existe uma única cidade, Jerusalém. A massa da população vive em pequenas aldeias, agrupadas nas terras baixas, ou penduradas às encostas, e o número de habitantes de cada povoado varia entre vinte e cem famílias. As casas, habitualmente dispostas em duas fileiras ao longo de uma única rua, são edificadas com tijolos de barro, secos ao sol, e rebocadas, as fachadas, de cal. Neste clima temperado e suave, o tijolo conserva-se durante gerações. Nas aldeias, com freqüência, ergue-se um único edifício de pedra, uma espécie de centro de reuniões, denominado "sinagoga", que serve de escola e de local de orações. Acima de tudo, êste povo aprecia a cultura e jamais me defrontei com um judeu que não soubesse ler e escrever. Segundo tôdas as probabilidades, isso aumenta-lhes a arrogância e, sem dúvida, nutre o seu menosprêzo pelo mundo exterior, onde poucos são letrados.

Abundam as plantações de oliveiras e, nas montanhas, existem, zelosamente preservadas, florestas de cedro e pinheiro alvar. Os terraços, construídos no transcurso de um período superior a mil anos, foram levantados com a terra transportada, em cêstos, dos ricos vales, onde o humo mede de trinta a quarenta pés de profundidade. Nas colinas, por tôda a parte, existem cisternas, com diques de pedra para captar as águas das chuvas. E sentimos constante admiração pela soma prodigiosa de labor humano invertida na feitura dêste país — e mais ainda, quando se sabe que, de tôdas as regiões do mundo, esta possui o menor número de escravos. Enquanto, de acôrdo com o último censo, havia entre nós vinte e três escravos para cada cidadão livre, aqui na Judéia, é o inverso, havendo, talvez, um escravo para cada grupo de vinte ou trinta cidadãos. Isto constitui, em si mesmo, um perigo que não deve ser ignorado, pois êste povo, por fôrça de lei, alforria a todos os seus escravos após um certo período e, entre êles, é crime bater num escravo ou mantê-lo na ignorância. E se se considera que a ilimitada escravatura é a própria base da civilização ocidental, a rocha inabalável em que repousa, com tamanha segurança, a república romana, verifica-se que a questão dos judeus não é meramente um problema local.

Avançamos para o interior, por uma estrada medíocre — nenhuma de suas vias merece comparação com as nossas — ao longo de um pequeno e agradável riacho, que saltava e serpejava entre as colinas até alcançarmos o povoado de Modiin. Eu tinha especial interêsse por esta aldeia, que foi o berço ancestral dos Macabeus e, durante tôda a revolta, o ponto de concentração de suas fôrças. Os judeus sentem pelo sítio particular veneração; o meu guia falava nêle com uma deferência mesclada de temor; e todo homem nascido em Modiin — restam poucos, dado o grande número que pereceu nas guerras — tem direito às honras de *adon,* título concedido às personalidades locais de certo grau e dignas de respeito. Quando chegamos a Modiin, o cameleiro foi rezar na sinagoga e, por

210          Entre Dois Mundos

mais de uma hora, errei sòzinho pela povoação. Excetuando-se
o fato de ser uma aldeia extraordinàriamente bonita e bem conservada, situada num ponto ideal, ao pé das colinas ondulantes, não consegui ver em que êste povoado se distinguia das
incontáveis aldeias da Judéia. Os seus habitantes pareciam
sadios, bem formados, e eram muito amáveis. A Judéia inteira
é um país de vinhas, mas essa aldeia jaz no coração dos melhores vinhedos e, por tôda parte, ofereceram-me taças de vinho
local, do qual os seus produtores muito se orgulham. Embora,
em minha estada na Judéia, jamais eu visse um caso de embriaguez, êste povo bebe vinho tão fàcilmente como água; possuem infinitas variedades de vinho branco e tinto e todos são
versados numa ciência peculiar da uva. Como muitas outras
coisas, envolvem o ato de beber vinho de inúmeras cerimônias
e preces, e mostraram-se muito contentes quando elogiei seus
produtos.

De Modiin, prosseguimos pela estrada para Jerusalém, atravessando o coração, densamente povoado, do país. Na jornada entre Modiin e Jerusalém, contei vinte e uma aldeias. Cada
polegada de terreno recobria-se de terraços e plantações. Os
celeiros estavam cheios; os carneiros e as cabras pastavam
nos campos ceifados; o queijo pendia de cada soleira e abundavam as cisternas cheias de óleo de oliva. O pão é cozido
em comum e, em muitas aldeias, fomos saudados pelo fragrante olor de montanhas de pão fresco. As galinhas — o alimento
básico e o prato de carne habitual do país — estavam em tôda
parte, nas estradas, nos campos, e dentro e fora das casas, pois
êste povo raramente fecha as suas portas e a praga de Roma,
o roubo, é quase inexistente aqui. As crianças, que parecem
inumeráveis na Judéia, são rechonchudas e felizes; o aspecto
do país sob Simão, o Etnarca, é tão sadio, tão rico e de tanto
aprazimento que, embora eu tenha percorrido três continentes
e visitado, pelo menos, uma centena de grandes cidades, nunca
encontrei, em qualquer parte, uma vida tão fecunda. Êste país,
tampouco, é infestado, como o nosso, pela ralé de homens
livres que não trabalham e não têm meios de subsistência, mas
vivem na sangria de seus superiores; falo da praga plebéia. Na
realidade, as diferenças de fortuna e situação, que eram acentuadas ao eclodir da guerra, desapareceram em sua quase totalidade, quando o povo inteiro conheceu o sofrimento. Os muito
ricos aliaram-se aos invasores e foram mortos ou exilados, e,
durante o conflito, morreram tantos que, no fim, a escassez
era de homens e não de terras.

Enumero tais qualidades a fim de proporcionar um quadro
completo; não obstante, devo acrescentar que não se pode gostar de um judeu pelas mesmas virtudes que se admirariam em
outros povos, pois o judeu é demasiadamente consciente de

H. Fast

suas realizações. Não aceitam nada como implícito, nem a cortesia, nem as boas maneiras, nem a virtude, mas têm de salientar sempre que tais coisas decorrem de sua condição de judeu. Adoram a paz, mas não permitem que se esqueça o preço de sua conquista; a família é como um arco de pedra sôbre as suas cabeças, mas sabem disto e sempre desprezam o *nochri* destituído de igual qualidade. O poder e os que o exercem, êles odeiam; todos os demais deuses, exceto os dêles, caluniam; e tôdas as demais culturas, que não sejam a sua, lhes são ofensivas. Assim, enquanto se admira, sem reserva, tudo o que possuem, edifica-se, simultâneamnte, um ódio ardente contra êste povo. A isto se alia o fato de que possuem tão pouco da graça e do delicado conhecimento que enobrece sêres humanos.

Ao entardecer, alcançamos Jerusalém, nobre e magnífica cidade, coroada com o edifício sagrado de todos os judeus, o Templo. Metade da urbe é dedicada ao Templo, com seus numerosos prédios, seus pátios, suas alamêdas e as maciças muralhas que o rodeiam — tão maciças como as muralhas que cercam a própria cidade. Não é o tamanho ou o esplendor arquitetônico que forma a beleza da cidade; é, antes, a sua localização e o seu estilo, os quais parecem radiar o fanático amor que o seu povo lhe devota. Com o meu guia, aproximei-me de Jerusalém à hora do ocaso, quando as muralhas, os edifícios e o Templo banhavam-se nos róseos matizes do fúlgido poente. Cruzamos os portões e, mesmo dali, pudemos ouvir o grave e harmonioso coral dos sacerdotes e levitas, elevando-se dos átrios do Templo. A despeito de mim mesmo, a despeito do meu preconceito contra êste povo, já tão arraigado em mim, não pude deixar de me comover e impressionar com a beleza da música e com a singular doçura que impregnou a multidão, enquanto o cântico prosseguia. Aquêles judeus assumiram uma atitude tão ingênua e tão singela, uns para com os outros e para comigo mesmo, que perguntei a Aarão ben Levi a razão disto. E êle me respondeu enigmàticamente.

— Nós fomos, outrora, escravos na terra do Egito.

Foi a primeira vez que ouvi a frase, quase sempre presente no pensamento dêste povo, e, mais tarde, discuti-a, em seus detalhes, com Simão, o Macabeu.

Ao entrarmos na cidade, um punhado de soldados que mantinha uma guarda relaxada e fácil às portas da mesma nos acompanhou, sem estorvar-nos, à medida que subíamos, através da urbe, para o Templo. Agora a escuridão era completa; os hinos cessaram e, pelas portas abertas, víamos as famílias sentando-se à mesa para o repasto noturno. As ruas apresentavam-se limpas e novas, e as casas, em sua maioria construídas de pedras e tijolos de barro, pintadas ou caiadas de branco. Comparada a uma de nossas cidades ocidentais, Jerusalém

212 Entre Dois Mundos

é surpreendentemente asseada, mas, excetuando-se o Templo, parece mais um grupo de aldeias do que uma metrópole, como conhecemos. Seus habitantes vivem em livre e fácil camaradagem; suas portas nunca se fecham e tanto o riso como as lágrimas são propriedade comum.

Pudemos chegar, sem ser detidos, até a entrada exterior do Templo, embora tivéssemos de deixar os nossos animais numa estrebaria, situada a cêrca de cem jardas mais abaixo.

Com cortesia mas firmemente, dois servidores do Templo, envergando vestes brancas, os chamados levitas que se orgulham de descender da antiga tribo de Levi, barraram-nos o caminho e, ignorando a minha presença, informaram ao meu guia que o estrangeiro não podia ir adiante.

— Naturalmente — concordou Aarão ben Levi, com aquela enfastiada nota de desdém — já que é romano. Mas êle vem como embaixador, para falar com o Macabeu e aonde irá se o Macabeu não o receber aqui?

Levaram-nos, então, ao palácio de Simão, que, em nosso país, dificilmente seria chamado de palácio. Era uma casa de pedra, asseada e espaçosa, recém-construída sôbre a encosta, próxima ao Templo, dominando uma profunda ravina que a separa dêsse. As reduzidas mobílias eram modestas peças de cedro e as tapeçarias, de pesada lã, tingida de côres vivas; fui saudado por uma mulher de meia idade, bastante bonita, a espôsa do Etnarca. De cabelos e olhos negros, sempre reservada em minha presença, ela não era, na verdade, o tipo da mulher judia — e só mais tarde, através da leitura de um manuscrito que anexarei a êste relatório, consegui compreender os laços que a uniam ao espôso; pois, embora houvesse um profundo respeito, as relações do casal pareciam comportar pouco amor. O Etnarca tem quatro filhos, mancebos altos e fortes, e a vida que levam é simples, quase se poderia chamar ascética. A sua única filha casou-se há alguns anos.

Um dos filhos, Judá, conduziu-me aos meus aposentos. Pouco depois, um escravo trouxe-me um banho de água quente e salgada. Removi a poeira da viagem e estendi-me, satisfeito, a descansar e, enquanto eu permanecia deitado, serviram-me vinho e frutas frescas, que colocaram sôbre uma mesa baixa, ao meu lado. Então, durante uma hora, deixaram-me só, num descanso pelo qual eu me senti muito agradecido.

Especifico tais questões para salientar, mais uma vez, como curiosamente se misturam o bem e o mal neste espantoso povo. Não é muito provável que em Roma, Alexandria ou Antioquia, qualquer estrangeiro chegasse tão fàcilmente ao primeiro cidadão do país, nem que fôsse recebido com tanta presteza e tanta hospitalidade. Ninguém me perguntou o que eu vinha fazer ou o que desejava do Macabeu e nem sequer qual era o meu nome. Ninguém procedeu ao exame de meus documentos, de meus salvo-condutos ou de minhas credenciais. Aceitaram-me, pura e simplesmente, como um estrangeiro extenuado e trataram-me com aquela codificada formalidade, que concede certos direitos a todo estrangeiro.

Uma hora mais tarde, o Macabeu, ou o Etnarca, apareceu pessoalmente. Foi a primeira vez que contemplei êste homem quase lendário, o único sobrevivente dos cinco irmãos Macabeus, Simão, o filho de Matatias; e, persuadido como estou de que tôda ação que o Senado decidir empreender terá de passar através desta criatura, tentarei descrever, em seus pormenores, a sua aparência e a sua personalidade.

É um homem de estatura muito elevada, de, pelo menos, seis pés e três polegadas, de corpo bem proporcionado, e de imensa fôrça e resistência física. Deve beirar os sessenta anos. Quase calvo, os seus cabelos e sua barba retêm um traço de ruivo que é um característico de família e, também, daqueles que se denominam *cohanim,* uma *gens* da tribo de Levi. As suas feições são largas e vigorosas, o seu nariz muito arqueado lembra um bico de falcão. Sob as sobrancelhas eriçadas e salientes, apresenta-se um par de olhos agudos e de um azul-pálido, e sua bôca é cheia e forte, de lábios quase grossos. A barba é tôda grisalha e, ao contrário da maioria do povo, que apara a barba uma ou duas polegadas abaixo do queixo, a do Macabeu ostenta o comprimento natural, abrindo-se-lhe sôbre o peito, qual um amplo leque, e isto, por estranho que seja, aumenta ainda mais a sua majestade e dignidade. As suas mãos também atraem o olhar, pois são belas e fortes, e os seus ombros são de uma surpreendente largura. Em conjunto, é um dos homens mais marcantes e impressionantes que jamais encontrei, e basta vê-lo para compreender a incrível devoção e respeito que os judeus lhe dedicam.

Quando o vi pela primeira vez, naquela noite, usava uma simples túnica branca, sandálias e, na cabeça, um pequeno gorro azul. Afastando a cortina de lã, que separava o seu aposento do resto da casa, sem ser anunciado, sem ser acompanhado, entrou na câmara, com um passo hesitante, como que se desculpando — como se perturbar o meu descanso constituísse um ato imperdoável. Naquele momento, mirando-o, e tendo em vista o seu papel político e a sua aparência física, tive de decidir, no mesmo instante, qual a atitude que melhor serviria à minha missão e melhor conviria aos interêsses de Roma. Em geral, êste povo sabe muito pouco de Roma. Entre êles, não se pode, como na Síria e no Egito, mencionar simplesmente o nome do augusto Senado e obter, como resposta, o respeito e o acatamento. Além disto, eu viera sòzinho, sem séquito ou escolta; isto foi, é lógico, de minha livre

214                                    Entre Dois Mundos

e espontânea escolha, e sou de opinião de que nada favorece
tanto o prestígio de Roma entre as cidades, como a maneira
pela qual seus legados se deslocam, amparando-se, não em soldados e em lanças, mas ùnicamente no longo, poderoso e inexorável braço do Senado. Entretanto, tive de ressaltar êste fato
a alguém que certamente o ignorava; e, agindo no espírito de
tal necessidade, desafiei aquêle homem poderoso, saudando-o
fria e sêcamente.

Informei-lhe que o Senado me enviara à Judéia para encontrar
o Macabeu e estender-lhe a minha mão — que era a mão de
Roma e do Senado também — se êle o desejasse. Não fui
amável; ao contrário, permiti que uma nota dura de fôrça
soasse em minha voz e sublinhei que Cartago, a Grécia e algumas outras nações acabaram por compreender que, com
Roma, a paz é preferível à guerra.

Sem dúvida alguma, era a melhor atitude a adotar, mas devo
relatar, com tôda honestidade, que êle não me pareceu particularmente perturbado. Manifestou maior interêsse pela maneira como fui tratado durante a minha estada na Judéia, do que
pelas relações entre os nossos dois países; e, quando lhe falei
da insolência de meu guia, sorriu e aquiesceu com a cabeça:

— Conheço êste homem, êste Aarão ben Levi — disse o
Etnarca. — Êle tem uma língua comprida. Espero que o per-
does, pois trata-se de um velho, e seu passado é mais glorioso
do que o seu presente. Foi um grande arqueiro em seu tempo.

— E, no entanto, tu o recompensas com a pobreza e a obs-
curidade? — inquiri.

O Macabeu levantou as sobrancelhas, como se eu houvesse
dito algo totalmente ininteligível e êle fôsse muito delicado
para me fazer sentir que eu dizia absurdos.

— Recompensá-lo? Por que hei de recompensá-lo?

— Porque foi um grande soldado.

— Mas por que hei de recompensá-lo? Não lutou por mim.
Lutou pela aliança, pela Judéia, como todos os judeus lutaram.
Por que distingui-lo dos demais?

Eu já me habituara ao irracional ponto morto a que se chega
em qualquer tema de disputa e discussão com êste povo. Ademais, eu estava fatigado e, percebendo-o, o Macabeu me desejou boa noite, convidando-me a comparecer, no dia seguinte,
à sua câmara pública e presenciar o julgamento do povo, pois
assim eu poderia familiarizar-me, mais ràpidamente, com os
costumes e problemas do país.

Neste ponto, creio que será de algum proveito dizer uma ou
duas palavras relativas ao título e à posição de Simão ben
Matatias, pois tal esclarecimento tornará mais compreensível
o incidente ocorrido no dia seguinte na câmara de julgamento.
Não posso proporcionar uma clareza total, porquanto há algo

nas relações políticas e pessoais dêste povo, no seu próprio íntimo, que é totalmente alheio à nossa forma de viver e pensar; mas posso apresentar certos aspectos da questão.

Simão é o Macabeu, ou seja, o herdeiro de um estranho e curioso título, atribuído primeiramente ao seu irmão menor, Judá, e que atualmente é de algum modo aplicado à família inteira. Assim, o pai, Matatias, e todos os cinco irmãos são conhecidos como "os Macabeus". O significado exato dêste título é obscuro, embora o próprio Simão sustente que é um título dado a um chefe que, saindo do povo, guarda-lhe fidelidade; isto é, fiéis do ponto de vista judaico, do ponto de vista de um povo que abomina a ordem e despreza a autoridade. Contudo, outros judeus com quem discuti o problema não são da mesma opinião. E assim, a palavra em si recebe tantas explicações, que quase perde todo sentido. Isto não quer dizer que o título não imponha respeito; só há um Macabeu e êste é Simão, o Etnarca, porém o mais vil mendigo da rua pode detê-lo, discutir com êle e falar-lhe de igual para igual. Isto eu vi com os meus próprios olhos e posso atestá-lo. Neste país, onde todos os homens lêem, tagarelam e filosofam, não pode surgir uma camada cultural e superior de sêres humanos, como o grupo que é a riqueza e a glória de Roma; todavia, essa singular e escandalosa democracia judaica é tão persistente e diabólica, que se deve considerá-la uma moléstia, da qual nenhum país está imune.

Quanto ao govêrno que Simão encabeça, é tão frouxo, que chega a quase não existir. O Etnarca parece ser a mais alta autoridade, já que submetem a êle, para que os julgue, todos os casos de litígios, grandes ou pequenos. Mas êle é humilde e abjetamente responsável perante um corpo de anciãos, os *adonim* e rabis, como são chamados, que constituem a Grande Assembléia. Ao contrário de vossas próprias e augustas pessoas, tal Assembléia não pode legislar, pois a Lei é considerada um contrato entre os homens e Jeová. O conselho não pode, tampouco, promover a guerra; na realidade, a guerra só é declarada após a reunião de milhares de cidadãos, perante os quais a questão é colocada diretamente. Por irrazoável que pareça semelhante procedimento, no entanto é usado com freqüência.

Foi no dia seguinte que Simão sentou-se para julgar. Assentado num canto da sala, fiquei observando tranqüilamente, mas sem deixar escapar nada. Êste é, em minha opinião, o dever de um legado, pois o quadro de qualquer povo merecedor da ação do Senado deve ser composto, em seus menores detalhes, à base de inúmeros fatôres contraditórios — e, ainda mais, quando se trata de uma raça tão astuta e complexa como a dos judeus. No curso dêste dia de julgamento, ocorreu um

216            Entre Dois Mundos

incidente de tal interêsse, que não posso deixar de descrevê-lo. Um curtidor apresentou-se ao Macabeu, acompanhado de um aterrorizado rapaz beduíno, um menino abandonado por uma das muitas tribos bárbaras que erram pelo deserto do Sul. Cinco vêzes o rapazola fugira e outras tantas o curtidor recuperara a sua legítima propriedade, várias delas ao preço de uma despesa considerável. Com tôda a razão, sentiu-se lesado; mas a lei vedava-lhe o que teria sido, em Roma, um ato normal de bem-estar público, ou seja, esfolar o menino e pendurar a sua pele numa praça pública, como lição e advertência a outras propriedades.

Ao invés disso, o curtidor compareceu perante o Etnarca, pedindo-lhe, apenas, permissão para ferretear o menino, de modo que, terminado o seu tempo de servidão, carregasse a vida inteira o signo da escravidão. A mim tal solicitação pareceu moderada e justa, e eu esperava que Simão a deferisse no mesmo instante. Mas o Macabeu parecia incapaz de tomar uma decisão tão simples e rebaixou-se, entrando em conversação com o escravo, perguntando-lhe por que fugira.

— Para ser livre — respondeu o menino.

O Macabeu quedou-se em silêncio, como se essas palavras óbvias contivessem alguma profunda e misteriosa significação. Afinal, quando falou, proferindo a sua sentença, a sua voz grave impregnara-se da mais terrível melancolia. Eis as suas palavras, que anotei na hora:

— Dentro de dois anos êle será pôsto em liberdade, assim reza a Lei. Não o ferres.

Então o curtidor reclamou, indignado, nesse tom insolente que todo judeu se sente autorizado a empregar com qualquer outro, sem qualquer consideração de linhagem ou de posição:
— E o dinheiro que paguei à caravana?

— Coloca-o na conta de tua própria liberdade, curtidor — retrucou o Macabeu.

O curtidor pôs-se a protestar, chamando o Macabeu pelo seu nome, Simão ben Matatias; mas Simão, de repente, ergueu-se de um salto, estendeu uma de suas grandes mãos e ameaçou com a outra, enquanto bradava:

— Curtidor! eu te julguei! Quanto tempo faz, desde a época em que também dormias numa piolhenta tenda de pele de cabra? Será tão curta a tua memória? É a liberdade algo que podes pôr e tirar, como um manto?

Foi a única vez que vi o Etnarca encolerizado, a única vez que vi brotar de sua alma uma profunda e corrosiva amargura; porém proporcionou-me a melhor revelação sôbre a real natureza de Simão ben Matatias.

## H. Fast

Aquela noite, jantamos juntos e, à mesa, não consegui evitar um sorriso, ao lembrar a curiosa e primitiva cena que eu testemunhara à tarde.

— Achaste divertido? — indagou o Macabeu. Em seu íntimo havia algo em chamas, e comecei a tagarelar a fim de suavizar as arestas, propondo-lhe várias questões sôbre a escravatura e sôbre a singular religião dos judeus. Quando o seu humor tornou-se mais amável, quando só nós continuávamos sentados — os seus filhos retiraram-se para dormir e a sua espôsa, queixando-se de uma dor de cabeça, dirigiu-se para o balcão — eu disse:

— O que pretendias dizer, Simão, o Macabeu, quando perguntaste ao curtidor se a liberdade é algo que se pode pôr e tirar, como um manto?

O ancião segurava um cacho das maravilhosas e doces uvas da Judéia; pondo-as sôbre a mesa, encarou-me por um ou dois minutos, como se eu o tivesse despertado do sono.

— Por que perguntas? — inquiriu êle por fim.

— A minha função é perguntar, saber, compreender, Simão ben Matatias. Senão, faltarei com o dever a Roma e a mim mesmo.

— E o que é a liberdade para ti, romano? — estranhou o Macabeu.

— Por que será que não se pode propor uma questão a um judeu, sem que êle, em troca, proponha outra questão?

— Possìvelmente, porque as dúvidas de um judeu se emparelham com as tuas próprias, romano — retrucou êle, com um sorriso bastante triste.

— Os judeus não duvidam. Tu mesmo me disseste que eram o povo eleito.

— Eleito? Sim, mas para quê? Em nossos rolos sagrados, que tu desprezas e disto tenho certeza, romano, está escrito: *E te darei qual uma luz aos gentios*...

Não consegui me refrear e disse: — Que espantoso e incrível egoísmo.

— Talvez. Tu me interrogaste acêrca da liberdade, romano; para nós isto é algo diferente em relação aos outros, pois outrora fomos escravos no Egito.

— Já o disseste antes — relembrei — como se fôra uma fórmula mágica. É isto um feitiço ou um encantamento?

— Não lidamos com feitiços nem encantamentos — respondeu o ancião desdenhosamente. — Eu disse o que pensava. Nós fomos outrora escravos no Egito. Isto foi há muito tempo... há muito, muito tempo, em têrmos de *nochri,* mas para nós o passado vive; nós não o destruímos. Então fomos escravos e penávamos de manhã, à tarde e à noite, sob o látego do feitor... e ordenavam-nos que fizéssemos tijolos sem palha,

218                                          Entre Dois Mundos

e arrancavam-nos as crianças, e o homem era separado de sua mulher, e o povo inteiro, na sua agonia, gemia e bradava ao Senhor. Assim, gravou-se em nós a noção de que a liberdade é uma boa coisa e algo profundamente ligado à própria vida. Tudo tem o seu preço, mas é só com o sangue de homens valentes que se compra a liberdade.

— Isto é muito comovedor — redargüi sêcamente, segundo receio — mas não responde à minha pergunta. É a liberdade o vosso deus?

Simão sacudiu a cabeça com resignação e agora, na realidade, êle era o judeu, plenamente o judeu, fundido num único ser com o meu ressequido e desprezível cameleiro; pois êste rude chefete montanhês compadecia-se de mim, dando provas de paciência.

— Tôdas as coisas são o nosso deus — ponderou êle — pois Deus é tudo, é um, e é indivisível; não vejo como posso te explicar melhor, romano.

— E os outros deuses? — sorri.

— Há outros deuses, romano?

— Qual a tua opinião, judeu? — perguntei-lhe, forjando o insulto e desferindo-o, pois eu já estava mortalmente enjoado de sua insolência revestida de humildade.

— Eu conheço apenas o Deus de Israel, o Deus de meus pais — disse o Macabeu imperturbado.

— Com quem tu falaste, não?

— Eu jamais Lhe falei — respondeu o ancião com paciência.

— Ou viste?

— Não.

— Ou tiveste testemunho dêle?

— Sòmente nas colinas e nos campos de minha terra natal.

— Por onde êle passeia, não?

— Onde Êle habita, entre outros lugares — disse o velho sorrindo.

— E no entanto, tu sabes que não há outros deuses?

— Isto eu sei — afirmou o Macabeu.

— Gostaria de crer — disse eu — que um respeito decente pelos deuses de outros povos, ou ao menos pelos sentimentos dos demais, evitaria uma eliminação tão ampla.

— A verdade é a verdade — replicou, sinceramente perplexo.

— E conheces tão bem a verdade, judeu? Podes responder a tôdas as coisas, a tôdas as questões, a tôdas as dúvidas, a tôdas as vacilações, a todos os espantos? Deus confiou-lhes a verdade quando os elegeu, a vocês, um punhado de rústicos montanheses, entre um imenso, ilimitado e civilizado mundo?

Eu aguardava a sua cólera, mas não havia sombra de irritação em seus olhos pálidos e assombrados. Permaneceu um longo momento mirando-me, investigando o meu rosto, como

H. Fast

se desejasse algo que aquietasse a sua perplexidade. Em seguida, ergueu-se e saiu:

— Peço-te desculpas, mas estou cansado — disse êle, deixando-me sòzinho.

Após a sua partida, continuei sentado por algum tempo e depois fui para o balcão, a melhor peça da casa, uma ampla e espaçosa varanda, guarnecida de divãs e dominando uma profunda e estreita garganta. Abaixo, encontra-se a cidade e as ondulantes colinas da Judéia e a sua magnífica posição compensa as falhas arquitetônicas.

Ali, no terraço, a espôsa do Etnarca ainda estava sentada. Ao perceber a sua presença, pretendi retirar-me, mas ela me chamou: — Não vá embora, romano, salvo se a conversação com o Etnarca cansou-te a ponto de não podêres palestrar novamente.

— Estava admirando êste lugar. Mas não devo permanecer aqui sòzinho contigo.

— Por quê? Seria errado, em Roma?

— Muitíssimo errado.

— Mas, na Judéia, nós fazemos as coisas de modo diferente. O meu nome é Ester e, de qualquer maneira, sou uma velha; senta-te, pois, aqui, Lêntulo Silano, e ninguém pensará mal disto. E podes me contar algo de Roma, se não te aborrece distrair uma velha, ou talvez eu te conte algo da Judéia.

— Ou...

— Ou de Simão, o Macabeu.

Concordei, fazendo sinal com a cabeça.

— Simão Macabeu... Mas pode acontecer que eu saiba menos sôbre êle do que tu, romano, pois, como já presumiste com certeza, Simão é um homem estranho e voluntarioso e, excetuando-se o seu irmão Judá, não sei se, no mundo inteiro, jamais houve um homem igual. Simão da mão de ferro, assim o chamam, mas, no fundo, êle tem em si muito pouco ferro.

Permaneci em silêncio e aguardei. Agora eu já conhecia bastante os judeus, para duvidar da minha habilidade de tecer qualquer comentário apropriado. O que agrada aos outros ofende-os, e o que ofende os outros agrada-lhes. Enquanto estou na Judéia, sou Roma; e Roma sempre está interessada, sempre curiosa, sempre indagando. Esta mulher precisava falar e queria falar e, como parecia sentir uma singular satisfação em falar a um romano, recostei-me no divã, observando-a e ouvindo-a.

— Êle é meu marido, Lêntulo Silano, e não há atualmente, em todo o Israel, um homem igual. Não é estranho? Ou será êste minúsculo país sem importância e tão incivilizado que as minhas palavras te divertem? Eu sei, muitas coisas te divertem, ou talvez não, e êste teu sorriso cínico e desdenhoso talvez seja parte do teu uniforme de legado. Eu o percebi muito bem. Ou pode ser que eu seja injusta contigo e que, realmente, te divertes com êstes judeus esquisitos e bizarros. Por que te encontras aqui? Por que te enviaram? Não te dês ao trabalho de responder a uma velha tagarela e, de qualquer modo, eu estava falando de Simão Macabeu. Êle tinha quatro irmãos, sabes; são, pois, cinco os que nós chamamos de Macabeus, mas os outros morreram e nêle, Simão, alguma coisa também pereceu. Tudo o que amava, tudo o que jamais soube amar, concentrava-se nesses seus irmãos e num dêles, cujo nome era Judá. Foi depois da morte de Judá que êle me desposou. Não porque me amasse. Oh! cresci ao seu lado, em Modiin, e desde criança Simão via-me todos os dias, mas êle não podia me amar, nem a mim, nem a mulher alguma, nem mesmo a uma cujo nome era Rute, a mais bela mulher que jamais pisou o solo de Modiin. Mas estou te importunando com a minha parolice. Desejavas que eu falasse dêle e não de mim.

— Mas sim, de ti — aventurei-me — pois és parte dêle.

— Bem, estas são, de fato, palavas amáveis — disse Ester sorrindo pela primeira vez — mas dificilmente correspondem à verdade, Lêntulo Silano. Ninguém é parte do Macabeu, nenhuma mulher no mundo. Êle é um homem solitário e desgostoso, e sempre foi assim, e o seu desgôsto provém da existência perdida, da existência que todos os homens levam mas que os Macabeus não conheceram. Pensa, romano, o que é viver sem alma, sem o próprio eu, viver apenas para algo situado fora de ti. Considera êsses cinco irmãos, e percorre Jerusalém e a Judéia e pergunta. Não encontrarás nada contra êles, nenhum pecado maculando-os. Saberás, tão-sòmente, que eram sem igual e sem mácula...

Ela se deteve de repente, lançando um olhar para o maravilhoso vale iluminado pelo luar e, depois, exclamou:

— Mas a que preço! Que preço pagaram!

— Mas foram vitoriosos.

Ela voltou para mim aquêles profundos e meditativos olhos negros, e nêles havia uma ponta de cólera, temperada e submersa em tamanho lago de pesar, tristeza e desespêro, como jamais eu vira em outros olhos. Depois, tudo se desfez e apenas a tristeza remanesceu.

— Êles foram vitoriosos — aquiesceu. — Sem dúvida, romano, êles triunfaram. Durante trinta anos, meu espôso conheceu apenas a guerra e a morte. Em nome do que lutais, romano? Por terra? Por saque? Por mulheres? E queres que eu te explique um homem que lutou pelo santo convênio entre

H. Fast                                                                221

Deus e a humanidade, êste pacto que diz uma única coisa:
todo ser humano deve caminhar ereto e puro na liberdade...
  Eu a observei, sabendo que nada restava a dizer, tentando
compreender o extraordinário comportamento dêste povo que
rejeita tudo o que é valioso e substancial e ergue um altar ao
nada.
  — ... sem glória. Onde estava a glória para Simão ben
Matatias? Para os seus irmãos, sim. Para o último de seus
irmãos.  Dize uma palavra contra Judá, Lêntulo Silano, e,
apesar de tôdas as leis de hospitalidade, êle te abaterá com a
sua própria mão.  Ou contra Jonatã, contra João ou Eleazar.
No seu amor a Judá, havia porém algo mais, algo que lhe
dilacerava o coração, eu não compreendo o quê, mas sempre
o dilacerou, sempre.  E Simão só pôde amar aos seus irmãos,
êle que difere de qualquer homem no mundo inteiro...
  Estendido, sem um movimento, eu observava as lágrimas
rolando sôbre as suas faces e meu coração sentiu-se quase
agradecido, quando aquela mulher levantou-se, pediu-me apressadas desculpas e me deixou só.

# D. SZOMORY

DEZSÖ SZOMORY (1869-1914) é um dos escritores mais pessoais da literatura húngara. Temperamento aristocrático e sonhador, inspirou-lhe tamanho horror a idéia de fazer o serviço militar obrigatório que desertou e foi viver em Paris vinte anos de uma vida inverossímil, boêmia e estudiosa, de uma indigência ardente e patética. Anistiado pelo rei e imperador Francisco José em consideração da série de peças em que reconstituía a existência de vários monarcas da Casa de Habsburgo — antes óperas que dramas, e nas quais a orquestração dos diálogos importa mais do que os fatos históricos e a verdade das situações e dos caracteres — voltou a Budapeste. Da longa permanência de Paris, o escritor trouxera nos ouvidos a lembrança da música da frase francesa, e essa música o inspirou na criação do próprio estilo, conscientemente artificial, em que confluem tiradas líricas e incidentes explicativos e circunstanciados, um *pathos* solene e rodeios do linguajar judaico de Budapeste, até então julgado indigno de qualquer aproveitamento literário. O resultado é um texto híbrido e sugestivo, eminentemente musical, a um tempo irritante e enfeitiçador. Representante da arte-pela-arte mais pura, Szomory viu-se vilipendiado e perseguido pelos racistas como demolidor. Morreu, durante o assédio de Budapeste, no gueto, onde o haviam encurralado. O protagonista dêste conto (extraído de *A Mennyei Küldönc,* na tradução de Paulo Rónai), o Professor Horeb, velho orientalista judeu, sábio e ingênuo, conhe-

224  Entre Dois Mundos

cedor de um sem-número de coisas inúteis do passado e inteiramente deslocado dentro da vida prática, é personagem a cada passo retomada pelo autor em seus contos e crônicas.

## NA LINGUAGEM DOS PÁSSAROS

Ao crepúsculo, na Ilha Margarida, o Sr. Professor Horeb estava sentado sòzinho num banco, debaixo dos plátanos, arejando em tôdas as direções, como um gasômetro, a cabeça pesada. O chapéu de côco jazia surrado no banco, com a peculiar afeição que leva certas vestimentas a compartirem seu destino e sua melancolia com o próprio dono. Eu mesmo fui sentar-me ao lado do Professor Horeb, atraído por uma afeição objetiva, embora não sem a ironia com que a gente se senta ao lado de uma dessas carecas sábias.

— Que linda cabeça tem o senhor, professor! — disse-lhe, enternecido. — É pena que viva escondendo-a, filosòficamente, debaixo do chapéu.

— Cabeça linda é a de Teopompo, ou a de Széchenyi István — respondeu-me declinando o cumprimento com modéstia bem informada. — A primeira exigência de uma cabeça linda, plàsticamente falando, é a barba, uma barba cheia, espêssa e crêspa, como, por exemplo, a de Anacreonte, a qual, por assim dizer, absorve e devora a pele num mato de pêlos, uma barba onde o rosto mergulha e desaparece para sempre. Mas em que é que posso servi-lo? — perguntou com a superioridade algo distante dos orientalistas em relação a qualquer leigo.

— Já que o senhor está estudando a época de Salomão — insinuei — talvez queira esclarecer as minhas trevas com alguma lenda.

— Está ouvindo êste chilrear dos passarinhos? — revidou o Professor Horeb com uma interrogação que, na prática dos sábios, equivale a uma introdução.

— Estou — respondi interessado.

Nos galhos, acima das nossas cabeças, havia, com efeito, uns pássaros assobiando.

— Êstes aqui são melros — retornou o Professor Horeb — mas aquêles de quem eu lhe quero falar eram simples pêgas, que moravam num cipreste, na época do rei Salomão. É um conto antigo, um conto do Midrasch, se me dá licença, e que talvez você já tenha ouvido... Ainda assim, vou repeti-lo, porque o seu sentido simbólico tem para mim valor eterno.

— Para mim também — respondi sem convicção.

# D. Szomory

— Pois bem, aquilo era um casalzinho de pêgas muito comuns, sentado num cipreste da região onde o rei Salomão construiu o seu templo. Você sabe que êsse templo era uma das maravilhas do mundo, para maior glória do Senhor. Todo o Oriente, da Fenícia à Carmânia, só falava naquele edifício, que, de seus dezoito terraços de mármore, sobrepostos uns aos outros, exalçava até os céus mais altos a sua admirável fileira de colunas no meio de uma multidão tão maciça de águias e leões de ouro que superava qualquer construção do Egito e parecia uma fortaleza digna, de fato, de ser escolhida pelo próprio Jeová para moradia definitiva. Assim sendo, o rei Salomão, alegre, veio dar uma voltinha no seu jardim e sentou-se num banco de pedra, precisamente debaixo do cipreste, onde as duas pêgas chilreavam. Era de lá que se descortinava melhor o panorama do templo, e o rei contemplava com satisfação a sua grande obra, esfregando as mãos peludas. Apenas por um instante se lhe anuviou a fisionomia, ao lembrar-se do orçamento, de tôdas aquelas faturas de cujo montante ainda devia uma parte aos faraós pelos blocos de mármore e ouro, outra parte ao rei de Tiro pelos troncos de cedro, escolhidos e extrafinos, que êste lhe remetera do Líbano, *cif Ofir,* como dizem os comerciantes. No entanto, como o sol se estivesse pondo, precisamente, acima das fileiras de colunas, o templo, com sua massa infindável de pedras, parecia destacar-se em ouro puro sôbre o céu. "Tanto faz! — exclamou o rei encantado. — Pouco me importa o que custou!" E já ia pegar da sua lira portátil para entoar o mais feliz Cântico dos Cânticos, quando, de repente, sua atenção foi atraída pela voz dos passarinhos (que, como todos sabem, êle compreendia tão bem como a linguagem humana). Pois naquele mesmo instante o pêgo estava dizendo à pêga: — "Salomão está-se dando ares com êste templo. Pois bastaria que eu desse um pontapé na cúpula para todo o calhambeque vir abaixo!" O rei Salomão ficou todo brabo, como costumava ficar por qualquer bobagem. Mandando vir à sua presença o tagarela atrevido, repreendeu-o duramente na linguagem dos pássaros: — "Que foi que você disse, seu pêgo atrevido?! Você faria vir abaixo o meu templo com um pontapé?!" E levantou a mão para esmagá-lo. "Perdão, grande rei! — pipilou o passarinho. — Peço que V. M. tenha compaixão de mim, desta vez. Eu só falei tudo aquilo para fazer farol diante da minha noivinha, pois não vê que o tempo da junta vem aí?" — "Está bem, vá embora!" — respondeu-lhe o rei com indulgência, pois, em sua sabedoria, compreendia todos os motivos íntimos, inclusive a vaidade de uma peguinha. Cessada a cólera, tomou da lira e retirou-se, com o manto a pairar-lhe por trás, enquanto o passarinho voltou à árvore e pousou de nôvo no galho, no

226 Entre Dois Mundos

meio da folhagem espêssa, a eriçar as penas. — "Que é que o rei queria contigo?" — perguntou-lhe a fêmea. — "Pediu--me com muito jeito que não lhe derrubasse o templo" — respondeu o macho.

— Que sem-vergonha! — disse eu.

— Não é mesmo? — disse o Sr. Professor Horeb.

Mas de repente apanhou o chapéu no banco, atirando um olhar magoado aos melros sentados no plátano.

# I. EHRENBURG

ILIÁ EHRENBURG (1891) consagrou-se como poeta, jornalista e autor de contos, romances e ensaios. Nascido em Kiev, numa família da pequena burguesia judaica, foi depois criado em Moscou. Ainda ginasiano, dedicou-se a atividades revolucionárias, nas fileiras bolcheviques, o que lhe valeu a exclusão do ginásio e, em 1908, oito meses de prisão. Sôlto sob fiança, conseguiu deixar a Rússia, fixando-se em Paris. Foi correspondente de um jornal russo, no *front* francês. Deflagrada a Revolução Russa, conseguiu ser repatriado. Estabelecendo-se em Kiev, dedicou-se à orientação de atividades teatrais. Depois que a cidade foi ocupada pelos "brancos" e sujeita a *pogroms,* transferiu-se para a Criméia. Dali passou à Geórgia, de onde conseguiu voltar a Moscou. Sempre identificado com o regime soviético, Ehrenburg residiu, porém, freqüentemente, na Europa Ocidental. Permaneceu na Espanha durante a guerra civil, na qualidade de jornalista. Estava em Paris, quando a França foi ocupada pelos nazistas. Após o ataque alemão à União Soviética, suas crônicas de guerra tornaram-se mundialmente famosas. Suas obras principais, além das crônicas jornalísticas sôbre acontecimentos políticos, são o romance satírico *As Extraordinárias Aventuras de Júlio Jurenito,* sua primeira obra de ficção; *Os Treze Cachimbos* (1923) de onde tiramos o conto incluído neste volume (numa tradução de Bóris Schnaiderman), livro em que se narra a história dos cachimbos de uma suposta coleção particular, numa

# Entre Dois Mundos

228

sucessão de episódios que vão do trágico ao cômico, mas em que predomina o colorido, a tendência para o grotesco; *A Vida Tumultuada de Lázik Reutschwanz,* romance de tema judeu, depois renegado pelo autor; *O Beco de Moscou,* romance em tons bastante sombrios, sôbre os primeiros anos do regime soviético; *O Segundo Dia* (em tradução brasileira, lançada pela Editôra Vecchi: *O Segundo Dia da Criação*), que trata da industrialização nos Urais; *A Queda de Paris,* romance sôbre a ocupação da França pelos nazistas; *A Tempestade,* igualmente sôbre a Segunda Guerra Mundial; *O Degêlo,* romance escrito após a morte de Stálin, obra que trata das modificações então surgidas na vida russa, e cujo título passou a simbolizar uma época; *Homens, Anos, Vida,* memórias em seis volumes. Brilhante, arguto, hábil, mas sem transmitir uma visão profunda da existência, Ehrenburg traz um testemunho importante sôbre a sua época, vivida por êle intensamente e conhecida nos seus mais variados aspectos. Em suas memórias há uma alusão freqüente a temas judeus. Êsses temas aparecem também em outras obras suas, além das que citamos. Assumiu por vêzes atitudes anti-sionistas.

## CACHIMBO NÚMERO TRÊS

Quando se diz a um burro que a pousada fica na frente, e um barranco atrás, êle urra e se volta para trás. Por isso êle é burro. Mas, excluídos os burros, ninguém há de replicar contra as verdades evidentes e eternas. Quando o belchior de Salonica, Ioschua, pediu-me duas liras por um velho cachimbo de barro vermelho do Levante, com boquilha de jasmim e ponta de âmbar, fiquei confuso, pois na tabacaria um cachimbo como aquêle, mas nôvo, limpinho, sem uma fenda, custava apenas duas piastras. Mas Ioschua me disse:

— Naturalmente, lira não é piastra, mas também o cachimbo de Ioschua não é um cachimbo nôvo. Tudo o que foi criado para o divertimento dos tolos, quando envelhece estraga-se e fica mais barato. Um rapazola elegante paga vinte piastras por uma jovem, mas êle não dará nem uma xícara de café a uma velha sirigaita. Mas o grande Maimônides, aos dez anos, era uma criança entre as demais, e, quando fêz cinqüenta, todos os homens doutos da Europa, Ásia e África se acotovelavam no vestíbulo de sua casa, esperando que deixasse cair da bôca uma palavra igual a um bom ducado. Peço a você duas liras pelo cachimbo, porque eu mesmo o fumei sete vêzes todos os dias, excetuado o sábado, quando não fumava de todo. Eu o fumei pela primeira vez após a morte de meu inesquecível pai, Eleazar ben Elia, tinha então dezoito

## I. Ehrenburg

anos, e agora tenho sessenta e oito. Será que cinqüenta anos de trabalho de Ioschua não valem duas liras?

Não me assemelhei então ao burro e não me pus a retrucar à verdade. Dei a Ioschua duas liras e agradeci-lhe de todo o coração o digno ensinamento. Isso deixou o velho belchior tão comovido que êle me convidou a entrar em sua casa, fêz-me sentar numa poltrona confortável, entre a avó, há muito inutilizada pela paralisia, e o bisneto, entronizado sôbre o vaso noturno, serviu-me ao mesmo tempo todo o doce e todo o amargo dos judeus, isto é, nabo com mel, e prosseguiu em seus ensinamentos, fôsse por uma tendência inata ao proselitismo, fôsse devido à esperança de receber, também por êles, umas boas liras turcas.

Ouvi então muitas verdades abstratas e elevadas e muitos conselhos práticos e miúdos. Soube que, se nasce alguém, temos de nos alegrar, porquanto a vida é melhor que a morte, mas, se alguém morre, também não devemos entristecer-nos, pois a morte é melhor que a vida. Soube também que, depois de comprar um chapéu de peles, o melhor é borrifá-lo com infusão de lavanda, a fim de que o castor defunto não sofra de calvície póstuma, e que, depois de comer muitos pastéis com gordura de carneiro, convém ingerir alcaçuz e esfregar vêzes seguidas a barriga, da direita para a esquerda, a fim de evitar azia. Aprendi ainda muitas outras coisas, que não entraram no Talmud, nem na Hagadá, mas indispensáveis a cada judeu que não deseje educar seus filhos de modo unilateral. Um dia, provàvelmente hei de editar êsses ensinamentos do belchior Ioschua, de Salonica, mas por enquanto me limitarei a expor uma história estreitamente relacionada com a minha aquisição: a história de como e por que o jovem Ioschua começou a fumar o cachimbo de barro vermelho do Levante, com boquilha de jasmim e ponta de âmbar. Vou transmitir essa história em tôda a sua eloqüente simplicidade. Nela, a sabedoria do povo antigo une-se ao seu insopitável temperamento passional, trazido da tórrida Terra de Canaã para os países morigerados e comedidos da diáspora. Sei que ela há de parecer a muitos sacrílega, e que certos judeus talvez até neguem que eu seja realmente um judeu circuncidado, não obstante tôda a evidência dêste fato. Mas, na história do cachimbo de Ioschua, oculta-se, sob um envoltório grosseiro, uma verdade aromática, e, conforme eu já disse, sòmente os burros retrucam à verdade.

Cinqüenta anos atrás, Eleazar ben Elia, então em idade avançada, adoeceu de prisão de ventre. Provàvelmente, não tinham sido poucos os pastéis com gordura de carneiro que êle comera em sua vida, e visto que os filhos não ensinam aos pais, e sobretudo a pais falecidos, Ioschua, que soube muito mais

230          Entre Dois Mundos

tarde das propriedades curativas do alcaçuz, não pôde naqueles dias atenuar de nenhum modo os sofrimentos de seu pai. Sentindo próximo o seu fim, Eleazar ben Elia reuniu em tôrno de seu leito os quatro filhos: Iehuda, Leiba, Itzhok e Ioschua. Além dos quatro filhos, Eleazar ben Elia tinha também quatro filhas, mas não as chamou, em primeiro lugar porque eram tôdas casadas e, em segundo, porque a mulher não tem de estar presente quando um homem transmite ensinamentos a outro. E Eleazar reunira seus filhos justamente para lhes transmitir doutos ensinamentos.

Antes de tudo, êle se dirigiu aos quatro com um penetrante preâmbulo: "Vaidade das vaidades, é tudo vaidade e tormento do espírito", mas, como isto não fôsse nada nôvo, e todos os quatro, outrora na escola, sofressem, por uma ligeira alteração do referido texto, a aproximação da palma da mão do professor com as rechonchudas faces infantis, êles, depois de ouvir as conhecidas palavras, não se espantaram nem um pouco, e passaram a aguardar, pacientes, o que se seguiria. O pai tentou reforçar o pensamento do Eclesiastes com a experiência de sua longa e penosa vida. Em setenta e cinco anos, êle conhecera a inanidade de todos os desejos, e admoestou os filhos a repelirem tôdas as tentações. A vida, segundo disse, assemelhava-se a uma borboleta: bela à distância, depois de apanhada desbota e suja os dedos de um homem com sua mísera poeira. Sonhar com algo significa possuir muito, receber algo significa tudo perder no mesmo instante. Mas também estas profundas verdades pareceram aos filhos semelhantes ao que muitas vêzes ouviram entre a mão bíblica do professor e as varetas refrescantes, e por isso êles pediram respeitosamente ao pai que passasse ao essencial. Então, Eleazar ben Elia chamou para perto de si o filho primogênito, Iehuda.

— Quando era jovem como você, eu suspirava de amor. Na sinagoga, em lugar de rezar honestamente, virava a cabeça para cima e olhava as mulheres, que pareciam andorinhas chilreando num beiral. Um dia, ao passar pelos banhos turcos, ouvi o som de um beijo e o achei mais belo que a melodia das orações quer matinais quer vespertinas.

Sendo um judeu pobre e modesto, filho do sábio peleteiro Elia, eu não podia ir aos cafés ou aos banhos, onde gregos e turcos recebiam, por algumas piastras: para os olhos, a penugem das andorinhas de além-mar; para o ouvido, o som argênteo dos beijos; para o olfato, um aroma de óleo de rosa e de cabelos negros, aquecidos ao sol; para os dedos, o roçar numa pele mais macia que os tapêtes de Esmirna; para a língua, uma saliva mais doce que o vinho de Creta. Tudo isso não era para mim. Mas o Senhor desceu sôbre o pobre Eleazar, e, depois de enlanguescer três anos na mais doce das esperas, encontrei finalmente a filha de Boruch, alfaiate de Adrianópolis, Rebeca, tua mãe. É verdade que ela se assemelhava a uma gralha com um começo de calvície, tinha pele mais áspera que o calçamento de pedra dos cais de Salonica, seus beijos reboavam como golpes de vara numa caçarola de lata, o cheiro que desprendia consistia em suor, óleo de mostarda e rodovalho, e sua saliva lembrava bílis de peixe. Mas Rebeca era uma honesta môça judia, que não desdenhara casar-se com o pobre Eleazar. Filho meu, não permitirei uma palavra má a respeito de tua falecida mãe, e que a terra lhe seja mais leve que penugem de camelo! Mas, antes de morrer, vou dizer-te: o amor viveu em mim até a hora em que eu soube, finalmente, o que é o amor. Deixo-te uma herança: o anel de chumbo que um dia enfiei no dedo sujo de Rebeca; usa-o. Em tua mão, êle será uma feliz rêde amorosa, mas, na mão de uma mulher, tornar-se-á para ti uma cadeia de forçado.

— Pai — retrucou Iehuda — tua vida é superior aos teus ensinamentos. Se tu apenas sonhasses com os banhos turcos ou os cafés gregos, nem eu nem meus irmãos teríamos visto o mundo.

Dito isso, apanhou o anel de chumbo e saiu.

Segundo o relato de Ioschua, o presente do pai e seus conselhos ajudaram Iehuda a viver feliz: êle passou imediatamente a procurar, com raro empenho, uma noiva, encontrou em breve uma bela filha de comerciante, Hana, que além do mais era rica, e, comovido, enfiou no dedo róseo da môça o modesto anel paterno.

A seguir, Eleazar ben Elia se pôs a doutrinar Leiba, o segundo filho:

— Tendo visto que o amor não é mais que sonho, eu me dediquei à alegria. Invejava todos os que riam, cantavam e dançavam. Olhava de longe as danças dos casamentos gregos, prestava atenção às canções dos árabes, vagueava pelas feiras, e, encontrando algum bando de bêbados, sorria entusiasmado. Eu não estava alegre: é muito difícil um pobre judeu, que tem mulher e filhos, alegrar-se, mas eu acreditava que, em se desejando isto intensamente, era possível ficar alegre. Comecei, às escondidas de tua mãe Rebeca, a pular, a jogar as pernas para cima e a balançar a cabeça, como faziam os ágeis gregos. Imitando uma turca, que dançava na feira, alcancei até a arte de mover minha barriga esquálida e pendente, deixando o resto do corpo imóvel. Dando por terminadas as danças, passei às canções; estudei o gorjear dos gregos, o lamuriar dos turcos, os suspiros de amor dos árabes e até os sons estranhos, semelhantes a um soluço, que emitiam os austríacos, de passagem na cidade. Após dominar todos os segredos da alegria, vendi meu último par de calças, comprei uma garrafa

232                                    Entre Dois Mundos

de vinho e, depois de bebê-la até o fim, passei a alegrar-me,
isto é, dançar, cantar e rir. Mas, de perto, a alegria se revelou
muito enfadonha. Filho meu, eu te conjuro: contenta-te com
a alegria dos outros, e tu mesmo anda sempre de cabeça baixa,
e serás feliz. Deixo-te como herança uma garrafa vazia. Quando a sêde de alegria tomar conta de ti, levanta-a bem alto e
olha durante muito tempo para o fundo vazio.

Êste ensinamento, pelo visto, deveria cair em solo fértil, pois,
desde o nascimento, Leiba se distinguia por uma rara taciturnidade. Quando, por ocasião da alegre festa de Simhat Torá,
êle chegava à sinagoga, os justos decrépitos e que a idade já
privara da razão, ao olhar seu rosto tristonho e contrito, pensavam ter confundido as datas do calendário, e passavam a
entoar os cantos reservados para o dia da .destruição do templo. Tendo ouvido o pai, Leiba apesar de tudo interessou-se
pelas habilidades vocais e coreográficas de Eleazar ben Elia,
que até então lhe eram desconhecidas.

— Mostra-me, pai, como te divertias, e eu conhecerei para
sempre a inanidade de semelhante ocupação.

Eleazar amava ardentemente os filhos, e, não obstante os
seus setenta e cinco anos e a prisão de ventre, soergueu-se no
leito e pôs-se a saltitar, a empurrar para frente a barriga enrugada, a trotar, a galopar, a soluçar como cem austríacos
reunidos, e a pipilar como um canarinho. Seus esforços não
foram vãos: Leiba, que até então jamais sorrira, soltou uma
sonora gargalhada e até não conseguiu responder nada ao pai,
sacudindo as pernas magras e virtuosas, em meio aos acessos
de riso. Finalmente, agarrou a garrafa vazia e correu embora.

Também sua vida se dispôs favoràvelmente, sob a luminosa
impressão dos conselhos paternos. Depois de se tornar o homem mais alegre de Salonica, êle abriu uma barraca de diversões no mercado principal, onde passou a obter ganhos apre-
ciáveis. Ninguém sabia melhor do que êle movimentar a barriga, emitir sons abafados, executar árias fúnebres com uma
garrafa vazia, de tal modo que uns gregos corpulentos riam
a ponto de rolar pelo chão qual balões róseos.

Um tanto encabulado por causa da forte impressão que sua
sabedoria causara a Leiba, Eleazar ben Elia disse a Itzhok, o
terceiro filho:

— Tendo conhecido a inanidade da alegria, abri os livros e
devotei-me às ciências. Mas, sendo um judeu pobre, tive de
me contentar com três volumes: um livro de orações, um livro árabe dos sonhos, e um manual sôbre cobrança de juros.
Li-os do início ao fim, como lêem os judeus, e depois mais
uma vez, do fim ao início, como é hábito entre os cristãos, e,
ai de mim, compreendi tudo. A sabedoria é sedutora ùnicamente quando parece inatingível. Eu soube que, se tivesse

# I. Ehrenburg 233

sido realmente um justo e não me ocupasse com a rotação de minha barriga, Deus me teria premiado, a mim, Eleazar, e a tôda a minha estirpe, até a vigésima geração inclusive, com pastos abundantes, e também que, se eu sonhasse algum dia com camundongos brancos, receberia a herança de um sogro rico, embora desde muito tempo eu não tivesse nenhum sogro, rico ou pobre, e finalmente que, se alguém me devesse uma piastra, eu poderia calcular segundo tôdas as regras o juro devido por ela. Tudo isto me encheu de enfado. Já me dispunha a desprezar a ciência, como havia desprezado anteriormente o amor e a alegria. Mas diante de mim se descortinaram novas tentações. Tua mãe, Rebeca, odiava meus livros e, de uma feita, aproveitando-se do fato de que eu cochilara calculando uns juros, utilizou todos os três volumes para acender uma trempe. Poupou ùnicamente as capas de couro, que lhe pareceram objetos inofensivos e até de algum valor. Chorando a destruição dos livros, ainda que desmascarados por mim em sua falsa sabedoria, fiquei apertando as capas, como se fôssem as vestes de um defunto querido. De repente, notei que estava colada ao couro que envolvera o livro de orações uma fôlha com caracteres numa língua desconhecida para mim. No mesmo instante, adivinhei que justamente ali se ocultava o conhecimento inatingível. Levei aquela fôlha ao douto Abraão ben Israel, e êle me disse que aquelas palavras estavam escritas em holandês, língua que ignorava. Filho meu, vendi então pela segunda vez na vida o objeto mais indispensável, as calças, e comprei um manual da língua holandesa. Tôdas as noites, enquanto Rebeca dormia, eu estudava milhares de palavras dificílimas, que tinham, qual flôres estranhíssimas, as raízes mais intrincadas. Passaram-se três anos, até que finalmente pude decifrar o que estava escrito naquela fôlha, colada ao couro que envolvera outrora o livro de orações. Eram conselhos sôbre os melhores processos de lapidação de diamantes graúdos. Mas eu nunca vira um diamante, minúsculo que fôsse. É verdade que encontrava às vêzes à beira-mar umas pedrinhas brilhantes, mas elas não se prestavam a nenhum tipo de lapidação. Deixo-te essa fôlha de papel, como testemunho evidente da inanidade do conhecimento. Contenta-te com a agradável noção de que no mundo existem muitas línguas incompreensíveis e livros nunca lidos. Deixa que outros estudem, estraguem a vista e queimem óleo em vão.

Itzhok agradeceu ao pai aquela fôlha de papel acompanhada de tradução, acrescentada cuidadosamente com a letra de Eleazar ben Elia, e disse:

— Na minha opinião, não foi inútil a tua aprendizagem do holandês. O óleo se teria de qualquer modo queimado, e teus olhos não deixariam de se estragar, porquanto ao óleo

234                                    Entre Dois Mundos

compete queimar-se e aos olhos estragarem-se com o passar
dos anos. Tu me ensinaste pelo menos como se devem lapidar os diamantes graúdos. Quem sabe? Talvez eu encontre
outro papel, onde se explique como se podem achar essas pedras, e então hei de me tornar o comerciante mais rico de
Salonica.

Ioschua me contou que Itzhok de fato enriqueceu. É verdade que êle não achou um tratado sôbre o processo de se
encontrarem diamantes graúdos, mas, ao que parece, outros
infólios que leu completaram a herança paterna, pois abriu
uma oficina de diamantes falsos. Seus negócios vão muito
bem, e êle tem a consciência limpa, pois, embora o Talmud
condene os moedeiros-falsos, ali nada se diz sôbre aquêles que
fabricam honestamente pedras preciosas falsas.

Tendo despedido os três filhos mais velhos, contentes com
as admoestações e a herança, Eleazar ben Elia ficou a sós com
o filho caçula, Ioschua, que era então um jovem tolo, sem
ocupação definida, e agora é o belchior mais conceituado da
cidade de Salonica.

— Meu filho mais nôvo e mais querido — começou Eleazar
compenetrado — quando nasceste, eu já era velho e sábio.
Não me entregava mais às ciências, à alegria, ao amor. Chego
a não compreender bem, diga-se de passagem, apesar de minha sabedoria, como foi possível teres nascido. Passei muito
tempo pensando no que faria agora e com o que poderia substituir as ancas rugosas de tua mãe Rebeca, a garrafa vazia
e os livros queimados na trempe. Refletindo, saía à rua ao
anoitecer, via turcos, gregos e judeus, no umbral de suas casas,
e que fumavam compridos cachimbos, com fornilhos que lembravam tulipas desabrochadas. Eu já tinha observado que as
pessoas que se entregavam ao amor, à alegria e às ciências
não tardavam a cansar-se de suas ocupações. Levantando as
calças largas, um turco se apressa a afastar-se de dez espôsas
belíssimas. Um grego, depois de tomar vinho de Creta, cantar
e dançar, deita-se no calçamento e começa a torcer-se de cansaço e, às vêzes, também de náusea. O mais sábio dos judeus
adormece em cima do Talmud. Mas o cachimbo parecia superior a todos os demais prazeres, pois ninguém se cansava
de levá-lo à bôca sôfrega. Atingido êste ponto, filho meu,
vendi pela terceira e última vez as minhas calças, feitas pouco
antes por Rebeca, com o pano de seu vestido de casamento.
Com as duas piastras assim obtidas, comprei um bom cachimbo de barro do Levante, com boquilha de jasmim e ponta de
âmbar. Mas, depois que o trouxe para casa e, tendo aberto
um pacote de fumo de Esmirna, dispunha-me a levar uma
brasa às pétalas de tulipa, quando a voz da sabedoria me
deteve.

# I. Ehrenburg

"Eleazar — disse eu de mim para comigo — foi acaso em vão que acariciaste Rebeca, rebolaste a barriga e estudaste as raízes holandesas? O cachimbo aceso há de se revelar pior que um cachimbo nunca experimentado. Não deixes, ó néscio, que a tua felicidade se evapore com a fumaça!"

A partir dêsse dia, passei a apanhar tôdas as tardes sob a cama o cachimbo secreto, cuidadosamente escondido dos olhares ciumentos de Rebeca, e a encostar respeitosamente os lábios ao âmbar dourado. Êle me lembrava o sol e as pontas dos seios das belas mulheres nos banhos turcos, e que um pobre judeu jamais poderia ver acordado. Eu aspirava o aroma do jasmineiro, e a madeira parecia florescer em alvos capulhos. Rouxinóis cantavam sôbre ela, melhor do que os gregos mais exímios. O barro vermelho me lembrava a terra sagrada em que descansam os ossos dos patriarcas e profetas, com tôda a sua sabedoria, que é superior à dos livros judeus e mesmo holandeses. Assim, mesmo sem fumar, eu era, com o meu cachimbo, mais feliz que todos os turcos, gregos e judeus, que ficavam na soleira de suas casas, reduzindo insensatamente a sua felicidade a cinzas. Filho meu, deixo-te êste cachimbo e imploro-te que nem penses em profanar com o fogo o seu corpo frio e virgem!...

Grande foi a indignação do jovem Ioschua, depois de ouvir êsses discursos.

— Pai, se não tivesses cuspido no cachimbo, como um eunuco, eu o fumaria direito, e, depois de usado, êle valeria agora pelo menos dez piastras.

Ioschua tinha gênio quente, impetuoso. Indignado com a perda de oito piastras, e ainda mais com a estupidez do pai, que se fingia sábio, agarrou o cachimbo e bateu na testa de Eleazar ben Elia, com o fornilho que lembrava uma tulipa desabrochada. Contrariando a opinião geral de que o barro do Levante se caracteriza pela fragilidade, o cachimbo ficou inteiro, embora a testa do sábio Eleazar ben Elia fôsse famosa em Salonica por sua firmeza, digna do mármore. Quanto a Eleazar, pouco depois dessa ocorrência fechou para sempre os olhos, estragados com a leitura de tratados holandeses. Está claro que Ioschua e sua nobre indignação não tiveram nada a ver com o caso. Conforme se depreende do que já dissemos, o ancião estava prestes a morrer de prisão de ventre, e, concluindo suas admoestações, passou, em virtude da inexistência de um quinto filho, das intenções à execução.

Sem pensar naquele instante nas explicações médicas ou jurídicas das causas diretas da morte de Eleazar ben Elia, Ioschua correu para a cozinha, tirou da trempe uma brasa e acendeu ràpidamente o cachimbo herdado. Desde então, não se separou dêle durante cinqüenta anos. Sendo homem justo e reli-

236 Entre Dois Mundos

gioso, passou a interessar-se por aquêle seu ato que precedera a morte do pai, e depois de refletir um pouco, achou que êle fôra do agrado de Deus. O respeito pelos pais é compensado com uma longa vida, e, visto que Ioschua já fizera sessenta e oito anos e ainda gozava de excelente saúde, tornava-se claro que não houvera de sua parte nenhum desrespeito. Por outro lado, o próprio Eleazar sugerira a Ioschua, antes de morrer, que os motivos do nascimento do filho eram obscuros, como ficaram depois obscuros os motivos da morte do pai. Ademais, os mandamentos, a exemplo de tôdas as leis, foram dados para o uso cotidiano, e não para casos tão excepcionais como o do filho que recebe, como herança de seu pai pseudo-sábio, um cachimbo nunca fumado. Pois bem, Ioschua fumou seu cachimbo até a idade de sessenta e oito anos e vendeu-o ùnicamente porque, esperando viver ainda trinta anos pelo menos, resolvera chamuscar um segundo cachimbo, satisfeito como ficara com o primeiro, que lhe rendera quase duas liras de lucro líquido.

Eu conservo com cuidado o cachimbo de Ioschua, acendo-o com freqüência à noitinha, deitado no divã, mas jamais consigo fumá-lo até o fim. Isto se explica não pelo seu tamanho, mas pelas emoções exclusivamente espirituais que êle provoca. Tôda vez que encosto os lábios à ponta de âmbar, lembro-me da existência lastimável de Eleazar ben Elia, culminada com aquela lição demasiado tardia de Ioschua. Ponho-me então a lamentar não aquilo que houve em minha vida, e sim muita coisa que podia ter havido e que não existiu. Ante meus olhos começam a se confundir mapas de países que desconheço, olhos de diferentes côres de mulheres que não me beijaram e capas coloridas de livros que não escrevi. Corro então para a mesa ou para a porta. Mas visto que não se pode viajar, nem beijar, nem escrever contos, tendo na bôca um enorme cachimbo, que lembra uma tulipa desabrochada, êle permanece solitário, mal aquecido pela primeira respiração. E depois de olhar uma nova cidade, onde, como em tôda parte, os homens se multiplicam e morrem, tendo beijado mais uma mulher, que, assim como tôdas as demais, a princípio diz versos, e depois dorme e ronca, tendo escrito um conto de meia fôlha tipográfica [1], semelhante a milhares de outros contos, uma história de amor ou de morte, de sabedoria ou de estupidez, volto para o mesmo divã puído e pergunto-me, contristado, por que não acabei de fumar meu cachimbo.

Dêste modo, adquiri por duas liras turcas um objeto que, na bôca de outro, seria fonte de bem-aventurança, mas que lembra, na minha, a taça de Tântalo, espumante a meu lado e totalmente inacessível.

(1) Cêrca de dezesseis páginas.

# E. TOLLER

ERNST TOLLER (1893-1939) nasceu em Samotschin, filho de um comerciante. Ainda estudante, participou voluntàriamente, nas fileiras do exército alemão, de combates sangrentos na Primeira Guerra Mundial, ficando gravemente ferido. Em 1918, finda a guerra, participou de uma greve em Munique e tornou-se membro do Comitê Central dos Sovietes dos Operários, Camponeses e Soldados na mesma cidade. Teve parte ativa na proclamação da passageira República Soviética da Baviera — aventura que resultou em cinco anos de confinamento. Em 1933, emigrou, procurando de início permanecer na Suíça, França e Inglaterra. Fixou-se ao fim nos Estados Unidos, onde levou uma vida solitária, até suicidar-se num hotel de Nova Iorque, incapaz de vencer a profunda depressão que se apossara dêle. Toller é um dos mais característicos representantes da dramaturgia expressionista alemã. Suas peças vibram de *pathos* revolucionário, proclamando teses radicais de um socialismo utópico-anarquista, bem de acôrdo com a visão idealista dos expressionistas que pregavam o "renascimento do homem a partir da alma". Destaca-se o vigoroso antimilitarismo da sua obra, assim como a revolta contra a alienação do homem na engrenagem da técnica e da vida moderna. Entre as suas peças cabe mencionar *A Transformação* (1919), *Massa Homem* (1921), *Hinkemann* (1923). Toller é também autor de poemas sensíveis, de grande êxito, e de várias obras em prosa, entre as quais *Uma Juventude na Alemanha* (1933), obra autobiográfica de que é extraído o trecho que se segue.

## EM LUTA COM O BOM DEUS

Uma rua liga o largo do mercado ao cemitério, é a rua dos Mortos. Quem mora ali não acha nada de especial no fato de a rua se chamar rua dos Mortos. Ficam na porta de entrada tagarelando e reclamando contra o prefeito porque a calçada, orgulho de todos na cidade, se interrompe no meio da rua. "É como uma barba por terminar" — diz Fischer, o comerciante. Eu não gostaria de morar na rua dos Mortos. Nunca vi um morto, a não ser a caveira e os ossos encontrados pelos trabalhadores que cavavam um poço perto do moinho. Estanislau e eu jogávamos bola com o crânio e os ossos serviam de tacos de rebater. Na manhã seguinte Estanislau começa a dar chutes no crânio.

— Por que você faz isso?

— A vovó disse que era gente ruim. Os bons não ficam na sepultura, os anjos vêm buscá-los e voam para o céu, junto ao bom Deus.

— E o que fazem lá?

— Para comer batatas cozidas é que não vão.

Gosto muito de batatas cozidas com a casca, mas não em minha casa; prefiro comê-las na casa de Estanislau. Sua avó, mãe, pai, três irmãs e quatro irmãos moram na rua da aldeia, numa pequena casa de barro, com telhado de palha. Todos dormem no mesmo quarto, onde também se cozinha. A rua não tem calçadas, mas ninguém fala mal do prefeito. Sempre que visito Estanislau na hora do almôço há batatas cozidas e sopa de cevada, ou batatas cozidas e arenque.

De pé, no canto, ficou com a bôca cheia d'água.

— Venha — diz finalmente a mãe de Estanislau — se dá para onze deve dar também para doze.

Estanislau me dá um cutucão:

— Assados e pastelaria só na imaginação — diz êle.

— Nós também não comemos isso todos os dias.

— Mas se quisessem poderiam se empanturrar.

Pego o boné e corro para casa.

Minha mãe me repreende:

— Por que você vai lá na hora do almôço? Para tirar o pão da bôca daqueles pobres?

— Por que são tão pobres? — pergunto.

— Por que o bom Deus assim o quer.

A rua dos Mortos é muito comprida. Acho que é por causa dos mortos. Antes de serem enterrados, êles ainda querem passear um pouco para decidir se ficarão lá ou voarão para o céu.

E. Toller

Faz pouco tempo, morreu o tio M. Será que foi um homem bom? Estou junto ao muro do cemitério. Quebro um galho do salgueiro e faço-lhe uma ponta. Pulo o muro, corro até o túmulo e começo a fazer um buraco. O guarda me surpreende e dou o fora.

No caminho de casa fico pensando: "O que é um homem bom?"

Ouço portas batendo, o quarto está escuro. Lá dorme papai e ali mamãe. Não está nada escuro. As camas de papai e mamãe estão vazias. Será que foram atacados por bandidos? Fora, há um clarão vermelho. Uma corneta emite sempre o mesmo som estridente. Pulo da cama, escancaro a porta e corro para a rua. Lá do outro lado do mercado uma casa está em chamas: vermelho, verde, prêto. Bombeiros com capacetes luzidios correm atarantados e as pessoas se põem nas pontas dos pés. Julie, nossa cozinheira, me vê e me manda voltar para a cama.

— Por que está pegando fogo, Julie?

— Castigo de Deus.

— Por que Deus quer castigar?

— Porque as crianças fazem perguntas demais.

Sinto muito mêdo e não consigo dormir. Está cheirando a fumaça e a queimado. Está cheirando a bom Deus.

Na manhã seguinte vou ver as vigas e as pedras carbonizadas; ainda estão quentes.

— Não encontraram nem os ossos; a pobre mulher morreu queimada na cama.

Volto-me de repente, o homem que falou já foi embora.

Corro para casa e sento num canto. O pau com que remexi as cinzas me gruda nas mãos.

Chega o Sr. L. Êle ri:

— Bonito serviço, o seu.

Não me mexo.

— Todos na cidade sabem que foi você quem pôs fogo na casa dos Eichstädt.

O Sr. L. acende um cigarro e vai embora.

Primeiro é a Julie a dizer que sou o culpado e agora o Sr. L.

Escondo-me no sótão e fico lá até a noite. Será que ontem foi diferente? Tirei a roupa, me lavei, fui para a cama e dormi. Não, não me lavei, só disse a mamãe que o tinha feito. Logo menti. Será por isso?

Desde aquela noite, sonho com bandidos e com a Sra. Eichstädt em chamas querendo deitar-se ao meu lado enquanto sopra a corneta, e com um pau que parece uma mão que aponta para mim. Acordo aos gritos. Mamãe me tranqüiliza.

— Êsse menino fica brincando até tarde — diz a meu pai.

Quando vêm visitas me chamam.

240                                    Entre Dois Mundos

— Quanto são dez mil, mais oito mil, menos três mil, vêzes dois?

— Trinta mil.

As visitas olham fixamente para mim, me agradam ou me dão chocolates.

Papai aponta um mapa que pende da parede.

— Faça o percurso de Moscou a Paris.

Sou pôsto em pé numa cadeira e mostro o caminho.

— Uma criança-prodígio — exclamam os convidados. — E nem vai à escola ainda...

Papai está todo orgulhoso.

— Filhinho — uma mulher gorda me afaga — agradeça ao bom Deus as qualidades que te deu.

Não a compreendo, mas como fala do bom Deus, penso nas batatas cozidas e na Sra. Eichstädt queimada e ferro-lhe uma mordida na mão.

— Seu menino horrível! — berra.

— Criança mal agradecida! — meu pai ralha comigo.

Como castigo devo ir para a cama cedo. O quarto está escuro. Fico deitado, escutando. À direita da porta está pendurado um tubinho de vidro comprido e redondo que me proibiram de tocar. Marie, a arrumadeira, tôda vez que lhe tira o pó, faz o sinal-da-cruz.

— Aí dentro mora o Deus dos judeus — resmunga.

O coração me bate. Ainda não tenho coragem. E se êle pular para fora do tubo e gritar: "Sou o bom Deus e, por castigo, você..."

Não deixo mais que me ponham mêdo, e batatas com casca também não me atemorizam. De um salto estou junto à porta, subo na cômoda e arranco o "bom Deus". Faço o vidro em pedaços. "Êle" nem dá sinal. Jogo o vidrinho no chão, não dá sinal; cuspo nêle, pego o sapato e começo a bater com fôrça. "Êle" continua sem dar sinal. Quem sabe já está morto. Sinto-me aliviado. Cato os pedacinhos de vidro e papel e os enfio no sofá, entre o encôsto e a almofada. Amanhã vou enterrar o bom Deus.

Satisfeito, vou me deitar. Tomara que todos fiquem sabendo que fui eu quem liquidou o "bom Deus".

# R. IKOR

ROGER IKOR (1912) nasceu em Paris. Aluno da École normale supérieure, é *agrégé* de gramática em 1935. Prisioneiro de 1940 a 1945. Professor no Liceu Carnot. Publicou quatro romances: *A travers nos déserts* (1950), *Les grands moyens* (1951), *La greffe de Printemps* e *Les eaux mélées* (Prêmio Goncourt, 1955), um ensaio: *Mise au net* (1957), e uma peça de teatro: *Ulysse au port*. Roger Ikor, além de excelente romancista que conhece tôda a técnica de seu *métier,* é muitas vêzes também um psicólogo notável. No romance *Les fils d'Avrom,* dividido em dois episódios (*La greffe de Printemps* e *Les eaux mélées*), trata do processo de assimilação dos imigrantes de origem russa e polonesa, sua adaptação progressiva aos costumes e hábitos do país hospitaleiro, até a perda total de sua originalidade, até a sua refundição completa no cadinho da nação francesa.

## AS ÁGUAS MISTURADAS

Hanne chorou grande parte da noite e Iankel consolou-a o melhor que pôde. "Talvez seja uma boa môça, você sabe? Depois, judeu, *goi,* o que é que importa isso quando se ama? Não é mesmo?"

Falava com prudência. Não estava certo de compreender realmente a aflição da espôsa. Hanne era meio piedosa; meio ou

242            Entre Dois Mundos

até nove décimos, êle não sabia de nada. Será que ela considerava pecado o casamento do filho com uma cristã? Iankel não achava que sua fé fôsse tão longe. Então, o que era? Mêdo do desconhecido? Hanne sempre tivera muito receio diante do que sai do comum. Em vão tentava interrogá-la; conseguia dela apenas lamentos. Havia apresentado a Simon môças judias tão gentis, que necessidade tinha êle de sua cristã?

Quanto a seus próprios motivos de inquietude, Iankel julgava-os racionais. Conhecia seu Simon, e temia que fôsse fisgado por uma dessas intrigantes, dessas mulheres volúveis e interesseiras, como se vêem tantas entre as cristãs. Uma judia, não é mesmo, já representa uma garantia; os judeus são pessoas honestas, limpas, simples. É claro que, entre os cristãos, também existe gente honesta; mas, enfim, nunca se sabe. E depois, mesmo pondo de lado as mulheres más, ficam as inúmeras tolinhas de miolo de passarinho; em todo *goi* dormita o velho anti-semitismo e já é preciso um mínimo de inteligência para nunca deixá-lo que se manifeste. O casamento já por si coloca problemas bastante delicados; por que complicá-los ainda mais, misturando-lhe querelas sociais, raciais ou de outro tipo...? E Iankel examinava, revolvia, remoía essas idéias, sem ter consciência de que elas se alimentavam, nêle, de velhas proibições, de velhos terrores de que se acreditava ingênuamente liberto.

Simon lhe dissera que Jacqueline era filha de camponeses. Mas Babilônia influencia depressa as fracas mulheres... Iankel esperava ver surgir uma parisiense frívola, muito bonita e tagarela. Teve uma agradável surprêsa: a jovem não era nem bela, nem impudente; ao contrário, corava, balbuciava com timidez... A timidez, ah! a timidez! Era para Iankel a virtude principal dos jovens. Por isso, depois de haver acolhido a Srta. Saulnier com uma dignidade um pouco solene e extrema cortesia, logo pôs de lado sua reserva. Simon observava o pai com ansiedade; pôs-se a ronronar quando o viu distender-se, fazer algumas rugas maliciosas e lançar a Jacqueline, com sua lentidão esquerda, um ou dois gracejos obscuros. De seu lado, mamãe cacarejava, ria, concordava com o que diziam, agitava-se muito da mesa para a cozinha, mas evitava falar e mesmo chorar. Simon, que tinha esperado torrentes de lágrimas de alegria e um dilúvio de ídiche, soltou um suspiro de alívio. Talvez papai tenha advertido a mamãe.

Em suma, tudo aconteceu da melhor maneira possível; ou melhor, tudo teria saído muito bem, se, em sua própria conversa, os dois jovens não tivessem misturado de vez em quando, com rubores reveladores, o tratamento mais íntimo ao mais respeitoso.

R. Ikor                                                                              243

— Então, que é que você acha de meu pai? — indagou Simon, logo que se encontraram a sós na calçada.
— Ora, êle é encantador! Que é que você me dizia?
E, durante dez minutos, Jacqueline não poupou elogios a Iankel, que era tão gentil, tão simples, tão simpático... Isso impediu-a de falar de Hanne: aquela gorducha de carnes balouçantes não lhe produzira outra impressão a não ser a de uma presença incômoda.
Na verdade — mas não chegaria a dizê-lo a Simon — o próprio Simon é que mais a surpreendera. Evoluía com tal naturalidade naquele ambiente tão pouco francês! Deixava/ escapar com tal facilidade pedaços de frases estrangeiras, parecia tão à vontade entre essas pessoas que não são nossos conterrâneos! "É realmente um estrangeiro", disse Jacqueline a si mesma, quase inquieta.
Acabava de ter a revelação dêsse fato.


Do lado Saulnier, Jacqueline, já no dia seguinte, tomou a ofensiva, e com certa rudeza: conhecia a tática eficiente com seu pai. O queixo para a frente, pronta para a briga, ela anunciou à queima-roupa a visita do famoso Simon. "Muito bem, e como se chama êste teu Simon?", perguntou Baptiste, aliviado de suas recentes preocupações.
Ficou tão espantado de saber que Simon, pois bem, era Simon, que nem mesmo pensou em discutir. Para dizer a verdade, êle se lembrava muito mais do carro *Unic* do que de seu proprietário; dêste último conservava apenas a imagem de um parisiense elegante, volúvel, agitado, redondo e saltitante como uma bola.
— Então, quer dizer, é assim, teu... teu...? — gaguejou êle, finalmente.
— Que é que há, que é que há? — tornou Jacqueline, muito agressiva. — Que é que você tem a dizer contra êle?
— Nada, mas...
Em seu impulso inicial, Jacqueline preparou também a visita dos pais.
— Que é que êles fazem, os pais dêle?
Baptiste começava a recobrar-se; entretanto, atirava olhares desolados a Catherine; os amôres das filhas, ela achava que isso não era da alçada dêle. Mas a mãe não dizia palavra, mais carrancuda do que de costume. Você não quis fazer dela uma parisiense, de tua Jacqueline? Você não quis arrotar alto demais? Pois bem, se vire, minha cara! E ela corria das panelas à mesa e da mesa às panelas, para observar claramente que a ela pouco importavam aquelas histórias. Só prestou

244                               Entre Dois Mundos

atenção quando Jacqueline, embaraçada — diabo! precisava chegar nesse ponto! — tentou definir a família Mikhanovitzki.

— Mi o quê? — fêz o pai, franzindo as sobrancelhas.

— *Micanovisqui* — pronunciou Jacqueline com coragem.

— Que nome é êsse?

— E daí? Êles não têm o direito de se chamarem assim?

— Mas são o quê? Turcos? Ou...

E Baptiste já se dispunha a fulminar êsses estrangeiros que vêm encher a barriga com nosso pão e roubar nossas filhas e que não se sabe de onde vêm, quando Jacqueline gritou bem alto que eram russos, perfeitamente, mas que Simon havia feito seu serviço militar na França e que...

Serviço militar: era a palavra mágica para Baptiste. Desde que Simon fizera seu serviço militar, Baptiste só podia curvar--se. Logo êle percebeu que a palavra "russo" tinha um som bastante agradável aos ouvidos: um emigrado russo, um príncipe russo, um coronel da guarda que se tornou motorista de táxi devido à dureza dos tempos...

— Bom, bom, bom, ah! bom — murmurou — já que é assim, vamos ver, apesar de tudo, hein? Há pessoas boas em todos os países...

Secretamente lisonjeado de que um príncipe russo tivesse vindo do fim do mundo para se apaixonar justamente por sua Jacqueline.

Então, a mãe interveio com sua rabugice costumeira — pobre Catherine, não tinha a vida muito côr-de-rosa! Seu jovial marido, a quem adorava, pouco ligava para ela. Isso a tornava permanentemente azêda.

— Pelo menos, são bons cristãos? — lançou ela.

A essa altura, Baptiste começou a bater nas coxas, zombando. Os carolas, não podia vê-los nem pintados, e passava a vida a crivar de sarcasmos a pobre Catherine e seu cura... Alto, mas com o coração batendo, Jacqueline pronunciou:

— São judeus!

— Judeus?

O pai e a mãe gritaram a palavra juntos; e Baptiste não ria mais.

— E daí? São homens como todo mundo!

Com arrogância, Jacqueline desafiou com o olhar, um após outro, o pai, a mãe e o irmão. O pai, aterrado, repetia: "Judeus! Merda!" A mãe, com as mãos na cintura, contraía a bôca magra. O irmão Ernest colocou os punhos enormes na mesa. Jacqueline, com o queixo para a frente, proferiu: "É assim!" Depois disso, houve uns cinco bons minutos de silêncio. Baptiste levantou-se e caminhava de um lado para o outro; murmurou para terminar:

R. Ikor 245

— É assim, é assim... Que é que você está dizendo! Eu, eu digo: um minuto, minha filha! Não precisa ficar com raiva até... hein? Não é verdade?

Apesar de tudo, dizia êle a si mesmo, que é que são os judeus? Passada a primeira revolta, tentou reunir seus conhecimentos sôbre o assunto; e, como gostava muito de sua pequena Jacqueline, procurou, inconsciente mas enèrgicamente, os elementos favoráveis. Por desgraça, só lhe acorriam à mente os elementos desfavoráveis. O pequeno judeu ávido e velhaco, de nariz adunco, dedos em garras, queixo barbudo; raça de parasitos, êsses caras, todos usurários, gostam do dinheiro, os judeus!... Assim mesmo, não é desagradável ter dinheiro, é melhor do que depender da caridade pública... O judeuzinho sujo que cheira mal... Puf! puf! Baptiste procurava na memória se já encontrara judeus antes... "Será que sou idiota! pensou de repente. Mas eu o vi, eu, o Simon, era um cavalheiro, não cheirava mal! E depois, é ela que vai se casar, não sou eu! Se seu odor lhe agrada, apesar de tudo? Hein?"... Parece que não são corajosos, têm mêdo de pancadas... Bah! O pessoal exagera tudo. Justamente, Baptiste se lembrou de que havia um judeu na segunda companhia, durante a guerra. Como era o rosto dêle, hein? Tinha esquecido... Em todo caso, ninguém falava dêle, nem bem, nem mal; e quando um estilhaço de granada lhe arrancou o ombro, haviam declarado simplesmente: "Olhem, o judeu da segunda levou o seu!" Bom, então?... *O pau cortado!* Baptiste soltou quase um gemido e ofegou em suas carnes. Isso é grave! Por que êles fazem essas coisas? São selvagens? Ou viciados? Então, minha pequena Jacqueline vai dormir com um tipo do pau cortado? Isso não, Lisette! Ah! mas não! Ela não percebe, a pobrezinha, se ela soubesse...

Baptiste lançou uma olhadela à filha e fêz uma careta. Ela parece estar amarrada, a garôta, a êsse Simon! Ah! desgraça, mesmo assim não se pode deixá-la estragar sua vida com um tipo do pau cortado... E eis que uma frase, que êle ouviu muitos anos antes, subiu do fundo de sua memória — realmente no instante preciso: "Os judeus dão bons maridos". Quem disse isso? Um cara, na guerra, a propósito do judeu da 2.ª? Sim, não... Ah! sim! Jeanne, que diabo! Baptiste corou de prazer: a voz cantante de Jeanne acabava de ressoar em seus ouvidos, tal como outrora, com sotaque. "Parece que os judeus dão bons maridos!" Textualmente. Onde estávamos? E a que propósito?... Sim! Tinham ido passear em Carpentras, era mesmo a primeira vez que êle "esfregara a Jeanne", como dizem lá. E então, passaram em frente de uma igreja judia — como é que se chamam, ora, as igrejas judias? Enfim, Bap-

246  Entre Dois Mundos

tiste pensara que era uma igreja, só que não tinha cruz, e Jeanne lhe explicara... Perdido em seu devaneio, estava bem longe da filha agora, estava em Carpentras, em Avignon, ah! a boa vida, a juventude, antes da guerra, o sol, as viagens gratuitas para o soldado, e Jeanne tão pequenininha...

Foi a mãe que retomou a palavra, e num tom especialmente acerbo:

— Como êle vai fazer com a igreja, o teu judeu?

— Meu judeu, meu judeu...

Jacqueline ruminava a expressão para evitar de responder. Estava muito embaraçada: até agora, quase não encarara êste aspecto da questão. Para dizer a verdade, sua devoção era tão tíbia quanto a de seu pai, com a única diferença de que Baptiste tinha como ponto de honra nunca entrar numa igreja, ao passo que ela, de dois em dois domingos, ou mesmo de três em três, acompanhava a mãe à missa, assim para fazer como todo mundo, e mostrar-se um pouco em seu belo vestido. Quanto às cerimônias religiosas, batismo, catecismo, primeira comunhão, e o resto, os Saulnier pai e filha, sem dar importância a isso, achavam que iam por si só. Não compromete nada, mas não faz mal a ninguém, não é mesmo? Como comer peixe na sexta-feira... Um casamento, é o padre tanto quanto o juiz, ou mais até. Sòmente, para Simon, tudo isso corria o risco de assumir um sentido, um valor. Será que êle aceitaria a igreja? E Jacqueline viu levantar-se diante de si um mundo de costumes, de crenças, de hábitos que a separava de Simon. Haveria tantos obstáculos a superar...

— E seus filhos? É lógico que não serão batizados? Como cães, então?

A despeito de si mesma, Jacqueline sentia-se invadida pela perturbação. Será que Simon não iria exigir que seus meninos, se os tivessem, fôssem circuncidados? E ela aceitá-lo-ia, por amor a êle? E por que ela é que deveria ceder, em vez de ser êle? O batismo, no fundo, não é nada, um gesto simbólico, não compromete o futuro, não impedirá que a criança, quando ficar grande, possa agir à sua vontade; ao passo que a circuncisão marca o corpo de maneira inextinguível... "Acho que precisamos falar de tudo isso, nós dois", concluiu ela para si mesma; tinha a sensação de ser uma coisinha à-toa num mundo imenso, hostil, e que a esmagava — que os esmagava a ambos, a Simon e a ela.

A mãe adivinhou que suas palavras estavam surtindo efeito. Não se conteve mais:

— Se você não se casar na igreja, minha filha — exclamou ela — será como se não tivesse mais mãe. Não há prostitutas em minha família.

R. Ikor                                                                    247

Com essa tirada, Baptiste é que foi até o teto: ousaram insultar sua Jacqueline. Êle se pôs a injuriar sua mulher a plenos pulmões, e essa gritava com sua voz acre — quase tôdas as semanas havia uma briga no lar Saulnier, quase tôda vez que Catherine abria a bôca, e ouviam-se os gritos na outra extremidade da aldeia. Ao cabo de cinco minutos, a mulher censurava ao marido farejar as saias da flamenga, e o marido censurava à espôsa que não cuidava de suas anáguas. Jacqueline chorava ardentemente, pensando nos obstáculos que a separavam de seu doce Simon, e jurou que se tornaria judia se êle o exigisse. Quanto a Ernest, fôra tomar um trago com os amigos, a fim de ter paz: gostava do silêncio, êsse rapaz.

Finalmente, Baptiste concluiu o debate; esmagou com sua voz poderosa a vozinha da mulher para afirmar que Simon, judeu ou não, pouco se lhe dava, êle o tinha em boa conta; depois disso, saiu para urinar no jardim. Quanto a Catherine, com seu moinho de palavras fechado por oito dias, decidiu consultar o Sr. Reverendo já no dia seguinte.

E na manhã seguinte, ela o consultou. Voltou a casa um pouco tranqüilizada. Sim, podia-se dar um jeito. Mesmo que o noivo se recusasse a batizar-se, nem tudo estava perdido. Sem dúvida, Roma concederia uma dispensa, desde que o rapaz se comprometesse a educar os filhos na fé católica. Sim! a cerimônia diferiria um pouco da...

— Mas êles serão casados realmente na igreja?
— Ora... Na sacristia, e...
— Mas poder-se-á passar pela igreja?
— É lógico!

De tal modo que foi a própria Catherine que, alguns dias mais tarde e com a sua voz mais desagradável, perguntou à filha quando se decidiria a trazê-los, seus... Como?... Mi... Minovisqui? Ah! que se chamem como quiserem: os pais, ora!

Neste entretempo, Jacqueline falara a Simon. A religião? Ah! sim, é verdade. Simon não pensara muito no caso. "Quanto a mim, você sabe, não ligo. Você é praticante?" Não, não, felizmente Jacqueline se sentia tão anticlerical quanto o pai. "E então? A gente se casa no juiz, e o negócio está acabado!"

Quando Simon soube que o negócio não estava acabado, por causa dos malditos parentes, êle ficou surprêso, e sèriamente. "Ah! Êles querem a igreja? Êles querem realmente?" Tinha a impressão de que, aceitando, se humilharia, se aviltaria um pouco: justamente porque os Saulnier davam importância à coisa...

— Mas talvez os teus queiram a sinagoga? — insinuou Jacqueline.
— Os meus? — Simon ria a bandeiras despregadas. — Ah! la la, você não os conhece.

248  Entre Dois Mundos

Simon não os conhecia tampouco. Pois se Iankel não fazia
questão, ou acreditava não fazer, das cerimônias religiosas,
não julgara escandaloso que Revke desposasse seu Haim chamado Henry na sinagoga. Quanto a Hanne, que se tornava
cada vez mais devota com a idade, sofria sem nada dizer, com
ver o filho viver como um ímpio; e para desviar dêle os raios
do Senhor, ela se acusava a si mesma de não ser uma boa
mãe; às vêzes, acusava também a Iankel de ter educado mal
os filhos. Mas ninguém se preocupava com a pobre. Quando
ela soubesse que não haveria sinagoga, choraria sòzinha num
canto. Pior para ela! Já que é a felicidade de Simon ter a sua
goie, pois bem, que tenha, sua goie, e que Deus não me cas-
tigue!


Um passo à frente, um passo atrás, uma pequena saudação.
Uma volta à direita, uma volta à esquerda, um reverência. Senhores e senhoras, bom dia! Até a vista, senhores e senhoras,
muito prazer!...
Num belo dia do mês de dezembro, frio mas sêco, as famílias Saulnier e Mikhanovitzki dançaram uma espécie de qua-
drilha-hesitação, depois se separaram, em suma bastante contentes uma com a outra, a despeito de todos os mas que sub-
sistiram no plano anterior.
Muda, e não pensando menos no caso, a aldeia espiava a
cena.
O Unic, encerado de nôvo, trouxera até o Virelay, para o almôço, um Iankel austero, endomingado e barbeado, e uma
Hanne, rejuvenescida por um corpete vigoroso, e que enormes suspiros de apreensão desinchavam a todo o instante. Simon, muito à vontade, assobiava ao volante: o pai, Saulnier,
um velho cara! Clara não quisera vir, Fernand estava no quartel, e Revke, na qualidade de mulher casada, só pertencia por
metade à família.
Do alto da costa que desce para o Virelay, Simon deteve o
carro para que papai-mamãe pudessem extasiar-se com a paisagem. Êle mesmo a vira uma vez, a paisagem: era bastante.
Apenas notou que o campo estava mais rosado em dezembro
do que em agôsto. Acendeu um cigarro, permitiu que mamãe repetisse três vêzes em ídiche: "Veja, como é belo, ben-
za-o Deus!" e que papai repetisse três vêzes em francês que
lhe lembrava Nevers; depois disso, com os pés no freio, mergulhou no vale. "Cuidado com o gêlo!", pensava êle; mas a
estrada, abrigada dos ventos do norte, estava tôda mole debaixo das rodas, quando gelava como pedra no planalto.

R. Ikor 249

Bom dia, senhor, muito prazer! Bom dia, senhora! Bom dia... Bom dia... "Como arrastam com o sotaque", pensava Simon de seus pais, ao passo que os Saulnier, que esperavam o pior, pensavam exatamente o contrário. Tôda vermelha, Jacqueline torcia-se, o pai Saulnier mantinha-se ereto como um soldado em uniforme de gala, a mãe Saulnier, com seu nariz pontudo para a frente e seus olhos virados, pipilava como um grilo em seu vestido de sêda preta, o Sr. Mikhanovitzki, tão digno quanto um agente funerário, segurava polidamente o chapéu na mão e recusava entrar na casa antes de sua anfitriã. A Sra. Mikhanovitzki cacarejava, afetava-se, ria até as orelhas, adivinhando que êste grande *goi* lhe dirigia cumprimentos, mas evitando articular uma palavra. Simon, por sua vez, incapaz de ficar quieto em um lugar, ia da porta ao cachorro e do cachorro ao poleiro, mastigando o cigarro.

— A gente vê logo que é seu filho! — disse Iankel a Baptiste, mostrando Ernest que, com as mãos enfiadas nos bolsos, mantinha-se um pouco afastado. — Que rapagão! Os senhores se parecem como duas gôtas d'água.

Acreditava estar fazendo um cumprimento. Em tom arrogante, Baptiste replicou que Ernest era sua mãe cuspida, inclusive o espírito de porco. Iankel, chocado, repreendeu em tom de brincadeira: "Oh! não deve dizer isso, Sr. Saulnier, não é bom!"

Enfim, com empurrões imperceptíveis e ligeiros encontrões, todos se viram comprimidos na sala. Aperitivo: um copo de vinho branco, que os Mikhanovitzki não ousaram recusar, que Iankel engoliu corajosamente, onde Hanne, tôda confusa e sorridente, apenas molhou os lábios. E deram-se a conhecer, os pais de um lado, as mães de outro, os filhos alhures.

Por uma vez, Catherine não poupou gentilezas e tentava manter a conversa com a Sra. Mikhanovitzki. Trabalho perdido: a outra só sabia rir como uma idiota. Catherine encheu-se logo com isso: ela deu de ombros e, no fundo aliviada, foi às suas panelas:

— Desculpe-me, hein? Nós mulheres, sabe como é, não?

— Sim, sim, vá, vá.

A pobre Hanne, assim mesmo, articulara duas palavras em francês.

Do lado dos homens, Iankel, sentado com gravidade, com prudência, as duas mãos na borda da mesa, torturava-se para saber onde, quando, como formularia em francês o pedido de casamento. Mas êsse drama permanecia íntimo, e o resto exprimia apenas a seriedade, a intensidade do pensamento. Exprimia-o bastante, contudo, para que Baptiste compreendesse que convinha um tema de conversa um pouco elevado, e não muito pândego.

250 Entre Dois Mundos

— Então, como é — disse êle — o Simon é seu único filho?
— Oh! não — fêz Iankel com um sorriso amável e orgulhoso. — Tenho quatro! Dois rapazes e duas môças...
— Puxa! Vocês parecem coelhos...
Essa reflexão foi direto ao coração de Iankel, no sentido de que denotava em seu autor um temperamento de esquerda e idéias avançadas: para que pôr filhos no mundo se a guerra os mata? Todavia, como era bastante orgulhoso de sua família numerosa, explicou a seu interlocutor que sua mãe, ah! ela fizera muito melhor: treze filhos ela tivera, dos quais cinco ainda estavam vivos. Ao que Baptiste, que pensava consigo que êsses judeus são prolíferos como diabo, retorquiu que sua mãe tivera apenas dois filhos, mas que ainda viviam. Seguiu-se uma discussão bastante confusa sôbre o repovoamento, suas relações com a higiene e o progresso social, em suma uma troca de pontos de vista ao mesmo tempo filosóficos e altamente políticos, embora entremeados de referências aos respectivos primos Anatole e Samuel, que encantou a Iankel e esgotou a Baptiste. Um copo de vinho branco para restaurar as fôrças; e se recomeça!
— Seus pais ainda vivem? — pergunta Baptiste. E, um pouco envergonhado, Iankel é obrigado a confessar que êles estão na Palestina. "O senhor sabe, os velhos são cheios de preconceitos religiosos, e..." Bom! Em matéria de religião, também estavam de acôrdo. E ademais, cada um produzia grande efeito sôbre o outro, Iankel sôbre Baptiste por suas inocentes alusões à Palestina, à Rússia, à América, aos quatro cantos da terra, Baptiste sôbre Iankel por sua proclamação orgulhosa de que os Saulnier eram nativos de Virelay, de pai a filho. "Êle é instruído!" dizia Baptiste a si mesmo, constatando que o Sr. Mikhanovitzki exprimia-se num francês correto, o que não o impedia de praticar em muitas outras línguas; quanto a seus conhecimentos científicos e literários, alçavam-no quase ao nível do professor: "Êle é inteligente, para um camponês!" dizia a si mesmo Iankel, não sem surprêsa; porque, em seu meio, os *goim* passavam por mais tolos do que os judeus, e desde que o velho boneteiro deixara de viver com os franceses, esquecera o caráter dêles.
Às vêzes, Simon julgava necessário intervir, mas seu tom de caixeiro-viajante era tão dissonante em relação ao tom, muito grave e cerimonioso, dos dois pais, que acabava sendo enxotado: "Os moços com os moços, os velhos com os velhos!" Decididamente, Baptiste preferia o pai ao filho.
Surgiu, finalmente, o tema de conversa que Iankel temia entre todos: a guerra, o serviço militar. Às ricas recordações de Baptiste, êle replicou, não sem vergonha, com alusões a seus irmãos Itche e Moische, que lhe asseguraram o respeito do an-

R. Ikor 251

fitrião. Na verdade, Baptiste quase não pensara em censurá-
-lo por ter ficado para trás; se êle tivesse podido, êle, Baptiste, não se teria escondido? Uma única questão importunava
um pouco ao hortelão, mas não ousava formulá-la: será que
êsses Micoisa-em-esqui, êsses Micanovo, ou sei lá o quê, dis-
persos que estavam por quase todo o mundo, será que por
acaso não tinham parentes na Alemanha? E se fôsse verdade,
o que se passara durante a guerra? Baptiste tinha a tendência
a ver as coisas de modo dramático, imaginava dois irmãos fu-
zilando-se, sem sabê-lo, de trincheira a trincheira...
— ... que está servindo o exército...
Hein? Como? Baptiste sobressaltou-se: cansava-o bastante essa conversa tensa com o Sr. Truquesqui. Ah! está falando do
segundo filho... Ora... Fernand... bom...
— É grande, o Fernand — explicava Iankel com orgulho.
— Não tanto quanto o senhor, mas bem mais alto do que Simon. Um metro e setenta e sete, êle mede!
"Que é que isso me importa?" pensou Baptiste. Alto ou baixo, que interêsse? Êle próprio era alto, seu filho também: como poderia compreender que, para Iankel, um judeu alto ser-
via para desmentir a lenda anti-semita do "pequeno judeu"?
E primeiramente é com Simon que Jacqueline vai casar-se não
com Fernand...
— Que é que êle faz na vida civil, seu Fernand? — inquire,
contudo, com polidez, a fim de alimentar a conversação.
— É marceneiro — disse o pai radiante. — Está saindo da
Escola Profissional.
— Não me diga, é bom ofício, êsse!
Bom ofício, operário, fabricação de móveis, bonés, dificuldades da cultura: ficaram bastante tempo com a tecnicidade.
Não sem surprêsa, Baptiste ficou sabendo que Iankel despre-
zava o comércio; êle próprio, ao contrário, gostava muito de
um trabalho que se relacionasse com dinheiro, que mexesse
com carros e deixasse as mãos sem calos e brancas. Enfim,
existem todos os gostos no mundo.
A refeição desenvolveu-se sem histórias. Embora Jacqueline
houvesse afirmado que os Mikhanovitzki não praticavam a religião, a mãe Saulnier absteve-se, evidentemente, de servir carne de porco. O Sr. Mikhanovitzki conquistou-a pelo calor que
punha em cumprimentar a cozinheira depois de cada prato, e
mesmo antes. Simultâneamente, ouviam-se borborigmos, um
riso cacarejante: era a Sra. Mikhanovitzki que apoiava o marido. A conversa então assinalava uma pausa; e Baptiste, como um soldado que recarrega sua arma, voltava a lançar algumas palavras: "Então como é, o senhor...?" Isto porque
Iankel, se sabia eternizar uma discussão, não sabia iniciar outra: quando acabava; acabava: quando se calava, se calava.

252                                    Entre Dois Mundos

— Então, como é, há muito tempo que o senhor está na França?

— Desde 98! — disse Iankel com vaidade.

— Não me diga, já é quase francês! Acredito que o senhor se sinta bem aqui... E nunca teve saudade da terra natal?

— Oh! não! Oh! la la!

Iankel forçava um pouco o tom, mas tão pouco que não valia a pena falar disso.

— Pode-se dizer o que quiser — disse Baptiste com ar entendido — mas a França é um bom país. É um povo hospitaleiro, os franceses! Em primeiro lugar, todos os estrangeiros nos invejam... Não é verdade?

Sim, sim, sim... Enfim, não precisa exagerar. Mas Iankel guardou suas reservas para si mesmo. Aliás, êle era quase sincero quando se entusiasmava com seu anfitrião.

Nisto, inspirado, pôs-se a evocar montes de lembranças russas, contou sua saída de Rakwomir, a passagem clandestina da fronteira, a chegada à França... Simon estava de bôca escancarada: nunca imaginara que seu pai, tão tímido, tão apagado, tivesse vivido semelhantes aventuras. "Na minha idade, êle tinha visto dez vêzes mais coisas do que eu!" dizia a si mesmo. E se surpreendeu em estar — sim: com ciúmes. Com ciúme do interêsse que Jacqueline tomava pela narrativa. Era tolice, mas era verdade; sentia-se um novato, um frangote. "Êle deve conter-se", pensou com maldade; no entanto, sabia que seu pai era o escrúpulo em pessoa.

Quando Iankel se calou, Baptiste observou com melancolia que êle, infelizmente, não saíra dali, da cidadezinha.

— Não que me faltasse vontade. Mas o senhor sabe como é: a gente se casa e depois, ora...

Oh! sim, Iankel sabia como era! "A gente se casa, e depois, ora..." Recalcava com fôrça algumas velhas lembranças francesas; mas, às vêzes, reapareciam com todo o seu brilho... O que foi feito de Marguerite? Involuntàriamente, Iankel superpunha à sua velha Hanne a imagem da loura Marguerite de antigamente, imobilizada em sua juventude há um quarto de século... Reflexões lhe vinham, que êle tentava expulsar. A gente é bêsta, quando jovem. Não se deve casar muito cedo. Deve-se ficar na disponibilidade. Do contrário, em vez de fundir-se na carne de seu nôvo país, a gente é obrigada a reportar a esperança para os filhos...

Casar com môça da terra, pensava Baptiste, que besteira! Deveria ter-me casado com Jeanne, de lá, e deixar êsses merdas para...

— Só quando fiz meu serviço militar é que saí daqui — disse em voz alta. — E depois durante a guerra, é lógico, mas isso...

R. Ikor 253

Começaram a confrontar suas impressões da província. Como? O senhor estêve em Nevers? Ah! justamente eu tinha um companheiro que...

— É bonita, Nevers! — afirmou Iankel com tanta convicção que seu sotaque se acusou. — O senhor a conhece?

Não, Baptiste não conhecia. Virou-se para Hanne, lembrando que devia a seus deveres de anfitrião não negligenciar as senhoras — no entanto, essa lhe parecia especialmente chata.

— A senhora também gostava de Nevers?

Hanne soltou um sorriso cheio de bondade, deitando a cabeça sôbre o ombro: "Que é que ela faz!" pensou Baptiste. Mas já Iankel acorria em socorro:

— Naquele tempo, ela ainda estava na Rússia — explicou êle; e prosseguiu imediatamente: — Nevers, Sr. Saulnier, é quase tão bonita como essa cidade. Até se parecem um pouco, o senhor sabe...?

"Que história será essa de Nevers?" perguntava Simon a seus botões. Embora tagarelando com Jacqueline, escutava com um ouvido a conversa do pai. Nunca ouvira tanto. Nevers, Nevers... Ah! isso, será que o transparente, o insignificante, o escrupuloso papai não teve alguns casos com mulheres nesta cidade? E isso enquanto mamãe estava na Rússia... Até então, Simon sempre pensara que papai e mamãe haviam vindo juntos, enfim que tôda a família, inclusive o avô Avrom e o tio Moische, tinham vindo juntos, sob o comando de vovô. Assim, fôra papai que tomara a iniciativa, e sòzinho?... Maldito papai, ora, êle nos esconde coisas atrás de suas lições de moral!

Entretanto, Iankel, através de suas comparações entre Nevers e Virelay, manobrava a fim de sair para tomar ar: não gostava de ficar muito tempo à mesa. Isto vinha a calhar, porque Baptiste tinha justamente vontade de urinar. Os dois pais saíram juntos para o pátio. O sol ainda estava quente; o céu era de um azul pálido, um pouco rosado; era bom respirar o ar frio e sêco. Baptiste arrastou Iankel para o jardim:

— Desculpe-me — disse — sempre urino ao pé da minha roseira. Gosto de fazer isso.

— Isso é uma roseira? — perguntou Iankel estupefato. — Parece uma árvore!

Baptiste não disse nada, mas se pavoneou. Já desabotoava a braguilha, sem se preocupar com ser visto por seu hóspede — entre homens, não é mesmo? a gente se conhece. E o serviço militar acostuma a gente...

— Não faça cerimônias, hein? — disse êle jovialmente. — Há lugar para todos!

254                                           Entre Dois Mundos

Iankel procurou um cantinho nos arredores, virou-se por pudor e mesmo levou algum tempo antes de poder verter sua água: êle não fizera o serviço militar.

— Assim, é melhor, hein? — constatou Baptiste com sua voz grossa, com um riso grosso, dando uma sacudidela.

"É mesmo um camponês", disse Iankel com seus botões, um pouco chocado, tão chocado que pronunciou a palavra "camponês" em ídiche.

— Então, como é, gosta de Virelay? — retomava Baptiste. E como o outro exclamava cheio de admiração, êle afetou um ar modesto: "Oh! uma aldeiazinha de nada. Velha, suja..." Mas levou Iankel a dar uma volta pelas vizinhanças. Enquanto iam andando, dava detalhes das culturas, queixava-se de que a indústria de pérolas houvesse cerrado suas portas, mostrava com orgulho uma bela casa de campo de parisiense, falava bem de Herriot e mal de Poincaré; mostrou finalmente com o dedo, lá em cima no planalto, o lugar onde chegava o pedaço de terra de Jacqueline. "Pode-se subir até lá?" perguntou Iankel tìmidamente: gostava das paisagens de horizontes vastos, geradores de meditações filosóficas. A recusa de Baptiste surpreendeu-o pela secura. "Longe demais!" Isto porque Baptiste julgara que o judeu pretendia controlar o valor do dote. E o pobre Iankel teve de contentar-se com ver o Sena da margem mesmo, e nem sequer tivera tempo para isso, porque o estúpido camponês não parava de falar e para dizer o quê? Que haviam plantado aquêles olmos lá, há cinco anos atrás; que os lilases são de boa cêpa. E outras besteiras... Em suma, estavam frios quanto retornaram ao pátio. Baptiste media com o canto do ôlho aquêle simplório que trotava a seu lado. "Espere ver um pouco, cara!" Pegou um enorme tronco de madeira que estava por ali, levantou-o contra o peito, tomando o cuidado para disfarçar o esfôrço, e jogou-o negligentemente sob o alpendre.

—· Hummm! O senhor é forte, Sr. Saulnier — observou Iankel. — Quanto isso pode pesar, ao seu ver?

— Sei lá! — murmurou o outro, pavoneando-se. — Cinqüenta, sessenta...

Os bíceps de Iankel começaram a picar. "Vou lhe mostrar! Não sou tão velho, não." Empunhou o tronco, assegurou-se de que estava prêso, equilibrou-se nas pernas... Não é muito cômodo. "Vou arrumar uma hérnia", pensou. Vamos, upa! Levantar, jogar, para o alto, para baixo, movimento não muito ortodoxo no halterofilismo, tanto pior... E eis! Brandia o tronco na ponta do braço acima da cabeça. Baptiste assobiou de admiração. Iankel jogou o tronco que soou no solo, depois tirou o paletó e, modestamente:

R. Ikor                                                                    255

— Oh! Isso não é nada, Sr. Saulnier. Pratiquei halteres quando era mais jovem, mas não sou mais môço, e depois a gente não consegue pegá-lo como um verdadeiro haltere...
Espicaçado, Baptiste quis tentar; mas houve-se muito mal.
— Assim não, Sr. Saulnier, precisa jeito! — disse Iankel, com um sorriso; e lhe ministrou algumas lições de acôrdo com as regras. Quando voltaram à casa, estava de nôvo calorosos.

Na sala, Hanne, sempre muda, sempre sorridente, sempre girando com a cabeça, amarrara um avental por cima do belo vestido e ajudava a Sra. e a Srta. Saulnier com a baixela; e com seus gestos curtos e lentos, seus dedos apertados, fazia sua parte da tarefa. A camponesa estava tôda emocionada com isso; nunca acreditara que essa mulher fôsse tão gentil. Quanto a Simon, com um cigarro na bôca e um aventalzinho na barriga, enxugava os pratos. Simon, enxugar pratos! Não era em casa que êle fazia isso... Ernest, por sua vez, dera o pira de mansinho, como de costume.

— Até a vista, Sr. Saulnier.
— Até a vista, Sr. Mi... cahosqui!
— Os senhores virão jantar conosco um dia, certo?
— Com prazer!... Com prazer...
— ... prazer.

O *Unic* deu a partida com um estrondo poderoso. Baptiste estava cansado.

— Êle, ainda passa — murmurou tirando o paletó. — Mas ela, que chata!
— Você viu que ela não fala francês? — murmurou Catherine.
— Hein? Ela não fala francês?

Como se podia não falar francês? Baptiste ficou estupidificado, a tirar maquinalmente com o polegar sua liga elástica.
— Êles são gentis, mas são camponeses! — lamentava-se Iankel fatigado. — Dela, não gostei muito. Dêle... Enfim! Não são anti-semitas. Já é alguma coisa!

Quando, pouco depois do Natal, os Mikhanovitzki pagaram aos Saulnier seu almôço, Hanne preparou bons pratinhos judaicos, enriquecidos, todavia, com um frango à francesa. A proximidade das festas e o exotismo da cozinha incitaram naturalmente os convivas a comparar as duas religiões. Como? Vocês também têm uma espécie de Natal, com luzes por tôda parte e distribuição de presentes? Não acreditava!... Páscoa também? Mas Páscoa é a ressurreição de Cristo, e vocês, evidentemente, Cristo... Ah! Com vocês, a Páscoa lembra a saída do Egito? Estranho, assim mesmo!... Ah! Vocês então nos tomaram tôdas as nossas festas, não é isso?... Ah! Vocês acham? Fomos nós que?... Ora, deve-se ser justo, a

256 Entre Dois Mundos

religião de vocês é muito mais antiga do que a nossa, em um sentido, nós fazíamos concorrência desleal a vocês... No fundo, não há grande diferença entre nós, exceto que, para vocês, o messias ainda não veio, e quando se vê o que se passa nos dias de hoje, gases asfixiantes e o resto, pode-se perguntar se não são vocês que têm razão...

E, enquanto Baptiste e Iankel concordavam sôbre a tolice das religiões, Catherine dizia a si mesma que a religião judaica não é uma religião de selvagens, já que parece tanto com a cristã. Talvez haja mesmo um meio de se entenderem?... Hanne, com seu sorriso perpétuo instalado em sua face lunar, sentiu sem dúvida a distensão, pois ousou balbuciar, corando, duas ou três palavras em francês. Depois da sobremesa, Iankel mostrou sua oficina a Baptiste, explicou-lhe o funcionamento do cobre-botões e da pregueadeira, tirou suas medidas para fabricar-lhe um boné, enquanto Baptiste lhe prometia algumas garrafas de vinho de sua safra.

"É boa, a cozinha dêles, confiou Baptiste a Jacqueline, depois que saíram. Mas não conhecem nada de vinhos. Sua cachaça, que diabo, é forte!"


O casamento foi celebrado pouco tempo depois, em Virelay. Foi muito concorrido. Do lado Saulnier, a parentela era numerosa, devorada de curiosidade e ao alcance da mão. Do lado Mikhanovitzki, não se contavam poucos. Clara-a-bela consentiu em sair; com uma indiferença de princesa, ela deslumbrou todos os camponeses varões, jovens como velhos, enquanto as fêmeas se roíam de ciúmes. Ernest Saulnier seguiu-a como uma sombra, com o bico aberto, mas sem dizer nada. Jacqueline tomou Simon de lado:

— Você não me disse que tinha uma irmã tão bonita.

— Ah! sim! Você acha-a bonita? — perguntou Simon, espantado.

Nunca suspeitara disso: uma irmã não é uma mulher.

Fernand conseguira uma licença. Em seu uniforme azul-horizonte, mantinha-se ereto, grave e silencioso. Iankel admirava secretamente êsse filho de um metro e setenta e sete, sua dignidade e seu uniforme. As môças também estavam emocionadas; mas o jovem limitou-se a dançar polidamente com uma e com outra, sem provocar ciúmes. Revke e seu pequeno Haim de marido vieram em seu Renault. Revke era agora uma mulherona autoritária e tagarela, de quem não se podia dizer a idade: trinta anos? Quarenta? Na verdade, tinha apenas vinte e sete. Sem filhos, e parecia estéril para sempre; talvez o fôsse deliberadamente. Ela não se incomodava de re-

R. Ikor                                    257

preender em público seu pequeno marido que, agitando-se, encurvando-se, turbilhonando, conquistou a honrosa sociedade graças à sua animação, às suas histórias picantes, a suas habilidades nas cartas e à sua inesgotável reserva de jogos: jôgo da garrafa em que é preciso sentar-se, jôgo da prancha em que é preciso ficar de pé, jôgo do quem-te-deu-um-tapa... Ao cabo de pouco tempo, o ambiente era tal que Baptiste teve de injuriar um de seus sobrinhos Vacquaire que se obstinava em fazer que os parisienses jogassem um jôgo mais ousado.

O ramo Moische chegou tarde e partiu cedo, mas o tempo em que estêve lá valeu por três. Na grande Berliet do rio, tinham-se enfurnado seus inúmeros filhos, môças e rapazes, jovens e rapazotes, e uns mais mal-educados do que os outros. Ainda faltava, mas ninguém percebeu isso, nem mesmo Iankel que renunciara a fazer a conta. Chegaram como uma tempestade, batendo-se uns nos outros, e batendo nos outros meninos, empurrando-se e empurrando os dançarinos, jogando na cara pedaços de pão, cascas de laranja e copos d'água. Um traque estalou sob a cadeira de uma comadre gorda, um tapa estalou... Foi sòmente no dia seguinte, por felicidade, que se descobriram os principais estragos: ramos quebrados no pomar, um gradil enterrado no poleiro.

Rose foi julgada com severidade porque não continha seus garotos e posava de grande dama, mas Moische fêz sensação com sua Croix de Guerre, sua medalha militar, sua perna arrastada e sua voz poderosa. Baptiste açambarcou-o e trocaram lembranças de guerra. Ao partir, Moische enviou ao sobrinho, por cima da cabeça dos outros, um cumprimento tonitruante: "Felicidades, Simon!" em hebraico, que causou ao jovem um ligeiro mal-estar.

Fora isso, as bodas foram muito francesas, como reconheceram os Saulnier com alívio. Jacqueline estava vestida normalmente, com um vestido branco e uma grinalda de flôres de laranja, Simon e o pai usavam um *smoking* e só se falou em francês... Havia a velha, evidentemente. Em dado momento, sem dizer nada, fundiu-se em lágrimas. Isso causou certo embaraço: perguntaram-lhe se alguma coisa não estava certa... Obrigado, tudo estava bem, eram sòmente lágrimas de alegria, parece que é costume em seu país. Por felicidade, a Sra. Mikhanovitzki teve o bom gôsto de refugiar-se em um canto, e deixou de ser visível.

"Pobre Hanne!" disse consigo Iankel. Não tinha ninguém de sua família no casamento. Ela quisera convidar seus parentes mais próximos, os primos Schmirzmann. Mas era tempo perdido, moravam na rue des Blancs-Manteaux, falavam ídiche, obedeciam escrupulosamente aos preconceitos religiosos...

258                      **Entre Dois Mundos**

Envergonhado de si mesmo, Iankel tentou explicar à sua mulher que os Schmirzmann não estariam à vontade nesse casamento, que se sentiriam, como dizer?...

— Mas por quê? — perguntou ela ingênuamente. — São pessoas muito honestas. E depois os Saulnier convidam a quem querem, por que nós não podemos?

— Ah! isso embaraçaria a Simon...

— Talvez eu também o embarace?

Iankel não soube o que responder. Simon, Simon, por que fôra escolher uma *goie,* quando tantas môças judias...

Hanne debatia-se fracamente, como um pássaro ferido.

— Você sabe, Iankel, os Schmirzmann vão ficar contrariados... E você não acha que Simon vai ficar espantado por não os ver?

Pobre Hanne! Teu Simon pouco está ligando para isso, para os Schmirzmann, só tem desprêzo por tôda a sua família judaica, fora Moische... Ah! como Iankel queria mal ao filho por renegar alegremente suas origens!

Ter-lhe-ia querido mal ainda mais, talvez mesmo o tivesse expulsado de casa, se soubesse tôda a verdade. Porque Simon, para agradar a sogra, concordou em casar-se na igreja. Na igreja, sim! E o padre foi bastante bom, bastante compreensivo para admitir que a família do noivo não fôsse avisada, embora a cerimônia tivesse assim um caráter penoso, quase clandestino; enfim, desde que os jovens esposos se comprometiam a educar os filhos na fé católica, era o essencial... E Simon prometeu, com o coração sombrio, educar os filhos na fé católica; e quando Jacqueline lhe murmurou ao ouvido, um pouco mais tarde, que ela não pensava em cumprir essa promessa, nem por isso ficou reconfortado.

De seu lado, Iankel mentiu a seus próprios pais. Escreveu-lhes que Simon casara-se com uma jovem que tinha o sobrenome de Saulmann e o prenome de Iachke — êle tentava, o pobre, mentir o menos possível. Acrescentou que houvera uma bela cerimônia na sinagoga. Para que incomodar as pessoas? Sobretudo os velhos...

Da América, chegaram para os jovens esposos suntuosos presentes de núpcias, acompanhados de cartões de felicitações impressos em inglês: Rachel Silverstone e Péretz Mikhanovitzki não perderam o senso da família. "Um tio na América!" pensaram os Saulnier, invadidos por enorme respeito.

Dos Feinschneider de Rakwomir, nada veio; estavam muito longe, humanamente falando.

Ou então, se papai recebeu uma carta dêles, não disse palavra a respeito.

# I. ZANGWILL

ISRAEL ZANGWILL (1864-1926) nasceu em Londres e aí faleceu. É um dos principais precursores da temática judia em língua inglêsa. Foi êle que lhe trouxe boa parte de sua popularidade e é possìvelmente ela que lhe assegura, ainda hoje, um alento literário vivo. Com efeito, pouco do que escreveu fora do "gueto" combina em tão acertada dosagem as duas principais características da pena de Zangwill: humor e poesia. Sua estréia verificou-se nas páginas das revistas londrinas. Em 1888, publicou sua primeira novela, *O Primeiro-ministro e o Pintor,* à qual seguiram, em 1891-1892, *O Clube dos Solteiros* e *O Clube das Solteiras.* Mas a obra que ràpidamente o celebrizou e que é a sua obra-prima foi *Os Filhos do Gueto* (1892), logo traduzida para o alemão, russo, ídiche e para o hebraico. Vieram depois *O Rei dos Schnorrers* (1897), *Os Sonhadores do Gueto* (1901), *O Manto de Elias* etc. Zangwill foi um pintor felicíssimo do gueto, dos costumes e da vida do seu povo, como atesta o trecho que extraímos de *O Rei dos Schnorrers,* esta incisão sutil e engraçada nos caracteres básicos do judaísmo do século XVIII e moderno. Também fêz incursões no campo da poesia e do teatro. Devem-se-lhe poemas e traduções de antigos poetas judeus, além de algumas incursões no teatro. Mas o conto e a novela foram os gêneros em que realmente se distinguiu. Foi Zangwill também destacado líder do sionismo, do qual se afastou em 1904, quando os sionistas recusaram a idéia da fundação de

260 Entre Dois Mundos

um Lar Nacional Judeu na Uganda, em um vasto território
que a Inglaterra colocara à disposição do movimento sionista.
Fundou então a Organização Territorial Judaica, destinada a
conseguir um Lar Judeu, na Palestina, ou em outro lugar
qualquer.


## O REI DOS SCHNORRERS

Naqueles dias, quando Lorde George Gordon se converteu ao
judaísmo e foi considerado insano; quando, desrespeitando as
profecias sagradas, a Inglaterra privou os judeus de todo direito cívico, exceto do de pagar impostos; quando o *Gentle-
man's Magazine* atacava com palavras duras os estrangeiros
infiéis; quando casamentos judeus eram invalidados e cancela-
das as doações aos colégios hebraicos; quando um profeta que
predissesse o Primrose Day teria sido pôsto a ferros, embora,
particularmente, Pitt ouvisse os conselhos de Benjamin Golds-
mid em matéria de empréstimos estrangeiros; naqueles dias,
quando Tevele Schiff era rabi em Israel, e o Dr. Falk, o Senhor do Tetragrama, santo conjurador cabalístico, florescia na
Praça Wellclose, e o compositor de *A Morte de Nélson* era um
coroinha na Grande Sinagoga; naqueles dias, Joseph Grobstock, pilar dessa sinagoga, emergiu uma tarde ao sol primaveril, encabeçando uma turma de fiéis que se dispersavam.
Trazia na mão uma grande bôlsa de lona, e nos olhos um
lampejo.

Um serviço religioso especial fôra celebrado, em ações de
graças pelo feliz restabelecimento da saúde de Sua Majestade,
e o chantre intercedera melodiosamente junto à Providência
em favor do Rei Jorge e de "nossa mui bondosa Rainha Car-
lota". A reunião fôra numerosa e elegante — tanto mais
quanto dizia respeito a um soberano divino — e, dêste modo, invadiu o pátio uma turba de *schnorrers,* que aguardavam
a saída dos assistentes, tal como se alinham os lacaios no vestíbulo da Ópera.

Era um grupo heterogêneo de homens, com barbas emara-
nhadas e cabelos que caíam em longos cachos, quando não
seguiam o estilo da época; mas os gabardos dos guetos alemães, em sua maioria, haviam sido trocados pelas jaquetas
curtas e cheias de botões dos londrinos. Quando se gasta a
roupa trazida do Continente, tem-se de adotar o vestuário de
um superior, ou comprar uma roupa nova. Muitos carregavam um bastão e tinham os quadris envoltos em lenços coloridos, como se estivessem prontos a sair a qualquer momento
do Cativeiro. Sua aparência miserável se devia quase totalmente à falta de banho, e muito pouco à natureza, a auxí-

# I. Zangwill

lios fortuitos em forma de deformidades. Alguns poucos ostentavam aflições físicas, mas nenhum expunha feridas como os leprosos da Itália, ou contorções como os aleijados de Constantinopla. Na fina arte de *schnorrer* evitavam-se métodos tão grosseiros. Um par de óculos verdes podiam significar vista fraca; mas o cego não usava letreiro berrante: sua enfermidade era um assunto já estabelecido, bastante conhecido do público e que conferia ao proprietário um *status* definido na comunidade. Não era um átomo anônimo, como êsses que flutuam cegamente através da Cristandade, errantes e apologéticos. A visão mais rara, nessa ostentação do pauperismo judeu, era uma perna de calça ou uma manga vazia, ou um membro de madeira substituindo-os a ambos e mostrando uma perna de pau proclamatória.

Quando o bando de *schnorrers* avistou Joseph Grobstock, caíram-lhe em cima, gritando e abençoando-o. Êste, em nada surprêso, atravessou pomposamente por entre as bênçãos, enquanto o brilho de seus olhos assumia uma aparência velhaca. Fora dos portões de ferro, onde a multidão era mais densa, e onde se preparavam para partir os côches elegantes que haviam trazido alguns fiéis da distante Hackney, êle parou, rodeado de *schnorrers* clamantes, e enfiou a mão, devagar e cerimoniosamente, na bôlsa. Houve um momento de aflita expectativa entre os mendigos e, por um instante, Joseph Grobstock teve estranha consciência de sua importância, assim inchado em meio ao sol.

Na judiaria do século XVIII, não se podia falar de classe média; o mundo estava dividido em ricos e pobres, e os ricos eram riquíssimos e os pobres, paupérrimos, de modo que cada um conhecia sua posição. Joseph Grobstock estava satisfeito com o lugar que aprouve a Deus conceder-lhe. Era uma pessoa jovial e bochechuda, cujo queixo bem barbeado já dobrava, e envergava, como um homem da maior respeitabilidade, um belo redingote azul com uma fieira de botões dourados. A frente da camisa, cheia de babados, de colarinho alto como mandava a moda, e grande cachecol branco ressaltavam a maciça carnosidade do pescoço vermelho. O chapéu era de modêlo quacre e na cabeça usava peruca e "rabicho de porco", o qual era herético apenas no nome.

Joseph Grobstock tirou da bôlsa um pacotinho de papel branco, que seu senso de humor levou-o a entregar à mão mais afastada de seu nariz; pois o humor de Grobstock não era sutil, porém grosseiro. Assim, capacitava-o a ver com o maior prazer o chapéu de um semelhante rolar no vento, mas pouco lhe ajudava a consolá-lo na caça ao seu próprio. Suas brincadeiras estalavam nas costas, ao invés de tocar delicadamente.

262                      Entre Dois Mundos

Êste homem é que se tornara o centro complacente de todos os olhos, mesmo daqueles que nada pediam, logo que o princípio de suas operações caritativas irrompeu na multidão. O primeiro *schnorrer* abriu febrilmente o pacote e encontrou um florim; como que por eletricidade, todos, com exceção do mendigo cego, ficaram sabendo que Joseph Grobstock estava distribuindo florins. O distribuidor partilhou do sentimento geral, e seus lábios se contraíram. Em silêncio, enfiou de nôvo a mão na bôlsa e, escolhendo a mão mais próxima, colocou-lhe um segundo pacote branco. Uma onda de alegria inundou a face imunda, logo transformada em expressão de horror.

— O senhor deve ter-se enganado: deu-me sòmente um *penny!* — gritou o pedinte.

— Fique com êle por sua honestidade — replicou Joseph Grobstock imperturbável, parecendo não participar da gargalhada geral.

O terceiro mendigo parou de rir quando descobriu que o pacote que recebera continha uma moeda magra de seis *pence*. Era óbvio que o grande homem estava distribuindo pacotes premiados, e a excitação da plebe cresceu momentâneamente. Grobstock continuou enfiando a mão na bôlsa, olhando bem para não dar uma segunda vez aos que já haviam recebido. Uma das poucas peças de ouro tocou ao solitário aleijado, que dançou de alegria em sua perna única, enquanto o pobre cego embolsou o seu meio *penny*, inconsciente de sua má sorte, e simplesmente imaginando por que a moeda estaria enrolada em um papel.

Nessa altura, Grobstock já não lograva controlar a face por mais tempo, e os últimos episódios da loteria correram com um acompanhamento de um largo sorriso. Sua alegria era mordaz e complexa. Não havia apenas a surprêsa geral por êste nôvo feito de caridade; existiam as surprêsas especiais de pormenor escritas em cada face, conforme se iluminava ou se abatia, ou se franzia, em relação com o conteúdo do pacote, e o acompanhamento subjacente de uma deliciosa confusão de interjeições e bênçãos, um esticar e recolher de mãos, uma rápida mudança das personagens, que transformavam a cena numa miscelânea de excitações. Assim, seu largo sorriso era de satisfação e de divertimento; a parte da satisfação provinha da verdadeira bondade de coração, porque Grobstock era um homem despreocupado, para quem o mundo corria fácil.

Os *schnorrers* exauriram-se antes dos pacotes, mas o filantropo não se mostrava ansioso em livrar-se do restante dos prêmios. Fechou a bôlsa, agora muito mais leve, pegou-a pela alça e, recompondo a gravidade de sua face, dirigiu-se lentamente para o fim da rua, como um imponente galeão banhado pe-

# I. Zangwill

la luz do sol. Seguia para Goodman's Field, onde ficava sua mansão, e sabia que o bom tempo traria bastantes *schnorrers* consigo. E, de fato, ainda não dera muitos passos quando se lhe deparou uma figura que não se lembrava de ter visto anteriormente.

Encostado a um poste, numa passagem estreita que levava a Bevis Marks, estava um personagem alto, de barba preta, com um turbante. Um primeiro relance mostrava que pertencia à tribo. Num gesto mecânico, a mão de Joseph Grobstock dirigiu-se à bôlsa da sorte, de onde retirou um pacote bem embrulhado, que êle estendeu ao estranho.

O homem recebeu o presente de maneira afável e abriu-o com gravidade, enquanto o filantropo esperava sem embaraço, para verificar o efeito. De súbito, a face escura transformou-se em nuvem negra e os olhos faiscaram.

— Que um espírito mau caia sôbre os ossos de seus antepassados! — exclamou o estranho por entre os dentes. — Veio aqui para me insultar?

— Perdão! Mil perdões! — murmurou o magnata, totalmente perplexo. — Pensei que você fôsse um... um... um pobre!

— E, por isso, desejou insultar-me!

— Não, não; queria ajudá-lo — murmurou Grobstock, cuja face passou do vermelho ao escarlate. Teria impingido sua caridade a um milionário sem necessidade? Não! Através da bruma da própria confusão e da raiva do outro, assomava a figura de um *schnorrer* com demasiada nitidez para que estivesse errado. Quem, senão um *schnorrer,* usaria um turbante feito em casa, fruto de um chapéu prêto atravessado por um lenço branco? Quem, a não ser um *schnorrer,* desabotoaria os primeiros nove botões de seu colête, ou, se êste relaxamento se devesse ao calor, iria contrabalançá-lo por uma sobrecasaca tão pesada quanto um cobertor, com botões de tamanho descomunal, com as abas tocando quase as fivelas dos sapatos, embora êste comprimento mal combinasse com o do casaco de baixo que atingia os joelhos? Finalmente, quem, senão um *schnorrer,* usaria essa sobrecasaca como um manto, as mangas pendentes, sugerindo a ausência de braços quando visto de lado? Fora o estado de miséria do tecido gasto e ensebado, era amplamente evidente que o seu portador não se trajava segundo a moda ou a medida. No entanto, as desproporções de seu vestuário apenas realçavam o pitoresco de uma personalidade que seria surpreendente mesmo no banho, embora não fôsse muito provável sua presença ali. A barba era preta como azeviche, vasta e mal cuidada, subindo pelo rosto até encontrar o cabelo, também prêto, de forma que o vivo semblante era todo emoldurado de negro; era um rosto longo

264 Entre Dois Mundos

e afilado, com lábios sangüíneos brilhando no meio de um escuro matagal; os olhos eram grandes e ligeiros, fundos, sob sobrancelhas pretas arqueadas; o nariz era longo e copta; a testa, baixa mas larga, com esparsos cachos de cabelos saindo de sob o turbante. A mão direita empunhava um liso bastão de freixo.

O respeitável Joseph Grobstock achou a figura do pedinte muito expressiva; retraiu-se diante dos olhos indignados.

— Pretendia ajudá-lo — repetiu.

— E é assim que se auxilia um irmão em Israel? — indagou o *schnorrer,* atirando o papel desdenhosamente no rosto do filantropo. Acertou-lhe na ponta do nariz, mas tão de leve que êle compreendeu de imediato o que sucedera. O pacote estava vazio, o *schnorrer* tirara um em branco; o único que o bom homem colocara na bôlsa.

A audácia do mendigo acalmou totalmente a Joseph Grobstock; podia tê-lo enraivecido a ponto de castigar o sujeito, mas não aconteceu. Prevaleceu a sua boa índole; começou por sentir-se envergonhado e procurou tìmidamente no bôlso uma coroa; hesitou, então, como se temesse que essa oferta de paz não fôsse suficiente a um espírito tão raro; achava que devia ao estranho mais do que prata — um pedido de desculpa ao espírito. Apressou-se honestamente a pagar a sua dívida, mas de forma desastrada, como alguém que não estivesse acostumado ao uso.

— Você é um velhaco impertinente — disse êle — mas suponho que esteja ofendido. Quero assegurar-lhe que não sabia que o pacote estava vazio. Realmente, eu não sabia.

— Então seu criado me roubou! — exclamou o *schnorrer* excitado. — Você mandou-o fazer os pacotes e êle roubou o meu dinheiro, o ladrão, o transgressor, três vêzes maldito que rouba o pobre!

— Você não entendeu — interrompeu o magnata, humildemente. — Eu mesmo fiz os embrulhos.

— Então, por que diz que não sabia o que continham? Ora, você está querendo zombar da minha miséria!

— Não, ouça-me! — disse Grobstock desesperado. — Em alguns coloquei ouro, noutros, prata, noutros, cobre e sòmente um estava vazio. Foi êsse o que você tirou. É azar seu.

— Azar *meu!* — repetiu o *schnorrer* desdenhosamente. — O azar é *seu,* não fui eu quem o tirou. O Sagrado Nome, abençoado seja Êle, puniu-o por sua malvada zombaria com os pobres, fazendo do infortúnio dêles o seu divertimento, como os filisteus se divertiam com Sansão. A boa ação que você poderia somar a seu crédito ao dar-me uma espórtula, Deus tomou-a de você. Êle o declarou indigno de atingir a honradez por meu intermédio. Siga seu caminho, assassino!

## I. Zangwill                                             265

— Assassino! — ecoou o filantropo, desnorteado com essa perspectiva demasiado severa de seu ato.

— Sim, assassino! Não está escrito no Talmud que aquêle que envergonha um semelhante é como se derramasse seu sangue? E você não me envergonhou? Se alguém tivesse testemunhado seu ato de caridade, não teria rido nas minhas barbas?

O pilar da Sinagoga sentiu como se seu ventre se estivesse contraindo.

— Mas os outros? — murmurou êle quase suplicante. — Não derramei o sangue dêles, pois lhes dei espontâneamente meu ouro ganho a duras penas?

— Para sua própria diversão — retrucou o *schnorrer* implacável. — O que diz o Midrasch? Existe uma roda girando no mundo: não é aquêle que é rico hoje que o será amanhã, mas a um Êle abate, a outro eleva, como está escrito no Salmo 75. Portanto, não levante muito sua cabeça, nem fale com o pescoço duro.

Sobrelevou o infeliz capitalista, tal como um antigo profeta que condenasse um enfatuado monarca. O pobre homem tocou, mau grado seu, o colarinho alto, como se quisesse explicar sua aparente arrogância, mas na realidade êle o fêz porque não conseguia respirar à vontade sob o ataque do *schnorrer*.

— Você é um homem sem caridade — arquejou êle com calor, levado a uma linha de defesa que não havia previsto.

— Não o fiz por libertinagem, mas por fé no Céu. Sei muito bem que Deus gira uma roda; por isso, não pretendia girá-la sòzinho. Não deixei que a Providência escolhesse quem ficaria com o ouro, quem ficaria com a prata, quem teria o cobre e quem restaria sem nada? Além disso, sòmente Deus conhece aquêle que realmente necessita de minha ajuda; eu O fiz meu esmoler; entreguei ao Senhor o meu fardo.

— Epicureu! — gritou o *schnorrer*. — Blasfemo! Então, pretende trapacear com os textos sagrados? Olvida o que diz o versículo: "Os que têm sêde de sangue e os falsários não viverão a metade de seus dias"? Devia-se envergonhar, você um *gabai* da Grande Sinagoga. Como vê, eu o conheço, Joseph Grobstock. Por acaso, não se vangloriou diante de mim o bedel da sua sinagoga, de ter ganho um guinéu para lustrar as suas polainas? Pensaria em oferecer a *êle* um dos pacotes? Não, os pobres é que são pisados, êles, cujos méritos são maiores do que os dos bedéis. Mas o Senhor encontrará outros que levantem seus empréstimos, porque aquêle que tem dó dos pobres é grato aos olhos de Deus. Você não é um verdadeiro filho de Israel.

266                                    Entre Dois Mundos

A tirada do *schnorrer* foi suficientemente longa para permitir que Grobstock recobrasse a dignidade e a respiração.

— Se você realmente me conhecesse, saberia que Deus está em considerável dívida comigo — retorquiu êle calmamente. — Quando falar outra vez sôbre mim, fale com os homens do Salmo, não com o bedel. Nunca negligenciei os necessitados. Mesmo agora, apesar de você se ter mostrado insolente e severo, estou pronto a ampará-lo, se você precisar.

— Se eu precisar! — repetiu o *schnorrer* com escárnio. — Existe algo que eu não precise?

— Você é casado?

— Pode censurar-me: mulher e filhos são as únicas coisas que *não* me faltam.

— Isso nunca falta ao pobre — disse Grobstock com uma ponta de humor, já recuperado.

— Não — assentiu o *schnorrer* firmemente. — O pobre teme os Céus. Obedece às Leis e aos Mandamentos. Casa enquanto jovem, e sua espôsa não é amaldiçoada com a esterilidade. O rico é que transgride o Julgamento, que retarda a hora de entrar debaixo do pálio nupcial.

— Pois bem, aqui está um guinéu, em nome de minha espôsa — interrompeu Grobstock rindo. — Ou melhor, espere, já que você não lustra polainas, tome outro.

— Em nome da minha espôsa, eu lhe agradeço — retrucou o *schnorrer* com dignidade.

— Faça-o em seu próprio nome — disse Grobstock. — Isto é, diga-me quem é.

— Eu sou Manasseh Bueno Barzillai Azevedo da Costa — respondeu êle simplesmente.

— Um *sfaradi!* — exclamou o filantropo.

— Não está escrito em minha face, como está escrito na sua que você é um tedesco? É a primeira vez que recebo dinheiro de alguém de sua linhagem.

— Oh! deveras! — murmurou Grobstock, começando a sentir-se outra vez diminuído.

— Sim, a nossa comunidade não é muito mais rica do que a sua? Que necessidade tenho eu de privar das boas ações a meu próprio povo; êles têm tão poucas oportunidades de fazer o bem, embora sejam quase todos ricos; corretores, mercadores das Índias Ocidentais e...

— Mas eu também sou um financista, e Diretor das Índias Orientais — interrompeu-o Grobstock.

— Talvez; mas a sua comunidade é ainda jovem e luta por um nome; seus homens ricos, pode-se contá-los como os homens bons de Sodoma entre a multidão. Vocês são os imigrantes de ontem; refugiados dos guetos da Rússia, da Polônia e da Alemanha. Mas nós, como você sabe, estamos esta-

# I. Zangwill

belecidos aqui há várias gerações; na Península nossos antepassados honraram as côrtes de reis e controlaram os cordões das bôlsas de príncipes; na Holanda, tivemos o cetro do comércio. Nossos foram os poetas e sábios em Israel. Vocês não podem esperar que reconheçamos a plebe de vocês, que nos diminui aos olhos da Inglaterra. Fizemos o nome de judeu honrado; vocês o degradam. Vocês são como a misturada multidão que chegou do Egito com nossos pais.

— Bobagem! — disse Grobstock rìspidamente. — Todos em Israel são irmãos.

— Esaú era irmão de Israel — respondeu Manasseh sentenciosamente. — Mas agora queira desculpar-me, pois vou fazer compras; é tão bom lidar com ouro.

Havia uma nota de tão patética seriedade na última frase, que desbastou as arestas da primeira. Grobstock sentiu remorsos por estar discutindo com um homem faminto, cujos entes queridos estavam, por certo, morrendo de fome em casa, resignadamente.

— Sem dúvida, vá depressa — disse bondosamente.

— Até à vista — despediu-se Manasseh com um aceno e, batendo o bastão nas pedras do calçamento, retirou-se sem conceder uma única olhadela ao seu benfeitor.

O caminho de Grobstock levava-o a Petticoat Lane, na esteira de Manasseh. Não pretendia segui-lo, mas não viu motivo para mudar de rota por mêdo do *schnorrer,* tanto mais que Manasseh não olhava para trás. Nesse momento, retomou consciência da bôlsa que levava, mas não encontrou coragem para prosseguir com a brincadeira. Sentia a consciência culpada e, em vez da bôlsa, recorreu aos próprios bolsos em sua caminhada através da rua estreita do mercado, apertada de gente, onde poucas vêzes adquiria algo pessoalmente, a não ser peixe e boas ações. Era um perito em ambos. Nesse dia, colheu muitas boas ações baratas, pagando alguns centavos por artigos que não levava embora: cordões de sapatos e bengalas, açúcar de malte e bolinhos de manteiga. De súbito, através de uma brecha numa compacta massa humana, divisou um pequeno e atraente salmão na banca de um peixeiro. Seus olhos brilharam, a bôca encheu-se de água. Abriu caminho com os cotovelos até o vendedor, cujos olhos captaram um brilho correspondente e cujos dedos se dirigiram ao chapéu numa saudação respeitosa.

— Boa tarde, Jonathan — disse Grobstock jovialmente. — Levarei aquêle salmão; quanto é?

— Desculpe — elevou-se uma voz na multidão; — estou justamente comprando êste peixe.

Grobstock sobressaltou-se. Era a voz de Manasseh.

260 Entre Dois Mundos

— Pare com essa bobagem, da Costa — respondeu o peixeiro. — Você sabe que não poderá pagar-me o preço. É o único que me resta — acrescentou, parcialmente em favor de Grobstock. — Não posso dá-lo por menos de dois guinéus.

— Aqui está seu dinheiro — gritou Manasseh com impetuoso desdém, e jogou as duas moedas de ouro que tilintaram musicalmente sôbre a banca.

Na turba, uma sensação; no coração de Grobstock, surprêsa, indignação e amargura. Fulminado, emudeceu por um instante. Sua face tingiu-se de púrpura. As escamas do salmão luziam como uma visão celestial que se desvanecia, por sua própria estupidez.

— Levarei êsse salmão, Jonathan — repetiu êle, tartamudeando. — Três guinéus.

— Perdoe-me — interveio Manasseh — é tarde demais. Isto aqui não é leilão. — Pegou o peixe pela cauda.

Grobstock virou-se, à beira da apoplexia devido ao acicate.

— Você! — gritou êle. — Seu... seu... velhaco! Como se atreve a comprar salmão?

— Velhaco é você! — retrucou Manasseh. — Você queria que eu roubasse o salmão?

— Você roubou meu dinheiro, patife, biltre!

— Assassino! Derramador de sangue! Você não me deu o dinheiro livre e espontâneamente, em intenção da alma de sua espôsa? Eu o intimo perante essas testemunhas a confessar que você é um caluniador!

— Caluniador, verdade! Repito que você é um patife e um mequetrefe. Você... um pé-rapado... um mendigo... com mulher e filhos. Como é que tem coragem de gastar dois guinéus... dois guinéus inteirinhos, tudo o que você tem no mundo, em um simples luxo como um salmão?

Manasseh ergueu as sobrancelhas arqueadas.

— Se eu não comprar salmão quando tenho dois guinéus — respondeu êle com calma — então quando poderei comprá-lo? Como você diz, é um luxo; e muito caro. Sòmente em raras ocasiões como esta, os meus recursos mo permitem.

A exprobração era de um patético tão cheio de dignidade que abrandou o magnata. Sentiu que havia razão no ponto de vista do pedinte, embora fôsse um ponto a que êle nunca teria chegado por si mesmo, sem ajuda. Mas uma justa raiva ainda fervilhava em seu íntimo; sentiu vagamente que precisava dizer algo em resposta, embora visse igualmente que, mesmo que soubesse o que dizer, teria de ser proferido em tom baixo a fim de corresponder à transição que Manasseh emitira com respeito ao alto diapasão dos entrechos de abertura. Não encontrando a réplica requerida, ficou calado.

# I. Zangwill 269

— Em nome da minha espôsa — continuou Manasseh, balançando o salmão pela cauda — peço-lhe que limpe o meu bom nome que você difamou na presença dos próprios vendeiros meus. Outra vez exorto-o a confessar perante essas testemunhas que você mesmo me deu o dinheiro como caridade. Vamos! Nega isso?

— Não, não o nego — murmurou Grobstock, incapaz de compreender por que parecia a si mesmo um vira-lata surrado, ou por que aquilo que deveria ter sido um elogio a si próprio se transformara numa desculpa ao pedinte.

— Em nome de minha espôsa, eu lhe agradeço — disse Manasseh. — Ela adora salmão, e frita-o com arte. E agora, já que não tem maior utilidade para essa sua bôlsa, aliviá-lo-ei dêsse pêso, levando o salmão para casa, aí dentro.

Pegou a bôlsa de lona que o atônito tedesco securava frouxamente, e nela guardou o peixe. A cabeça ficou de fora, observando a cena com olhos frios, glaciais e irônicos.

— Boa tarde a todos — disse o *schnorrer* cortêsmente.

— Um momento — gritou o filantropo, quando recuperou a voz. — A bôlsa não está vazia; ainda contém alguns pacotes.

— Tanto melhor! — respondeu Manasseh em tom apaziguador. — Você estará salvo da tentação de continuar derramando o sangue dos pobres, e eu estarei salvo de gastar *tudo* o que você me deu com o salmão, uma extravagância que você tem razão em deplorar.

— Mas... mas! — começou Grobstock.

— Nem mas... nem meio mas — protestou Manasseh, balançando a bôlsa, de modo suplicante. — Você tem razão. Admitiu que antes estava errado; e por isso, devo ser menos magnânimo agora? Na presença de tôdas as testemunhas, reconheço a justiça de sua repreensão. Eu não devia ter desperdiçado dois guinéus num peixe. Não era justo. Venha cá, tenho algo a lhe dizer.

Saiu do alcance dos curiosos, enveredando por uma das vielas opostas à banca, e acenou com a bôlsa. O Diretor das Índias Orientais não teve outro jeito senão obedecer. Provàvelmente tê-lo-ia seguido de qualquer forma, a fim de acertar o caso com êle, mas agora sentia a humilhante sensação de estar às ordens do *schnorrer*.

— Bem, o que mais tem a dizer-me? — perguntou grosseiramente.

— Quero salvar o seu dinheiro no futuro — disse o pedinte num tom baixo e confidencial. — Êsse Jonathan é um filho da separação! O salmão não vale dois guinéus, não, por minha alma! Se você não tivesse aparecido, eu o teria conseguido por vinte e cinco xelins. Jonathan amarrou no preço

# 270 Entre Dois Mundos

quando pensou que você o compraria. Confio em que você não vai permitir que eu saia perdendo devido ao seu aparecimento, e caso haja menos de dezessete xelins na bôlsa, você por certo me completará a soma.

O financista, boquiaberto, sentiu sua mágoa desaparecer como um aceno de mão.

Manasseh acrescentou cativante:

— Sei que você é um cavalheiro capaz de se portar tão finamente quanto qualquer *sfaradi!*

Êsse gentil cumprimento rematou a vitória do *schnorrer,* que foi selada com estas palavras:

— Por isso, eu não gostaria que você carregasse na alma o pecado de ter feito um homem pobre perder alguns xelins.

Grobstock sòmente pôde observar mansamente:

— Você há de encontrar na bôlsa mais de dezessete xelins.

— Ah! por que você nasceu tedesco? — gritou Manasseh com enlêvo. — Sabe o que pretendo fazer? Ser seu convidado do sábado! Sim, jantarei com você na próxima sexta-feira, e juntos daremos as boas vindas à Noiva, o sagrado sábado! Nunca antes me sentei à mesa de um tedesco, mas você... você é um homem que está dentro do meu coração. Sua alma é filha da Espanha. Na próxima sexta-feira, às seis... não esqueça!

— Mas... mas nunca tenho convidados para o sabá — gaguejou Grobstock.

— Não tem convidados para o sabá! Não, não acredito que você seja como os filhos de Belial, cuja mesa é posta só para os ricos, que não proclamam sua igualdade com o pobre nem sequer uma vez por semana. Sua bela natureza é que se aprazeria com os seus benefícios. Então, eu, Manasseh Bueno Barzillai Azevedo da Costa, não tenho à minha mesa, todos os sábados, Iankele ben Itzhok, um polonês? E se eu tenho um tedesco à mesa, por que não hei de tirar a conseqüência disso? Por que não hei de permitir a você, um tedesco, retribuir a hospitalidade a mim, um *sfaradi?* Às seis, então! Conheço bem a sua casa: é um edifício elegante que faz crédito ao seu bom gôsto; não se preocupe, serei pontual. *Adios!*

Desta vez êle acenou com o bastão fraternalmente, e dobrou a esquina altivamente. Por um instante, Grobstock ficou colado ao lugar, esmagado pela sensação do inevitável. Então, ocorreu-lhe um pensamento horrível.

Homem acomodatício que era, poderia suportar a visita de Manasseh. Mas êle tinha espôsa e, o que era pior, um criado de libré. Como poderia esperar que um criado de libré tolerasse semelhante convidado? Ser-lhe-ia possível deixar a cidade na sexta-feira à tarde, mas isso requereria aborrecidas explicações. E Manasseh voltaria na sexta-feira seguinte. Isso era

# I. Zangwill 271

certo. Manasseh seria implacável; embora pudesse ser adiada, sua vinda era inevitável. Oh! era terrível demais. Precisava desfazer o convite (?) a qualquer custo. Colocado entre Cila e Caribde, entre Manasseh e seu criado, achou preferível enfrentar o primeiro.

— Da Costa! — chamou êle em agonia. — Da Costa!

O *schnorrer* voltou-se e Grobstock viu que errara em imaginar que era preferível enfrentar da Costa.

— Você me chamou? — inquiriu o pedinte.

— Sim... sim — gaguejou o Diretor das Índias Orientais, e estacou paralisado.

— O que posso fazer por você? — indagou Manasseh gentilmente.

— Você se incomodaria... muito... se eu... se eu lhe pedisse...

"Para não vir", estava na sua garganta, mas continuou ali.

— Se você me pedisse... — disse Manasseh encorajador.

— Para aceitar umas roupas minhas — falou Grobstock de repente, com súbita inspiração. Afinal, Manasseh era uma bela figura de homem. Se conseguisse fazê-lo despir aquelas vestes bolorentas, quase poderia passar por um príncipe de sangue, estrangeiro por causa da barba; de qualquer forma, estava certo de torná-lo aceitável aos olhos do criado de libré. Êle respirou livremente outra vez, com essa feliz solução para o problema.

— Suas roupas usadas? — perguntou Manasseh. Grobstock não tinha certeza se o tom era arrogante ou ansioso.

— Não, não é isso — êle se apressou a explicar. — Coisas de segunda mão que ainda uso. Minhas roupas velhas já foram dadas na Páscoa, a Simão, o homem do Salmo. Comparadas com elas, essas são relativamente novas.

— Então, peço que me desculpe — disse Manasseh, acenando a bôlsa com dignidade.

— Oh! mas por que não? — murmurou Grobstock, sentindo o sangue gelar outra vez.

— Não posso aceitar — disse Manasseh, balançando a cabeça.

— Mas elas lhe assentarão bem — suplicou o filantropo.

— Isso torna maior o absurdo da sua doação a Simão, o homem do Salmo — contraveio Manasseh, inflexìvelmente. — Todavia, já que é êle quem recebe sempre as suas roupas, eu não poderia nem pensar em interferir nos negócios dêle. É contra a ética. Estou surprêso com essa sua pergunta: se eu me incomodaria? É lógico que sim, e muito.

— Mas não é êle comumente quem recebe as minhas roupas — protestou Grobstock. — A última Páscoa foi a pri-

272 Entre Dois Mundos

meira vez que lhe dei algo, porque o meu primo, Haim Rosenstein, a quem costumava dá-las, morreu.

— Mas certamente êle se considera herdeiro de seu primo — disse Manasseh. — Êle espera receber tôdas as suas roupas velhas futuramente.

— Não, não lhe fiz nenhuma promessa nesse sentido.

Manasseh hesitou.

— Bem, nesse caso...

— Nesse caso... — repetiu Grobstock sem respirar.

— Desde que eu tenha essa concessão permanentemente, é claro.

— É claro — ecoou Grobstock ansiosamente.

— Porque você sabe — condescendeu Manasseh a explicar — perder um cliente fere a reputação da gente.

— Sim, sim, naturalmente — disse Grobstock de modo a acalmar o pedinte. — Entendo muito bem. — Então, sentindo que se metia em futuros embaraços, acrescentou com timidez: — É claro que elas nem sempre serão tão boas como as do primeiro lote, pois...

— Não diga mais nada — interrompeu Manasseh, tranqüilizador. — Irei buscá-las agora mesmo.

— Não, eu as mandarei à sua casa — gritou Grobstock, de nôvo aterrorizado.

— Nem sonho em permiti-lo. O quê! Não lhe darei todo êsse trabalho que por direito é meu. Irei imediatamente; acertaremos o assunto sem mais delongas. Eu lhe prometo; como está escrito: "Eu me apressei e não atrasei!" Siga-me.

Grobstock sufocou um gemido. Eis que tôda a sua manobra levara-o a uma situação pior do que nunca. Teria que apresentar Manasseh ao criado de libré, sem mesmo aquêle rosto lavado que não seria desarrazoado esperar para o sábado. Apesar do texto citado pelo erudito *schnorrer,* êle ainda esforçou-se por evitar a hora maldita.

— Não é melhor você levar o salmão para a sua espôsa primeiro? — disse Grobstock.

— Meu dever é permitir que você complete a sua boa ação imediatamente. Minha espôsa não está sabendo do salmão. Ela não está na expectativa.

Enquanto o *schnorrer* falava, passou pela cabeça de Grobstock que Manasseh seria bem mais apresentável com o salmão do que sem êle; de fato, o salmão era quem podia salvar a situação. Quandó Grobstock comprava peixe, em geral alugava um homem para carregá-lo. Manasseh teria tôda a aparência de um dêsses vadios. Quem haveria de suspeitar que o peixe e a bôlsa pertencessem ao carregador, embora comprado com o dinheiro do cavalheiro? Grobstock, em silêncio, agradeceu à Providência pela maneira engenhosa com que conseguira sal-

# I. Zangwill

var seu respeito próprio. Como um simples carregador de peixe, Manasseh não atrairia um segundo olhar dos domésticos; uma vez são e salvo dentro de casa, seria relativamente fácil contrabandeá-lo para fora, e quando viesse na noite de sexta-feira, apresentar-se-ia no esplendor metamorfoseante de um paletó, com uma camisa ao invés daquela horrível roupa de baixo e um chapéu de côco em lugar do turbante.

Emergiram na Aldgate, viraram na Leman Street, um quarteirão elegante, e saíram na Great Prescott Street. Nessa esquina crítica, Grobstock começou a perder a desenvoltura; tirou sua linda caixa ornamentada de rapé e tomou uma enorme pitada. Isso lhe fêz bem e continuou andando até que, ao chegar em frente à porta, Manasseh agarrou-o de repente pelo botão do casaco.

— Espere um instante — gritou imperioso.

— O que é que há? — murmurou Grobstock, alarmado.

— Você derrubou rapé em seu paletó — replicou Manasseh severamente. — Segure a bôlsa um momento, enquanto eu limpo.

Joseph obedeceu, e Manasseh removeu escrupulosamente tôdas as partículas, com tanta paciência que Grobstock ficou exausto.

— Obrigado — disse por fim, tão polidamente quanto pôde. — Assim está bom.

— Não, não está — replicou Manasseh. — Não posso deixar que estrague meu paletó. Até que chegue às minhas mãos será uma mancha só se eu não cuidar dêle.

— Oh! foi por isso que você se preocupou tanto? — perguntou Grobstock, com um riso inseguro.

— Por que então? Você me toma por um bedel, um lustrador de polainas? — inquiriu Manasseh, arrogante. — Agora sim! Está tão limpo quanto possível. Não derrubaria o rapé se segurasse a caixa dessa maneira.

Manasseh pegou gentilmente a tabaqueira e começou a explicar, dando alguns passos.

— Ah! estamos em casa! — gritou êle, interrompendo sùbitamente a lição. Abriu o portão, subiu os degraus da mansão e bateu à porta ruidosamente, depois aspirou por sua vez uma pitada com magnificência, tirando-a da caixa incrustada de pedras.

Atrás vinha Joseph Grobstock, arrastando-se encurvado, e carregando o peixe de Manasseh da Costa.

# A. DÖBLIN

ALFRED DÖBLIN (1878-1957) nasceu em Stettin, filho de uma família de comerciantes judeus. Estudou medicina em Berlim e especializou-se em neuropatologia, praticando como médico nos bairros operários de Berlim, enquanto que ao mesmo tempo se tornava um dos primeiros representantes do Expressionismo e colaborador do importante periódico vanguardista *Der Sturm*. Em 1933, fugiu para a França e para os Estados Unidos, voltando em 1945, quando foi nomeado chefe do serviço cultural da Direction de l'Education Publique das Fôrças de Ocupação Francesas, em Baden-Baden e Mogúncia. Converteu-se ao catolicismo e faleceu em Freiburg.

Döblin é um dos pioneiros da narrativa alemã pós-realista. Seu romance *Berlim Alexanderplatz* (1929) é uma das grandes obras do romance moderno, em escala universal, pela técnica que manipula magistralmente tôdas as conquistas da montagem cinematográfica, do monólogo interior e do simultaneísmo de Dos Passos. Tendo por foco a figura de um trabalhador braçal, a obra apresenta um gigantesco mural da vida metropolitana, numa orquestração lingüística avassaladora. Outras obras importantes de Döblin são os romances *Montanhas, Mares e Gigantes* (1924), visão utópica de uma humanidade que administra tôdas as fôrças da natureza, e *Não se Dará Perdão* (1935) em que aborda o problema da família, exemplificada por uma mãe que perturba o desenvolvimento natural do fi-

276 Entre Dois Mundos

lho. Uma ampla crônica da nossa época apresenta a tetralogia *Novembro 1918,* com os volumes *A Derrocada, Povo Traído, Retôrno das Tropas* e *Karl e Rosa.*

## TERRA DE PETRÓLEO

Sigo para o sul. Lá, no declive norte dos Carpatos, entre os rios Raba e Czeresmosch, numa faixa de 400 quilômetros, encontram-se as minas de petróleo. Borislav e Tustanovize são os centros da indústria petrolífera. Sigo por uma rica e bem cultivada planície; desfilam prados, campos de restôlho, grandes rebanhos de gado prêto e malhado, cavalos que galopam soltos com seus potros castanhos. Manchas brancas no verde que se movem, pescoços e bicos amarelos que se levantam, gritam: são gansos. A intervalos, ucranianos; pastôres de calças de linho branco e gorro de pele preta. Ali estão suas pequenas propriedades, poços de nora; a camponesa, pés descalços, saia rodada de chita florida, o lenço branco amarrado sob o queixo, pena à nora, suspende o balde. Numa estação, um garôto corre atrás do trem, noutra um cão latindo. Numa estaçãozinha, uma torneira, envôlta em palha, tem ar cômico; penduraram um balde na bôca daquela coisa sofredora, no qual as gôtas devem cair. O terreno agora se lança, formando colinas, torna-se mais arborizado. Sempre as mesmas árvores flamejantes, amarelas e vermelhas, por entre graves pinheiros de um verde profundo. Stryj fica para trás. Mais duas horas de rápido e estou ao sul de Lemberg; o trem chega a Drohobicz.

A estação está cheia de gente, camponeses aos pares carregam cestas cobertas e sacos. Judeus arregaçam as abas dos longos gabardos negros ao atravessar os trilhos. Do lado oposto, na plataforma, alguém grita, mãos em concha: — Oetinger, Oetinger! Não há contrôle na saída. Diante da estação, o pregão — *Panie, Panie,* fiacre! — Lado a lado vêem-se doze a quinze charretes abertas, os cocheiros acenam com os chicotes, chamam a todos que aparecem na saída. — Um *zloty!* — Encontro-me numa das gaiolas; ainda demora, chama e procura atrair mais alguém. Depois sai, mal-humorado, aos trancos e solavancos, por algum tempo no plano, depois ladeira acima, por entre os fundos buracos da estrada. As casas que aparecem! É uma aldeia; uma longa rua lamacenta, telhados de longas empenas, casebres de madeira, algumas rebocadas, caiadas ou coloridas, pintadas de azul, amarelo e rosa. Muitos beirais verdes apóiam-se em pilares de madeira talhados em forma de colunas, algumas têm uma ornamentação primitiva. Pelo caminho, duas camponesas de saias coloridas

A. Döblin
277

e altas botas pretas de abas pisam decididamente o mingau de lama. A estrada aos poucos torna-se plana, a rua à esquerda formiga de gente e veículos; dobro uma esquina e vejo-me numa grande praça.

Praça do mercado, ampla e quadrada. Barracas e tabuleiros, cavalos, parelhas, filas de charretes, tudo afundando na lama e na imundície de detritos, entulho e palha. Uma fileira de tabuleiros no estêrco exibem fardos de pano colorido. Das barracas pendem lenços de cabeça, peças de roupa. Por trás palram e chamam vendedores e vendedoras, judeus com nomes alemães. Feirantes de boné mole, roupa suja, discutem em grupos, na praça, diante das casas térreas. Velhos encurvados com cafetãs em frangalhos, sebosos, com as calças esfarrapadas, botas arrebentadas, fuçam com varas a sujeira do chão. Um dêles tem uma longa barba amarelada, uma cartola esburacada com a aba meio despregada; murmura; brinca com os dedos grossos. Mendiga. Da multidão surge uma mulher avelhentada, vesga, muito feia e de cabelos desgrenhados, mendigando também. E outra, mais môça, carregando o filho pequeno ao seio, enrolado num lenço de cabeça. E depois um menino descalço, um homem de chapéu mole que come uma grande maçã; êle mastiga e deixa a casca cair diretamente da bôca. Todos murmuram em ídiche: — "Uma esmolinha pelo amor de Deus! Deus lhe pague!"

Aterradora, ergue-se em meio à praça uma alta tôrre quadrada com um relógio. Está isolada, sem igreja ou casa ao lado. É uma perna arrancada ao corpo. Aqui deve ter havido um tiroteio, os muros junto à tôrre ainda estão de pé. Em cima aparecem paredes de quartos caiados e restos de papel de parede, mas os quartos já não existem. Embaixo, um monte de entulho. Ali era a Prefeitura. Foi demolida antes da guerra para ser reconstruída e ficou nisso. Agora é uma ruína. À direita uma rua larga corre ao lado de uma igreja vermelha. O brejo no centro não tem fim. De lado existem belas árvores e casas passáveis. Em frente há um edifício, provàvelmente público, há um pedestal vazio. Era de Mickiewicz, o poeta nacional da Polônia. Os ucranianos, numa de suas investidas, alguns anos atrás, destruíram o busto. Abaixo do mercado, porém, para além da sujeira e da terrível tôrre, existem ruelas. É assustador! Quem não viu essas ruelas e essas casas não sabe o que é miséria. Não são casas, são restos de casas, barracos, depósitos, casebres.

As janelas são vedadas com tábuas, janelas sem vidro. Casas destelhadas, barracòs em ruínas, espremidos uns ao lado dos outros; alguns com porões atijolados, mas que parecem mais cavernas. Cada um dêsses buracos é superpovoado. Em meio a tôda essa miséria, rebrilha uma casa imponente, recém-caia-

278 Entre Dois Mundos

da de branco. Será a Zwing-Uri dêles? É a sinagoga. Era também uma ruína, mas reconstruíram-na. E não me liberto da idéia de que deveriam tê-la renovado. Há muito tempo que deveriam ter demolido as casas; já fôra deliberado, decidido. Veio a guerra. E agora, nos buracos, apodrecem as verdadeiras vítimas da guerra; sôbre elas continuam a trovejar, inaudíveis, os canhões. Ali vegetam em abrigos contra aviadores invisíveis, uma população miserável, uma massa abandonada e relegada, sobrevivendo no dia-a-dia. Cético, pergunto aos técnicos: — Essa gente será tão pobre assim? Será que estão assimilados à sujeira? Talvez não queiram sair, mesmo quando as coisas melhorarem? — É possível que, aos poucos, 10 ou 15% se tenham tornado assim. Não conhecem outra coisa. A grande massa — é verdade que não tem escolha — não pode mover-se.

Confio-me a um cocheiro espertalhão e ao meio-dia desço para uma refinaria de petróleo. Aqui as palavras cocheiro e espertalhão são sinônimas. Mas, depois de andar durante semanas em meio a essa pobreza, tenho idéias diferentes sôbre a esperteza. Esperteza é o estado primitivo e normal do comércio; a honestidade só se torna viável em condições melhores. Não há preços fixos estabelecidos. O negociante só quer ganhar, e sòmente circunstâncias especiais, como a concorrência no Ocidente, podem obrigá-lo a abandonar sua posição, que é a da psicologia do comprador. Naturalmente, êle coloca o comprador em observação: quem quer e com que intensidade o quer? No comércio, êle se mede com o comprador, em cada caso, e no regatear, no "vai e vem", é que averigua o preço, o valor de sua mercadoria. Esperteza é isso: o verdadeiro negociar elementar e primitivo. Comparado a êsse negociante, o comerciante do Ocidente é um ser civilizado, anêmico, um funcionário.

Quando se atravessa o portão da usina, cai-se em outro mundo. Extensas e modernas construções, trilhos, tubulações; em escritórios bem iluminados, matraqueiam máquinas de escrever. Funcionários bem trajados, homens e mulheres, andam de cá para lá e sentam-se em frente a mesas. Fora, fora — sòmente essa usina emprega mais de mil pessoas — correm canos de duas milhas de comprimento. Óleo cru bombeado em oleodutos de Borislav é refinado. É armazenado em grandes tanques; é aquecido e inicia-se o refino. Vejo as grandes caldeiras. Aqui trabalham, lado a lado, operários poloneses, judeus e ucranianos. Numa construção à parte, espirra e borbulha a leve e branca gasolina que sai dos canos de destilação, protegida por vidros. Em outra instalação, em canaletas angulosas, de acôrdo com o seu pêso, correm os óleos lubrificantes, os pesados, os leves, o óleo Diesel. Depois, a parafina:

# A. Döblin

num pavilhão derrama-se parafina em moldes com pavios torcidos. Os resíduos são tratados a vapor. Esquisito êsse carvão leve e poroso que apanho. É carvão e não é. Além disso, dizem que é extremamente inflamável.

Quero ir a Borislav ver como o óleo jorra da terra. Passo a noite em Drohobicz. O trem vagaroso leva uma hora. Embaixo, um mendigo grisalho inclina-se numa reverência profunda, ante o trem que passa. Estende o gorro. A paisagem torna-se bem mais acidentada. Agora, mais densamente, aparecem no horizonte massas azuladas e negras. Montanhas! Montanhas! Carpatos! As primeiras elevações dos Carpatos. Diante da estação de Borislav — desce uma multidão de gente animada — outra vez os cocheiros. Todo um pelotão de carros se põe em movimento para a viagem numa estrada ladeada de precipícios. Uma barreira, uma curva no caminho, e agora — uma rua estreita, retíssima, coberta de lama, pela qual cruzam carros em ambas as direções. Êles passam rápidos; os passageiros apeiam-se à direita e à esquerda em tábuas apoiadas em espessos pranchões de madeira. Por baixo, lama e detritos. O barro escorre dos lados mais altos da rua. Por cima dessa água, antigamente, sobrenadava óleo que os pobres recolhiam. Bandos de pessoas no centro e intenso movimento de carros. Os homens usam gorros. Andam desenvoltos. Há letreiros em russo, em polonês, em ídiche. Em horríveis barracas de madeira, vende-se carne, bois inteiros estão pendurados nos ganchos. Espeques escoram velhas casas miseráveis. Entulho e tábuas barram o caminho. A cada dez passos elevam-se, de ambos os lados, os postes telefônicos, cada um com seus isoladores de porcelana branca. É um verdadeiro bosque de postes. Passo pela rua comprida e reta por baixo dêles, a pé ou de carro. Sôbre os verdejantes montes em subida, vêem-se manchas brancas; tomei-as por neve ou madeira descascada. Agora vejo: é fumaça branca. Espêssa, é expelida do solo junto às tôrres de perfuração. Altas e elegantes pirâmides de madeira já existem aqui, junto à rua, algumas isoladas, outras em grupos. Nas montanhas, em meio ao verde, entre os tocos de árvores, são mais numerosas, porém. Tôdas as árvores ao redor foram decepadas. Das pesadas pirâmides desce uma calha enviesada por onde corre um longo cabo. Subo o morro em direção a uma tôrre. Ali, há vinte e cinco anos, iniciou-se a primeira perfuração. A princípio particulares, mais tarde, companhias. Ao mesmo tempo, teve começo a especulação de terra. Um adquiria a montanha inteira e tudo passava a lhe pertencer. Arrendava-a e recebia porcentagem sôbre a produção, a receita bruta que onera a emprêsa.

Junto às tôrres encontra-se uma poça negra de alcatrão; é um óleo grosso, pesado, misturado à terra, tirado às colhera-

280 Entre Dois Mundos

das do poço. Estão perfurando além de 1.500 metros de profundidade. Dizem que o óleo polonês é mais pesado que o americano e dá de 5% a 19% de gasolina, de 30 a 60% de petróleo, de 5 a 13% de parafina, óleos lubrificantes de 15 a 25% e de 3 a 6% de alcatrão. Em 1909, produziram a espantosa quantidade de 2 milhões de toneladas; houve em seguida um decréscimo e agora obtêm-se cêrca de 750.000 toneladas. Quantos poços estão sendo perfurados? No momento, há cêrca de 1.700. Mas isto varia; o rendimento diminui; todo ano espeta-se a terra em mais de trezentos lugares. Em tôda parte, um cheiro de petróleo. Na sala de caldeiras não se usa carvão. O próprio poço fornece o gás usado para o aquecimento. E com uma violência colossal a chama fustiga as paredes da caldeira. Às vêzes ocorrem incêndios. E o fogo só pode ser apagado com areia. É preciso gente de coragem. Há judeus especialistas nesse trabalho. Rastejam debaixo de sacos úmidos até o fogo; depois abafam o foco do incêndio. Nesta tôrre aqui, o vigamento estala soturno a cada tranco; uma perfuração está em andamento. As instalações são simples, tubulações para o gás saem do poço, enormes reservatórios para o óleo cru, um encanamento subterrâneo no qual êle corre, aquecido e movido a vapor, para Drohobicz. Perto de 12.000 operários trabalham nas obras, e no local ainda se agrupam cêrca de 15 a 20.000 pessoas.

Quando desci através das florestas mutiladas, brilhavam as primeiras estrêlas no céu escuro e, nas encostas dos morros, palpitava uma multidão de luzinhas enquanto tudo ribombava e soprava. Sôbre a alta plataforma de madeira, na vila, um guarda de fuzil embalado faz a ronda. Um locomóvel de roda quebrada jaz no meio da rua. Fervilha de gente, a impressão que tenho é do Oeste Americano, de pressa, de especulações. Uma criação americana que ficou atolada no pântano. Não é um agrupamento humano, é um objeto de exploração. Os proprietários não residem aqui, esbanjam em Viena e Paris o dinheiro, o dinheiro dessa terra.

À tarde, no trem, conversa-se. Um se queixa, tem de ir e voltar entre Borislav e Drohobicz. Em Borislav não se constroem moradias. É assim: de manhã, ao partir, as crianças ainda dormem e à noite, ao chegar, já estão dormindo. Um se alegra com a desgraça do outro, de outro que possuía participação nos lucros, especulou e agora está a ver navios. Quem tira proveito das escavações? Os diretores são empregados, gente competente que trabalha como escravos. O que aí está é obra dêles. Mas a quem pertence a tôrre, o solo, quem é aqui o dono da colheita, nem mesmo os diretores o sabem. Muda-se de cá para lá, formam-se companhias que depois se dissolvem. Havia proprietários que não sabiam ler nem escre-

A. Döblin 281

ver e de nada entendiam. Algumas especulações bem sucedidas e ficaram podres de ricos. Um dêles ao receber o dinheiro correu a encomendar, para sua vila, móveis iguais aos do Imperador Francisco José.

No escuro atrás de mim — a floresta de mastros já está longe — piscam lâmpadas elétricas. As montanhas, a planície onde estão as tôrres se revestem de pequeninas chamas.

# L. HATVANY

Barão LAJOS HATVANY (1880-1947) nasceu em Budapeste. Seu primeiro livro importante foi *Die Wissenschaft des Nichtwissenswerten* (1908), sátira à estéril erudição filológica. Durante algum tempo, Hatvany colaborou na revista literária *Budapesti Szemle* e patrocinou outro porta-voz da literatura jovem da Hungria, *Nyugat*. De 1911 a 1913, apareceram *Eu e os Livros,* o drama *Os Famosos*. Porém sua obra mais significativa é a novela *Senhores e Homens,* que trata dos conflitos da assimilação. Durante a guerra de 1914 a 1918, Hatvany foi diretor do diário *Pesti Napló* e da revista *Esztendö*. Tomou parte ativa na revolução de 1918 como membro do Conselho Nacional, porém se retirou depois do advento do govêrno soviético em 1919 e emigrou para a Áustria, ao triunfar a contra-revolução de Horty, cujo govêrno sangrento êle denunciou de Viena. Regressou em 1927 a Budapeste, sòmente para ver-se processado "por difamação da nação húngara" e sentenciado a sete anos de trabalhos forçados, pena que foi comutada para ano e meio de prisão. Anistiado em 1928, começou o ciclo de novelas intitulado *Urak és emberek* (*Senhores e Homens*), no qual se propõe apresentar, através da história de sua própria família, um panorama da evolução do judaísmo húngaro, e cujo primeiro tomo foi o romance *Bondy Jr.,* de onde extraímos o capítulo apresentado. Seu interêsse fundamental pelas questões de assimilação, da conversão e do sionismo expressou-se também em uma série de ensaios. Depois

# 284 Entre Dois Mundos

do advento do racismo na Hungria, Hatvany expatriou-se novamente e viveu em Londres nos primeiros anos da Segunda Guerra Mundial. Além das obras citadas, publicou *Das verwundete Land* (escrita em seu primeiro destêrro e dedicada a Romain Rolland), a novela *Gyalu grófnö (A Condêssa Gialu)* e biografias dos poetas húngaros Petöfi, Endre Ady e Gyulai.


## BONDY JR.

Hermann não quis envolver-se em matrimônio, enquanto seu negócio não estivesse tão próspero que lhe propiciasse um casamento com uma das melhores firmas de Peste. Não era tão fácil como êle imaginara. As ricas famílias da capital com filhas casadouras não queriam nada com o provinciano Hermann Bondy.

— Bem, é verdade — diziam com desprêzo as altivas mães, exibindo arrogantemente suas jóias — êle é simpático, é capaz, tem dinheiro, é trabalhador, é esperto, certamente irá longe, mas... vem de Miskolcz.

Em vão Hermann tentou trocar sua mascote de Miskolcz por uma "Virgem de Ofen"; os magnatas estabelecidos reprovavam-no simplesmente por possuir uma loja. — Não posso dar a minha filha ao dono de uma loja — declarou Gustav Blau, um respeitável banqueiro e presidente do Conselho. Hermann não pôde romper a proscrição que lhe impuseram êsses judeus aristocráticos, nem mesmo alegando que o escritório separado no fundo da loja, que agora, na linguagem das grandes cidades, chamava seu escritório, deveria dar-lhe uma posição como, pràticamente, a de um banqueiro na boa sociedade, devido às corretagens de cereais e lã ali realizadas. Não, apesar de seu escritório, Bondy de Miskolcz continuava a ser um *nouveau--riche,* um negociante arrivista de nenhures.

Mas o filho da fortuna vingou-se dessa esnobe e conservadora sociedade, e não sòmente nos negócios. Em murmúrios aterrorizados e perplexos, os judeus de Peste difundiam a notícia de que o nôvo-rico conseguia as amantes que desejava entre as espôsas dos homens mais proeminentes. Dizia-se mesmo que a bela e esguia filha do poderoso Gustav Blau ainda acalentava secreta paixão pelo rapaz de Miskolcz, mesmo depois que o seu orgulho a induzira a casar-se com Artur Wottitz.

Mas há um fim para tudo, para a juventude e para a loucura e também para a idade da aventura; e uma vez esta definitivamente finda, o mais alegre dos casanovas cansa-se do amor pecaminoso. Após os distúrbios da Revolução, Hermann, beirando agora os trinta e cinco anos, resolveu pedir a ajuda de

L. Hatvany  285

suas relações da província, na procura de uma espôsa que lhe firmasse a solidez e o crédito da firma e colocasse sua posição pessoal numa base sólida. Entre as muitas ofertas que recebeu, sentiu-se mais atraído pela filha de um amigo de negócios em Batchka, um certo Salomão Fischer. Quanto à môça, Regine, diziam ser rica e não desprovida de virtudes domésticas. Sua reputação era das melhores, e ainda por cima era considerada bonita. Inclinado a agir em oposição aos princípios de seu pai e seu avô também neste ponto — ou seja, em obter uma mulher bonita se possível, e não sòmente rica e honrada — Hermann escolheu, portanto, a filha de Salomão Fischer entre os diversos partidos que lhe recomendaram. Além disso, a firma de Bondy tivera até então poucos negócios com a praça de Batchka, e sua prudente cabeça agora o aconselhava a estabelecer contatos naquela cidade, de forma que, se o casamento gorasse, teria, pelo menos, coberto as despesas da viagem. Após maduras considerações, Hermann tomou a diligência, resolvido a que sua visita a Batchka combinaria prazer com negócios, o assunto particular do casamento com as conexões externas da firma.

Regine era uma jovem esbelta, bastante bonita, embora anêmica, com pálidos lábios e uma tez moreno-oliva, na qual se viam um par de olhos doces de gazela. Em sua curta e insignificante existência, dois acontecimentos apenas eram dignos de citação. O primeiro se deu na ocasião em que as alunas da então famosa Escola Israelita para meninas de Peste foram enviadas para ajudar a cavar trincheiras, quando da aproximação do exército austríaco. Regine não suportou êste trabalho pesado, e depois de uma ou duas pàzadas, desmaiou.

O outro evento também quase a fêz perder os sentidos. Aconteceu quando os russos entraram na cidade, e as alunas da escola tremiam como pardais numa árvore ao tiro de uma espingarda. A pequena Regine foi enviada para a casa de uns parentes em Peste, no tortuoso Marokkaner Hof pintado de amarelo, até que seu pai, já então viúvo, pudesse abrir caminho por entre as tropas a fim de levar a filha de volta. A casa dava uma vista para um pátio enorme e vazio, onde os cossacos haviam acampado em tendas, ao redor das cabinas do teatro alemão. Regine estava à janela, observando a excitada multidão de russos, quando se sentiu agarrada por trás e beijada apaixonadamente. Era um *Honved*, um herói coberto de poeira, que, após os beijos ardentes, começou a gaguejar:

— Desculpe-me... Pensei que fôsse... Eu realmente pensei...

O que realmente pensou, o belo capitão, foi que sua noiva, Kornelie Palikovics, ainda morasse ali. Na verdade, ali se encontrava no ano anterior, quando seu noivo partira para lutar

286  Entre Dois Mundos

pela liberdade e pela pátria. Mas fôra embora também. Onde estaria agora? Quem ia saber?

O jovem oficial, que era ainda um rapazinho e não trazia na jovem face nenhum traço das lutas sangrentas, ficou ali, olhando para Regine. A luz de seus brilhantes olhos claros refletia-se nas pupilas castanhas da môça.

— Kornelie é igual a você, senhorita. É morena também. E esbelta.

Em seguida, o *Honved* silenciou, e sua garganta foi sufocada por um chôro convulsivo. Lágrimas jorravam de seus olhos e êle batia a mão tão violentamente contra o peito que levantou uma nuvem de poeira da túnica marrom listrada de vermelho.

— O senhor quer um copo d'água? — perguntou a jovem timidamente, com os olhos úmidos de lágrimas.

— Obrigado — respondeu. — Sim, por favor.

Regine tirou o jarro do aparador (ou "credência", como era chamado nessas regiões) e trouxe água fresca da cozinha. Encontrou um copo num lado da credência e encheu-o com a mão trêmula, entregando-o ao capitão.

Depois de agradecer-lhe, o jovem perguntou: — Talvez seus pais saibam para onde foi minha noiva?

— Estou em casa de parentes — respondeu ela.

— Então, poderia falar com êles?

— Sinto muito, mas saíram. Não há ninguém em casa.

— Devo pedir-lhe mais uma vez que me desculpe, senhorita — murmurou êle acanhadamente, enquanto Regine, que estava outra vez próxima ao estranho visitante, sentiu descer sôbre si um agradável langor.

Os braços do capitão contraíram-se como se se preparassem para um segundo abraço, mas o tímido desejo não foi suficientemente forte para transformar-se em ação. Entretanto, Regine recostou-se na credência, sentindo, sem dúvida, em seu subconsciente a ousada intenção masculina. Abriu uma gaveta e tirou uma toalha com a qual enxugou o copo antes de recolocá-lo no lugar.

O oficial olhou em redor, distraído. Soltou um gemido: — Ah, Kornelie, onde estará você? — E, sem olhar para trás, saiu correndo da sala.

Depois disso, Regine passou algumas noites intranqüilas de vergonhosas recordações, enquanto suas janelas balançavam aos cantos selvagens dos russos lá fora. Seu pai veio para reconduzi-la ao remoto vilarejo de Batchka. Entre suas roupas na mala, ela escondeu o precioso copo onde o belo *Honved* havia bebido.

Mal passara um mês em casa, com a lembrança do seu herói apaixonado apenas um pouco menos viva, seu pai surpreen-

L. Hatvany                                                    287

deu-a uma noite, quando já ia para a cama, com a notícia: "Amanhã chegará seu noivo". Papai Salomão sempre fôra taciturno e, nessa ocasião, como em qualquer outra, não desperdiçou palavras. Não havia também sinal de zombaria em sua larga face gordurosa, embora a môça pensasse que êle não estava falando sério.

Mas não teve dúvidas quanto à sua seriedade quando, na manhã seguinte, seu pai lhe ordenou: — Seu noivo já chegou. Prepare-nos um bom jantar. E não se esqueça de se fazer bonita.

Sob as três oscilantes dobras de seu queixo, o velho judeu possuía um pescoço enrugado e sob êste, um peito tão redondo e parecido com um barril, que se assemelhava a uma corcova na parte dianteira, em vez da traseira. Abaixo vinha a barriga protuberante. Uma enorme tabaqueira de ébano salientava-se sob seu colête, e que esta não era um simples ornamento, percebia-se pelas manchas que havia em ambos os lados de seu casaco e mesmo no curto colête e na camisa. Seu pequeno e hirsuto bigode também estava cheio de rapé. Ali estava, o velho apoplético, com suas pernas de elefante, com um aro de ouro pendurado no lóbulo de uma das orelhas para curar-se de persistente enxaqueca. E sua esbelta filhinha, que o encarava, olhou aquêles olhos cinzentos encravados no meio de tanta gordura e viu, pela sua expressão, que Salomão exercera sua autoridade paterna para decidir a sorte de seu rebento. Irrevogàvelmente! E como fôra educada no pensamento, e realmente acreditava, que as filhas eram casadas pelos pais, dirigiu-se obedientemente à cozinha a fim de garantir um bom jantar. Em seguida, pôs o melhor vestido, de sêda xadrez marrom e verde, todo de babados, e o fichu que herdara da mãe. A sua imagem no espelho, enquanto se vestia, trouxe-lhe de volta à mente, pela última vez, o beijo do jovem oficial. Da última gaveta do armário de roupas brancas, retirou o copo, encheu-o de água, bebeu-a e atirou o copo longe, na margem ajardinada da rua. E com o dissonante estilhaçar do vidro quebrado, a paz voltou a essa agitada alma virgem.

Salomão Fischer praticara um pouco o seu latim durante o dia e saudou o seu visitante com um alto: *"Quomodo vales!"* Depois estendeu sem cerimônia a caixa de rapé aberta ao futuro genro com sua bela cabeça de Moisés. Tomando uma forte pitada, Hermann espirrou repetidas vêzes e depois iniciou a discussão em seu melhor alto-alemão. Antes de tudo, dever-se-ia acertar a contento a questão do dote. Depois, deveria tranqüilizar o velho quanto à sua própria firma e fortuna. Em meio a diversas pitadas de rapé, fungadas, espirros, e prolongados e obstinados regateios, fixou-se finalmente o dote em setenta e cinco mil *guilden,* para satisfação de ambas as partes,

288            Entre Dois Mundos

e Salomão, conhecido como o "Terror de Batchka", pôde conduzir seu genro do escritório para a caiada sala de jantar.

Embora Regine mal ousasse levantar os olhos, pareceu, sem dúvida, agradàvelmente surprêsa ao descobrir que seu noivo era bonito e de tão imponente figura. Apenas sua longa barba afigurou-se-lhe alarmante. Hermann também ficou satisfeito.

— Ela é muito bonita — sussurrou ao sogro.

— O retrato da mãe — respondeu lacônicamente Salomão.

— Que Deus a tenha.

Lavou as mãos de acôrdo com o ritual, pôs o chapéu e sentou-se à mesa. Enquanto cortava o pão, murmurou baixinho uma bênção. E Hermann teve de acompanhar o exemplo do devoto anfitrião, apesar do irônico ceticismo que adquirira de Börne e Heine. Em seguida, ouviu-se o discreto som da sopa, que era tomada, depois veio cação com nozes, um prato extremamente difícil que exigia silêncio devido às muitas espinhas. Após o peixe, cozido em seu próprio caldo, foi servido o arroz, uma montanha branca, com grande quantidade de delicados fígados de ganso salientando-se em seus bordos enfumaçados e aqui e ali arroios marrons escorrendo da rica carne. O apetitoso cheiro dêsse prato deixou os convivas com as narinas frementes, antes que suas línguas se desprendessem.

— Tudo isso foi feito pelas mãos de minha filha — gabou Salomão enquanto o convidado enterrava sua colher apreciativamente no arroz.

Com um sorriso sob sua barba cerrada e uma pequena reverência para Regine, Hermann expressou seu profundo agrado pela comida. A jovem não ousou erguer a vista; conservou os olhos castanhos fixos no prato, escondidos atrás das longas pestanas. Então, aventurou uma espiadela de ensaio no prato de Hermann. Será que o visitante estava apenas sendo delicado ou realmente apreciava o jantar? O olhar subiu ao guardanapo prêso sob o queixo de Hermann, ao longo da negra barba sôlta sôbre o damasco branco, e mais às mandíbulas que mastigavam. Era uma paisagem tranqüilizadora e agradável. Hermann estava engolindo o arroz, e alguns grãos haviam ficado presos à barba e ao bigode. Encorajada, a gentil filha da casa de Fischer elevou o olhar sùbitamente à aba do chapéu, a agitar-se de maneira tão esquisita devido aos vigorosos movimentos de mastigação. Afinal, atreveu-se a mirar os olhos de Hermann, que no mesmo instante dispararam um escuro olhar nas pupilas castanhas da môça. Aí a casta cortina de cílios tornou a fechar-se e Hermann desviou igualmente o seu olhar embaraçado. Mas o velho Salomão surpreendera a troca de olhares dos jovens e estalou os lábios alegremente sôbre o fígado e o arroz. "Parece-me perfeito. Êles se gostam."

# L. Hatvany

A empregada trouxe em seguida a carne refogada com rábano silvestre e môlho de vinagre e açúcar e amêndoas. *Herr* Salomão se pôs a invectivar a Revolução. Sempre tinha seus ditos latinos de prontidão e agora deu seu parecer sôbre a corrupção do povo com grande complacência. *Mundus vult decipi, ergo decipiatur.* O povo, insistia êle, não necessitava de liberdade; ao contrário, era preciso mantê-lo em xeque e obrigá-lo a trabalhar. Isso era o principal. Os austríacos estavam certos em manter os homens no trabalho a poder de baioneta.

Por mais que Hermann almejasse, no mais profundo de sua alma, a paz e ordem, sabia muito bem que, quando se tratava de fazer um bom negócio com os senhores húngaros, era necessário criticar os alemães — que, nessas regiões, eram os austríacos. Portanto, não se aventurou, mesmo entre as quatro paredes da casa de Fischer, a elogiar o govêrno austríaco. Admitiu apenas que os austríacos, uma vez que haviam restaurado a ordem, embora pela fôrça, certamente cumpririam a sua promessa e agiriam a bem da pobre Hungria derrotada. Construiriam rodovias e estradas de ferro, e em poucos anos valeria a pena negociar com êsse Estado.

— Bem, e que mais se pode desejar? — contestou o velho.

— Admito que os negócios começaram a tomar nôvo impulso — disse Hermann, com os olhos em Regine (desde que era possível, contornado o ângulo perigoso, arriscar-se ao entusiasmo por seus agora inofensivos ideais) — mas o povo está oprimido, não há liberdade.

— Você ainda não teve liberdade suficiente, meu rapaz? — perguntou ironicamente o "Terror de Batchka".

Mas, nessa altura, Hermann Bondy recordou-se dos versos iâmbicos que o Marquês de Posa lançou ao tirano Filipe II da Espanha. *"Sire, dai-nos liberdade..."* E declamou-o com tamanho aprêço por seu fulminante esplendor que Regine agora sucumbiu definitivamente aos fascínios de seu cavaleiro. O efeito dos versos mal compreendidos — ou, talvez, mais ainda, do rico e voluptuoso barítono — era visível em seu enlevado olhar. Os grossos lábios do velho Salomão contraíram-se de escárnio. Abanou simplesmente a mão, mas com tanto desprêzo que os versos gelaram nos lábios de Hermann.

— Um êrro cometeu a Áustria — disse Salomão, sorrindo — sôbre o qual o seu Schiller não escreveu nenhum poema. Êles não nos deixam em paz com seus impostos. Arrancam-nos, sem consideração, até o último centavo.

Agora era a vez de Hermann defender os austríacos. — Não faço objeção aos impostos — disse êle — agora que sei que, quando um de nós paga, os nobres também pagam.

290                                    Entre Dois Mundos

Em seu entusiasmo, sua face tornou-se tão vermelha que fêz a barba parecer mais negra ainda, por contraste. Era óbvio que estava verdadeiramente entusiasmado pela consciência de que uma coisa fôra salva do naufrágio da Liberdade, Igualdade e Fraternidade — uma igualdade que existia, pelo menos na mente do coletor de impostos, entre magnata e burguês, a remoção da humilhante diferença entre o cavaleiro e o contribuinte comum. Na verdade, o próprio Hermann não pagava impostos, ou apenas alguns, pois sabia como escapar aos mais ferrenhos funcionários austríacos. Mas as sensibilidades dêsse corretor de cereais e discípulo de Heine e Börne eram tão elásticas que conseguia sempre dizer o que sentia e fazer o que ditavam seus interêsses. Esquecendo-se completamente de suas falsas declarações de renda e do falso juramento feito perante o juiz, repetia que pagaria de bom grado os seus impostos, contanto que o Príncipe Esterházy pagasse os seus. Mas a interpretação que Salomão dava ao princípio revolucionário: Iguais encargos para todos os cidadãos do Estado, era que Esterházy devia pagar realmente — e isso estava muito certo — mas daí não se seguia de modo algum que êle, Salomão Fischer, tivesse de pagar também.

— Mas será que não estamos cansando a senhorita com essa conversa? — perguntou Hermann polidamente a Reginchen, que permanecia calada. Ela acabara de pegar com o garfo o último bocado de pudim e ia responder, quando Salomão se adiantou a ela:

— Minha filha é uma jovem sensível e gosta de ouvir pessoas sensíveis falarem de coisas sensíveis. — A conversa descambou para a Bôlsa de Peste, e êle lamentou que a cotação muito alta e essa estúpida brincadeira de revolução houvessem desvalorizado bastante o papel-moeda e depreciado a cotação das melhores rendas.

— Isso é verdade, não o contradigo — concordou Hermann. — Mas as pessoas que possuem dinheiro na mão deveriam comprar rendas agora, quando a cotação está baixa. Rothschild está fazendo isso. Depois, assim que as coisas melhorarem externamente, as cotações deverão subir também, necessàriamente.

— Meu caro Herr Bondy, o senhor ainda é jovem. Pois, do contrário, nunca diria *deverão*. O que pode haver de certo na Bôlsa? Nada! Algo pode sempre virar tudo: uma revolução, uma guerra — qualquer coisa antiga — e lá vem o estouro, e onde estarão as suas rendas, então? Digo-lhe que pretendo ficar no meu dinheiro batido.

Hermann, por sua vez, estava interessado nos latifundiários de Batchka, com quem esperava fazer negócios, e esqueceu

L. Hatvany 291

Regine tão completamente em meio dessa emocionante conversa, que o velho foi obrigado a atrair a atenção do convidado para ela.

— Que tal o café? Ninguém aqui em Batchka sabe prepará-lo exceto minha Regine.

— Palavra de honra, é de primeira, excelente. Posso tomar outra xícara?

Regine serviu-o, e Hermann, que era tão esperto quanto cavalheiro, dedicou tôda sua atenção à jovem.

— Gosta de uma boa piada, Srta. Regine?

— Oh! sim — murmurou ela.

— Bem, vamos a uma — grunhiu Salomão.

— Vocês conhecem aquela do judeu rico que queria enviar seu filho à Alemanha a todo custo, a uma cidade alemã, a fim de que o garôto aprendesse o puro idioma alemão?

— Essa, eu já conheço, de fato! — interrompeu Salomão. Mas então, aderindo ao princípio de que os jovens devem-se conhecer, êle bateu sua tabaqueira sôbre a mesa, ofereceu ao noivo uma pitada de rapé, e levantou-se a fim de deixar os dois a sós, o homem com a voz melodiosa e a môça com seu tímido murmúrio.

— Eu ainda não ouvi essa piada — disse Regine numa voz delicadamente agitada, polidamente ansiosa por escapar a êsse momento tão embaraçoso para ambos.

À guisa de prelúdio, Hermann pousou um cotovêlo na mesa, movendo rìtmicamente seu outro braço por uns instantes, fechou num círculo o polegar e o indicador, e continuou a balançar a mão para cá e para lá, até que, por fim, voltou a enveredar pela anedota, enquanto seus olhos tão sisudos dançavam agora cheios de divertimento. A estória ascendia gradualmente até o momento em que se tornava visível o ponto alto da piada, assomando como um pico de montanha através da neblina. O rapazinho judeu, ao invés de aprender o alemão, ensinara seu dialeto a tôda a cidadezinha. Êste seria o ponto alto, mas Hermann não conseguiu chegar lá. A piada terminou em meio a risadas, cujos acessos sacudiam o narrador cada vez mais violentamente, à medida que se aproximava de sua meta. "Ha, ha!" ria êle e "Hi, hi!" vinha o eco risonho e juvenil por entre os pequenos dentes de esquilo de Regine.

A alternância de *ha-ha* e *hi-hi* teve um efeito decisivo em ambas as partes. Uma vez quebrada a crosta de embaraço, tornaram-se amigos ràpidamente, tal como devem ser aquêles que irão casar-se, e suas risadas soavam cordialmente.

Regine relatou o caso das barricadas, quando se sentira tão mal ao cavar, que desmaiara. Falou também dos russos e de quão arrojadamente se atiravam às suas danças selvagens, tal como os magiares faziam em suas czardas. E os seus cantos,

292 Entre Dois Mundos

como o dos magiares, terminavam em gritos. Mas os russos tinham olhos tão pequenos, minúsculos e os ossos de suas faces eram salientes. Ninguém poderia dizer que eram bonitos. Do *Honved* ela nada disse, embora fôsse um belo húngaro, se jamais houve algum.

Hermann, ansioso, por seu turno, de se mostrar pelo ângulo mais favorável, discorreu sôbre as vantagens de sua posição social. Estava em constantes contatos comerciais com as famílias mais proeminentes, Blau e Wottitz. Na realidade (sorrindo complacentemente), podia dizer que se dava muito bem com êles. Em Viena tinha livre ingresso na casa dos Rosenthal, e os Rosenthal haviam sido enobrecidos pelo Imperador Francisco. Rosenthal von Poselitz era o máximo da distinção, acrescentou. E seus olhos se iluminavam enquanto desfiava, um após outro, os nomes de tôdas as famílias judaicas aristocráticas em voga, visando, sem dúvida, mostrar as vantagens e possibilidades de tão bom partido. Tudo estava ao alcance de um judeu hoje em dia, como informou depois. "Bem diferente de há cem anos atrás, não é?"

Mas Regine parecia não saber como eram as coisas há cem anos. Não conhecia nem o mundo de antigamente e nem o atual, e não tinha vaidade. Só parte de sua atenção estava voltada para as sábias coisas que Hermann dizia. Ocasionalmente suas pálpebras pestanejavam, e era tudo. O nó bem feito da gravata de seu noivo absorveu-a muito mais que suas palavras. E Hermann, vendo que a vaidade humana não obtinha resposta de Regine, tentou forçá-la a falar de interêsses materiais. "Como já tive a honra de dizer a seu pai, meus negócios mostram a tendência de aumentar dia a dia desde o tumulto da Revolução", observou êle, sugerindo que aquela que viesse a tornar-se espôsa de Hermann Bondy podia considerar-se uma mulher de sorte. Depois, ao ver que também isso falhava, tentou entreter Reginchen com a estória do infortunado Jakob. Para melhor efeito, espremeu uma lágrima e imediatamente uma lágrima também luziu nos olhos de Regine. Agora já haviam conversado juntos, rido juntos e no fim chorado juntos, e o olhar de Hermann sôbre a mesa, onde pousava a mão de Regine, sugeria o próximo passo. Êle inclinou-se sôbre a mãozinha, maltratada pelos serviços caseiros, com pequenos e rechonchudos dedos vermelhos e redondas unhas curtas, e estava para apertá-la num beijo arrebatado, mas a môça retirou-a, pousando-a no joelho. Ela endireitou-se na cadeira, muito pálida, e sentiu-se tão amedrontada que se esqueceu de baixar os olhos. Era indubitàvelmente a figura de Hermann com sua barba negra que se refletia nos estupefatos olhos da môça, mas a figura que ela enxergava era a do louro *Honved,*

L. Hatvany

a quem vira uma única vez, e em cujos braços estivera — por um espaço de segundos.

Seguiu-se um silêncio embaraçoso. Dois corações batiam ao ritmo de um relógio. Para quebrar o silêncio, Hermann começou a recitar Heine com sua famosa voz de barítono, a qual surtia, segundo verificara, um efeito inestimável sôbre os ternos corações femininos. Após repetir: "És como uma flor encantadora", fêz a Regine um pedido formal, e ela, submissa aos seus próprios sentimentos de donzela e à ordem paterna, disse sim, insegura, e estendeu a mão com a sensação de que agora podia fazê-lo. Era o primeiro homem a segurar êsse pequeno e frágil membro, que nunca fôra apertado por outra mão masculina. Teria de esperar até depois da ceia para beijar a fronte de sua noiva, na presença do pai, o qual seria o beijo de noivado e ao mesmo tempo o beijo de adeus. Pois, cedo na manhã seguinte, Hermann partiria para visitar os grandes mercados do centro e das aldeias da crescente Batchka — Baja, Neusatz, Maria-Theresiopal — onde era esperado pelas novas relações de negócios.

— Tão depressa? — murmurou Regine, com um nó na garganta.

— Bem, sim, negócio é negócio, você sabe — foi a resposta natural. Então, lembrando-se de seu papel, Hermann apertou suas mãos cruzadas contra o peito e começou a cantar: — "Irmão, meu irmãozinho" — mas parou para fazer a prosaica correção. — Isto é, nesse caso deveria ser "Irmã, minha irmãzinha." — E, em parte brincando, em parte sério, como a caçoar dela, adotou uma voz teatral para entoar as estrofes:

"Irmã, irmãzinha, meu bem
Partir devemos, para que lamento também?"

— É o seu trabalho que importa — grunhiu Salomão, aprovando completamente tal obediência ao chamado dos negócios e do dever.

Com êsse primeiro choque ao seu jovem amor, Regine sentiu-se uma criança surpreendida numa travessura, ao ver-se assim parada entre êsses brutais homens de negócios. É claro que o trabalho vinha em primeiro lugar. O dever antes de tudo. Os Fischers e os Bondys não tinham tempo para amar. Regine podia compreendê-lo, mas nem por isso sentia-se consolada. Ela engoliu sua emoção galantemente, depois acenou um mudo adeus ao noivo. Boa noite, Hermann, boa noite, felicidade, amor, alegria!

294 Entre Dois Mundos

No quarto vazio, sôbre o criado-mudo, estava o álbum de Regine, aberto. Destinava-se, evidentemente, a que o noivo deixasse nêle a sua inscrição, tal como todos os visitantes anteriores, que haviam ali traçado palavras de sabedoria sob violetas decalcadas e pintadas ou de não-te-esqueças-de-mim, dependendo do caso. "Seja modesta como esta violeta" dizia um, e: "O que diz êste miosótis? Ah! bela jovem, não se esqueça de mim!" Hermann ponderou bastante sôbre uma contribuição adequada. Ao fim, resolveu escrever: "Já se foram os dias passados em Aranjuez". Mas, como nenhuma licença poética justificava a conversão do único e agradável dia passado com Regine para o plural, preferiu, como acurado homem de negócios, adaptar suas linhas favoritas às circunstâncias. Escreveu, portanto, em letras desenhadas: "Já se foi o dia feliz passado em Aranjuez". Depois foi dormir. Mas logo sentiu-se perturbado ante a reflexão de que não era êste, afinal, o mote justo para um namorado, muito menos para um noivo. Era triste demais. Resignado, muito mais do que alegre. Gostaria de acrescentar algo alegre e que fôsse ao mesmo tempo amoroso e gracioso: "Ainda estão por vir os dias felizes que passarei em Aranjuez". Afortunadamente, ainda havia espaço suficiente entre a inscrição original e a assinatura, e a linha adicional, sugerindo a agradável antecipação de um apaixonado, espirituosamente expressa, foi devidamente assentada no álbum, no mesmo estilo floreado.

Pela manhã, Hermann comeu o desjejum com o sogro. Regine trouxe a bandeja. Nessa ocasião, tal como no dia em que oferecera o copo de água ao jovem oficial, sua mão tremia de excitação, e ela derramou algumas gôtas da cafeteira.

— Tome cuidado, ou você vai levar o seu — rugiu Salomão.

— Oh! mas agora ela é minha prometida. De hoje em diante ela é responsabilidade minha, sòmente minha, e tudo o que "levar" será de mim. E só para lhe mostrar, meu querido sogro, como respeito seus desejos, vou punir Regine por ser desastrada, assim. — E Hermann levantou-se e deu um beijo estalado, através de sua barba, nos lábios da noiva.

Deve-se admitir que Hermann era não só rico, não só bem-educado — qualquer pessoa pode ser rica se trabalhar e tiver sorte, ou bem-educada se gastar dinheiro em livros e tiver paciência para lê-los — mas, e isso só possuem aquêles agraciados por Deus e não pode ser comprado por dinheiro algum, era também extremamente inteligente. Era cheio de bons sentimentos e tinha uma bela mente. Era bem-educado, um perfeito cavalheiro, e — o que era importante — colocava a firma, seus clientes e seu trabalho antes de tudo. Uma môça de muita sorte, de fato, era Regine.

# L. Hatvany

Após o desjejum, Salomão levou o genro para seu escritório outra vez. Ofereceu-lhe um cigarro, limpou a garganta, olhou-o com um ar, algo embaraçado e por fim começou a falar.

— Eu estou feliz. Digo-o como um pai. Vocês formarão um belo par. Deus os fêz um para o outro. Posso ver que minha filha o agrada e não é preciso dizer-lhe quanto ela gosta de você. Numa palavra, com respeito ao dote...

Numa palavra, ou seja, como Papai Salomão julgara detectar o germe do amor na satisfação de ambas as partes, pôs-se a trabalhar os sentimentos do môço no sentido de reduzir o dote proposto no dia anterior, pelo menos de uns quinze mil *guilden*. Mas Hermann não quis abrir mão de um centavo.

— Mas que dizer do amor? Isso não é nada? — perguntou Salomão indignado, ao fazer sua proposta seguinte de sessenta e cinco mil.

— Uma coisa nada tem a ver com a outra. É algo independente. Não vamos confundir as coisas. Agora que já conheço sua linda filha, ainda assim, embora com o coração opresso, prefiro desistir dela a desistir da quantia de setenta e cinco mil combinada em nosso encontro de ontem.

Espantado com a vigorosa resistência oferecida por Hermann, Salomão forçou sua gorda face a sorrir.

— Ha, ha, ha! — riu êle, batendo nas costas e ombros de Hermann — é assim que eu gosto. Isso eu chamo falar bem. Se você dissesse agora que renunciaria a uma parte do dote, eu lhe diria que o casamento estava desfeito. Pois não darei minha filha a um bocó apaixonado que não saiba defender seus interêsses. Darei minha filha, minha única filha, sòmente a um homem sóbrio, sòmente a você. A você, meu querido filho, posso confiá-la sem susto, ha, ha, ha!

Mas agora a carruagem já podia ser vista pelas janelas, esperando seu passageiro sob as acácias defronte a igreja. As "crianças" apressaram-se, com apenas cinco minutos de felicidade para despender, e Salomão saiu atrás delas. Depois veio a partida e o fio que unia seus corações rompeu-se como teias de aranha no tardio outono. Ali estavam os cavalos relinchando e pateando ao estalido do chicote, e ali estava o cocheiro, com o basto cabelo saindo sob o umbroso chapéu de aba e um lampejo bronzeado de pele bem-azeitada entre as largas calças e a camisa que mal atingia o cinturão. Seu umbigo brilhava como um disco sorridente num sol heráldico. Ao redor da carruagem encontravam-se algumas mulheres judias com perucas bipartidas e garôtas judias com longas tranças. Esperavam. Por Hermann. Esperavam para ver o noivo. "E que homem fino era êle!" cantavam.

296 Entre Dois Mundos

Êsse côro de aprovação ajudou a mitigar a tristeza de Regine, enquanto beijava envergonhadamente seu prometido pela última vez. Depois acenou com seu lencinho até que a carruagem foi engolida pelas nuvens de poeira.

Rápido como fôra o noivado, longo tempo decorreu, como era justo e decente, antes que o casamento se realizasse. Neste ínterim, Hermann enviava diàriamente à sua noiva — como também era justo e decente — uma elegante carta em longas, largas fôlhas de papel com o cabeçalho da firma Bondy. As páginas apresentavam-se cobertas de finos caracteres. "Êle escreve bonito", comentava Salomão com grande alegria. "Que coisas lindas êle escreve!", exultava Regine, e as cartas, repletas de citações de Heine, eram orgulhosamente exibidas às môças judias da aldeia. Certa vez, porém, o missivista escreveu algo ofensivo que fêz Reginchen corar: "Para o desjejum, no quiosque, peço pãezinhos tão delicados quanto os calos de seus delicados pés". Surpreendeu-a muito que alguém se atrevesse a escrever-lhe tais coisas. Sentiu seu pé desnudado, branco e gelado sob os sapatos e meias. Depois disso, nunca mais mostrou as cartas do noivo a ninguém.

# M. A. GOLDSCHMIDT

MEIR ARON GOLDSCHMIDT (1819-1887) nasceu em Vordingbord, Dinamarca, e morreu em Copenhague. Educado em escolas dinamarquesas mas impossibilitado de seguir seu plano, que era estudar medicina, por não poder licenciar-se devido à sua ascendência judia, dedicou-se à carreira do jornalismo e das letras. Como jornalista político, foi muitas vêzes multado e prêso. Em 1840, fundou *O Corsário,* semanário satírico que exprimia suas idéias republicanas e radicais. A partir de 1845, apareceram suas novelas e contos, onde aplica o seu conhecimento dos costumes e da psicologia dos judeus ortodoxos da Dinamarca. A primeira novela (*Um Judeu,* 1845) descreve o fôsso que existe entre o judeu e a sociedade dinamarquesa. Seguiu-se *Novelas* (1846). Em 1847, Goldschmidt abandona o radicalismo e funda um nôvo periódico, *Norte e Sul,* no qual foi publicado em folhetim o seu romance *Hjemlös* (*Sem Lar,* 1861). É nessa altura considerado o mais importante romancista da Dinamarca. As melhores descrições da vida judaica se encontram em seus contos, nas coletâneas *Avromche Nattergall* (1871), donde foi extraído o conto aqui inserido, *Levi e Igbald* (1883). Além das obras citadas, destacam-se ainda *Arvingen* (*O Herdeiro,* 1865), baseado em reminiscências pessoais, e suas memórias, *Livserindringer og Resultater* (*Lembranças de Minha Vida e Resultados,* 1877), onde se acha subjacente a sua filosofia de justiça retribuitiva, ou nêmese.

## AVROMCHE NATTERGALL

Esta é a estória de um pobre judeu velho que se enforcou por amor, foi salvo e decidiu continuar enforcado de qualquer maneira.

Visto ser de justiça contar esta estória detalhadamente e, para começar do começo, seria bom dizer algumas palavras a respeito de Leizer Suss.

Provàvelmente não existe muita gente que se lembre de Leizer Suss, em parte por não ser conhecido oficialmente pelo nome de Suss. Chamavam-no de Lazarus, que é o mesmo que Leizer. O nome de Suss, êle o herdou ou adquiriu por acaso, pois seu significado é cavalo e de modo algum êle era o que se pode chamar de burro. Na comunidade era respeitado por sua piedade, ou melhor, pela observância ortodoxa de tôdas as cerimônias. Em consideração a isso e também à sua pobreza, foram-lhe dados os deveres de *schohet,* que é açougueiro e comerciante de carnes que a comunidade podia comer com tôda a certeza de sua preparação ortodoxa.

Além disso, não há muito que dizer a respeito dêle. Sua morte passou quase despercebida; deixou uma viúva de meia idade e seis filhos: uma filha e cinco rapazes. De acôrdo com a lei judaica, os últimos foram educados até os treze anos e, depois, passaram a ganhar a vida como aprendizes em diversas casas comerciais, um em Altona, os outros em Copenhague.

Os anos se passaram e a família vivia feliz, conforme o ditado latino: *Bene vixit qui bene latuit*: Vive bem quem vive obscuro. A mãe envelhecia, já estava perto dos sessenta; era porém sadia, ativa e ligeiramente dominadora. A filha, Gitte, a essa altura beirando os quarenta, continuava solteira, quer por ser pobre e filha de um *schohet* (defeitos que seus belos olhos castanhos não podiam compensar), quer por ser incapaz de cuidar de seus próprios interêsses. Havia talvez uma série de razões que, reunidas, eram chamadas "a vontade de Deus". Seus irmãos procuravam compensá-la dessa desvantagem sendo bondosos com ela, presenteando-a e de vez em quando fazendo gracejos. Eram trabalhadores e econômicos. Assim, seus ganhos e, conseqüentemente, suas contribuições ao sustento da mãe e da irmã aumentavam de ano para ano. Os quatro filhos que moravam em Copenhague reuniam-se em casa da mãe tôdas as sextas-feiras à noite, com tanta regularidade e infalibilidade quanto ela acendia e abençoava as velas sabáticas.

Além do paulatino e modesto aumento de prosperidade, mais uma modificação surgira na família depois da morte do pai; os irmãos haviam alterado ligeiramente o último nome. Michael, o filho primogênito que morava em Altona, introduzira essa inovação. Iam dar-lhe sociedade na "Casa" — uma loja de armarinhos — e, um belo dia, o proprietário, cujo nome também era Lazarus, disse-lhe: — Seu nome é Lazarus. Bem, é um belo nome, não sou eu quem vai negá-lo. Mas não se deve exagerar uma coisa boa. Lazarus & Lazarus, digam o que quiserem, não ficaria bem numa placa.

— Lazarus & Cia.... — sugeriu o futuro sócio modestamente.

— Lazarus & Cia.? E se alguém perguntar quem é a Cia.? Lazarus! Vire a coisa como quiser, será sempre Lazarus & Lazarus!

— Bem, mas... — disse Michael, e parou sem coragem para expressar seu pensamento. — Então talvez o senhor não me queira para sócio?

Após uma ligeira pausa, o patrão continuou: — Diga-me, seu saudoso pai não tinha outro nome, além de Leizer?

Michael corou e não respondeu.

— Naturalmente, isto fica entre nós e não irá perturbar seu lastimado pai em seu túmulo. Mas algumas vêzes não o chamavam de Leizer Suss?

— Pode ser — respondeu Michael.

— Bem, está aí! Quem diz que você deve conservar à risca o nome de seu pai, principalmente se êle não o usava de muito boa vontade? Nós vamos trocar o *u* por um *a*. Lazarus & Sass, não está mal! Soa bem!

Assim foi resolvido o assunto, e Michael, o chefe da família, tendo adotado êsse nome, foi imitado sucessivamente por todos os irmãos e finalmente pela mãe. A princípio, ficaram um tanto apreensivos, mas como ninguém fêz qualquer objeção, não tiveram mais cerimônia. É possível e mesmo provável que a comunidade haja gracejado um pouco sôbre a alteração; mas, como já foi dito, ninguém fêz objeção.

A única pessoa que não gostou do nôvo nome foi Avromche Nattergall [1]. Desde a mocidade, era amigo da família. Comparecia às reuniões de sexta-feira à noite tão assìduamente quanto os próprios filhos. Vira a todos êles crescer — era oito anos mais velho do que o primogênito —, brincara com êles e partilhara suas penas e alegrias. Houve época em que se considerara a possibilidade de casar-se com Gitte, mas a idéia se desvanecera sem causar qualquer perturbação. Agora que, com o nôvo nome, apareciam diversas peças novas no mobiliário e uma certa atmosfera nova carregada de maiores pretensões, êle experimentava um sentimento vago e indeciso de estar perdendo terreno. Era como se não estivesse tão integrado como antes e como se o seu modesto negócio fôsse

(1) Em dinamarquês: Rouxinol.

300 Entre Dois Mundos

mais notado do que anteriormente. Nada porém era tangível: era apenas uma percepção indefinida que aparecia um momento e diluía-se em seguida. Entretanto, era essa a razão de não gostar do nome de Sass, mas abstinha-se cuidadosamente de o revelar.

Aqui o leitor perguntará: — Mas qual era seu modesto negócio? — Permitam-me chegar a essa informação, descrevendo antes as circunstâncias que decidiram sua profissão.

Seu pai era chamado na comunidade Reb Schaie, com o sobrenome de Pollok. Era um dos últimos, aqui, a usar barba longa, cafetã e gorro de pele. Embora essa aparência lembrasse um "vagabundo polonês", era um membro inteligente e ativo da sociedade e mantinha um comércio de peles bastante grande. Fazia sua contabilidade — que era muito pouco conhecida pelos comerciantes daquela época — e era um homem extremamente exato, severo e sério. Naturalmente queria que seu filho continuasse seu negócio. Mas o seu Abraham (Avrom, diminutivo Avromche) revelava uma forte e crescente paixão pela música e pelo canto. Não só insistia em ouvir boa música sempre que se lhe oferecia a oportunidade, como de vez em quando dava largas a emissões vocais que indicavam seu desejo, ou melhor, sua entusiástica esperança de algum dia apresentar-se em público, de entrar para o teatro. Durante certo tempo, seu pai considerou êsse desejo uma infantilidade, um sonho que se desvaneceria tão logo estivesse trabalhando no negócio. Contràriamente a seus hábitos, chegava mesmo a gracejar e dizia com evidente sarcasmo: — Avromche ainda pode tornar-se um *hazan*. — Porém uma noite foi casualmente ao quarto de seu filho no sótão. Deu com Avromche metido em calças justas e com um gorro emplumado, cantando uma ária, acompanhado de guitarra pelo velho professor de música Leibche Schwein, também chamado Levin Snus. Reb Schaie enxotou Leibche Schwein escada abaixo e disse a Avromche: — Ceroulas de malha e chapéu de penas! Por que não a Grã-Cruz de Dannebrog? Quem diria que meus olhos veriam tal *meschugas!* Você percebe a extensão de sua loucura? Vou lhe dizer apenas uma palavra; ouça: Quem na platéia não o vaiar por seu longo nariz e sua bôca torta, sabe por que o vaiará? — Não, papai. — Por suas pernas tortas.

Essas palavras cruéis, mas não totalmente injustas, destruíram um ideal, uma esperança, um objetivo no coração de Avromche. Contava apenas dezenove anos, mas a partir dêsse momento deixou de ser jovem. Não demonstrou seu desespêro. Não se queixou a ninguém. Uma fonte fôra estancada em sua alma e era como se a própria lembrança da fonte estivesse extinta. Mas, ao mesmo tempo, perdeu uma parte da própria vida. Entretanto, uma profunda e persistente paixão

# M. A. Goldschmidt

ficara: a paixão pela música. Como seu pai a partir de então dava-lhe uma mesada menor do que anteriormente, para impedi-lo de tomar um professor de música, ocorreu-lhe a idéia de alugar um camarote no teatro e vender os bilhetes, capacitando-se assim a entrar de graça. Por algum tempo, tudo correu muito bem; mas, como uma planta requer certo grau de calor para florir, um empreendimento comercial, por modesto que seja, requer tempo e cuidados. Nem todos os bilhetes de teatro se vendem rápido como bolos quentes, em tôdas as ocasiões. É preciso ter iniciativa. Há concorrentes, oportunidades e conjunturas a enfrentar e Avromche via-se amiúde em cruéis alternativas entre seus deveres para com os negócios do pai e os seus próprios. O resultado era que negligenciava a ambos. Desconhecendo a verdadeira razão, o pai encontrava cada vez maiores razões para sentir-se insatisfeito com êle e finalmente tôda a trama veio à luz. Avromche contraíra dívidas que iam além do preço de uma simples assinatura no teatro e seus credores voltaram-se para o pai. Reb Schaie pagou as dívidas, deu a Avromche uma soma em dinheiro e disse-lhe em voz baixa em judeu-alemão [2] que, com seu timbre misterioso e execrando, tinha um poder que não podia ser expressado em dinamarquês: — Saia de minha casa! Sua loucura pelo teatro o fará algum dia procurar um prego para se enforcar! Você é inútil e não presta para nada neste mundo! Fora!

Nessa ocasião, Leizer Suss e sua espôsa tornaram-se os melhores e talvez os únicos amigos de Avromche. As circunstâncias levaram Leizer Suss a empreender algo muito extraordinário para êle: foi direto a Reb Schaie objetar contra a dureza para com o filho e promover uma reconciliação; voltou, porém, de crista caída e jamais mencionou o que se passara. Disse então a Avromche: — Você não sofrerá privações enquanto eu tiver um pedaço de carne. — Êle e a espôsa fizeram o possível para ajudar o rapaz a preparar seu futuro. Como não havia qualquer esperança de seguir sua paixão, opinaram que o melhor seria dedicar sua vida ao teatro — não ao palco, mas ao aluguel de diversos camarotes. Sua experiência e alguma perseverança o habilitariam a ganhar a vida — para encurtar o assunto, tornou-se especulador de bilhetes. Agora a coisa está dita, e após essa introdução, não parece tão má assim, nem diminuirá a simpatia do leitor por Avromche Nattergall.

Mas o leitor perguntará: — De onde veio o apelido de Nattergall? — Êle lhe foi dado por causa de sua infortunada tentativa de cantar. Os judeus têm um notável talento para de-

(2) Idiche.

302 Entre Dois Mundos

terminado tipo de alcunhas irônicos, e a Sra. Sass algumas vêzes usava o nome com certa malícia, que não indicava malevolência, porém denotava simplesmente que sua amizade não a tornava cega às fraquezas de seu protegido.

Leizer Suss morreu, secundado brevemente por Reb Schaie que deixou uma pequena fortuna ao filho. A herança era menor do que se esperava, mas ainda assim suficiente para possibilitar a Avromche, com suas modestas necessidades, retirar-se de seu negócio e viver de renda. A arte, entretanto, mesmo nos recantos mais longínquos de sua côrte, exerce um fascínio tal que poucos dos que alguma vez o sentiram podem resistir-lhe; além disso, é sempre difícil a um homem renunciar a sua atividade e seus hábitos. Mesmo o jôgo de um cambista tem suas emoções. Surgem triunfos que, embora pequenos, alegram seu coração; algumas noites, êle alcança certa importância, toma parte da vida que pulsa tão fortemente no palco, reflete em sua face o fogo do drama. Êle não entrevia a possibilidade de outro trabalho, ou talvez não tivesse nem o desejo e nem a coragem para desbravar um nôvo caminho. Portanto Avromche Nattergall continuou em seu mister de cambista de bilhetes.

Talvez, em um momento, tivesse podido abandonar sua profissão. Logo após a morte do pai, achou que era de seu dever mostrar gratidão para com a família Suss, oferecendo a Gitte sua mão e sua herança. Gitte, porém, o recusou e a mãe não procurou influenciá-la, talvez porque alimentasse ainda outras esperanças para a filha. Proposta e recusa foram trocadas mui amigàvelmente, e as relações de Avromche com a família permaneceram as mesmas.

Morava em Pilestraede, onde alugara um aposento no quarto pavimento de um prédio no fundo do pátio, pegado a uma carpintaria. Isto impregnava suas roupas de um ligeiro mas persistente odor de cavacos de madeira, que fazia seus concorrentes apelidarem seu camarote de ataúde. De vez em quando, retrucava espirituosa e maliciosamente; preferia, entretanto, resmungar as observações pertinentes, em voz baixa, para si mesmo, com um leve sorriso em lugar de as proferir em voz alta. Ficava satisfeito com a certeza de que podia revidar à altura, se o quisesse. Como judeu ortodoxo e como homem que se tornara cambista por necessidade e não por livre escolha, sentia uma dignidade íntima que o elevava acima de tôda crítica e mesmo acima de sua própria profissão.

Quem quer que o tenha encontrado a essa altura da vida — por volta dos cinqüenta — via um homem de ombros arredondados, pálido, com um sorriso fixo e suave; com as mãos cruzadas e escondidas nas mangas; com um curioso movimento da cabeça para um lado, como se estivesse contínua

**M. A. Goldschmidt** 303

e secretamente marcando o tempo, enquanto um piscar ou repuxar dos olhos acompanhava, em consonância, o meneio da cabeça. Usava um longo casaco no verão e um sobretudo igualmente comprido no inverno. Poder-se-ia pensar que era um homem realizado, que estava tranqüila e pacìficamente completando a maior ou menor distância para a sepultura.

De maneira alguma! A crise na vida de Avromche ainda estava por vir e foi desencadeada por uma única palavra impensada, ou melhor, pelo emprêgo impensado de uma única palavra: Suss.

Certa noite, ao chegar à casa dos Sass, abriu-lhe a porta uma criada estranha. Vendo-a, compreendeu imediatamente que a família mudara os criados, e no mesmo instante a antiga aversão pelo nome Sass, com que nunca pudera familiarizar-se, deu-lhe a idéia maliciosa de perguntar: — A Sra. Suss está? — A palavra escorregou-lhe dos lábios quase sem saber como. Não tencionava realmente dizer à criada que o nome correto de sua patroa era Suss. Talvez nem sequer quisesse que ela ouvisse a palavra; entretanto, naquele momento de diabrura, precisava de um confidente, assim como o barbeiro do Rei Midas tinha de trair o segrêdo das orelhas de burro de seu amo, mesmo que fôsse a um tufo de ervas no campo. Regozijou-se em pronunciar a palavra, dando vazão assim aos seus sentimentos. Mas, no instante seguinte, quando a môça respondeu tranqüilamente: — Sim, a Sra. Sass está em casa — arrependeu-se, em parte porque sentiu na resposta uma repreensão bem merecida, e em parte porque temia que a rapariga contasse o caso à patroa. Mas era tarde demais. As coisas ficariam piores se pedisse silêncio à criada, e além de tudo não houve tempo. No instante imediato foi introduzido na sala.

Durante todo o serão, e nos dias seguintes sentiu-se infeliz. Dizia a si mesmo: — Na próxima vez em que fôr lá, sei como serei recebido. A Sra. Sass fará de conta que não me vê e, se eu espirrar, ela vai perguntar: — Quem é? Oh! é Pollok —, ela não dirá Avromche. E se durante a noite cortar uma laranja, passará os pedaços pelo outro lado, de modo que nada reste quando chegar minha vez. Que me importa a laranja? Mas a expressão de seu rosto! Os ares que ela vai tomar! Tremo de mêdo por dentro. Será essa a maneira pela qual ela me tratará durante uma semana ou dez dias, ou talvez mais, até que surja uma peça e eu a convide. Então poderá dizer: — Bem, acho que a Sra. Suss poderia muito bem ir ao teatro uma vez. — E lançar-me-á um olhar que há de ferir meu coração como duas agulhas! É o que eu ganho com minha maldita tagarelice!

304                              Entre Dois Mundos

Não ousava visitar seus amigos, nem se atrevia a faltar à
visita. Finalmente teve de ir. Foi recebido da mesma maneira
natural, quase indiferente, como de costume, e a princípio
supôs que fôsse a calma que antecede a tempestade, encenada
pela família, propositadamente, para aumentar o efeito do raio
súbito e esmagador. Entretanto, logo ficou patente que o
barômetro indicava bom tempo e sentiu-se imensamente aliviado e grato ao Céu e à criada que, com certeza, guardara
silêncio. Uma noite, achou um pretexto para ir lá e levou
um bolinho de Natal de presente para a empregada. Naquele
tempo, as criadas e os bolos de Natal eram provàvelmente
melhores do que agora, pois ela o aceitou com agradecimentos. Mais tarde, quando veio iluminar-lhe a escada e abrir-lhe
a porta, agradeceu-lhe novamente.

— Não tem o que agradecer — disse Avromche; — você
é uma boa môça. Não vou lhe dizer por que você é uma boa
môça, mas você é. Como é seu nome?

— Emília.

— Emília! Bonito nome! Quantos anos tem?

— Dezenove.

— Dezenove — disse Avromche, pela primeira vez olhando
de frente seu rosto bonito e fresco. Acrescentou ingênuamente:

— Você parece uma boa môça também. Onde mora? Aqui
em Copenhague?

— Não, senhor, sou de Nakskov.

— De Nakskov? Em que trabalha seu pai?

— É curtidor.

— Ainda é vivo? Por que você não ficou em casa?

— Meu pai casou-se novamente e minha madrasta quis
que eu saísse.

— Pobre menina! Você é uma boa menina; continue assim!

— Sim, senhor — respondeu; mas é duvidoso que ambos
se referissem à mesma coisa. Avromche tinha em mente que
ela deveria continuar calada a respeito da palavra Suss.

Sem se dar muito bem conta, Avromche sentiu, àquela noite
e nos dias subseqüentes, que algo incomum acontecera. Na
verdade, sentia-se aliviado de grande preocupação e de um
perigo; mas não era sòmente isso. Embora a conversa com a
criada tivesse sido muito insignificante, era todavia uma nova
experiência em sua vida. Quando é que conversava com qualquer pessoa, exceto a respeito de bilhetes e das trivialidades
banais que eram discutidas em casa dos Sass? Quando é que
fizera uma pergunta interessada e quando é que uma resposta
despertara em seu espírito tão suave alegria como as simples
palavras de uma môça que se sentia satisfeita e alegre simplesmente por ser jovem? Na vida de todo homem chega uma

# M. A. Goldschmidt

época em que a juventude adquire sôbre êle um poder, do qual não tinha menor idéia durante sua própria juventude. Mas êste poder foi sentido com maior intensidade por Avromche, pois habitualmente ninguém olhava para êle nem lhe falava de maneira tão amigável, e muito menos alguém tão bonito como essa môça. Um raio de alegria brilhou na alma do velho, como se por uma estranha via houvesse encontrado uma irmã que não ousava reconhecer e também não queria reconhecer; pois longe estava de seus pensamentos que pudesse haver uma relação mais íntima ou mesmo cordial entre êle e uma criada gentia.

Não obstante, era uma nova alegria para êle tôdas as vêzes que a môça lhe iluminava a escada e trocavam algumas palavras que eram quase sempre idênticas às da primeira noite. Como êle apenas desejava ouvir a voz dela e de vez em quando lançar um olhar à sua face fresca, pouco se lhe dava o que perguntava e o que ela lhe respondia e não percebia que se fazia ridículo em repetir sempre as mesmas palavras: — Você é de Nakskov? — Sim. — E seu pai é curtidor? — Sim. — Sua madrasta não a quer em casa? — Não. — Você é uma boa menina. Boa noite. — E a voz dela clara e risonha respondendo a seu cumprimento ficava vibrando em seus ouvidos e fazia-o muito feliz.

Algo se introduzira em sua vida prosaica, algo em que pensar e que almejar e isto o tornava mais jovem. Caminhava mais ereto. Dirigia-se às pessoas com maior confiança em si e já não revelava o mau gênio que o dominara nos últimos anos e que amiúde o fizera perder fregueses. Comprou um nôvo casaco; e embora tivesse tôdas as boas razões para fazê-lo (o antigo estava muito surrado), o fato suscitou sensação entre os seus companheiros de negócio, bem como em Kompagnistraede, onde morava a Sra. Sass. — O que aconteceu com o Nattergall? — perguntavam-se as pessoas. Se qualquer outro, mesmo um nonagenário, houvesse mudado desta maneira, dir-se-ia, pelo menos em brincadeira: — Está apaixonado, está cortejando alguém. — Entretanto, a ninguém ocorreu fazer tal gracejo com Avromche, embora fôsse realmente êsse o caso; e o próprio Avromche nem de leve suspeitava da verdade. Pela primeira vez em sua vida sentia prazer em viver. Pela primeira vez desde a sua primeira juventude sentia um anseio que ao mesmo tempo lhe dava felicidade. A fonte que seu pai estancara jorrava novamente com sua própria fôrça estranha. Isto acontecera tão suave e lentamente, com tanta calma e inocência, que êle próprio não percebeu, a não ser por sua sensação de alegria. Talvez seja assim que a floresta se sinta num dia primaveril e ensolarado de novembro.

# 306 Entre Dois Mundos

Naquele inverno, *A Casa de Svend Dyring* [3] foi representada pela primeira vez e provocou não só muitos aplausos, como também forte emoção, principalmente no público do belo sexo. Dizia-se que várias damas tinham desmaiado de comoção. Na sexta-feira seguinte, os irmãos Sass, que sem exceção haviam assistido à peça, expressaram seu entusiasmo por ela ou sua aprovação à opinião do público; todos porém concordavam em que a Sra. Sass não devia assistir ao espetáculo, porque a emoção seria excessiva para ela. Avromche tomou uma posição decididamente imparcial. A peça superlotava os camarotes — até aí, muito bem. Por outro lado, não agradava aos seus ouvidos por não ser uma ópera e a música não era de seu gôsto. Seu coração justamente então transbordava de admiração por *Massaniello* [4], apresentada na mesma estação, e ainda mais pela *Slumber Aria,* e êle considerava o entusiasmo geral pela *Casa de Svend Dyring* uma coqueluche passageira. Não obstante, desejava que a Sra. Sass fôsse assistir à peça de seu camarote, para participar do prazer de seus filhos. Agora mais do que nunca, queria proporcionar prazer a essa família e por um momento tornar-se um homem importante, oferecendo bilhetes à Sra. Sass e sua filha e acompanhando-as ao teatro. Por tais razões, protestou, com energia fora de seus hábitos, contra a afirmação dos irmãos de que sua mãe não seria capaz de suportar uma cena emocional.

— Suportar? — argumentou êle. — O que há para suportar? Que razão há para desmaiar? Não a vejo. É verdade, uma mulher desmaiou perto do meu camarote. Mas por que desmaiou? Porque era uma gorda cervejeira e Henriksen superlotou o camarote. Henriksen é um *ratzeiach* [5]. Mas não vou superlotar meu camarote quando convido uma boa amiga e a Sra. Sass terá um bom lugar na primeira fila e sem aglomeração nem na frente, nem atrás e nem dos lados. Suportar? Bobagem!

Um dos filhos, porém, insistiu que o enrêdo do drama justificava seus receios. Citou com correção:

*Tôda mãe saberá muito bem,*
*Que leite de meus seios para ti poderá fluir.*

— Como mamãe poderá suportar isso? — acrescentou.

— Por que não? — protestou Avromche. — É preciso ser mulher para entender isso? Sou por acaso mulher e não sei que uma mãe morta e enterrada, que não passa de um espectro, não tem leite nos seios? Se sei disso, sua mãe também sabe e não vai desmaiar por causa disso.

(3) Tragédia romântica do dramaturgo Henrik Hertz (1795-1870).

(4) Nome de uma ópera célebre de Carafa (1787-1872) e nome pelo qual é conhecida geralmente a ópera de Auber (1782-1871), *La Muette de Portici.*

(5) De atuar como assassino; por extensão, assassino.

# M. A. Goldschmidt

Outro filho disse calma e gravemente: — Mamãe pensará em nosso lastimado pai, que descanse em paz. Quando a mulher morta vai embora, e Dyring estende-lhe as mãos e pede--lhe que fique, mamãe pensará em nosso lastimado pai em sua mortalha.

— Que Deus não permita! — gritou Avromche. — Não queria que isso acontecesse mesmo para salvar minha alma! Porém sua mãe não é uma mulher inteligente? Ela é sensata e dirá a si mesma: "Uma daquelas mulheres deverá ir embora ou o homem ficará com duas espôsas; e quem há de ir? Quem senão a que está morta e enterrada?"

Talvez a eloqüência de Avromche não surtisse efeito se os próprios filhos não tivessem escolhido um argumento que resultou no inverso do que esperavam; pois é muito bem sabido que as mulheres gostam de emoção, embora não o admitam abertamente. A Sra. Sass declarou com dignidade: — Não pensarei em seu lastimado pai, possa êle descansar em paz. Por que o faria? A espôsa de um homem morreu e voltou, o que tem isso a ver comigo? Eu irei.

Durante a discussão, a criada entrara e saíra, e como jamais estivera num teatro, suas idéias sôbre peças em geral e sôbre *A Casa de Svend Dyring* em particular, eram ainda mais obscuras do que as de qualquer môça do interior. Se possível, a misteriosa repulsa e a enorme sedução da peça aumentaram quando a Sra. Sass voltou para casa acompanhada por Gitte e Avromche, e foi recebida por todos os filhos, como se estivesse voltando de uma viagem. Logo que entrou, exclamou orgulhosamente: — Desmaiei? Senti-me mal? Diga-lhes, Gitte. Nem mesmo chorei: qual a razão para chorar? Mas, para salvar as aparências, enxuguei os olhos e assoei o nariz enquanto os outros choravam. Foi bem bonito. Como ela estava loucamente apaixonada! Bem, creio que aquêles tempos eram diferentes! Mas não entendi aquilo sôbre a maçã assada [6].

— A maçã assada? — exclamou Avromche.

— Bem, foi assada ou grelhada! Qual é a diferença? Êle não grelhou uma maçã? O que foi feito dela? Isso não foi explicado...

Compreendeu pelo embaraço no rosto dos filhos e pelo trejeito da bôca de Avromche, que havia dito um disparate, mas não fazia a menor idéia do que pudesse ser, e a dignidade materna não lhe permitia demorar-se em seu êrro. Não podia, na presença de seus filhos, permitir que seu espírito fôsse melhorado à custa do respeito próprio. Mudaram de assunto e se discutiram os atôres, os trajes, os paladinos, o malvado Guldborg e as crianças pobres.

(6) O herói de *A Casa de Svend Dyring* talha rimas de amor numa maçã. A palavra *riste* na expressão *rist runes* quer dizer talhar, cortar. Quer dizer também assar.

308 — Entre Dois Mundos

Pareceu à criada que valeria alguns anos de vida ver algo tão maravilhoso. Mas como consegui-lo, como seria possível ir lá? Porque Avromche Nattergall lhe dera um bôlo de Natal, não se seguia que era seu dever dar-lhe um bilhete para o teatro. Era verdade que seu monstruoso segrêdo estava nas mãos dela; mas ela nem mesmo sabia disso. Não ouvira, ou pelo menos não entendera, a profunda diferença entre Suss e Sass, e mesmo que tivesse sabido do segrêdo não é provável que pensasse em usá-lo para obter um bilhete. No espírito de Avromche, entretanto, o sentimento de sua dívida não só não diminuíra como se tornara ainda mais forte. Inconscientemente, a prata da gratidão se misturara ao ouro do amor. Algumas noites mais tarde, quando para sua grande felicidade ela voltou a iluminar-lhe a escada, disse-lhe: — Sabe o que é *rist runes?*

— Sim, é cortá-las.

— Não assá-las, não é? Bem, então você pode ir ver a peça. Quer? Gostaria de ter um bilhete?

— Oh! Sr. Nattergall! — exclamou, e num impulso inconsciente de bater palmas, quase derrubou a vela.

— Bem, meu nome não é realmente Nattergall. É Pollok. Mas não tem importância. Se quiser chamar-me de Nattergall, faça-o; mas o verdadeiro nome é Pollok.

Provàvelmente a môça não notou nenhuma melhora com a troca, mas exclamou: — Peço desculpas, Sr. Pollok! Mas, oh! como o senhor é bondoso!

Disse isso com tanta cordialidade na voz e no olhar que, se Avromche fôsse jovem e não se parecesse com a descrição que dêle fizera seu pai, estaria justificado em acreditar que também nela a prata da gratidão se mesclava com um metal mais precioso. Avromche não viu a si próprio mas sòmente a ela, e com as palavras: "Veremos o que se pode fazer", retirou-se feliz.

O caso era, na realidade, mais difícil do que imaginara, porém as dificuldades foram causa de alegre excitação. Havia muito a considerar e discutir. Emília só podia sair cada quinze dias, no domingo. Mal sabia como encontrar o teatro, ainda menos o camarote. Era, portanto, natural que Avromche se oferecesse para ir buscá-la, esperá-la, levá-la ao teatro e posteriormente reconduzi-la a casa. Se a própria mãe vivesse, não poderia desejar um acompanhante mais inocente para sua filha, e para Avromche era um tardio mas verdadeiro encontro com todo o seu anseio e segrêdo — era finalmente jovem e feliz!

Emília vestiu-se como se fôsse a um baile, com um vestido de algodão decotado e um lencinho de sêda atado modestamente ao redor do pescoço. Estava tão bonita, quase parecendo uma dama, que Avromche ficou muito orgulhoso de levá-la

# M. A. Goldschmidt

ao camarote. Para protegê-la de muita atenção, deu-lhe um lugar na segunda fila. Êle sentou-se atrás, na terceira fila, e manteve-se inclinado para ela, explicando o que se passava no palco ou preparando-a para o que se seguiria. Delicada e grata pela atenção dêle, por mais cansativa que fôsse, voltava-se para êle de vez em quando, com o que o lencinho de sêda escorregava sem que ela o percebesse no calor do teatro. Sentindo que estava sendo revelado aos seus olhos algo que êles não tinham honestamente o direito de ver, Avromche gentil e conscientemente recolocava o lenço no seu lugar tôdas as vêzes que caía. Esta manobra logo atraiu a atenção de um rapaz do camarote vizinho a Emília, cujos olhos não eram tão discretos quanto os de Avromche. Julgou a princípio tratar-se de um velho marido ciumento que trouxera a espôsa ao teatro. Logo, porém, reconheceu Nattergall e o caso tornou-se quase incompreensível e muito interessante. Parecia tratar-se de uma bela jovem vaidosa que o cambista quisesse escudar. Depois que o pano caiu, dirigiu uma observação a Emília e como ela achou que não deveria revelar sua posição de estranha entre tôdas aquelas pessoas encantadoras que pareciam formar um enorme grupo de amigos, respondeu agradàvelmente e com gratidão, o que, no entanto, foi mal interpretado pelo rapaz. Avromche não podia proibi-la de responder, nem dar-lhe qualquer conselho ou sugestão. Ao mesmo tempo sentia tôdas as agruras do ciúme quando o jovem lhe falava ou simplesmente a olhava. Desejava ter a fôrça e a coragem de dez homens para sufocar o intruso ou pelo menos expulsá-lo.

A cortina subiu novamente e o desenvolvimento da peça afetou Avromche de uma maneira nunca sonhada. Um instinto poético, profundamente oculto, manifestou-se de súbito em sua alma, revelando-lhe que o espírito ou a atmosfera que se desenvolvia no palco e se apossava da platéia (nós o chamamos romance), era algo que há muito êle ultrapassara ou em que, com justiça ou não, sua alma não tomara parte, ao passo que Emília e mesmo o odioso jovem tinham a sanção do mundo para desfrutar a emoção em tôda a sua plenitude. Sentiu isso com indescritível angústia, como se estivesse ouvindo sua própria sentença de morte ou presenciasse a seu próprio funeral. Jamais uma peça o impressionara como essa.

*"Todos os pequenos quadros voltados para a parede..."*
Os cavaleiros, as damas e os jovens amantes repentinamente lhe recordavam as palavras de seu pai e diziam-lhe: "Por que o vaiarão? Por suas pernas tortas?!" E visualizou-se como algo que correspondia a essa descrição, um ser repulsivo e estranho no meio dos outros, miseràvelmente rejeitado. A música porém, que êle desdenhara por ser diferente da de *Massaniello,* invadia-o agora, apoderava-se do seu organismo, infundia-lhe

310        Entre Dois Mundos

uma juventude artificial, agitava-o no mesmo movimento como se fôsse igual aos outros, embora soubesse que era um pária.

Por que não poderia ser feliz? Poderia casar-se com a môça. Sim, é claro, podia oferecer sua mão à filha do curtidor! Seria excomungado, mas no seu íntimo permaneceria judeu! E que importava se o excomungassem? O que fôra sua vida senão uma névoa viscosa e fria? Afinal de contas, bênção ou maldição, esta mulher era o único raio de luz em sua existência; parecia rematada loucura deixar que a arrebatassem dêle. Não precisaria ficar em Copenhague. Poderia mudar-se para o campo e viver com ela em algum lugar sossegado, escondido e barato. Pelo menos era um homem honrado. Poder-se-ia dizer o mesmo do malcriado do camarote vizinho? Êle seria feliz, estava determinado a ser feliz! Sua decisão só precisava de palavras para ser irrevogável — e a cortina desceu.

Onde estava sua vida real? No camarote com a môça e a ternura e o ciúme provocados por ela? Embora estivesse tão perto dela, não conseguia encontrar uma palavra adequada para lhe dizer, e ouviu com desgôsto sua própria voz dizendo: — Está tudo bem? Está se divertindo? Gosta? — Enquanto a vontade era dizer-lhe: — Não fale com ninguém! Não olhe para ninguém! Torne-se minha espôsa!

Ou a vida real estava no palco onde começava o último ato, onde novamente sofria por causa de sua idade, novamente tornava-se jovem, novamente tomava sua decisão? Na verdade, a tempestade se apossara de Avromche Nattergall. Oh! almas simpatéticas, vocês haviam de chorar se o vissem por dentro e haviam de rir vendo-o por fora.

Aturdido por tantas emoções, saiu do camarote com Emília depois da peça terminada, como um barco deixa o mar tempestuoso para buscar o pôrto. Mas o rapaz caminhava junto a êles e, ao pé da escada, quando a colisão com o público que saía da platéia causou uma confusão na multidão, conseguiu afastar Avromche e ofereceu o braço a Emília. Avromche gritou — suas palavras só podem ser explicadas pela tormenta que acabava de o assolar, ou talvez por um desejo de despertar compaixão, assegurando alguns direitos para si. Gritou: — Pare! Socorro! Êle está roubando minha mulher! — O jovem esgueirou-se como uma enguia. Ao mesmo tempo, várias centenas de olhos voltaram-se para o conhecido cambista, e, no súbito silêncio que se seguiu às suas palavras, num relance forneceu ao público uma estória para ser contada à mesa da ceia, ou algures.

Poucos momentos após, estavam na rua. Avromche atravessou a praça silenciosamente. Chegara o momento de falar, mas ainda havia muita gente ao redor. Queria alcançar a Vingaardstraede antes de pedir à môça que também assinasse, por

# M. A. Goldschmidt

311

assim dizer, o documento ao qual apusera seu sêlo. Entretanto quando ia falar, ao voltar-se para ela, viu que chorava.

— O que é que há? — exclamou sobressaltado. — Por que você está chorando?

— Porque o senhor me desgraçou chamando-me de sua mulher.

Êle não compreendia que uma mocinha que é pùblicamente e contra sua vontade apontada como casada, possa sentir o fato como uma desgraça, e que a môça do interior sentia amargamente que fôra o centro de um pequeno escândalo. Interpretou suas palavras como uma declaração de que considerava um casamento com êle, o judeu, uma desgraça; e no mesmo instante despencou de seu Paraíso, embora ainda não estivesse curado. Não disse palavra, nem mesmo boa-noite, quando se separaram.

Tampouco disse boa-noite ao oficial de carpinteiro que, como de costume, veio-lhe ao encontro nas escadas e lhe entregou uma pequena lanterna, pois, de acôrdo com a tradição, a ninguém era permitido carregar uma luz descoberta dentro ou perto da carpintaria. O oficial morava lá e era guarda-noturno.

Tão logo Avromche se achou em seu quarto, deu largas aos seus sentimentos.

— *Ausgefallene Schtrof* [7]! Devo ter pecado no ventre de minha mãe para me tornar não só *meschuge* mas *meschuge metorf* [8]! Gritar aquilo para todo o mundo! Onde estava com o juízo? Será que já tive algum? Será que nasci cego, surdo e louco? *Schmá Israel!* Isto será minha morte! Como pode alguém viver depois de ter sido um maldito idiota? Como é possível? *Oi! Oi! Oi!* Todos ouviram, e ouviram ainda mais! Amanhã dirão que tenho filhos por aí, e como poderei provar que é invenção e mentira e que mesmo menti? Devo pedir a ela para declarar — não, isso ainda é pior — se ao menos ela quisesse! Mas eu queria, sou um velhaco, o escárnio de Israel! Poderei esquecer? Jamais esquecerei! Avromche, Avromche, um minuto o tornou um homem infeliz! *Oi! Oi! und Weh* [9]!

Aí aconteceu uma coisa estranha. Constatava sua infelicidade, mas não podia compreendê-la. Algo em sua cabeça estalava quando tentava ver e compreender integralmente a dupla maldição em seu destino. Desgraçara-se diante do público e da comunidade por causa de sua felicidade e esta felicidade se transformara em desgraça e humilhação. A infelicidade permanecia e se intensificava. Sua mente girava ferozmente em tôrno

---

(7) Castigo caído do céu.
(8) Doido varrido.
(9) Ai meu Deus! Expressão idiomática.

312                                      **Entre Dois Mundos**

de seu dilema, tentando atingir o centro, mas gritava de dor antes de alcançar seu alvo, e recuava para a circunferência.

Tudo isto não se passou em silêncio. Através da fina parede, o guarda o ouvia andar de cá para lá, falando consigo mesmo, amaldiçoando e gemendo e, tendo notado seu rosto descomposto na escada, o rapaz subiu ao seu quarto.

— Está doente, Sr. Pollok? — perguntou, olhando para dentro.

Avromche segurou a cabeça e disse: — Dor de dentes! Sim, dor de dentes! É horrível!

— É um molar? — perguntou o guarda aproximando-se.

— Um molar? É pior do que isso! É uma *schikse!* — respondeu Avromche, encontrando certo alívio em desabafar com outra pessoa sem trair-se.

— Então é um canino?

— Não, não diria isso. Mas sinto-me como um cão. Estou atormentado como um cão, oh! oh! oh!

— Mas onde dói? — indagou o homem, erguendo a lanterna até a face de Avromche.

— É reumatismo. Estou ficando velho. Sou um cavalo velho e um grande asno deveria ser arrastado ao Amager como os outros cavalos velhos. Bem, vão me arrastar por aí, espere e verá!

— Bem, creio que deve arrancá-lo; mas isso não pode ser feito antes de amanhã.

— Amanhã! Gostaria que êsse amanhã jamais chegasse! — respondeu Avromche. estremecendo.

— Vamos, vamos, Sr. Pollok! Não quer tomar alguma coisa para isso?

— Tomar alguma coisa? O que há para tomar? Que sabe a respeito disso? Um homem jovem e de boa aparência como você, deve ser feliz. Quero dizer — acrescentou controlando-se melhor — um rapaz com dentes tão bons e bonitos.

— No entanto, já passei por isso.

— Já? E o que fêz? Digo-lhe que nunca passou por isso.

— Sim, despejei um pouco de cachaça no dente.

— Cachaça no dente — disse Avromche lentamente. Instintivamente sentia necessidade de calor e ânimo, e o conselho pareceu-lhe bom. — Onde posso arranjá-la? Tem um pouco?

Com a tranqüila satisfação que sente o leigo cujo remédio para algum mal está sendo aceito, o artesão foi ao seu quarto e trouxe um frasco azul e um copo grosso de base larga.

Tomando o copo, Avromche quis recitar uma oração judaica, mas foi tomado por um horrível sentimento de ter perdido o direito a fazê-lo, de ter em pensamento e intenção renunciado a seu Deus e ao seu povo. Desesperado, esvaziou o copo sem mais cerimônia. Após o primeiro choque da bebida a que não

# M. A. Goldschmidt

estava habituado, sentiu-se aquecido, cada vez mais profundamente, e disse: — Foi bom de qualquer maneira!

— Ainda não chegou exatamente ao dente — interpôs o homem.

Avromche respondeu com uma estranha risada: — Ainda não chegou ao dente, no entanto chegou onde precisava.

— Bem, faz-lhe bem de qualquer maneira — replicou o artífice, enchendo um copo para si e esvaziando-o.

— Como poderia chegar ao dente certo? — continuou Avromche. — Se pudesse chegar ao dente certo, eu não estaria aqui, você não estaria aqui e não haveria necessidade disso.

O carpinteiro não entendeu êsse obscuro discurso talmudista e respondeu simplesmente: — Tome mais um golinho.

— Bem, um bem pequeno.

Avromche tomou outro gole e admitiu com gratidão que se sentia muito melhor agora. O guarda deu boa-noite e foi-se embora.

Depois que êle se foi, a compaixão humana e a passageira distração também se desvaneceram e a terrível realidade veio à luz novamente, e, combinada com a bebida, flagelou a consciência de Avromche a ponto de torná-lo febril. Os fatos lhe pareciam inverossímeis, no entretanto não podia negá-los. Era como se houvesse uma criatura no quarto com êle, que ora se escondia num canto, ora saltava para êle, apertava-lhe a garganta, derrubava-o. Entrementes, seus pensamentos e recordações rodopiavam como num redemoinho de loucura e êle via acontecimentos conflitantes em ação simultânea: Emília, esgueirando-se da praça como uma sombra; o rapaz do camarote, rindo na sua cara; a multidão no vestíbulo incomensuràvelmente abaixo dêle. O ar estava repleto de zunzuns e gargalhadas, do som da música de *A Casa de Svend Dyring* e da cena do rebelde do *Massaniello* e no meio de tudo isso culminava seu pai, pálido como a morte e dizendo-lhe: — Sua loucura pelo teatro o levará algum dia a procurar um gancho para enforcar-se! Você é um inútil e não serve para nada neste mundo! — Quando êsse horror se desvanecia por um momento, o horror do amanhã arremessava-se do canto, em forma de outro fantasma.

Era insuportável; entretanto, não conseguia libertar-se. Nem mesmo podia emitir um grito, mas ficava tateando na escuridão do quarto como num pesadelo, apenas com um vago desejo: deixar a vida que não lhe oferecia refúgio algum.

O que desperta o pensamento de suicídio? Os médicos chamam-no de doença, espécie de insanidade. Mas quando e como é a harmonia de nosso misterioso organismo transformada na discordância que revela insanidade e nos dá o impulso? E como pode a insanidade fazer um homem enforcar--se, uma tarefa que aos olhos das pessoas normais é difícil e requer uma boa dose de inteligência? Temos uma espécie de experiência em tôdas as outras formas de suicídio. Todo mundo já se cortou alguma vez, feriu-se com um instrumento ponti-agudo, ou bebeu alguma coisa repugnante. Os que se matam com tiro já anteriormente haviam manuseado espingardas ou pistolas, mas ninguém passou pela experiência de pendurar-se num prego ou gancho. No entanto as pessoas fazem-no no momento crítico, com uma segurança que parece um mágico rasgo de gênio perfurando a insanidade.

Como ocorreu a Avromche enforcar-se? Estava à beira da insanidade, mas não descambara ainda. Seu falecido pai apontava para o prego em que deveria enforcar-se, mas Avromche sempre considerara isso apenas uma figura de retórica. Queria livrar-se da vida, mas ainda não perdera o instinto de conservação, de amor por si mesmo como um ser vivo. Uma aparente bagatela decidiu seu destino. Durante seu terrível delírio, viu algo na parede que tinha forma humana. Era seu velho casaco pendurado num prego. De súbito era como se tivesse um companheiro, um semelhante perto dêle, e sentiu grande desejo de aproximar-se do seu semelhante. Após o que lhe pareceu um tempo infinito, conseguiu, empregando tôda sua fôrça, dar um passo na direção de seu amigo necessitado e agarrá-lo — apenas para descobrir que era meramente o invólucro vazio de um homem, talvez de seu próprio pai. Através dos seus dedos desapontados ou temerosos, uma sensação subiu ao seu cérebro e completou a loucura. Com incrível rapidez e clareza lembrou-se de que a criada estendera recentemente um nôvo varal fora da janela. Depois estava certo de ter visto um prego grande no teto. Num instante puxou o varal e enforcou-se.

Entretanto, também dessa vez fizera mais barulho do que supusera e, mal realizara seu feito, o carpinteiro estava em seu quarto e cortou a corda.

Assim foi que Avromche não se matou, contudo ficou mais morto do que vivo. O carpinteiro pediu socorro e o paciente foi levado ao hospital.

Na cidade, o estranho rumor acêrca de seu casamento se espalhou quase simultâneamente com a notícia de que fôra recolhido ao hospital fora de si ou louco. A última notícia abafou a primeira. Quando um homem é atingido por uma desgraça ordinária, deixa de ser interessante. Apenas a família Sass não sentia dessa maneira. Para ser exato, a compaixão que a doença dêle lhes inspirou travou árdua luta com a indignação que lhes suscitava o seu casamento secreto e sorrateiro. Entretanto, o próprio casamento produziu a idéia de algo

# M. A. Goldschmidt

extremamente ilógico e inconcebível. As mais credenciadas informações por tôda a cidade não esclareciam o assunto. Na sua residência, disseram que tinha perdido o juízo e tentara suicidar-se, mas tanto o artesão como seu patrão e tôda a família ficaram muito surpresos quando se falou na espôsa. Alguns o viram no vestíbulo do teatro e ouviram sua exclamação, mas ninguém na multidão reparara na tal espôsa. Mesmo que alguém tivesse visto Emília entre outras mulheres perto dêle, seria a última pessoa no mundo a ser tomada por sua companheira de vida. Alguns diziam com indiferença que pròvàvelmente não era outra senão Gitte, que êle desposara. Quando a família Sass tentou identificar sua espôsa na cidade, foi com grande surprêsa encaminhada à sua própria casa. Não lhes ocorreu que a casa da espôsa podia ser a cozinha dêles e que uma simples pergunta dirigida à criada os levaria à trilha da verdade.

Entrementes, aquêle que podia dar a melhor informação, se o quisesse, estava no hospital. Por algum tempo não se sabia se sua mente estava clara ou não, e portanto não eram permitidas visitas. Permanecia ali deitado, protegido contra o mundo por sua própria doença e pela inviolabilidade do hospital. Quando entrou em convalescença, com a costumeira sensação de felicidade, fraqueza e renovação da vida, os acontecimentos anteriores se apresentavam à sua mente sem causar dor, velados por uma estranha névoa. Constatou prazerosamente que não estava casado e que não repudiara a comunidade. Quem quisesse podia investigar. Embora êle mesmo o tivesse dito, não era verdade. Mas por que o dissera? Nisso, sua cabeça começou a revirar novamente. Tinha esperança de que Emília guardasse segrêdo de seu amor como guardara segrêdo da palavra Suss, mas mesmo assim êste era o ponto que mais o preocupava. Êle não sabia que nunca traíra o segrêdo de seu amor, ou a ela ou a qualquer outra pessoa.

A essa altura, a Sra. Sass tivera a oportunidade de refletir e vencer sua primeira indignação pela astúcia dêle. Começou a ter suas dúvidas e a considerar muitas possibilidades. Mesmo que êle não tivesse casado ainda, podia fazê-lo. Coisas piores aconteciam; havia muitas viúvas ou solteironas que poderiam ser-lhe sugeridas pelo casamenteiro judeu. Sabia-se muito bem que êle era um homem de dinheiro. Como ela pudera esquecer-se do fato, deixá-lo escapar a seus olhos tão abertos? O casaco nôvo? Se não era um sinal de casamento — considerando todos os pontos, não era provável — era um sinal de que não era avêsso a mudanças. Não podia entender-se a si própria. Se êle se casara, a única culpada era ela própria. Ela mereceria o desgôsto de vê-lo e ao seu dinheiro anexados a outra família, a pessoas que nunca lhe haviam mostrado a

# Entre Dois Mundos

menor bondade e que nunca lhe teriam aberto a porta quando seu próprio pai se voltara contra êle. Mas estaria realmente casado ou não? Por enquanto, tudo dependia disso.

Ao cabo, chegou o momento de descobrir. Sentada à beira da cama dêle, perguntou-lhe — ou melhor, não lhe perguntou mas observou: — Avromche, o povo anda dizendo que você adoeceu porque não há quem cuide de você e porque você mesmo está se largando.

— Quem havia de cuidar de mim? — perguntou Avromche lânguidamente, e propositadamente com grande inocência. Mas logo ficou amedrontado. Ela poderia responder: "Talvez nossa criada Emília?" Sua ansiedade imprimiu-lhe um aspecto tão pálido e lívido que a Sra. Sass, temerosa de uma piora, interrompeu a conversa. Mas em casa comentou: — Êle é tão casado quanto meu gato!

Na visita seguinte, ela lhe perguntou: — Avromche, você se sente bastante bem para discutir seu futuro comigo?

Êle não tinha objeção ao futuro, contanto que não tocassem no passado. Por isso respondeu: — O futuro é que serei enterrado!

— Bobagem e tolice! Você não tem nada. Nunca estêve com aparência tão boa quanto agora!

Avromche não se preocupou com o verdadeiro sentido do ambíguo elogio; ouvia serenamente como um camundongo.

Ela prosseguiu: — Já falamos antes de seu futuro, lembra-se? Quando meu lastimado espôso ainda vivia.

— *Gebenscht soll er sein!* [10] Se alguém está no *Gan Eden* [11] é êle.

— Praza a Deus que sim. Sabe o que êle diria se estivesse vivo?

Avromche foi novamente tomado de temor. Esperava que ela dissesse: "Meu querido Leizer diria que você não deve andar por aí fazendo-se de bôbo com nossa criada". Conseguiu dizer: — Êle falaria suavemente.

A Sra. Sass assentiu com a cabeça lenta e significativamente enquanto respondia: — Sim, êle falaria suavemente. Diria: "Avromche, você é bom demais para sair na chuva e no frio tôdas as noites, ficar doente e morrer no hospital. Você precisa de alguém para viver com você, cuidar de você, ser boa para você em sua própria casa. Devia casar-se, Avromche".

A coisa estava chegando — agora estava a apenas um fio de cabelo e num segundo a desdenhosa, esmagadora observação atingi-lo-ia: "Você deve casar-se com nossa criada". Êle

---

(10) Em ídiche: Bendito seja!
(11) Paraíso.

# M. A. Goldschmidt 317

gemeu: — Para mim está tudo acabado — e fechou os olhos à luz.

— Bobagem, Avromche! Nunca está tudo acabado. Você acredita que meu filho Isaac é um homem honesto, honrado, decente e trabalhador?

Que significava aquilo? Ela estava falando do filho. Os pensamentos dela não estavam onde êle temia! Abriu os olhos.

— Acredita nisso? — ela repetiu.

— Se acredito? Claro que sim!

— E você acha que êle entende do seu negócio?

— *Kol Yisröel* [12] deveria ter filhos como Isaac! Posso dizer algo mais?

— Bem, Isaac quer negociar por conta própria. Ponha seu capital no negócio dêle e o Senhor proverá o resto!

Agora Avromche entendeu perfeitamente. Percebeu que estava salvo e parecia-lhe um milagre, e em troca da milagrosa ocultação de sua libertinagem, julgou ser de justiça casar-se com Gitte.

Dirigiu apressadamente uma bênção ao Senhor e perguntou quase sem pensar: — Mas o que Gitte irá dizer disso?

— Gitte — replicou a Sra. Sass — é uma môça sensata e não é mais criança. E eu não estou aqui?


No dia seguinte Gitte apareceu sòzinha.

Sem qualquer preâmbulo declarou: — Pollok, minha mãe diz que você e eu devemos nos casar.

Avromche respondeu: — Ela me disse o mesmo.

Ela continuou: — Não somos mais crianças, Pollok. Você terá uma pobre solteirona. Bem, você sabe disso. Porém, devo perguntar-lhe algo.

— Se puder responder-lhe, pergunte, Gitte.

— Você pode responder. Você é o único que pode e deve. É pecado gostar de um gentio, quero dizer, amar realmente, estar apaixonada por um gentio?

Avromche se julgara perfeitamente salvo; agora a pergunta arrasou-o tanto que quase desmaiou. Todavia, conseguiu dominar-se e erguer uma pequena barricada. — Pecado? — disse. — Há pecados maiores.

— Mas suponha que eu tenha amado um gentio, e então?

— Você! — gritou Avromche, e um nôvo pensamento brotou em seu íntimo. Era um homem, senhor e juiz da mulher. Mas logo vacilou. Era uma armadilha? Ou que espécie de estória era essa? Não ousou dizer mais nada.

(12) Israel inteira.

318                                           Entre Dois Mundos

Gitte não lhe prestou atenção, porém prosseguiu: — Naturalmente, constituiria um pecado contra o Senhor se eu fôsse
ocultar algo ao marido que Êle me está concedendo.

Ela parecia sincera e o pensamento apossou-se de Avromche.

— Quem é êle? — gritou. — Que espécie de homem é?
Onde o encontrou?

— Era um oficial.

— Um oficial! Os soldados existem por causa de nossos pecados, e os oficiais por causa de nossos grandes pecados! Um
oficial! Como conheceu um oficial?

— Não sei, Pollok. Penso que foi *gsar-din* [13]. Eu estava andando pela rua e de repente seus olhos se cruzaram com os
meus. Nunca o vira antes. Era algo completamente nôvo. Era
como se ambos tivéssemos sido criados naquele instante.

— Não se presta atenção a uma pessoa assim, um oficial!
A gente passa simplesmente por êle.

— E eu não passei por êle? Quase entrei na parede de uma
casa para dar-lhe passagem. Transformei-me em ar, transformei-me em nada e passei por êle.

— Bem, o que passou, passou. Isso foi o fim, não foi?

— Não. Um dia estava sentada à janela, de repente vi-o
parado na rua, olhando para cima. Pensei que ia cair da janela. Não pude evitá-lo.

— *Ausgefallene Schtrof!* — gritou Avromche com um amargo trocadilho humorístico. — Compreendo, então você começou a encontrá-lo na rua.

— Então, comecei a encontrá-lo na rua.

— O que foi que êle disse?

— Por Deus, Pollok! Como poderia êle dirigir-se a mim?
Eu teria gritado! Teria morrido! Falar a um oficial na rua?
Nunca mais olhei para êle!

— Bem — disse Avromche com um leve sorriso — se você
nem falou com êle nem olhou para êle...

— Pollok, vou lhe dizer a verdade. Por isso vim. Não falei
com êle mas pensei nêle e quando o encontrava sentia que
êle o sabia.

— E você diz que não olhava para êle?

— Eu não olhava para êle.

— *Schkorim* [14] — murmurou Avromche e voltou-se para a
parede.

— Nunca olhei para êle, fiquei em casa e nunca saí sòzinha!

— Está muito bem, muito bem.

— Mas êle me escreveu.

— Êle não falou, mas escreveu? Que estou ouvindo, Gitte?

(13) Azar.
(14) Mentiras.

M. A. Goldschmidt                                               319

Por que tantos rodeios? Seria melhor você contar a estória
tôda de uma vez.

— Mas estou dizendo que êle me escreveu.

— O que foi que êle escreveu?

— Escreveu; o que se escreve a uma môça? Queria ver-me
e falar-me; queria encontrar-me.

— É o que todos escrevem. Não se deve dar atenção.

— Não, não se deve dar atenção! Pollok, quando você levou
mamãe e a mim ao teatro, para ver *A Casa de Svend Dyring,*
e começaram a falar de runas, eu entendi o que eram runas;
mas você não entendeu, Pollok.

— Ela sabe muito disso — murmurou Avromche consigo
mesmo. Depois de curto silêncio, prosseguiu: — Runas. Na
peça ela corre atrás dêle.

— Eu não corri atrás dêle. Como poderia? Como poderia
escapar de mamãe e de meus irmãos?

— É verdade. Você é uma bôa moça, Gitte. Você ficou em
casa. E finalmente tudo acabou, acabou mesmo?

— E então, numa sexta-feira à tarde, recebi uma carta: êle
me contava que ia partir no domingo de manhã e que tinha um
último desejo, como um moribundo; desejava ver-me apenas
uma vez e eu mesma deveria resolver a que horas eu iria no
sábado à noite. E eu poderia ter ido, pois mamãe ia ao teatro
e meus irmãos não apareceriam em casa. E êle me implorava
como um homem antes da morte!

— Runas — disse Avromche — aquela escrita *versch-
warzte* [15]! As malditas runas! Que Deus amaldiçoe quem as
inventou! *Omein!* [16] Bem, então você foi?

— Não, porque quando eu ia escrever e marcar a hora e
lugar, era véspera de Sabá e mamãe acendera as velas sabáticas e naturalmente não é permitido escrever.

— E assim você realmente não escreveu? — perguntou
Avromche, embora achasse isso muito natural.

— Estava com a pena em minha mão; mas, quando ia pou-
sá-la no papel e pela primeira vez quebrar o Sabá, meu pai
apareceu à minha frente em sua mortalha.

— E então?

— Bem. Sábado à noite quando eu podia escrever de nôvo,
era tarde demais e estava tudo acabado. E agradeci a Deus.

— Quando aconteceu isso? Há quanto tempo?

— Isso foi quando você me propôs casamento a primeira
vez, faz vinte anos.

— Vinte anos! — gritou Avromche, e sentou-se na cama.

(15) Amaldiçoada, nefanda.
(16) Amém!

320                                          Entre Dois Mundos

— Gitte! Em nome de Deus Todo-poderoso! Estive apaixonado por uma *schikse,* há menos de vinte dias!

— Você, Pollok? Pobre Avromche!

— Você me perdoa, Gitte? Foi por causa dela que eu quis
me enforcar, estava louco, doido varrido; mas é por isso que
estou aqui deitado! Mas agora está tudo terminado, Gitte; quer
ter paciência comigo e perdoar-me?

— Pobre Avromche, meu espôso perante Deus! Vamos lem-
brar-nos dos mortos e ficar juntos até que venha o Anjo da
Morte!

Algum tempo depois, Avromche apareceu em sua antiga moradia a fim de mudar seus pertences para outro lugar, que lhe
fôra preparado. Seu aspecto era o mesmo de antes de sua
grande aventura; apenas mais pálido, mas isto até lhe ficava
bem. O carpinteiro veio dar-lhe adeus, e disse com seus botões
que Avromche parecia haver sido caiado por dentro, mas ambos se sentiam embaraçados. Por fim Avromche cortou a situação e falou: — Bem, eu estava louco, doido varrido, e quis
tirar minha vida. Você me salvou cortando a corda. Mas eu
continuo pendurado! Só que agora estou pendurado em mim
mesmo, como se deve!

# J. R. BLOCH

JEAN-RICHARD BLOCH (1884-1947) nasceu em Paris. Graduou-se na Sorbonne. Em 1910, fundou em Poitiers uma revista de jovens, *L'effort libre*. Sua primeira obra litterária foi uma coletânea de contos, *Levy* (1912), em que descreveu a vida judaica no tempo de Dreyfus. Porém adquiriu reputação de romancista com a obra *Et Cie.* (1918), que Romain Rolland considera uma obra-prima. Com essa crônica de uma família alsaciana, Bloch traça um brilhante quadro da posição dos judeus dentro da sociedade francesa. Aderindo ao Partido Comunista, Bloch fundou, em 1937, o vespertino *Ce Soir,* porta-voz dêsse grupo. Visitou a União Soviética, porém regressou à França depois da ocupação e ingressou no movimento de Resistência. Teve vários membros da família entre as vítimas do nazismo, como a mãe, a filha, um sobrinho e outros. A IV República elevou-o a membro do Conselho da República. Em que pêse a seu radicalismo político, Bloch sempre se sentiu orgulhoso de ser judeu e considerava a ética social judia como a maior contribuição de seu povo à humanidade. A obra de Bloch é rica e abrange ensaios, contos, romance, teatro e traduções. Além dos dois livros já citados, destacam-se *Carnaval est mort* (1919), *La nuit kurde* (1925), *L'aigle et Ganymède* (1932), *Offrande à la politique* (1933), *Sous le genou des amazones* (1934), *Naissance d'une culture* (1936) e, no mesmo ano, *Espagne! Espagne!*

# Entre Dois Mundos

## A HERESIA DAS TORNEIRAS

É do conhecimento geral que o eunuco nunca se liberta totalmente de certas perturbações peculiares ao seu sexo. Assim também, se uma perna tem o hábito detestável de coçar, e se acontece que a cortemos fora, sua substituta de pau continua a coçar — e a gente a arranhar. O estouro de sua conta bancária não mata, necessàriamente, o gôsto por uma perdiz trufada. Assim é com a religião...

Essas são verdades derivadas da experiência — e a experiência, não se pode ignorá-la. Tivesse o Arcebispo de Paris se lembrado dêste fato em tempo, não teria permitido que ocorresse tamanha agitação quando irrompeu a grande Heresia das Torneiras. Tampouco o Consistório dos Ministros da Igreja Reformada teria consentido que isso lhe perturbasse a paz; nem o Rabino-mor da França...

Foi assim que me foi contado o caso pelo pequeno rabino Israel Cohen, que oficiava sem glória nem proveito na congregação de Trocadéro-Passy. O pequeno rabi Israel Cohen era modesto — e totalmente inconsciente de sua modéstia. Com muita simplicidade, entre umas canecas de cerveja preta, êle me contou a espantosa história, que tentarei transmitir em suas próprias palavras:

Você já visitou alguma vez minha congregação?... É uma cópia perfeita do Hammam, com a diferença, em favor, da casa de banhos; pois lá no meu templo o aquecimento não funciona. Apesar de meu pedacinho de sinagoga ser do tamanho de um filhó, é tão gelada com uma catacumba.

No comêço, eu tinha um *hazan* que conseguiu agüentar três meses, antes de ser acometido de um acesso agravado por uma bronquite aguda. O resultado foi que eu mesmo tive de fazer fogo com jornais velhos antes de me aventurar a tirar o casaco. Mas, um dia, depois de quase ter pôsto fogo no templo, decidi abandonar êsse método. Além disso, minha provisão de jornais velhos estava escasseando.

Adquiri o hábito de polir com uma flanela os lustrosos bancos de carvalho, enquanto dizia minhas orações. No íntimo, amaldiçoava a magnanimidade idiota de Raphael Weill, o banqueiro, que fundou e dotou esta sinagoga inútil, oito dias antes de morrer, sòmente para irritar seus três filhos renegados. Pense nos serviços que eu podia ter prestado nos arredores do Marais, onde se comprimem mais de dez mil famílias judias religiosas, sem ar nem sinagoga.

As vinte e quatro horas consecutivas que eu tinha de passar naquela solidão no dia santo constituíam uma prisão muito mais terrível do que qualquer outra inventada por monges católicos. Nunca deixei de sentir uma sensação de terror, quan-

# J. R. Bloch

do se aproximavam os dias santos. E quando eu saía sem fôrças, sem voz e gelado, os elegantes automóveis de meus congregados respingavam as roupas modestas que eram tudo o que meus 190 francos mensais me permitiam.

Informei o Consistório Central dêsses trabalhos e pedi transferência. A resposta insinuava que eu devia ter uma certa simplicidade mental se pensava que era da conta dêles providenciar para que os rabinos tivessem um rebanho. Sem dúvida, diziam êles, M. de Rothschild devia sair pela Avenue Henri Martin, batendo tambor para cima e para baixo, apenas em proveito do pobre Israel Cohen, um rabi com uma experiência de doze meses. Não chegaram a afirmar que eu era inteiramente responsável pelas dificuldades, mas souberam insinuar que havia certos expedientes comumente empregados para infundir aos serviços uma aparência menos austera — expedientes a que eu podia recorrer por mim mesmo sem pedir permissão a ninguém.

Foi mais ou menos nessa época que aquêle rabino gordo lá do Oriente desceu em Paris, você se lembra, o mesmo que contava bazófias tão desavergonhadas e tinha um pescoço vermelho como púrpura. Você se lembra dêle? Pois bem, êle trouxe consigo um plano completo para a reforma dos serviços tradicionais. O plano previa setenta cláusulas diferentes, a começar pela recitação do Pentateuco em verso livre e terminando na mudança dos bancos das mulheres, de modo a colocá-las em frente dos homens.

Os funcionários do rabino-mor fechavam os olhos, menos por horror do que por aquiescência e o homenzinho abriu seu negócio a menos de trezentos metros de minha pequena sinagoga, na Rue Galilée, e com seus serviços musicais no domingo de manhã na hora da missa e a primeira comunhão que instituiu para as pequenas herdeiras burguesas de doze anos, dentro de seis meses conseguiu arrebanhar uma multidão considerável. Francamente, uma palhaçada repugnante, é o que chamo aquilo! Menciono êsse detalhe apenas para indicar a tendência que havia no sentido de modificar os costumes religiosos, que culminou na Heresia das Torneiras.

A 17 de maio, eu andava na direção do Trocadéro, floreando minha bengala alegremente, porque — se me perdoa uma imagem profissional — a Avenue Kléber afigurava-se a mim Sion coberto de flôres e cantando à luz de fluida primavera prateada. Sentia-me feliz, também, porque trocara a minha cartola oficial por um chapéu de palha preta. Justamente então — acho que vou tomar outra cerveja — justamente então, vi aproximar-se, atravessando a avenida, uma sobrecasaca preta emplastrada por uma gravata dura sôbre uma camisa branca impecàvelmente engomada. A pessoa que habitava essa indu-

324                                    Entre Dois Mundos

mentária parecia conhecer-me, pois dirigiu-se a mim sem hesitar, estendendo-me a mão. Era um homem de meia idade, bastante gordo e bem barbeado. Usava um chapéu de palha preta como o meu, que êle tirou à medida que se foi aproximando. Não me lembrava de tê-lo encontrado alguma vez.

— Rabi Israel Cohen, suponho? — perguntou êle.

— Em pessoa — respondi, tirando o chapéu. Êle se apresentou.

— Sou o pastor Thomas Morin, ministro da Igreja Reformada Calvinista, na Rue Boissière. Muito prazer em conhecê-lo, meu jovem colega.

Um sorriso ambíguo acompanhava estas palavras. Retribuí seu cumprimento com gentileza e esperei as palavras seguintes. Êle pôs o chapéu na cabeça, esfregou as mãos e instalou-se à minha esquerda.

— Seria incômodo para o senhor darmos uma voltinha juntos? — perguntou. Eu não fazia qualquer objeção e, assim, os dois casacos prêtos começaram a caminhar lado a lado pela avenida. Prontamente êle abordou o assunto, rolando a bengala de ébano entre as mãos e olhando-me de vez em quando de soslaio.

— Meu jovem colega, colega em Deus — ajuntou com o que pensei ser um sorriso assaz zombeteiro — nós trabalhamos, não é verdade?, sob um fardo comum, ou, como direi, semelhante. Permita-me expressar a alegria que sente o Nôvo Testamento ao encontrar o Antigo. O senhor é jovem e modesto. Já ouvimos falar um pouquinho de sua coragem. E que o senhor conhece o hebraico e um bom número de dialetos siríacos e arábicos. Mas concordará comigo em que isso não o engrandece muito aos olhos dos seus congregados.

Não me senti com vontade de responder a esta mais do que óbvia insinuação. Êste indivíduo balofo realmente me incomodava. Êle continuou, esfregando as mãos com grande prazer:

— Conceda-me esta verdade, Rabi Cohen! No que me concerne, admito a mesma dificuldade, e daqui a pouco, o Abbé Joseph Patard poderá fazer-lhe confissão semelhante em relação a seu próprio rebanho.

Estaquei de repente.

— Abbé Patard?

— Sim, êle está à nossa espera no Museu de Etnografia Comparada — declarou muito simplesmente o ministro, lançando-me um olhar de esguelha, que parecia como se estivesse empurrando-me com o cotovêlo. — Êle confia que o senhor nos dará a honra de conceder-nos alguns minutos de seu tempo, Rabi Cohen.

Bem, você pode imaginar que a coisa tôda me pegou de surprêsa. No seminário da Rue Vauquelin, havíamos aprendido

# J. R. Bloch

tudo, exceto duas coisas: como reavivar a fé e como comportar-se diante de outra religião. Tentei levar a coisa, afetando uma atitude arrogante, mas senti que estava ficando todo vermelho — uma fraqueza de minha constituição que eu ainda não consegui corrigir, e você sabe que não há idiotice no mundo com que um homem não concorde sòmente para esconder o rubor das faces.

— Ficarei contente em acompanhá-lo, Monsieur... Monsieur Morin.

— Ótimo. Foi o que eu disse ao grande Abbé Patard, mas êle não quis acreditar em mim. Êstes padres católicos vêem obstáculos em todo canto.

Bem, quando finalmente entramos no Trocadéro, aquêle pastor algo corpulento ainda não havia terminado seus elogios e eu ainda não me refizera do espanto. E lá estava um padre alto e empertigado, esperando por nós, ocupado em examinar as antiguidades do Iucatã. O contôrno de suas omoplatas arqueava a batina na dobra. Êle voltou-se, tirou o chapéu solenemente e depois abaixou o nariz bem delineado, apontando-o diretamente para a ponta dos sapatos.

Presumo que o ministro calvinista se divertia bastante com o nosso mal-estar, pois acariciava a barriga lentamente, numa espécie de gôzo demorado. Finalmente, iniciou a conversação. Estava concertado que êle seria o nosso porta-voz.

— O Rabi Israel Cohen consentiu em vir, Padre Patard, depois que lhe garanti que trataríamos sòmente de tópicos suscetíveis de afetar o futuro das três crenças que representamos, numa tentativa de beneficiar as almas dos nossos paroquianos, assim esperamos, e de difundir mais ainda as doutrinas do amor, da fraternidade..., da graça... e da salvação.

Os últimos dois substantivos pareceram perturbá-lo por um momento, mas por fim conseguiu pronunciá-los e voltou para mim um rosto que literalmente resplandecia de ingenuidade. O Abbé Patard levantou a cabeça com um gesto tão sêco e mecânico que pensei ouvir suas vértebras rangerem. Tentou fabricar um sorriso por entre as mil rugas que encrespavam sua pele em tôrno do nariz. Não posso afirmar realmente se a côr de seu rosto era sempre tão amarela quanto naquele momento.

— Sim, M. Cohen, o senhor pode estranhar esta reunião. Mas a verdade é que um grande perigo ameaça a crença...

— As várias crenças de nossos crentes, M. Cohen.

Estava na ponta da língua a minha resposta de que qualquer problema que afetasse uma congregação talvez não fôsse

326 Entre Dois Mundos

de muito interêsse para mim, mas me contive a tempo e apenas assenti com um gesto. O padre olhou em volta pouco à vontade. Depois, com passinhos rápidos, guiou-nos por entre a parede do fundo e uma enorme caixa de vidro, cheia de imagens de divindades mexicanas. E foi lá, à sombra e sob os olhos de gigantesco ídolo asteca, que teve lugar nosso conventículo.

Você sabe que minha natureza não é excessivamente imaginativa nem entusiástica. Como acontece com a maioria dos meus jovens colegas, interesso-me muito mais pela clareza e pela filologia do que pela lenda. No entanto, meu caro amigo, você acreditará em mim se eu lhe disser que, naquele momento, o pequeno rabi de 22 anos sentia-se como que no tôpo do Monte Sinai? Não pude evitar de sorrir ante a emoção que agitava aquêles adoradores do Bezerro de Ouro. Involuntàriamente, lembrei as palavras de Isaías, no capítulo 19: "E instigarei egípcios contra egípcios; e êles lutarão, irmão contra irmão". Você deve convir que havia algo de divertido na idéia de ser êste jovem rabino convidado pelas duas grandes congregações inimigas da Europa Ocidental.

Bruscamente, o Abbé começou a falar: — O senhor, sem dúvida, conhece a Mme la Comtesse de Hauterive, ou, pelo menos, sua família?

Devo confessar que desconhecia por completo a existência dessa senhora. O pastor, que estivera me observando, acrescentou: — O senhor poderá identificá-la melhor, M. Cohen, pelo seu nome de batis..., pelo nome de nascimento: ela é filha de M. Julius Mayer, o banqueiro, que possui aquela nova mansão imensa, o Ranelagh.

— É mãe da espôsa de M. Pelletier, o banqueiro, que pertence à sua congregação — continuou o Padre Patard, sem muita cortesia, voltando-se para meu colega de sobrecasaca. Tive então um vislumbre de luz. Tinha-me esquecido por completo das genealogias intrincadas desta família de Francforte que buscara, por ordem, dinheiro e títulos de nobreza. Com astúcia aventurei:

— Será que a Mlle Pelletier está pensando em contrair uma união que a traria de volta a uma das crenças de seus antepassados?

Fui agraciado com um dos olhares gélidos do ministro calvinista que me desencorajou de outros gracejos.

— Não, M. Cohen. Ousamos incomodá-lo por uma questão muito mais séria. Essa família está sob a nossa tríplice jurisdição. O senhor, especialmente — êle se dirigia a mim — pode conseguir muito, pela influência que deve exercer legìtimamente sôbre Mme Mayer, mãe de Mme Hauterive e avó de Mme Pelletier.

J. R. Bloch                                                327

Por que iria eu desiludi-lo, dizendo-lhe que nunca vira na minha frente essa boa senhora? Depois de aguardar um momento por um sinal ou uma resposta, êle continuou:

— Agora, o senhor provàvelmente está a par de que é nesta família...

Minha fisionomia mantinha-se impassível.

— O senhor não desconhece que esta família é a causadora desta moda tão ridícula e blasfema que poderá assumir, a não ser que tomemos precauções, excessiva importância.

Como você pode imaginar muito bem, eu estava ardendo de curiosidade, mas lancei apenas um suspiro eloqüente.

E assim vim a saber das perturbações que, nas últimas duas semanas, vinham agitando os edifícios aristocráticos das Avenues Kléber, Victor-Hugo, Henri Martin, Trocadéro e outras, naquela encantadora redondeza. Mme la Comtesse de Hauterive, em verdade, nunca fôra uma crente. Mas ostentava a aparência da mais rigorosa devoção. Assim era, até que o Abbé Patard foi designado cura de sua paróquia, um homem sem fibra que teve a desventura de levar sua missão muito a sério. Ameaçou recusar a absolvição à Comtesse, a menos que ela agisse e pensasse de acôrdo com sua aparência exterior. Pois bem, irrompeu a guerra entre os dois e um dia...

— Um dia — foram essas mais ou menos as palavras do ministro — M. le Comte, depois de se fazer anunciar, entrou no banheiro onde a sua espôsa, Mme la Comtesse, há quase uma semana, se trancava a maior parte do dia. Encontrou-a ajoelhada e rezando, não foi assim? — perguntou o ministro, virando-se para o padre com um gesto em que um terno pesar dissimulava a mais negra malícia.

O Abbé Patard acedeu com mau-humor.

— Encontrou-a, pois, ajoelhada e rezando diante de um crucifixo, o senhor vai me perdoar êsse pormenor, não, M. Cohen?

— Claro, claro, M. Morin — disse eu. — Estou ouvindo.

— Um crucifixo pendurado na parede do banheiro, logo acima da torneira misturadora, foi assim, não, Abbé Patard?, da banheira. M. le Comte não pôde deixar de observar a Mme la Comtesse, mas apenas em tom de brincadeira, cavalheiros, apenas em tom de brincadeira, que ela parecia dirigir as orações mais à torneira do que ao crucifixo. Então, sem dar uma resposta sequer, Mme la Comtesse, com um gesto que o senhor compreenderá, M. Cohen, que não posso mencionar sem um arrepio, levantou-se, removeu a imagem do Salvador e, sorrindo com desdém, depositou-a na penteadeira. Depois vol-

328                                    Entre Dois Mundos

tou-se para a banheira e se pôs de nôvo em atitude de oração,
não foi assim, Abbé Patard?, com os joelhos no mármore,
diante da torneira.

Minha bôca deve ter-se escancarado, com uma abertura tão
grande quanto a do meu chapéu de palha.

— M. le Comte, por certo, ficou chocado; mas, presumindo
que sua espôsa estava brincando, se pôs a observar a impro-
priedade de tal ato, quando ela se levantou (Mme la Comtesse ainda é considerada muito bonita e atraente), ela se levantou e interrompeu-o com petulância. Declarou sêcamente que
já experimentara tôdas as religiões, uma após outra, e tôdas a
haviam decepcionado; que seus sacerdotes viviam numa perpétua traição aos princípios que pregavam; que os ministros da
religião que fôra sua antes do casamento careciam da menor
dignidade (o senhor vai me perdoar se o desejo de ser exato
põe em meus lábios acusações que eu pessoalmente desapro-
vo), de fato, não passavam de uns miseráveis (e aqui seguia
uma palavra da gíria hebraica que M. le Comte não conseguiu
entender)...

Abri a bôca e deixei que a palavra escapasse mecânicamente:

— Schnorrers?

A satisfação triunfante que se espalhou sôbre a expressão
aparentemente contrita do pastor levou-me a maldizer minha
ingenuidade e a tolice que cometera. Acho que fiquei vermelho
dos pés à cabeça. Aquêle pastor diabólico curvou-se e disse
suavemente:

— O senhor deve saber melhor do que eu, não, M. Cohen?

— Poderia tê-lo estrangulado. Então êle continuou com seu
falso ar de franqueza: — Ela acrescentou que os padres do
credo que adotara após o casamento com M. Hauterive não
a haviam ofendido menos; que alguns dêles viviam numa licenciosidade sensual enquanto outros simplesmente aspiravam
a um domínio proveitoso sôbre as mentes dos fiéis. Mas, naturalmente, não tenho vontade de repetir tagarelices tão vãs,
e tudo o mais que ela disse sôbre o assunto — acrescentou,
observando com o canto dos olhos o desassossêgo e o mal-
-estar do Abbé Patard.

— Será bastante saber que, além dêsses argumentos, que,
na realidade, não são argumentos, Mme de Hauterive apresentou outros mais que não deixam de levar-nos a ponderar
sôbre o estado de decadência em que caiu a moral pública.

Não sei por que, naquele instante, êle me teria lançado um
olhar tão severo.

— Ela declarou que, afinal de contas, as várias religiões con-
tradiziam uma à outra; que ela não via razão para acreditar
em uma de preferência a outra; que, embora tôdas falassem
em Deus, ninguém ainda provara sua existência e a desordem

# J. R. Bloch

329

do mundo afirmava muito mais o contrário; e que a única conclusão que tirava, ao observar a conduta universal de homens e mulheres, era que viviam todos em busca do ócio e do prazer.

"Quanto a ela, declarou, seu prazer não residia onde se podia supor; e a essa altura ela introduziu — ainda era o pastor que falava — várias observações bastante descorteses sôbre seu marido, M. le Comte, e que com certeza, sòmente por vias indiretas, pôde chegar ao domínio do falatório público — isto endereçado ao padre.

"Nestas circunstâncias, ela decidira não dar atenção a qualquer outra coisa, além de seu próprio prazer, e reservaria sua veneração exclusivamente para aquêles mistérios maravilhosos que a capacitavam a cercar-se do bem-estar que procurava. Nisso, afirmava ela, sujeitava-se simplesmente aos costumes de seu mundo social e. ao mesmo tempo, despia-o da hipocrisia em que usualmente se disfarçava.

"Finalmente, passando das palavras à ação, ela começou a rezar à torneira mais uma vez, depois encaminhou-se, ante o marido estupefato, para o comutador da luz, juntou as mãos, curvou-se e tocou-o com os lábios. Por fim, de joelhos, endereçou uma ardente prece ao aquecedor. Quando o desgraçado conde saiu de seu aturdimento com intenção de forçá-la a levantar-se, ela já se retirava e dava ordens para chamar os criados. E agora, o senhor desejaria conhecer mais algum detalhe, M. Cohen?

Você pode muito bem imaginar a que estado de estupefação essa história me levou.

Mas não tive tempo de tomar fôlego, pois o Abbé Patard já estava de pé e numa voz de trovão, que tentava inùtilmente suavizar, apontava o indicador para o pastor calvinista:

— Saiba, além disso, que tais abominações teriam permanecido ocultas no íntimo dessa mulher ímpia, se sua própria filha, a espôsa do banqueiro Pelletier, pervertida pela abjuração, pela qual ela e sua mãe terão de responder no tribunal da Justiça Divina, não tivesse se apressado em seguir-lhe o exemplo.

— Por favor! — interrompeu o pastor...

— ... e se êsse exemplo não tivesse encontrado, entre seu próprio círculo, um sucesso mil vêzes lastimável para o senhor, Pastor Morin, e, espero, para a salvação destas almas pecadoras!

— Tudo isso é verdade, mas...

O pastor não queria render-se. E, a esta altura, o padre elevou suas grandes mãos ossudas, bem abertas, para o céu:

330 Entre Dois Mundos

— O que vemos entre nós? Blasfêmia, heresia, ultraje que, retornando de geração a geração, vai atingir os cabelos brancos de Mme Julius Mayer, a quem nossa Igreja deve tanto, e a sua certamente não deve menos, M. Cohen; daí, espalhando-se em tôdas as direções, atinge os lares vizinhos, católicos, apostólicos, romanos, assim como os de outras religiões! Já estamos perdendo fiéis. Alguns rompem brutalmente todos os laços que os ligavam à religião de seus pais; outros se inclinam mais moderadamente à heresia. Mas, em tôda parte, encontramos apenas tolerância para com estas monstruosidades. Até os mais honestos contentam-se em sorrir. As brochuras que o zêlo ímpio de Mme de Hauterive mandou imprimir já estão circulando. Estão sendo traduzidas para vários idiomas e soubemos que na Espanha, na Inglaterra, mesmo em Berlim, será dado apoio entusiástico a esta loucura.

Arregaçou sua batina com veemência e tirou do bôlso um maço de pequenos panfletos azul-claros, iguais aos muitos que se veriam mais tarde. Êste era o primeiro em que eu punha os olhos. A capa trazia a seguinte legenda:

### FÉ NAS FÔRÇAS TODO-PODEROSAS

O "TUDO-EM-TUDO"

*ou Nôvo Dogma da Vida e Morte da Humanidade*

NOVA LUZ

*Sôbre a real sucessão dos profetas de Sáquia Múni até Edison*

OS PRINCÍPIOS DE TÔDAS AS COISAS

*pela primeira vez revelados e publicados por uma Sociedade da Fiel Ciência e Religião Doravante Congraçadas*

*Seguidos de cinqüenta e dois atos de devoção aos*

PODÊRES DA LAREIRA

(Aqui vinha impresso um desenho de magnífica torneira)

PARIS, MECA DAS CIÊNCIAS E DOS PODÊRES

*Dez cêntimos o exemplar* MCMXII

J. R. Bloch                                                          331

E a estreita coluna abria-se com aquêle hino que você deve ter ouvido muitas vêzes a partir dêsse tempo:

> Ó Fogo, eu te venero, ó Fogo,
> És Sol, és Deus,
> Estás sempre em nossos lares
> Sem ti, ó Fogo, eu morro.
>
> Ó Água, princípio de tudo,
> Ó Poder em que tudo descansa,
> Absolvição, pureza santa!
> Grande Polimorfa, sombra ou luz.
>
> Luz, fôrça dominadora etc...

Você pode bem imaginar que a princípio não acreditei numa única palavra de tôdas aquelas estórias malucas. Perguntei a mim mesmo que espécie de loucos eram aquêles. Mas meus dois colegas não me deram tempo de responder à minha própria pergunta. Interrompiam-se um ao outro com um fervor crescente. Finalmente, concluí que o padre apressara-se em apresentar-se ao Arcebispo, onde suas revelações, corroboradas pelo testemunho de outras três ou quatro fontes, suscitaram uma agitação considerável. Fôra, então, encarregado de entabular negociações com os representantes dos outros credos similarmente ameaçados. A experiência do pastor fôra pràticamente idêntica.

O propósito de nossa reunião, então, era averiguar a extensão dos danos. Antevi com horror o momento em que deveria confessar pùblicamente minha impossibilidade de avaliá-los — e apresentar uma boa razão. Já estava maldizendo a ignorância em que me colocara a negligência do Consistório Central, quando repentinamente nossa conversa tomou um rumo inesperado.

O Abbé dera início a uma espécie de arenga, no curso da qual tentava descrever a idolatria dêstes homens e mulheres que ensinavam suas crianças a amar os fios elétricos, afixados às paredes dos apartamentos, a ajoelhar-se a cada sete passos para recitar as orações apropriadas — tudo, admito, totalmente ridículo. Mas êle teve a desventura de concluir, com uma figura que, embora muito feliz do ponto de vista artístico, era, não obstante, um desagradável êrro. Era mais ou menos — diacho! não consigo me lembrar! — oh! sim:

— Bem, senhores, parece-me da mais extrema urgência que encetemos uma ação qualquer. O espírito do mal ergue-se novamente, ahem!; Mme de Hauterive, née Mayer — engoli o insulto — deseja criar um cisma, um nôvo movimento de re-

332 Entre Dois Mundos

forma. Contra êsse nôvo Calvino, convocaremos um nôvo Inácio de Loiola!

Você concordará comigo que estas palavras não foram — cá entre nós — muito hábeis e apropriadas. Mas o Abbé era um pregador nato. O pastor pegou fogo. Diante da menção de reforma, êle sustou a respiração e inchou como um pudim; com a alusão a Calvino, ficou vermelho; mas, quando foi mencionado o nome de Loiola, levantou um pé e apertou seu chapéu de palha. Segui-lhe o exemplo. Êle se pôs a berrar rudemente:

— Papista! Que tem o senhor a ver com o nosso grande Calvino? O senhor e tôda a sua Igreja não servem nem para lavar os pés das herdeiras judias dêste cavalheiro...

— Senhor! — gritou o padre.

— Idólatra! Simoníaco! Beato!

— Rebelde! Blasfemo!

Não fiquei para ouvir o resto; retirei-me às pressas. O barulho atraíra a atenção do guarda, que dormia numa cadeira na porta de entrada. Quando passei por êle, perguntou-me: — O que está acontecendo?

Dei-me ao prazer gratuito de responder-lhe: — Oh! nada demais. Os Quatro Evangelhos estão-se explicando com os Apócrifos.

Não tenho a mínima idéia do significado que tiveram minhas palavras para êle, pois arremeteu imediatamente para a cena da briga. Nunca mais vi meus interlocutores. Ao sair dali, perguntei a mim mesmo se não havia sido espectador de um pesadelo ridículo.

Mas tive de aceitar os fatos. Você se recorda dos progressos desta extraordinária invenção; depois do bairro pseudo-aristocrático, a classe média foi contaminada; a Plaine Morceau e a Trinité atrás do Bois e do Champs-Elysées; a heresia finalmente foi morrer ao limiar dos distritos onde era desconhecida a banheira, onde era preciso trabalhar pelo pão de cada dia e pagar o coletor de água.

Você conhece, tão bem quanto eu, aquelas pessoas que transformaram suas viagens de passeio em peregrinações; enormes palácios modernos mudados em templos, onde o rito do Calor a Vapor era oficiado às segundas-feiras, onde tôda noite antes do jantar cantavam de pé, com a cabeça descoberta, a canção da Lâmpada Elétrica, onde celebravam aquêles misteriosos e talvez repugnantes mistérios da Ducha de Baixa Pressão, que a polícia tentara inùtilmente investigar.

E você se recorda do tributo pùblicamente lançado sôbre os interiores dêstes penates. E os preços fabulosos que em poucas semanas alcançaram o cobre, o alumínio, o níquel — metais declarados tão sagrados quanto o ouro pelos adeptos

# J. R. Bloch

da nova religião — e a devoção especial por Nossa Senhora dos Quatro Cilindros, com o altarzinho erigido, dois anos atrás, no meio da Avenue de la Grande Armée à semideusa denominada Vela de Ignição.

E tôdas as afetações revoltantes que revelaram a decadência da alma moderna — aquêles gestos ambíguos à guisa de saudação que se faziam ao Elevador, cada vez que se passava em frente da gaiola dêsse nôvo deus — e aquelas chaves elétricas de vidro lapidado engastadas em ouro, diante das quais brilhava noite e dia uma centelha elétrica.

Quanto a mim, a sorte enviou-me a Esmirna no ano seguinte. Quando voltei à França, depois de dez anos, foi êste o estado em que encontrei o país.

Pois uma crença decai para abrir caminho a uma nova crença. A fé deve brotar de qualquer maneira. Quando os homens, decadentes e despidos de ideais, repelem todos os deveres, terminam inevitàvelmente por adorar seu banho de assento.

Mas o que você me diz da conversa que tive com meu padre e meu pastor? Você sabe que nada havia a impedir que essa entrevista se transformasse num marco da história eclesiástica, sob o título de *Concílio do Trocadéro,* com a minha efígie estampada em todos os livros escolares?

Mas estava prescrito que o nome de Israel Cohen não se tornaria famoso, nessa época. Um lindo nome, entretanto — eu acalentara, por muito tempo, torná-lo tão ilustre quanto o de Maimônides. Bem, o que você quer? Nasci trinta anos mais cedo. Nossa época pertence às virtudes independentes.

Por favor, não hesite demasiado em usar a campainha. Vamos pedir mais um pouco desta cerveja preta. Estou como as areias do Egito depois das sete vacas magras...

# S. ZWEIG

STEFAN ZWEIG (1881-1942), um dos autores mais traduzidos e lidos da atualidade, nasceu em Viena e morreu tràgicamente, em Petrópolis, suicidando-se juntamente com sua segunda espôsa, Elizabeth. Filho de um industrial, Zweig estudou história, literatura e filosofia em Viena e Berlim. Percorreu o mundo, movido por uma sêde intensa de conhecer coisas e povos. Durante a Primeira Guerra Mundial, viveu em Zurique, empenhando-se com paixão pela paz. Em 1940, naturalizou-se cidadão inglês, mas logo depois trocou Londres por Nova Iorque e, finalmente, os Estados Unidos pelo Brasil, "país do futuro", onde veio morrer com sua espôsa, acabrunhado pela dramática e brutal realidade da guerra que ia dizimando os povos e liquidando os seus melhores amigos, além de destruir a Europa humanista que tanto amava. Jules Romains viu em S. Zweig "um dos sete sábios da Europa", um dêsses poucos homens que dizem "habitualmente coisas justas, sábias e humanas". Sua morte causou dor e comoção. Suas exéquias foram oficializadas, a expensas do Govêrno brasileiro. S. Zweig distinguiu-se como tradutor, poeta, biógrafo, novelista e dramaturgo. Dentre as suas biografias ou ensaios sôbre autores, são mais conhecidos os que focalizam Paul Verlaine (1905), Emílio Verhaeren (1927), Romain Rolland (1920), Balzac, Dickens e Dostoievski (*Três Mestres,* 1920), Casanova, Stendhal, Tolstói (*Três Autores de sua Vida,* 1928), Hölderlin, Kleist e Metzsche (*A Luta com o Demônio,* 1925).

336                                  Entre Dois Mundos

Outras biografias, em parte romanceadas, abordam os destinos de Maria Antonieta, Erasmo, Fouché, Maria Stuart. Da sua obra puramente fictícia, merecem menção *Angústia* (1920), *Amok* (1922), *Confusão dos Sentimentos* (1927), *Impaciência do Coração* (1938), *Novela Enxadrista* (1942). Entre as peças teatrais, destacam-se *Jeremias* (1917), *Volpone* (1927), *A Mulher Calada* (1935), posta em música por Richard Strauss. *O Mundo de Ontem* (1942) é uma obra autobiográfica.


## BUCHMENDEL

De volta a Viena, depois de uma visita a uma região afastada do país, dirigia-me da estação para casa quando fui surpreendido por uma chuva pesada, um toró, que obrigou os transeuntes a procurar abrigo nas soleiras das portas, e eu próprio senti a necessidade de fugir do aguaceiro. Felizmente, em Viena, existe um café em quase tôdas as esquinas, e apressei-me a entrar no primeiro, não antes, porém, que meu chapéu ficasse ensopado e os ombros, encharcados até os ossos. Um lugar de subúrbio, antiquado, sem nenhuma atração musical e sem uma pista de dança, imitadas dos bares alemães, que normalmente se encontram no centro da cidade; cheio de pequenos lojistas e trabalhadores que consumiam mais jornais do que pròpriamente café com pão. Era já tarde da noite, e o ar, já por si pesado, estava denso com a fumaça dos cigarros. Ainda assim, o lugar era limpo e alegremente decorado; tinha sofás novos, cobertos de cetim, uma caixa registradora bem  lustrada, de modo que dava uma impressão bem atraente. Na pressa de fugir à chuva, não me preocupara em ler o nome, mas para quê? Ali fiquei, aquecido e confortável, embora olhando com impaciência através das janelas de vidros azulados, vendo quando a chuva findasse e, assim, pudesse retornar meu caminho.

Assim, sentado, desocupado, começava a sucumbir àquela inércia que resulta da atmosfera narcótica de um típico bar vienense. Nesta sensação de vazio, observei as várias pessoas a cujos olhos a luz artificial, na sala escura, dava um tom acinzentado; mecânicamente contemplei a môça no balcão, que, como um autômato, repartia o açúcar e uma colherinha para cada xícara de café; com a metade do ôlho e uma atenção distraída, li os anúncios pouco interessantes das paredes — e havia algo agradável nessa ocupação insípida. Mas, repentinamente, e de modo singular, acordei do que fôra quase um cochilo. Iniciara em mim um vago movimento interno; assemelhava-se a uma dor de dentes que nos acomete às vêzes sem que saibamos exatamente se é no lado direito ou no esquerdo, se na fila de cima ou na de baixo. Dei-me conta sòmente de que era uma como tensão entorpecida, uma obscura sensação de um desassossêgo de espírito. Então, sem saber por quê, tornei-me plenamente consciente. Devo ter estado neste café antes, anos atrás, e associações fortuitas acordaram em mim lembranças das paredes, das mesas, das cadeiras, da sala carregada de fumaça, aparentemente pouco familiar.

Quanto mais procurava agarrar essa lembrança perdida, mais obstinadamente ela se me esquivava; era como uma medrusa brilhante no fundo da consciência, escorregadia, inapreensível. Examinei em vão cada objeto de meu campo visual. Decerto, quando estive aqui, o balcão não possuía nem o mármore nem a caixa registradora; as paredes não estavam revestidas por essa imitação de jacarandá; devem ser aquisições recentes. No entanto, é fora de dúvida que estive aqui antes, há vinte anos ou mais. Dentro destas quatro paredes, tão firme como um prego enterrado até a cabeça na madeira, fixa-se uma parte do meu eu, há muito soterrada. Em vão explorei, não só a sala, como também meu próprio íntimo, a fim de agarrar os vínculos perdidos. Maldição, não consegui chegar ao âmago!

É evidente que eu estava ficando irritado, como sempre ficamos, quando percebemos que algo escapa das nossas mentes, revelando as incapacidades, as imperfeições, dos podêres do espírito. No entanto, ainda esperava recobrar o fio da meada. Bastaria uma linha, pois minha memória é do tipo todo peculiar, boa e má ao mesmo tempo; de um lado, obstinadamente caprichosa e, de outro, incrìvelmente fiel. Engole os detalhes mais importantes, tanto em acontecimentos concretos como em fisionomias, e nenhuma fôrça de vontade pode induzi-la a regurgitá-los. Todavia, a mais insignificante indicação — um cartão-postal, um enderêço num envelope, um recorte de jornal — é suficiente para pescar o que se quer, como um pescador que, arremessando o anzol, fisga com sucesso o peixe vivo, que se debate e reluta. Então, posso lembrar os traços de um homem que vi apenas uma vez, a forma de sua bôca, a falha à esquerda devido a um canino superior arrancado, o falsete de seu riso e o tremor do bigode quando pretende ser alegre, a mudança total de expressão que a hilaridade provoca nêle. Não só êstes traços físicos surgem à minha mente como também recordo, passados anos, cada palavra que essa pessoa me disse e o teor de minhas respostas. Mas, quando quero ver e sentir o passado tão vivamente, sempre preciso de algum material que dê início à corrente de associações. Minha memória não trabalha satisfatòriamente no plano abstrato.

# 338 Entre Dois Mundos

Fechei os olhos para pensar mais intensamente, no intuito de forjar o anzol que me permitiria pescar meu peixe. Em vão! Em vão! Não havia anzol, ou o peixe não queria mordê-lo. Tão ardente tornou-se a minha irritação devido à ineficiência e teimosia daquele aparelho de pensar entre minhas têmporas, que poderia bater com os punhos a minha testa, tal qual um homem irritadiço que sacode e chuta a máquina automática que, introduzida a moeda, se recusa a devolver-lhe o que lhe é devido.

Tão exasperado fiquei com êste meu fracasso que não podia mais ficar sentado calmamente. Levantei-me para perambular pela sala. No momento em que me mexi, começou o formigar da memória que desperta. À direita da caixa registradora, lembrei-me, deve existir uma porta que dá para uma sala sem janelas, iluminada apenas por luz artificial. Sim, o lugar existia realmente. A decoração era diferente, mas as proporções não haviam mudado. Um compartimento quadrado, nos fundos do bar: a sala de jôgo. Com os nervos vibrantes, contemplei os móveis, pois estava na pista certa, encontrara o fio, logo eu saberia de tudo. Havia duas mesinhas de bilhar, quais duas lagoas cobertas de espuma verde. Nos cantos, mesas de jôgo e numa delas dois homens barbados, do tipo professoral, jogavam xadrez. Ao lado do fogareiro de ferro, junto a uma porta em que se lia "telefone", havia outra mesinha. Num clarão, vi tudo! Era o lugar de Mendel, de Jakob Mendel. O lugar que Mendel, Buchmendel, costumava freqüentar. Eu estava no Café Gluck! Jakob Mendel, como poderia tê-lo esquecido? Como fôra possível não ter pensado nêle há séculos, aquela figura tão singular, quase fabulosa, a oitava maravilha do mundo, famoso na universidade e entre o pequeno círculo de admiradores, o mago dos corretores de livros, que se habituara a sentar-se ali, da manhã à noite, um símbolo da erudição livresca, a glória do Café Gluck? Por que tivera eu tanta dificuldade em fisgar o meu peixe? Como pudera esquecer Buchmendel?

Deixei minha imaginação trabalhar. O rosto e os traços do homem desenharam-se com clareza à minha frente. Vi-o em carne e osso, sentado à mesinha com o tampo de mármore cinza, onde estavam empilhados livros e manuscritos. Sentado imóvel, os olhos fixos, através dos óculos, na página impressa. Não, não era pròpriamente imóvel, êle tinha um hábito (adquirido na escola do bairro judeu da cidade galiciana de onde provinha) de balançar sua careca lustrosa para frente e para trás, cantarolando para si enquanto lia. Ali estudava catálogos e volumes, trauteando e embalando-se, como se ensina às crianças judias a ler o Talmud. Os rabinos acreditavam que, assim como uma criança é embalada para dormir

S. Zweig

em seu berço, assim também as idéias pias das Sagradas Escrituras eram mais bem inculcadas por êste movimento da cabeça e do corpo, rítmico e hipnotizador. De fato, como num transe, Jakob Mendel, quando ocupado dessa maneira, nada via ou ouvia do que se passava ao redor. Estava ausente ao barulho das bolas de bilhar, ao vaivém dos garçãos, à campainha do telefone; não dava atenção quando o chão era esfregado ou quando o fogão era reabastecido. Uma vez, caiu um carvão em brasa e começou a arder o assoalho a poucos centímetros dos pés de Mendel; a sala encheu-se de fumaça, e um dos fregueses correu a apanhar um balde d'água e apagou o fogo. Mas nem a fumaça, nem o alvorôço, nem o cheiro desviou-lhe a atenção do livro à sua frente. Êle lia como outros rezam, como os jogadores seguem o girar da roleta, como os bêbados fixam o nada; êle lia com uma absorção tão profunda que, desde então, a leitura dos outros mortais pareceu-me mera distração. Êste galiciano, vendedor de livros usados, Jakob Mendel, foi o primeiro a revelar-me, em minha juventude, o mistério da concentração absoluta que caracteriza o artista e o erudito, o sábio e o louco; foi o primeiro a pôr-me em contato com a trágica felicidade e infelicidade da completa absorção.

Um estudante veterano levou-me até êle. Eu estudava a vida e os feitos do ainda hoje pouco conhecido Mesmer, o magnetizador. Minhas pesquisas estavam dando poucos frutos; os livros que eu pudera conseguir continham informações esparsas, e o bibliotecário da universidade, a quem pedi ajuda, me respondeu, de modo grosseiro, que não era sua obrigação caçar referências para um calouro. Foi então que o meu colega de universidade sugeriu levar-me até Mendel.

— Êle conhece tudo sôbre livros, e indicará a você onde encontrar tais informações. É o homem mais competente de Viena e, além disso, um excêntrico. O homem é o sáurio do mundo dos livros, um sobrevivente antediluviano de uma espécie extinta.

Fomos, portanto, ao Café Gluck, onde encontramos Buchmendel em seu lugar habitual, de óculos, barbado, usando um terno prêto surrado, e balançando-se como descrevi. Não percebeu nossa intrusão, e continuou a ler, qual um sonolento mandarim. Atrás dêle, num gancho, pendia seu casaco rasgado e prêto, com os bolsos repletos de manuscritos, catálogos e livros. Meu amigo tossiu alto, de modo a atrair-lhe a atenção. Mendel, porém, ignorou o sinal. Finalmente, Schmidt bateu no tampo da mesa, como se estivesse batendo em uma porta. Mendel olhou para cima, mecânicamente levantou os óculos até à testa e, sob as grossas sobrancelhas arrepiadas e cinzentas, fixaram-se em nós dois olhinhos negros e vivos.

340                        **Entre Dois Mundos**

Meu amigo apresentou-me e expus o meu problema, tendo o cuidado (como Schmidt me advertira) de expressar grande desagrado pela má vontade que demonstrou o bibliotecário em atender-me. Mendel reclinou-se para trás, riu com desdém e respondeu no forte sotaque da Galícia:

— Má vontade, você acha? Incompetência, é êste o problema dêle. É um ignorante. Conheço-o (pelos meus pecados) há vinte anos pelo menos e êle não aprendeu nada neste tempo todo. Embolsar o ordenado, é só o que êsses indivíduos sabem fazer. Deveriam estar consertando estradas em vez de se sentarem no meio dos livros.

Esta explosão serviu para quebrar o gêlo, e com um gesto amigável Mendel convidou-me a sentar à sua mesa. Reiterei meu propósito em consultá-lo; queria uma lista de tôdas as obras atuais acêrca do magnetismo animal, e os livros e panfletos da época e posteriores, pró e contra Mesmer. Assim que terminei, Mendel fechou o ôlho esquerdo por um instante, como se quisesse tirar um grão de poeira. Era êste o sinal de atenção concentrada. Depois, como se estivesse lendo um catálogo invisível, desenrolou o nome de duas ou três dúzias de títulos, dando para cada um o lugar, a data da publicação e o preço aproximado. Fiquei assombrado, embora Schmidt me houvesse prevenido do que me esperava. Sua vaidade foi excitada pela minha surprêsa, pois continuou a tocar no teclado de sua memória maravilhosa, e produzindo as mais surpreendentes notas biográficas e observações marginais. Estava interessado em saber algo sôbre os sonâmbulos, as vibrações metálicas de Perkins, as mais recentes experiências em hipnotismo, as tentativas de Braid, de Gassner, práticas para conjurar o demônio, Ciência Cristã, teosofia, Madame Blavatsky? Ligados a cada item, havia uma tempestade de nomes de livros, datas e detalhes adequados. Só agora compreendia: Jakob Mendel era uma enciclopédia viva, algo como um catálogo universal, mas capaz de andar por aí, nas duas pernas. Encarei boquiaberto aquêle fenômeno bibliográfico, metido no disfarce sórdido e bastante sujo de um vendedor de livros usados, galiciano, que, depois de matraquear uns oitenta títulos (com aparente indiferença, mas de fato com a satisfação de quem toca uma trombeta inesperada), continuou a limpar os óculos com um lenço que talvez tivesse sido branco há muito tempo.

Esperando dissimular minha surprêsa, perguntei:

— Entre as obras, quais o senhor acredita conseguir para mim sem muito trabalho?

— Bem, terei de dar uma olhada por aí — respondeu. — Volte aqui amanhã e terei certamente algumas. As outras, é só uma questão de tempo e de saber onde procurar.

S. Zweig

— Fico-lhe muito agradecido — disse eu e depois, desejando ser agradável, cometi a tolice de propor levar-lhe a lista dos livros que eu desejava. Schmidt cutucou-me em sinal de aviso, mas era tarde. O olhar de Mendel flamejou sôbre mim — um olhar a um tempo triunfante e ofendido, desdenhoso e opressivamente superior — o olhar real com que Macbeth responde a Macduff, quando é intimado a se entregar sem resistência. Riu e seu pomo-de-adão moveu-se com excitação. Òbviamente engolira algum epíteto colérico e insultante.

Na realidade, tinha boas razões para estar com raiva. Sòmente um estranho, um ignorante poderia ter proposto dar a êle, Jakob Mendel, um memorando, como se êle fôsse um aprendiz qualquer de livreiro ou um servente de biblioteca pública. Depois de conhecê-lo melhor, é que pude compreender intensamente como a minha pretensa delicadeza deve ter ferido aquêle gênio aberrante — pois o homem tinha, e sabia disto, uma memória titânica. Atrás daquela fronte suja e aparentemente pouco distinta, estava indelèvelmente gravado o frontispício de cada livro impresso. Não importava se saíra da tipografia ontem ou cem anos atrás: sabia o lugar da publicação, o nome do autor e o preço. Em sua mente, como se fôra nas páginas impressas, podia ler o conteúdo, reproduzir as ilustrações; conseguia visualizar cada obra, não sòmente a que segurara nas mãos, como também a que relanceara na vitrina de uma livraria; podia vê-la com a mesma intensidade do artista que vê suas criações na imaginação, ainda não reproduzidas na tela. Quando um livro era oferecido por seis marcos por um negociante de Regensburg, era capaz de lembrar-se que, dois anos antes, um exemplar da mesma obra fôra vendido por quatro coroas num leilão vienense, e inclusive recordava o nome do comprador. Numa palavra, Jakob Mendel não conseguia esquecer jamais um título ou um número; conhecia cada planta, cada infusório, cada estrêla no eternamente oscilante e sempre agitado cosmo dos livros. Em cada especialidade literária, sabia mais que os próprios especialistas; sabia o conteúdo das bibliotecas melhor do que os bibliotecários; conhecia o catálogo da maioria das editôras, melhor que os gerentes dessas firmas — embora não dispusesse, para guiá-lo, senão dos podêres mágicos de sua memória inexplicável mas invariàvelmente precisa.

De fato, esta memória devia sua infalibilidade às limitações do homem, ao seu extraordinário poder de concentração. Afora os livros, nada mais sabia no mundo. Os fenômenos da existência para êle só se tornavam reais quando compostos, arrumados num componedor, juntados e, por assim dizer, esterilizados em um livro. Também não lia os livros por causa de seu conteúdo, para extrair a sua substância espiritual ou

342                                           Entre Dois Mundos

narrativa. O que despertava o seu interêsse apaixonado, o que lhe fixava a atenção era o nome, o preço, o formato, o frontispício. Embora, em última análise, improdutiva e infrutífera, esta memória especìficamente de antiquário de Jakob Mendel, visto que não era um catálogo de livros impresso, mas estava estampado na massa cinzenta do cérebro de um mamífero, era, em sua perfeição única, um fenômeno não menos notável do que o dom natural de Napoleão para as fisionomias, o talento de Mezzofanti para línguas, o traquejo de Lasker nas aberturas do jôgo de xadrez, o gênio musical de Busoni. Colocado em um pôsto público como professor, êste homem com crânio tão maravilhoso poderia ter ensinado milhares e centenas de milhares de alunos, ter transformado outros homens em eruditos e de um valor inestimável para êsses tesouros comunais que chamamos biblioteca. Mas para êle, um homem sem importância, um judeu da Galícia, um andarilho vendedor de livros, cuja única instrução era a da escola talmúdica, êste mundo superior de cultura era um recinto cercado onde jamais poderia penetrar; e suas espantosas faculdades podiam encontrar aplicação apenas na mesa de mármore da sala interna do Café Gluck. Quando, algum dia, surgir um grande psicólogo que, tão eficientemente como Buffon classificou os gêneros e as espécies de animais, classifique êste tipo de poder mágico que chamamos memória, um homem competente que forneça as descrições detalhadas de tôdas as variedades, terá de encontrar um lugar para Jakob Mendel, mestre esquecido do saber dos preços e títulos de livros, o catálogo ambulante tanto de incunábulos como das modernas agendas.

No comércio de livros e entre as pessoas comuns, Jakob Mendel era tido como um mero negociante de livros de segunda mão, de âmbito restrito. Todos os domingos, invariàvelmente, aparecia seu anúncio estereotipado no *Neue Freie Presse* e no *Neues Wiener Tagblatt*: "Pago os melhores preços para livros velhos, Mendel, Obere Alserstrasse". Seguia um número de telefone, na verdade o do Café Gluck. Investigava cada enderêço acessível em busca de suas mercadorias, e uma vez por semana, com a ajuda de um carregador barbudo, transportava novos espólios para o seu quartel-general e livrava-se do estoque antigo, pois não possuía livraria própria. Assim, sempre foi um comerciante pequeno, e o negócio não era lucrativo. Estudantes vendiam-lhe os livros didáticos, que de ano em ano passavam, por suas mãos, de uma "geração" à outra; e, por uma pequena comissão, podia arranjar-lhes algum livro adicional que quisessem. Nada, ou muito pouco cobrava por conselhos. Dinheiro não tinha lugar em seu mundo. Ninguém jamais o vira envergando roupa melhor que seu casaco prêto em trapos. Ao café e ao jantar, tomava um copo de

S. Zweig

leite e alguns pãezinhos, ao passo que, no almôço, traziam-lhe uma refeição modesta de um restaurante em frente. Não fumava; não jogava; podia-se dizer quase que não vivia, não fôssem os olhos vivos, atrás dos óculos, que incessantemente lhe alimentavam o cérebro misterioso com palavras, títulos e nomes. O cérebro, qual um pasto fértil, sugava com voracidade nesta irrigação abundante. Os sêres humanos não lhe interessavam e de tôdas as paixões humanas excitava-o talvez apenas uma, embora a mais universal: a vaidade.

Quando alguém, já esgotado por uma busca infrutífera em inúmeros lugares, se lhe dirigia à cata de uma informação, e êle podia dá-la imediatamente, sua auto-satisfação era imensa; e sem sombra de dúvida o seu grande prazer era o fato de que, em Viena e alhures, existissem algumas dúzias de pessoas que o respeitavam pelo conhecimento e prezavam-no pelos serviços que podia prestar. Em cada um dêstes conglomerados monstruosos que chamamos cidades, há aqui e ali algumas facêtas que refletem um e o mesmo universo em miniatura, despercebido para muitos, mas altamente apreciado pelos conhecedores, por irmãos do mesmo ofício, por devotos da mesma paixão. Os admiradores do negócio de livros conheciam, todos, a Jakob Mendel. Assim como quem tem dificuldade em decifrar uma partitura musical se dirige a Eusebius Mandyczewski, na Associação Musical, que lá se encontra amável, de gorro cinza, sentado entre os mais variados manuscritos musicais, pronto, com um sorriso amistoso, a resolver o problema mais pertinaz; e assim como, ainda hoje, todo aquêle que necessita de informações sôbre o teatro e a vida cultural da velha Viena se dirige, sem hesitação, ao polímata Padre Glossy; da mesma forma, com igual confiança, os bibliófilos de Viena, quando se defrontavam com algum osso duro de roer, faziam uma peregrinação ao Café Gluck e expunham suas dificuldades a Jakob Mendel.

Para mim, jovem e sedento de novas experiências, era encanto especial observar tais consultas. Enquanto, comumente, diante de um livro inferior, êle batia com desdém na mesa e resmungava: "Duas coroas", quando tinha às mãos alguma raridade ou um exemplar único, tornava-se imediatamente alerta e com cuidado colocava o tesouro sôbre uma fôlha de papel limpo; e, nestas ocasiões, sentia-se òbviamente envergonhado de sua sujeira, dos dedos borrados de tinta e das unhas pretas. Com ternura, precaução e respeito, folheava as páginas do tesouro. Era tão imperdoável perturbá-lo naquele instante, como interromper as devoções de um homem durante a reza; na verdade, havia um sabor de ritual solene e de observância religiosa no modo como se seguia um ao outro, numa sucessão ordenada, o contemplar, o tatear, o cheirar, o ava-

344                                    Entre Dois Mundos

liar com a mão. Suas costas se balançavam, murmurava, de
vez em quando exclamava "Ahs" para expressar a admiração
e "Oh! que pena" quando faltava uma página ou outra fôra
mutilada por um cupim. Sopesava o livro na mão, de forma
circunspecta, como se o volume fôsse vendido a pêso, e aspirava seu cheiro como uma mocinha sentimental aspira o perfume de uma rosa. É claro que, durante êste ritual de exame,
seria de péssimo gôsto o dono mostrar-se impaciente.

Terminado o ritual, Mendel fornecia espontâneamente, com
entusiasmo mesmo, tôdas as suas informações, sem esquecer
os episódios relevantes e dramáticos sôbre a importância que
outros exemplares da mesma obra haviam alcançado em hasta
pública ou em leilões particulares. Parecia rejuvenescer, ilu-
minar-se, criar nova vida. Nestes momentos, sòmente uma
coisa podia estragar-lhe sèriamente o bom humor: era quando um calouro oferecia-lhe dinheiro pela sua opinião de espe-
cialista. Então, retraía-se com ar ultrajado, olhando a todos
como um experimentado guarda de uma galeria de museu a
quem um turista americano houvesse oferecido uma gorjeta;
pois, para Jakob Mendel, o contato com um livro raro era
algo sagrado, assim como é o contato com uma mulher para
um jovem ainda em flor. Tais momentos eram as suas noites
de amor platônico. Sòmente os livros, nunca o dinheiro, exer-
ciam fascínio sôbre êle. Assim, inùtilmente, os grandes colecionadores, entre êles um dos notáveis da Universidade de
Princeton, tentavam empregá-lo como comprador ou bibliotecário. Jakob Mendel declinava a oferta, agradecido. Não
podia abandonar seu quartel-general do Café Gluck. Trinta
e três anos atrás, com uma penugem preta despontando no
queixo e cachos prêtos caindo nas têmporas, um rapazola de-
selegante viera da Galícia para Viena, a fim de abraçar a vocação de Rabi; mas breve abandonou o culto do rígido e ciumento Jeová para devotar-se à veneração mais viva e politeís-
ta dos livros. Então, descobriu o Café Gluck, que pouco a
pouco se tornou seu local de trabalho, seu quartel-general, seu
correio, seu mundo, enfim. Como um astrônomo, sòzinho em
seu observatório, observa noite após noite, através de um te-
lescópio, as miríades de estrêlas, seus movimentos misteriosos,
sua mistura variável, suas desaparições e reaparições flamejantes, assim Jakob Mendel, sentado à mesinha do Café Gluck,
através de seus óculos, acompanhava o universo dos livros,
o universo que jaz acima do mundo do quotidiano, e, como o
universo estelar, é pleno de ciclos mutáveis.

Não é necessário afirmar que êle era altamente estimado no
Café Gluck cuja fama, para nós, dependia muito mais de seu
magistério não oficial que do patrocínio do famoso músico,
Christoph Willibald Gluck, compositor de *Alceste* e *Ifigênia*.

S. Zweig 345

Êle pertencia à decoração do café como o velho balcão de cerejeira, as duas mesas de bilhar com o pano remendado em vários lugares, e a cafeteira de cobre. Sua mesa era guardada como um santuário, pois esperava-se que seus inúmeros clientes tomassem uma bebida "pelo bem da casa"; assim, a maior parte do lucro de seu vasto conhecimento ia para o grande bolsão de couro amarrado em volta da cintura de Deubler, o garção. Em compensação pelo centro de atração que era, Mendel gozava de muitos privilégios. O telefone estava à sua disposição, gratuitamente. Suas cartas eram endereçadas ao Café, e seus pacotes ali eram entregues. A excelente velhinha que cuidava das privadas escovava-lhe o casaco, pregava os botões e lavava-lhe, tôda semana, um pouco de roupa branca. Era o único freguês que recebia uma refeição enviada pelo restaurante vizinho; e tôdas as manhãs, Herr Standhartner, o proprietário do café, fazia questão de vir até sua mesa saudá-lo, embora Jakob Mendel, absorto nos livros, raramente o percebesse. Às sete e meia em ponto, êle chegava, e de lá não saía enquanto as luzes não se apagassem. Nunca falava com os outros fregueses, não lia os jornais nem observava as mudanças; e, quando Herr Standhartner lhe perguntou, polidamente, se a luz elétrica era mais agradável para ler do que os malcheirosos e oscilantes lampiões de querosene, olhou com espanto as novas lâmpadas incandescentes: essa mudança lhe passara despercebida, apesar da confusão e do martelar contínuo, por vários dias, da sua instalação. Sòmente através das duas aberturas redondas dos óculos, sòmente através destas duas lentes brilhantes e absorventes filtravam-se os milhares de infusórios prêtos que eram as letras, até seu cérebro. Tudo o mais que acontecia em sua vizinhança era negligenciado como barulho sem sentido. Gastara mais de trinta anos de sua vida desperta nesta mesa, lendo, comparando, calculando, num contínuo sonho acordado, interrompido apenas por intervalos de sono.

Uma sensação de horror invadiu-me quando, olhando para a sala interna atrás do bar do Café Gluck, vi que o tampo de mármore da mesa em que Jakob Mendel costumava proferir seus oráculos estava agora tão nu como uma pedra tumular. Só agora, envelhecido, compreendi o quanto desaparece quando um homem assim deixa seu lugar no mundo. Primeiramente, talvez, porque dentro do crescimento diário de uma monotonia desesperante, o original torna-se cada vez mais precioso. Depois porque, na minha juventude ingênua, uma profunda intuição tornou-me excessivamente afeiçoado a Buchmendel. Observando-o é que, pela primeira vez, adquiri consciência dêsse fato enigmático: a suprema realização e uma capacidade de projeção só se tornam possíveis por concentração

346                                      Entre Dois Mundos

mental, por uma sublime monomania que raia a insânia. Muito mais pelo exemplo vivo dêste gênio obscuro de um vendedor de livros usados, do que pelos lampejos de nossos poetas e outros escritores de ficção, pude compreender que persiste a possibilidade de uma vida puramente espiritual, de uma absorção completa numa idéia, um êxtase tão absoluto quanto o de um iogue hindu e de um monge medieval; e aprendi que isto era possível num café iluminado pela luz elétrica, e junto a uma cabine telefônica. Todavia, esquecera-o durante os anos de guerra e pela absorção no meu próprio trabalho. À visão da mesa vazia, senti-me como que envergonhado e, ao mesmo tempo, curioso.

Onde andará êle? Chamei o garção e perguntei.

— Não, senhor — respondeu. — Sinto muito, mas nunca ouvi falar de Herr Mendel. Não há ninguém com êsse nome entre os freqüentadores do Café Gluck. Talvez o *maître* possa saber.

— Herr Mendel? — disse o *maître,* incerto após um momento de reflexão. — Não, senhor, nunca ouvi falar dêle. A não ser que seja o Herr Mandl, dono de uma loja de ferragens na Florianigasse?

Um gôsto amargo subiu-me à bôca, o sabor da irrecuperabilidade do passado. O que nos adianta viver, se o vento apaga nossas pegadas na areia, logo depois de havermos passado? Trinta anos, talvez quarenta, um homem vivera, respirara, lera, pensara e falara nesta sala estreita; três ou qutro anos depois, surgira um nôvo rei no Egito, e ninguém sabia de José. Ninguém no Café Gluck jamais ouvira falar de Jakob Mendel, de Buchmendel. Um pouco irritado, perguntei ao *maître* se podia falar com Her Standhartner, ou algum outro elemento do pessoal antigo.

— Herr Standhartner, o antigo dono? Êle o vendeu há anos, e por sinal já morreu... O antigo *maître?* Conseguiu guardar o suficiente para se aposentar, vive agora numa propriedade em Krems. Não, senhor, a velha turma tôda está espalhada por aí. Ah! é verdade, todos não! Ainda está aí Frau Sporschil, que cuida das privadas. Ela está aqui há séculos, e trabalhou para o antigo patrão, eu sei. Mas não acredito que ainda se lembre dêsse seu Herr Mendel. Do jeito que ela é, não distingue um freguês do outro.

Perdi-me em pensamentos.

"Não se esquece um Jakob Mendel tão fàcilmente!"

Mas o que eu disse foi:

— Ainda assim, gostaria de conversar com Frau Sporschil, se ela pudesse me dispensar um momento.

A *Toilettenfrau* (conhecida, no vernáculo vienense, como *Schocoladefrau*) logo emergiu do portão, cabelos brancos, aca-

S. Zweig

bada, passos pesados, enxugando as mãos ásperas numa toalha à medida em que se aproximava. Fôra tirada de seu serviço de limpeza e, òbviamente, era-lhe embaraçoso ser intimada a aparecer ante a forte luz da sala do café; pois as pessoas simples em Viena, onde ainda se conservou, depois da revolução, uma tradição de autoridade, acreditam sempre que, quando seus "superiores" querem interrogá-los, deve ser algum assunto policial. Ela olhou-me com desconfiança, humildemente, porém. Mas, tão logo lhe perguntei de Jakob Mendel, criou coragem, enquanto seus olhos se encheram de lágrimas.

— Pobre Herr Mendel... então há ainda quem se lembre dêle?

As pessoas idosas sempre se comovem quando um nada lhes lembra os dias de juventude e desperta a memória dos companheiros do passado. Perguntei se ainda estava vivo.

— Oh! Deus, não. Pobre Herr Mendel deve ter morrido, uns cinco ou seis anos atrás. Na verdade, acho que já faz quase sete anos, desde que faleceu. Meu Deus, que bom homem era êle; e há quanto tempo o conhecia, há mais de vinte cinco anos. Êle já se sentava aqui, dia após dia, à sua mesa, quando comecei a trabalhar aqui. Uma vergonha, como o deixaram morrer.

Cada vez mais agitada, perguntou-me se eu era algum parente. Ninguém jamais perguntara por êle, antes. Não sabia eu o que lhe acontecera?

— Não — respondi — e gostaria que a senhora fôsse gentil e me contasse tudo.

Olhou-me tìmidamente e continuou a esfregar suas mãos úmidas. Era evidente que se sentia embaraçada por se encontrar ali, na ampla claridade do café, com seu avental sujo e seu cabelo branco desgrenhado. Olhava ansiosamente em tôrno para ver se algum dos garçãos estava escutando.

— Vamos até a sala de jôgo — falei. — A velha sala de Mendel. Lá a senhora me contará a sua história.

Ela acenou apreciativamente, agradecida pela minha compreensão, e abriu caminho para a sala interna, num andar um tanto trôpego, e a segui. Percebi que os garçãos e os fregueses olhavam-nos como uma parelha estranha. Sentamos um em frente ao outro à mesa de tampo de mármore, e ela me contou a estória do aniquilamento e da morte de Jakob Mendel. Contarei o relato, o mais próximo possível de suas palavras, acrescentando aqui e ali fatos que soube depois, de outras fontes.

— Até a declaração da guerra, mesmo depois que esta iniciou, êle continuou a vir aqui, tôdas as manhãs, às sete e meia; sentava-se nesta mesa e estudava durante o dia inteirinho, exatamente como antes. Tínhamos a impressão de que jamais

348 Entre Dois Mundos

lhe passou pela cabeça que estávamos em guerra. É verdade que não lia os jornais, nem conversava com ninguém a não ser sôbre livros. Mesmo quando, nos primórdios da guerra, antes que as autoridades pusessem um fim nessas coisas, os jornaleiros corriam pelas ruas gritando: "Grande Batalha na Frente Leste" (ou em outro lugar qualquer), "Grande Massacre" e por aí afora, êle não prestava atenção; quando as pessoas se aglomeravam para discutir, êle se guardava. Nem sentiu a falta de Fritz, o marcador do bilhar, que morreu numa das primeiras batalhas, em Gorlice; tampouco sabia que o filho de Herr Standhartner fôra aprisionado pelos russos em Przemysl; nunca disse uma palavra quando o pão se tornou cada vez mais intragável e quando, em vez de leite quente, lhe serviam na refeição matinal café de feijão e sopa. Uma única vez exprimira admiração ante as mudanças: surpreendia-o poucos estudantes aparecerem no café. Nada no mundo lhe importava, salvo seus livros.

"Então, caiu sôbre êle a desgraça. Certa manhã, às onze horas, vieram dois policiais, um de uniforme e outro à paisana. Êste mostrou o distintivo vermelho sob a lapela do casaco e perguntou se no estabelecimento havia um homem chamado Jakob Mendel. Foram direto à mesa de Herr Mendel. O pobre homem, em sua inocência, supôs que quisessem vender livros ou desejassem informações; mas êles prenderam-no e levaram-no consigo. Foi uma desonra para o café. Todos os fregueses rodearam Herr Mendel, que, parado no meio dos dois policiais, os óculos puxados para cima quase até os cabelos, olhava a um e a outro, desnorteado. Alguns aventuraram um protesto, afirmando ser um engano: Herr Mendel não faria mal nem a uma môsca; mas o detetive estava furioso e lhes disse que cada um cuidasse de sua vida. Depois o levaram e nenhum de nós no Café Gluck o viu de nôvo durante dois anos. Nunca soube o que tinham contra êle, mas juraria na hora da morte que deve ter sido um engano. Herr Mendel nunca faria nada de errado. Era um crime tratar um inocente com tanta crueldade!

A boa Frau Sporschil estava certa. Nosso amigo Jakob Mendel não fizera nada de mal. Simplesmente (como soube depois), havia cometido uma coisa incrìvelmente estúpida, que só podiam explicar aquêles que lhe conheciam as singularidades. O departamento de censura militar, cuja função era vigiar a correspondência com os países neutros, um dia interceptou um cartão-postal escrito e assinado por um certo Jakob Mendel, devidamente selado para envio ao exterior. Êste cartão-postal estava endereçado a Monsieur Jean Labourdaire, Libraire, Quai de Grenelle, Paris, portanto a um país inimigo. O remetente queixava-se de que não recebera os oito últimos

S. Zweig 349

números do mensário *Bulletin bibliographique de France,* embora a sua assinatura anual houvesse sido paga antecipadamente. O joão-ninguém que leu esta missiva (um professor de ginásio, com pendor para as línguas românicas, recrutado para o serviço militar e que usava seus talentos no departamento de censura em vez de dissipá-lo nas trincheiras) ficou assombrado com o seu teor. "Deve ser uma brincadeira", pensou. Entre as duas mil cartas e cartões que examinava semanalmente, sempre à cata de algo que tivesse o sabor de espionagem, nunca lhe caíra às mãos algo tão absurdo como aquilo: um súdito austríaco, despreocupadamente, deixava cair, em uma das caixas do correio real e imperial, um cartão-postal endereçado a alguém num país inimigo, a despeito do pormenor insignificante de que, desde agôsto de 1914, as Potências Centrais haviam sido isoladas, pela Rússia de um lado e pela França do outro, por uma profusão de arames farpados e uma rêde de trincheiras nas quais homens armados de fuzis e baionetas, morteiros e artilharia, davam o máximo de si para exterminar-se uns aos outros como ratos. Nosso professorzinho, alistado no Landsturm [1], não levou a sério êsse primeiro cartão, mas colocou-o na gaveta como curiosidade, indigno de ser levado ao superior. Mas, passadas algumas semanas, veio outro cartão, novamente de Jakob Mendel, desta vez endereçado a John Aldridge, Bookseller, Golden Square, London, indagando se lhe podiam enviar os últimos números do *Antiquarian,* a um enderêço em Viena que constava do cartão.

O censor, apertado em seu uniforme azul, sentia-se um tanto inquieto. Estaria a sua "classe" tentando lograr o professor? Será que os cartões não estão escritos em código? Era possível; assim, o subordinado dirigiu-se à mesa do major, bateu os calcanhares, fêz continência e depôs os documentos suspeitos diante da "autoridade devidamente constituída". Caso estranho, sem dúvida. Telefonaram à polícia que investigasse se realmente existia um Jakob Mendel no enderêço especificado e que, se assim fôsse, o trouxesse à sua presença. Uma hora mais tarde, Mendel foi prêso e (ainda estupefato pelo choque) trazido à presença do major. Êste mostrou-lhe os cartões-postais e perguntou-lhe, naquela voz rude de sargento, se reconhecia a sua autoria. Enfurecido por se dirigirem a êle tão bruscamente e ainda mais contrariado por ter sido interrompido durante a leitura de um catálogo importante, Mendel respondeu àsperamente:

— É claro que escrevi os cartões. É minha letra e minha assinatura. Decerto, temos o direito de reclamar a entrega de um periódico que assinamos, não?

---

(1) Subdivisão do recrutamento militar, formada pelos reservistas idosos e colocada na última linha de defesa.

350                         Entre Dois Mundos

O major girou a sua cadeira para o tenente da mesa ao lado e trocaram olhares significativos.

"Êsse homem deve ser um idiota super-refinado" foi o que exprimiram um ao outro.

Depois, o major refletiu se devia dispensar o transgressor, com uma multa, ou tratar do caso com mais seriedade. Em todos os departamentos, quando surgem tais dúvidas, a praxe usual é não tirar a sorte, mas apresentar um relatório. Assim, Pilatos lava suas mãos de tôda e qualquer responsabilidade. Mesmo que o relatório não traga qualquer vantagem, tampouco pode trazer desvantagem, e é mera fôlha manuscrita ou datilografada, inútil, acrescentada a milhares de outras.

Neste caso, porém, a decisão de fazer um relatório, infelizmente, prejudicou bastante a um gênio inofensivo, pois envolvia uma série de perguntas, e a terceira suscitou circunstâncias suspeitas a esclarecer.

— Seu nome por extenso?

— Jakob Mendel.

— Profissão?

— Vendedor ambulante de livros (porque, como já foi explicado, Mendel não tinha loja, apenas uma licença de ambulante).

— Lugar do nascimento?

Sobreveio o desastre. O local de nascimento de Mendel não distava muito de Petrikau. O major franziu as sobrancelhas. Petrikau ou Piotrkov ficava além da fronteira, na Polônia russa.

— O senhor é russo por nascimento. Quando se naturalizou austríaco? Mostre-me os seus documentos.

— Documentos? Papéis de identificação? Tenho sòmente a minha licença de mascate!

— Mas, então, qual é a sua nacionalidade? Seu pai era austríaco ou russo?

Calmamente Mendel respondeu:

— Russo, é claro!

— E quanto ao senhor?

— Para escapar do serviço militar na Rússia, fugi pela fronteira, trinta e três anos atrás, e desde então tenho residido em Viena.

O caso, aos olhos do Major, estava ficando cada vez pior.

— Mas não tomou nenhuma providência para tornar-se um cidadão austríaco?

— Para quê? — opôs-se Mendel. — Nunca me preocupei com essas coisas.

— Então o senhor é súdito da Rússia?

Mendel, que já estava cansado daquele interrogatório sem fim, simplesmente respondeu:

— Sim, acho que sou.

# S. Zweig

O espantado e indignado Major atirou-se para trás com tanta violência, que a cadeira estalou, protestando. Então, a que ponto as coisas haviam chegado! Em Viena, capital da Áustria, no fim de 1915, depois de Tarnow, no auge da guerra, depois da grande ofensiva, um russo podia passear pelas ruas sem ser importunado, podia escrever cartas à França e à Inglaterra, sem que a polícia de nada soubesse de suas maquinações. E, depois, os idiotas que escrevem nos jornais espantavam-se por que Conrad von Hotzendorf não avançara com botas-de-sete-léguas até Varsóvia, e o Comando Geral estava perplexo porque cada movimento das tropas era imediatamente transmitido aos russos, pelos espiões.

O tenente ergueu-se num salto e cruzou a sala em direção à mesa de seu chefe. O que fôra um colóquio quase que amistoso assumia agora uma nova orientação e degenerava em inquisição.

— Por que não se apresentou imediatamente como estrangeiro inimigo logo que a guerra começou?

Mendel, não compreendendo ainda a gravidade de sua posição, respondeu no seu jargão cantante de judeu:

— Por que teria de me apresentar? Não compreendo.

O major considerou a pergunta como um desafio e respondeu ameaçadoramente:

— Não leu as instruções afixadas por aí, em todo lugar?

— Não.

— Não leu os jornais?

— Não.

Os dois oficiais encararam Jakob Mendel (agora transpirando com inquietação) como se a lua tivesse caído do céu dentro daquela sala. Em seguida, o telefone tilintou, as máquinas de escrever estalaram, ordenanças correram para cima e para baixo e Mendel foi enviado, sob guarda, ao quartel mais próximo, onde aguardaria transferência para um campo de concentração. Quando lhe ordenaram seguir os dois guardas, ficou claramente perplexo, mas não sèriamente perturbado. O que teria contra êle aquêle homem de gola dourada e voz brutal? No mundo superior dos livros, onde Mendel vivia e respirava e tinha o seu ser, não havia guerras, não havia desentendimentos, sòmente um conhecimento crescente de obras e números, de títulos e nomes de autores. Assim, bem-humorado até, seguiu escada abaixo os dois soldados, cuja primeira missão era levá-lo à Chefatura de Polícia. Sòmente quando lhe tiraram os livros dos bolsos do casaco, e a polícia apoderou-se de sua carteira onde continha uma centena de memorandos importantes e endereços de clientes, é que perdeu o contrôle e passou a resistir, esmurrando a torto e a direito. Tiveram de amarrar-lhes as mãos. Na luta, seus óculos caí-

352 Entre Dois Mundos

ram, esfacelando-se em mil pedaços, êstes mágicos telescópios, sem os quais não podia ingressar no mundo maravilhoso dos livros. Dois dias depois, trajado com um leve casaco de verão, foi enviado a um campo de concentração para civis russos em Komorn.

O que Jakob Mendel sofreu durante dois anos de internamento, separado de seus livros queridos, sem dinheiro, entre homens de rude educação, onde poucos sabiam ler e escrever, nessa enorme esterqueira humana, não podemos dizer, pois nos faltam informações. Deixaremos isso à imaginação daqueles que podem avaliar os tormentos de uma águia engaiolada. Contudo, aos poucos, nosso mundo, de volta à sobriedade depois de seus acessos de embriaguez, já sabe que, de tôdas as crueldades e abusos de poder durante a guerra, nenhum foi mais terrível e mais indesculpável do que encurralar, atrás de uma cêrca de arame farpado, milhares e milhares de pessoas, fora da idade militar, que se haviam estabelecido numa terra estranha e que, acreditando na boa fé de seus hospedeiros, se abstiveram de usar do sagrado direito da hospitalidade, garantido mesmo pelos Tunguses e Araucanos — o direito de escapar enquanto há tempo. Êste crime contra a civilização foi cometido com a mesma temeridade irrefletida na França, na Alemanha, na Inglaterra, em todo país beligerante de nossa Europa enlouquecida.

Talvez Jakob Mendel tivesse perecido nesse curral, como outros milhares de inocentes, de loucura, de disenteria, de fraqueza, de amolecimento cerebral ou mesmo de coisa pior, se um dêsses acasos tìpicamente austríacos não o trouxesse de volta ao mundo em que de nôvo se tornara possível uma vida espiritual. Depois de seu desaparecimento, por várias vêzes chegaram ao Café Gluck, dirigidas a Mendel, cartas de clientes distintos. O Conde Schönberg, antigo governador na Estíria e entusiástico colecionador de livros de heráldica; Siegenfeld, o antigo reitor de uma faculdade teológica, que estava escrevendo um comentário sôbre a obra de Santo Agostinho; Edler von Pisek, um almirante octogenário, aposentado, que se metera a escrever as suas memórias — estas e outras pessoas de renome, desejando alguma informação de Buchmendel, escreveram-lhe repetidas vêzes, para o enderêço usual e destas cartas algumas foram remetidas devidamente ao campo de concentração em Komorn. Lá caíram às mãos do oficial comandante, que ocasionalmente era homem de inclinações humanitárias, e espantou-se ao ver que pessoas tão notáveis se correspondiam com êste pequeno judeu russo que, quase cego agora que seus óculos haviam sido quebrados, e sem dinheiro para comprar outros, encolhia-se em um canto como uma toupeira, cinzenta, cega e muda. Um homem que tinha tais pa-

S. Zweig 353

tronos devia ser alguém de importância, não importa a sua aparência. Assim, leu as cartas para o míope Mendel, e escreveu-lhe as respostas para que êle as assinasse — onde se pedia sobretudo que se usasse de influência em seu favor. A magia funcionou, pois êstes correspondentes tinham a solidariedade dos colecionadores. Juntando as fôrças e trançando os pauzinhos, conseguiram, mediante garantias sôbre a boa conduta do "inimigo estrangeiro", a autorização para a volta de Buchmendel a Viena em 1917, depois de mais de dois anos em Komorn, embora com a condição de apresentar-se diàriamente à polícia. A cláusula pouco importava. Era novamente um homem livre, livre para reaver seu quarto na velha água-furtada, livre para manusear os livros outra vez, livre (sobretudo) para voltar à sua mesa no Café Gluck. Posso descrever a volta do submundo do campo com as próprias palavras da boa Frau Sporschil.

— Um dia — Virgem Santíssima! — mal podia acreditar em meus próprios olhos — a porta se abriu (o senhor se lembra do jeito dêle) um pouco mais que uma fresta, e por esta abertura êle se esgueirou, pobre Herr Mendel. Usava um casaco militar esfarrapado e surrado e à cabeça algo que talvez, tempos atrás, fôra um chapéu, pôsto fora por imprestável. Sem colarinho. Seu rosto parecia de um cadáver, tão magro estava; o cabelo, terrìvelmente fino. Mas êle entrou como se nada houvesse acontecido, dirigiu-se diretamente à sua mesa, tirou o casaco, não tão ràpidamente como antes, pois ofegava com o esfôrço. Também não trazia livros consigo. Apenas sentou-se ali, sem uma palavra, olhando fixamente à sua frente com os olhos cavados e inexpressivos. Sòmente aos poucos, depois que lhe entregamos os maços de material impresso que haviam chegado da Alemanha para êle, começou a ler novamente. Mas não era mais o mesmo.

Não, não era mais o mesmo, não era mais o *miraculum mundi,* o mágico catálogo ambulante. Todos que o viram naquela época contaram-me a mesma história triste. Algo estava irrecuperàvelmente errado; êle estava quebrado, o cometa vermelho-sangue da guerra explodira dentro da remota e calma atmosfera do seu mundo, o mundo dos livros. Seus olhos, acostumados por dezenas de anos a olhar apenas o impresso, devem ter presenciado coisas terríveis naquele curral humano, cercado de arame farpado; pois os olhos que antes eram tão ligeiros e irônicamente brilhantes, agora eram como que velados completamente pelas pálpebras inertes, e pareciam sonolentos e avermelhados, por trás da armação dos óculos cuidadosamente consertados. Pior ainda, em algum lugar da maravilhosa maquinaria de sua memória, deve ter-se partido uma engrenagem de tal modo que prejudicara todo o con-

354 Entre Dois Mundos

junto; pois tão delicada é a estrutura de nosso cérebro, uma espécie de quadro feito das substâncias mais frágeis, e tão fàcilmente abalado como são todos os instrumentos de precisão, que uma arteríola entupida, um feixe de fibras nervosas congestionado, um grupo de células cansado, mesmo uma molécula deslocada podem desajustar o aparelho e impossibilitar uma operação harmoniosa. Na memória de Mendel, o teclado do saber, as teclas estavam duras ou — usando a terminologia psicológica — as associações foram prejudicadas. Quando, de tempos em tempos, vinha alguém pedir uma informação, Jakob Mendel olhava-o confuso, não compreendia a pergunta, ou esquecia-a antes de encontrar a resposta. Mendel já não era mais Buchmendel, assim como o mundo já não era mais o mundo. Não conseguia mais absorver-se totalmente em sua leitura, não se balançava mais quando lia, como antigamente, mas sentava-se ereto, os óculos dirigidos mecânicamente para a página impressa, talvez sem ler, perdido em sonhos. Freqüentemente, disse Frau Sporschil, a cabeça tombava sôbre o livro e êle adormecia durante o dia, ou olhava fixamente durante horas aquela lâmpada fedorenta de acetileno que, naqueles dias de escassez de carvão, substituía a luz elétrica. Não, Mendel não era mais Buchmendel, não era mais a oitava maravilha do mundo; era apenas um fardo barbudo, vestido de trapos, cansado, abatido, embora respirando ainda, imprestável, sentado, qual um fútil saco de batatas, ali onde se sentara o oráculo pítico; não era mais a glória do Café Gluck, mas um espantalho vergonhoso, fedorento, um parasita.

Foi esta a impressão que causou ao nôvo proprietário, Florian Gurtner de Retz, que, enriquecido no comércio clandestino de farinha e manteiga, persuadira Standhartner a vender-lhe o Café Gluck por oitenta mil coroas de papel que depressa se desvalorizaram. Com as rudes mãos de camponês, tomou duramente as rédeas do negócio, ràpidamente tratou de mandar redecorar o local, comprou umas bonitas cadeiras cobertas de cetim, instalou uma entrada de mármore, e já estava em negociações com o vizinho, para aumentar o café e construir uma pista de danças. Naturalmente, enquanto procedia a tais embelezamentos, não estava muito satisfeito com o parasita que era Jakob Mendel, um judeu galiciano imundo, que tivera problemas com a polícia durante a guerra, olhado ainda como um "estrangeiro inimigo" e que, ocupando a mesa de manhã à noite, não consumia mais do que duas xícaras de café e quatro ou cinco pãezinhos. Com efeito, Standhartner recomendara-lhe êsse cliente de velha data, explicando-lhe que Mendel era uma pessoa de renome, e, no inventário, transferira-o como detentor de um direito permanente sôbre o estabelecimento, porém mais como parte do ativo do que do pas-

S. Zweig 355

sivo. Mas Florian Gurtner trouxera para o café não sòmente móveis novos e uma caixa registradora moderna, como também a dura mentalidade do após-guerra, em que só importa o lucro, e aguardava o primeiro pretexto para expulsar de seu elegante estabelecimento o último vestígio vergonhoso da sovinice suburbana.

Não tardou a aparecer um bom ensejo. Jakob Mendel estava empobrecido até o último grau. As poucas notas de banco que lhe haviam sobrado reduziram-se a nada durante o período da inflação; a sua clientela regular morrera, estava arruinada ou dispersa. Quando tentou retomar a antiga profissão de vendedor ambulante, batendo de porta em porta para comprar e vender, viu que lhe faltavam as fôrças necessárias para carregar livros, escadas acima e abaixo. Centenas de pequenos indícios revelaram-lhe que se tornara um indigente. Agora, raramente mandava trazer seu almôço do restaurante, e passou a "pendurar" no Café Gluck as contas do módico desjejum e do lanche da noite. Certa vez, deixou a dívida acumular-se por três semanas. E por esta razão, o *maître* queria que Gurtner o despejasse. Mas Frau Sporschil interveio e garantiu o pagamento da conta. Poderiam descontá-la de seu ordenado!

Isto protelou o desastre por algum tempo, mas estava para acontecer o pior. Há algum tempo, o *maître* notara que desapareciam mais pãezinhos do que em realidade se consumiam. Naturalmente, as suspeitas recaíram sôbre Mendel, que há meio ano devia ao trôpego carregador cujos serviços ainda necessitava. Passados dois dias, o *maître,* escondido atrás do fogão, pôde agarrar Mendel em flagrante. O cliente indesejado saíra sorrateiramente de seu lugar na sala de jôgo, arrastara-se até atrás do balcão do salão principal, pegara dois pãezinhos do cêsto, voltara à sala de jôgo e devorara-os àvidamente. No ajuste de contas, no fim do dia, êle afirmou ter tomado sòmente café; pãezinhos não. O causador do desfalque fôra descoberto e o garção relatou seu achado ao proprietário. Herr Gurtner, encantado em ter tão bom pretexto para livrar--se de Mendel, fêz uma cena, acusou-o abertamente de roubo, e declarou que sòmente a sua bondade de coração o impedia de mandá-lo à polícia.

— Mas depois disto — disse Florian — o senhor nos fará o favor de juntar os seus trapos e sumir-se. Não queremos mais ver a sua cara no Café Gluck.

Jakob Mendel tremeu, mas não replicou nada. Abandonando os seus pobres pertences, saiu sem dizer uma palavra.

— Foi horrível — disse Frau Sporschil. — Nunca mais esquecerei aquela cena. Êle se levantou, com os óculos na testa, o rosto branco como um lençol. Não parou nem para vestir o casaco, embora fôsse janeiro, e estivesse muito frio. Por certo,

356          Entre Dois Mundos

o senhor se recorda do terrível inverno que tivemos, logo depois da guerra. Na pressa, deixou o livro que estava lendo, aberto em cima da mesa. Não o notei a princípio, e depois, quando quis entregar a êle, já saíra capengando pela porta a fora. Tive mêdo de segui-lo até a rua; Herr Gurtner estava à porta, gritando atrás dêle, e logo se juntou uma multidão de curiosos. Eu me sentia envergonhada até o âmago do meu ser. Isso jamais teria acontecido com o dono antigo. Herr Standhartner nunca teria expulso Herr Mendel por haver surrupiado um ou dois pãezinhos, para matar a fome, mas teria permitido que pegasse quantos quisesse, de graça, até o fim dos seus dias. Desde a guerra, parece que as pessoas se tornaram insensíveis. Expulsar um homem que durante anos e anos fôra um freguês diário. Que vergonha! Não gostaria de responder, perante Deus, por tal crueldade!

A boa mulher estava tôda excitada, e, com a garrulice apaixonada da velhice, continuava a repetir como fôra vergonhoso tudo aquilo, e que nada teria acontecido se Herr Standhartner não houvesse vendido o café. Por fim, tentei deter essa torrente de palavras, perguntando-lhe o que acontecera a Mendel e se o vira de nôvo. Estas perguntas deixaram-na ainda mais excitada.

— Dia após dia, quando passava por essa mesa, eu ficava tôda arrepiada, como o senhor pode compreender. Cada vez, pensava comigo mesma: "Por onde andará o pobre Herr Mendel?" Se soubesse onde morava, teria levado algo quente para êle comer, pois onde arrumaria dinheiro para cozinhar algo e aquecer seu quarto? Pelo que eu sabia, não possuía parente algum por êsse mundo afora. Como, de há muito, não ouvia mais nada a seu respeito, comecei a acreditar que tudo havia terminado e que não o veria mais. Já me dispunha a mandar rezar uma missa por intenção de sua alma, pois sabia que sempre fôra um bom homem, nos vinte e cinco anos que o conhecera.

"Afinal, um dia de fevereiro, às sete e meia de manhã, abriu--se a porta e Herr Mendel entrou. Em geral, como o senhor sabe, êle entrava olhando de esguelha, meio confuso e ausente; mas desta vez, de alguma maneira, estava diferente. Percebi logo um brilho estranho nos olhos; estavam cintilantes e êle os virava para cá e para lá, como se quisesse captar tudo de uma vez; quanto à aparência, parecia um monte de barba, pele e ossos. Instantâneamente, passou-me pela cabeça: "Êle esqueceu tudo o que lhe aconteceu da última vez que aqui estêve; deve andar por aí como um sonâmbulo sem ver ou perceber; não recorda dos pãezinhos e da maneira vergonhosa como Herr Gurtner o expulsou daqui com o intuito em parte de chamar a atenção da polícia". Graças a Deus, Herr Gurtner

S. Zweig

ainda não havia chegado e o *maître* estava tomando seu café. Corri para Herr Mendel, querendo dizer-lhe que sumisse dali, pois, do contrário, aquêle rufião (olhou em volta tìmidamente com mêdo de que alguém a escutasse e ràpidamente emendou a frase) quero dizer, Herr Gurtner mandaria enxotá-lo novamente. "Herr Mendel", murmurei. Êle sobressaltou-se e olhou para mim. Naquele exato momento (foi terrível), deve ter-se lembrado de tudo, pois quase desmaiou e começou a tremer, não sòmente as mãos, tremia e sacudia-se dos pés à cabeça. Ràpidamente, voltou-se em direção à rua e caiu pesadamente ao chão tão logo transpôs o limiar da porta. Chamamos uma ambulância e carregaram-no para um hospital; a enfermeira que veio junto, nem bem lhe encostou a mão, afirmou que o homem estava com febre altíssima. Morreu naquela noite. "Pneumonia dupla", diagnosticara o médico, afirmando também que, com certeza, êle jamais recobrara a consciência — não poderia, pois, estar consciente quando chegara ao Café Gluck. Como disse, entrara como um sonâmbulo. A mesa na qual se sentara durante trinta e seis anos chamara-o de volta como a um lar.

Por mais algum tempo continuamos a falar dêle, os dois últimos a lembrar esta criatura estranha, Buchmendel; eu, a quem, na juventude, o vendedor ambulante de livros revelara, pela primeira vez, a noção de uma vida plena, totalmente dedicada às coisas do espírito; ela, a pobre velhinha das privadas, que nunca lera um livro em tôda a sua existência, que se ligara, nesta sua vida subordinada de pobreza imensa, àquele tipo esquisito, ùnicamente por escovar-lhe o casaco e costurar-lhe os botões durante vinte e cinco anos. Nós, também, formávamos um par muito estranho, mas Frau Sporschil e eu nos entendíamos muito bem, sentados à abandonada mesinha do tampo de mármore, unidos pelas memórias comuns que nossa conversa soerguera. Memórias comuns e, mais que isso, memórias amadas, sempre estabelecem um liame. Repentinamente, em meio ao fluxo da conversa, ela exclamou:

— Deus do céu, como sou esquecida! Ainda tenho o livro que êle deixou na mesa, na noite em que Herr Gurtner mostrou-lhe a porta da rua. Não sabia aonde levar-lhe. E depois, quando ninguém apareceu para reclamá-lo, atrevi-me a guardá-lo como lembrança. O senhor acha que fiz mal?

Foi à dispensa onde guardava alguns materiais de seu trabalho e trouxe de lá o livro para que eu o inspecionasse. Foi-me difícil esconder um sorriso, pois achava-me à frente de uma das pequenas ironias da vida. Era o segundo volume da *Bibliotheca Germanorum erotica et curiosa* de Hayn, um compêndio da literatura galante, conhecido de todo colecionador

# 358 Entre Dois Mundos

de livros. *"Habent sua fata libelli"* [2]. Esta publicação escabrosa, legado de um mágico desaparecido, caíra nessas mãos gastas e exaustas, que decerto nunca seguraram outra obra impressa exceto um livro de orações. Talvez não tenha conseguido disfarçar bem meu sorriso, pois a expressão de meu rosto perturbou aquela alma digna. Uma vez mais falou:

— O senhor acha que fiz mal em guardá-lo?

Amigàvelmente dei-lhe um apêrto de mão.

— Guarde-o para si — disse. — Tenho absoluta certeza de que nosso velho amigo Mendel ficaria feliz, sabendo que alguém, entre os milhares a quem êle forneceu livros, venera sua memória.

Saí, envergonhado perante aquela excelente velhinha que, tão simples e tão humanamente, mantivera viva a memória do morto. Ela, apesar de inculta, guardara pelo menos um livro, como recordação; eu, porém, um homem educado e um escritor, me esquecera completamente de Buchmendel, por anos, justamente eu, que deveria saber, pelo menos, que se escrevem os livros sòmente para prender-se os que vivem aos que deixaram de respirar e, assim, defender-se do fado inexorável de tôdas as vidas: transitoriedade e esquecimento.

(2) Os livros têm seu destino.

# L. FEUCHTWANGER

LION FEUCHTWANGER (1884-1958), popular novelista histórico e autor teatral alemão, nasceu em Munique e faleceu em Los Angeles. Filho de um industrial judeu, Feuchtwanger estudou filologia e literatura nas Universidades de sua terra natal e Berlim. Começou a escrever como crítico literário de revistas alemãs. Na Primeira Guerra Mundial, escreveu peças teatrais de caráter pacifista, entre as quais figuram *Paz* e *Prisioneiros de Guerra*. Em 1925, publicou o magistral romance histórico, *O Judeu Sues*. Colaborou com Bertold Brecht na peça *A Vida de Eduardo II* (baseada em Marlowe) e em outras ocasiões. Em 1933, o govêrno nazista confiscou-lhe a casa e os bens, em Berlim. Feuchtwanger emigrou e, no ano seguinte, era privado de sua cidadania alemã. Com a ocupação da França na última guerra, Feuchtwanger foi detido novamente pelos nazistas num campo de concentração francês, de onde conseguiu escapar, refugiando-se nos Estados Unidos. É dos mais traduzidos e populares escritores modernos alemães. Um renovador significativo do romance histórico, distingue-se pela penetração psicológica em que abordou variadas épocas, baseado em minucioso estudo de pormenores e pintando-lhes com virtuosismo e atmosfera. Além de suas obras já mencionadas, merecem ser citadas as peças *Warren Hastings* (1916) e *Calcutá, 4 de maio* (1927) e os romances *A Duquesa Feia* (1923), *Éxito* (1930), *A Guerra Judaica* (1932) (publicado

360 Entre Dois Mundos

no Brasil sob o título *Flávio Josefo*), *Os Irmãos Oppenheim* (1933), *Os Irmãos Lantensack* (1944), *O Dia Virá* (1945), *Balada Espanhola* (1955), *Jefta e sua Filha* (1957).

## OS TALÕES DE BAGAGEM DO SR. WOLLSTEIN

O Sr. Wollstein era um conhecido negociante de obras de arte. Sua galeria era pequena, mas famosa pelo fato de nunca se encontrar nela uma tela de qualidade inferior.

O Sr. Wollstein beirava os cinqüenta anos; era de constituição robusta, quase gordo. No seu rosto cheio alojava-se um par de olhos castanhos, velados e tristes, mas que de repente podiam assumir uma expressão viva e sagaz. Desajeitado, falava aos arrancos e dizia-se de boa vontade incapaz da menor aptidão literária. Preferia valorizar o homem de negócios ao *connoisseur* de arte. Todavia, vez por outra, saía de sua casca; era aparente então que, embora desdenhasse o feitio comum aos críticos de arte, possuía gôsto apurado e um fanático amor aos assuntos artísticos.

Conheci-o melhor numa viagem, durante a qual partilhamos por várias horas o mesmo compartimento. Pareceu apreciar minha companhia e eu também gostei dêle. Durante a conversa, êle se abriu e, ao separar-nos, convidou-me para aparecer uma noite à sua casa.

Foi o que fiz. Fiquei conhecendo sua filha adotiva, môça de seus vinte anos, inteligente porém sem maiores atrativos. Esperavam outro convidado e o jantar demorou a ser servido. Após meia hora de espera, porém, a môça insistiu para que começássemos a jantar — os modos de Frey eram assim mesmo — e sentamo-nos.

Estávamos terminando a refeição quando chegou Frey. Era um homem de uns trinta anos, pintor. Assim que entrou, o Sr. Wollstein criou vida. O artista não apresentou desculpas, seus modos eram rudes e arrogantes; não simpatizei com êle. Os elogios do Sr. Wollstein sôbre sua capacidade artística foram calorosos e sem restrições.

O Sr. Frey não se demorou muito. Após sua saída, a jovem queixou-se dos aborrecimentos que Frey dava ao padrasto. Mas o Sr. Wollstein achava que era algo que se devia tolerar. Poder-se-ia esperar de Herbert Frey grandes coisas, embora tivesse muito que aprender ainda.

Outros me afirmaram que não podiam compreender o que o Sr. Wollstein via nas pinturas de Herbert Frey. Pessoalmente, era um sujeito muito antipático. Mais tarde, tive ensejo de ouvir-lhe o nome ligado a um escândalo qualquer.

Encontrei-me novamente com o Sr. Wollstein em Paris, depois que o domínio nazista pôs um fim à arte alemã. Abriu uma pequena galeria que logo criou fama. O Sr. Wollstein nunca deixava de me convidar à sua casa, quando eu estava em Paris. Tôdas as vêzes em que lá fui encontrei um jovem polonês, Michael K., um tanto desleixado e tímido e, no entanto, arrogante. O Sr. Wollstein observou que Michael ainda tinha muito que aprender, mas que depositava nêle grandes esperanças. Suas telas, que o negociante de arte me mostrou com grande orgulho e entusiasmo, não me causaram particular impressão. Alguns amigos meus eram da mesma opinião. Consideravam as pinturas bastante medíocres, mas o Sr. Wollstein insistia que gênios do calibre de Michael K. levavam tempo para desabrochar.

— É evidente que *O Velho Verde* ainda mostra forte influência dos primeiros Picasso, mas você verá como Michael atingirá o galarim da fama.

Enquanto isso, Michael K. só trazia aborrecimentos ao Sr. Wollstein e, em particular, à sua filha. Gastava muito dinheiro, que lhe era adiantado por Wollstein. Com a môça, teve um caso amoroso e recusou-se a desposá-la. O fato não agradou ao padrasto, bastante puritano. Mas nada disso alterou sua opinião acêrca da capacidade artística de Michael K., nem o impediu de continuar a dar-lhe o apoio financeiro.

Mais tarde, em agôsto de 1939, eu me achava numa aldeiazinha do Sul da França. O Sr. Wollstein informou-me de Paris, por telefone, com orgulho e alegria de que Michael K. se havia revelado. Pintara três quadros onde transparecia o talento que êle, Wollstein, percebera desde o início. Apresentaria o trabalho de K. no fim de setembro e queria ver-me a qualquer custo em Paris para a inauguração.

Todavia, antes que a mostra se realizasse, Hitler invadiu a Polônia. Casualmente, durante os meses da "pretensa" guerra, o Sr. Wollstein contara-me que Michael K. se juntara à Legião Polonesa. Êle mesmo esperava ir aos Estados Unidos em maio. Não havia mais razão para trabalhar em França. Mas pretendia apresentar as obras de Michael K. em Nova Iorque e, quando o artista voltasse da guerra, o mundo inteiro conhecê-lo-ia pelo que realmente era.

Encontrei de nôvo o Sr. Wollstein num campo de concentração em Les Mille, perto de Aix. Os nazistas haviam invadido a Holanda e os franceses internaram indiscriminadamente a alemães, tchecos, poloneses, holandeses e apátridas, em campos de concentração. As condições em Les Mille deixavam muito a desejar e houve oportunidade de se ver quem tinha fibra. O Sr. Wollstein tinha fibra. E provou-o muito bem. Sempre calmo e paciente, prodigalizava ajuda sempre que possível;

362 Entre Dois Mundos

mostrava inteligência e procurava fazer o melhor em circunstâncias adversas. Nunca me esquecerei como cuidou de mim durante um ataque de disenteria.

Apesar da calma aparente, percebi que algo o perturbava profundamente. Depois de algumas tentativas frustradas, finalmente desabafou-se comigo. Contou que trazia consigo os seus mais preciosos tesouros artísticos, tudo o que possuía de mais valioso.

— Aqui estão — disse, exibindo ante meus olhos atônitos numerosos talões de bagagem.

Ainda assim não compreendi. Wollstein explicou-me que, antes de fugir de Paris, retirara os quadros mais valiosos de suas molduras e ocultara-os cuidadosamente nas paredes internas de malas, por trás do fôrro. A seguir, despachara as diversas malas para diferentes estações, principalmente no sul e no centro da França, onde ficariam em depósitos até serem reclamadas. Havia dezoito delas e continham um total de vinte e nove telas. Entre elas, um Matisse, um Picasso, que eu conhecia, dois pequenos Degas, um Tiepolo, e um possível Franz Hals. Acima de tudo, porém, estavam os três quadros de Michael K. De qualquer forma, por enquanto as pinturas estavam a salvo dos nazistas; sua fortuna e a obra de K. talvez ainda pudessem ser salvas.

Compreendi então as agonias do Sr Wollstein: tôdas aquelas preciosidades espalhadas através da França, um país à mercê do inimigo, e êle sòzinho, guardando consigo a chave do tesouro, os talões das malas. Michael K. lutava na Legião Polonesa, sabe Deus onde, talvez já estivesse morto. O Sr Wollstein não tinha notícias da enteada; era possível que a tivessem enviado também a algum campo de concentração. Em meio à confusão e ao colapso gerais, nós, prisioneiros em Les Mille, não poderíamos esperar notícias do mundo ixterior. O Sr. Wollstein estava, portanto, impossibilitado de usar os talões de depósito. Para dificultar a situação, na pressa do estratagema, não pudera anotar em que mala se encontrava determinada pintura. Assim, se houvesse possibilidade de reavê-las, digamos em Montpellier, nem saberia o que ia encontrar. Acreditei em sua sinceridade quando me disse:

— Salvar o Matisse e o Picasso é importante, porém muito mais importante é preservar as três telas de Michael K. Todo mundo conhece Picasso e Matisse, mas sòmente nós e êle próprio conhecemos Michael K.

A situação piorava a cada instante. Paris caiu, os nazistas avançavam, já se achavam às portas de Lyon. Nós, prisioneiros, corríamos o maior perigo. No último instante, os franceses nos despacharam para o extremo sudoeste do país, para de lá sermos embarcados. Mas tarde demais. O armistício fôra assi-

L. Feuchtwanger 363

nado e os nazistas exigiram a entrega de grande número de prisioneiros. O Sr. Wollstein e eu mesmo figurávamos presumìvelmente nessa lista.

Durante tôda a nossa estranha jornada, o Sr. Wollstein levava consigo os talões. Não sabia que fim levara a sua enteada, a Legião Polonesa, nem Michael K.

Os dias se arrastavam. As noites, embora curtas, nos pareciam infindáveis. Cada vez se tornava iminente o perigo de sermos entregues aos nazistas. Ao fim, amigos americanos conseguiram subtrair-me ao campo de concentração e esconder-me; assim vivi em Marseille, esperando a oportunidade de escapar pela fronteira.

Finalmente apareceu o ensejo. Meus amigos fizeram um bom trabalho. Certa noite, conduzido por um guia do país, e atravessando um atalho na montanha, teria a minha *chance*. Pedi que me fôsse permitido levar mais alguém e, após certa hesitação, aquiesceram.

A pedido, amigos meus entraram em contato com o Sr. Wollstein e lograram arranjar-lhe um licença para ausentar-se dez horas, para uma consulta médica em Marseille. Enquanto o guarda esperava defronte a casa do médico, trouxeram-no a mim.

Expus a situação ao Sr. Wollstein. Muito sério, o semblante pensativo, abanou negativamente a grande cabeça astuta.

— Fico-lhe imensamente grato, mas não posso aceitar. — O que detinha êsse homem lerdo, já entrado em anos, não eram as dificuldades e perigos da empreitada. — Você compreende, os talões de depósito — disse.

Não concordei. Não compreendia como um homem podia apegar-se tão tenazmente ao que possuía, a ponto de, por isso, arriscar a vida. Procurei fazê-lo compreender que não haveria outra oportunidade de fuga, que estaria perdido se ficasse.

— Não é Matisse, nem Tiepolo ou Picasso — replicou — mas as obras de Michael K.

— Mas nem sabe se êle continua vivo — argumentei.

— Se estiver morto, mais importante ainda será salvar sua obra — obstinou o Sr. Wollstein e continuou: — Meus amigos conseguiram resgatar quatro malas; se pelo menos uma contivesse uma tela de Michael K., poderia ceder à covardia e partir com o senhor. Não sendo assim, tenho de ficar.

— Você não poderia entregar os talões aos meus amigos? — sugeri. — Saberiam lidar com êles melhor do que você.

— Tenho a certeza de que, em se tratando de uma vida humana, êles fariam tudo, mas quem dará a devida importância a uma obra de arte?

Quando, depois de uma viagem perigosa, cheguei a Lisboa, tive de esperar mais alguns dias. No último dia, recebi um

364 Entre Dois Mundos

recado de Wollstein através do Consulado Americano. Êle me informava de modo um tanto enigmático que conseguira salvar um dos quadros de Michael K., mas êle próprio continuava prêso.

Alcancei são e salvo os Estados Unidos e consegui de amigos que tentassem salvar Wollstein; recorri a várias instituições, à Cruz Vermelha. As notícias eram que êsse mais aquêle haviam sido entregues aos nazistas — um número cada vez maior de refugiados. Tornou-se mais difícil obter informações fidedignas sôbre os campos de concentração franceses. Passaram-se meses sem notícias do Sr. Wollstein e perdi tôda a esperança.

Um dia, em outubro do ano passado, Mr. Donald W. B., apreciador de arte em San Francisco, mostrou-me sua coleção. Um quadro chamou-me a atenção; era sóbrio e vigoroso. Aquelas côres, aquelas linhas, tinha a impressão de conhecê-las. Quem seria o artista? Verificou-se que a tela fôra pintada por um certo Herbert Frey.

Ergui os olhos. Herbert Frey? Não seria o pintor que eu encontrara em casa do Sr. Wollstein?. . .

— Sim — disse Mr. B. — Herbert Frey fôra descoberto por um negociante alemão de arte, um certo Sr. Wollstein. — Já por três vêzes no passado, êsse homem recomendara entusiàsticamente jovens pintores a Mr. B. e tôdas as vêzes êles haviam conseguido fama.

Contei a Mr. B. a situação em que se encontrava o Sr. Wollstein. Mr. B. era um homem rico e de grande influência.

— Ora, seria um ultraje não conseguirmos livrar o Sr. Wollstein dessa dificuldade. Deixe que eu me encarrego disso.

Pouco antes de os Estados Unidos entrarem cm guerra, recebi uma longa carta do Sr. Wollstein. Estava a salvo em Lisboa. Contava ter conseguido reaver cinco de suas telas entre as quais uma de Michael K. Êste continuava vivo, embora tivesse sido ferido pouco antes da assinatura do armistício. O braço direito lhe fôra amputado na altura do cotovêlo. Mas Michael K., como escrevia o Sr. Wollstein, certamente seria capaz de pintar, mesmo com a mão esquerda.

# I. BÁBEL

ISAAC BÁBEL (1894-1941) é considerado geralmente como um dos grandes contistas russos dêste século, chegando alguns críticos a defini-lo como a maior revelação na história curta russa, depois de Tchekhov e Górki. Numa autobiografia sucinta, incluída no volume de suas *Obras Escolhidas,* publicado em 1957, e que assinalou a sua reabilitação plena, a volta oficial de seu nome à história literária soviética, Bábel conta que nasceu em Odessa, filho de um comerciante judeu; que estudou até os dezesseis anos o ídiche, a Bíblia e o Talmud; e que também cursou uma escola de comércio da cidade. Residindo em Petrogrado em 1915, não conseguiu colocar na imprensa local os seus contos, até que procurou Máximo Górki. Êste promoveu a publicação de algumas de suas histórias, que valeram ao escritor um processo, sob dupla acusação: teor subversivo e pornografia. Lutou na Primeira Guerra Mundial, na Guerra Civil, trabalhou na Tcheká (órgão de repressão de atividades contra-revolucionárias) etc. Tornou-se conhecido do grande público sòmente em 1924, quando a revista LEF, dirigida por Maiakóvski, publicou algumas de suas narrativas sôbre a Guerra Russo-Polonesa de 1920, reunidas pouco depois no volume *Cavalaria Vermelha.* Prêso em 1939, como implicado numa conspiração, foi morto dois anos depois, em circunstâncias até hoje mal conhecidas. Deixou obra de ficção pouco numerosa, que dividiu, no último livro publicado em vida, *Contos* (1936), em três partes: "Cavalaria Vermelha",

# 366 — Entre Dois Mundos

"Contos de Odessa" e "Contos". Ùltimamente, apareceram publicadas, tanto na União Soviética como no Ocidente, diversas histórias inéditas de Bábel. Deixou também duas peças de teatro (*Crepúsculo* e *Maria*), reminiscências e outros escritos de ocasião. Bábel narra sempre de modo sucinto e direto. Fixa em rápidas pinceladas um tipo e uma situação, em côres vivas, às vêzes chocantes até, quase nunca em matizes intermediários. Seu estilo também é incisivo, despojado ao extremo. Na obra que deixou, não aparecem os aspectos simples e cotidianos da existência, esta é fixada nos momentos excepcionais, gritantes, violentos ou mesmo grotescos. A violência é uma constante em seus contos, mas há sempre algo de machucado e dolorido na maneira como narra tais episódios. Os temas judeus estão quase sempre presentes em sua obra. Em *Cavalaria Vermelha,* livro do qual extraímos o conto *O Filho do Rabi,* aparece a preocupação de uma síntese entre os elementos positivos da tradição e a ideologia revolucionária. Nos *Contos de Odessa,* dirigiu sua atenção para a saga dos bandoleiros judeus de Odessa. Essas histórias estão marcadas pela presença do extraordinário Bênia Krik, "o Rei". O conto *Guy de Maupassant,* que figura neste volume, pertence à última fase da atividade literária de Bábel. Os contos aqui inseridos são da tradução de Bóris Schnaiderman.

## GUY DE MAUPASSANT

No inverno de 1916, eu me vi em Petersburgo, com um passaporte falso e sem vintém no bôlso. Quem me abrigou foi Aleksiéi Kazantzev, professor de russo.

Êle morava no bairro de Pieski, numa rua gélida, amarela, mal-cheirosa. Traduções do espanhol constituíam um acréscimo aos seus parcos vencimentos; naquele tempo, erguia-se a glória de Blasco Ibáñez.

Kazantzev não estivera sequer de passagem na Espanha, mas todo o seu ser vivia repleto de amor por aquêle país: conhecia na Espanha todos os jardins, rios e castelos. Além de mim, apertavam-se contra Kazantzev muitas outras pessoas repelidas da existência normal. Estávamos sempre famintos. De raro em raro, jornaizinhos sensacionalistas publicavam em tipo miúdo as nossas notas sôbre ocorrências.

De manhã, eu vagueava pelos necrotérios e delegacias de polícia.

Apesar de tudo, Kazantzev era mais feliz que nós. Tinha uma pátria — a Espanha.

# I. Bábel

Em novembro, surgiu-me um emprêgo no escritório da usina de Obukhov, um cargo nada mau, e que me livrara do serviço militar.

Mas eu me recusei a trabalhar em escritório.

Já naquele tempo, aos vinte anos, dissera a mim mesmo: são preferíveis a fome, a prisão, a vida errante, a ficar sentado junto a uma escrivaninha dez horas por dia. Êsse voto não revela nenhuma intrepidez especial, mas eu não o transgredi e não hei de transgredi-lo. A sabedoria dos meus avós assentara-se em minha cabeça: nascemos para deliciar-nos com o trabalho, com a luta, com o amor, nascemos para isto e para nada mais.

Ouvindo os meus aranzéis, Kazantzev desgrenhava a penugem amarela e curta que lhe cobria a cabeça. Em seu olhar, o pavor misturava-se à admiração.

No Natal, a felicidade desabou sôbre nós. O advogado Biendiérski, proprietário da Editôra Alcíone, decidira lançar uma nova edição das obras de Maupassant. E a mulher do advogado, Raíssa, empreendera a tarefa da tradução. Mas aquêle capricho de grã-fina dera em nada.

Perguntaram a Kazantzev se êle conhecia alguém, capaz de ajudar Raíssa Mikháilovna. Kazantzev indicou o meu nome.

No dia seguinte, enverguei um paletó emprestado, e fui à casa dos Biendiérski. Êles moravam na esquina da Avenida Niévski e da Móika, numa casa de granito da Finlândia, revestida de coluninhas côr-de-rosa, escudos de pedra e seteiras. Banqueiros de baixa extração, judeus convertidos que enriqueceram com fornecimentos ao govêrno, tinham construído em Petersburgo, antes da guerra, muitos dêsses castelos vulgares, de uma grandiosidade espúria.

Um tapête vermelho estendia-se pela escada. Nos patamares, havia ursos de pelúcia, erguidos sôbre as patas traseiras.

Globos de cristal ardiam-lhe nas goelas escancaradas.

Os Biendiérski moravam no terceiro andar. Quem abriu a porta foi uma criada de touca, de peitos elevados. Introduziu-me na sala de visitas de estilo eslavo antigo. Nas paredes, havia quadros azuis de Rerich [1]: pedras e monstros pré-históricos. Nos cantos, estantes com ícones antigos. A criada dos peitos elevados movia-se solene pela sala. Era esbelta, altiva e míope. Em seus olhos cinzentos e bem abertos petrificara-se a devassidão. Deslocava-se devagar. Pensei que no amor ela, provàvelmente, se movimentava com extrema rapidez e agilidade. O reposteiro de brocado, que pendia sôbre a porta, se agitou. Uma mulher de olhos côr-de-rosa e cabelo negro entrou na sala, carregando na frente o vasto peito. Não se precisava de muito tempo para reconhecer na Biendiérskaia aque-

(1) O pintor russo N. C. Rerich (1874-1947).

368                                     Entre Dois Mundos

la raça encantadora de judias, que vieram até nós de Kiev e de Poltava, das cidades bem alimentadas da estepe, onde crescem castanheiros e acácias. Essas mulheres transformam o dinheiro dos seus espertos maridos numa gordurinha rósea que lhes cobre a barriga, a nuca e os ombros redondos. O sorriso terno e sonolento, que elas têm, deixa malucos os oficiais das guarnições do interior.

— Maupassant é a única paixão de minha vida — disse-me Raíssa.

Procurando conter o balançar das grandes coxas, ela saiu da sala e voltou com uma tradução de *Miss Harriet*. Nesta sua tradução, não ficara sequer vestígio da prosa de Maupassant, livre, fluente, com um largo sôpro de paixão. Biendiérskaia escrevia com uma correção cansativa, desembaraçadamente e sem vida, como os judeus escreviam outrora em russo.

Levei o manuscrito para casa, e ali, na água-furtada de Kazantzev, em meio aos que dormiam, passei a noite inteira abrindo a machado clareiras naquela tradução. Êsse tipo de trabalho não é tão desagradável como parece. A frase vem à luz boa e má ao mesmo tempo. O segrêdo consiste num giro quase imperceptível, que se dá. A alavanca deve estar na mão, esquentando-se. É preciso acioná-la uma vez, e não duas.

De manhã, levei o manuscrito corrigido. Raíssa não mentira, ao falar da sua paixão por Maupassant. Durante a leitura, ficou sentada imóvel, as mãos entrelaçadas: essas mãos acetinadas escorriam para o chão, a testa empalidecia-lhe, a rendinha entre os seios comprimidos afastava-se e estremecia.

— Como foi que o senhor fêz isso?

Falei então do estilo, do exército das palavras, dêsse exército em que se mobiliza tôda espécie de armamento. Nenhum ferro pode penetrar no coração humano de maneira tão gélida como um ponto colocado no momento exato. Ela me escutava, a cabeça inclinada, os lábios pintados ligeiramente abertos. Um raio negro luzia-lhe nos cabelos laqueados, bem alisados e repartidos por um vinco. As suas pernas, em que as meias se derramavam, de coxas robustas e tenras, estavam separadas sôbre o tapête.

A criada trouxe numa bandeja o lanche e desviou os olhos petrificados e devassos.

O sol vítreo de Petersburgo caía sôbre o tapête irregular e desbotado. Os vinte e nove livros de Maupassant estavam numa prateleira sôbre a mesa. O sol, com os seus dedos dan-

**I. Bábel** 369

çarinos, tocava nas lombadas de marroquim, túmulo magnífico de um coração humano.

Serviram-nos café em pequenas xícaras azuis, e iniciamos a tradução do *Idílio*. Todos se lembram dêsse conto em que um jovem e faminto carpinteiro suga o leite de uma gorda ama, e que a incomodava. Isto ocorreu num trem que ia de Nice a Marseille, num cálido meio-dia, no país das rosas, a pátria das rosas, onde as plantações de flôres descem até à orla marítima...

Deixei a casa dos Biendiérski, com um adiantamento de vinte e cinco rublos. A nossa comuna de Pieski embebedou-se naquela noite como um rebanho de gansos. Comemos caviar às colheradas, seguidas de pedaços de salame. Sob a ação do álcool, pus-me a atacar Tolstói.

— Êste conde de vocês se assustou, acovardou-se... A religião dêle é mêdo... Assustado com o frio, com a velhice, o conde mandou fazer uma camiseta de fé...

— E o que mais? — perguntava-me Kazantzev, balançando a cabeça de pássaro.

Adormecemos ao lado das nossas próprias camas. Sonhei com Kátia, uma lavadeira de quarenta anos, que vivia no andar abaixo do nosso. De manhã, apanhávamos com ela água fervente. Eu não chegara sequer a examinar-lhe direito o rosto, mas no sonho nós dois fazíamos o diabo. Acabamos por extenuar-nos, à fôrça de tanto beijo. Não me contive, e na manhã seguinte fui buscar em sua casa um pouco de água fervente.

Quem me recebeu foi uma mulher fanada, de xale cruzado no peito, de cabelos frisados e soltos, cinéreo-grisalhos, e mãos impregnadas de umidade.

Passei a lanchar tôdas as manhãs em casa dos Biendiérski. Em nossa água-furtada, surgiram uma estufa nova, arenques, chocolate. Duas vêzes, Raíssa levou-me às ilhas. Não me contive e contei-lhe a minha infância. O relato saiu-me sombrio, para grande espanto de mim mesmo. Olhos brilhantes e assustados espiavam-me debaixo do chapèuzinho de toupeira. O pêlo ruivo das pestanas estremecia lastimoso.

Conheci o marido de Raíssa, um judeu de rosto amarelo, cabeça nua e corpo achatado e forte, como que enviesado para largar vôo. Os boatos diziam que era chegado a Raspútin. Os lucros que obtinha em fornecimentos militares deram-lhe um ar de possesso. Seus olhos vagueavam, o tecido da reali-

370                                    Entre Dois Mundos

dade rompera-se para êle. Raíssa ficava encabulada, ao apresentá-lo a alguém. Devido à minha juventude, notei isto com uma semana de atraso.

Depois do Ano Nôvo, Raíssa hospedou em casa duas irmãs vindas de Kiev. De uma feita, levei para lá o manuscrito de *A confissão,* e, não encontrando Raíssa, voltei ao anoitecer. Estavam jantando. Vinham da sala de jantar um relinchar argentino e um troar de vozes masculinas, exultantes fora de qualquer medida. Nas casas ricas e sem tradição, os jantares decorrem numa algazarra. O ruído era judeu: com ribombos e terminações cantantes. Raíssa veio ao meu encontro de vestido de baile e costas nuas. Os pés, calçados com uns sapatinhos balouçantes de verniz, pisavam o chão vacilante.

— Estou bêbada, meu bem. — E estendeu-me os braços, envolvidos em correntes de platina e estrêlas de esmeralda.

Seu corpo se balançava, como o de uma cobra que se erguesse ao som da música, até o teto. Sacudia a cabeça frisada, fazendo tilintar os anéis, e de repente deixou-se cair numa poltrona de entalhes em estilo russo antigo. Cicatrizes crepitavam-lhe nas costas empoadas.

Do outro lado da parede, explodiu mais uma vez um riso feminino. As irmãs de bigodinho saíram da sala de jantar, corpulentas e peitudas como Raíssa. Tinham os seios impelidos para frente, e os cabelos negros tremulando. Cada uma delas estava casada com o seu Biendiérski. A sala ficou repleta de uma desordenada alegria feminina, uma alegria de mulheres maduras. Os maridos embrulharam as irmãs em capas de lontra marinha, em xales de Oremburgo, e ferraram-nas com botinhas pretas; sob as viseiras níveas dos xales, apareciam sòmente faces pintadas e ardentes, narizes marmóreos e olhos com um brilho míope e semítico. Tendo feito mais um pouco de barulho, êles foram ao teatro, onde estavam levando *Judite,* com Chaliápin.

— Quero trabalhar — chilreou Raíssa, estendendo os braços nus — nós perdemos uma semana inteira...

Trouxe da sala de jantar uma garrafa e duas taças. O seio alojava-se-lhe com liberdade na sacola de sêda do vestido; os mamilos inteiriçaram-se, a sêda os cobriu.

— Êste é do escondido — disse Raíssa, servindo o vinho — moscatel de 1883. Meu marido vai me matar, quando souber...

Eu nunca tivera ocasião de lidar com vinho moscatel do ano 83, e não vacilei em tomar três taças em seguida. Elas me conduziram no mesmo instante para uns becos, onde tremulava uma chama laranja e ouvia-se música.

# I. Bábel

— Estou bêbada, meu bem... O que temos hoje?

— Hoje, temos *L'aveu*...

— Pois bem, *A confissão*. O herói dêste conto é o sol, *le soleil de France*... Tendo caído sôbre a ruiva Celeste, gôtas fundidas de sol transformaram-se em sardas. O sol poliu a carantonha do cocheiro Polyte, com os seus raios a prumo, com vinho e com cidra de maçã. Duas vêzes por semana, Celeste levava para vender na cidade creme de leite, ovos e galinhas. Ela pagava a Polyte dez cêntimos pelo transporte da sua pessoa e quatro pelo cêsto. E em cada viagem, Polyte piscava o ôlho e informava-se com a ruiva Celeste: "Quando é que vamos farrear, *ma belle?* — O que significa isto, *monsieur* Polyte?" Saltitando na boléia, o cocheiro explicou-lhe: "Ora, diabos, farrear significa farrear... Um rapaz e uma garôta, nem se precisa de música..."

— Eu não gosto dessas brincadeiras, *monsieur* Polyte — respondeu Celeste e afastou do rapaz as suas saias, pendentes sôbre as pernas vigorosas, envôltas em meias vermelhas.

Mas aquêle demônio de Polyte não cessava de dar gargalhada, de tossir — algum dia, vamos farrear, *ma belle* — e lágrimas de alegria escorriam-lhe pelo rosto, côr de sangue, de tijolo e de vinho.

Tomei mais uma taça de moscatel, do escondido. Raíssa chocou o copo com o meu.

A criada dos olhos petrificados cruzou a sala e desapareceu.

*Ce diable de Polyte*... Em dois anos, Celeste pagou-lhe indevidamente quarenta e oito francos. Eram cinqüenta francos menos dois. No fim do segundo ano, uma vez em que estavam a sós no carro de posta, e Polyte, que tomara a sua cidra antes da partida, perguntou como de costume: "Que tal se farreássemos hoje, *mademoiselle* Celeste?" — ela respondeu, os olhos baixos: "Estou às suas ordens, *monsieur* Polyte..."

Raíssa caiu sôbre a mesa, às gargalhadas. *Ce diable de Polyte*...

Um rocim branco estava atrelado no carro de posta. O rocim branco de lábios róseos de velhice caminhou a passo. O alegre sol de França rodeou o calhambeque, isolado do mundo por aquela pala ruiva. Um rapaz e uma garôta, e não se precisa de música...

Raíssa estendeu-me a taça. Era a quinta.

— *Mon vieux,* por Maupassant...

— E que tal se farreássemos hoje, *ma belle*...

Inclinei-me sôbre Raíssa e beijei-lhe os lábios. Êles estremeceram e se inflamaram.

372 Entre Dois Mundos

— Você é divertido — murmurou Raíssa entre dentes e afastou-se.

Apertou-se contra a parede, os braços nus estendidos. Manchas acenderam-se-lhe nos braços e nos ombros. De todos os deuses que foram crucificados, aquêle era o mais sedutor.

— Faça o favor de sentar-se, *monsieur* Polyte...

Indicou-me uma poltrona torta e azul, de estilo eslavo. O espaldar era de madeira trançada, com rabiscos em cauda. Tropeçando, arrastei-me para lá.

A noite pusera sob a minha juventude faminta uma garrafa de moscatel do ano de 83 e vinte e nove livros, vinte e nove petardos, recheados de piedade humana, de gênio, de paixão... Levantei-me de um salto, derrubei uma cadeira e rocei na estante. Os vinte e nove volumes estatelaram-se no tapête, de viés, as páginas se dispersaram... e o branco rocim do meu destino avançou a passo.

— Você é divertido — resmungou Raíssa.

Saí daquela casa de granito na Móika depois das onze, antes que as irmãs dela e o marido voltassem do teatro. Estava lúcido e poderia caminhar sôbre uma tábua, mas balançar-me era muito melhor, e eu me balancei de um lado a outro, cantarolando numa língua que acabava de inventar. O nevoeiro movia-se em ondas nos túneis das ruas, rodeados pela corrente dos lampiões. Havia monstros rugindo atrás das paredes em ebulição. O calçamento decepava as pernas de quem caminhava sôbre êle.

Em casa, Kazantzev estava dormindo. Dormia sentado, as pernas esquálidas estendidas para frente, envôltas em *válenki*[2]. A penugem côr de canário erguera-se-lhe na cabeça. Adormecera junto à estufa, inclinado sôbre o *Dom Quixote,* edição de 1624. A fôlha de rosto tinha uma dedicatória ao Duque de Broglie. Deitei-me sem ruído, para não acordar Kazantzev, aproximei o abajur e pus-me a ler a *Vida e Obra de Guy Maupassant,* de Édouard Maynial. Os lábios de Kazantzev moviam-se, pendia-lhe a cabeça.

Foi nessa noite que eu soube, por intermédio de Édouard Maynial, que Maupassant nascera em 1850, filho de um fidalgo normando e de Laura de Poitevin, prima de Flaubert. Sofrera aos vinte e cinco anos o primeiro acesso de sífilis hereditária. A alegria e fecundidade, que havia nêle, lutaram contra a doença. A princípio, teve dores de cabeça e ataques de hipocondria. Em seguida, ergueu-se ante êle o fantasma da cegueira. Sua vista se foi enfraquecendo. Desenvolveram-se

(2) Botas de fêltro.

# I. Bábel

nêle a mania de perseguição, a misantropia, o espírito de chicana. Lutou furiosamente, vagueou num iate pelo Mediterrâneo, fugiu para Túnis, o Marrocos, a África Central, sempre escrevendo. Tendo alcançado a glória, cortou o pescoço aos quarenta anos, esvaiu-se em sangue, mas continuou vivo. Foi encerrado num manicômio. Ficava ali arrastando-se de gatinhas... A última inscrição, no histórico da sua doença, reza:

"Monsieur de Maupassant va s'animaliser." Morreu aos quarenta e dois anos. Sua mãe ainda vivia.

Li o livro até o fim e levantei-me da cama. O nevoeiro chegara até a minha janela e escondera o universo. Meu coração se apertou. Tocara-me um pressentimento da verdade.

## O FILHO RO RABI

... Você se lembra de Jitômir, Vassíli? Você se lembra do Tiétierev, Vassíli, e daquela noite, quando o sábado, o jovem sábado, esgueirava-se ao longo do crepúsculo, comprimindo as estrêlas com o saltinho vermelho?

O côrno fino da lua banhava suas flechas na água negra do Tiétierev. O engraçado Guedáli, fundador da IV Internacional [1], levou-nos à casa de Rabi Mótale Bratzlávski, para a oração do entardecer. O engraçado Guedáli fazia balançar as peninhas de galo de sua cartola, em meio à fumaça vermelha da tarde. As pupilas rapaces das velas piscavam no quarto do rabi. Inclinados sôbre os livros de oração, judeus de ombros largos soltavam gemidos abafados, e o velho bufão dos *tzadikim* de Tchernobil tilintava moedinhas de cobre no bôlso furado...

... Você se lembra dessa noite, Vassíli?... Do outro lado da janela havia gritos de cossacos e cavalos que relinchavam. O deserto da guerra bocejava fora da janela, e o rabi Mótale Bratzlávski, os dedos definhados agarrando-se ao *tales,* rezava junto à parede oriental. A seguir, afastou-se o reposteiro do armário, e nós vimos, em meio ao brilho funéreo das velas, os rolos da Torá, envolvidos em camisas de veludo purpúreo e de sêda azul-celeste, e, pendente sôbre a Torá, o rosto exangue, submisso e belo de Iliá, o filho do rabi e príncipe derradeiro da dinastia...

Mas eis que, três dias atrás, Vassíli, os regimentos do Décimo-Segundo Exército [2] estabeleceram a linha de frente junto

---

(1) Num outro conto de Bábel, intitulado *Guedáli,* êste personagem propõe a fundação de uma Internacional dos homens de bem, e que pudesse conciliar a bondade e a transformação social.

(2) Isto é, o Décimo-Segundo Exército polonês, então em luta com o Exército Vermelho.

374 Entre Dois Mundos

a Kóvel. Ribombou pela cidade o canhoneio desdenhoso dos vencedores. Nossos exércitos estremeceram e misturaram-se. O trem da Seção Política começou a esgueirar-se sôbre a espádua morta dos campos. Os mujiques tifosos faziam rolar diante de si a corcunda habitual da morte de soldado. Êles pulavam os degraus de nosso trem e caíam, repelidos a coronhadas. Êles fungavam, arranhavam a madeira com as unhas, voavam para a frente e calavam-se. Na versta décima-segunda, quando eu não tinha mais batatas, atirei-lhes um monte de folhetos. Mas sòmente um dêles estendeu a mão suja e morta, para apanhar um folheto. E eu reconheci Iliá, o filho do rabi de Jitômir. Eu o reconheci no mesmo instante, Vassíli. Era tão angustiante ver o príncipe, que perdera as calças, quebrado em dois pelo alforje de soldado, que nós transgredimos o regulamento e o puxamos para dentro de nosso vagão. Seus joelhos nus, desajeitados como os de uma velha, batiam no ferro oxidado dos degraus; duas datilógrafas peitudas, de blusas à maruja, arrastaram pelo chão o corpo comprido e tímido do moribundo. Deitamo-lo no chão, a um canto da redação. Cossacos de *charovári* [3] vermelhos ajeitaram sôbre êle a roupa caída. As môças tinham fincado no chão as pernas tortas de fêmeas singelas e observavam sêcamente os genitais do rapaz, essa masculinidade crêspa e decrépita do semita extenuado. E eu, que o tinha conhecido numa das minhas noites vadias, pus-me a arrumar num baùzinho os trastes espalhados do soldado Bratzlávski.

Ali, tudo estava amontoado em confusão: as credenciais do agitador e os mementos do poeta judeu. Os retratos de Lênin e de Maimônides jaziam lado a lado. O ferro anguloso do crânio de Lênin e a sêda fôsca dos retratos de Maimônides. No livro das resoluções do Sexto Congresso do Partido, havia mecha de cabelos de mulher, e linhas tortas de versos hebraicos comprimiam-se nas margens de panfletos comunistas. Páginas do *Cântico dos Cânticos* e cartuchos de revólver caíam sôbre mim qual chuva tristonha e avara. A chuva tristonha do ocaso levara-me a poeira dos cabelos, e eu disse ao jovem, que morria no canto, sôbre um colchão ordinário:

— Há quatro meses, numa noite de sexta-feira, o belchior Guedáli me levou à casa de seu pai, rabi Mótale, mas você não estava então no Partido, Bratzlávski.

— Eu estava então no Partido — respondeu o menino, arranhando o peito e encolhendo-se em febre — mas eu não podia abandonar minha mãe...

— E agora, Iliá?

(3) Espécie de calças largas.

# I. Bábel

— Na Revolução, mãe é apenas um episódio — murmurou êle, baixando a voz. — Chegou a vez da minha letra, a letra B, e a organização me enviou à linha de frente...

— E você foi parar em Kóvel, Iliá?

— Fui parar em Kóvel! — gritou em desespêro... — Os *kuláks* [4] furaram a frente. Eu assumi o comando do regimento de ligação, mas era tarde. Faltou-me artilharia...

Morreu antes de chegarmos a Rovno. O derradeiro príncipe morreu em meio a versos, filactérios e peúgas. Enterramo-lo numa estação perdida. E eu, que mal conseguia conter num corpo antigo as tempestades de minha imaginação, recebi o último suspiro de meu irmão.

---

(4) *Kulák* (literalmente: punho) é o têrmo com que se designava na Rússia um camponês enriquecido à custa da exploração dos camponeses pobres. No caso, um tratamento pejorativo.

# F. KAFKA

FRANZ KAFKA (1883-1924) nasceu em Praga, filho de uma abastada família de judeus tchecos. Após os estudos secundários, cursou Direito. Formado, passou a advogar numa emprêsa de seguros contra acidentes do trabalho. Mas seu verdadeiro pendor era para as letras. Habitualmente torturado com tremendas dores de cabeça, nervoso ao extremo, temperamento místico e irrequieto, Kafka pertence à grande geração de "agônicos" dêste século e é por certo uma das suas mais altas expressões. Sua inclinação mística levou-o ao cabalismo e muito do espírito enfumado e nebuloso da Cabala deixou marca na sua obra. Entre seus amigos que de algum modo exerceram alguma ação sôbre a sua pessoa, salientaram-se Franz Werfel e, sobretudo, Max Brod. Mas foram os grandes clássicos da corrente existencialista, Pascal e Kierkegaard, na filosofia, Dostoievski na ficção e Strindberg no teatro, que exerceram influência decisiva sôbre seu destino literário. Como êstes, Kafka viveu sempre atormentado com o *fatum,* procurando interpretar a implacável fatalidade da vida. A carreira literária de Kafka, truncada quer pela profissão errada que abraçara, quer pelo seu temperamento atormentado, só começou em 1913, quando, por insistência de Max Brod, Kafka se resolveu a publicar o seu primeiro livro, *Contemplações.* Seguiram-se *O Viajante* (1913), *Metamorfose* (1915), *O Veredito* (1916), *Um Médico Rural* (1919), *Na Colônia Penal*

378 Entre Dois Mundos

(1919) e *O Faquir* (1924). Mas as grandes obras de Kafka foram publicadas pòstumamente, por Max Brod. São elas: *O Processo* (1925), *O Castelo* (1926) e *América* (1927). São novelas inacabadas. Aliás, o "inacabado", o "frustrado" constituem um dos traços da vida e da obra de Kafka. Acrescentemos ainda *A Grande Muralha da China* (1931), algumas cartas, páginas dispersas e os *Diários* e temos o espólio literário mais importante de Kafka. Sua obra, cêrca de uma dúzia de volumes correspondentes a dez anos de atividades literárias, exerceu forte sedução na gente de sua geração, e principalmente na de hoje. Sartre, Camus e o teatro do absurdo o testemunham à farta. A tradução dêste conto se deve a Anatol Rosenfeld e Roberto Schwarz.

## VISTO DA GALERIA

Se no picadeiro uma amazona qualquer, combalida, clorótica, de pé sôbre um cavalo incerto, fôsse tocada em círculo diante do público incansável, pelo patrão impiedoso, brandindo a chibata, por meses e meses sem interrupção, zunindo sôbre o cavalo, lançando beijos, balançando os quadris, e se em meio do bramir nunca interrompido da orquestra e dos ventiladores esta cena prosseguisse para dentro do futuro cinzento se abrindo mais e mais, acompanhada do aplauso vazante e recrescente das mãos, que na verdade são pistões a vapor — talvez um jovem freqüentador da galeria então se lançasse pela longa escada abaixo, atravessando os balcões todos, irrompesse no picadeiro, gritasse o: basta! por entre as fanfarras da orquestra sempre se reajustando.

Entretanto, visto não ser assim — uma bela dama, branca e rubra, entrar voando, por entre as cortinas que os lacaios orgulhosos abrem diante dela; o diretor, procurando os seus olhos com devoção, ofegar-lhe ao encontro com gesto animal; colocá-la cuidadosamente sôbre o alazão, como se fôsse sua neta bem amada que empreende uma viagem perigosa; não decidir-se, não dar o sinal do chicote; finalmente estalá-lo a despeito de si mesmo; correr ao lado do cavalo de bôca aberta; seguir de olhos atentos os saltos do cavalo; procurar adverti-la com exclamações inglêsas; mal poder compreender-lhe a virtuosidade; exigir com fúria a atenção extrema dos palafreneiros que sustentam os aros; conjurar a orquestra, de mãos levantadas, a calar-se antes do grande salto mortal; baixar a menina, enfim, do cavalo fremente, beijá-la em ambas as faces e julgar insuficientes tôdas as ovações do público; enquanto ela mesma, apoiando-se nêle, erguida na ponta dos pés, envôlta no turbilhão da poeira, de braços estendidos, cabecinha reclinada, deseja partilhar a sua felicidade com o circo inteiro — visto ser assim, o freqüentador da galeria apóia a face no balaústre e, naufragando na marcha final como num sonho pesado, põe-se a chorar, sem o saber.

# J. WASSERMANN

JAKOB WASSERMANN (1873-1934) nasceu de uma família judia, em Fürth, Alemanha, e morreu na Áustria. Teve uma vida cheia de privações e quando abandonou a casa paterna, aos 17 anos, foi para levar uma vida errante e boêmia. Seu primeiro romance, *Os Judeus de Zinsdorf* (1897), obteve êxito inesperado. Wassermann casou-se com uma vienense, filha de um capitalista austríaco, e desde então viveu na Áustria. Entre os amigos de Wassermann, contam-se Hugo von Hofmannsthal, Arthur Schnitzler e Thomas Mann. Wassermann é um virtuose do romance psicológico, adotando muitas vêzes teses psicanalistas. Entre os seus temas fundamentais, contam-se a superação da inércia do coração, o enobrecimento humanista pelo sofrimento e pela bondade, a busca da justiça. Muito traduzido, contribuiu para a repercussão universal do moderno romance alemão. É grande o número de seus romances. Destacam-se *A História da Jovem Renata Fuchs* (1900), *O Moloch* (1902), *Alexandre na Babilônia* (1905), *Caspar Hauser* ou *A Inércia do Coração* (1908), *Christian Wahnshafje* (1919), *O Caso Maurício* (1928), *Etzel Andergast* (1930), *A Terceira Existência de Joseph Kerkhoven* (1934). Entre as biografias sobressaem *Cristóvão Colombo* (1929) e *Bula Matari* (1932), cujo herói é Stanley. Em *Minha Vida de Alemão e Judeu* (1921) apresenta uma espécie de autobiografia do seu espírito. Nela escreve sôbre a sua situação como judeu alemão: "Achei-me rejeitado e isolado numa posição tri-

382 Entre Dois Mundos

plamente difícil: como homem de letras, como alemão sem prestígio social e como judeu separado do grupo". Ante o problema judeu, Wassermann colocou-se por algum tempo eqüidistante do sionismo e do assimilacionismo, posições que recusara, considerando-as extremas. O capítulo que segue é um excerto de sua obra *Peregrinação Sombria*.

## O CASO DE AGATHON GEYER

Os meninos conversavam, fazendo algazarra no laboratório. Ao entrar o professor, calaram-se e puseram-se de pé. As carteiras dispunham-se em forma de anfiteatro e os armários, com amostras de minérios, encostavam-se nas paredes. Sôbre a mesa comprida, havia retortas, bicos de gás, tubos de ensaio, cadinhos, zinco perfurado, garrafas e cápsulas. Algum tempo depois de iniciada a aula, o diretor entrou. Entregou a Boyesen um caderno de exercícios, e disse gravemente: — O senhor é o antigo professor de Agathon Geyer. Leia isto e, dentro de uma hora, venha ao meu gabinete. — Cumprimentou-o com tolerância e saiu.

Boyesen dirigiu-se à sala particular que tresandava fortemente a clorina. Sôbre a capa do caderno havia as seguintes palavras: *Agathon Geyer: Ensaios alemães*. Boyesen folheou o último ensaio, que o diretor apontara. O tema era o seguinte: "O que a escola deveria significar para o aluno". A princípio, leu com indiferença. A caligrafia era má, confusa e febril; as letras parecia amontoarem-se, caírem umas sôbre as outras, tropeçarem insensìvelmente ao longo do caminho. De repente, uma delas como que se levantava com firmeza, apelando às companheiras para que fizessem alto, mas nada era capaz de deter o pânico geral. À medida que lia, a surprêsa de Boyesen crescia, êle sacudia a cabeça, corava, empalidecia e, quando chegou ao fim, pôs a mão na cabeça, curvou-se penosamente e começou a ler novamente. Desta vez lia com maior atenção, com espanto cada vez maior, ante o estilo claro e quase poético criado pela alma do menino.

"A escola", discorria o ensaio, "deveria abrir-nos as portas da vida. Deveria ajudar-nos a crescer corajosos, embora cautelosos, ante os perigos que nos assediam. Deveria fazer de nós homens capazes e de espírito elevado. Deveria levar-nos a amar a vida, a nossa profissão futura, os nossos semelhantes, as grandes figuras do passado, as idéias nobres, as alegrias da amizade e da comunhão com a Natureza. Nossos mestres deveriam ser superiores a nós. Deveriam ser carinhosos conosco, assim tornando-nos felizes. Mas é o que acontece? Prepara-nos a escola para o nosso trabalho no mundo? Ao deixar-

J. Wassermann                                                383

mos a escola, sabemos o que devemos vir a ser, em vez de
apenas sabermos o que somos? A escola faz de nós um receptáculo inanimado de informações. Nossas mentes não se de-
senvolvem harmoniosamente. A natureza e a vida são letra
morta para nós e nunca compreenderemos a sua mensagem.
Vocês são os culpados disso, e eu os acuso. Por que os mestres não consideram as mentes dos seus discípulos, mas apenas o que êles aprenderam? Por que somos tratados como
gansos na ceva, e desprezados quando vêem que é impossível
continuar a nos engordar? Por que, em vez de amarmos aos
nossos mestres, os tememos e desprezamos? Vocês são os
inimigos dos meninos e por isso descobrem as debilidades dêles.
Vocês se sentam às suas cátedras, mais como livros do que
como sêres vivos. As aulas que dão não têm entusiasmo, porque estão entediados e cansados delas. Por que são tão arrogantes, olhando-nos do alto e fazendo-nos sentir tão fundo
a nossa pequenez? Demasiado arrogantes, até para nos explicar as coisas mais sérias da vida! Por que não nos revelam o
mistério do nascimento? Por que isso nunca foi feito, a despeito
de tantas oportunidades que surgiram? Quão mais puras seriam as mentes dos meninos! Entretanto, os garotos anima-
lizam tudo, riem-se sem motivo, piscam e ruborizam-se quando lêem um poema, e vão mesmo à Bíblia, à procura de trechos excitantes. São corações repletos de segredos imundos.
Isso não é terrível? É por isso que êles não respeitam pessoas
nem coisas, que o mundo, aos olhos dêles, parece estúpido e
indecente. Êles fazem coisas de enlouquecer só em pensar.
No entanto, tudo passa despercebido aos olhos dos mestres.
Por que não o impedem os mestres? Por quê? Por que êles
se sentam às suas cátedras, separados de nós como por uma
alta muralha? Os seus alunos jamais poderão ser homens felizes, e vocês são culpados disso, por causa dos corações gélidos
que têm. Ao sairmos para a vida, a primeira coisa que temos
de fazer é esquecer a vocês, esquecer a sua escola e a sua dureza de coração. Quando o conseguirmos, talvez nos tornemos
firmes e fortes, mas seremos felizes? Nunca! Eu tinha que escrever isso, e agora sinto a minha mente aliviada. Uma irresistível voz interior exigia que eu o fizesse".

Os lábios de Boyesen estavam trêmulos. Suas mãos e o seu
corpo tremiam. Dentro dêle desencadeara-se um sentimento
de que se envergonhava. Sentia inveja daquela coragem nobre
e inocente que ousava proclamar a verdade em semelhantes
têrmos. Estava tão profundamente comovido, que parecia ter
baixado um véu ante os seus olhos e a sala em que se encontrava. Soou dez horas e êle saiu para despedir a sua classe.
Em seguida, caminhando pelo corredor, acercou-se de uma
estreita janela e olhou para o pátio embaixo, circundado de

384            Entre Dois Mundos

muros e casas. Estudou a multidão de meninos que corriam numa algazarra selvagem, mas não viu nêles um sinal sequer de senso de liberdade, de juventude e frescor. Sim, êle o podia ver com os próprios olhos; aquilo eram gritos de prisioneiros que acabavam de atirar para longe as cadeias. Era a alegria convulsa do recruta num dia feriado, quando se esquece do lar e da sua nostalgia, e do acampamento. Não eram os moços que podiam servir ao futuro, aquêles meninos com os olhos circundados de sombras escuras, de faces macilentas, gargalhadas brutais, cínicas e estridentes, de olhares apáticos e movimentos canhestros. Êste tipo humano não podia perdurar; êle próprio o via.

Ao prosseguir seu caminho, deu com Agathon, parado, solitário, recostado num pilar. Ao vê-lo, Agathon afastou-se mansamente e entrou na sala de aula. Boyesen o seguiu. A classe estava vazia. Boyesen fechou a porta. Agathon, mortalmente pálido, cerrou os olhos, como se sofresse. Boyesen tomou-lhe a mão, pôs-lhe sôbre o ombro a sua mão direita e olhou-o fixamente. Depois afagou o cabelo de Agathon, calmamente, carinhosamente. Êste nunca experimentara uma sensação como aquela, de felicidade tão transcendente, ilimitada e agradável. A luta pela vida, com que êle teria de se defrontar, pareceu-lhe superável, e a escola tôda, os próprios bancos, pareciam encher-se de felicidade. Agathon compreendeu o que Boyesen queria dizer; sabia o significado daquelas mãos que o acariciavam.

Um quarto de hora mais tarde, chamaram-no à diretoria.

Os professôres estavam reunidos numa sala espaçosa de cinco cantos. Todos tinham uma aparência solene, e portavam-se como homens conscientes de sua profissão e de suas responsabilidades. Olharam para Agathon com expressão de surprêsa, irrisão, reprovação e altivez. O chantre da sinagoga local, que dava instrução religiosa aos meninos judeus, tinha uma aparência tão severa e horrorizada que ninguém o poderia olhar sem sentir-se criminoso.

O diretor virou-se lentamente sôbre a sua cadeira giratória e o olhar de seus olhos abriu caminho para o cérebro de Agathon. — Como você ousou escrever êste, digamos impertinente, ensaio, êste panfleto, se é que posso usar essa palavra?

O chantre tentou interrompê-lo. Mas o diretor fê-lo desistir com um gesto solene, continuando com a voz mais alta: — Como você chegou a esquecer de maneira tão monstruosa o respeito devido aos seus professôres? Acredito, senhores, que estamos aqui diante de um caso de extrema depravação. Êste menino já está deslizando pelo caminho escabroso do vício. É um lamentável exemplo do nível moral a que chegou a mocidade de nossa cidade. Em tais casos, temos de proceder

J. Wassermann

com a maior severidade de que somos capazes. O castigo deve ser exemplar.

O diretor levantara-se e a sala tôda tremia com a ressonância de sua voz. Agathon tinha a impressão de que esta atravessava as paredes e era ouvida em tôdas as casas da cidade.

Mais uma vez o chantre tentou falar, e novamente o diretor lhe impôs silêncio com um gesto de sua mão. — Confesso — prosseguiu — que nunca me surgiu, em tôda a minha experiência, um caso de tamanha depravação. Esperemos, para honra desta escola, que isso nunca mais se repita. Geyer, quando você escreveu esta odiosa composição?

— Ontem, senhor.

— Fale!

Agathon calou-se.

— Fale!

— Ontem. Já disse, senhor.

— E por que o fêz? — esbravejou o diretor, quase explodindo de cólera.

— Fiz para tornar os meninos melhores e mais felizes.

— Isso é uma infame mentira! — rugiu furiosamente o diretor.

— É a verdade! — retrucou Agathon serenamente.

— Você é uma criatura vil! — estrugiu o diretor, dando à voz um tom esmagador.

O chantre não se conteve mais. Deu um passo à frente, cruzou os braços sôbre o peito, atirou a cabeça para trás, e disse numa voz aguda e untuosa, balançando o corpo de um lado para o outro: — Quem é você? Esqueceu o nome de Deus? Esqueceu a honra de seu piedoso pai? Não é um fardo para si mesmo? Você é judeu ou não é? Eu o renego. Excomungo-o da comunidade dos justos. Quebro sôbre você o meu bordão.

— Não, não sou mais judeu — disse Agathon com um estranho sorriso, continuando tranqüilo como até então. Os professôres mediram-no, assombrados, e menearam as cabeças. Boyesen recurvara a fronte. Sentara-se, e suas brancas mãos estendiam-se imóveis sôbre os joelhos.

— Aí têm, senhores, a prova final de sua perigosa perversidade — disse desdenhosamente o diretor. — Um caráter obstinado, ateu, irreligioso. Pode ir, Geyer.

Agathon saiu. Fora, uma grande fraqueza se apoderou dêle sùbitamente, obrigando-o a sentar-se num dos degraus da escada. Ouviu então uma voz baixa, mas firme, vindo da sala que ficava atrás. Era Boyesen. A voz prosseguiu por algum tempo, e de repente, o diretor começou a rugir no tom mais selvagem que Agathon jamais ouvira. Logo em seguida, a porta se abriu e Boyesen saiu sòzinho. Ao avistar Agathon, fêz-lhe sinal para que o acompanhasse.

386 Entre Dois Mundos

Chegando à sala do professor de química, Boyesen fechou a porta. — Compreendo o seu impulso — disse Boyesen com voz oprimida. — Sou mesmo capaz de o respeitar, embora isso seja no momento totalmente inútil. Mas como você chegou a fazer isso? É preciso coragem para calcar aos pés o próprio futuro.

Agathon sentou-se trêmulo à beira de uma cadeira. Olhou para a brasa da lareira, onde viu estranhas formas que se elevavam das chamas rubras. Em seguida, quase sem querer, começou a falar um tanto amedrontado com as próprias palavras: — Não sei exatamente. Pensei nisso muito tempo. Parecia-me que para muitos seria fácil obter o indispensável para serem felizes. Nunca amei a religião judaica. Sentia com freqüência que eu tinha uma palavra para dizer a todos os judeus, palavra que os poderia libertar. Mas isso era apenas um sonho, até que aconteceu o caso com Sürich Sperling.

— Que caso é êsse?

— Sürich Sperling era o nome do proprietário da estalagem de S. Sebastião, em nossa aldeia. Meu pai tinha tanto mêdo dêle que bastava ouvir o seu nome para começar a tremer. Apoderara-se de uma letra de câmbio de meu pai e vivia atormentando-o com ela. Certa vez, quando remávamos pelo rio em direção de Altenberg, êle passou com um barco e abalroou o nosso, atirando-me dentro d'água. Pensei então que não seria pecado matá-lo. Na mesma noite, vi-o maltratar um velhinho. Aproximei-me dêle e bati-o no rosto. Êle arrastou-me para dentro de sua casa, apanhou uma corda, amarrou-me numa cruz preta na parede e surrou-me. Jamais contei isso a qualquer outra pessoa. Mas sei que o senhor guardará segrêdo dêsse caso.

Agathon enterrou o rosto nas mãos e Erich Boyesen ouvia, com os olhos esbugalhados, enquanto o menino continuava, sempre com as mãos no rosto. — Então eu lhe disse: "Sürich Sperling, isto será a sua morte". Êle riu-se: "Diz, porco, não fôste tu que crucificaste Nosso Senhor?"

"Então, pareceu-me abrir-se a porta, e entrou Lämelchen Erdmann, o velho que Sürich Sperling maltratara. E pareceu-me vê-lo sentar-se, cumprimentando-me com um sorriso. Reconheci o seu semblante, embora estivesse um tanto mudado. "Ó Sürich Sperling", exclamou êle. "Isso é um assunto de grande importância. De agora em diante os judeus estão livres. A doçura não triunfará jamais. Só vencerá a fôrça. Devemos odiar os nossos inimigos, odiá-los, odiá-los! O Judeu Errante está redimido, Sürich Sperling, e tu te tornarás o Cristão Errante. Porque o mundo se renova, muda de casca como uma serpente, e tu serás o Cristão Errante, condenado a expiar o sangue inocente que os cristãos derramaram". De repente a

J. Wassermann

387

visão se desvaneceu e Sürich Sperling desatou a corda. Estava pálido como a morte e tremia tanto que mal podia andar. Seus olhos, ao me olharem, estavam cheios de mêdo e de horror.

Num olhar através da vidraça, Boyesen via a gente passar pela rua, sòzinha ou aos grupos, de guarda-chuvas abertos, porque estava chovendo. Tudo lhe parecia tão irreal, como se a vida não passasse de uma fluida visão, o sonho de um sonho dentro da mente, e o sonhador, prestes a despertar, almejava e temia o momento de acordar. Adiantando-se, tomou entre as mãos a cabeça de Agathon e obrigou-o a levantar-se. Olhou então bem dentro dos seus olhos, e notou que êstes eram os mais estranhos que já vira: negros e profundos, cheios de fogo que, embora reprimido, brilhava esplendorosamente e sem esfôrço, cheios do dom da visão. Ao fitarem-se, aquêles olhos tinham um brilho que parecia vir de longe. Boyesen hesitou por longo tempo, até recuperar o domínio de si. Então Agathon levantou-se (era um pouco mais alto do que Boyesen). Havia no seu rosto uma terrível palidez. Diante de Boyesen, caiu de joelhos e permaneceu nessa atitude durante alguns instantes.

— O que é isso? O que é isso? — perguntou Boyesen, alarmado.

Agathon meneou a cabeça, com o rosto contorcido, como se estivesse para estalar em pranto.

— E o que aconteceu depois? — perguntou Boyesen num murmúrio. Fôra movido a perguntá-lo, contra a sua vontade e razão, ùnicamente pela estranheza daquele rapaz.

— Não sei dizê-lo — respondeu Agathon. — Sürich Sperling morreu naquela mesma noite.

— Naquela mesma noite?

— Sim. Fiquei por muito tempo inoculando a morte no seu coração.

Incrédulo e espantado, Boyesen fitou a face contraída do rapaz. Fechou os olhos. Sua cabeça girava. Agathon deixou a sala com uma serena palavra de adeus, enquanto Boyesen andava de um lado para outro, em estado de profunda agitação.

# O. MANDELSTAM

ÓSSIP MANDELSTAM (1891-1940) foi um grande poeta russo, vítima dos expurgos stalinistas e em tôrno de cujo nome tem havido ùltimamente considerável movimento nos meios literários russos. Nasceu em Varsóvia, de uma família da pequena burguesia judaica, e passou a mocidade em Petersburgo e Pávlovsk. Uma estada em Paris, em 1907, contribuiu para suscitar nêle profundo interêsse pelos simbolistas franceses. Ingressou em 1911 na Faculdade de Filologia e História de Petersburgo. A sua estréia como poeta data de 1909. Durante a Guerra Civil, estabeleceu-se por algum tempo na Criméia, em companhia de outros escritores que ali buscavam refúgio, em face da confusão e miséria então reinantes no país. Chegou a ser prêso pelos "brancos", portando-se então com rara dignidade e coragem, segundo relata Iliá Ehrenburg em suas memórias recentemente publicadas. Quando os "brancos" se retiraram da Criméia, transferiu-se com Ehrenburg para a Geórgia, de onde puderam viajar para Moscou. Depois de 1940, divulgou-se no Ocidente que Mandelstam teria sido vítima de um expurgo político. Em face da Revolução e da Guerra Civil, a sua atitude consistiu principalmente em perplexidade, a que não faltaram também momentos de exaltação revolucionária. Em face dos absurdos do cotidiano, êle, que chegara a combater os futuristas, beirou o futurismo e, mesmo, o surrealismo. Sua aproximação do surrealismo resultou, além de poemas, numa novela muito curiosa:

390  Entre Dois Mundos

*O Sêlo do Egito* (1928). A sua contribuição mais importante à prosa russa consistiu provàvelmente em páginas de evocação, ao correr da pena, por vêzes com aparente incoerência, mas sem os extremos do ilogismo que se encontram em *O Sêlo do Egito*. Espécie de poemas em prosa, que revelam por vêzes uma pesquisa formal tão acurada como a dos seus melhores poemas, essas páginas, reunidas na coletânea *O Ruído do Tempo* (1925), tiveram considerável repercussão (escolhemos nessa coletânea o conto incluído no presente volume numa tradução de Bóris Schnaiderman). Uma recente tradução inglêsa da prosa de Óssip Mandelstam (*The prose of Osip Mandelstam,* Princeton University Press, 1965) constitui passo importante para a divulgação de sua obra no Ocidente.

## IMPERIALISMO JUVENIL

Um granadeiro acamurçado de tão velho, e que usava o ano todo um chapéu felpudo de carneiro enterrado na cabeça, caminhava invariàvelmente em tôrno do monumento eqüestre de Nicolau I, em frente do Conselho Municipal. Aquêle chapéu parecia mitra e tinha quase o tamanho de um carneiro.

Nós, crianças, puxávamos conversa com a sentinela decrépita. Ficávamos desiludidos, quando nos dizia que não era do ano de 1812, como pensávamos. Quanto aos "avós", em compensação, êle nos comunicava que eram da guarda, remanescentes do reinado de Nicolau I, e que em tôda a Companhia eram cinco ou seis.

A entrada para o Jardim de Verão, que ficava do lado do cais, onde há gradis e uma guarita, em frente do Castelo dos Engenheiros, era guardada por sargentos cobertos de medalhas. Êles decidiam se uma pessoa estava trajada com decência, enxotavam os que calçavam botas russas e não deixavam entrar de boné e de traje pequeno-burguês. Os costumes das crianças que freqüentavam o Jardim de Verão eram cerimoniosos ao extremo. Depois de conversar baixinho com a governante ou a babá, uma menina de pernas nuas aproximava-se do banco e, arrastando o pé ou fazendo uma reverência, pipilava: "Menina (ou menino — era êste o tratamento oficial), não quer brincar de "portão de ouro" ou de "chicote-queimado"?

Pode-se imaginar a alegria que proporcionava o jôgo, depois de semelhante início. Eu nunca brincava, e o próprio processo da apresentação das crianças me parecia forçado.

Aconteceu que minha primeira infância em Petersburgo decorreu sob o signo do mais autêntico militarismo, mas real-

O. Mandelstam

mente não me cabe a culpa dêsse fato, ela é tôda de minha babá e das ruas de então.

Nós íamos passear na Bolchaia Morskaia, em sua parte deserta, onde ficam a vermelha igreja luterana e o cais do rio Móika, com calçamento de madeira.

Dêsse modo, chegávamos imperceptìvelmente ao canal de Kriukov, à Petersburgo holandesa das docas e dos arcos de Netuno com emblemas marítimos e aos quartéis da guarda naval.

Ali, sôbre o calçamento verde, jamais trafegado, eram treinados os guardas navais, e os tambores e címbalos metálicos inquietavam a água tranqüila do canal. Eu gostava dos resultados da seleção física daqueles homens: todos tinham porte acima do normal. A babá compartilhava plenamente os meus gostos. Fixamos nossa escolha num dos marinheiros, o "bigode prêto", íamos especialmente olhá-lo, e, depois de descobri-lo entre a tropa formada, não tirávamos dêle os olhos, até o fim do treinamento. Direi agora, sem rebuços, que, aos sete ou oito anos, eu considerava como algo sagrado e festivo todo êsse maciço de Petersburgo, os quarteirões calçados com granito ou com madeira, todo êsse coração terno da cidade, transbordante de praças, com as ilhas dos monumentos, os jardins entufados, as cariátides do Ermitage, a misteriosa Miliónaia, onde jamais apareciam transeuntes e onde se encaixara, entre os mármores, uma única vendinha de miudezas, e sobretudo o arco do Estado-Maior, a Praça Senátskaia e a Petersburgo holandesa.

Não sei com o que a imaginação dos pequenos romanos povoava o Capitólio; quanto a mim, povoava êsses redutos e logradouros com uma parada universal de tropas, uma parada absurda e ideal.

É característico que eu não acreditasse nem um pouco na catedral de Kazã, não obstante o lusco-fusco atabacado de suas cúpulas e a floresta esburacada das bandeiras [1].

Êsse lugar era também extraordinário, mas isto fica para mais tarde. As colunas de pedra, dispostas em ferradura, e a calçada larga, provida de correntes finas, destinavam-se ao motim, e em minha imaginação êsse lugar não era menos interessante e significativo que a parada de maio no Campo de Marte. Que tempo ia fazer? Não seria revogada? Realizar-se-ia realmente aquêle ano?... Mas eis que tábuas e tabuinhas já estão distribuídas ao longo do pequeno canal Liétni e os carpinteiros já fazem barulho no Campo de Marte; as tribunas já crescem feito montanhas, já turbilhona a poeira dos ataques

---

(1) Junto à catedral de Nossa Senhora de Kazã realizaram-se mais de uma vez, no comêço dêste século, manifestações políticas de estudantes.

392 Entre Dois Mundos

simulados e infantes distribuídos como balizas agitam bandeirolas. Essas tribunas foram armadas em uns três dias. A rapidez de sua construção me parecia maravilhosa, e suas dimensões me assombravam como elas se fôssem o Coliseu romano. Eu visitava todos os dias a construção, extasiava-me com a harmonia do trabalho, corria pelas escadinhas, sentindo-me sôbre os estrados como um participante do espetáculo magnífico do dia seguinte, e invejava as próprias tábuas, que certamente assistiriam ao ataque.

Ah, se eu me escondesse no Jardim de Verão! Reuniam-se ali cem orquestras, o campo ondulante de baionetas, as faixas alternadas de infantes e cavaleiros em formação, era como se ali não houvesse regimentos, mas crescessem trigo-sarraceno, centeio, aveia, cevadinha. Um movimento oculto entre os regimentos, nas veredas interiores. E mais: tubas prateadas, clarins, uma babilônia de gritos, de címbalos e tambores... Ver a torrente de lava da cavalaria!

Eu tinha sempre a impressão de que em Petersburgo devia acontecer sem falta algo muito solene e suntuoso.

Fiquei extasiado quando os lampiões foram cobertos de crepe e amarrados com fitas pretas, devido ao entêrro do herdeiro do trono. A substituição da guarda, junto à coluna Aleksándrovskaia, enterros de general e a "passagem" eram meus divertimentos cotidianos.

Chamava-se então "passagem" todo percurso citadino do czar e de sua família. Habituei-me a ficar bem alerta, a fim de prever essas ocorrências. De repente, comissários de polícia de serviço no palácio esgueiravam-se para fora, junto à ponte de Ânitchkov, qual baratas bigodudas e ruivas: "Não é nada de especial, senhores. Vão circulando, por favor. Estamos pedindo com jeito..." Mas os zeladores já espalhavam então areia amarela com pàzinhas de madeira, os bigodes dos guardas-civis estavam pintados e a polícia já se esparramava, qual ervilha, pela Caravánaia ou pela Koniúchenaia.

Eu me divertia em aborrecer os policiais com perguntas a respeito de quem iria passar por ali e quando, o que êles nunca se atreviam a dizer. Confesso que sempre ficava decepcionado após a passagem vertiginosa do côche com brasão e com passarinhos dourados sôbre as lanternas ou do trenó inglês com cavalos a trote, cobertos de rêde. No entretanto, aquêle jôgo me parecia bastante divertido.

As ruas de Petersburgo despertavam em mim uma ânsia de espetáculos, e a própria arquitetura da cidade inspirava-me certo imperialismo juvenil: eu delirava, sonhando com armaduras de cavalaria, com capacetes romanos, com as tubas prateadas da orquestra do regimento Preobrajénski, e, depois da

O. Mandelstam

parada de maio, meu prazer maior era a festa da cavalaria, no dia da Anunciação.

Lembro-me também do lançamento do encouraçado Osliab: deslizou então para a água uma espécie de monstruosa lagarta marinha e viram-se também as gruas e as arestas da doca.

Tôda essa militarice em profusão e até uma espécie de estética policial iam bem a algum filho de general, com as respectivas tradições familiares, mas não concordava de modo algum com o cheiro de cozinha de um apartamento pequeno-burguês, com o escritório de meu pai, que tresandava a couro, camurça e pele de vitelo, nem com as conversas judias de negócios.

# O NÔVO MUNDO

# E. FERBER

EDNA FERBER (1887) nasceu na cidade de Kalamazoo, Michigan. Começou a carreira literária como repórter e o jornalismo serviu-lhe para desenvolver o estilo e penetrar em certos meandros da vida americana. A sua estréia na ficção romanesca verifica-se com *Dawn O'Hara* (1911). Em 1924, seu romance *So Big* recebe o prêmio Pulitzer. Dela diz o crítico Fred B. Millet: "As ambições literárias de Edna Ferber excederam muitas vêzes as suas realizações, mas ela tem sido extremamente útil em trazer à luz um material histórico e econômico pouco conhecido relativo ao... Middle West e ao Sudoeste americanos e em apresentá-lo em seus quadros cheios de vida e côr, embora pintados um pouco superficialmente". Seus primeiros sucessos, *Emma Chesney & Co.* e *The Girls* (1921), falam da intrusão das mulheres no mundo dos negócios e das profissões. Embora meio obsoletos agora, conservam algum significado por refletirem um momento particular da vida econômica americana. Edna Ferber, porém, não se fixou num único aspecto da realidade ianque, diversificando seu trabalho de criação. Em *So Big* (1924), *Show Boat* (1926), *Cimarron* (1930) e *Come and Get it* (1935), voltou-se para a exploração do rico material sôbre o Meio Oeste no fim do século XIX e início do XX e os resultados, apesar de cromolitográficos, são uma contribuição popular à ficção histórico-regional. Além dos títulos já mencionados, salientam-se ainda em sua ampla bibliografia: *Roast Beef, Medium* (1913), *Personality*

398                                    Entre Dois Mundos

*Plus* (1914), *Fanny Herself* (1917), romance autobiográfico
de onde procede *O Jejum,* relato aqui inserido, *American
Beauty* (1931), *Saratoga Trunk* (1941), *A peculiar treasury*
(1937) (autobiografia) e *Giant* (1952).


## O JEJUM

As famílias, em sua maioria, só podem ser descritas contra
o pano de fundo de seus lares. A vida familiar dos Brandeis,
porém, era determinada e controlada pela loja. Era a loja
que regulava suas refeições, suas horas de sono e de divertimentos. Ela lhes ensinou muitas coisas, trouxe-lhes muitos
bens e fê-los perder muito. Fanny Brandeis sempre dizia que
a detestava, mas a loja tornou-a sensata, tolerante e, por fim,
famosa. Não sei o que mais se poderia pretender de uma
instituição. A loja colocou-a em contato com homens e mulheres, ensinou-a a lidar com êles. Às vêzes, depois das aulas,
descia até o estabelecimento a fim de ver a mãe, enquanto
Theodore ia para casa estudar. Empoleirada num banquinho
alto, em algum canto, ela ficava a ouvir, a ver, absorvendo
tudo. Foi uma grande escola para aquela garotinha judia, dramática, sensível e muitíssimo organizada, pois, parafraseando
uma conhecida frase teatral, há tantos tipos de pessoas em
Winnebago quantos em Washington.

Foi mais ou menos nessa época que Fanny Brandeis começou a perceber, vivamente, que era diferente. É claro, as mães
das outras meninas de Winnebago não trabalhavam feito homens, numa loja. E ela e Bella Weinberg eram as únicas da
classe que faltavam à aula no Dia da Expiação, no Ano Nôvo
e nos demais feriados judaicos. Ia também ao templo na noite
de Sexta-feira e no sábado de manhã, ao passo que as outras
meninas conhecidas suas iam à igreja no domingo. Tais coisas
isolavam-na naquela cidadezinha do Meio Oeste americano;
mas não estava nisto a verdadeira diferença. Ela brincava, dormia, comia e estudava como os outros animaizinhos saudáveis
de sua idade. A verdadeira diferença estava no temperamento,
nas emoções, nos dramas, na história, ou em tudo isto. Costumavam brincar de pegador nas frescas e verdes ravinas que
eram os lugares mais belos da cidadezinha do Wisconsin.

Eram como preciosas esmeraldas engastadas no abraço das
colinas, aquelas ravinas, e o impulso civilizador de Winnebago
ainda não as havia varrido num dilúvio de latas velhas, cinzas,
lixo e detritos, para serem vendidas mais tarde em lotes. Nelas
os índios acamparam e caçaram outrora. Aquela abaixo da
ponte da Court Street, perto da igreja católica e do convento,
era a preferida para os brinquedos. Linda e graciosa, ficava

abaixo da quente cidadezinha, tôda verde, luxuriante e fresca, com um estreito córrego ondulando através dela. Os gordos Capuchinhos, com seus hábitos marrons já gastos, amarrados à cintura por uma corda, os pés nus enfiados em sandálias, vinham tomar sol nos bancos de pedra, ao lado do mosteiro, na colina, ou ficavam vadiando pelo jardim. E de súbito Fanny parava, quieta, em meio ao seu jôgo de pegador, tocada pela beleza do quadro que êste tirava do passado.

Como pequena oriental, conseguia combinar o árido texto de seu livro de história com o verde das árvores, o cinzento da igreja, e o marrom dos hábitos monásticos, e com isso compunha um quadro mental vibrante. O jôgo e seus companheiros barulhentos se desvaneciam. Ela povoava o lugar de índios furtivos. Astuciosos, misteriosos, embora selvagemente bravios. Não tinham qualquer relação com as Oneidas abjetas, desprezíveis e mal-cheirosas que, nas manhãs de verão, vinham pela porta traseira das casas, vestidas de chita e casaco em farrapos, cestas de frutas nos braços, sem orgulho, povo alquebrado, conquistado. Ela os via selvagens, livres, soberanos. Entre êles não havia nenhum Oneida suja, vendendo frutas nas casas. Eram Sioux, Pottawatomies, Winnebagos, Menomonees e Outagamis. Ela os imaginava taciturnos, olhos grandes e redondos, flexíveis, velozes, e dotados de todos os adjetivos que sua imaginação e o livro de história podiam fornecer. Os roliços e plácidos Capuchinhos da colina transformavam-se em Jesuítas, sinistros, silenciosos, poderosos, tendo por trás dêles a França e a Igreja de Roma. Do abrigo daquele carvalho grande ia surgir Nicolet, o bravo, o primeiro entre os exploradores do Wisconsin e o último a ser honrado por sua audácia. Jean Nicolet! Adorava êste nome. Com êle vinha La Salle, ereto, delgado, elegante, e certamente usando tufos, plumas e espada, mesmo numa canoa. E Tonty, seu amigo italiano e companheiro de aventuras — o Tonty dos cetins e veludos, gracioso, delicado, sizudo, uma figura sombria; sua mão de ferro ameaçadora, tão temida pelos selvagens ignorantes, sempre enfiada numa luva. Certamente um perfumado c... Plaft! Um empurrão brusco sacudiu sua cabeça brutalmente para trás e mandou-a para a frente, cambaleante, e chocou-a como se tivesse caído.

— Oba! Pegador! É você! Fanny é o pegador!

Sumiram índios, padres, cavaleiros, *coureurs de bois,* tudo. Fanny parou por um instante, piscando estùpidamente. No momento seguinte, corria com tanta velocidade quanto o mais veloz dos meninos, perseguindo um dos companheiros do jôgo.

Fanny era uma mistura estranha de traquinas e estudiosa, uma ótima combinação para o corpo e o espírito. O seu lado espiritual ainda tateava, cambaleava, apalpando o caminho a

400                                           Entre Dois Mundos

seguir, como qualquer garotinha de mente excepcionalmente ativa e cuja mãe está sempre ocupada. Foi no Dia da Expiação, conhecido em hebraico como o Iom Kipur, no ano seguinte à morte de seu pai, que êsse lado seu realizou uma cambalhota assaz interessante.

Fanny Brandeis nunca tivera permissão de jejuar nesse que é o maior e o mais solene dos dias santos judeus. O lado moderno de Molly Brandeis recusava-se a sancionar a prática de negar alimento a uma criança por vinte e quatro horas. Portanto, foi contra essa desaprovação que Fanny, efetuando profundas incursões no bife e nas batatas-doces do jantar da véspera do Iom Kipur, anunciou seu propósito de jejuar desde aquela refeição até o jantar da noite seguinte. Acabava de passar o prato para uma terceira repetição de batatas fritas. Theodore, que estava perdendo o páreo por uma volta completa, fêz ouvir sua objeção.

— Ora, tenha dó! — protestou êle. — Acho que não é só você que gosta de batata-doce.

Fanny passou uma generosa porção de manteiga em um pedaço já amanteigado e mastigou-o com um ar de virtude consciente.

— Tenho de comer bastante. Êste é o meu último bocado até amanhã à noite.

— O que você está dizendo? — indagou a Sra. Brandeis, com rispidez.

— Sim, é isso mesmo! — vaiou Theodore.

Fanny continuou comendo conscienciosamente, enquanto explicava.

— Bella Weinberg e eu vamos jejuar o dia todo. Só queremos ver se agüentamos.

— Aposto que não — disse Theodore.

A Sra. Brandeis olhou a filha com ar pensativo. — Mas, Fanny, não é êsse o objetivo do jejum... apenas para ver se agüenta. Se vai ficar pensando em comida durante tôdas as orações do Iom Kipur...

— Não vou ficar não! — protestou Fanny, com paixão. — Theodore ficaria, mas eu não.

— Eu não ficaria coisa nenhuma — replicou Theodore. — Mas, se vou tocar um solo de violino durante a oração pelos mortos, acho que devo comer minhas refeições regulares.

Vez por outra, em ocasiões especiais, Theodore tocava no templo. A pequena congregação, ao ouvir os vibrantes altos-e-baixos do violino, de um menino de quinze anos, percebia, vagamente, que ali estava algo perturbador e angustiosamente lindo. Não sabiam que estavam ouvindo o gênio.

Molly Brandeis, em seu melhor vestido, dirigia-se ao templo na véspera de Iom Kipur, com o filho à direita e a filha à

# E. Ferber

esquerda. Havia decidido não permitir que o dia seguinte, com seu belo ofício pungente, a comovesse profundamente. Era o primeiro desde que seu marido morrera, e o Rabi Thalmann se orgulhava, na verdade, de como rendia o ofício pelos mortos, que se fazia às três horas da tarde.

O Rabi Thalmann era um homem de saber, delicado e bem-humorado, e desconsiderado por sua congregação. Apegava-se às Escrituras por seus textos, vendo em Moisés um líder maior do que Roosevelt, e no milagre da Sarça Ardente uma maravilha mais extraordinária do que a magia do século XX na eletricidade. Era baixinho, o Rabi Thalmann, com mãos e pés tão pequenos e delicados como os de uma mulher. Fanny achava fascinante contemplá-lo, em suas roupas pretas de rabino e com os óculos caídos, durante a leitura, sôbre o narizinho adunco. No púlpito, mantinha-se ereto, mas na rua percebia-se que suas costas eram um pouquinho encurvadas — ou talvez fôsse apenas a inclinação do estudioso, enquanto caminhava com os olhos fixos no chão, fumando aquêles charutos marrons, finos e pequenos, que pareciam expressamente colhidos e enrolados para êle.

O serviço noturno era às sete. A congregação, nas sêdas roçagantes, afluía ao pequeno templo de tôdas as direções. Dentro, havia um zunzum surdo de conversa. A cadeira dos Brandeis ficava bem ao fundo, como condizia a um membro menos próspero da pequena e rica congregação. Isso lhe permitia uma visão completa da sala, em seu esplendor de festa. Fanny bebia-a àvidamente, com seus olhos prêtos afáveis e brilhantes. Os bancos de madeira, nus e envernizados, incandesciam com os reflexos dos candelabros. Os castiçais de sete ramos, em ambos os lados do púlpito, estavam entretecidos de esmílaces. A cortina de pelúcia vermelha que pendia em frente da Arca nos dias comuns, bem como a toalha do mesmo tecido que cobria o púlpito, haviam sido substituídas por cintilante cetim branco, debruado de franjas douradas e terminados, nos cantos, por pesadas borlas igualmente douradas. Como brilhava o rico cetim branco à luz das lâmpadas elétricas! Fanny Brandeis gostava das luzes, do brilho, da música, tão majestosa e solene, e da visão do pequeno rabi, sentado ereto e sério em sua cadeira de espaldar alto, ou de pé para a leitura da grande Bíblia. Essa judiazinha emotiva era perpassada por um arrepio que não procedia do fervor religioso, receio muito.

O lado puramente dramático da coisa dominou-a. De fato, aquilo a que se predispusera fazer hoje continha pouquíssima religião. A Sra. Brandeis tinha razão. Era mais um teste de resistência, o que planejara. Fanny nunca jejuara em tôda a sua vida saudável. Voltava da escola pronta a devorar grandes fatias de pão com manteiga, acrescidas de açúcar queima-

402                                           Entre Dois Mundos

do ou geléia de uva, e rematava a refeição com três ou quatro maçãs do barril da adega. Duas horas depois, atacava um jantar composto de batatas fritas, fígado, chá, compota de pêssego, e mais fatias de pão com manteiga. Depois, havia as cerejeiras do quintal, e outras frutas, para não falar nos montes de confeitos duros e pequenos, do tipo filhinho-de--papai, feitos para mastigar rápida e secretamente durante a aula. Ela gostava de comer coisas boas, essa robusta meninota, assim como sua amiga, Bella Weinberg, loura e branca como nata.

As duas meninas trocaram olhares significativos durante o ofício noturno. Os Weinberg, como convinha a seu *status,* estavam sentados na terceira fila à direita, e Bella tinha de voltar-se para enviar a Fanny suas mensagens silenciosas. O serviço noturno era curto, mesmo o sermão. O Rabi Thalmann e sua congregação precisavam da energia para a prova do dia seguinte.

Os Brandeis dirigiram-se para casa pela agradável noite de setembro e as crianças tinham de recorrer ao máximo de sua dignidade do Iom Kipur para não pisar nos montinhos de fôlhas crepitantes de outono. Theodore foi à adega e pegou uma maçã, que êle comeu, ao ver de Fanny, com uma soma de ruídos desnecessários. Era uma maçã dura, cheia de suco, que soltava um estalido quando os dentes se enterravam em sua carne branca. Fanny, depois de encará-lo com melancólica superioridade, foi para a cama.

Pretendera dormir até tarde, por razões gastronômicas. Mas o comando mental desobedeceu-lhe e ela acordou cedo, com uma sensação desagradável. Cedo como ainda era, Molly Brandeis fôra ver sua estranha filhinha na ponta dos pés, tal como fazia às vêzes, aos sábados, quando saía bem cedo para a loja e Fanny dormia até tarde. Nesse dia, o cabelo prêto de Fanny espalhava-se sôbre o travesseiro, enquanto ela estava deitada de costas, um braço estendido e o outro sôbre o peito. Formava um quadro prêto-vermelho-branco realmente encantador, assim adormecida. Aliás, Fanny fazia muita coisa dêsse jeito, com largas, vivas e inconfundíveis manchas de côr. A Sra. Brandeis, contemplando a menina de cabelos prêtos e lábios vermelhos ali adormecida, perguntava-se quanta determinação haveria atrás daquela fronte ampla e branca. Comentara pouco com a filha essa tentativa de jejuar, e a si mesma disse apenas que a desaprovava. Mas, no coração, queria que a garôta realizasse a façanha intentada.

Fanny acordou às sete e meia, e suas narinas se dilataram ao sentir o mais esquisito, tentador e fragrante dos aromas — o odor de café fervente. Permeava a casa. Deliciava os sentidos. Trazia em seu bôjo visões de rôscas quentes e escuras, ovos e manteiga. Fanny adorava sua refeição matinal. Virou-se e decidiu dormir outra vez. Não conseguiu, porém. Levantou-se vagarosa e cuidadosamente. Naquela manhã, não havia ninguém para apressá-la com o chamado ao pé da escada: — Fanny! Seu ôvo está esfriando!

Vestiu roupa limpa e fresca, e penteou o cabelo com habilidade. Enfiou um avental pela cabeça, a fim de não amassar seu vestido nôvo de sêda, antes de ir à sinagoga. Pensou que Theodore, provàvelmente, àquela hora, já terminara seu desjejum. Mas, quando desceu, êle ainda estava sentado à mesa. Não apenas isso; estava iniciando sua refeição. Um ôvo, todo dourado e branco, com as bordas marrons encrespadas, se encontrava sôbre o prato. Theodore comia seu ôvo sempre de forma matemática. Primeiro, engolia a clara, ràpidamente, pois não gostava dela e a Sra. Brandeis insistia para que a comesse. Depois, meditava um instante diante da gema, que, inteirinha, jazia como uma jóia côr de âmbar no centro do prato. Então, enterrava de repente o garfo bem no coração da jóia que se espalhava, misturando-se com a manteiga. Êle a recolhia, habilidosamente, com pedacinhos de rôsca amanteigados.

Fanny passou pela mesa justamente quando Theodore enfiou o garfo na gema do ôvo. Ela prendeu a respiração e fechou os olhos. Depois, voltou-se e voou para a varanda, onde respirou profundamente o inebriante ar matinal do setembro de Wisconsin. Enquanto estava ali parada, com seus espessos cachos negros ainda úmidos e brilhantes, com suas melhores meias e sapatos, com seu avental cobrindo a robusta figurinha, a luz da luta e da renúncia estampada na face simbolizava algo ao mesmo tempo bom e terreno.

Mas a verdadeira luta viria depois. Foram ao templo às dez horas, Theodore com seu amado violino enfiado cuidadosamente sob o braço. Bella Weinberg estava esperando ao pé das escadas.

— Você comeu? — perguntou, ansiosa.

— Claro que não — respondeu Fanny com desdém. — Você pensa que eu iria comer o desjejum quando disse que ia jejuar o dia todo? — Depois, com súbita suspeita, indagou: — E você, comeu?

— Não! — respondeu Bella firmemente.

Entraram e tomaram seus lugares. Era fascinante olhar os outros membros da congregação que iam chegando, as mulheres em suas sêdas roçagantes, os homens subjugados pela desconfortável dignidade do prêto num dia de semana. Um olhar ao bancos amarelos era como a leitura de um registro social e financeiro completo. A disposição dos assentos do templo era o *Almanaque do Gotha* da Congregação Emma-

404 Entre Dois Mundos

nuel. O velho Ben Reitman, patriarca entre os judeus estabelecidos em Winnebago, que ali chegara ainda jovem como imigrante, e que agora possuía centenas de acres em ricas fazendas, além de casas, moinhos e bancos, reinava ali da primeira cadeira da seção central. Era um ancião magnífico, com uma face rude e uma bela cabeça com basto cabelo grosso e grisalho, olhos astutos que os anos não haviam turvado, e uma surpreendente e inesperada covinha em uma das faces, o que lhe dava um ar travêsso e juvenil.

Atrás dêsse dignitário, sentavam-se seus filhos com as espôsas, suas filhas com os maridos, e os filhos, e assim por diante, até o banco dos Brandeis, o antepenúltimo, atrás do qual ficavam apenas algumas famílias obscuras, estigmatizadas como russos, como só os judeus nascidos na Alemanha podiam estigmatizar os que haviam tido a desgraça de nascer na região conhecida por *hinter-Berlin* [1].

A manhã passou voando e, com sua música, suas respostas, seu sermão em alemão, cheio de palavras de quatro e cinco sílabas, tais como *Barmherzigkeit* e *Eigentümlichkeit* [2]. Durante todo o sermão, Fanny ficou sentada, sonhando e observando a sombra, na janela, do pinheiro que ficava junto ao templo, e divertindo-se imensamente com o ar ictérico que o reflexo da vidraça amarela dava à vaidosa Sra. Nathan Pereles. De tempos em tempos, Bella voltava-se para lançar-lhe um olhar que pretendia mostrar um intenso sofrimento e uma situação resoluta embora agonizante. Fanny ignorava firmemente essas mensagens mudas. Elas ofendiam-na em algo, embora não soubesse dizer em quê.

No intervalo do meio-dia, não foi para casa, para os tentadores aromas do almôço; ficou passeando pelo pequeno parque da cidade e desceu até o rio, onde se sentou em um banco, sentindo-se muito virtuosa, espiritual e ôca. Quando se iniciou o serviço da tarde, lá estava ela de volta ao seu assento. Alguns membros mais devotos haviam ficado para rezar durante êsse intervalo do meio-dia. A congregação começou a chegar espaçadamente, em grupos de dois e de três. Muitas mulheres haviam trocado o desconfôrto duramente espartilhado dos esplendorosos trajes matinais pelo bem-estar dos vestidos de sêda menos ricos. A Sra. Brandeis, que não ia ao trabalho nesse dia santo, entrou correndo às duas, com um olhar ansioso para sua pálida e resoluta filha.

A oração pelos mortos começaria logo após as três e se prolongaria por quase duas horas. A um quarto para as três, Bella esgueirou-se pela passagem lateral, acenando misteriosa e

(1) Atrás, além de Berlim.
(2) Misericórdia e particularidade.

E. Ferber

405

sedutoramente para Fanny enquanto saía. Fanny olhou para a mãe.

— Vá — disse a Sra. Brandeis. — O ar lhe fará bem. Volte antes de começar o ofício pelos mortos.

Fanny e Bella encontraram-se, rindo, no vestíbulo.

— Vamos até a minha casa por um minuto — sugeriu Bella.
— Quero mostrar-lhe algo. — A casa dos Weinberg, uma construção enorme, confortável e bem disposta, com uma varanda em tôda a volta e um gramado bem cuidado, ficava a uma quadra de distância. Elas saltaram pela rua, desceram o quarteirão e entraram pela porta dos fundos. A grande cozinha ensolarada estava deserta. A casa parecia muito silenciosa e calma. Sôbre ela pairava a deliciosa fragrância de massa recém-cozida. Bella, com um olhar bastante maligno, dirigiu-se à copa que era tão grande quanto a cozinha. E lá, arrumados em travessas, assadeiras e em guardanapos brancos como a neve, estava o que faria a festa de Tântalo parecer um lanche pobre e mirrado. Os Weinberg haviam cozinhado.

É costume nos lares dos jejuadores do Dia da Expiação da escola antiga começar a refeição daquela noite, após as vinte e quatro horas de abstinência, com café e bolos frescos de diversos tipos. Era como dar um tiro na digestão, mas delicioso como não se pode imaginar. A mãe de Bella era uma cozinheira famosa, e suas duas empregadas seguiam as artes da patroa. Teriam irmãs, irmãos e parentes de fora como convidados para a refeição noturna, e a Sra. Weinberg procurara superar-se.

— Oh! — exclamou Fanny, numa espécie de agonia e deleite.

— Pode pegar — disse Bella, tentadora.

A copa estava perfumada, como um jardim, de condimentos, cheiro de frutas e do deleitável aroma de pudim fresco, coberto de açúcar. Havia uma travessa gigante cheia de bolinhos redondos e fofos, com gordos bordos, no centro dos quais se viam ameixas cobertas de açúcar peneirado. Havia outros em cujos centros se viam abricós, que ao sol pareciam ouro derretido. Havia vastidões salpicadas de *kuchen* de queijo, cujas douradas superfícies rachadas entremostravam o rico queijo amarelo-limão no fundo — requeijão batido com ovo, canela, açúcar e limão. Uma crosta em forma de flocos elevava-se, denteada, sôbre êsse doce. Viam-se bolos com geléia, *kuchen* de canela e atraentes doces rodeados de fatias de amêndoas. Havia ainda pães frescos, torcidos filões, com semente de papoula rodeando as tranças, e com as partes laterais brilhando devido à manteiga com que haviam sido pròdigamente untados antes de irem ao forno.

Fanny Brandeis olhava, hipnotizada. Enquanto isso, Bella

# 406        Entre Dois Mundos

escolheu uma torta de ameixa, mordendo-a — mordia generosamente, de forma que seus dentinhos brancos penetraram bem no meio do licoroso suco vermelho-amarronzado e ouviu-se um pequeno esguicho quando êles se fecharam sôbre a deliciosa fruta. Ao escutá-lo, Fanny sentiu um estremecimento por todo o seu corpo gorducho e faminto.

— Coma um — disse Bella generosamente. — Vamos. Ninguém jamais saberá. De qualquer forma, já jejuamos bastante para nossa idade. Eu poderia jejuar até a hora do jantar se quisesse, mas não quero.

Engoliu o último pedaço da torta de ameixa e escolheu outro — abricó, desta vez — e abriu seus lábios úmidos e vermelhos. Mas, antes de mordê-la (a Inquisição poderia utilizar os talentos de Bella), escolheu uma igual e estendeu-a à amiga. Fanny balançou a cabeça de leve. Sua mão elevou-se involuntàriamente. Seus olhos estavam presos ao rosto de Bella.

— Vamos — dizia Bella. — Pegue-a. Elas estão deliciosas! Hum-m-m! — A primeira mordida de abricó desapareceu atrás das brancas fileiras de dentes afiados. Fanny fechou os olhos como que acometida de uma dor súbita. Travava a grande batalha de sua existência. Iria deparar outras tentações, e talvez mais sedutoras, em sua vida, porém até o dia da morte jamais esqueceria essa primeira batalha entre a carne e o espírito, ali, na copa cheirando a açúcar — e o espírito venceu. Enquanto os lábios de Bella se fechavam sôbre a segunda dentada de torta, enquanto seus olhos vagueavam sôbre os bolos de amêndoas, tendo ainda na mão o doce para Fanny, esta voltou as costas, abruptamente, como um soldado e marchou às cegas, para fora da casa, pelas escadas traseiras, atravessou a rua e entrou assim no templo.

As lâmpadas noturnas acabavam de acender-se. A pequena congregação relaxada, esgotada, fracos de fome muitos dêles, permanecia sentada ali, arrebatada e silenciosa, exceto nos momentos em que o livro de orações exigia responsos. A voz do pequeno rabi, bem mais fraca agora, possuía um timbre que a tornava surpreendentemente doce, clara e ressonante. Fanny insinuou-se quietamente no seu assento ao lado da Sra. Brandeis e enfiou a mãozinha úmida e fria entre as palmas quentes e rugosas da mãe. Os olhos de Molly Brandeis, brilhantes de lágrimas não derramadas, abandonaram a leitura do livro de reza para se demorar na pequena face pálida que lhe sorria. As páginas do livro já se achavam em mais de dois terços à esquerda. Justamente quando Fanny o notava, houve um breve momento de silêncio no ritmo do longo ofício do dia. A hora dos mortos havia começado.

O pequeno Dr. Thalmann limpou a garganta. A congregação mexeu-se um pouco, mudando sua rígida posição. Bella,

# E. Ferber

a culpada, entrou sorrateiramente, um quadro rosa-dourado de virtude angelical. Olhando-a, Fanny sentiu-se indiferente, limpa e distante.

Molly Brandeis pareceu intuir o que havia sucedido.

— Mas você não comeu, não é? — sussurrou delicadamente.

Fanny sacudiu um não com a cabeça.

O Rabi Thalmann estava sentado em sua grande cadeira esculpida. Seus olhos se fecharam. O pequeno e ofegante órgão, na galeria do côro, ao fundo do templo, encetou os compassos de abertura da *Träumerei* de Schumann. E então, acima do som do órgão, fêz-se ouvir o lamento claro e pungente de um violino. Theodore Brandeis começara a tocar. Por certo já ouviram como toca a maioria dos meninos de quinze anos — aquêle arranhado sem inspiração, que acaba com os nervos. Não havia nada disso nos sons que aquêle garôto tirava da pequena caixa de madeira, do arco e das cordas bem esticadas. O que quer que fôsse — o comprimento dos dedos, finos e sensíveis, a posição do pulso, a articulação do antebraço, algo em sua mente, ou tudo isso combinado —, Theodore Brandeis possuía o que faz a grandeza. Podia-se notá-lo quando êle se curvava sôbre o violino a fim de obter os tons de *cello*. Enquanto tocava nesse dia, a congregaçãozinha mantinha-se muito silenciosa, e cada um pensava em suas ambições e em seus malogros; no bem-amado perdido, no trabalho por fazer, nas esperanças adiadas; no desacêrto que nunca era corrigido; no ser que se perdeu e cuja memória traz remorsos. Punha um gôsto de sal nos lábios. Fazia a gente levantar mão furtiva e envergonhada e acariciar as faces, embora se visse que a pessoa sentada no banco da frente fazia o mesmo. Era o que acontecia quando êsse garôto de quinze anos unia seu arco ao violino. E aquêle que nos faz sentir tudo isso tem essa coisa indefinida, mágica e gloriosa conhecida como Gênio.

Quando terminou, perpassou pela sala aquêle suspiro de alívio que se segue sempre a uma tensão. O Rabi Thalmann passou a mão pelos olhos cansados como alguém que retorna de uma distante jornada mental; depois, ergueu-se e encaminhou-se ao púlpito. Começou, em hebraico, as palavras iniciais do serviço dos mortos, continuando depois em inglês, com as palavras de infinita humildade e sabedoria.

"Vós implantastes em nós a capacidade de pecar, mas não o próprio pecado!"

Fanny estremeceu. Aprendera isso há pouco menos de meia hora. O ofício continuava angustiante e comovente. Os améns repetiam-se com nôvo fervor na bôca dos ouvintes. Nada havia agora de cômico no modo de como o velho Ben Reitman, com os olhos baixos, sempre atrasava umas cinco palavras

408                                                    Entre Dois Mundos

em relação ao resto, como tropeçava nas respostas e corria vivamente através delas, de modo que sua bela voz de velho, algo rouca e tremida, repetia seu "Amém!" em solitária majestade. Chegaram a essa jóia de humildade, a oração dos pranteadores, o antigo e sempre solene *cadisch*. Nada há, na linguagem escrita, que possa igualar, em drama puro e magnificência, a essa prece como é cantada em hebraico.

Assim que o Rabi Thalmann começou a entoá-la, na sua monótona repetição de louvor, algumas figuras de prêto se ergueram e baixaram as cabeças sôbre seus livros de reza. Eram os membros da congregação a quem a morte cobrara algum penhor durante o último ano. Fanny ergueu-se com a mãe e Thedore, que havia deixado o côro para juntar-se a elas. O pequeno órgão ofegante tocava suavemente. As figuras de prêto balançavam-se. Aqui e ali um soluço meio abafado surgia e logo era sufocado. Fanny sentiu uma neblina quente que lhe ofuscou a vista. Piscou para livrar-se dela, mas outra ardeu em seu lugar. Seus ombros sacudiram-se com um soluço. Sentiu a mão de sua mãe pousar na sua, que segurava um lado do livro. A oração, que não era mais de lamentação, mas de louvor, terminou com um crescendo final do órgão. As silenciosas figuras de prêto se sentaram.

Sôbre a pequena e exausta congregação pairava uma gloriosa atmosfera de desprendimento. Êsses judeus, ouvindo as palavras emanadas dos lábios dos profetas em Israel, haviam, nesse dia, voltado a milhares de anos atrás, à época que a destruição do templo fôra tão real quanto os fragmentos das cúpulas e espirais da catedral de Reims. O velho Ben Reitman, abatido pelo jejum, estava bem longe de seus pensamentos diários a respeito de cavalos, de serrarias, de fazendas e de hipotecas. Mesmo a Sra. Nathan Pereles, em seu vestido de cetim prêto com pérolas côr de azeviche, sua face dura e fria nunca iluminada por um sentimento de simpatia ou amor, parecia sentir algo daquela onda de emoção. Fanny Brandeis também foi sacudida por ela. Sua cabeça doía (de fome) e suas mãos estavam geladas. A russinha, atrás dêles, parara de mexer-se e dormia recostada à mãe. O Rabi Thalmann, ali na plataforma, parecia como que muito distante e vago. O cheiro de maçãs partidas e sais de amônia enchiam o ar. A atmosfera afigurava-se estranhamente oscilante e luminosa. O cetim branco da cortina da Arca balançava e deslumbrava.

O longo ofício aproximava-se de seu final. De repente, o órgão e o côro romperam um peã. O pequeno Doutor Thalmann levantou os braços. A congregação ergueu-se com forte impulso. Fanny também se levantou, a face muito branca emoldurado pelos cachos negros, os olhos iluminados. Elevou

E. Ferber

o rosto para as palavras da antiga bênção que surgiam, na sua simplicidade e grandeza, dos lábios do rabi:

"Que as bênçãos do Senhor nosso Deus desçam sôbre todos. Deus vos abençoe e proteja. Que o semblante de Deus vos ilumine e vos traga suas graças. Que Deus vos mostre Sua face e vos traga paz."

O Dia da Expiação chegara ao fim. Foi uma pequena multidão muito quieta, subjugada e exausta, que se dispersou em direção a seus lares. Fanny saiu, sem sequer um pensamento para Bella. Sentia vagamente que ela e sua amiga da escola eram de matéria diferente. Sabia que o vínculo entre ambas fôra o desleixado laço físico da infância e que nunca chegariam a ter melhores relações espirituais, embora não soubesse explicar em palavras essa nova descoberta.

Molly Brandeis colocou a mão nos ombros da filha.

— Cansada, Fanchen?

— Um pouco.

— Aposto como está com fome! — disse Theodore.

— Eu estava, mas agora não.

— Humm-m-m! Espere só! Sopa de talharim. E galinha!

Pretendia contar a prova pela qual passara na copa dos Weinberg. Mas agora, algo dentro dela — algo bom, nascido daquele dia — impediu-a de fazê-lo. Mas Molly Brandeis, para quem dois e dois muitas vêzes somavam cinco, adivinhou algo do que havia ocorrido. Sentira grande orgulho, quando seu filho arrebatou a congregação com a mágica de sua música. Deu-lhe um beijo de boa noite com infinita ternura e amor. Mas entrou no minúsculo quarto de sua filha que já estava deitada e, inclinando-se, colocou a mão sôbre a fronte quente da pequena.

— Você está bem, querida?

— Hummm! — respondeu Fanny, sonolenta.

— Fanchen, você não se sente feliz e pura por ter sido capaz de realizar o que havia decidido fazer?

— Hummm!

— Só que — Molly Brandeis começou a pensar em voz alta, esquecendo-se completamente que estava falando com uma menininha — só que a vida parece ter especial prazer em oferecer tentações àqueles que são capazes de resistir a elas. Não sei por que acontece assim, mas é verdade. Espero, oh! minha filhinha, meu bebê, espero...

Mas Fanny nunca soube ao certo se a mãe chegou a terminar ou não a frase. Lembrava-se apenas que aguardava o final para descobrir o que a mãe esperava. E que sentira uma súbita gôta quente na mão, no lugar onde sua mãe estava curvada. E a próxima coisa de que soube, foi da manhã seguinte com um maduro sol de setembro.

# FRANZ KAFKA [1]

## A CONSTRUÇÃO DE UMA CIDADE

Algumas pessoas vieram a mim e pediram-me que eu construísse uma cidade. Respondi que eram muito poucos, que teriam espaço suficiente numa casa, que eu não lhes construiria cidade alguma. Disseram-me, porém, que outros ainda haveriam de segui-los, e que afinal existia gente casada entre êles, que provàvelmente teriam filhos, nem seria preciso construir a cidade de uma só vez, mas sòmente traçar a planta e pouco a pouco executá-la. Perguntei onde queriam a cidade construída; responderam que num instante me mostrariam o lugar. Seguimos ao longo do rio até chegar a uma colina bem alta e extensa, íngreme pelo lado do rio, mas, de resto, descendo num declive suave. Disseram que era lá em cima, onde queriam que se erguesse a cidade. Nada crescia ali, a não ser uma relva rala, nenhuma árvore, o que me agradou, mas a queda para o rio parecia-me demasiado escarpada e chamei-lhes a atenção para o fato. Responderam, no entanto, que não faria mal, a cidade se estenderia nas outras encostas e teria muitos outros acessos à água e, além disso, no correr dos tem-

(1) Vide nota biográfica, à pág. 377.

412             Entre Dois Mundos

pos, se encontrariam talvez meios para, de alguma maneira, vencer o íngreme declive; em todo caso, não seria êste um obstáculo para a fundação da cidade naquele lugar. Ademais, diziam, eram jovens e fortes, e podiam fàcilmente galgar o declive, o que desejariam demonstrar-me imediatamente. Dito e feito; como lagartos, seus corpos arremeteram-se para o alto entre as fendas do rochedo, e logo chegaram ao cume. Subi também e perguntei-lhes por que queriam a cidade justamente ali. O lugar não parecia ser especialmente apropriado para a defesa, sua única proteção natural era do lado do rio e precisamente ali a necessidade de proteção era, afinal, menor; antes, ali, seria de desejar que houvesse meios de sair livre e fàcilmente; mas, de todos os outros lados, o planalto era de fácil acesso e, por causa disso e também de sua grande extensão, difícil de defender. Além disso, o solo lá em cima ainda não fôra testado quanto à fertilidade, e ficar dependendo da baixada e à mercê do transporte por veículo sempre era algo perigoso para uma cidade, especialmente em épocas conturbadas. E mais ainda, a questão da água potável também não fôra decidida ainda; se lá em cima havia suficiente água potável; a pequena fonte que me mostraram não parecia digna de confiança.

— Você está cansado — disse um dêles — você não quer construir a cidade.

— Cansado estou, é verdade — respondi e sentei-me numa pedra ao lado da fonte. Embeberam um pano de água e com êle refrescaram meu rosto. Agradeci. Depois disse-lhes que gostaria de, sòzinho, dar uma volta pelo planalto, e os deixei; quando voltei, já estava escuro; jaziam todos à volta da fonte, adormecidos; caía uma chuva miúda.

De manhã repeti minha pergunta. Não compreenderam logo como eu podia repetir de manhã a pergunta da noite. Contudo, depois, responderam que não podiam especificar as razões exatas pelas quais haviam escolhido o lugar, mas que eram velhas tradições que o recomendavam. Já seus antepassados haviam querido construir ali a cidade, mas por alguma razão, que a tradição tampouco registrou com exatidão, não tinham no entanto começado. Em todo caso, não era capricho o que os levara a êsse lugar; ao contrário, o lugar nem sequer lhes agradava muito e os contra-argumentos que eu apresentara êles também já haviam excogitado por si mesmos e os reconheciam como irrefutáveis, mas ali estava, disseram, ali estava aquela tradição e quem não obedece à tradição será aniquilado. Por esta razão, diziam, não podiam compreender por que eu hesitava e nem por que eu já não começara ontem a construir.

# F. Kafka

Resolvi ir embora, e desci o declive em direção ao rio. Um dêles, porém, acordara e despertara os outros e lá estavam de pé à beira do penhasco e eu me encontrava só a meio caminho e êles me imploravam e me chamavam. Voltei, então, e êles me ajudaram e me puxaram para cima. Agora prometi-lhes construir a cidade. Sentiram-se muito gratos, fizeram-me discursos, beijaram-me.

# R. GARY

Nascido em Moscou, ROMAIN GARY (1914), pseudônimo de Romain Kacew, é licenciado em Direito. Mobilizado em 1939, alista-se nas F.F.L. Aviador, deixa o exército francês como comandante (1945), ingressando na carreira diplomática. Entre seus romances figuram *Education européenne* (Prêmio dos Críticos, 1945), *Tulipe* (1946), *Le Grand Vestiaire* (1949), *Les couleurs du jour* (1952), *Les racines du ciel* (Prêmio Goncourt, 1956). Romain Gary pertence à tradição naturalista do romance francês. Mas êle a recheia com um acento épico que só a êle pertence. *Education européenne* insere, no contexto de um relato exaltante de coragem e audácia, uma ponta de realismo pungente, quase sórdido: uma breve aventura sensual desencadeia-se, solitária e desesperada, em meio de uma tragédia histórica (a resistência polonesa à ocupação alemã). Seus outros romances ilustram o mal-estar de nossa civilização. Em *Les racines du ciel,* o romancista encontra mais uma vez um "grande tema", tratando-o com um vigor e uma fé exemplares. É contra a desumanização que Morel, seu herói, trava um combate sem trégua, e que parece sem esperança; convida seus compatriotas, brancos e prêtos, a dar o melhor de si mesmos para "tentar conservar uma certa beleza à vida" — na época do trabalho forçado, da bomba de hidrogênio e do fim que justifica os meios. É por herança de seus pais que Gary se reconhece sempre e instantâ-

416 Entre Dois Mundos

neamente em todos os que sofrem, homens e mesmo animais.
"Um número incrível de pessoas podem assistir a uma toura-
da, olhar o touro ferido e sangrento sem fremir. Não, eu. Eu
sou o touro."

## A MAIS VELHA HISTÓRIA JAMAIS CONTADA

La Paz está a quatro mil metros acima do nível do mar: um
pouco mais alta e seria impossível respirar. Lá existem lhamas,
índios, planaltos áridos, neves eternas, cidades fantasmas,
águias e, mais abaixo, nos vales tropicais, vagueiam exploradores de ouro e borboletas gigantes.

Schonenbaum sonhava com La Paz, a capital da Bolívia,
quase tôda noite, durante os dois anos que passou no campo
de concentração de Torrenberg, na Alemanha. E quando as
tropas americanas abriram, finalmente, os portões para o que
lhe parecia ser um outro mundo, êle lutou por um visto para
a Bolívia com a tenacidade que sòmente os verdadeiros sonhadores podem traduzir em ação. Schonenbaum era alfaiate de
profissão, um alfaiate de Lodz, na Polônia, herdeiro de uma
grande tradição ilustrada por cinco gerações de alfaiates judeus. Fixou-se em La Paz, onde com poucos anos de labor diligente, pôde estabelecer-se por conta própria e logo gozava de
relativa prosperidade sob a placa: Schonenbaum, Alfaiate de
Paris. As encomendas se multiplicaram, e logo precisou procurar um auxiliar. Não era fácil: os índios dos altos Andes
fornecem ao mundo um número espantosamente pequeno de
"alfaiates parisienses" e a delicadeza com a agulha não é,
amiúde, uma de suas habilidades. Schonenbaum tinha de despender demasiado tempo em ensinar-lhes os rudimentos da
arte, para que a colaboração se tornasse proveitosa. Após várias tentativas, resignou-se a ficar sòzinho, apesar da crescente quantidade de trabalho. Mas um encontro inesperado resolveu seu problema de uma forma que, êle tinha certeza, revelava a mão da Providência, que sempre se mostrara favorável
para com êle, já que, dos trezentos mil judeus de Lodz, era
êle um dos poucos sobreviventes.

Schonenbaum vivia nas colinas, acima da cidade, e os comboios de lhamas passavam sob sua janela desde o amanhecer.
Uma ordem oriunda de um govêrno ansioso por dar à capital um aspecto moderno proibia o trânsito dêsses animais pelas ruas de La Paz; mas, uma vez que constituem os únicos
meios de transporte nas trilhas da montanha, o espetáculo das
lhamas que deixam os limites da cidade ao amanhecer, sob o
pêso de engradados e sacos, é e sem dúvida continuará sendo,
por muito tempo ainda, familiar a todos os visitantes do país.

# R. Gary

Tôda manhã, pois, quando se dirigia para sua loja, Schonenbaum encontrava êstes comboios; gostava muito das lhamas, sem saber por quê: talvez fôsse simplesmente porque não existiam na Alemanha. Dois ou três índios, usualmente, guiavam, para as aldeias distantes dos Andes, tropas de vinte ou trinta animais capazes de carregar fardos que ultrapassam muitas vêzes o seu próprio pêso.

Um dia, mal tinha nascido o sol, Schonenbaum descia para La Paz, quando cruzou com uma destas caravanas, visão que sempre o fazia sorrir. Parou e estendeu a mão para acariciar uma delas. Nunca acariciara um gato ou um cachorro, que abundavam na Alemanha, e nunca ouviu os passarinhos, que cantavam na Alemanha também. Sem qualquer dúvida, suas experiências no campo de extermínio haviam-no deixado algo reservado em relação aos alemães. Afagava o flanco do animal, quando seus olhos foram atraídos pelo rosto do índio que caminhava ao lado. O homem estava descalço, uma vara na mão, e a princípio, Schonenbaum mal lhe prestou atenção: seu olhar casual quase que deixou aquêle rosto para sempre. Era um rosto flácido e amarelado, com uma expressão erodida e pedregosa, que parecia provir de séculos de miséria física. Mas alguma coisa conhecida, alguma coisa familiar, e no entanto aterrorizante, como que de pesadelo, mexeu-se de súbito na mente de Schonenbaum, despertando nêle uma intensa agitação, enquanto sua memória continuava recusando-se a ajudá-lo. Aquela bôca desdentada, aquêles enormes olhos castanhos, tão doces, que se abriam para o mundo como uma ferida eterna, aquêle longo e triste nariz, aquela expressão de censura permanente, meio pergunta, meio acusação, pairando no rosto do homem que andava ao lado da lhama, saltaram literalmente sôbre o alfaiate, quando êste já lhe havia dado as costas. Balbuciou uma exclamação abafada e rodopiou.

— Gluckman! — gritou. — O que você está fazendo aqui?

Instintivamente, havia falado em ídiche e o homem a quem êle se dirigia saltou para um lado, como se de repente houvesse sido queimado. Depois, pôs-se a correr na estrada, perseguido por Schonenbaum, que pulava atrás dêle com uma agilidade de que nunca se julgara capaz. As lhamas, com sua arrogante expressão de desdém, prosseguiam seu caminho, em seu passo medido. Schonenbaum alcançou o homem numa curva do caminho, agarrou-o pelo ombro e forçou-o a deter-se. Era Gluckman: não havia dúvida. Não foi apenas a semelhança de traços que o convenceu; não, acima de tudo, foi aquela expressão de sofrimento, de muda interrogação, que era impossível confundir. "Por que, por que você está me fazendo isso?", os olhos perguntavam contìnuamente. Gluckman

418 Entre Dois Mundos

estacou embaraçado, as costas apoiadas na rocha vermelha, a bôca aberta, revelando as gengivas nuas.

— É você — gritou Schonenbum, ainda em ídiche. — Tenho certeza de que é você.

Gluckman balançou a cabeça.

— Não sou eu! — ganiu em ídiche. — Meu nome é Pedro, não o conheço.

— E onde foi que aprendeu a falar ídiche? — exclamou triunfante Schonenbaum. — No jardim de infância de La Paz?

A bôca de Gluckman escancarou-se mais ainda. Dirigiu um olhar selvagem para as lhamas, como que pedindo-lhes ajuda. Schonenbaum largou-o.

— Mas de que é que você tem mêdo, seu idiota? — perguntou. — Sou amigo. A quem é que você está tentando enganar?

— Meu nome é Pedro! — choramingou Gluckman, numa voz aguda e suplicante, ainda em ídiche.

— Completamente *meschuge* — disse Schonenbaum penalizado. — Então seu nome é Pedro... E isso... — agarrou a mão de Gluckman e encarou os dedos. Nem uma unha. — E isso? Suponho que foram os índios que arrancaram suas unhas fora, raízes e tudo?

Gluckman comprimiu-se ainda mais contra a pedra. Sua bôca fechou-se lentamente e as lágrimas rolaram-lhe pela face.

— Você não vai me denunciar? — gaguejou êle.

— Denunciá-lo? — repetiu Schonenbaum. — A quem? A quem eu denunciaria você?

Uma horrenda compreensão constringiu-lhe de súbito a garganta. O suor irrompeu-lhe na fronte. Estava tomado de pânico — o pânico terrível que de repente povoa a terra inteira de perigos ocultos. Depois, conseguiu controlar-se.

— Mas acabou-se! — gritou êle. — Está tudo terminado há quinze anos! Hitler está morto e enterrado!

O pomo-de-adão movia-se espasmòdicamente para cima e para baixo, no pescoço longo e descarnado de Gluckman, enquanto uma espécie de sorriso astuto perpassava seu rosto.

— Êles sempre dizem isso! Não acredito em suas promessas.

Schonenbaum suspirou profundamente: estavam a quatro mil metros acima do nível do mar. Mas êle sabia que a altitude nada tinha a ver com aquilo.

— Gluckman — disse êle solenemente — você sempre foi um idiota, mas, mesmo assim, faça um esfôrço! Acabou-se! Não existe mais Hitler, nem S. S., nem câmaras de gás; temos até um país nosso, Israel, que possui um exército, um poder judiciário, um govêrno! Acabou-se! Não é preciso mais se esconder!

— Ha, ha, ha! — riu Gluckman, sem o mais leve traço de alegria. — Esta conversa não me pega.

R. Gary 419

— O que não pega? — gritou Schonenbaum.

— Israel! — declarou Gluckman. — Não existe isso.

— O que você quer dizer com não existe? — berrou Schonenbaum, batendo os pés. — É claro que existe! Você não lê os jornais?

— Ha! — disse Gluckman simplesmente, com uma expressão infinitamente maliciosa.

— Mas até existe um cônsul israelense aqui em La Paz. Você pode conseguir um visto! Pode ir para lá!

— Ninguém vai me pegar nesta! — afirmou Gluckman. — É mais um truque alemão.

Schonenbaum estava começando a sentir-se arrepiado. O que mais o apavorava era a expressão superior de Gluckman. E se êle estivesse com a razão? pensou de repente. Os alemães eram bem capazes de tais truques. Apresente-se em tal e tal lugar, munido de documentos que provem que é judeu e será levado de graça para Israel: você se apresenta, permite que êles o coloquem no navio e se encontra de volta a um campo de extermínio. Gluckman estava certo: podia não haver nenhum Israel. Era apenas mais uma armadilha alemã. Meu Deus, pensou, o que está acontecendo comigo? Enxugou a fronte e tentou sorrir. Deu-se conta, então, de que Gluckman estava falando, ainda com aquela expressão tão maliciosa e esperta.

— Israel é uma armadilha para pegar a todos, os últimos, todos os que conseguiram safar-se, e então, para a câmara de gás... É uma ótima idéia. Os alemães são espertos. Sabem fazer essas coisas. Querem nos pegar todos lá, como da última vez, e então, todos reunidos, *a rachmones*[1]!... Eu os conheço!

— Temos o nosso próprio Estado Judeu — falou Schonenbaum delicadamente, como se falasse a uma criança. — O nome do primeiro-ministro é Ben Gurion. Temos um exército. Temos assento nas Nações Unidas. Acabou-se, estou-lhe dizendo.

— Esta conversa não pega — declarou Gluckman. — Conheço o truque.

Schonenbaum pôs o braço em volta dos ombros do amigo.

— Venha — disse. — Você vem e fica comigo. Vamos ver um médico.

Depois de dois dias é que Schonenbaum pôde tirar algum sentido das observações incoerentes da vítima: desde sua libertação — que êle atribuía a um desentendimento temporário entre os anti-semitas — Gluckman andava escondido nos planaltos dos Andes, convencido de que as coisas voltariam ao "normal",

(1) Uma piedade.

420 Entre Dois Mundos

de um momento para o outro. Se passasse por índio, condutor de lhamas na Sierra, podia escapar talvez à Gestapo. E tôda vez que Schonenbaum tentava explicar-lhe que não havia mais Gestapo, que Streicher, Rosenberg, Himmler haviam desaparecido, que a Alemanha era agora uma boa república democrática, êle simplesmente dava de ombros com um olhar de malícia e esperteza: sabia melhor as coisas, não ia se deixar apanhar. E quando Schonenbaum, esgotando todos os argumentos, mostrou-lhe fotografias das escolas de Israel e das unidades do Exército, com seus jovens alegres, confiantes e destemidos, Gluckman sùbitamente entoou o *cadisch* pelos mortos: chorou as novas vítimas inocentes, que a astúcia do inimigo conseguira reunir em Israel, de modo a facilitar o seu extermínio, como nos dias do gueto de Varsóvia.

Que Gluckman era um simplório Schonenbaum sempre soubera; mais exatamente, sua razão resistira menos que seu corpo aos inomináveis tormentos que suportara. No campo, fôra a vítima favorita do Comandante da S. S., Schultze, um bruto sádico, escolhido cuidadosamente pelas autoridades e que logo provou ser digno da confiança nêle depositada. Por alguma razão misteriosa, fizera do infeliz Gluckman seu bode expiatório e nenhum dos prisioneiros, peritos como eram, supunha que Gluckman pudesse sair vivo de suas mãos.

Como Schonenbaum, Gluckman era alfaiate de profissão. Embora seus dedos houvessem perdido um pouco da habilidade no manejo da agulha, logo recobrou agilidade bastante para voltar a trabalhar e a "Alfaiataria Paris" pôde finalmente executar as encomendas que continuavam afluindo. Gluckman nunca falava com ninguém; trabalhava num canto escuro, no chão, atrás do balcão, escondido dos olhos dos visitantes, donde saía apenas depois de escurecer, para visitar as lhamas, cujos flancos rudes e peludos gostava de acariciar demoradamente. Seus olhos ainda brilhavam com assombrosa compreensão, uma espécie de total conhecimento ocasionalmente acentuado por um sorriso astuto e superior. Êle sabia, e era o quanto bastava. E a natureza exata daquele conhecimento era algo em que Schonenbaum tentava não pensar. Duas vêzes êle experimentara fugir: a primeira, quando Schonenbaum observou-lhe, casualmente, que aquêle era o décimo sexto aniversário da queda da Alemanha hitlerista; e a segunda, quando um índio bêbado começou a gritar pelas ruas que "um grande líder decceria das montanhas e tomaria conta de tudo".

Foi sòmente seis meses depois de seu encontro, na semana do Iom Kipur, que pareceu ocorrer em Gluckman uma mudança perceptível. Dava a impressão de estar mais seguro de si, quase sereno, como que liberto. Já não se escondia atrás do

# R. Gary

balcão, e, certa manhã, ao entrar na loja, Schonenbaum ouviu algo quase inacreditável: Gluckman estava cantando. Mais precisamente, cantarolava por entre os dentes uma velha melodia judaica, das bandas da Rússia. Ergueu os olhos para o amigo, levou a linha aos lábios, molhou-a e enfiou-a na agulha, continuando a cantarolar sua velha, triste e terna toada. Schonenbaum sentiu um momento de esperança: talvez as terríveis lembranças da vítima se estivessem, por fim, desvanecendo. Depois do almôço, Gluckman costumava descansar num colchão que conservava no quarto do fundo da loja. Dormia muito pouco, porém. Permanecia horas e horas agachado em seu canto, fixando a parede com aquêle olhar alucinado que impregna os objetos mais familiares como que de um terror e transforma cada som em um grito de agonia...

Certa noite, Schonenbaum voltou inesperadamente à loja para procurar uma chave que esquecera. Supreendeu o amigo a colocar furtivamente numa cesta uma refeição fria. O alfaiate encontrou a chave e saiu; mas, em vez de retornar para casa, esperou na rua, escondido no vão de uma porta. Viu que Gluckman se esgueirava, com o cêsto de comida debaixo do braço, e sumia dentro da noite. Schonenbaum veio a saber que o amigo desaparecia naquela direção tôdas as noites, sempre com o cêsto de comida sob o braço, e quando voltava, pouco depois, trazia-o vazio, e seu rosto irradiava uma expressão complacente e astuta, como se acabasse de realizar uma excelente barganha. O alfaiate sentiu-se tentado a indagar de seu ajudante a finalidade daquelas expedições noturnas; mas, conhecendo seu natural retraído e relutando em assustá-lo, decidiu não fazer qualquer pergunta. Esperou pacientemente na rua, depois do trabalho, e quando viu a silhueta furtiva esgueirando-se para fora da loja e voando a seu misterioso destino, êle a seguiu.

Gluckman caminhava depressa, mantendo-se sempre junto aos muros, às vêzes voltando-se como se quisesse livrar-se de um possível perseguidor. Tôdas estas precauções aguçaram ao extremo a curiosidade do alfaiate. Êle saltava de batente em batente, escondendo-se tôda vez que seu ajudante se voltava. A noite havia caído, e por várias vêzes Schonenbaum quase perdeu a pista do amigo. Apesar de sua corpulência e de seu coração algo fraco, conseguia no entanto alcançá-lo tôdas as vêzes. Por fim, Gluckman entrou num pátio da Avenida da Revolução. O alfaiate esperou um instante, depois correu atrás na ponta dos pés. Viu-se em um dos pátios do grande mercado de Estunción, de onde partiam os comboios de lhamas tôdas as manhãs em direção às montanhas. Os índios dormiam sôbre feixes de palha, em meio a um fedor de estrume. As

422                                    Entre Dois Mundos

lhamas esticavam seus longos pescoços para fora dos engradados e das frentes das lojas. Uma segunda saída, do lado oposto, dava para um corredor estreito e mal iluminado. Gluckman havia desaparecido. O alfaiate esperou um momento, depois deu de ombros e preparou-se para voltar. Tentando dissimular sua pista, Gluckman tomara o caminho mais longo. Schonenbaum decidiu voltar para casa diretamente, cruzando a praça do mercado.

Nem bem começara a descer a passagem estreita e sua atenção foi atraída pela luzinha de uma lâmpada de querosene que filtrava pela clarabóia de um celeiro. Olhou casualmente em direção à luz e viu Gluckman. Estava em pé diante de uma mesa, retirando a comida do cêsto e arrumando-a à frente de uma pessoa sentada num banco, com as costas voltadas para a clarabóia. Gluckman puxou uma salsicha, uma garrafa de cerveja, pimentões vermelhos e pão. O homem, cujo rosto Schonenbaum não podia ver, disse algumas palavras e depressa Gluckman rebuscou no cêsto e retirou um charuto, que êle colocou também na mesa. O alfaiate teve de fazer um esfôrço para arrancar os olhos do rosto do amigo, pois era terrificante. Êle sorria, mas os olhos enormes, fixos e ardentes emprestavam a êste sorriso estranhamente triunfante um quê de maníaco. Naquele instante, o homem virou a cabeça e Schonenbaum reconheceu o Comandante Schultze, da S.S., o carrasco do campo de Torrenberg. Por um momento desesperado, o alfaiate aferrou-se à esperança de que podia estar sendo vítima de uma alucinação, ou que talvez estivesse enganado; no entanto, se havia um rosto que êle nunca esqueceria, era, na verdade, o rosto do monstro. Lembrou que Schultze desaparecera depois da guerra; uns diziam que estava morto, outros, que vivia escondido na América do Sul. Agora, via o homem com seus próprios olhos: o queixo pesado e arrogante, o cabelo aparado, o sorriso zombeteiro. Mas havia algo muito mais apavorante do que a presença do monstro: era Gluckman. Por que aberração horrenda êle estava ali, em frente do homem de quem fôra a vítima favorita, do homem que o torturara tão impiedosamente por mais de um ano? Qual a lógica da loucura que o levava ali cada noite, para alimentar seu carrasco tôda noite, em vez de matá-lo ou entregá-lo à polícia? Schonenbaum sentiu que sua mente soçobrava: o que presenciava excedia em seu horror a todos os limites do tolerável. Tentou gritar, pedir socorro, alertar a população, mas tudo o que conseguiu foi escancarar a bôca e sacudir os braços. Sua voz recusava-se a sair, e êle ficou ali parado, fixando com os olhos esbugalhados a vítima que abria uma cerveja e enchia o copo do algoz. Deve ter permanecido em completa inconsciência por vários minutos. O absurdo monstruoso da cena

# R. Gary

que se desenrolava ante seus olhos, ao fim, despojava-a de tôda realidade. Sòmente quando ouviu uma exclamação surda junto a si, conseguiu recobrar-se. À luz do luar, viu Gluckman, de pé, ao seu lado. Os dois homens entreolharam-se por um momento, um com incompreensão ultrajada, o outro com um sorriso astuto e quase cruel num rosto em que os olhos cintilavam com todos os fogos de uma loucura triunfante. Então, Schonenbaum ouviu a própria voz: mal podia reconhecê-la:

— Êle torturou você dia após dia, por mais de um ano. Martirizou-o, crucificou-o! E, em vez de chamar a polícia, você lhe traz comida tôdas as noites? Será possível? Estarei sonhando? Como pode fazer uma coisa destas?

No rosto da vítima, a expressão de profunda astúcia tornou-se cada vez mais intensa, e da escuridão do tempo elevou-se a voz milenar que fêz eriçarem os cabelos do alfaiate e gelar-lhe o coração:

— Êle prometeu me tratar melhor *da próxima vez!*

# S. RAWET

SAMUEL RAWET nasceu na Polônia em 1921 e veio muito criança para o Brasil. Aqui realizou seus estudos, formando-se engenheiro, profissão que exerce até hoje. Entretanto, desde cedo interessou-se pelas letras, militando no jornalismo literário, como contista e articulista. Seu primeiro livro, *Contos do Imigrante,* onde selecionou algumas de suas mais expressivas estórias e que foi saudado pela crítica como importante contribuição, focaliza aspectos da imigração judaica no Brasil e, na realidade, marca o verdadeiro surgimento artístico dessa temática em nossas letras. Embora suas narrativas não girem exclusivamente em tôrno da vida dos judeus no Brasil, voltando-se de preferência para outros aspectos de nossa paisagem humana, na medida em que a abordam, captam flagrantes reveladores da mentalidade, das conjunturas e dos tipos específicos. Sem dúvida, quando em *O Profeta,* Rawet esboça ràpidamente o meio estranho que de súbito envolve, com a sua impermeabilidade, com a dubiedade de seus valores, a figura solitária, torturada, convulsionada do "sobrevivente" da Geena nazista, encontramo-nos diante de uma situação tomada da realidade, de onde também procedem o "genro parasitário", o menino Paulo que na verdade "se chamava Pinkos" e a extraordinária cena de confrontação de modos de ser, de costumes e práticas que se verifica em *A Prece,* onde se salienta a tendência para a democracia cultural e o respeito pelas tradições alheias, tão característicos da gente brasileira. Tais elementos denotam que

426                      Entre Dois Mundos

Rawet conhece profundamente a sua matéria-prima, as tradições, a psicologia, a dinâmica de suas relações internas e externas, as notas dominantes de suas tensões, sendo um artista que maneja com perícia o delicado instrumental que se requer nas sondagens e registros dos mundos *Entre Dois Mundos*.

## O PROFETA

Tôdas as ilusões perdidas, só lhe restara mesmo aquêle gesto. Suspenso já o passadiço, e tendo soado o último apito, o vapor levantaria a âncora. Olhou de nôvo os guindastes meneando fardos, os montes de minérios. Lá embaixo correrias e línguas estranhas. Pescoços estirados em gritos para os que o rodeavam no parapeito do convés. Lenços. De longe o buzinar de automóveis a denunciar a vida que continuava na cidade que estava agora abandonando. Pouco lhe importavam os olhares zombeteiros de alguns. Em outra ocasião sentir-se--ia magoado. Compreendera que a barba branca e o capotão além do joelho compunham uma figura estranha para êles. Acostumara-se. Agora mesmo ririam da magra figura tôda negra, exceto o rosto, a barba e as mãos mais brancas ainda. Ninguém ousava, entretanto, o desafio com os olhos que impunham respeito e confiavam um certo ar majestoso ao conjunto. Relutou com os punhos trançados nas têmporas à fuga de seu interior da serenidade que até ali o trouxera. Ao apito surdo teve consciência plena da solidão em que mergulhava. O retôrno, única saída que encontrara, afigurava-se-lhe vazio e inconseqüente. Pensou, no momento de hesitação, ter agido como criança. A idéia que se fôra agigantando nos últimos tempos e que culminara com a sua presença no convés, tinha receio de vê-la esboroada no instante de dúvida. O mêdo da solidão aterrava-o mais pela experiência adquirida no contato diário com a morte. Em tempo ainda.

— Desçam o passadiço, por favor, desçam!...

A figura gorda da mulher a seu lado girou ao ouvir, ou ao julgar ouvir, as palavras do velho.

— O senhor falou comigo?

Inútil. A barreira da língua, sabia-o, não lhe permitiria mais nada. O rosto da mulher desfigurou-se com a negativa e os olhos de súplica do velho. Com exceções, o recurso mesmo seria a mímica e isso lhe acentuaria a infantilidade que o dominava. Só então percebeu que murmurara a frase, e envergonhado fechou os olhos.

— Minha mulher, meus filhos, meu genro.

Aturdido mirava o grupo que ia abraçando e beijando, grupo estranho (mesmo o irmão e os primos, não fôssem as fotografias remetidas antes ser-lhe-iam estranhos, também), e as lágrimas que então rolaram não eram de ternura, mas gratidão. Os mais velhos conhecera-os quando crianças. O próprio irmão havia trinta anos era pouco mais que um adolescente. Aqui se casara, tivera filhos e filhas, e casara a filha também. Nem recolhido às molas macias do carro que o genro guiava cessaram de correr as lágrimas. Às perguntas em assalto respondia com gestos, meias-palavras, ou então com o silêncio. O corpo magro, mas rijo, que apesar da idade produzira trabalho, e garantira sua vida, oscilava com as hesitações do tráfego, e a vista nenhuma vez procurou a paisagem. Mais parecia concentrar-se como que respondendo à avalanche de ternura. O que lhe ia por dentro seria impossível transmitir no contato superficial que iniciava agora. Deduziu que seus silêncios eram constrangedores. Os silêncios que se sucediam ao questionário sôbre si mesmo, sôbre o que de mais terrível experimentara. Esquecer o acontecido, nunca. Mas como amesquinhá-lo, tirar-lhe a essência do horror ante uma mesa bem posta, ou um chá tomado entre finas almofadas e macias poltronas? Os olhos ávidos e inquiridores que o rodeavam não teriam ouvido e visto o bastante para também se horrorizarem e com êle participar dos silêncios? Um mundo só. Supunha encontrar aquém-mar o confôrto dos que como êle haviam sofrido, mas que o acaso pusera, marginalmente, a salvo do pior. E conscientes disso partilhariam com êle em humildade o encontro. Vislumbrou, porém, um ligeiro engano.

O apartamento ocupado pelo irmão ficava no último andar do prédio. A varanda aberta para o mar recebia à noite o choque das ondas com mais furor que de dia. Ali gostava de sentar-se (voltando da sinagoga após a prece noturna) com o sobrinho-neto no colo a balbuciarem ambos coisas não sabidas. Os dedos da criança embaraçavam-se na barba e às vêzes tenteavam com fôrça uma ou outra mecha. Esfregava então seu nariz duro ao arredondado e cartilaginoso e riam ambos um riso sôlto e sem intenções. Entretinham-se até a hora em que o irmão voltava e iam jantar.

Nas primeiras semanas houve alvorôço e muitas casas a percorrer, muitas mesas em que comer, e em tôdas revoltava-o o aspecto de *coisa curiosa* que assumia. Com o tempo, arrefecidos os entusiasmos e a curiosidade, ficara só com o irmão. Falar mesmo só com êste ou a mulher. Os outros quase não o entendiam, nem os sobrinhos, muito menos o genro, por quem principiava a nutrir antipatia.

— Aí vem o "Profeta!"

Mal abrira a porta, a frase e o riso debochado do genro surpreenderam-no. Fêz como se não tivesse notado o cons-

428 Entre Dois Mundos

trangimento dos outros. Atrasara-se no caminho da sinagoga e êles já o esperavam à mesa. De relance, percebeu o olhar de censura do irmão e o riso cortado de um dos pequenos. Só Paulo (assim batizaram o neto, que em realidade se chamava Pinkos) agitou as mãos num blá-blá como a reclamar a brincadeira perdida. Mudo, depositou o chapéu no cabide, ficando só com a boina prêta de sêda. Da língua nada havia ainda aprendido. Mas, observador, se bem que não arriscasse, conseguiu por associação gravar alguma coisa. E o "profeta" que o riso moleque lhe pespegara à entrada, ia-se tornando familiar. Seu significado não o atingia. Pouco importava, no entanto. A palavra nunca andava sem um olhar irônico, numa ruga de riso. No banheiro (lavava as mãos) recordou as inúmeras vêzes em que os mesmos sons foram pronunciados à sua frente. E ligou cenas. Do fundo boiou a lembrança de coisa análoga no templo.

O engano esboçado no primeiro dia acentuava-se. A sensação de que o mundo dêles era bem outro, de que não participaram em nada do que fôra (para êle) a noite horrível, ia-se transformando lentamente em objeto consciente. Eram-lhe enfadonhos os jantares reunidos nos quais ficava à margem. Quando as crianças dormiam e outros casais vinham conversar, apalermava-se com o tom da palestra, as piadas concupiscentes, as cifras sempre jogadas, a propósito de tudo, e, às vêzes, sem nenhum. A guerra o despojara de tôdas as ilusões anteriores e afirmara-lhe a precariedade do que antes era sólido. Só ficara intata sua fé em Deus e na religião, tão arraigada, que mesmo nos transes mais amargos não conseguira expulsar. (Já o tentara, reconhecia, em vão.) Nem bem se passara um ano e tinha à sua frente numa monótona repetição o que julgava terminado. A situação parasitária do genro despertou-lhe ódio, e a muito custo, dominou-o. Vira outras mãos em outros acenos. E as unhas tratadas e os anéis, e o corpo roliço e o riso estúpido e a inutilidade concentravam a revolta que era geral. Quantas vêzes (meia-noite ia longe) deixava-se esquecer na varanda com o cigarro aceso a ouvir numa fala bilíngüe risadas canalhas (para êle) entre um cartear e outro.

— Então é isso?

Os outros julgariam caduquice. Êle bem sabia que não. O monólogo fôra-lhe útil quando pensava endoidar. Hoje era hábito. Quando só, descarregava a tensão com uma que outra frase sem nexo senão para êle. Recordava-se que um dia (no início, logo) esboçara em meio a alguma conversa um tênue protesto, dera um sinal fraco de revolta, e talvez seu indicador cortasse o ar em acenos carregados de intenções. O mes-

S. Rawet 429

mo na sinagoga quando a displicência da maioria tumultuara uma prece.

— Êsses gordos senhores da vida e da fartura nada têm a fazer aqui — murmurara algum dia para si mesmo.

Talvez daí o *profeta*. (Descobrira, depois, o significado.)

Pensou em alterar um pouco aquela ordem e principiou a narrar o que havia negado antes. Mas agora não parecia interessar-lhes. Por condescendência (não compreendiam o que de sacrifício isso representava para êle) ouviram-no das primeiras vêzes e não faltaram lágrimas nos olhos das mulheres. Depois, notou-lhes aborrecimentos, enfaro, pensou descobrir censuras em alguns olhares e adivinhou frases como estas: "Que quer com tudo isso? Por que nos atormenta com coisas que não nos dizem respeito?" Havia rugas de remorso quando recordavam alguém que lhes dizia respeito, sim. Mas eram rápidas. Sumiam como um vinco em boneco de borracha. Não tardou que as manifestações se tornassem abertas, se bem que mascaradas.

— O senhor sofre com isso. Por que insiste tanto?

Calou. E mais que isso, emudeceu. Poucas vêzes lhe ouviam a palavra, e não repararam que se ia colocando numa situação marginal. Só Pinkos (êle assim o chamava) continuava a trançar sua barba, esfregar o nariz, e contar histórias intermináveis com seus olhos redondos. Inutilidade.

O mar trazia lembranças tristes e lançava incógnitas. Solidão sôbre solidão. Interrogava-se, às vêzes, sôbre sua capacidade de resistir a um meio que não era mais o seu. Chiados de ondas. Um dedo pequeno mergulhando em sua bôca e um riso ao choque. Riso sacudido. Poderia condenar? Não, se fôsse gôzo após a tormenta. Não, não poderia nem condenar a si mesmo se por qualquer motivo aderisse, apesar da idade. Mas os outros? Cegos e surdos na insensibilidade e auto-suficiência! Erguia-se então. Caminhava pelos cômodos, perscrutando no confôrto um contraste que sabia de antemão não existir. Aliciava argumentos contra si mesmo, inùtilmente. E do fundo um gôsto amargo, decepcionante. Os dias se acumulavam na rotina e lhe era penosa a estada aos sábados na sinagoga. O livro de orações aberto (desnecessário, de cor murmurava tôdas as preces), fechava os olhos às intrigas e se punha de lado, sempre de lado. No caminho admirava as côres vistosas das vitrinas, os arranha-céus se perdendo na volta do pescoço, e o incessante arrastar de automóveis. E nisso tudo pesava-lhe a solidão, o estado de espírito que não encontrara afinidade.

Soube ser recente a fortuna do irmão. Numa pausa contara-lhe os anos de luta e subúrbio, e triunfante, em gestos largos, concluía pela segurança atual. Mais que as outras sensações

430 Entre Dois Mundos

essa ecoou fundo. Concluiu ser impossível a afinidade, pois as experiências eram opostas. A sua, amarga. A outra, vitoriosa. E no mesmo intervalo de tempo!? Deus, meu Deus! As noites de insônia sucederam-se. Tentou concluir que um sentimento de inveja carregava-lhe o ódio. Impossível. Honesto consigo mesmo entreviu sem fôrças essa conclusão. E suportou o oposto, mais difícil. As formas na penumbra do quarto (dormia com o neto) compunham cenas que não esperava rever. Madrugadas horríveis e ossadas. Rostos de angústia e preces evolando das cinzas humanas. As feições da mulher apertando o xale no último instante. Onde os olhos, onde os olhos que mudos traíram o grito animal? Risada canalha. Carteado. Cifras. Olha o "profeta" aí! E caras de gôzo gargalhando do capote suspenso na cadeira. Impossível.

Gritos amontoados deram-lhe a notícia da saída. Olhou os cais. Lentamente a faixa d'água aumentava aos acenos finais. Retesou tôdas as fibras do corpo. Quando voltassem da estação de águas encontrariam a carta sôbre a mesa. E seriam inúteis os protestos, porque tardios. Aproveitara as duas semanas de ausência. O passaporte de turista (depois pensavam em torná-lo permanente) facilitara-lhe o plano. O dinheiro que possuía esgotou-se à compra da passagem. Regresso. A empregada estranhou um pouco ao vê-lo sair com a mala. Mas juntou o fato à figura excêntrica que no início lhe infundira um pouco de mêdo. Planos? Não os tinha. Ia apenas em busca da companhia de semelhantes, semelhantes, sim. Talvez do fim. As energias que o gesto exigiu esgotaram-se, e a fraqueza trouxera hesitações. E ante o irremediável os olhos frustrados dilataram-se na ânsia de travar o pranto. Miúdas, já, as figuras acenando. O fundo montanhoso, azulando num céu de meio-dia. Blocos verdes de ilhotas e espumas nos sulcos dos lanchões. (Há sempre gaivotas. Mas não conseguiu vê-las.) Novamente os punhos cerrando e trançando, as têmporas apoiadas nos braços, e a figura negra, em forma de gancho, trepidando em lágrimas.

## A PRECE

À entrada do pátio, muro que um caminhão arriou, ninguém mais levantou, Zico juntou a molecada.

— Aí a velha aí!

Dobrando a esquina, o xale prêto envolvia o pescoço enquanto as mãos duras retesavam-se ao longo do corpo, estendidas por dois pacotes imensos. O passo apressado, pisadas firmes de sapatos sem saltos, furou os olhares dos moleques, que a susto só lhe viam o perfil marcado e os cabelos, grisa-

S. Rawet

lhos, repuxados em coque. Nunca tiveram coragem de olhá-la de frente, e quando lhe atiraram a primeira pedra, raspando nos pés, na expectativa de ouvir a língua engrolada, só encontraram um olhar pálido e uma bôca crispada. O gôzo antevisto e frustrado deixou-os sempre à espera. Por isso a encaravam de perfil, ou então iam espioná-la pela janela. Não havia uma igual no casarão. Zico, o mais velho, garantia. Conhecia os trinta e tantos moradores do sobrado, e nunca ouvira falar de caso semelhante. A velha chegou de repente, coisa de dias, silenciosa. Ajeitou os trastes, que um prêto trouxera na cabeça, no quarto dos fundos, e sem ter falado com ninguém, ia e vinha, muda, os sapatos ferindo o madeirame podre do corredor. Só lhe ouviram a voz uma vez. No segundo dia da chegada foi pedir fósforos à velha Genoveva, que sentada num banco, descansava do tanque, acendendo o pito. Genoveva abriu um ôlho meio fechado, livrou a bôca e sorriu com a meia dúzia de dentes espalhados na gengiva. Custou a compreender o desejo da estranha. "Favor... Empresta...", os dedos riscavam a palma da mão, e nos olhos de súplica um mêdo dos risos que a garotada preparava. "Iô... fazer...", mímica esquisita, espremida aos saltos, a palavra que falta. Genoveva estirou o braço que a velha agarrou com fôrça e tirando a caixa apertou o passo. A zoada matraqueava-lhe as costas. Brito, o mais afoito, macaqueava os gestos e embrulhava a língua, enquanto os outros, atrás, riam, bobamente. "Tu... malandro... *chaigatz...*". O coque virou e aos trancos uma saraivada de respostas. Pior. O riso aumentou. A chacota também. Brito coçando a barriga, gargalhava, continuando a dialogação, num estridar e ganir, latidos ao meio. Ao subir o degrau, uma pedra roçou-lhe o tornozelo. O giro do coque despejou-lhe um olhar pálido e a bôca crispada. Silêncio repentino. Brito coçava a barriga em câmara lenta até parar.

Um pêso imobilizou-os instantâneamente, até que se ouviram de nôvo os passos firmes nas tábuas do corredor, e o grito de Genoveva, temido:

— Já pra rua, safadeza!!!

Arriou-se junto com os pacotes na cama. Um alívio vinha das pontas dos dedos, percorria as espáduas, e desaparecia pela bôca num suspiro. Esfregou o rosto e as faces ardentes. Não estava acostumada a um sol assim, nem a um trabalho daquele. O suor incomodava-a por dentro, e das axilas um triângulo empapado fazia vértice na cintura. Gôsto de areia na bôca. Os cotovelos nos joelhos, face na palma das mãos, arfava, ressecada, dura, triste. O xale prêto caído nas coxas inundava-lhe os olhos. Sexta-feira! Quatro horas! Meu Deus! Girou o rosto. Pela janela fechada vinha uma quentura boiando, na

432                                               **Entre Dois Mundos**

cama, na mesa, no pedaço de cômoda-guarda-roupa, batendo e rebatendo nas paredes, se concentrando em sólido no corpo de Ida. Uma vontade de ficar ali pregada, fundir o cansaço e a solidão. Sexta-feira. Quatro horas. Meu Deus! Furou a inércia arrancando os sapatos. Enfiou nos pés doídos as chinelas e quebrando o mormaço foi à pia. Sexta-feira.

Levantou a tampa da panela e um vapor de carne cozida aqueceu-lhe o rosto. Remexeu o fogareiro, avivou o fogo com mais carvão e um abano, e numa caçarola de água fervendo despejou as duas postas de peixe. Da cômoda saiu uma toalha branca para a mesa. Um cheiro diferente inundava o quarto, agora limpo, varrido. Na cama desmanchava os pacotes, arrumando em caixas, as meias, lenços, pedaços de sabão, pacotes de grampos, cadarços, fitas... um mundo! Seu mundo. Na parede os olhos de Isaías, em prece, assustaram-se com o *tlic* da fotografia. Ida lembrou o esfôrço para convencê-lo a deixar o retrato, conseguido de surprêsa. Agora pendia amarelado, a mancha da barba, as sobrancelhas arqueadas e uns olhos de susto. Dos outros nada mais ficara. Os olhos de Ida tremeram na lembrança. Que pesadelo! Isaías às sextas-feiras entrava mais alegre, o rosto brilhando, e um ou outro pingo d'água, da barba, denunciava o banho. Dava umas palmadas em suas costas (Ida tinha o rosto vermelho da lenha do forno), e ia orar. Agora, o retrato.

Uma algazarra no pátio. Correrias pela casa. Gritos, cantoria saindo do tanque. Um rádio no andar de cima despejava sambas. Em meio à vibração Ida parada junto à janela, perdida, sem língua, sem voz. Enfiada numa vida que nunca fôra sua. O corpo todo ainda doía da andança. Subir e descer ruas, escadas, bairros. Andar. E estar só. Ida sentia um cansaço inundar-lhe a alma. Filhos, já os tivera, marido também. De tudo, só o retrato ficou na parede. E ela. No rosto marcado de rugas, um sofrimento triturado. Esquecia. Morreram-lhe todos com a guerra. A tampa da panela ritmava o samba do rádio, agitada pelo vapor. Sem saber como, saltou um dia no pôrto daqui. Deixava uma existência inteira atrás. Ave-Maria no andar de cima, e o quarto quase às escuras. A princípio receberam-na em casa de alguém, mas como novidade, bicho raro de outras terras que tem histórias para mais de um mês. As histórias cansaram. A bondade também. Veio o casarão com uma língua que não entendia, moleques a arremedar, os pacotes arriando os braços, e as pernas marcando calçadas e se esfregando em cem capachos diários. A luz de um lampião, na calçada, cortou o rosto de Ida em dois, em diagonal. Um ôlho truncado pelo clarão brilhava em sêco. Tateando, arrastou os pés até o interruptor. De uma gaveta, desenrolando a flanela, tirou dois castiçais prateados, e acariciou-os

S. Rawet                                                    433

com uma tremedeira nos dedos. Na mesa, ajustava as velas,
sem ver uns olhos miúdos, espremidos, respiração prêsa, agar-
rados à janela. Amarrou um lenço branco, enorme, na cabe-
ça, e, acesas as velas, seus olhos se fecharam, com o corpo
em balanço.
— Tu viu?
— Vi!... A gringa tinha um jeito esquisito!...
— Tu foi trouxa!... Devia dar pedra na janela.
— Não chateia! Eu estou é invocado com um troço...
— Que é?
— Êsse negócio de vela... tava com a luz acesa e tinha
umas velas também.
— Será que tem defunto escondido?
Uma gargalhada agitou o grupo esparramado no muro. Só
Brito não ria:
— Nada!... É que... não sei não, estou com mêdo de
falar...
— Falar o quê?
— Um troço... mas, no duro, que estou com mêdo.
— Tu é maricas mesmo!
— É a mãe!
— Fica aí fazendo doce!... Solta logo!
A revelação de Brito estarreceu a meninada. Uns olhos des-
confiados, meio a mêdo, fitavam a janela no canto do sobra-
do. Um gôsto de aventura e um pingo de lembrança de história contada, deixou-os estatelados. Negrinho João, oito anos
feitos, coçando a cabeça, deu o jeito.
— O melhor é a gente dizer pro pessoal lá dentro!
Um frêmito atravessou o casarão de ponta a ponta. Aos
olhos de espanto seguia-se um bater de porta, passos atrope-
lando os corredores. Os que chegavam do trabalho iam en-
grossando a onda, e do andar de cima matraqueavam passos
na escada. A molecada em três tempos, numa quase ubiqüi-
dade, levantara o sobrado. As mulheres excitadas tomavam a
frente, em meio ao chôro de algum berço deixado repentinamente. Os homens, curiosos, iam atrás, assombrados com a
novidade. Um ou outro céptico deitava em ar de troça:
— Isso não existe!
Um jato em dialeto estranho, lamento gritado, escapava da
porta de Ida. A voz era quente e forte, ninguém a havia ouvido assim, e deu um nó no povaréu que se comprimia no corredor. As suspeitas aumentaram. Rosa, de mão pesada e carnes fortes, abateu o punho na madeira.
— Arreia a porta!
As mãos espalmadas nos olhos, e o lenço na cabeça, Ida jorrava a prece com o corpo em balanço sôbre as velas. Quase
sempre orava baixinho, os lábios acelerados. Hoje, do fundo,

434                     Entre Dois Mundos

o grito da reza era uma imprecação e nunca os ombros balançaram tanto. Hoje, Ida não pedia a Deus, mas, com as mesmas palavras, gritava, ofendia. Não sentiu o ruído nem as pancadas. A porta estava encostada e não foi preciso arriá-la. A voz quente, compassada, não a deixou ver a multidão que lhe ia enchendo o quarto, em atropêlo. Tinha entre os olhos e a palma das mãos, plasmados no escuro, o rosto de Isaías e dos filhos, de Isaías quase um santo. Quando baixou os braços, a multidão encontrou as lágrimas fartas. Um silêncio deixou-os imóveis, e uma sensação de mal-estar, incômoda, esfriara os ânimos. Ida era um monte de nervos em relaxamento, sem fôrça para mover os lábios. Nem um susto sofreu. Uma ligeira perturbação interna denunciada por um tremor de cabeça. O rosto marcado, lássido, percorreu o quarto. As mãos começaram a preparar a mímica, e uma ruga de súplica se esboçava na bôca.

— Vamos sair, minha gente. Não é nada!

Uma voz de homem ressoou dando a retirada, e o chiar de sapatos pela porta fundiu-se, lá fora, num murmúrio crescente.

— Isso é reza lá da terra dêles. — A mesma voz. Na escada para o andar de cima o mulherio fêz ponto, e a mãe de Brito abriu-lhe o chôro.

— Aprende a espiar janela dos outros, aprende!


Ida parada diante das velas, os olhos nas chamas, não procurava pôr em ordem o pensamento. A multidão no quarto, assim de repente, era uma coisa vaga, e nem saberia explicá-la. Sexta-feira. A primeira sexta-feira no casarão. De dentro vinha uma sensação de ruptura, de algo que se tinha perdido com a prece gritada. As quatro paredes caiadas de branco eram-lhe estranhas, e ao tentar dar término à oração as palavras sussurradas vinham-lhe mecânicas. Um estreitamento da garganta fê-la soltar com um soluço tudo que lhe boiava no interior. Sentiu-se ôca. Os dedos magros se entrelaçaram e com os dois punhos fundidos esfregou a testa. Ôca. Soprou as velas uma a uma, serena, calma. Sentada diante dos castiçais, os olhos de Ida miravam os tocos apagados, e seguindo a linha das gôtas de cêra, glóbulos amontoados em miniaturas estranhas, a cabeça tombou silenciosa na toalha branca.

# M. GOLD

MICHAEL GOLD (1894), novelista, autor teatral e jornalista americano, nasceu em Nova Iorque, de uma pobre família de judeus romenos. O pai de Michael era mascate e fabricante de suspensórios. O filho teve de ajudar no sustento da família, logo aos 13 anos de idade. Michael foi porteiro, caixeiro, motorista, ajudante de carpinteiro, *office-boy*, um pouco de tudo. Em 1915, passou a residir em Boston e começou a escrever. Fêz-se radical, socialista, mais tarde comunista. Foi revisor do *Call*, assistente de redator de *Masses*, um dos fundadores do *Liberator*, colaborador do *Daily Worker* e fundador do semanário *New Masses*. Embora empolgado pela luta político-partidária e pelo jornalismo político, M. Gold achou tempo para escrever *John Brown* (1923), *Agitador Condenado* (1924), *La Fiesta* (1925), *Dinheiro* (1929) (peças teatrais), *120 milhões* (1929), *Judeus sem Dinheiro* (1930), *A Parada de Charlie Chaplin* (1931), *Hino de Guerra, Muda o Mundo* (1937) etc. A obra poética e literária de M. Gold, bastante desigual, encontra provàvelmente o seu ápice em *Judeus sem Dinheiro*. Esta novela, fortemente autobiográfica, marcou época na literatura de protesto social e é um dos retratos mais vigorosos que já se fizeram do East Side nova-iorquino nas primeiras décadas de nosso século.

# CINQÜENTA CENTAVOS À NOITE

Jamais poderei esquecer a rua de East Side, onde passei a minha infância.

Estava situada a um passo do famoso Bowery, espécie de profundo valo formado de casas coletivas e cheio de escadas de salvamento, de roupas de cama, de caras.

Sempre aquelas caras às janelas. Nunca faltavam. A rua vivia numa contínua agitação. Não dormia. Rebramava como o mar. Crepitava como os fogos de artifício.

A multidão empurrava-se, discutia e brigava na rua. Exércitos de vendedores ambulantes vozeavam, puxando carrocinhas. Esganiçavam-se as mulheres. Os cães latiam e copulavam. Berravam crianças de peito.

Um papagaio dizia palavrões. Debaixo das carroças, brincavam moleques andrajosos. Gordas comadres insultavam-se de porta em porta.

Diante da cavalariça, os cocheiros espreguiçavam-se num banco, revirando copázios de cerveja e engasgando-se de riso.

Caftens, jogadores e malandros, politiqueiros baratos, pugilistas de jérsei, esportistas banais e estivadores, gente tôda do East Side, que entrava e saía sem cessar, numa interminável procissão, pelas portas de vime do boteco de Jake Wolf.

O bode do botequineiro, estendido na calçada, devorava um número de *Police Gazette*.

As peitudas matronas do East Side empurravam os carrinhos de seus bebês e mexericavam. Um caldeireiro remendão martelava o cobre. As campainhas dos trapeiros retiniam.

Turbilhões de pó e de jornais. As putas riam às gargalhadas. Passava um profeta, um trapeiro judeu de barbas brancas. Dançavam moleques ao redor de um realejo. Dois vagabundos se embriagavam.

Barulho, imundície, brigas, o caos! O bruaá de minha rua subia como a explosão de um carnaval ou de uma catástrofe. O ruído ressoava contìnuamente em meus ouvidos. Mesmo quando dormia. Ainda o ouço.

Naquele tempo, o East Side de Nova Iorque era o distrito dos prostíbulos e do 914, um imenso parque de diversões administrado por Tammany Hall.

Os judeus, fugindo dos *pogroms* da Europa, tinham vindo, com suas rezas e suas cerimônias, de um nôvo Egito a uma nova Terra Prometida.

Encontraram à sua espera as fábricas exploradoras, os bordéis e Tammany Hall.

Havia centenas de prostitutas em minha rua. Ocupavam as lojas desalugadas, enchiam vários andares em tôdas as casas coletivas. Os piedosos judeus odiavam o tráfico. Mas aqui eram pobres estrangeiros: nada podiam fazer. Davam de ombros e murmuravam: "Isto é a América". Tratavam de viver.

E de fechar os olhos. Nós, os meninos, não fechávamos os olhos. Víamos e sabíamos.

Nos dias de sol, as raparigas sentavam-se em cadeiras ao longo das calçadas. Estiravam-se com indolência e os transeuntes tropeçavam em suas pernas cruzadas.

O mulherio palrava como um bando de papagaios. Algumas faziam crochês ou consertavam meias. Outras cantarolavam. Várias mascavam sementes de girassol e cuspiam displicentemente as cascas.

Piscavam os olhos, faziam gestos lascivos aos homens que passavam pela rua. Puxavam-lhes o paletó e atraíam-nos com palavras melífluas e falsas. Apregoavam suas mercadorias como os vendedores ambulantes. Aos cinco anos, já eu sabia o que elas vendiam.

As mulheres não vestiam nada sob os seus quimonos de flôres. De quando em quando, divisava-se um seio nu, um pedaço de ventre. Os sapatos penduravam-se-lhes dos pés. Sempre estavam prontas para o "negócio".

Nem árvores, nem relva, nem flôres podiam crescer na minha rua, mas a rosa da sífilis florescia dia e noite.


Era uma manhã de primavera. Eu me havia incorporado, como em outras manhãs, ao bando de garotos judeus que se reunia na calçada. Éramos seis ou sete.

A primavera excitava-nos. O céu azul resplandecia sôbre o nosso gueto. As calçadas brilhavam, o ar era fresco. Tudo respirava alegria. No inverno, as ruas permaneciam desertas, mas agora brotava gente como por arte de magia.

Nestes primeiros dias temperados e suaves, apareceram judeus que passeavam, conversavam, praguejavam, regateavam, fumavam cachimbo, cheiravam como ursos preguiçosos na primavera.

Também apareceram muitas carrocinhas. Pálidos e barbudos vendedores ambulantes arrastavam-se para fora de suas tocas e voltavam a lançar pregões pelas ruas. As laranjas relampejavam nos carros. Vendiam-se chitas, relógios, batatas, arenques, vasos de barro e gerânios. A primavera trouxe uma feira enorme e desmantelada.

Nós jogávamos pião nas calçadas. Corríamos atrás dos bondes e dos caminhões e fazíamos de graça perigosas viagens.

438 Entre Dois Mundos

Nigger, o nosso cabeça, ensinou-nos a surrupiar maçãs das carrocinhas. Atiramos um gato morto na lavanderia do chinês, que saiu feito uma fera com um ferro quente na mão. Deitamos a correr.

Nigger propôs então um divertimento nôvo: enraivecer as putas.

A primeira foi Rosie, mulherzinha feiosa, que pusera um xale vermelho. Estava no saguão de uma casa coletiva. Vamos até lá! Quando aparecemos diante dela, nossos corações palpitavam de mêdo e de alegria.

E gritamos-lhe, fazendo gestos obscenos:

— Cinqüenta centavos à noite! É o que você cobra: cinqüenta centavos à noite! Ih! ih! ih!

Rosie teve um sobressalto. Fitou-nos com seus olhos sonolentos. Mas não respondeu. Ajeitou o xale. Nós havíamos pensado que se zangaria, que nos insultaria, e ficamos um tanto desapontados.

— Cinqüenta centavos à noite! Cinqüenta centavos à noite!

Rosie mordeu os lábios. Seu rosto pálido avermelhou-se um pouco. Falar, porém, não falou. A brincadeira não dava resultado. Experimentamos outra vez. Ela então deu meia volta e desapareceu no lúgubre saguão. Saímos à procura de outra vítima.

Duas portas mais acima, encontramos uma rapariga gorda e arrogante, sentada uma cadeira. Vestia um quimono vermelho decorado com ameixas do Japão, montanhas, cascatas e velhos filósofos. Prendia-lhe a cabeleira negra um broche de diamantes. Nos dedos grossos, brilhava um milhão de dólares de diamantes falsos.

Estava comendo uma maçã. Mastigava-a lentamente, com uma dignidade própria do banquete anual da Câmara de Comércio. O colo, avantajando-se tanto para a frente, parecia uma mesa.

Principiamos a saltar em tôrno dela como loucos, lançando-lhe aquelas palavras cujo terrível significado não alcançávamos completamente:

— Cinqüenta centavos à noite! Quá! Quá! Quá!

Desta vez, os planos do nosso cabecilha surtiram efeito. Era divertida a brincadeira. A gorducha ficou vermelha de raiva. Seus olhos centelhavam de ódio. Gôtas de suor escorriam-lhe das pálpebras pintadas de roxo. Atirou-nos a maçã e gritou:

— Ladrões sem-vergonha! Vagabundos! Se pego vocês, faço todos em pedaços!

M. Gold 439

Espumava pela bôca à semelhança de um gato envenenado. Era engraçadíssimo vê-la. A rua inteira se divertia.

— Cinqüenta centavos à noite! Ih! ih! ih!

Ouvi, então, a voz de minha mãe que me chamava da janela de nossa casa. Eu sentia deixar a festa quando estava justamente no melhor. Mas minha mãe continuava chamando e eu tive que subir.

Entrei na escuridão pestanejando e fiquei surprêso ao deparar com Rosie na cozinha. Ela estava chorando. Minha mãe, atirando-se a mim, deu-me uma bofetada.

— Assassino! — exclamou. — Por que é que você fêz Rosie chorar?

— Então fui eu quem a fêz chorar? — perguntei estùpidamente.

Minha mãe agarrou-me e estendeu-me sôbre os seus joelhos. Deu-me uma sova de chinelo. Eu urrava e me retorcia todo, mas isso de nada me serviu. Levei uma boa tunda. Rosie suplicava por mim, pois lhe doía que me surrassem daquela maneira. Minha mãe estava furiosa.

— Assim você vai aprender a não brincar com êsse Nigger! Assim você vai aprender a não fazer coisas feias na rua!

Castigo inútil. Não era possível suprimir a rua do East Side a poder de chineladas. Era o meu mundo. Era também o mundo de minha mãe. Nela, havíamos de viver e aprender o que quisesse ensinar-nos.


Sempre me lembrarei daquele castigo, não porque me humilhasse ou com êle aprendesse alguma coisa, mas porque fiz cinco anos no dia seguinte.

Meu pai era jovem e gostava de se divertir. Deixou aquêle dia o trabalho e fêz questão de celebrar solenemente o meu aniversário. Comprou-me um terno de veludo com a gola e os punhos de renda e sapatos de verniz. Pela manhã, insistiu em que fôssemos todos tirar uma fotografia. Minha mãe teve de vestir o seu costume negro de veludo e minha irmã, o traje de escocesa. Meu pai enfarpelou-se na sua roupa escura, dando a impressão de um advogado.

Minha mãe foi resmungando pela rua. Odiava os sapatos novos, os vestidos novos, os adornos, as plumas. Eu também sofria. O pessoal da turminha apareceu e começou a caçoar do meu traje de veludo.

Mas meu pai e minha irmã Ester sentiam-se felizes. Tagarelavam como duas crianças.

Na casa do fotógrafo, tudo se fêz com muita solenidade. Meu pai sentou-se muito têso num enorme trono negro. Minha mãe

# 440 Entre Dois Mundos

ficou em pé a seu lado, pousando-lhe uma das mãos no ombro para que se visse o anel de casamento. Minha irmã apoiou-se nos joelhos de meu pai. A mim me puseram do outro lado do trono, segurando uma cesta de flôres artificiais.

O fotógrafo, homenzinho careca e irrequieto, sumiu atrás de uma cortina, estalou os dedos e disse: "Olhem o passarinho". Eu olhei. Colocado atrás de mim, para que me não mexesse, um aparelho especial machucava-me o pescoço. Tic! O retrato estava tirado. Regressamos a casa, cansadíssimos, porém, triunfantes.

À noite, celebrou-se a festa, a·que compareceram muitos vizinhos com suas crianças. Bebeu-se aguardente, comeram-se biscoitos e arenques, cantaram-se canções. Todos me beliscavam as bochechas e me enchiam de elogios. Profetizaram que eu seria um "grande homem".

Depois houve cavaqueira. Reb Samuel, o guarda-chuveiro, era um judeu piedoso e ilustrado. Quando êle estava presente, a conversa recaía sôbre coisas santas.

— Li no jornal — disse meu pai — que um *dibuk* entrou numa jovem de Hester Street. Mas não acredito. Há também *dibukim* na América?

— Naturalmente — respondeu Reb Samuel.

Mêndel Bum começou a rir um riso aguardentado. Comera de tudo: biscoitos, arenques, marmelada, maçãs, *kraut knisches* [1], peixe frito e panquecas de queijo. Bebêra de tôdas as garrafas: o ardente *slivovitz* polonês, *vischnik* [2], aguardente de cerejas, vinho romeno. E agora aparecia descoberto o seu verdadeiro caráter.

— Eu não creio nesses *dibukim!* — exclamou a rir. — São histórias de velhas corocas!

Meu pai deu um murro na mesa e de um salto se pôs em pé.

— Silêncio, ateu! — bradou. — Não precisamos de sua opinião!

Mêndel encolheu os ombros.

— Uma vez — disse pausadamente Reb Samuel — levaram uma menina à sinagoga de Korbin. Seus lábios estavam imóveis. De seu ventre saíam gritos e grunhidos. Um *dibuk* metera-se-lhe no corpo, quando ela fôra ao mato, e a pobrezinha estava nas últimas. O rabino estudou o caso e ordenou depois a dois homens que a levassem ao bosque numa carroça, que lhe cortassem o cabelo depois de pregá-lo a uma árvore e que fugissem com ela. A menina soltava gritos espantosos, mas quando entrou em casa estava curada. O *dibuk* tinha saído. Tudo isto, meus amigos, eu mesmo vi.

(1) Pastéis.
(2) Tipos de vinho: *slivovitz,* de ameixa; *vischnik,* de cereja.

— E eu mesma — disse minha mãe tìmidamente — vi um cachorro possuído por um *dibuk*. Foi na Hungria. O cachorro estendeu-se debaixo da mesa e falou com voz humana. Soltou depois um grande latido e morreu. É verdade, portanto, que existem *dibukim*.

Alguém principiou a cantar. Os outros marcavam compasso com os pés e as cadeiras ou entrechocavam os copos na mesa. Quando veio o estribilho, formou-se um ruído ensurdecedor. Tôda gente cantava, desde o venerável Reb Samuel até o menor dos guris.

Meu pai contou, com a amenidade de sempre, a história de um pícaro romeno que se casou com a filha de um coveiro, na esperança de suceder ao sogro e enterrar tôdas as pessoas que o tinham desprezado.

Motke, o coleteiro, atacou os judeus que mudavam de nome ao entrar no país.

— Se o nome é Alho, pensam que aqui vale mais chamar-se Cebola! — dizia Motke.

As mães conversavam sôbre os filhos. Um homenzinho tímido, que vendia bananas pelas ruas, descreveu um *pogrom* na Rússia.

— Começou na feira, nas vésperas da Páscoa — disse. — Alguém deu vodca aos camponeses e lhes afirmou que nós, os judeus, tínhamos assassinado umas crianças cristãs para tirar-lhes o sangue. Ui! meus amigos! O que então se viu! Gritos, assassínios, chamas! Um camponês cortou a cabeça de meu tio. Eu vi com meus próprios olhos.

Na outra extremidade da mesa, Fifka, o Usurário, comia todo o frango assado que podia, revirando o copo sem cessar. Como a comida era de graça, aproveitava a ocasião para se empanturrar.

Não sei quem que contou que na Rússia uma mulher dera à luz uma criança com a cabeça de porco, devido ao susto que lhe pregou um cossaco.

Leichner, o pintor de paredes, que bebêra um pouco demais, disse que uns demônios pintados de vermelho, verde e azul, costumavam atormentar um judeu de sua terra natal. Tôdas as noites, punham-se a chamá-lo sob as janelas e o homem não podia dormir. Procurou um rabino e comprou-lhe seis palavras mágicas. À fôrça de repeti-las, afugentou os demônios.

O zunzum da conversação, o tintinar dos copos, o bulício da reunião naquele cômodo repleto deram-me sono. Subi ao colo de minha mãe e comecei a dormir.

442 Entre Dois Mundos

— Que é isso? Está cansado no dia do aniversário? — perguntou carinhosamente minha mãe.

Tornei a ouvir a voz bondosa e lenta de Reb Samuel.

Pum! Pum! Soaram no pátio dois tiros. Pus-me em pé de um salto, como os demais. Corremos às janelas e vimos, à luz da lua, dois homens erguidos um em frente do outro, empunhando grandes pistolas. Pum! Pum! Dispararam novamente. Um dêles caiu.

O outro fugiu correndo. Ouviam-se gritos de mulher num bordel. A bengala do vendeiro estalou. Um gato aproximou-se, arrastando-se, para cheirar o cadáver.

— Dois jogadores que certamente brigaram — disse meu pai.

— Isto é a América — suspirou Reb Samuel.

Retiramo-nos todos das janelas e voltamos aos contos e às canções. O tiroteio era coisa assim. A polícia americana ocupar-se-ia da questão. Falou-se um pouco do caso, que depois foi esquecido na alegria da festa.

Eu, porém, nunca o olvidei, porque deixou gravada a fogo em meu cérebro a recordação do meu quinto aniversário.

# E. ESPINOZA

ENRIQUE ESPINOZA (1898), pseudônimo literário de Samuel Glusberg, nasceu em Kischinev, Rússia. Com a idade de sete anos, foi levado à Argentina, onde mais tarde iria dedicar-se ao jornalismo e à literatura. Dirigiu em Buenos Aires e depois em Santiago do Chile a revista literária *Babel,* a que estava anexa a Editôra Babel (Biblioteca Argentina de Buenas Ediciones Literarias), que iria difundir autores argentinos e latino-americanos de alto nível. Foi também diretor da revista *Trapalanda.* Em 1930, foi um dos principais fundadores da Sociedade Argentina de Escritores e seu primeiro secretário. A bagagem literária de Espinoza é constituída de uma vasta obra ensaística e de vários volumes de contos, entre os quais *Cuentos judíos* (1932), *Trinchera* (1932), *Ruth y Noemí* (1934), *Compañeros de viaje* (1937), *Vida de San Martín* (com Domingos F. Sarmiento) e *Hijos de España.* Espinoza é muito conhecido no mundo hispano-americano, particularmente em Cuba, Chile e Peru, para não falar da Argentina.

## MATE AMARGO

O assassinato de seu primogênito no *pogrom* de Kischinev e o nascimento anormal do segundo filho, causado pela angústia que a mãe então sofria, foram razões suficientes para

444 Entre Dois Mundos

que Abraham Petacovski resolvesse emigrar, abandonando sua posição de *melamed*.

Primeiro pensou em ir para os Estados Unidos. Mas, em Hamburgo, viu-se obrigado, por razões diplomáticas, como gracejou mais tarde, a mudar seus planos. O resultado foi que, em novembro de 1905, aportava em Buenos Aires com a espôsa e suas duas filhinhas.

Abraham Petacovski era um judeuzinho simpático, de ar inteligente e amável. Seus olhos pequenos e claros davam à sua face, alongada pela barba negra e irregular, um aspecto de palidez mortal. Tìpicamente judeu, nariz arrojado sôbre a bôca, lábios grossos e irônicos, tinha mais ou menos trinta anos, mas sua aparência era a de um homem idoso. Por isso, seus parentes em Buenos Aires passaram a chamá-lo Tio Petacovski, a despeito dos protestos de Hane Guitel, sua espôsa. Ela era uma mulher crente, tão devota quanto feia, mas muito orgulhosa. Apesar de ter passado maus pedaços em companhia de Tio Petacovski, referia-se contìnuamente aos "bons tempos na nossa Rússia". Não tendo mais de vinte e sete anos, já se havia resignado ao Destino, e depunha tôdas as esperanças em suas duas filhas que haviam sobrevivido aos horrores do *pogrom*: Elisa, de sete anos, e Beile, de um.

Tio Petacovski nunca se arrependeu de ter escolhido a Argentina. Buenos Aires, sôbre a qual ouvira opiniões diversas no navio, agradou-o desde o início.

No velho Hotel dos Imigrantes, esperavam-no dois parentes da espôsa e alguns amigos. Com a ajuda dessa gente, a quem já devia parte das passagens, conseguiu encontrar um lugar para morar. Era um quarto, sublocado a uma família crioula, no velho bairro de Los Carrales. Para lá viverem, Tio Petacovski e sua espôsa tiveram de abandonar certos escrúpulos religiosos, decidindo-se a morar com *goim*.

Hane Guitel, por certo, ofereceu pequena resistência.

— Meu Deus — chorava ela — como poderei cozinhar meu *guefilte fisch* perto da carne de porco da cristã?

Mas, ao ver o fogão a lenha, colocado em frente ao quarto como uma guarita próxima à cela, finalmente rendeu-se. Os donos da moradia envidavam todos os esforços no sentido de ajudar os recém-chegados e mostravam grande respeito pelos estranhos costumes judaicos. Logo se sentiram em casa.

Assim como os crioulos se mostravam polidamente curiosos sôbre o modo estranho de como a mulher russa salgava a carne fora da casa, bem como pelo hábito de Tio Petacovski de guardar o sábado, assim também os imigrantes revelavam uma curiosidade idêntica sôbre as maneiras de seus vizinhos argentinos. Alguns dias depois, entendiam-se por gestos. Hane Guitel passou a ser chamada Doña Guillermina. Quanto ao Tio Peta-

# E. Espinoza                                          445

covski, aprendeu a beber mate sem açúcar e tomava-o com os filhos da senhoria, dois jovens industriosos argentinos. Embora, como verdadeiro gringo, lhes agradecesse depois de cada copo, Tio Petacovski não parava antes do sétimo, considerando que o mate sem açúcar possuía as mesmas virtudes medicinais que a sua espôsa atribuía ao chá com limão.

Depois do chá amargo, a descoberta que deu maior prazer ao Tio Petacovski foram as alpargatas dos crioulos. Desde a primeira manhã que saiu para vender quadros, achou-as inestimáveis.

— Sem elas — dizia — eu nunca teria sido capaz de executar êsse amaldiçoado negócio de mascate — um comércio característico dos judeus errantes, para o qual seus parentes o haviam empurrado.

O uso das alpargatas e do mate amargo foram os primeiros sinais da adaptação do Tio Petacovski à vida argentina. Uma prova definitiva dessa adaptação veio dois meses depois, quando foi assistir ao funeral do General Mitre. Essa imponente manifestação de dor popular comoveu-o até às lágrimas. Por muitos anos relembrou o fato como a maior expressão de uma multidão angustiada com a morte de um patriarca. Como israelita devoto, Tio Petacovski conhecia grandes homens e grandes lutos.

Já dissemos que o bom homem começou sua vida de habitante de Buenos Aires vendendo quadros pelas ruas. Mas não sabemos se o leitor, por já ter visto um homem de aparência talmúdica entre dois quadros de fundo religioso, percebeu que nos referimos a quadros religiosos. Isso, além de ser singular, é importante e tem sua história.

Vender pinturas de santos era em 1906 um negócio recentemente iniciado pelos judeus de Buenos Aires. Até então, os israelitas que não iam trabalhar nas fazendas de Entre Rios ou Santa Fé, dedicavam-se a vender, em prestações, móveis, jóias, peles e assim por diante — tudo, menos quadros. Tio Petacovski foi talvez o primeiro a vender pinturas a prestações. E, a seu modo, era um vendedor eficiente.

Dotado de senso eclesiástico inato, Tio Petacovski sabia exatamente recomendar sua mercadoria. Em seu estranho falar judio-crioulo, encontrou um modo de elogiar, em poucas palavras, cada um de seus quadros. Alguns pelo delicado azul dos olhos da Virgem, outros pelo ar tristonho de um apóstolo. Cada um era recomendado pela sua característica mais comovente. Ninguém podia explicar as virtudes de São João Evangelista melhor que o Tio Petacovski. Às vêzes, esquecendo-se, confundia um São José com um Santo Antônio. Mas nunca se olvidava de apontar as côres, alguns toques enternecedores, que podiam levar uma Maria às lágrimas.

446                 Entre Dois Mundos

Muitas vêzes lamentava seu vocabulário restrito. Constantemente era obrigado a recorrer a gestos, a usar as mãos, o rosto e os ombros, tudo ao mesmo tempo. Entretanto, nunca deixou de fazer uma venda por não ser entendido ou por passar os recibos do José ou da Madalena em letras hebraicas. Deixava de vender devido à falta de religião entre o povo.

Êle que, apesar de seu trabalho, era tão religioso, fazendo suas orações diàriamente e guardando o sábado, não conseguia entender como, com tantas igrejas em Buenos Aires, podia haver tão poucos crentes. Com isto em mente, procurou por tôda a cidade e descobriu que, em La Boca, estava congregado o maior número de fiéis. Tentou formar sua clientela entre êles e, para dizer a verdade, seu negócio tomou impulso.

Após trabalhar um ano perto de Riachuelo, onde ia vender seus quadros quase diàriamente, com exceção dos sábados e domingos, Tio Petacovski fêz uma clientela fixa. Podia dedicar seu tempo a arranjar e entregar os quadros que o pessoal lhe encomendava diretamente. Assim saldou suas dívidas com os parentes e alugou mais um quarto na mesma casa da Rua Caseros. Concebeu um plano de negócios com os dois filhos da senhoria. Consistia em confeccionar as molduras dos quadros que Tio Petacovski vendia.

Graças ao espírito empreendedor de Tio Petacovski, o plano obteve sucesso. Os dois rapazes, que eram simples trabalhadores numa marcenaria, viram-se de repente transformados em pequenos industriais. Nesse meio tempo, Tio Petacovski deixou de andar pelas ruas, para tomar conta da loja.

Sob seu nome, ou melhor, sob o nome da Companhia Petacovski-Bermúdez, trabalhavam diversos bufarinheiros judeus. Muitos outros compravam quadros da firma e saíam a vendê-los através do País.

Os irmãos Bermúdez trabalharam com Tio Petacovski por quase três anos. Desde o início, haviam gostado do serviço, e trabalhavam sem horas certas. Às seis da manhã, os três já se encontravam na fábrica onde tomavam seu café composto de *amargos* e *galleta* [1]. Então, enquanto os rapazes preparavam as encomendas, Tio Petacovski, que aprendera a escrever em castelhano, fazia os recibos e anotava quantos quadros precisavam comprar do revendedor.

Além de venderem pinturas evangélicas, começaram, graças à iniciativa de Tio Petacovski, a vender pinturas marítimas, paisagens, naturezas-mortas e cenas do teatro de Shakespeare, como *Otelo, Hamlet, Romeu e Julieta*. Às oito horas, quando Doña Guillermina (ou Hane Guitel) mandava Elisa para a

(1) Cebolas e biscoitos.

# E. Espinoza

escola, Tio Petacovski ia fazer compras no mercado de arte. Fazia-o quase tôdas as manhãs, apesar das piadas que os irmãos Bermúdez lhe endereçavam à saída.

— Tio Petaca — gritavam — não se esqueça de me trazer uma garôta bonita.

— Tio Petaca, eu gosto de loiras. O que acha, Tio Petaca? Êle nunca se zangava. Com um sorriso de ironia e condescendência, respondia: — Está certo, mas não se esqueça dos nove Santo Antônios para São Pedro. — E partia rindo, enquanto os rapazes zombavam dêle: — Divirta-se, Tio Petaca.

Desde o comêço, Hane Guitel não gostou dessas piadas. Ela as ouvia tôdas as manhãs e tôda noite repreendia o marido por permiti-las. Pedia-lhe que pusesse côbro a elas, a fim de evitar "tanta intimidade".

— Uma coisa é negócio — protestava sua espôsa — outra é amizade. Não gosto de que você lhes dê tanta confiança. Por acaso, vocês fumaram juntos o mesmo cachimbo?

Na realidade, o que Hane Guitel queria inferir ao dizer isto não era exatamente se êles haviam fumado o mesmo cachimbo, mas outra coisa. Mas para que recordá-lo? O que mais incomodava a mulher era os irmãos Bermúdez continuarem chamando seu marido de "Tio Petaca". Desde que Elisa começara a freqüentar a escola, Doña Guillermina aprendera com ela o significado de muitas palavras que antes desconhecia. A menina estava apenas no terceiro ano, mas falava o espanhol corretamente. Chegava mesmo a querer falar em espanhol com sua própria mãe.

Dois anos mais se passaram. Finalmente, no início de 1910, Hane Guitel pôde conceber o desejo de mudar-se da Rua Caseros. Tomada essa decisão, a firma Petacovski-Bermúdez separou-se, sem que os sócios rompessem sua amizade. Depois de três anos de trabalho, cada um retirou quase dez mil pesos. Os irmãos Bermúdez resolveram reformar sua velha casa com a parte que lhes coube e abrir uma marcenaria. Quanto a Tio Petacovski, conservou o que restava de sua antiga clientela de La Boca como sua parte do negócio.

É sabido que noventa e nove por cento dos judeus que conseguem juntar alguns milhares de pesos, gostam de mostrar riqueza e vivem como se fôssem milionários. Tio Petacovski não era exceção à regra: mobiliou a casa pròdigamente e comprou um piano para a pequena Elisa. Quando nasceu seu filho argentino, fêz uma grande festa no estilo clássico, no dia da circuncisão. E fêz muito bem. Desde o assassínio de seu primogênito na Rússia, Tio Petacovski esperava êsse evento. Tal como Hane Guitel, sempre sonhou com um filho varão que, por ocasião de sua morte, dissesse o *cadisch*, a oração dos

448 Entre Dois Mundos

mortos... o *cadisch,* essa prece nobre do órfão judeu, que o próprio Heinrich Heine lembrou em seu leito de morte:

> Ninguém cantará missa por mim,
> Ninguém dirá *cadisch* por mim,
> Nem celebrará com hinos e orações,
> O aniversário de minha morte.

Mas chega de poesia e de poetas. Agora que êle tinha um *cadisch,* Tio Petacovski não morreu. Pelo contrário. A celebração do soldado desconhecido argentino, na véspera do centenário de 1810, sugeriu-lhe um empreendimento patriótico. E com a mesma fé e entusiasmo dos velhos dias, Tio Petacovski realizou sua idéia. Na verdade era o mesmo negócio de antes. Mas agora, ao invés de pintura de santos, seriam pinturas de heróis e, em vez das cenas de Shakespeare, alegorias patrióticas.

Os irmãos Bermúdez, que continuaram seus amigos, contaram-lhe a história de seu país, mas com tanta ênfase sôbre os Federalistas que Tio Petacovski suspeitou de que essa informação era preconcebida e parcial. Não que êle tivesse algo contra alguém, mas faltava a prova da glória de Rosas.

Bom mascate que era, Tio Petacovski aprendera a história nacional nas ruas de Buenos Aires. Assim, julgava heróis de primeira grandeza aquêles que davam seus nomes às principais ruas e praças. Essa forma curiosa de aprender história já havia sido usada pelos pedagogos, embora êle, que havia sido professor na verdadeira expressão da palavra na velha Rússia, não soubesse disso.

Mas, mesmo não sabendo o têrmo científico dêsse método — visioaudiomotor — êle lhe trouxe os melhores resultados. Quanto a Sarmiento (*verbi gratia domine*) — que nesse tempo dava seu nome a uma ruazinha de La Boca, Tio Petacovski tinha a seu respeito uma opinião muito boa. Se não soubesse que êle era um escritor — e que judeu não admira um homem que escreve livros? — teria pôsto fora de sua coleção uma figura verdadeiramente grande.

Essa exceção ao seu sistema outrora imutável salvou-o do método "pedagógico". Quando não entrava em contato com um patriota num local bem visível, resolvia não se deixar guiar pelo método empírico. Comprava cartões ilustrados de todos os patriotas, tanto dos que conhecia como dos que desconhecia, e assim resolveu o problema.

Poucos dias antes de 1.º de Maio, dia escolhido para o início de seu nôvo negócio, Tio Petacovski possuía quase um milhão de gravuras de todos os tipos. A venda começou logo. Diversos mascates se encarregaram das províncias e Tio Petacovski

# E. Espinoza

da capital. Durante seis meses, as coisas foram de vento em pôpa. Mas, apesar do grande movimento e das celebrações do centenário por todo o país, o empreendimento fracassou.

Aproximadamente, nos fins de 1910, foi feito um inventário das coisas vendidas no interior do país, e da mercadoria que sobrou. Seiscentos mil quadros haviam restado. Nessa aventura de seis meses, perdeu o que ganhara em cinco anos.

Êsse primeiro fracasso, naturalmente, perturbou o bom humor de Tio Petacovski. Quando viu falhar o seu tino comercial, sentiu-se aborrecido. E embora, alguns meses depois, começasse a pensar num negócio que aproveitasse a época do Carnaval, seus parentes, caçoando, recusaram-se a dar-lhe crédito. Quem confia num homem que já faliu uma vez?

Tio Petacovski sofreu mais com essa falta de confiança do que com a perda do dinheiro. Mudou-se para um bairro mais modesto, vendeu o piano e desistiu de matricular a filha na Escola Normal. Mas nada disso ajudou-o, pois nova desgraça (quantas mais, ó Deus?) fê-lo esquecer a primeira. Não foi nada menos que a morte de Beile, a mais nova de suas filhas.

Êsse triste evento fêz que seus parentes esquecessem a falência por ocasião do centenário. De um lado, os parentes e, do outro, os amigos, com essa solidariedade no luto tão característica dos judeus, rivalizavam em ajudar o infortunado homem. E, graças a êles, mais uma vez recomeçou como mascate. Agora vendia não só quadros, mas também móveis, roupas, jóias e peles.

Durante cinco anos Tio Petacovski trabalhou a fim de reaver sua clientela. Seu amaldiçoado negócio trouxe-lhe cabelos brancos. Na verdade, com a competição das grandes lojas e a alta de preços ocasionada pela guerra, não deu para fazer nada. Mas, até meados de 1916, não conseguiu largá-lo. Então, uma feliz circunstância tirou-o dêsse trabalho. O fato pode ser resumido da seguinte maneira:

O mais jovem dos irmãos Bermúdez, Carlos, recomendou-o ao gerente de uma fábrica de cigarros, e êste homem comprou-lhe, como propaganda do centenário da Independência, as gravuras patrióticas que ainda possuía.

Tio Petacovski obteve 1500 pesos por suas gravuras. Com o dinheiro no bôlso, sentiu-se mais feliz. Imediatamente abandonou sua clientela, agora que estava sofrendo de reumatismo. Procurou um local onde pudesse abrir uma lojinha no centro da cidade. Poderia ser uma tabacaria ou qualquer outro tipo de loja pequena. Desejava uma lojinha de uma porta só, na rua principal. Que os fregueses o procurassem. Não o contrário, como havia acontecido antes. Estava enjoado e cansado de ser mascate.

450 Entre Dois Mundos

Mais uma vez, os parentes riram de seus planos. Enquanto alguns, aludindo ao seu gôsto por mate, aconselhavam-no a comprar uma plantação de erva, outros lhe diziam que abrisse uma fábrica de mate. Mas Tio Petacovski, contra os conselhos de todos em geral e de Hane Guitel em particular, comprou uma pequena livraria perto do mercado.

O nôvo negócio mudou completamente a vida de Tio Petacovski. Êle não mais dava voltas pela cidade. Vestido, como gostava, com um guarda-pó de pano grosso e um pequeno solidéu de sêda, passava as manhãs lendo e tomando mate junto ao balcão, aguardando os fregueses. Sua filha Elisa, que agora parecia uma simpática mocinha crioula de dezoito anos, preparava a bebida amarga, mandando-a ao pai pelo irmão Daniel, enquanto ela arrumava a casa antes que Hane Guitel regressasse do mercado.

Após o almôço, Tio Petacovski tirava sua sesta. Às quatro horas, estava de volta a seu pôsto, e mais uma vez Elisa preparava o mate que durava até a noite.

Ora, se as vendas diárias tivessem dado um pouco mais que o necessário para a compra do pão e do mate, é provável que tivessem vivido felizes. Mas, após um ano de vãs esperanças, tornou-se claro que isto nunca aconteceria, e as discussões em casa recomeçaram.

— Se você não tivesse querido transformar o mundo, e tivesse feito o que tantos outros judeus em Buenos Aires fazem, estaríamos bem — ralhava Hane Guitel.

Ao que êle respondia:

— Acontece que, se não dou para a coisa, não vou para a frente.

E se Hane Guitel instava-o a vender a loja, respondia com amargo sarcasmo:

— Tenho certeza de que, se começar a fabricar mortalhas, as pessoas deixarão de morrer. É sempre a mesma coisa.

Êsses argumentos eram repetidos quase diàriamente no mesmo tom. Desde a morte de sua filha, Hane Guitel andava sempre doente, alquebrada por freqüentes ataques nervosos. Consciente dessa situação, Tio Petacovski tentava acalmá-la, contando-lhe algum acontecimento do dia. E se Doña Guillermina, como êle brincalhonamente a chamava nessas ocasiões, resistia, invocava os aforismos de Scholem Aleihem, seu autor favorito.

— Rir é saudável, os médicos recomendam o riso às pessoas. Quando a panela está vazia, encha-a com risos.

A verdade é que, apesar do seu Scholem Aleihem, Tio Petacovski fôra contaminado pela melancolia da espôsa. Já não era o jovial "Tio Petaca" da fábrica de quadros. Nada restou do seu entusiasmo e bom humor daquele período. Se ainda

E. Espinoza 451

ria, era apenas para esconder as lágrimas. Pois êle mesmo dizia:

— Quando os negócios vão mal, alguém pode ser humorista, mas nunca um profeta. — E êle certamente não tentava ser humorista.

Com o reinício das aulas tentou com algum sucesso comprar e vender livros usados. Mas, durante as férias, por ser conhecido como negociante de segunda-mão, ninguém entrava a não ser para vender livros usados. Nesse meio tempo os longos dias, todos iguais, passavam tediosamente. O homem, sempre com seu mate amargo; a mulher, com sua incessante alusão aos velhos tempos e constante protesto contra o presente.

— Meu Deus — reclamava ela com o marido — veja no que você se transformou na América, num vendedor de segunda-mão. — E chorava.

Em vão Tio Petacovski tentava defender o aspecto intelectual do seu trabalho e prometia grandes resultados para a próxima estação.

— Você verá — dizia-lhe êle — logo que começarem as aulas, todos êsses homens e poetas inteligentes escondidos em meus livros, deixarão a loja. É até possível que, até lá, eu eu encontre um comprador para o negócio e então ficarei sòmente com os livros de medicina para que mais tarde Daniel possa estudar e ser um médico.

A mulher não parava de resmungar. Não era sonhadora como êle, olhava para a frente, para o futuro de sua filha. Em seus momentos mais amargos, os insultos estavam sempre presentes.

— Homem de segunda-mão! Meu Deus, quem há de querer casar com a filha de um negociante de segunda-mão!

Hane Guitel encontrou quem quisesse casar com sua filha bem antes do que esperava. Soube que Elisa estava sendo cortejada por Carlos Bermúdez. Ela não acreditava. Então, alguém que os havia visto juntos confirmou os rumôres maliciosos. Começou a suspeitar. Por fim, forçada pelo pai, a garôta confessou seu namôro com seu ex-sócio. Houve um barulho dos diabos. Hane Guitel gritou aos céus. Sua filha casada com um *goi!* Seria possível que a ingrata tivesse esquecido que seu bisavô (que descanse em paz) havia sido o rabino-chefe de Kischinev, e que todos os seus parentes eram puros e santos judeus? Onde estava sua vergonha?

Em seu desespêro, acusava o negócio do marido pela milésima vez.

— Então é isso que temos dos nossos grandes amigos tomadores de chá! (Deus devia tê-los envenenado!) Eis o resultado de seus negócios com êles! (Que um raio os faça explodir!) É tudo culpa sua!

452                                    Entre Dois Mundos

E, grandemente excitada, chorava como se fôsse o Dia do Perdão.

Tio Petacovski, que apesar do mate não deixava de ser um bom judeu, tentou acalmá-la, assegurando-lhe que, com a graça de Deus, o casamento não se realizaria.

Êle era contra o casamento por outras razões. Respeitava o antigo código dos judeus nacionalistas: "Não podemos deixar de ser judeus enquanto os outros não deixarem de ser cristãos". E, na verdade, uma vez que êle acreditava que nem êle e nem Bermúdez possuíam livre arbítrio, fêz tudo para incutir em Elisa a sua filosofia.

— Escute — disse-lhe uma noite enquanto ela preparava o mate. — Se eu a proíbo de casar com Carlos, não é por capricho. Você sabe o quanto o respeito. Mas vocês são diferentes; nasceram em países diferentes; foram educados de modo diferente. Rezam a Deuses diferentes e suas histórias também são diferentes. Acima de tudo, êle é um cristão e você uma judia.

Noutra ocasião disse-lhe:

— É impossível. Vocês não se darão bem. Na primeira discussão que surgir, e são inevitáveis as discussões, posso garantir-lhe que você lhe gritará: "Seu *goische kopf*[2]" e para insultá-la êle lhe dirá: "Judia nojenta". Pode até caçoar da forma como o seu pai diz *noive*.

A lógica honesta de Tio Petacovski foi tão inútil quanto os freqüentes desmaios de Hane Guitel. Alguns meses depois, a garôta, profundamente apaixonada, fugiu com seu amado para Rosário.

A fuga de Elisa provocou na mãe uma crise nervosa. Ela chorou por duas semanas, alimentando-se raramente. Nada conseguia acalmá-la. Por fim, por ordens médicas, enviaram-na para "San Roque", onde veio a falecer pouco depois, agravando o escândalo causado pela fuga na comunidade.

A morte de Hane Guitel trouxe a môça de volta à casa. Com ela veio Bermúdez. O casal agiu como se fôsse a causa direta da morte e chorou lágrimas amargas sôbre o túmulo da pobre mulher.

O próprio Bermúdez, antes tão inflexível, renunciou a Elisa, permitindo que ficasse tomando conta do irmãozinho. Mas Tio Petacovski foi honrado bastante para perdoá-los e consentir no casamento com a condição de que fôssem morar em Rosário para sempre.

Após fazê-los ver a que preço haviam casado, Tio Petacovski, contra a opinião de todos, resolveu continuar com sua livraria de segunda-mão com seu filho Daniel.

(2) Cabeça de porco. Expressão com que se invectiva o não-judeu.

# E. Espinoza

— Eu mesmo — disse êle — farei tudo para que Daniel se torne um homem. Não se preocupem. Não morreremos de fome. — E não houve jeito de fazê-lo mudar de idéia.

Negligenciada por tantos meses, sua loja estava em decadência, com pouca mercadoria, exceto alguns livros e panfletos espanhóis, dêsses que se acham em qualquer loja de livros de segunda-mão. Agora que Hane Guitel não mais o recriminava e Elisa estava casada e bem longe, Tio Petacovski podia dedicar-se inteiramente a seus livros, resolvido a fazer tudo por seu filho. Agora vivia só para êle. Levantava-se cedo e depois de preparar o mate, acordava Daniel. Tomado o desjejum, dirigiam-se ambos à sinagoga onde o filho dizia o *cadisch* em memória da mãe. Às oito horas, estavam na porta do colégio e, enquanto Daniel se encaminhava para a aula, Tio Petacovski abria a loja, que conservava aberta até a noite.

Dêsse modo viveram por seis longos meses.

Durante as férias, a miserável lojinha não dava o suficiente para as pequenas necessidades da casa; assim sendo, Tio Petacovski reuniu alguns meninos judeus a fim de lhes ensinar o hebraico. Dêste modo, retornando ao seu primeiro ofício, enfrentou as dificuldades da situação. E estava preparado a quaisquer sacrifícios, contanto que visse o seu Daniel um homem feito.

Infelizmente, Tio Petacovski não iria realizar nem mesmo êsse sonho. Logo veremos por quê.

Passaram-se os primeiros dias de 1919. Uma grande greve de mineiros irrompeu em Buenos Aires e espalhou-se, de um canto a outro da cidade, a notícia inacreditável de uma revolução comunista. Na tarde de 10 de janeiro, Tio Petacovski, sentado, como sempre, junto a seus livros, tomava mate. Mandara os meninos para casa mais cedo, por ser véspera do sábado e devido a certa agitação nas vizinhanças. A Rua Corrientes, usualmente cheia de gente, parecia estranha agora devido à interrupção do tráfego e à presença de policiais armados.

Mais ou menos às cinco e meia, um grupo de rapazes bem vestidos começaram a gritar vivas à república fora da loja. Atraído pelos gritos, Tio Petacovski, que continuava tomando seu mate, olhou pela janela, temeroso, pois alguns minutos atrás Daniel saíra para dizer *cadisch*.

Do meio do tumulto, um rapaz viu a face assustada de Tio Petacovski e chamou a atenção dos outros para a loja. Os jovens entraram, postando-se diante do balcão.

— Livros marxistas! — disse o mais próximo. — Livros marxistas!

— Ali está o russo! — gritou outro.

454 Entre Dois Mundos

— Que hipócrita, tentando enganar-nos com seu mate!
E um terceiro:
— Nós lhe ensinaremos a vender livros com cara de bode na capa! — E dando um passo à frente, apontou seu revólver para a barba de Tolstói, cujo retrato figurava na capa de um volume vermelho. Seus companheiros o imitaram. Num instante, em meio a risadas, todos os livros de autores barbudos estavam tombados no chão. E, para dizer a verdade, a brincadeira dos jovens teria sido muito engraçada, se um tiro não tivesse se desviado e custado a vida a Tio Petacovski.

Agora o pobre velho deve estar no Paraíso, junto com os santos, heróis, e artistas que, através de sua indústria, inspiraram tanta gente. E se é verdade que a justiça divina é menos vagarosa e mais certa que a justiça humana, deve ter-lhe concedido aquilo que êle mais desejava ao entrar no Paraíso, tal como sempre acontece com os escolhidos. Então, com certeza, assim como Bôntzie, o Silencioso, de Peretz [3], em idêntica circunstância, pediu aos anjos pão com manteiga, Tio Petacovski estava habilitado a pedir mate amargo para sempre.

(3) Conto inserido no volume *Contos de I. L. Peretz,* desta coleção.

# A. GERCHUNOFF

Numa breve nota autobiográfica, ALBERTO GERCHUNOFF (1884-1950) declara que veio ao mundo "num cantinho de Entre Rios, a 1.º de janeiro de 1884". Esta afirmação se justifica levando em conta o caráter humorista da antologia a que se destinava a nota. Sabe-se que Gerchunoff nasceu na Rússia e veio para a Argentina talvez com uns oito anos. Depois de várias vicissitudes, a família se radicou na província de Entre Rios, onde o jovem Alberto passou a infância impregnando-se do ambiente e das modalidades locais, que refletiu logo poèticamente em seu primeiro livro, *Los gauchos judíos,* donde procedem os dois contos aqui inseridos. Ainda adolescente, o futuro escritor sentiu-se atraído pela capital. Suas peripécias de garôto pobre, contou-as mais tarde num relato autobiográfico, *Cuentos de Ayer,* em que pintou com melancólica nostalgia o primeiro dia de seu rude trabalho como vendedor ambulante pelas ruas de Buenos Aires, o "dia das grandes ganâncias". Apesar dessas dificuldades, continuou os estudos, foi operário braçal, ingressou no jornalismo, que o reteve até o dia da morte. Entrementes, foi professor secundário, funcionário público, viajou pela Europa em missão do govêrno. Desde os primeiros livros, fazem-se notar o estilo eloqüente, a veia poética, o acento lírico, o apêgo à terra, o fervor pelo belo, a adjetivação expressiva, as imagens bíblicas, o realismo poético. A feliz combinação de realidade e sonho, do passado e do presente aparece em seu segundo livro, *La jofaína maravillosa.* Outras obras suas se

456 Entre Dois Mundos

destacam: *Los amores de Baruch Spinoza, La asambleia de la boharadilla, El hombre que habló en la Sorbona, El hombre importante, Pequeñas prosas, breves diálogos y cortas disertaciones, El pino y la palmera* etc. Além de contista, ensaísta e jornalista eminente, Gerchunoff figura também com traços próprios na categoria dos poetas em prosa.

## O CANDELABRO DE PRATA

O rancho estava envolto em profunda claridade, uma claridade plácida que dá o sol das manhãs de outono. Pela janela aberta na grossa parede de tijolo cru, barrosa e gretada, se via prolongar-se o campo, até muito longe, até além da lombada, em que amarelavam troncos de cardo e estendia suas ramas nervosas o único *paraíso* [1]. Um pouco mais perto, a vaca, com um pedaço de corda no pescoço, lambia a anca do bezerro.

Era sábado; a colônia se achava em silêncio e, de quando em quando, chegava a voz de alguma vizinha que cantarolava. Ao entrar a espôsa, Guedalí já tinha pôsto a túnica branca, e abstraído pelas primeiras orações, apenas notou sua presença. Fêz-lhe sinal, franzindo a bôca e movendo a cabeça para trás, a fim de que não o interrompesse. Com efeito, a mulher olhou da soleira o interior do rancho e saiu sem ruído. Guedalí ouviu maquinalmente o que ela disse à filha, do outro lado da porta:

— Não lhe pude perguntar porque havia iniciado as orações.

Guedalí era muito religioso. Não era considerado entre os mais instruídos na colônia, nem se distinguia nas reuniões da sinagoga, nas disputas interessantes que sempre se entabulavam sôbre comentários difíceis e sôbre pontos obscuros dos textos. Era de humor aprazível, de voz grave e triste; em seus olhos caudalosos, sombreados por sobrancelhas revôltas e grisalhas, ardia um olhar tímido e doce como uma pequena lhama sem fôrça.

Voltado com o rosto para o oriente, seu corpo alto e magro parecia alargado debaixo da túnica, que caía em pregas iguais, até roçar o solo. De repente sentiu que alguém rondava junto à janela. Sem deixar de rezar, voltou a cabeça com lentidão para se assenhorear do que ocorria, pensando no vizinho que havia feito o serviço militar e costumava caçoar de sua devoção. Não era o vizinho; era um desconhecido, que enfiava a mão para alcançar o candelabro, o candelabro de prata, a nobre herança da família e que naquele rancho rústico de imigrante atestava a distinção de sua origem: erguia-se majestoso e ruti-

---

(1) Árvore muito frondosa da Argentina, Cuba e outros países sul-americanos. De tronco reto e liso, chega a atingir 15 metros de altura.

# A. Gerchunoff

lante, com os sete braços arqueados, em cujas rosetas cândidas refulgia a luz como se ardessem os pavios dos lampadários rituais. Guedalí não interrompeu a oração: olhou severamente o desconhecido e intercalou entre as palavras sagradas essa advertência:

— Não... é sábado, é sábado...

Era o que podia dizer sem profanar sua ocupação devota. O desconhecido levou o candelabro e Guedalí continuou rezando e movendo o busto ao compasso das frases rítmicas dos versículos. Recitava as bênçãos, murmurava em tom melancólico até concluir com a última prece. Então respirou fortemente. A claridade banhava sua face esquálida, sua fronte enrugada, sua barba grande e rala, que começava a encanecer.

Tirou minuciosamente a túnica e guardou-a na gaveta da cômoda. Quando a mulher entrou, Guedalí anunciou com calma:

— Roubaram o nosso candelabro...

Pegou um pedaço de pão que havia sôbre a mesa e se pôs a comer, como fazia invariàvelmente depois de rezar. A mulher lançou um grito de indignação:

— E não estavas aí, pedaço de...?

Descansadamente, como quem tenta persuadir de que cumpriu seu dever, êle respondeu:

— Eu o adverti de que era sábado...


## O MÉDICO MILAGROSO

As jovens de Rajil, de Rosch Pina, de Espíndola, de San Gregorio, e a viúva de olhos de avelã que vivia à entrada do casario de Karmel, sentiam-se um pouco sobressaltadas com a notícia de que se tinha fixado nas colônias um nôvo médico.

— Será que se parece com o Doutor Richené? — perguntou a viúva, enquanto alisava o cabelo com a mão e com a outra ajustava o crepitante cinto de *moiré,* cuja missão era atrair o olhar público para sua fina cintura.

Com esta pergunta demonstrava-se a tenacidade da lembrança do Doutor Richené em tôdas as mulheres do lugar. Quando o médico visitava um doente da vizinhança, tôdas, vestidas como em dias de festa, costumavam assomar à porta dos ranchos, para vê-lo passar em seu alazão, encilhado à inglêsa, com o bigode pintado, com o capacete de explorador ligeiramente de lado, as calças de brim cingidas e as botinas reluzentes.

Sem dúvida, seria difícil êle parecer-se com o Doutor Richené, que tinha uma namorada em cada cinco granjas e duas em cada uma das três estações de estrada de ferro, sem contar a de Colón, que morava numa casa de sacadas com gradis de bronze. Será que, pelo menos, se parecia com o ajudante do hospital

458 Entre Dois Mundos

de Domínguez, aquêle homenzarrão, que tinha uns ombros como um calcadouro em ano de boas messes, que oferecia caramelos às pacientes, auscultava às vêzes com brusquidão e às vêzes enganava-se de lugar ao apalpá-las com carinho persuasivo?

Minha prima Jañtze disse:

— Tenho certeza de que é solteiro.

— Deve ser casado — respondeu Eva, a que mora além do quebra-mar, condenada por triste destino a romper, no inverno, o noivado laboriosamente contraído no verão, na época da sega, quando abundam os moços forasteiros ao redor da debulhadora.

— Me disseram — afirmou a de Oxmán — que sua mulher vive em Paris.

— Em Paris? — interrogou a viúva e suspirou profundamente, melancòlicamente. — Em Paris? Retratar-se-á muitas vêzes.


Nahum Yarcho desiludiu as jovens e decepcionou a viúva. Em vez de capacete, usava jaqueta, que lhe caía com invariável regularidade logo que se achava sentado na aranha, e em vez de botins de charão exibia sapatos de lona com ponteiras de couro amarelo e os usava com uma espécie de fruição escandalosa. Isso sim — afinal era médico — tinha óculos, de aros de ouro, naturalmente, sempre sujos de pó e sempre torcidos na ponta de seu magro nariz, magro e adunco, pois direi, com permissível anacronismo, que o Dr. Yarcho não era o que chamamos hoje um ariano puro. Ao contrário. Apesar de ter feito seus estudos na Rússia, de havê-los aperfeiçoado em Paris e de ler livros de Tolstói, via-se sua diminuta figura, nas manhãs de sábado, na soleira da sinagoga, claro que com a mesma jaqueta e os mesmos sapatos. Não creiam, por isso, que cumpria rigorosamente os ritos ou se privava do cigarrinho no santo dia de Jeová. Nahum Yarcho era, na verdade, um pouco epicureu e infringia as regras com sorridente distração. O que fazia, então, na sinagoga, nos instantes em que o velho Rubinstein elevava cadenciosamente sua voz ao modular das orações, ou se liam, em meio a silencioso recolhimento, os capítulos do Pentateuco? Fazia o que fêz no transcorrer de sua existência simples e memorável: contava casos, ouvia contar casos. Era dêsses homens estranhos que se encontram nas novelas de bruxos ou nas histórias de poetas. Comprazia-se em conversar com as velhinhas, bem encurvadas e bem enrugadas, cheias de "ai de mim!" e de "Deus o ajude!", em inquirir delas os segredos saborosos da aldeia e, mais do que nada no mundo, gostava de cavaquear com os anciãos, que, mesmo no caso inverossímil de não distinguirem entre os braços clamantes e gloriosos do *alef* e o pórtico

# A. Gerchunoff

solene do *daled,* dissertavam com argúcia de talmudistas e vazavam sua sabedoria na palavra curvilínea, lenta, grave, sazonada de malícia, essa malícia ligeira como uma piscadela, eficaz e picante como a pitada de rapé, apertada entre o indicador e o polegar, cardãos de tempo, de fumo, de sovar e sovar as correias dos filactérios.

As primeiras semanas de sua atuação não foram muito favoráveis para seu prestígio. O ajudante do hospital não ocultava seu desconcêrto. O Dr. Yarcho não receitava nem ungüentos, nem xaropes, êsses xaropes vermelhos ou esverdeados, que cheiram todos com igual odor e adquirem mais importância se o frasco é acanalado e não liso. Não; decididamente, não receitava, por mais que se amontoassem em sua mesa pesados volumes e recebesse de França revistas de medicina.

A espôsa do magarefe voltou bastante contrariada de sua viagem a Domínguez. Tratava-se de uma verdadeira expedição, porque, como a *charrette* do açougue se queixasse de uma roda, optou, em sua impaciência, por fazer a viagem no carro, arrastado penosamente no arquejo de uma junta de bois, de suave mansidão, recomendáveis por sua disciplina, dóceis às ordens em ídiche e particularmente sensíveis às interjeições crioulas, embora de passo tão curto e tardo, e dispostos, além disso, a não omitir, sem prová-lo, nenhum dos matinhos de pasto que bordejavam as três léguas e meia de caminho de ida e volta.

Êle recebeu-a com alvorôço.

— Estava esperando-a, senhora.

A espôsa do magarefe comoveu-se. Evidentemente, encontrava-se na presença de um médico sábio, que esperava as doentes sem que ninguém as anunciasse. Era claro que não se daria ao incômodo de adivinhar a chegada da mulher de Jaimovich — uma dessas coisas —, que se atrevia a cozinhar no sábado, beliscava os moços nos casamentos e apertava tanto o corpete que era uma vergonha. Esperava a ela, prima irmã do rabino de Rosch Pina, cumpridora de seus deveres e virtuosa, e tão cumpridora que juntou o nascimento de seu último rebento à celebração de suas bodas de prata.

— Então o senhor me esperava — murmurou, depois de refazer-se da surprêsa e de cobrar ânimo.

— Esperava-a — continuou o doutor. — Até meio-dia espero as mocinhas. Como não têm o que fazer, vêm ao consultório antes de dar uma voltinha pelo armazém para dar uma olhada nos tecidos, nas rendas e nos cintos.

— É verdade, doutor; as môças são umas cabeças de passarinho. Veja o senhor como a mulher de Jaimovich...

460                                    Entre Dois Mundos

— E à tarde — prosseguiu Yarcho — espero as senhoras sérias, que vêm me ver, me contam suas doenças e passam pelo armazém para dar uma olhada nos tecidos, nas rendas e nos cintos. A senhora, ao contrário, não; a senhora deve cuidar-se.
— Deus meu! Estou tão mal, doutor?
— Tão mal não; deve cuidar-se. Quem não deve cuidar de si?
— O Dr. Richené proibiu-me de comer carne.
Conduziu-a até a janela. A imensa planície de restôlho ardia debaixo do sol e a luz fervia na atmosfera diáfana.
— Abra bem os olhos. Vê as nuvens que se distanciam lá longe, como ovelhinhas côr-de-rosa? Já viu alguma vez nuvens como estas em seu apodrecido povoado da Rússia?
— Eu não tenho o hábito de olhar as nuvens. Vivo tão ocupada...
— Senhora, é preciso olhar as nuvens. Acredite-me; faz muito bem à saúde.
— E o que o senhor me aconselha, doutor?
— Aconselho-a a comer um pouco de carne, não afligir-se demasiado e não tomar mais remédios. Há pessoas a que os remédios prejudicam. Que prato a senhora mais gosta? Nonatos envoltos em fôlhas de parreira ou peixe recheado? Talvez pastéis de papa com torresmos? Se eu passar por lá, não se esqueça de me convidar. Ah, quanto à perna, não faça caso.
— Como sabe que me dói a perna?
— Para que nos dá pernas o bom Deus se não é para que doam? Quer uma prova do que digo? Don Isaac, o de San Miguel, nunca se queixa das pernas e é porque nasceu sem elas. Agora pergunto eu, não é infinitamente melhor que elas doam, como é o seu caso, por exemplo, do que não doam, como é o caso de Don Isaac?
— É incrível — comentava com as vizinhas. — Nem sequer me deu um xarope. Será que é realmente médico? — E acrescentou, como confessando-se e quase com temor de pecado:
— O curioso é que quando fala, a gente não pára de sorrir. E o doutor também sorri. E o mais engraçado é que a gente se esquece de que é o doutor. Sorri, sorri, sorri.


O pessoal de Rajil, de Rosch Pina, de Espíndola, de San Gregório, vivia em dolorosa expectativa. Não era pela sêca, não era pelos rumôres de revolução, devidos ao fato de o hotel de Villaguay hospedar um coronel de Paraná, nem aos prognósticos de grandes enxames de gafanhotos. Essa expectativa nascia de um acontecimento dramático. Doña Maria Corcunda esperava família. No ano anterior sucedeu-lhe o mesmo e o Dr, Richené alarmou-se ao examiná-la.

# A. Gerchunoff

— Sua mulher não pode ter filhos — anunciou ao marido.

Por sorte, o diagnóstico resultou prematuro. Com efeito, Doña Maria estava tão longe naquele dia de ter criança como estava perto agora, pôsto que a graça divina a favorecera e a povoação inteira podia diagnosticá-lo. Provocava pesar seu aspecto de monstrinho, com seu rosto perfeito, nas pupilas luminosamente lúgubres, suas pestanas alongadas, seu acento tímido, leve, que parecia implorar perdão por aparecer no mundo alegrado por mulheres como a viúva de Karmel; dava pena porque aquêle semblante de claridade cambaleava sôbre um corpo, contrafeito, miúdo, miserável.

— Santo Deus! — gemia. — Se meu filho chegar a parecer-se comigo...

— Se vier a parecer-se com a senhora — argumentou o Dr. Yarcho — terá seus olhos, terá sua voz, e cantará como a senhora canta. Se me promete não contar a ninguém, far-lhe-ei uma confidência. Deus estudou comigo na Universidade de Paris e juro que Deus sabe o que faz. Conheço-o muito bem.

E a corcunda sorria, sorriam seus olhos, sorriam suas mãos, pálidas, translúcidas, como se já tremulassem ansiosamente sôbre a cabecinha da criança segura ao peito.

— Ela gritará muito. Não é verdade, doutor? — perguntou a Sra. Mirner, que, à fôrça de sobrinhos e netos, se graduara espontâneamente de parteira e assistia as parturientes.

— E a senhora não cansou de gritar? Que lhe importa? Acaso não dorme entre gritos e gritos? Diga-me, o que a senhora ouviu sôbre o divórcio de Benjamín Riber?

— Quem não ouviu falar? Só se fôsse surda. Não me agrada repetir o que se anda falando por aí, mas sei que Riber é muito infeliz. Imagine que na Páscoa sua mulher foi ao templo com o rosto pintado.

Um domingo, ao anoitecer, viu-se a aranha do médico na casinha da corcunda, assim chamada — convém esclarecer — não porque tivesse corcunda, mas porque era só o que lhe faltava ter. Estendida na cama, calada, olhos absortos, começou a sorrir ao homenzinho que lhe sorria; diminuía seu terror, diminuía sua angústia.

— Que lindo quarto você tem, Maria! Seu quarto canta como você, olha como você e vai ter um menino, como você...

Pela ampla rua, sombreada de paraísos, passeavam cautelosamente os moradores emocionados de Rajil.

Os pássaros, perturbados em seu repouso, esvoaçavam de árvore em árvore. Na linha da cumeeira do teto miava o gato prêto; o cachorro dava saltos bruscos e latia à lua, uma lua

462                                                      Entre Dois Mundos

redonda, que seguia os caminhantes e assustava as mocinhas que se beijavam com os namorados detrás da segadora. O Dr. Yarcho saiu para fumar um cigarro. As matronas se apressuraram:

— É estranho, doutor! Ela não grita...

— Como quer que grite numa noite com tanta lua? Seria vergonhoso.

Jacó, que em seus quinze anos ganhou fama de truão, notoriedade de ginete invencível e glória de domador, olhou o disco da lua e quis conquistar a confiança de Yarcho com um interrogatório de índole astronômica:

— De que é feita a lua, doutor?

— De estearina e de ôvo duro.

— A lua nunca caiu?

— Tôdas as madrugadas ela cai no Paraná e, antes de saírem as estrêlas, o Pescador que está no alto a pesca e a põe a rodar. Se quiseres ver, sobe no eucalipto de Balvanera e fica em cima até amanhecer.

Uma coruja lançou na escuridão seu turvo pio. Voou um morcêgo, o latido do cachorro fendeu novamente o silêncio e do quarto veio um grito, a princípio afogado, em seguida aberto e amplo.

E não se viu mais o doutor. Antes de fecharem a porta, umas enormes colheres de metal brilharam à luz da lamparina.

A partir dessa noite nomeava-se o Doutor Yarcho com respeito religioso. Falava-se de suas curas milagrosas, repetiam-se suas maravilhosas palavras. Em que se radicava êsse milagre, ou essa maravilha? Ninguém o explicava, ninguém o duvidava. Das humildes, das nebulosas aldeolas dos lavradores judeus, até as cidades tradicionais da província, estendia-se sua influência; chamavam-no de regiões longínquas e o médico de Villaguay, o médico de Gualeguay, costumavam trasladar-se ao hospital de Domínguez para consultá-lo acêrca de complicações tortuosas. O Dr. Pita, dos Pita de Córdoba, admoestou-o em certa ocasião:

— Colega, você está errado em ficar nestes povoados. Vá para Buenos Aires; lá se tornará famoso e rico.

— Mais famoso do que aqui, não é fácil. Todos me saúdam, todos me ajudam a arrumar os tiros da aranha. Eu não sei de que fazem os tirantes lá no Crespi. Quebram-se a cada três viagens. E quanto a isso de ficar rico, dir-lhe-ei que já sou. Tenho vinte e três hectares de terra, dois pares de sapatos, e minha mulher veio do Uruguai com chapéu nôvo.

A. Gerchunoff                                                    463

— Deixe de brincadeira, doutor. É uma pena que não vá
para Buenos Aires. Pelo menos, vá para Paraná. Num ano
o fazem deputado.
— Deveras? Agradeço-lhe que me diga isso. Pensava ir na
próxima semana à cidade, mas com essa notícia não me animo.
E o governador é meu amigo. Vá-se confiar nos políticos.
— Claro, vive gracejando.
— Vivo no sério, meu amigo. Que farei em Buenos Aires,
que farei em Paraná? Em Buenos e em Paraná, os homens sofrem, se cansam, se desesperam, padecem dores que inventam e
não percebem as dores que os estão roendo, exatamente como
em Villaguay e em Domínguez, en Rajil e em Las Moscas.
Aqui, tôdas as manhãs, em meu jardim, com meu livro nos joelhos, debaixo do paraíso em que pousa a calandra (eu trato
por tu as calandras), passo horas, se os doentes o permitem,
que os professôres da capital não conhecem. As abelhas não
o entretêm?
Pita refletiu:
— É por isso que Maciá diz que você é um filósofo. Por isso
e pelo caso do copinho.
A estória do copinho era célebre. Apresentou-se em seu
consultório um ricaço de La Capilla para inteirá-lo, reservada-
mente, de que o filho começava a afeiçoar-se à bebida.
— Estou muito aflito, doutor, muito aflito. Não sei de quem
herdou isso. Veja: há pouco tempo dobrei a casa dos cinqüenta e nunca me aconteceu tomar um trago.
Yarcho levantou-se de um pulo e gritou, dirigindo-se do fun-
do da casa:
— Guterman! Traga aí a garrafa de Xerez! — E voltando-se
para o interlocutor: — O senhor não sai daqui sem tomar um
copo.
Refeito de seu assombro, o ricaço murmurou:
— O senhor bebe?
— Bebo, como, durmo e ando de aranha.
— Não teria acreditado.
— Além disso, o rito me impõe. O rito, que me proíbe comer carne de porco, obriga-me a abençoar o vinho. Como não
sei as bênçãos de memória, cumpro o rito bebendo o vinho.
— Está bem; mas, se bebe em excesso...
— Eu não posso beber em excesso, porque não disponho de
tempo para ter sêde. Por outro lado, é necessário precaver-nos
contra os excessos. O senhor se lembra do que aconteceu com
Israel Fajman? Pobre homem! Tão piedoso, tão amável! Desde
que levantava até a hora em que ia dormir, não fazia outra
coisa senão rezar. Estava rezando e seu rancho incendiou-se.
E desde êsse dia nunca mais rezou. O que acha do Xerez? É
um presente.

464 Entre Dois Mundos

— Do governador?

— Não; quem me mandou êsse foi o cura de Concordia.

O intendente de Villaguay contribuiu para acrescer a sua personalidade de filósofo, em seu empenho de difundir as aventuras do médico e de narrar, numa linguagem rudimentar e pinturesca, os episódios da aranha encalhada nos lamaçais do arroio Vergara. Não conseguia compreender as idéias que o Dr. Yarcho expôs numa assembléia das vizinhanças, convocada com o objeto de discutir transcendentais renovações urbanas.

— É muito simples arrumar a praça, a igreja, a Prefeitura. Na têrça-feira eu vinha de Domínguez com o cavalinho já desfeito de cansaço e me detive para que êle descansasse. Nisto descobri à minha frente, a uns dois quilômetros, uma cidade inflamada e transparente, com tôrres douradas, cúpulas douradas, palácios dourados, árvores douradas. Aposto — pensei — que o médico desta cidade tem uma aranha dourada. Retomei a marcha. Não se poderia, digo agora, copiar aquela cidade que estava perdida no horizonte? Creio que é uma tontice copiar as coisas feias que existem. Se me elegessem intendente, pegaria a cidade que vi nas nuvens e pô-la-ia nos quatro cantos da praça de Villaguay.

Os gaúchos não vacilavam em chamá-lo à meia-noite ou ao amanhecer. O Dr. Yarcho arrastava-se em sua aranha alquebrada a dúzias de léguas para salvar uma criatura da difteria, para operar um ferido, para assistir a china que os médicos circunspectos da zona desamparavam. Ia ao restolhal de San Gregorio, em cujas brenhas se escondiam ladrões de gado e campeiros que se descuidaram com o facão na taberna do Vázquez. E nessas covas de canas e de latas, o Dr. Yarcho abria sua maleta, tirava os remédios, para evitar aos proscritos a viagem à botica e o presumível encontro com a polícia.

Uma vez, na travessia para San Salvador, assaltaram-no saqueadores que espreitavam uma manada da estância de Escriña. Chovia e trovejava, como chove e troveja em Entre Rios quando o céu se abre. Um relâmpago refulgiu na bôca do trabuco que o malfeitor empunhava.

Yarcho, parada já a aranha, perguntou ao assaltante:

— O braço está melhor, González?

González e os seus reconheceram o inesperado viajante:

— É o doutor!

— Por favor, González, já que estás aí, arruma o freio do meu parelheiro...

Assim, os judeus da sinagoga, os gaúchos dos entrepostos, as mulheres das colônias celebravam sua insigne competência, seu talento benévolo, seus contos, seu sorriso. As mulheres admiravam-no enternecidamente e até a viúva de Karmel se havia esquecido já do incomparável Dr. Richené.

— Meu Deus, como sorri! — exclamava estremecendo, mais com o coração do que com a pele.

— E como fala! — completava Aída, essa Aída que mereceu o desprêzo da opinião coletiva por causa daquele caso do rapaz, do rapaz da fazendola de Benítez. Quando aconteceu "isso", que ninguém nomeava e ninguém esquecia, a mãe foi aconselhar-se com Yarcho.

— Sou muito desgraçada, doutor; muito desgraçada. Minha filha... O que o senhor me diz?

— Sua filha é a môça mais bonita dessas bandas; uma môça magnífica, senhora.

— Se, porém em vez de casar-se... Sou muito desgraçada, muito desgraçada, doutor.

— O que a senhora quer dizer com isso que não se casou? Casou-se em Diamante. Se eu fui testemunha de seu casamento! Eu e Sandoval!... A senhora conhece o Sandoval?

Depois que a mãe partiu, Yarcho encarregou a Guterman:

— Não te esqueças: Sandoval e eu fomos testemunhas do casamento. Felizmente o diabo do rapaz morreu no Uruguai e não poderá desmentir-nos. E Sandoval tampouco, porque não sabemos quem è...

Anos e anos se escoaram, e sua figura era evocada, seus prodígios eram contados. O rabino sentenciava:

— Era um santo. Nunca vi um judeu mais honradamente judeu.

O comissário coçava sua torva cicatriz e opinava:

— Era um grande gaúcho.

As mulheres, as pobres mulheres, as formosas mulheres, que entendem mais de humanidade do que o rabino e o comissário, sussurravam:

— Como sorria, como sorria!

E as mulheres, as pobres mulheres, as formosas mulheres, sorriam, sorriam, sorriam...

# S. BELLOW

SAUL BELLOW (1915) nasceu em Lachine, Canadá. Estudou na Chicago University e lecionou em várias universidades. Seu primeiro romance, *Dangling Man* (1944), é o diário de um intelectual de Chicago que aguarda ser convocado para o exército. Quanto ao segundo livro, *The Victim* (1947), seu enrêdo baseia-se em teses de psicanálise, obras que se enquadram ainda na tradição do romance realista do século XIX. Já *The adventure of Angie March* (1953) é um romance picaresco em pleno ambiente americano, tendo por pano de fundo a crise econômica de 1930. Quanto a seu último romance, *Herzog* (1961) (de que extraímos o trecho que segue), boa parte se passa na mente do "herói", famoso historiador literário que está vivendo uma crise tanto em sua vida pessoal, como em suas relações com a cultura da América contemporânea. Suas meditações sôbre seus problemas passados e presentes são entremeados de uma série de cartas que escreve a personalidades vivas e mortas, cartas que êle nunca remete.

## NAPOLEON STREET

*Caro Nachman,* êle escreveu. *Sei que foi a você que eu vi, segunda-feira passada na Eighth Street. Fugindo de mim.* O rosto de Moses Herzog ensombreceu. *Era você. Meu amigo de quarenta anos atrás, amigo de infância na Napoleon Street. Os*

468                                             Entre Dois Mundos

*cortiços de Montreal.* Com um boné de *beatnik,* na rua ruidosa de homossexuais de barba leonina e olhos pintados de verde, lá estava, de repente, o companheiro de infância de Herzog. Nariz grosso, cabelos brancos, espessos óculos sujos. O poeta curvado lançou um olhar a Moses e fugiu. Nas pernas magras, com grande pressa, escapou para o outro lado da rua. Levantou a gola do casaco e ficou olhando a vitrina da casa de queijos. *Nachman! Você pensou que eu ia cobrar aquêle dinheiro que você me deve? Já risquei isso, há muito tempo. Significava muito pouco para mim, em Paris, depois da guerra. Não me faltava então.*

Nachman fôra à Europa para fazer poesia. Morava no cortiço árabe da rue Saint-Jacques. Herzog instalara-se confortàvelmente na rue Marbeuf. Sujo e enrugado, Nachman, com o nariz vermelho de chorar, o rosto vincado de um homem agonizante, apareceu certa manhã à porta de Herzog.

— O que aconteceu?

— Moses, levaram minha mulher embora, minha pequena Laura.

— Espere um pouco, o que há? — Herzog estava talvez um tanto frio, então, repugnado por tais exageros.

— O pai dela. O velho do negócio de revestir assoalhos. Deu sumiço nela. Aquêle velho feiticeiro. Ela morrerá sem mim. A pobrezinha não suporta a vida sem mim. E eu não posso viver sem ela. Tenho de voltar a Nova Iorque.

— Entre, entre. Não podemos conversar nesse saguão infecto. Nachman entrou na salinha. Era um apartamento mobiliado no estilo da década de vinte — odiosamente correto. Nachman pareceu hesitante ao sentar-se, com as calças manchadas da sarjeta. — Já procurei em tôdas as companhias de navegação. Há lugar no *Hollandia* amanhã. Empreste-me alguma gaita ou estou perdido. Você é o meu único amigo em Paris.

*Sinceramente, achei que você estaria melhor na América.*

Nachman e Laura haviam errado para cima e para baixo pela Europa, dormindo em valas na terra de Rimbaud, lendo em voz alta, um ao outro, cartas de Van Gogh, poemas de Rilke. Laura tampouco tinha a cabeça muito boa. Magra, de rosto macio, as comissuras de sua bôca pálida reviradas para baixo. Pegou uma gripe na Bélgica.

— Pagarei a você cada níquel — Nachman torceu as mãos. Os dedos eram agora nodosos: reumáticos. O rosto era áspero e frouxo, devido à doença, ao sofrimento, à insensatez.

*Achei que, afinal de contas, seria mais barato mandá-lo de volta a Nova Iorque. Em Paris, eu ficaria agüentando você. Está vendo, não pretendo ter sido altruísta.* Talvez, pensou Herzog, ver *a mim* o assustou. Será que mudei mais do que êle? Estaria Nachman horrorizado de ver Moses? *Mas nós*

S. Bellow                                                                      469

*brincamos juntos na rua. Aprendi o* alef-bet *com seu pai, Reb Schika.*

A família de Nachman vivia no apartamento amarelo, bem em frente. Aos cinco anos, Moses atravessou a Napoleon Street. Subiu a escada de madeira, de degraus tortos e empenados. Os gatos encolhiam-se nos cantos ou disparavam suavemente para cima. Seus excrementos secos esmigalhavam-se, no escuro, com um cheiro picante. Reb Schika tinha uma coloração amarela, mongólica, um homenzinho simpático, franzino. Usava um solidéu de cetim prêto, um bigode à Lênine. O peito mirrado vestia uma camiseta Penman de lã para o inverno. A Bíblia jazia aberta sôbre a grosseira toalha da mesa. Moses distinguia claramente os caracteres hebraicos — *Dmai Ohiho* — o sangue de teu irmão. Sim, era isso. Deus falando a Caim. Da terra, o sangue de teu irmão brada até mim.

Aos oito anos, Moses e Nachman partilhavam o mesmo banco no porão da sinagoga. As páginas do Pentateuco cheiravam a míldio, as malhas dos meninos estavam úmidas. O rabi, barba curta, o narigão mole vivamente pontilhado de prêto, os admoestava. — Você, Rozavitch, seu molóide. O que diz aí sôbre a mulher de Putifar? *Va'tispesaiu b'vigdo...*

— E ela o segurou pelo...

— Pelo quê? *Beged.*

— *Beged.* Casaco.

— Roupa, seu vadio! *Mamzer!* Tenho pena de seu pai. Que herdeiro arranjou! Que *cadisch!* Você estará comendo presunto e carne de porco, antes de êle ser enterrado. E você, Herzog, com êsses olhos de *beheimah* [1]: *Va'iaazov bigdo b'iodo.*

— E êle deixou-a nas mãos dela.

— Deixou o quê?

— *Bigdo,* a roupa.

— Tome cuidado, Herzog Moses. Sua mãe pensa que você será um grande *lamden* [2], um rabi. Mas eu sei como você é preguiçoso. O coração das mães é partido por *mamzeirim* como você. Eh! Se o conheço, Herzog? Por dentro e por fora.

O único refúgio era o W.C., onde as bolas de naftalina desfaziam-se pouco a pouco, na calha verde do mictório, e os velhos desciam da *schul,* com olhos nublados, quase cegos, suspirando, engrolando trechos litúrgicos, enquanto esperavam mijar. Latão enferrujado de urina, escameados verdes. Num compartimento aberto, com as calças descidas aos pés, estava sentado Nachman, tocando gaita. "It's long, long way to Tipperary." "Love sends a little gift of roses." A ponta do gorro estava torta. Ouvia-se a saliva nos orifícios do pequeno instrumento, quando êle chupava ou soprava. Os velhos de chapéu

(1) Animal.
(2) Sábio.

470                                    Entre Dois Mundos

de côco lavavam as mãos, davam às barbas uma ligeira pen-
teadela com os dedos. Moses observava-os.

Quase certamente, Nachman fugiu do poder de memória de
seu velho amigo. Herzog perseguia a todos com êsse poder.
Era como uma máquina terrível.

*Da última vez em que nos encontramos — quantos anos faz
isso? Fui com você visitar Laura.* Ela estava então num asilo
de loucos. Herzog e Nachman fizeram baldeação umas seis ou
sete vêzes. Eram umas mil paradas de ônibus adiante de Long
Island. No hospital, as mulheres de vestidos verdes de algodão
perambulavam pelos corredores, de pantuflas, murmurando.
Laura estava com os pulsos enfaixados. Era a terceira tentativa de suicídio de que Moses tinha conhecimento. Estava sentada a um canto, segurando os seios com as mãos, querendo
falar sòmente de literatura francesa. O rosto era sonhador, mas
os lábios moviam-se sem cessar. Moses foi obrigado a concordar com o que desconhecia — a forma das imagens de Valéry.

Então êle e Nachman partiram, ao cair da tarde. Atravessaram o pátio de cimento após uma chuva de outono. Do edifício, uma multidão de fantasmas em uniformes verdes observavam a partida dos visitantes. Laura, na grade, levantou um
pulso enfaixado, uma mão lívida. Adeus. Sua longa bôca
estreita murmurava silenciosamente, adeus, adeus. O cabelo
escorrido caía-lhe ao longo das faces — uma figura empertigada, infantil, com turgescências femininas. Nachman dizia em
voz rouca: — Querida inocente. Minha noiva. Internaram-na,
as feras, os *mahers*: nossos donos. Aprisionaram-na. Como
se, amando-me, provasse ser louca. Mas serei forte bastante
para proteger o nosso amor — disse Nachman sombrio e deso-
lado. Tinha as faces encovadas. A pele sob os seus olhos era
amarela.

— Por que ela continua tentando se matar? — perguntou
Moses.

— Perseguição da família. Que é que você pensa? O mundo
burguês de Westchester! Participações de casamento, enxovais,
contas no banco, era isso que o pai e a mãe esperavam dela.
Mas é uma alma pura que só compreende as coisas puras. É
uma estranha aqui. A família só deseja separar-nos. Em Nova
Iorque também éramos errantes. Quando voltei, graças a você
(e vou pagar-lhe, trabalharei!), não tínhamos dinheiro para
alugar um quarto. Como eu podia arranjar emprêgo? Quem
tomaria conta dela? Assim, uns amigos nos abrigaram. Comida.
Uma enxêrga para nos deitar. Para amar.

Herzog estava muito curioso, mas apenas disse: — Oh!

— Eu não contaria essas coisas a ninguém, a não ser a você,
um velho amigo. Tínhamos de tomar cuidado. Em nossos êxta-
ses, tínhamos de exortar um ao outro à moderação. Era como

S. Bellow        471

um rito sagrado: não devemos deixar os deuses enciumados...
— Nachman falava com voz trêmula e sussurrada: — Adeus, meu espírito abençoado, minha amada. Adeus! — Soprava beijos para a janela, com dolorosa doçura.

A caminho do ônibus, êle continuou sua preleção no modo irreal, fervoroso e enfadonho. — Atrás de tudo isso, está a América burguesa. É um mundo brutal, de atavios e excrementos. Uma civilização orgulhosa e indolente que venera a própria rusticidade. Eu e você fomos criados na velha pobreza. Não sei quão americano você se tornou, desde os velhos dias no Canadá... você viveu muito tempo aqui. Mas eu, nunca hei de adorar os gordos deuses. Eu, não. Não sou marxista, você sabe. Meu coração é fiel a William Blake e Rilke. Mas um homem como o pai de Laura! Você compreende! Las Vegas, Miami Beach. Queriam que Laura caçasse um marido em Fountainblue, um marido de dinheiro. À beira da tumba, ao lado da última sepultura da humanidade, êles ainda estarão contando o dinheiro dêles. Rezando em cima das fôlhas do balancete... — Nachman prosseguiu com fôrça persistente e maçante. Perdera os dentes, o queixo diminuíra, as faces cinzentas estavam hirsutas. Herzog ainda podia vê-lo como fôra aos seis anos. Na realidade, não conseguia afastar a imagem dos dois Nachman, lado a lado. E a criança de pele fresca, de sorriso falhado nos dentes da frente, de blusa abotoada e calças curtas é que era real, não essa aparição esquelética de um Nachman louco a fazer preleções. — Talvez — dizia êle — as pessoas desejem que a vida se acabe. Êles a poluíram. Coragem, honra, franqueza, amizade, dever, tudo foi conspurcado. Sujo. Por isso, odeiam o pão de cada dia que prolonga uma existência inútil. Houve um tempo em que os homens nasciam, viviam e morriam. Mas você pode chamar êsses de homens? Somos apenas criaturas. Mesmo a morte deve ter-se cansado de nós. Posso ver a Morte aparecendo diante de Deus e dizendo: "Que devo fazer? Não há mais grandeza em ser Morte. Ó Deus, dispense-me dessa baixeza".

— Não é tão ruim como você pinta, Nachman — Moses lembrava-se de ter respondido. — A maioria das pessoas não são poéticas e você considera isso uma traição.

— Bem, meu velho amigo de infância, você aprendeu a aceitar as condições heterogêneas da vida. Mas eu tenho tido visões do juízo. Vejo principalmente a obstinação dos aleijados. Não nos amamos a nós mesmos, mas persistimos na teimosia. Cada homem é teimosamente, teimosamente êle mesmo. Acima de tudo, êle mesmo, até o fim dos tempos. Cada uma dessas criaturas tem alguma qualidade secreta, e por essa qualidade está pronta a tudo. É capaz de virar o mundo às avessas, mas não abrirá mão dessa qualidade a ninguém. Mais fácil deixar

472 — Entre Dois Mundos

o mundo reduzir-se a pó. É disso que falam os meus poemas. Você não tem uma opinião muito boa de meus Novos Salmos. Você é cego, meu velho amigo!

— Talvez.

— Mas é um homem bom, Moses. Entranhado em si mesmo. Mas um bom coração. Como sua mãe. Um espírito gentil. Puxou a ela. Eu estava com fome e ela me alimentou. Lavou-me as mãos e sentou-me à mesa. Disso eu me lembro. Foi a única criatura bondosa para com meu tio Ravitch, o beberrão! Às vêzes rezo uma oração por ela.

*Izkor Elohim es nischmas imi*... a alma de minha mãe.

— Já morreu há muito tempo.

— E também rezo por você, Moses.

Os pneus gigantes do ônibus avançavam por entre as poças coloridas de crepúsculo, por cima de fôlhas e galhos de alianto. O percurso era interminável, através da vastidão populosa, baixa, atijolada e suburbana.

Quinze anos mais tarde, porém, na Eighth Street, Nachman fugiu. Parecia velho, desamparado, encurvado, deformado, quando se arremeteu para a loja de queijos. Onde está sua mulher? Certamente, êle fugiu para não dar explicações. Seu louco senso de decência deve tê-lo aconselhado a evitar tal encontro. Ou será que esqueceu tudo? Ou estaria feliz por esquecê-lo? Mas eu, com *minha* memória — todos os mortos e os doidos estão sob a minha custódia, eu sou a nêmese dos supostamente esquecidos. Prendo os outros aos meus sentimentos e os oprimo. *Ravitch era realmente seu tio ou apenas um* lantsman? *Nunca tive a certeza.*

Ravitch morava com os Herzog na Napoleon Street. Como um ator trágico do palco ídiche, com um nariz reto e bêbado e um chapéu de côro a lhe comprimir as veias da fronte, Ravitch, de avental, trabalhava na loja de frutas, perto de Rachel Street, em 1922. Lá no mercado, com a temperatura a zero, êle varria uma mistura de pó de serralha e neve. A vitrina estava coberta de grandes arabescos de gêlo e contra ela comprimiam-se as pilhas de laranjas sangüíneas e de maçãs côr de ferrugem. E lá estava o melancólico Ravitch, vermelho da bebida e do frio. O projeto de sua vida era mandar buscar a família, a mulher e dois filhos que ainda estavam na Rússia. Primeiro, tinha de encontrá-los, pois se haviam perdido durante a Revolução. Vez por outra, sóbrio, êle se arrumava e ia até à Sociedade de Auxílio aos Imigrantes Hebreus fazer indagações. Mas nunca acontecia nada. Bebia o ordenado — um *schicker*. Ninguém julgava a si próprio com mais severidade. Quando saía do bar, parava vacilante na rua, dirigindo o tráfego, caindo na neve derretida, entre cavalos e caminhões. A polícia estava cansada de jogá-lo no carro de bêbados. Tra-

# S. Bellow

473

ziam-no para casa, no saguão de Herzog, e empurravam-no para dentro. Ravitch, tarde da noite, cantava nos degraus gelados, com voz soluçante:

> *Alein, alein, alein, alein*
> *Elend vie a schtein*
> *Mit die tzen finger — alein.*

Ionah Herzog saía da cama e acendia a luz da cozinha, escutando. Usava uma roupa de dormir russa, de linho, com a frente plissada, último resquício do guarda-roupa de cavalheiro em Petersburgo. O fogão estava apagado, e Moses, na mesma cama com Willie e Schura, sentavam-se os três, sob os chumaços empelotados do acolchoado, olhando o pai. Êle ficava parado debaixo da lâmpada, que tinha um bico na ponta como um capacete alemão. Os fios torcidos e soltos do filamento de tungstêncio ofuscavam. Aborrecido e compadecido, o Sr. Herzog, com sua cabeça redonda e bigodes castanhos, olhava para cima. O vinco entre os olhos aparecia e desaparecia. Meneava a cabeça e cismava.

> Só, só, só, só
> Solitário como uma pedra
> Com meus dez dedos — só.

A Sra. Herzog falava do quarto: — Ionah, ajude-o a entrar.

— Está bem — dizia Herzog, mas esperava.

— Ionah... Dá pena.

— Pena de nós também — dizia o Sr. Herzog. — Danação, a gente dorme, está livre de misérias por algum tempo, e êle vem acordar a gente. Um pau-d'água judeu! Não sabe fazer nem *isso* direito! Por que não fica *freilich* [3] e despreocupado quando bebe? Hein? Não, tem de chorar e tocar a compaixão da gente. Pois, vá para o inferno! — Meio rindo, o Sr. Herzog maldizia também sua sensibilidade. — Já basta ter de alugar um quarto a êsse miserável *schicker*.

> *Al tastir poneho mimeni*
> Estou quebrado, sem um *penny,*
> Não esconda Seu rosto de nós
> Cachaça ninguém pode negar.

Ravitch, desafinado e insistente, gritava na escada escura e gelada.

> O' Brien
> *Lo mir trinken a glesele vi-ine* [4]
> *Al tastir poneho mimeni*
> Estou quebrado, sem um *penny,*
> Cachaça ninguém pode negar.

(3) Alegre.
(4) Quero beber um copo de vinho.

474                                    Entre Dois Mundos

O Sr. Herzog, em silêncio, torcia-se de tanto rir.
— Ionah, por favor. *Genug schoin* [5].
— Oh! dê-lhe tempo. Por que devo *schlepp* [6] para fora as
minhas tripas.
— Êle vai acordar a rua inteira.
— Deve estar todo vomitado, com as calças cheias.
Mas foi. Êle também tinha pena de Ravitch, embora Ravitch
fôsse um dos símbolos de sua mudança de condição. Em Petersburgo havia empregados. Na Rússia, o Sr. Herzog fôra um
cavalheiro. Com papéis forjados da Primeira Guilda. Mas muitos cavalheiros viviam com papéis forjados.
As crianças ainda olhavam a cozinha vazia. O fogão prêto
contra a parede, apagado; os dois bocais de gás ligados pelo
cano de borracha ao medidor. Uma esteira de junco japonêsa
protegia a parede das manchas de gordura.
Os garotos divertiam-se em ouvir o pai induzir Ravitch a ficar de pé. Era uma comédia familiar. — *Nu, lantsman?* Pode
andar? Está gelando. Vamos, ponha êsses pés tortos no degrau,
*schneller, schneller* [7]. — Ria sem ruído. — Bem, penso que deixaremos suas calças *dreckische* [8] aqui fora! Fum! — Os garotos, encolhidos de frio, sorriam.
Papai amparava-o através da cozinha. Ravitch, em suas ceroulas sujas, o rosto congestionado, mãos tombadas, chapéu
de côco, a tristeza embriagada de seus olhos cerrados.
*Quanto ao meu infeliz e finado pai, I. Herzog,* não era um
homem grande, um dos Herzog de ossos miúdos, bem feito,
de cabeça redonda, mordaz, nervoso, simpático. Nos freqüentes acessos temperamentais, esbofeteava ràpidamente os filhos
com ambas as mãos. Fazia tudo depressa, com destreza, com
os hábeis floreios dos leste-europeus: penteando o cabelo, abotoando a camisa, afiando a navalha de cabo de osso, afinando
o lápis na polpa do polegar, segurando o filão junto ao peito
e cortando-o em sua direção, amarrando pacotes com nòzinhos
apertados, anotando como um artista no livrinho de contas.
Cada página cancelada era coberta de um X cuidadosamente
desenhado. Os 1 e os 7 tinham barras e serpentinas. Eram
como flâmulas ao vento do fracasso. Primeiro, o Sr. Herzog
fracassara em Petersburgo, onde consumiu dois dotes em um
ano. Importava cebolas do Egito. Sob Pobedonostsev, a polícia apanhou-o por residência ilegal. Foi julgado e condenado.
A ata do julgamento foi publicada num jornal russo impresso
em papel grosso, verde. O Sr. Herzog às vêzes o desdobrava
e lia em voz alta para a família inteira, traduzindo as acusações contra Iliona Isalovitch Gerzog. Nunca cumpriu a sen-

(5) Basta!
(6) Tirar.
(7) Depressa, depressa.
(8) Sujas, mal-cheirosas.

S. Bellow 475

tença. Fugiu. Por ser nervoso, apressado, obstinado, rebelde. Veio para o Canadá, onde residia a irmã, Zipporah Yaffe. Em 1913, comprou um pedaço de terra perto de Valleyfield, Quebec, e fracassou como fazendeiro. Então, veio para a cidade e fracassou como padeiro; fracassou no comércio de secos e molhados; fracassou como empreiteiro; fracassou como fabricante de sacaria, durante a Guerra, quando ninguém mais fracassou. Fracassou como negociante de ferro-velho. Depois, tornou-se agente matrimonial, e fracassou: era genioso e áspero demais. E agora estava fracassando como *bootlegger* [9], às voltas com a Comissão de Bebidas provincial. Levando de algum jeito a vida.

Apressado e desafiadoramente, com o rosto limpo e tenso, andando com um desespêro matizado de alto estilo, largando, algo desajeitamente, o pêso num dos calcanhares, o sobretudo, outrora forrado de pele de rapôsa, agora nu e pelado, o couro vermelho todo gretado. Êsse sobretudo, que se abria esvoaçante enquanto êle andava, ou marchava a sua marcha judia de um só homem, estava saturado do odor dos Caporal que êle fumava enquanto fazia Montreal em seu balouço — Papineau, Mile-End, Verdun, Lachine, Point St. Charles. Andava à cata de oportunidades de negócio — falências, saldos, fusões, liquidações por incêndio, manufaturas — para se salvar da ilegalidade. Era capaz de calcular mentalmente porcentagens a grande velocidade, mas faltava-lhe a imaginação fraudulenta de um negociante bem sucedido. E assim mantinha uma destilariazinha em Mile-End, em cujas quadras vazias as cabras vinham pastar. Viajava de bonde. Vendia uma garrafa aqui e ali, esperando a grande oportunidade. Alguns contrabandistas americanos comprariam a muamba na fronteira, qualquer quantidade, dinheiro batido, se fôsse entregue lá. Enquanto isso, fumava cigarros nas frias plataformas dos bondes. A Fazenda estava tentando agarrá-lo. Havia tiras em seu encalço. Nas estradas para a fronteira havia *hijackers* [10]. Em Napoleon Street tinha cinco bôcas para alimentar. Willie e Moses eram doentios. Helen estudava piano. Schura era gordo, guloso, desobediente, um menino arteiro. O aluguel, o aluguel atrasado, as contas vencidas, consultas de médico por pagar, e êle não tinha nem o inglês, nem amigos, nem influência, nem negócio, nem haveres, a não ser seu alambique: nenhuma ajuda no mundo todo. Sua irmã Zipporah, em St. Anne, era rica, muito rica, o que sòmente piorava as coisas.

Naquele tempo, vovô Herzog ainda era vivo. Com o instinto de um Herzog para os grandes gestos, em 1918, refugiou-se no Palácio de Inverno, enquanto os bolchevistas o permitiram. O

(9) Fabricante clandestino e contrabandista de bebidas alcoólicas nos E. U. A.
(10) Assaltantes de transportes de contrabando nos E. U. A.

velho escrevia algumas cartas em hebraico. Perdera os preciosos livros no levante. Agora era impossível estudar. No Palácio de Inverno, era preciso andar para cima e para baixo o dia todo a fim de achar um *minian*. Naturalmente, havia fome também. Mais tarde, profetizou que a Revolução falharia e tentou adquirir dinheiro tzarista, para tornar-se milionário quando fôssem restaurados os Romanoff. Os Herzog receberam pacotes de rublos sem valor, e Willie e Moses brincavam com grandes somas. Seguravam as notas gloriosas contra a luz e via-se Pedro, o Grande, e Catarina no papel filigranado e multicolor das cédulas. Vovô Herzog andava pelos oitenta, mas ainda era forte. Possuía uma mente vigorosa e tinha uma caligrafia hebraica elegante. As cartas eram lidas em Montreal em voz alta pelo Pai Herzog: relatos de frio, piolhos, fomes endêmicas, epidemias, mortos. O velho escrevia: "Será que ainda verei o rosto de meus filhos? E quem irá me enterrar?" O Sr. Herzog aproximava-se da frase seguinte duas ou três vêzes, mas não encontrava o tom de voz apropriado para dizê-la. Saía apenas um sussurro. As lágrimas lhe vinham aos olhos e, levando de repente a mão à bôca abigodada, deixava às pressas a sala. A Sra. Herzog, os olhos grandes, ficava sentada com as crianças na rústica cozinha onde nunca entrava o sol. Era como um porão com o fogão prêto antigo, a pia de ferro, os armários verdes, o fogareiro a gás.

A Sra. Herzog tinha um jeito de enfrentar o presente, com o rosto parcialmente desviado. Encontrava-o pelo lado esquerdo, mas às vêzes parecia evitá-lo no direito. Nesse lado apartado, seu olhar era freqüentemente sonhador, melancólico e parecia vislumbrar o Velho Mundo: seu pai, o famoso *misnagd,* sua trágica mãe, os irmãos vivos e mortos, a irmã, os enxovais e os empregados em Petersburgo, a *datcha* na Finlândia (tudo apoiado nas cebolas egípcias). Agora, era cozinheira, lavadeira, costureira no cortiço da Napoleon Street. O cabelo encaneceu e ela perdeu os dentes, até as unhas estavam enrugadas. As mãos cheiravam a pia.

Herzog estava pensando, porém, como ela ainda encontrava fôrças para mimar os filhos. Eu também era, certamente, mimado. Uma vez, ao cair da noite, ela me puxava no trenó, por cima de uma crosta de gêlo: a neve lançava minúsculas cintilações, eram talvez quatro horas da tarde de um curto dia de janeiro. Perto da mercearia, encontramos uma velha babá enrolada em um xale e ela perguntou: — Por que você o está puxando, minha filha? — Mamãe, de olheiras escuras. O rosto fino e frio. Respirava com dificuldade. Usava um casaco rasgado, de pêlo de foca, um gorro pontudo de lã vermelha e botas finas abotoadas. Fieiras de peixe sêco pendiam no ar-

S. Bellow 477

mazém, um cheiro rançoso de açúcar, queijo, sabão — uma terrível poeira de alimento vinha pela porta aberta. A campainha numa espiral de arame estava balançando, tocando. — Minha filha, não se sacrifique pelos filhos — disse a anciã de xale, no lusco-fusco gelado da rua. Eu não queria descer do trenó. Fiz de conta que não entendia. Uma das coisas mais difíceis da vida, tornar lerda uma compreensão aguda. Acho que consegui, pensou Herzog.

O irmão de Mamãe, Mihail, morreu de tifo em Moscou. O carteiro entregou-me a carta e levei-a para cima — os compridos varais corriam por ilhoses sob o corrimão. Era dia de lavar roupa. A chaleira de cobre embaçava a janela. Mamãe estava enxaguando e torcendo numa tina. Quando leu a notícia, deu um grito e desmaiou. Os lábios ficaram brancos. O braço jazia na água, com manga e tudo. Só estávamos nós dois em casa. Fiquei apavorado quando a vi assim, de pernas abertas, o longo cabelo desfeito, pálpebras escuras, a bôca exangue, como morta. Mas, depois, levantou-se e foi deitar-se. Chorou o dia todo. Entretanto, de manhã cozinhou a aveia. Levantamo-nos cedo.

Meus velhos tempos. Mais remotos do que o Egito. Sem aurora, os invernos brumosos. Na escuridão, a lâmpada acesa. O fogão apagado. Papai sacudia a grelha e levantava uma nuvem de cinza. A grelha resmungava e guinchava. A pá ordinária tinia por baixo. Os cigarros Caporal provocavam em papai uma tosse feia. As chaminés aspiravam o vento pelos respiradouros. Depois, chegava o leiteiro em seu trenó. A neve estava maculada de estrume e palha, ratos mortos, cachorros. O leiteiro, em seu casaco de carneiro, dava um puxão na campainha. Era de cobre, como a chave de dar corda a um relógio. Helen torcia o trinco e descia com a jarra para pegar o leite. Ravitch vinha então do quarto, de ressaca, com suéter pesado, os suspensórios sôbre a camiseta de lã para mantê-la mais junta ao corpo, o chapéu de côco na cabeça, de face vermelha e com olhar de culpa. Esperava até ser convidado a sentar-se.

A luz da manhã não conseguia libertar-se das trevas e do gêlo. De um lado e do outro da rua, as janelas revestidas de tijolos continuavam escuras, cheias de trevas, e as meninas de escola, duas a duas, em suas saias pretas, se dirigiam ao convento. E carroças, trenós, carrêtas, os cavalos tremendo, o ar alagado num verde plúmbeo, o gêlo sujo, maculado de estêrco, rastos de cinzas. Moses e seus irmãos punham os bonés e rezavam juntos.

*Ma Tovu ohaleha Iaacov...*
Como são aprazíveis as tuas tendas, ó Israel.

478                                      Entre Dois Mundos

Napoleon Street, podre, brincalhona, louca e imunda, enigmática, açoitada pelo mau tempo — os filhos dos *bootleggers* recitando antigas preces. A isso o coração de Moses estava prêso fortemente. Aqui havia uma gama de sentimentos humanos mais larga do que jamais tornaria a encontrar. Os filhos da raça, por um milagre sempre renovado, abriam os olhos, em um mundo estranho após outro, era após era, e murmuravam a mesma oração em cada uma, amando com sofreguidão o que encontravam. Que havia de mal na Napoleon Street? pensava Herzog. Tudo quanto desejava estava ali. Sua mãe lavava a roupa, e chorava. O pai estava desesperado e assustado, mas lutava com obstinação. Seu irmão Schura, de olhos fitos e velhacos, tramava para dominar o mundo, para tornar-se milionário. Seu irmão Willie debatia-se em acessos de asma. Tentando respirar, agarrava-se à mesa e alçava-se na ponta dos pés como um galo que vai cantar. Helen, a irmã, tinha longas luvas brancas que ela lavava em espêssa espuma de sabão. Usava-as para ir ao conservatório, sobraçando um cilindro de couro com as músicas. O diploma pendia emoldurado. *Mlle Hélène Herzog... avec distinction.* A suave e empertigada irmã que tocava piano.

Nas noites de verão, ficava tocando e as notas cristalinas desciam pela janela até à rua. O piano de dorso quadrado tinha uma capa de veludo, verde-musgo, como se a tampa fôsse uma laje de pedra. Dela pendia uma bola de franjas, como nozes. Moses ficava de pé atrás de Helen, fitando o voltear das páginas de Haydn e Mozart, e com ganas de uivar como um cão. Oh! a música! pensou Herzog. Lutou contra a insidiosa ferrugem da nostalgia em Nova Iorque — emoções emolientes, debilitantes, manchas escuras, suaves por alguns instantes, mas deixando atrás de si um resíduo ácido e perigoso. Helen tocava. Usava saia preguada e blusa à marinheira, e os sapatos pontudos imobilizavam-se nos pedais, uma môça distinta e fútil. Franzia as sobrancelhas enquanto tocava — o mesmo vinco do pai aparecia-lhe entre os olhos. A expressão carrancuda, como se estivesse executando uma tarefa perigosa. A música soava na rua.

Tia Zipporah criticava essa história de música. Helen não era uma musicista genuína. Tocava para comover a família. Talvez para atrair um marido. Aquilo a que se opunha tia Zipporah era a ambição de mamãe em relação ao futuro dos filhos, pois desejava que fôssem advogados, cavalheiros, rabinos ou concertistas. Todos os ramos da família tinham a loucura do *ihus.* Nenhuma vida era tão estéril e subordinada, que não comportasse dignidades imaginárias, honrarias vindouras, liberdade adiantada.

Zipporah queria conter mamãe, concluiu Moses, e nessas luvas brancas e nas aulas de piano punha a culpa dos fracassos de papai na América. Zipporah tinha uma personalidade forte. Era espirituosa, rabugenta, agressiva com todos. Tinha o rosto congestionado e fino, nariz bem desenhado, mas estreito e austero. A voz era anasalada, crítica e injuriosa. Tinha os quadris largos, e caminhava pesadamente. Uma trança de cabelo brilhante e grosso pendia-lhe nas costas.

Ora Tio Yaffe, marido de Zipporah, era de fala mansa e de uma reserva cheia de humor. Homenzinho pequeno, mas forte. Tinha os ombros largos e usava a barba à Jorge V. Crescia-lhe cerrada e encaracolada no rosto moreno. O dorso do nariz era amolgado. Os dentes eram largos e um dêles tinha uma coroa de ouro. Moses sentira o hálito ácido do tio quando jogavam xadrez. Do outro lado do tabuleiro, a cabeça grande de Tio Yaffe, um pouco calva, com seu cabelo prêto, curto e cacheado, oscilava ligeiramente. Tinha um leve tique nervoso. Tio Yaffe, desde o passado, parecia desmascarar o sobrinho neste mesmo instante de tempo, e fitá-lo com os olhos castanhos de um animal inteligente, sensível, satírico. Seu olhar bilhava maliciosamente, e êle sorria com satisfação torcida aos erros do jovem Moses. Afetuosamente dava-me o negócio.

No depósito de ferro-velho de Yaffe em St. Anne, os montes dissonantes de sucata sangravam ferrugem nas poças. Às vêzes, via-se uma fila de varredores ao portão. Garotos, pexotes, velhas irlandesas, ou ucranianos e peles-vermelhas da "reserva" de Caughnawaga vinham com carrinhos de mão e pequenas carroças, trazendo garrafas, trapos, velhos acessórios elétricos ou de funilaria, ferragens, papel, pneumáticos, ossos para vender. O velho, em sua malha marrom, curvava-se e as mãos fortes iam retirando, trêmulas, o que havia comprado. Sem endireitar as costas, podia lançar os restos onde deveriam cair — ferro aqui, cobre lá, zinco à esquerda, chumbo à direita e metal Babbitt ao lado do barracão. Êle e os filhos ganharam muito dinheiro durante a guerra. Tia Zipporah comprou propriedades. Ela recebia aluguéis. Moses sabia que ela guardava no seio rolos de notas. Êle vira.

— Bem, *você* não perdeu nada em vir para a América — Papai disse a ela.

Sua primeira resposta foi um olhar penetrante de advertência. Depois, disse: — Não é segrêdo o modo como começamos. Com o trabalho. Yaffe pegou uma pá e uma picareta no CRR, até que juntamos um dinheirinho. Mas você! Não, você nasceu com camisa de sêda. — Com um olhar para mamãe, continuou: — Vocês se acostumaram a viver em grande estilo, em Petersburgo, com empregados e cocheiros. Ainda posso vê-los descendo do trem de Halifax, todos paramen-

# 480 Entre Dois Mundos

tados entre os novatos. *Gott meiner!* [11] Penas de avestruz, saias de tafetá! *Greenhorns mit strauss federn!* [12] Agora esqueçamos as penas, as luvas. Agora...

— Isso parece ter sido há mil anos atrás — disse mamãe.

— Esqueci tudo sôbre empregadas. Eu sou a empregada. *Die dienst bin ich* [13].

— Todos precisam trabalhar. Não sofrer a vida inteira por causa de um revés. Por que seus filhos têm de freqüentar o conservatório, a escola Barão de Hirsch, e ter tôdas essas frescuras? Que trabalhem, como os meus.

— Ela não quer que as crianças sejam pé-rapados — disse papai.

— Os meus não são pé-rapados. Também conhecem uma página da Guemara. E não se esqueça de que descendemos dos grandes rabis hassídicos. Reb Zússia! Herschel Dubrovner! Lembre-se.

— Ninguém está dizendo... — disse mamãe.

Perseguir assim o passado, amar os mortos! Moses advertiu--se a não se entregar muito a essas tentações, a essa fraqueza peculiar a seu caráter. Era um depressivo. Os depressivos não podem abandonar a infância, nem mesmo as dores da infância. Compreendia a higiene do assunto. Mas, de certo modo, o coração se lhe abrira nesse capítulo da vida e não tinha a fôrça necessária para fechá-lo. Assim, era novamente um dia de inverno em St. Anne, em 1923; cozinha da Tia Zipporah. Ela vestia um roupão de crepe-da-china carmesim. Vislumbravam-se por baixo volumosas calças amarelas e uma camisa de homem. Estava sentada ao lado do forno, o rosto corado. A voz anasalada alçava-se com freqüência em pequenos gritos farpados de ironia, de falso desalento, de humor terrível.

Então, ela lembrou-se de que o irmão de mamãe, Mihail, estava morto e disse: — E com seu irmão, o que foi que houve?

— Não sabemos — disse papai. — Quem pode imaginar as horas negras que estão atravessando lá na terra. — (Era sempre *in der heim* [14], lembrou-se Herzog.) — O populacho atacou a casa. Arrebentou tudo, procurando *valuta* [15]. Depois, êle apanhou tifo ou Deus sabe o quê.

Mamãe conservava a mão sôbre os olhos, como se os estivesse protegendo. Não disse nada.

— Lembro-me que êle era um belo sujeito — observou Tio Yaffe. — Que tenha um *lictigen Gan-Eden* [16]!

(11) Meu Deus!
(12) Tradução literal: "Camaradas bisonhos com penas de avestruz". O sentido da expressão é: Novato com ares de grandeza.
(13) A empregada sou eu!
(14) Lá na terra.
(15) Dinheiro.
(16) Um paraíso luminoso.

S. Bellow                                                                481

Tia Zipporah que acreditava na fôrça das maldições. disse:
— Malditos bolcheviques. Querem fazer o mundo *horev* [17].
Mirrados sejam seus pés e mãos. Mas onde estão a mulher e
os filhos de Mihail?
— Ninguém sabe. Veio uma carta de um primo, Schperling,
que viu Mihail no hospital. Mal o reconheceu.
Zipporah acrescentou algumas coisas piedosas, e depois, num
tom mais normal, comentou: — Bem, era um sujeito ativo.
Teve muito dinheiro, no seu tempo. Quem sabe que fortuna
trouxe da África do Sul.
— Êle dividiu conosco — disse mamãe. — Meu irmão era
mão aberta.
— Ganhou fácil — disse Zipporah. — Não é como se tivesse
de trabalhar duro.
— Como você sabe? — indagou o Sr. Herzog. — Não dei-
xe a língua sôlta, mana!
No entanto agora Zipporah não podia mais conter-se. — Ganhou dinheiro à custa daqueles miseráveis *kafirs* negros! Quem
sabe como! E assim vocês tiveram em ruínas uma *datcha* em
Shevalovo. Yaffe estava prestando o serviço militar, no Kav-
kaz [18]! Eu tinha de amamentar uma criança doentia. E você,
Ionah, andava farreando em Petersburgo, gastando dois dotes.
Sim! Você perdeu os primeiros dez mil rublos em um mês.
Êle lhe deu outros dez. Não sei dizer que outras coisas estava
fazendo com tártaros, ciganos, prostitutas, comendo carne de
cavalo e só Deus sabe as abominações que aconteciam.
— Que diabo de malícia há em você? — zangou-se o Sr.
Herzog.
— Nada tenho contra Mihail. Nunca me fêz mal — disse
Zipporah. — Mas era o irmão que dava, e eu sou a irmã
que não dá.
— Ninguém disse isso — retrucou o Sr. Herzog. — Mas,
se a carapuça lhe serve, pode usá-la.
Absorto, imóvel na cadeira, Herzog ouvia os mortos em suas
disputas mortas.
— Que é que você esperava? — defendeu-se Zipporah. —
Com quatro crianças, se começasse a dar e favorecesse os seus
maus hábitos, não teria fim. Não é culpa minha se você é
um pobretão aqui.
— Sou um pobretão na América, é verdade. Olhe para mim.
Não tenho um níquel sequer. Não tenho onde cair morto.
— Pois culpe a sua própria natureza — disse Zipporah. —
*Az du host a schwachen natur, wer is dir schuldig* [19]? Não
agüenta o repuxo sòzinho. Encostou-se no irmão de Sara e ago-

(17) Em ruínas.
(18) Cáucaso.
(19) Se você tem a natureza fraca, de quem é a culpa?

482                      Entre Dois Mundos

ra quer se encostar em mim. Yaffe serviu no Kavkaz. *A finster-nisch* [20]! Estava tão frio que nem os cães uivavam. Veio sòzinho para a América e mandou me buscar. Mas você, você quer *alle tzieben glicken* [21]. Você viaja em grande estilo, com penas de avestruz. Você é um *edel-mensch* [22]! Sujar as mãos? Você, nunca.

— Tem razão. Nunca trabalhei, não cavei estrume *in der heim*. Isso aconteceu na terra de Colombo. Mas o fiz. Aprendia a arrear um cavalo. Às três horas da manhã com 20 graus abaixo de zero no estábulo.

Zipporah pôs isso de lado. — E agora, com essa destilaria? Você teve de fugir da polícia do Tzar. E agora a Fazenda? E você tem de ter um sócio, um *goniff* [23].

— Voplonski é um homem honesto.

— Quem? Aquêle *alemão?* — Voplonski era um ferreiro polonês. Ela o chamava alemão por causa dos bigodes militares pontiagudos, e do sobretudo de corte germânico. Pendia até o chão. — Que tem você de comum com um ferreiro? Você, um descendente de Herschel Dubrovner! E êle um *poilischer schimid* [24] de suíças vermelhas! Um rato! um rato com suíças vermelhas pontudas e longos dentes tortos, cheirando a casco queimado! Bah! Seu sócio! Espere e verá o que lhe vai fazer.

— Não sou tão fácil assim de enganar.

— Não? O Lazanski não o enganou? E o fêz à melhor moda turca. E por cima não lhe partiu os ossos?

Lazanski era o gigantesco ucraniano da padaria. Um homenzarrão, ignorante, um *amhoretz* [25] que não sabia bastante hebraico para a bênção do pão, ficava sentado na carrocinha verde de entregas, pesado, resmungando "garrap" ao seu pangaré e adejando o chicote. A voz retumbava como uma bola de boliche. O cavalo trotava ao longo das margens do Canal Lachine. Na carroça lia-se,

LAZANSKI — PATISSERIES DE CHOIX

O Sr. Herzog anuiu: — É verdade, êle me deu uma surra. Viera para pedir um dinheiro emprestado a Zipporah e Yaffe. Não queria deixar-se envolver numa briga. Com tôda a certeza, a irmã percebera o propósito da visita e tentava exasperá-lo, de modo a poder negar mais fàcilmente.

— Ai! — disse Zipporah. Mulher brilhante e astuta, tinha as muitas qualidades confinadas nessa pequena aldeia cana-

(20) Um fim de mundo!
(21) Tôdas as sete venturas.
(22) Pessoa de trato, sujeito fino.
(23) Ladrão.
(24) Bastardo polonês.
(25) Rústico, ignorante.

## S. Bellow

dense. — Você pensa poder fazer fortuna com trapaceiros, ladrões e *gangsters*. Você? Você é uma criatura delicada. Não sei por que não ficou na *ieschivá*. Queria ser um cavalheiro *guilded* [26]. Conheço êsses bandidos e *razboiniks* [27]. Não têm pele, dentes e dedos como você, mas couro, prêsas e garras. Nunca poderá enfrentar êsses carroceiros e açougueiros. Você é capaz de atirar num homem?

O Sr. Herzog calou-se.

— Se tiver de atirar, que Deus o preserve disso... — continuou Zipporah.

— Seria mesmo capaz de dar uma pancada na cabeça de alguém? Vamos! Pense nisso! Responda-me, *gazlan* [28]. É capaz de dar um murro na cabeça de alguém?

Nesse ponto, a Sra. Herzog pareceu concordar.

— Não sou um fracalhão — disse o Sr. Herzog, com o rosto enérgico e os bigodes castanhos. Mas, naturalmente, pensou Herzog, tôda a violência de papai vai para o drama da vida, para as contendas familiares e sentimentais.

— Êles tiram de vocês o que quiserem, êsses *leite* [29] — disse Zipporah. — Já não é tempo de usar a cabeça? Você tem cabeça... *klug bist du* [30]. Ganhe a vida de forma honesta. Mande Helen e Schura trabalhar. Venda o piano. Corte as despesas.

— Por que não devem as crianças estudar se têm inteligência, talento? — indagou a Sra. Herzog.

— Se são espertas, tanto melhor para meu irmão — disse Zipporah. — É duro demais para êle matar-se por príncipes e princesas mimados.

Ela tinha papai ao lado de si. Sua necessidade de ajuda era profunda, ilimitada.

— Não que eu não goste das crianças — disse Zipporah. — Venha cá, Moses, e sente-se no colo da velha tia. Que lindo pequeno *ingele* [31]. — Moses no colo, sôbre as calças amarelas da tia, as mãos vermelhas segurando-o pela barriga. Ela sorriu com rude afeição e deu-lhe um beijo no pescoço. — Nasceu em meus braços, essa criança. — Depois olhou para o irmão Schura, que estava de pé, perto da mãe. Tinha as pernas atarracadas e grossas e o rosto sardento. — E você? — perguntou Zipporah.

— Que foi que eu fiz? — indagou Schura, assustado e ofendido.

— Você não é tão criança que não possa ganhar seu dólar. Papai fixou o olhar em Schura.

(26) Dourado.
(27) Assaltantes.
(28) Algoz.
(29) Gente.
(30) Inteligente você é.
(31) Garôto.

484 Entre Dois Mundos

— Eu não ajudo? — disse Schura. — Entregando garrafas? Colando títulos?

Papai tinha rótulos falsificados. Dizia jocosamente: — Bem, crianças, o que vai ser? White Horse? Johnnie Walker? — E escolhíamos nossos favoritos. O pote de cola ficava sôbre a mesa.

Às escondidas, mamãe tocou na mão de Schura, quando Zipporah voltou os olhos para êle. Moses viu. Willie estava lá fora, sem fôlego, em correrias com os primos, construindo um forte de neve, gritando, e jogando bolas. O sol descambava no horizonte. Fitas vermelhas tingiam as arestas vitrosas da neve. Na sombra azulada da cêrca, as cabras pastavam. Pertenciam ao *seltzer* [32] da porta pegada. As galinhas de Zipporah voltavam aos poleiros. Visitando-nos em Montreal, às vêzes, trazia um ôvo fresco. Um ôvo. Uma das crianças poderia estar doente. O ôvo fresco tinha um mundo de poder. Nervosa e crítica, com pés desajeitados e ancas largas, subia as escadas de Napoleon Street, uma mulher tempestuosa, uma filha do Destino. Rápida e nervosa, beijava as pontas dos dedos e tocava a *mezuza*. Ao entrar, inspecionava o serviço doméstico de minha mãe. — Todo mundo vai bem? — perguntava.

— Trouxe um ôvo para as crianças. — Abria a grande bôlsa e tirava o presente embrulhado numa fôlha de jornal ídiche (*Der Kanader Adler* [33]).

Uma visita da Tia Zipporah era como uma inspeção militar. Depois, mamãe ria e muitas vêzes chorava. — Por que ela é minha inimiga? O que quer? Não tenho fôrças para enfrentá-la. — O antagonismo era místico, julgava a mamãe. Um caso de almas. A mente de mamãe era arcaica, povoada de velhas lendas, de anjos e demônios.

Naturalmente, Zipporah, aquela mulher realista, tinha razão em recusar a atender o Sr. Herzog. Êle queria levar uísque falsificado até a fronteira e entrar na grande jogada. Êle e Voplonski fizeram empréstimos de agiotas e carregaram um caminhão de caixas. Mas nunca chegaram a Rouses Point. Foram assaltados, surrados e largados num fôsso. O Sr. Herzog levou a pior porque quis resistir. Os assaltantes rasgaram-lhe a roupa, quebraram-lhe um dente e o maltrataram.

Êle e Voplonski, o ferreiro, voltaram a pé para Montreal. O Sr. Herzog deteve-se na loja de Voplonski para se limpar, mas isso pouco adiantou para o ôlho inchado e ensangüentado. Tinha uma falha nos dentes. O paletó estava rasgado, a camisa e as roupas de baixo, manchadas de sangue.

E foi assim que êle entrou na cozinha escura de Napoleon Street. Estávamos todos lá. Era um sombrio dia de março: de

(32) Vendedor de soda.
(33) A Águia Canadense.

S. Bellow  485

tôda maneira, raramente a luz chegava àquele aposento. Era como uma caverna. Parecíamos habitantes de porão. — Sara! — gritou. — Crianças! — Mostrou o rosto cortado. Estendeu os braços para que pudéssemos ver os rasgões e o branco da pele por baixo dêles. Virou os bolsos do avêsso: vazios. Ao fazê-lo, começou a chorar e a criançada, à sua volta, chorou em pêso. Era insuportável para mim que alguém pudesse tratá-lo com violência, a êle, um pai, um ser sagrado, um rei. Sim, era um rei para nós. Êsse horror sufocou-me o coração. Pensei que ia morrer. Será que algum dia amei a alguém como os amava?

Então o Sr. Herzog contou a história.

— Estavam à nossa espera. Bloquearam a estrada. Arrancaram-nos do caminhão. Tomaram tudo.

— Por que você resistiu? — perguntou a Sra. Herzog.

— Tudo o que tínhamos... tudo o que pedi emprestado.

— Poderiam matá-lo.

— Usavam lenços no rosto. Acho que reconheci...
Mamãe mostrou-se incrédula. — *Lantsleite* [34]? Impossível. Os judeus não fariam isso a outro judeu.

— Não? — gritou papai. — Por que não? Quem disse que não? Por que não o fariam?

— Não, judeus, não! Nunca! — disse mamãe. — Nunca! Nunca! Não teriam a coragem, nunca!

— Crianças, não chorem. E o coitado do Voplonski, mal pôde enfiar-se na cama

— Ionah — disse mamãe — você precisa desistir dêsse negócio todo.

— E viver do quê? Afinal, temos que viver.
Começou a contar a história de sua vida, desde a infância até êste dia. Chorou ao contá-lo. Mandado aos quatro anos para estudar, longe de casa. Devorado pelos piolhos. Meio esfomeado como menino na *ieschivá*. Barbeou-se, tornou-se um europeu moderno. Trabalhou em Kremenchug para a tia, enquanto mocinho. Andou num paraíso louco em Petersburgo, durante dez anos, com papéis falsificados. Depois meteram-no na cadeia com criminosos comuns. Escapou para a América. Passou fome. Limpou cocheiras. Mendigou. Viveu no mêdo Um *baal-schov* [35]: sempre devendo. Perseguido pela polícia. Aceitando inquilinos bêbados. Sua espôsa, uma empregada. E era isso que trazia para seus filhos. Era isso que lhes podia mostrar, trapos e contusões.
Herzog, envolto no roupão barato Paisley, meditava, olhos sombrios. Sob os pés nus, uma tira estreita de tapête. Os co-

(34) Lit.: gente da terra; conterrâneo.
(35) Um devedor.

# 486 Entre Dois Mundos

tovelos repousavam na frágil escrivaninha e a cabeça lhe pendia. Escrevera apenas algumas linhas a Nachman.

Acho, pensava êle, que ouvíamos êsse relato dos Herzog pelo menos umas dez vêzes por ano. Algumas vêzes, era mamãe quem contava, outras, era êle. De modo que tínhamos uma boa escola em matéria de tristezas. Ainda conheço êsses lamentos da alma. Repousam no peito e na garganta. A bôca quer escancarar-se e soltá-los. Mas tudo isso são antigualhas, sim, antigualhas judaicas originadas na Bíblia, num sentido bíblico de experiência pessoal e destino. O que aconteceu durante a guerra aboliu a reivindicação de papai a um sofrimento excepcional. Temos agora um padrão mais brutal, um nôvo padrão terminal, indiferente a pessoas. Parte do programa de destruição a que o espírito humano se dedicou com energia, até com alegria. Essas narrativas pessoais, velhas estórias de velhos tempos, talvez não valham a pena de ser recordadas. Eu recordo. Preciso. Mas quem mais — a quem mais pode importar isso? Tantos milhões — multidões — perecem em dores terríveis. E, nisso, o sofrimento moral é negado, nesses dias. As personalidades só servem para um desafôgo cômico. Mas ainda sou escravo do sofrimento de papai. O modo como o Sr. Herzog falava de si mesmo! Dava até para rir. Seu eu tinha tanta dignidade.

— Você deve desistir disso — gritava mamãe. — Precisa!

— Mas que vou fazer então? Trabalhar para a sociedade funerária? Como um homem de setenta anos? Que serve apenas para assistir os moribundos? *Eu?* Lavar cadáveres? *Eu?* Ou devo ir ao cemitério e arrebanhar carpideiras por um níquel. Dizer *El malai rahmim* [36]. *Eu?* Que a terra se abra e seja eu tragado!

— Vamos, Ionah — disse mamãe com seu modo sério e persuasivo. — Vou pôr uma compressa no seu ôlho. Venha, deite-se aqui.

— Como posso?

— Não, você precisa.

— Como as crianças vão comer?

— Venha, deve deitar-se um pouco. Tire a camisa.

Sentou-se junto à cama, em silêncio. Êle permaneceu estendido na cama de ferro, no quarto escuro, coberto pela manta da Rússia, vermelha e gasta: a fronte bela, o nariz reto, o bigode castanho. Do fundo do corredor, escuro, Moses contemplava as duas figuras, como já o fizera antes.

*Nachman,* recomeçou a escrever, mas parou. Como iria enviar a carta a Nachman? Seria mais aconselhável anunciar no *Village Voice*. Mas, então, a quem enviaria as outras cartas que estava esboçando?

---

(36) Corresponde ao *De Profundis*.

Concluiu que a espôsa de Nachman estava morta. Sim, deve ter sido isso. Aquela môça esguia, de pernas finas e sobrancelhas escuras que se levantavam na fronte para se encurvarem novamente ao lado dos olhos, e a bôca grande que descia nos cantos — ela se suicidara e Nachman fugiu porque (quem poderia criticá-lo?) teria de contar tudo a Moses. Pobrezinha, pobrezinha, deve estar também no cemitério.

# D. JACOBSON

DAN JACOBSON (1929) nasceu na África do Sul. Passou os primeiros anos da sua vida em Kimberley, freqüentou a Universidade de Witwaterstrand e viveu durante algum tempo em Israel e na Inglaterra, antes de voltar à terra natal para trabalhar como jornalista. Atualmente, vive em Londres. Autor de romances, entre os quais se destacam *O Preço dos Diamantes, Uma Dança ao Sol, A Armadilha,* e *A Evidência do Amor;* escreveu ainda dois volumes de contos, um livro de ensaios e um diário da viagem que fêz pela Califórnia. Em 1964, foi agraciado com o Prêmio Somerset Maugham. O conto *O Zulu e o Zeide,* transformado em peça, obteve grande êxito nos Estados Unidos.

## O ZULU E O ZEIDE

O velho Grossman era pior do que uma praga. Era fonte de permanente ansiedade e irritação; uma verdadeira ameaça para si próprio e para os motoristas cuja passagem êle bloqueava, para as crianças cujas brincadeiras atrapalhava, pondo-as em debandada, para os chefes de família que à noite se aproximavam dêle com porretes nas mãos, temendo que fôsse um gatuno; era motivo de caçoada para os serviçais africanos que buliam com êle pelas esquinas.

490 Entre Dois Mundos

Impossível mantê-lo dentro de casa. Aproveitava a menor oportunidade de escapulir: uma porta deixada aberta era sinal de que êle estava na rua, uma janela sem trinco era um desafio à sua agilidade, um passeio pelo parque era mais um jôgo de esconde-esconde do que um passeio.

A saúde do velho era fisicamente boa; era lépido, gostava de bater pernas, sendo capaz de pular ou mergulhar quanto fôsse preciso. E tôda a sua atividade corporal era canalizada para um único sentido: andar à sôlta. O velho nutria uma verdadeira paixão pela liberdade, poderia dizer quem visse a sua alegria em caminhar sem destino pelas ruas, em sentar na calçada para descansar os pés, em entrar na casa dos outros, em passar por trás de cartazes de propaganda em terrenos baldios, em esfalfar-se pelas escadas de edifícios de quinze andares onde não tinha qualquer negócio, em ser trazido para casa por jovens policiais que piscavam o ôlho para Harry Grossman, o filho do velho, enquanto faziam o pai descer da rádio-patrulha.

— Êle sempre foi assim — dizia Harry, sempre que lhe perguntavam sôbre o pai. E quando o interlocutor esboçava um sorriso, Harry emendava: — Sempre mesmo! Sei o que estou dizendo. É meu pai, e sei bem como êle é. Deu um bocado de cabelos brancos à minha mãe, antes do tempo. Só sabia andar por aí.

A recompensa de Harry vinha quando os visitantes diziam:

— O senhor, pelo menos, cumpre ao máximo a sua obrigação para com êle...

Era uma recompensa que Harry sempre recusava:

— Obrigação? Que se pode fazer? Não pode ser diferente.

Harry Grossman sabia que não podia proceder de outro jeito. O cumprimento da obrigação era o seu hábito de vida: não podia ser de outro modo, com a espécie de pai que tinha, e o pêso da obrigação tornara-o áspero e recalcado: andava até com os ombros, largos e fortes, encurvados para dentro, a fim de guardar consigo tudo o que trazia. Era um homem troncudo, de feições gordas, ossos grandes, e gestos curtos e rápidos; estava na flor da idade. Apontava para o pai, de quem herdara a robustez, e em quem o tamanho dos ossos mostrava apenas quanta magreza a roupa tinha de encobrir, e dizia:

— Estão vendo êsse aí? Sabem o que êle fêz, um dia? Minha pobre mãe economizou um dinheirinho que dava para êle sair da nossa terra e vir para a África do Sul; comprou-lhe roupas novas, passagem e tudo, e mandou-o para o irmão dela, que já estava aqui. Vinha ganhar dinheiro para trazer minha mãe, meu irmão e eu, todos nós. Mas, no navio de Brêmen para Londres, encontrou uns outros judeus, que iam pa-

# D. Jacobson                                                    491

ra a América do Sul, e que lhe perguntaram: "Que é que você vai fazer na África do Sul? É uma terra inculta, os selvagens vão comê-lo. Vamos para a América do Sul, lá você vai fazer fortuna!" Em Londres, trocou a passagem. E ficamos seis meses sem notícias dêle. Meio ano depois, arranjou um amigo que escrevesse à minha mãe, pedindo, por favor, que enviasse dinheiro para a passagem de volta à terra: estava morrendo na Argentina, os espanhóis o estavam matando, dizia, e precisava voltar para casa. E minha mãe pediu emprestado ao irmão, para trazê-lo de volta. Em vez de fortuna, trouxe-lhe uma dívida a mais, e foi tudo.

Mas Harry era realmente cumpridor de sua obrigação, e foi o que seus amigos verificaram mais uma vez com tôda razão, quando insistiram com êle para internar o pai num asilo de velhos:

— Não — dizia Harry com acentuados movimentos de cabeça, franzindo o cenho, dando a entender como não lhe parecia boa a sugestão. — Não me agrada a idéia. Pode ser que um dia, quando êle venha a precisar de cuidados médicos permanentes, eu mude de pensamento; mas, agora, não. Agora, não! Êle não iria gostar, ficaria infeliz. Cuidaremos dêle enquanto pudermos. É uma tarefa. É uma coisa que a gente tem de fazer.

Com mais pressa Harry voltava a um episódio da história do velho:

— Êle nem tinha com que pagar a própria passagem. Eu é que precisei reembolsar o empréstimo. Viemos juntos: minha mãe não o deixaria sair sòzinho de nôvo, e eu precisei pagar ao irmão dela que nos adiantou o dinheiro. Eu era um rapazola: que idade podia ter? Dezesseis, dezessete anos... Mas paguei a passagem dêle, a minha, a de minha mãe e a de meu irmão. Levou um bocado de tempo, vou-lhes dizer. E a essa altura minhas dificuldades com êle estavam longe de terminar...

Harry censurava no pai até a miopia; lembrava-se muito bem dos problemas que tivera quando, logo que chegaram à África do Sul, e se tornou evidente que Harry seria capaz de tratar da própria vida e ajudar tôda a família, o velho — que ainda não era tão velho assim — de repente, quase dramàticamente, ficara com a vista tão curta que estaria quase cego, não fôssem os óculos que Harry tivera de comprar para êle. E Harry também se lembrava de como o velho adquirira o hábito de perder os óculos ou de quebrá-los com a maior freqüência, até ficar definitivamente claro que dêle ninguém esperava mais trabalho algum.

— Isso êle não faz mais. Agora, quando quer sair, sabe muito bem achar os óculos. Sempre foi assim. Às vêzes me reco-

492 Entre Dois Mundos

nhece e, outras vêzes, quando não quer, é como se nem soubesse quem eu sou.

O que Harry dizia, quanto ao fato do pai às vêzes deixar de reconhecê-lo, era verdade. Havia momentos em que o velho gritava para o filho, ao deparar com êle no fundo de um corredor: — Quem é você? — ou se acercava de Harry, nalgum aposento, interpelando-o: — O que é que você quer aqui em minha casa?

— Sua casa? — Harry dizia, quando se enchia com o velho. — Sua casa?

— Saia da minha casa! — tornava a berrar o velho.

— É sua casa? Acha que esta casa é sua? — Harry respondia, rindo da fúria do velho.

Harry era a única pessoa da casa que falava com o velho, e não falava tanto com êle quanto falava dêle com os outros. A espôsa de Harry era uma mulher apagada e quieta, atarantada com o marido e a filharada ossuda que tinha, parecida com êle, e veria com muito prazer o velho num asilo. Mas o marido dissera não, de modo que se resignara com o velho, embora de sua parte não visse para êle melhor solução do que o internamento numa Casa para Judeus Idosos. Uma vez, ela visitara uma delas, que a impressionou muito bem, com suas vidraças e tijolos amarelos, as passadeiras para evitar barulho nos corredores, os gramados retirados e os uniformes do pessoal do estabelecimento. Mas se resignou com o velho; não falava com êle. Os netos não tinham a menor relação com o avô: viviam ocupados na escola, no jôgo de *rugby* ou de críquete, mal sabiam algumas palavras de ídiche, e ficavam encabulados com êle na vista dos colegas; e o avô, quando parecia dar por êles, era para chamá-los de bôeres e *goim* e *schkotzim,* em repentinos acessos de raiva que não os afetava em nada.

A casa em si — uma ampla construção de tijolos, de um andar só, telhado de zinco corrugado e calçada larga em redor — Harry Grossman comprara-a alguns anos atrás e com as contínuas remodelações que o subúrbio vinha sofrendo, já começava a parecer antiquada. Mas era sólida e próspera, e curiosamente masculina em seu aspecto interior, como a casa de um viúvo. A mobília era das mais pesadas madeiras africanas, escura e feita para durar; os corredores eram forrados de linóleo, e os poucos quadros nas paredes, grandes meias-tintas em molduras pesadas, não eram olhados havia anos. Ambos os criados eram homens, uns zulus altos e ignorados que faziam o seu trabalho e conservavam o brilho marrom dos móveis.

Era dessa casa que o velho Grossman tentava evadir-se. Escapulia pelas portas e pelas janelas, ganhando as largas ruas ensolaradas daquela cidade africana, onde os blocos de apartamentos desrespeitavam as casas baixas e seus jardins. E por essas ruas, êle vagava.

Foi Johannes, um dos criados zulus, que sugeriu um modo de lidar com o velho Grossman. Uma tarde, êle apareceu em casa com Paulus, que dizia ser seu "irmão". Harry Grossman era bastante sabido para ver que "irmão", naquela altura, podia significar qualquer coisa, desde um filho da mesma mãe até um amigo de algum *kraal* vizinho; mas, pelo discurso que Johannes fêz, em nome de Paulus, podia ser realmente um irmão menor. Johannes precisou falar por Paulus, pois êste não sabia inglês. Paulus era um "rapaz cru", tão cru quanto um rapaz podia ser. Musculoso, africano de barba e bigodes, com lobos grossos nas orelhas, ostentando os furos onde antes pendiam os brincos da tribo; calçava alpargatas recortadas em velhos pneus com as alças feitas da borracha de câmaras-de-ar. Não usava chapéu nem meias; mas trajava um par de calções cáquis, pequenos demais para êle, e uma camisa sem botões: botões, aliás, que de nada serviriam, pois a camisa jamais conseguiria fechar-se no peito. Elevava-se magnìficamente em sua indumentária, exibindo acima de tudo a cabeça bem para trás, de modo que a barba, bem arrumada para crescer em duas pontas afiladas, esgrimia ferozmente sob seus bigodes melancólicos e achinesados. Quando sorria, o que fêz uma vez ou duas, durante o discurso de Johannes, mostrava os dentes alvos e alinhados; mas a maior parte do tempo êle ficou olhando, tìmidamente, para um lado da cabeça de Harry Grossman, com as mãos atrás das costas e os joelhos nus um pouco inclinados para a frente, como a mostrar quão pouco pretendia reivindicar, fôssem quais fôssem as coisas que seu "irmão" pudesse estar dizendo a seu respeito.

Sua expressão não se alterou quando Harry disse que parecia não haver jeito, que Paulus era muito cru, e Johannes explicou o que o *baas* acabara de dizer. Assentiu com a cabeça quando Johannes lhe contou que o *baas* dissera ser uma pena êle não falar inglês. Mas, tôda vez que Harry o olhava, sorria, não insinuantemente, mas com um sorriso simplório por cima da barbicha, como se dissesse: "Experimente-me!" Depois ficou sério outra vez, enquanto Johannes discorria sôbre as suas virtudes. Johannes advogava a causa do "irmão". Dizia que o *baas* sabia que êle, Johannes, era um bom sujeito. Como então, iria recomendar ao *baas* uma pessoa que não fôsse boa também? O *baas* podia ver com os próprios olhos, argumentava Johannes, que Paulus não era dêsses meninos de

494 Entre Dois Mundos

cidade, malandrinhos de esquina: era um bom rapaz, vindo diretamente do *kraal*. Não era larápio, nem beberrão. Era forte, bom trabalhador, limpo, capaz de ser tão delicado quanto uma dama. Se êle, Johannes, não estivesse falando a verdade, então mereceria ser despedido. Se Paulus cometesse a menor falta, êle, Johannes, deixaria voluntàriamente o serviço do *baas*, por haver dito inverdades ao *baas*. Mas se o *baas* acreditasse nêle, e desse a Paulus uma *chance*, êle, Johannes, ensinaria a Paulus tôdas as coisas a fazer na casa e no jardim, de modo que Paulus viesse a ser útil ao *baas* em outros serviços, além daquela tarefa particular para a qual êle o estava recomendando ao *baas*. E por fim, com bastante audácia, Johannes disse que não fazia tanto mal que Paulus não soubesse falar inglês o *baas* velho, o *oubaas*, tampouco o sabia.

Foi algo à maneira de uma piada — quase como uma brincadeira contra o pai — que Harry Grossman resolveu dar a Paulus uma *chance*. Pois Paulus teve a sua *chance*. Teve um lugar no alojamento da criadagem, no quintal, para onde êle carregou o baú de lata pintado de vermelho e prêto, um rôlo de cobertas, e um violão com a figura de um *cow-boy* atrás. Teve um uniforme de criado da casa, com blusa e calça de zuarte azul, com debrum vermelho nas dobras, e no qual êle, com sua estatura e barba, parecia um rei exilado em alguma pantomina. Teve comida três vêzes ao dia, depois que os brancos acabavam de comer, uma barra de sabão por semana, roupas usadas de vez em quando, e a importância de uma libra e cinco xelins semanais, da qual retirava cinco xelins, deixando o restante, a seu pedido, com o *baas*, a título de economia. Tinha uma tarde livre por semana, e lhe foi permitido receber no quarto não mais de dois amigos de cada vez. E em todos os pontos enumerados por Johannes, ficou provado que Johannes tinha razão. Paulus não era nenhum daqueles rapazes de cidade, malandrinhos de esquina. Não bebia, nem furtava, era limpo e honesto, e bom trabalhador. E era capaz de ser delicado como uma dama.

Paulus levou algum tempo para adaptar-se ao emprêgo; precisava vencer não só a própria timidez e estranheza, na nova casa, cheia de gente estranha — sem falar na cidade, por onde, desde que se instalara em seu quarto, mal ousara aventurar-se — mas também a hostilidade do velho Grossman, que logo teve mêdo de Paulus e redobrou seus esforços para sair daquela casa depois que Paulus entrou. O que se viu, como primeiro resultado dessa insistência do velho, foi que Paulus estava à altura da função, pois se dedicou a ela com uma fôrça de vontade que o velho não conseguia derrotar, podendo apenas orientar. Paulus não recebera qualquer instrução; disseram-lhe apenas que cuidasse para que o velho não se me-

# D. Jacobson 495

tesse em apuros, e ao cabo de alguns dias de perplexidade descobriu o jeito. Saía com o velho, pura e simplesmente.

A princípio fazia-o cautelosamente, seguindo-o à distância, pois sabia que o outro não depositava confiança nêle. Mais tarde, porém, pôde segui-lo abertamente; depois, já caminhavam lado a lado e o velho não fazia menção alguma de lhe fugir. Quando o velho Grossman saía, Paulus saía também; e já não havia mais necessidade alguma de vigiar portas e janelas, nem de telefonar à polícia. O jovem zulu barbado e o velho judeu barbado da Lituânia andavam juntos pelas ruas da cidade, a ambos estranha; juntos olhavam por sôbre as amplas sebes dos grandes jardins e espiavam os brilhantes vestíbulos dos edifícios de apartamentos; juntos ficavam em pé na calçada das principais artérias a olhar os carros e caminhões correndo por entre os altos edifícios; juntos caminhavam pelos parques pequenos e arenosos, e quando o velho se cansava, Paulus dava um jeito de fazê-lo sentar-se e descansar. Não podiam sentar-se juntos, pois só os brancos tinham permissão de usar aquêles bancos; mas Paulus acocorava-se no chão, aos pés do amo, e esperava até que, ao seu ver, houvesse descansado bastante para dar mais uma caminhada. Juntos bisbilhotavam as janelas das lojas suburbanas e, embora nenhum dos dois soubesse ler os sinais fora das lojas, os cartazes ou avisos, nem os sinais de trânsito, ao lado da rodovia, Paulus aprendeu a esperar que as luzes dos semáforos mudassem do vermelho para o verde, antes de atravessar a rua; e paravam juntos para ver as môças da Coca-Cola e os anúncios de cerveja e os cartazes de cinema. Num pedaço de cartão, que Paulus carregava no bôlso da blusa, Harry escrevera o nome e o enderêço do ancião; e, tôda vez que estivesse em dúvida sôbre o caminho a tomar para casa, Paulus deveria aproximar-se de um africano ou de um branco aparentemente amigável e mostrar-lhe o cartão, procurando seguir-lhe as instruções da melhor maneira possível — ou, pelo menos, a gesticulação, que, das respostas dos brancos, era a única coisa que para êle apresentava algum sentimento. Mas havia sempre uma porção de africanos a quem recorrer, em geral, mais sofisticados do que êle próprio, e embora zombassem de sua "crueza" e de ficar num emprêgo como o seu, ajudavam-no também. E nem Paulus nem o velho Grossman davam-se conta de que, quando atravessavam a rua de mãos dadas, como procediam às vêzes, especialmente nas ocasiões de tráfego muito intenso, havia homens brancos que desviavam o rosto à vista dessa degradação, capaz de ocorrer a um branco, quando idoso e senil e dependente.

Paulus só conhecia o zulu, o velho só sabia o ídiche, e assim não havia idioma em que pudessem falar um ao outro.

496 Entre Dois Mundos

Mas falavam assim mesmo: ambos comentavam e explicavam e criticavam, um com o outro, as coisas que viam em redor, e muitas vêzes concordavam entre si, sorrindo e balançando a cabeça e explicando novamente com as mãos o que cada qual queria dizer. Ambos pareciam acreditar que estavam falando das mesmas coisas, e muitas vêzes estavam mesmo, quando erguiam os olhos para um aeroplano que cruzava o azul do céu entre dois edifícios, ou quando chegavam ao cimo de uma ladeira e viravam-se para olhar o caminho percorrido e viam lá embaixo as tôrres impenetráveis da cidade apontando, nuas, para o céu, em novos blocos de concreto. vidro e tijolo. Aí os dois desciam, por entre as casas e os jardins onde o clima benéfico animava palmeiras e carvalhos a crescerem indiscriminadamente misturados — como se via no jardim daquela casa à qual, nas tardes, Paulus e o velho Grossman finalmente voltavam.

Dentro e em volta da casa, Paulus tornou-se logo tão indispensável ao velho, quanto em suas expedições fora dela. Paulus lhe dava banho, lhe mudava a roupa, lhe fazia a barba; e, quando acordava angustiado no meio da noite, era por Paulus que o velho chamava:

— *Der schwarzer!* [1] — gritava (pois jamais aprendeu o nome de Paulus) — *vo's der schwarzer!* [2] — e Paulus mudava-lhe os lençóis e o pijama e punha-o de nôvo a dormir.

— *Baas Zeide* — era como Paulus o chamava, tomando das crianças da casa a palavra ídiche que significava vovô.

E aquilo era uma coisa que Harry Grossman contava a todo mundo. Pois Harry insistia em considerar o arranjo como uma espécie de brincadeira e quanto mais a coisa ia bem, mais teimava êle em espalhar a piada, de modo que passou a ser uma piada não só contra o pai, mas também contra Paulus. Não deixava de ser uma piada que um zulu inculto ficasse tomando conta do seu velho pai; e era uma piada que o zulu tivesse êxito naquilo. E Harry não se cansava de contar:

— *Baas Zeide!* É assim que *der schwarzer* chama o velho, vocês já ouviram coisa semelhante? E precisavam ver os dois andando na rua de mãos dadas, como duas meninas de escola. Dois sabidos, *der schwarzer* e meu pai, saindo a passeio, e garanto a vocês que com êles ninguém há de ficar sabendo que horas são ou que dia é do mês.

E quando alguém dizia "êsse Paulus parece muito bom rapaz", Harry emendava:

— E como não haveria de ser? Com o que êle sabe, quantos empregos melhores poderia achar? Êle faz o velho feliz,

(1) O prêto!
(2) Onde está o prêto?

# D. Jacobson

sim, muito bem; mas não se esqueçam de que é pago para isso. Que mais sabe fazer, um simples *kaffir* do *kraal?* Êle sabe que arranjou um bom emprêgo, e seria doido se o largasse... Então vocês acham — Harry frisava isso também com insistência, e era mais uma parte da piada — que eu, se não tivesse mais nada a fazer na vida, não saberia alegrar o velho também? — Harry passava os olhos pela sala de estar, onde as tábuas do soalho agüentavam o pêso da mobília, ou, quando estavam sentados na varanda, êle media o jardim espaçoso, separado da rua pela cêrca. — Tenho outras coisas que fazer. E sempre tive, muitas, uma porção delas, a vida inteira, e não só para mim... — Fôssem o que fôssem essas coisas que tivera de fazer a vida inteira, isso levava-o de volta à piada. — Não, acho que o velho encontrou o seu nível adequado em *der schwarzer* e não creio que *der schwarzer* fôsse capaz de se dar bem com qualquer outra pessoa.

Harry caçoava do velho cara a cara, também, a propósito do seu "amigo negro", e perguntava o que o pai faria se Paulus fôsse embora; certa vez, de brincadeira, ameaçou mesmo despedir o zulu. Mas o velho não levou a sério a ameaça, pois Paulus se encontrava dentro de casa na ocasião e êle pura e simplesmente deixou o filho para ir ao quarto de Paulus, sentando-se lá com êle para maior segurança. Harry não o seguiu: nunca teria ido ao alojamento de qualquer de seus criados, muito menos ao de Paulus. Pois, embora fizesse troça dêle com outros, a Paulus mesmo Harry falava sempre sério, sem paciência e de cara fechada. Nesse dia, apenas gritou para o velho:

— Da próxima vez êle não estará aqui!

Era estranho, porém, ver como Harry Grossman sempre se sentia atraído ao aposento onde sabia estarem seu pai e Paulus. Noite após noite, lá ia êle ao quarto do ancião, na hora em que Paulus o estava despindo ou vestindo; com não menos freqüência ia parar no banheiro cheio de vapor e desarrumado quando o velho era banhado. Nessas ocasiões, raramente falava, nem dava explicação de sua presença: quedava-se tôrvo e silente no lugar, com a sua habitual postura poderosa e caturra, uma das mãos afivelada no pulso da outra e ambas a amparar-lhe a cintura, e observava Paulus em ação. As costas das mãos de Paulus eram macias e negras, sem pêlos, mais claras nas palmas e nas pontas dos dedos, e trabalhavam com destreza no corpo do velho, que aceitava submisso as decisões do outro. A princípio Paulus chegara a sorrir para Harry enquanto trabalhava, com o seu sorriso direto e simples em que não havia qualquer convite a uma cumplicidade do patrão, e sim um estímulo a Harry para que se aproxi-

498                                    Entre Dois Mundos

masse. Porém, depois das primeiras tardes dêsse trabalho que Harry acompanhara, Paulus não mais sorria ao patrão. E, enquanto trabalhava, Paulus não conseguia abster-se, mesmo sob o olhar fixo de Harry, de falar num manso e ininterrupto jôrro de língua zulu, a fim de animar o velho e exortá-lo a cooperar e manifestar o prazer que sentia em ver como ia bem o trabalho. Quando Paulus afinal sacudia a reluzente espuma de sabão de suas mãos escuras, às vêzes, quando o velho estava cansado, êle se abaixava e, com uma risada, pegava o velho no colo, carregando-o fàcilmente pelo corredor para o quarto de dormir. Harry os seguia; parava no corredor, e observava o zulu, descalço e sobrecarregado, até a porta do quarto do velho cerrar-se atrás dêles.

Só uma vez Harry esperou que Paulus tornasse a sair do quarto do pai. O zulu já havia saído, passara por êle no estreito corredor, e submissamente já o cumprimentara: — Boa noite, *baas!* — quando Harry de repente o chamou:

— Ei! Espere aí.

— *Baas!* — disse Paulus, virando a cabeça, e retrocedeu ràpidamente até Harry: — Pronto, *baas!* — disse Paulus, perplexo e ansioso por saber por que motivo o *baas,* que tão raramente se dirigia a êle, de repente o chamava daquele jeito, no fim do dia, quando o serviço já estava terminado.

Harry esperou ainda, o tempo bastante para Paulus repetir: — Pronto, *baas* — e para chegar um pouco mais perto e levantar a cabeça, tornando a baixá-la imediatamente com todo o respeito. Então, Harry falou:

— O *oubaas* hoje estava cansado. Onde foi que você o levou? Que foi que você fêz com êle?

— *Baas?* — respondeu Paulus, ràpidamente. Harry falara com tanta aspereza que o sorriso esboçado por Paulus solicitava apenas uma remissão momentânea da raiva do patrão.

Mas Harry prosseguiu em voz alta:

— Você ouviu o que eu disse: que foi que você fêz com o velho, para êle ficar tão cansado?

— *Baas...* eu... — Paulus estava perturbado, e suas mãos açoitaram o ar por um instante, mas com cuidado, para não encostar no *baas:* — *Baas,* por favor! — E o zulu pôs as duas mãos na bôca, segurando-a com fôrça. Deixou cair as mãos. — Johannes! — disse aliviado, e já ia dando o primeiro passo para sair em busca do seu intérprete.

— Não! — Harry exclamou. — Quer dizer que não entende o que digo? Sei muito bem disso — gritou Harry, embora de fato o tivesse esquecido, até Paulus fazê-lo lembrar. A visão do rosto atônito, confuso, culpado de Paulus diante de si

# D. Jacobson                                              499

encheu-o do prazer de ver aquêle homem, aquela ama-sêca com a postura e o semblante de um guerreiro, parecer mais culpado ainda, mais confuso e atônito. E Harry sabia que podia fazê-lo com facilidade, simplesmente falando-lhe numa linguagem que o outro não entendia. — Você é um idiota. É como uma criança. Não entende nada, e é muito melhor que não entenda mesmo coisa alguma. Sempre estará na posição em que está, correndo a executar o que um *baas* branco mandar. Olhe só para você! Então acha que eu entendia inglês quando vim para cá? — disse Harry e, depois, desdenhoso, usando uma das poucas palavras zulus que conhecia, arrematou: — *Hamba!* Vá-se embora! Pensa que eu gosto de você?

— *Au baas!* — exclamou Paulus, angustiado. Não tinha como protestar. Só sabia abrir as mãos, mostrando que não compreendia nem as palavras empregadas por Harry, nem qual fôra a sua negligência para Harry estar falando com êle num tom assim tão zangado. Harry, porém, despediu-o com um gesto, e teve a satisfação de ver Paulus retirar-se confuso feito um escolar.

Harry era o único a saber que êle e o pai haviam brigado pouco antes de ocorrer o acidente que tirou a vida do velho; e era algo que Harry manteria em segrêdo pelo resto da vida.

Foi no fim da tarde que êles brigaram, depois que Harry voltou da loja onde ganhava o seu sustento. Harry voltou e deu com o velho errando pela casa, gritando por *der schwarzer,* e a espôsa queixando-se de que já dissera ao velho, pelo menos umas cinco vêzes, que *der schwarzer* não estava em casa: era a noite de folga de Paulus.

Harry encaminhou-se para o pai e, quando o velho veio ansioso ao seu encontro, disse-lhe:

— *Der schwarzer* não está.

Então o velho, com Harry atrás de si, virou-se e continuou a andar, de aposento em aposento, olhando em tôdas as portas:

— *Der schwarzer* não está — tornou a dizer Harry. — Que quer com êle?

O velho continuou a ignorar o filho. Tomou o corredor em direção aos dormitórios. Harry insistia:

— Que é que o senhor quer com êle?

O velho entrava em quarto por quarto, gritando por *der schwarzer.* Só quando se viu no seu próprio quarto, vazio, é que olhou para o filho.

— Onde está *der schwarzer?*

500 Entre Dois Mundos

— Eu já lhe disse dez vêzes que não sei onde êle está. Que é que o senhor quer com êle?
— Eu quero *der schwarzer!*
— Já sei que o quer. Mas êle não está aqui.
— Eu quero *der schwarzer!*
— Pensa que sou surdo? Já escutei. Êle não está aqui.
— Vá buscá-lo para mim!
— Não posso trazê-lo para o senhor. Não sei onde êle está.
— A essa altura Harry conteve-se contra a própria raiva, e falou manso: — Diga-me o que quer, e eu faço para o senhor. Eu estou aqui, posso fazer tudo quanto *der schwarzer* pode fazer para o senhor.
— Onde está *der schwarzer?*
— Já lhe disse que êle não está aqui — gritou Harry, mais irado por causa de seu instante de paciência. — Por que não me diz o que quer? Que é que há de errado comigo? Não pode me dizer o que está querendo?
— Eu quero *der schwarzer!*
— Por favor! — disse Harry. Estendeu os braços para o pai, mas o gesto era abrupto, quase como se o estivesse empurrando para longe dêle. — Por que não me pede, a mim? Pode me pedir... já não fiz bastante pelo senhor? Então? Quer ir dar um passeio? Eu o levo a passeio. Que é que o senhor quer? Quer... quer... — Harry não era capaz de imaginar o que o pai estava querendo: — Eu faço. Não precisa de *der schwarzer.*
Harry notou que o pai estava chorando. O velho, de pé, chorava, com os olhos escondidos atrás dos grossos óculos que era obrigado a usar: aquêles óculos e aquela barba convertiam a sua face na máscara do tempo, como se a idade não lhe tivesse deixado nada além da forma do corpo, sôbre o qual se pendurava a roupa, e aquela máscara da sua face em cima. Mas Harry sabia muito bem quando o velho estava chorando: vira-o chorar muitas vêzes antes, quando o encontraram certa feita no canto de uma rua depois de transviar-se, ou ainda, alguns anos antes, quando perdera um dos miseráveis empregos que pareciam ser os únicos que conseguia arrumar num país em que, mais tarde, seu filho viria a dirigir um bom negócio, guiar um grande carro, possuir uma enorme casa.
— Pai, que foi que eu fiz? Está pensando que mandei *der schwarzer* embora? — Harry viu o pai virar-se para o outro lado, entre a cama estreita e o guarda-roupa. — Êle vai voltar...
Harry não podia olhar o pai de costas, não podia olhar o pescoço magro, sôbre o qual os cabelos que Paulus aparara reluziam contra a desbotada palidez da idade; Harry não po-

# D. Jacobson

dia olhar aquêle pescoço obstinadamente virado para longe dêle, enquanto êle se sentia forçado a prometer a volta do zulu. Harry deixou cair as mãos e saiu do quarto.

Ninguém sabe como o velho conseguiu sair de casa e pelo portão da frente, sem ser visto. O fato é que êle o conseguiu, e, na rua, foi atropelado. Um simples ciclista o atropelou, mas foi o suficiente: morreu poucos dias depois, no hospital.

A mulher de Harry chorou, até os netos choraram; Paulus chorou. O próprio Harry ficou petrificado, e seus traços enfeixados, protuberantes, não se moviam, pareciam presos aos ossos do rosto. Poucos dias depois do funeral, chamou Paulus e Johannes à cozinha e disse a Johannes:

— Diga-lhe que êle precisa ir embora. Seu trabalho terminou.

Johannes traduziu para o outro e, depois de Paulus responder, fêz a tradução para Harry.

— Êle diz que sim, *baas*.

Paulus não tirava os olhos do chão; não os levantou nem mesmo quando Harry o olhou diretamente, e Harry sabia que não era por mêdo ou timidez, mas por respeito à dor do patão, a única coisa de que não podiam falar, naquele momento, quando estavam falando de seu trabalho.

— Aí está seu pagamento. — Harry atirou algumas notas a Paulus, que as recebeu nas mãos em concha e afastou-se.

Harry esperou que os dois saíssem, mas Paulus ficou na sala, falando com Johannes em voz baixa. Êste voltou-se para o patrão:

— *Baas,* êle está dizendo que o *baas* ainda está com as economias dêle.

Harry esquecera-se das economias de Paulus. Explicou a Johannes que o fato lhe havia saído da cabeça e que não dispunha de dinheiro suficiente no momento, mas que lho daria no dia seguinte. Johannes traduziu e Paulus assentiu, agradecido. Tanto êle quanto Johannes se achavam dominados pela morte que passara naquela casa.

E assim os negócios de Harry com Paulus terminaram. Deu o que lhe parecia ser uma última olhadela no zulu, mas êsse olhar incitou-o novamente contra o criado. Com a mesma secura com que lhe dissera que tinha de ir-se, agora, implacàvelmente, vendo Paulus no arremêdo e na simplicidade de seu uniforme de doméstico, para alimentar a raiva até ao fim, Harry disse:

— Pergunta a êle para que é que está economizando. Que é que vai fazer quando completar a fortuna...

Johannes falou a Paulus e voltou com a resposta.

— Êle diz, *baas,* que está guardando dinheiro para trazer a mulher e os filhos da Zululândia, para Johannesburgo. — Co-

502 Entre Dois Mundos

com um ar de tamanha culpa e de desespêro, gritando: — O que mais eu podia fazer? Fiz o melhor que pude! — antes que as primeiras lágrimas brotassem.

mo Harry não desse mostras de compreender, Johannes emendou: — Êle está economizando, *baas,* para trazer a família dêle também para a cidade.

Os dois zulus ficaram pasmados sem saber por que nesse momento as feições de Harry, que mais pareciam um punho fechado, de repente deram a impressão de irem desabar entre um e outro, nem por que êle arregalou os olhos para Paulus,

# B. MALAMUD

BERNARD MALAMUD (1914) nasceu em Brooklyn, freqüentou o colégio da cidade de Nova Iorque e a Columbia University. Seu primeiro romance, *The Natural* (1952), é um livro sôbre *baseball,* mas o tema esportivo não é utilizado apenas em si, servindo para a representação de fatos humanos mais amplos. O segundo romance, *The Assistant* (1957), faz da família Bober e de sua vida numa pequena mercearia o palco de uma ação dramática que se desenvolve com a complexidade categórica da legenda de um santo. Rolando a pedra de Sísifo de sua existência, cada dia, tal como contabilizado na absurda e apocalíptica caixa registradora do período da Depressão, converte-se no dia do Juízo Final. A Depressão surge, neste contexto, como uma manifestação da agonia judaica e humana, desembocando a primeira diretamente na segunda, sem as comportas ou mediações dos fatôres sociológicos ou históricos, como a discriminação, o preconceito, que caracterizavam, por exemplo, o tratamento dado a temas similares pela geração anterior a 30, de ficcionistas judeus norte-americanos. Neste e noutro sentido, Malamud, sob um aspecto, assim como Bellow, sob outro, importam numa considerável mudança de perspectiva no tocante à abordagem artístico-filosófica dos motivos judeus. O terceiro romance de Malamud, *A New Life* (1962), é um romance universitário a respeito de um tal S. Levin, professor de inglês na Universidade de Cascadia (registro 4200). O contista Malamud é uma presença não menos

504 Entre Dois Mundos

notável nas letras ianques. *The Magic Barrel,* a coletânea publicada em 1958, contém alguns relatos, como o que dá nome ao livro e *O Anjo Levine,* aqui inserto, que têm um lugar à parte numa literatura particularmente rica no campo da narrativa curta. É que nêles ressoa uma nota nova e peculiar ao trabalho criador de Malamud. Trata-se de uma qualidade que Herbert Gold define da seguinte maneira: "Sua piedade inflexível por almas tensas leva-nos a Dostoievski — se é que se pode imaginar Dostoievski temperado pela lírica nostalgia de Chagall por um passado judeu perdido".

## O ANJO LEVINE

Manischevitz, um alfaiate, em seus cinqüenta e um anos sofrera muitos reveses e injúrias. Fôra homem de posses e, do dia para a noite, perdeu tudo o que possuía, ao incendiar-se o seu estabelecimento, totalmente destruído com a explosão de um tambor de benzina. Estava segurado contra o fogo, mas o processo movido contra êle por dois fregueses feridos pelas chamas despojou-o de cada centavo que economizara. Quase na mesma ocasião, o filho, rapaz de futuro, morria na guerra; a filha, sem dar a menor satisfação, casou-se com um pé-rapado qualquer e desapareceu como que da face da terra. Depois disso, Manischevitz foi acometido de cruciantes dores nas costas e viu-se incapacitado até mesmo de trabalhar como passador — único serviço ainda viável para êle — por mais de uma ou duas horas diárias, pois, quando se alongava por mais tempo, a dor de ficar em pé se tornava insuportável. Sua Fany, boa espôsa e mãe, arranjou serviços avulsos de lavagem de roupa e de costura, mas começou a definhar a olhos vistos. Sofria de falta de ar e por fim caiu sèriamente doente e não deixou mais o leito. O médico, antigo freguês de Manischevitz, que os tratava por consideração, a princípio teve dificuldade em diagnosticar a moléstia, mas depois declarou tratar-se de um endurecimento das artérias em estado avançado. Chamou Manischevitz de lado, recomendou repouso absoluto e, em voz baixa, fê-lo compreender que restavam poucas esperanças.

Através de tôdas as suas provações, Manischevitz permanecera algo estóico, quase se recusando a acreditar em tudo o que se lhe abatera sôbre a cabeça, como se estivesse acontecendo, digamos a algum conhecido ou parente distante; as desgraças eram tantas que se tornavam incompreensíveis. Tudo isso era também ridículo, injusto e, como sempre fôra um homem religioso, constituía de certo modo uma afronta a Deus. Assim acreditava Manischevitz, em todo o seu sofrimento. Quando a carga se tornou tão esmagadoramente pesada que não era mais possível suportá-la, rezou em sua cadeira, com olhos cerrados e cavos: "Meu querido Deus, do meu coração, será que mereço que tudo isso me aconteça?" Depois, reconhecendo a inutilidade disso, pôs de lado a queixa e rogou humildemente auxílio: "Restitua a saúde a Fanny e, quanto a mim, que não sinta dor a cada passo que ando. Ajude logo, pois amanhã será tarde demais. Isso eu não preciso lhe dizer". E Manischevitz chorou.

O apartamento de Manischevitz, para onde se mudara após o malfadado incêndio, era pobre, mobiliado com umas poucas cadeiras, uma mesa e uma cama e ficava num dos bairros mais pobres da cidade. Eram três cômodos: uma salinha estreita, pobremente empapelada, um arremêdo de cozinha, com uma geladeira de madeira, e um dormitório relativamente grande onde jazia Fanny numa cama derreada de segunda mão, esforçando-se por respirar. O dormitório era o aposento mais quente da casa, e aí é que, após o desabafo com Deus, Manischevitz lia o seu jornal ídiche, à luz de duas pequenas lâmpadas pendentes. Não estava pròpriamente lendo, porque seu pensamento andava alhures; todavia a fôlha impressa oferecia um lugar conveniente para descansar os olhos e uma palavra ou outra, quando êle se permitia compreendê-las, ajudavam-no a esquecer momentâneamente as preocupações. Após um curto instante, descobriu, para surprêsa sua, que estava esquadrinhando ativamente as notícias, procurando um item de maior interêsse para êle. Exatamente o que pretendia ler êle não sabia — até que percebeu, com algum espanto, que esperava encontrar algo a seu próprio respeito. Manischevitz depôs o jornal e levantou os olhos com a perfeita impressão de que alguém entrara no apartamento, embora não lembrasse de ter ouvido a porta se abrindo. Olhou em volta: o aposento estava em silêncio e, por acaso, Fanny dormia em calma. Meio assustado, observou-a até certificar-se de que não estava morta; então, ainda perturbado pelo pensamento de uma visita inesperada, cambaleou até a sala de visitas e sofreu o grande choque de sua vida, pois, à mesa, estava sentado um negro lendo um jornal por êle dobrado de modo a caber em uma só mão.

— Que deseja aqui? — perguntou Manischevitz assustado.

O negro baixou o jornal e levantou o olhar com expressão bondosa.

— Boa noite. — Não parecia seguro de si, como se tivesse entrado em casa errada. Era um homem corpulento, de compleição ossuda e com uma cabeça pesada, coberta com um

506                                    Entre Dois Mundos

chapéu de côco, que nem fêz menção de tirar. Os olhos pareciam tristes, mas os lábios, sôbre os quais usava um ligeiro bigode, procuravam sorrir; além disso, nada mais apresentava de marcante. Os punhos das mangas, reparou Manischevitz, estavam puídos e o terno escuro era mal talhado. Os pés eram muito grandes.

Recobrando-se do seu terror, Manischevitz imaginou ter deixado a porta aberta e estar sendo visitado por um funcionário do Departamento Social — alguns vinham à noite — pois solicitara ajuda recentemente. Sentou-se, pois, em frente ao negro, tentando sentir-se à vontade, ante o sorriso incerto do homem. O antigo alfaiate permanecia à mesa, mas esperava pacientemente que o inquiridor tomasse do bloco e do lápis e começasse a fazer perguntas. Em pouco tempo, porém, convenceu-se de que o homem não tencionava fazer nada disso.

— Quem é você? — perguntou por fim Manischevitz embaraçado.

— Se me fôr permitido, tanto quanto possível, identificar-me, uso o nome de Alexander Levine.

Apesar dos aborrecimentos, Manischevitz sentiu um sorriso aflorar-lhe aos lábios.

— Você disse Levine? — perguntou polidamente.

— É exatamente isso — aquiesceu o negro.

Prosseguindo com a pilhéria, Manischevitz perguntou:

— Por acaso você é judeu?

— Fui durante tôda a minha vida e com todo gôsto.

O alfaiate hesitou. Já ouvira falar de judeus negros, mas nunca encontrara um. Dava uma sensação invulgar.

Percebendo, numa segunda reflexão, algo de estranho no tempo do verbo empregado por Levine, indagou em tom de dúvida:

— Você não é mais judeu?

Nesse meio tempo, Levine tirou o chapéu, revelando uma parte muito branca do seu cabelo prêto, mas logo o recolocou.

— Recentemente, fui desencarnado em anjo. Como tal, ofereço-lhe minha humilde assistência, se oferecer está dentro da minha alçada e capacidade no melhor sentido. — Baixou os olhos desculpando-se. — O que exige uma explicação adicional: Sou o que me foi consentido ser, e por ora o completamento está no futuro.

— Que espécie de anjo é esta? — perguntou Manischevitz sério.

— Um legítimo anjo de Deus, dentro de limitações prescritas — respondeu Levine — que não deve ser confundido com membros de qualquer seita, ordem ou organização aqui na terra, operando sob nome similar.

Manischevitz estava inteiramente perplexo. Esperara tudo,

# B. Malamud 507

menos isso. Que espécie de gracejo era êsse — admitindo-se que Levine era um anjo — para com um fiel servidor que desde a infância vivia nas sinagogas, sempre preocupado com a palavra de Deus?

— Então, onde estão as suas asas? — perguntou o alfaiate, querendo pôr Levine à prova.

O negro corou tanto quanto era capaz. Manischevitz percebeu-o pela mudança de expressão.

— Em determinadas circunstâncias perdemos os privilégios e as prerrogativas ao voltar à terra, seja qual fôr o propósito ou em auxílio de quem quer que seja.

— Então, diga-me, como chegou até aqui? — continuou Manischevitz, triunfante.

— Fui transmitido.

— Se você é judeu, recite pois a bênção do pão — prosseguiu o alfaiate, ainda perturbado.

Levine pronunciou-a em hebraico sonoro. Embora comovido pelas palavras familiares, Manischevitz ainda sentia dúvidas de estar tratando realmente com um anjo.

— Se você é um anjo, dê-me então uma prova — indagou meio zangado.

Levine umedeceu os lábios.

— Francamente, estou impossibilitado de realizar milagres ou quase milagres, por me encontrar em estado de provação. Por quanto tempo isso perdurará, ou em que consistirá, admito, depende do resultado.

Manischevitz revolveu os miolos em busca de algo que obrigasse Levine a revelar positivamente a verdadeira identidade, quando o negro voltou a falar:

— Foi-me dado entender que tanto você quanto sua espôsa necessitam de auxílio de natureza salutar.

O alfaiate não podia desfazer-se do sentimento de que estava sendo vítima de um engraçadinho. É assim que parece um anjo judeu? perguntou a si mesmo, ainda não convencido.

— Se Deus me envia um anjo, por que um prêto? Por que não um branco, quando há tantos? — fêz êle a última pergunta.

— Era a minha vez de vir — explicou Levine.

Manischevitz não se deixava convencer.

— Creio que você é um embusteiro.

Levine levantou-se vagarosamente. Seus olhos revelavam desaponto e apreensão.

— Mr. Manischevitz — disse, desanimado — se, em um futuro próximo, precisar de meu auxílio, ou até mesmo antes, poderei ser encontrado — e deu uma olhadela às unhas — no Harlem.

Dito isto, êle se foi.

508                                                    Entre Dois Mundos

No dia seguinte, Manischevitz sentiu algum alívio das dores
nas costas e foi capaz de passar a ferro durante quatro horas
seguidas. No outro dia, trabalhou seis horas e no terceiro, novamente quatro. Fanny conseguiu sentar um pouco e pediu
uma porção de *halvá* [1] para comer. Mas, no quarto dia, a dor
pungente e cruciante afligiu-lhe de nôvo as costas e Fanny jazia
novamente inerte, respirando com dificuldade entre os lábios
azulados.

Manischevitz estava profundamente desiludido com a volta
do sofrimento e da dor violenta. Esperava por um intervalo
maior de alívio, o suficiente para permitir-lhe outro pensamento
além de si mesmo e de suas angústias. Dia após dia, hora
após hora, minuto após minuto, vivia na dor, com a dor
como a sua única lembrança, interrogando-se sôbre a sua necessidade, invectivando contra ela e também, embora com afeto, contra Deus. Por que *tanto, Goteniu* [2]? Se desejava dar
uma lição ao Seu servo, por alguma razão, por alguma causa
— a natureza de Sua natureza — puni-lo, digamos, por motivo de sua fraqueza, de seu orgulho talvez, durante os anos
de prosperidade, pela constante negligência a Deus — dar-lhe
uma pequena lição, então, qualquer uma das tragédias que
lhe haviam sucedido, qualquer *uma* delas, teria sido suficiente
para castigá-lo. Mas *tôdas juntas* — a perda de ambos os
filhos, dos meios de sobrevivência, da saúde de Fanny e da
dêle — era exigir demais de uma frágil criatura. Quem era
afinal Manischevitz para que lhe fôsse dado sofrer tanto? Um
alfaiate. Certamente, não era homem de talento. O sofrimento
recaído sôbre êle era largamente desperdiçado. Não levava a
parte alguma, a nada, senão a mais sofrimento. A dor não
lhe dava o pão, nem tapava as rachaduras da parede, nem
levantava a mesa da cozinha no meio da noite; apenas pesava
sôbre êle, insone, tão agudamente opressiva que muitas vêzes
poderia ter gritado sem, entretanto, ouvir a si mesmo no es-
pessor de sua miséria.

Nessa disposição de espírito não pensou mais em Alexander
Levine, mas em certos momentos, quando o sofrimento cedia,
ligeiramente diminuído, imaginava às vêzes se não cometera
um êrro ao dispensá-lo. Um judeu negro, e ainda por cima
um anjo — era muito difícil de acreditar, mas suponhamos
que *tivesse* sido enviado mesmo para socorrê-lo e êle, Manischevitz, na sua cegueira, fôra cego demais para compreender?
Era êsse pensamento que o colocava na ponta de faca da
agonia.

Assim, o alfaiate, após muita auto-interrogação e constante
dúvida, resolveu procurar o pretenso anjo no Harlem. Natu-

(1) Doce oriental feito com amêndoa ou amendoim e óleo de gengibre.
(2) Diminutivo ídiche de Deus.

**B. Malamud**         509

ralmente, teve grande dificuldade, pois não pedira o enderêço exato e o movimento lhe era cansativo. O metropolitano deixou-o à 116th Street e de lá mergulhou no mundo escuro. Era imenso e suas luzes nada iluminavam. Por tôda a parte, havia sombras, às vêzes moventes. Manischevitz claudicou amparado na bengala e, não sabendo onde procurar entre os prédios enegrecidos, olhava em vão através das vitrinas das lojas. Via gente e *todos* eram prêtos. Era uma coisa espantosa de observar. Quando se sentiu cansado, infeliz demais para prosseguir, Manischevitz parou em frente a uma alfaiataria. Dada a familiaridade de sua aparência, entrou com alguma tristeza. O alfaiate, um velho negro macilento, com um tufo de cabelos grisalhos encarapinhados, estava sentado de pernas cruzadas no banco, cosendo um par de calças de rigor que tinha um talhe de navalha de alto a baixo nos fundilhos.

— Por favor, queira desculpar-me, cavalheiro — disse Manischevitz, admirando o destro, rápido trabalho dos dedos — mas talvez o senhor conheça alguém com o nome de Alexander Levine?

O alfaiate, que, aos olhos de Manischevitz, parecia um pouco hostil, coçou o couro.

— Não, nunca ouvi falá nesse nome.

— Ale-xan-der Le-vi-ne — repetiu Manischevitz.

O homem sacudiu a cabeça: — Não posso dizê que ouvi.

Antes de ir embora, Manischevitz lembrou-se de acrescentar:

— É um anjo, talvez.

— Oh! *êle* — cacarejou o alfaiate; — *êle* às vêzes faz ponto naquela espelunca ali adiante. — Apontou com um dedo esquálido e retornou às calças.

Manischevitz atravessou a rua com sinal vermelho e quase foi atropelado por um táxi. No outro quarteirão depois do próximo, a sexta loja após a esquina, havia um cabaré cujo nome refulgia em luzes: *Bella's.* Envergonhado de entrar, Manischevitz fitava a janela iluminada a néon e, quando os pares dançantes se apartaram e sumiram, descobriu numa das mesas de lado, mais para o fundo, Levine.

Estava só, um tôco de cigarro pendia-lhe do canto da bôca. Fazia paciência com um baralho sujo e Manischevitz sentiu uma ponta de piedade, pois Levine havia piorado muito de aparência. O chápéu de côco estava amassado e tinha uma mancha cinzenta do lado. Seu terno mal-ajambrado estava ainda mais surrado, como se houvesse dormido com êle. Os sapatos e a barra das calças estavam enlameados e o rosto coberto por uma cerrada barba curta e espetada da côr de alcaçuz. Manischevitz, embora profundamente desapontado, ia entrar, quando uma negra de seios grandes e um vestido vermelho de noite apareceu à mesa de Levine e, entre grandes

510                                        Entre Dois Mundos

risadas, através de dentes muito brancos, prorrompeu num es-
palhafatoso, requebrado *shimmy*. Levine olhou diretamente
para Manischevitz com expressão acuada, mas o alfaiate estava
paralisado demais para mover-se ou reconhecê-la. Enquanto
prosseguiam as rotações de Bella, Levine levantou-se, os olhos
excitados e acesos. A negra enlaçou-o vigorosamente, enquanto êle, com ambas as mãos, apertava as grandes nádegas irre-
quietas e, assim, tangaram juntos através do salão, ruidosamente aplaudidos pelos barulhentos freqüentadores. Ela parecia ter levantado Levine do chão e seus sapatões pendiam
bambos enquanto dançava. Deslizaram diante das janelas onde
o rosto pálido de Manischevitz espreitava. Levine lançou-lhe
uma pescadela furtiva e o alfaiate foi para casa.

Fanny jazia à porta da morte. Por entre os lábios murchos,
murmurava sôbre sua infância, as tristezas do leito matrimonial,
a perda dos filhos e, no entanto, chorava pela vida. Manischevitz tentou não escutar, porém mesmo sem ouvidos êle
teria ouvido. E não era um dom. O médico arquejou escada
acima, um homem grande mas delicado, a barba por fazer
(era domingo) e abanou a cabeça. Um dia, no máximo dois.
Saiu logo, não sem piedade, para poupar-se das desgraças
acumuladas de Manischevitz; o homem que nunca parava de
sofrer. Algum dia, arranjar-lhe-ia internação num asilo público.
Manischevitz visitou uma sinagoga e lá conversou com Deus,
mas Deus ausentara-se. O alfaiate perscrutou o coração e não
encontrou esperança. Quando ela morresse, êle viveria morto.
Pensou em tirar a própria vida, embora soubesse que não o
faria. Ainda assim, era algo a considerar. Considerando, a
gente existia. Vituperou contra Deus. — Pode-se amar uma
rocha, uma vassoura, um vácuo? Descobrindo o peito, golpeou
os ossos desnudos, maldizendo-se por ter acreditado.
Adormecido numa cadeira, naquela tarde, sonhou com Levine. Estava em pé, frente a um espelho embaraçado, ador-
nando-se com pequenas asas opalinas deterioradas.
— Isto significa — murmurou Manischevitz, ao libertar-se
do sono — que é possível que êle seja um anjo.
Pedindo a uma vizinha que cuidasse de Fanny e ocasionalmente lhe umedecesse os lábios, vestiu o sobretudo ralo, agarrou a bengala, trocou alguns centavos para a passagem do
metropolitano e dirigiu-se ao Harlem. Sabia que êsse seria o
último desesperado ato de sua desdita: ir, sem fé, procurar
um mágico negro para lhe devolver a espôsa à invalidez. No
entanto, se não havia escolha, fêz ao menos o que fôra escolhido.

# B. Malamud

Manquitolou até o Bella's, mas o local passara a outras mãos. Era agora, enquanto respirava, uma sinagoga numa loja. Na frente, em direção dêle, havia diversas fileiras de bancos de madeira vazios. Nos fundos ficava a Arca, com os portais de madeira tôsca cobertos de lantejoulas multicoloridas; abaixo dela, uma longa mesa sôbre a qual o santo pergaminho, desenrolado, estava iluminado pela tênue luz de um globo que pendia de uma corrente. Em volta da mesa, como que congelados e soldados a ela e ao pergaminho, que tocavam com os dedos, sentavam-se quatro prêtos de solidéu. Agora, enquanto liam o Verbo Sagrado, Manischevitz podia ouvir, através da vidraça da janela, o canto salmodiado de suas vozes. Um era velho, de barbas grisalhas. O outro tinha os olhos saltados. O terceiro era corcunda. O quarto, um menino que não contava mais de treze anos. Suas cabeças moviam-se num balouçar rítmico. Comovido por essa cena de sua infância e mocidade, Manischevitz entrou e postou-se em silêncio no fundo.

— *Neschoma* — perguntou o de olhos saltados, apontando a palavra com o dedo curto e grosso. — O que qué dizê isso?

— É a palavra que significa alma — disse o menino. Êle usava óculos.

— Vamo continuá com o comentário — atalhou o velho.

— Num percisa — interrompeu o corcunda. — Arma é substância imateriar. É só. A arma é derivada dêsse modo. A imaterialidade é derivada da substância, e as duas, causalmente ou não, são derivadas da arma. Nada pode haver de mais arto.

— É o mais alto.

— Mais arto que o tôpo.

— Espera um pôco — disse o de olhos saltados. — Não percebo que substância imateriar é essa. Cumé que um se agruda no ôtro? — dirigia-se ao corcunda.

— Está me perguntando uma coisa difícil. Porque é imaterialidade sem substância. Não podia estar mais junto, como tôdas as partes do corpo sob uma pele só, e mais junto ainda.

— Agora escutem — disse o velho.

— Tudo que ocê fêz foi trocá palavra.

— É o primum mobile, a substância sem substância de onde provêm tôdas as coisa encetadas na idéia, você, eu, todo mundo e tôdas as coisa.

— Mas cumé que tudo isso aconteceu? Faça a coisa bem simples.

— É o esprito — disse o velho. — Na superfície da água, movia o esprito. E aquilo era bom. Tá iscrito no Livro. E do esprito nasceu o homem.

— Mas agora escuta aqui. Comé que virou substância se todo tempo era esprito?

512                        Entre Dois Mundos

— Deus feiz isso sòzinho.
— Bendita seja! Glória a Seu nome!
— Mais êsse esprito tem arguma coloridade, arguma tintura? — pergunta o de olhos saltados.
— Mais, home, é claro que não. Um espírito é um espírito.
— Mais então cumé que nós semo de côr? — indagou com um brilho triunfante no olhar.
— Uma coisa num tem nada que vê com ôtra.
— Assim mêmo, eu gostaria de sabê.
— Deus pôs o espírito em tôdas as coisas — respondeu o rapaz. — Pôs nas fôlhas verdes e nas flôres amarelas. Pôs no dourado dos peixes e no azul do céu. E assim chegou até nós.
— Amém.
— Louvemos o Senhor e digamos bem alto Seu nome silencioso.
— Toque a corneta até rebentá o céu.
Calaram-se, atentos à próxima palavra. Manischevitz aproximou-se dêles.
— Desculpem-me. Estou procurando Alexander Levine. Talvez o conheçam.
— É o anjo — disse o menino.
— Oh! *êle* — fungou o de olhos saltados.
— Ocê pode achá êle no Bella's. É o estabelecimento do outro lado da rua — explicou o corcunda.
Manischevitz disse que sentia não poder ficar, agradeceu-lhes e atravessou a rua mancando. Já era noite. A cidade estava escura e quase não podia encontrar o caminho.
Mas o Bella's estava repleto de *blues*. Através da janela, Manischevitz reconheceu a multidão dançante e entre êles procurou Levine. Estava sentado de beiço pendente à mesa lateral de Bella. Bebericavam de uma garrafa quase vazia de uísque. Levine trocara as roupas velhas e agora usava um terno xadrez novinho em fôlha, um chapéu de côco cinza--claro, charuto e grandes sapatos de abotoar, em dois tons. Para o desalento do alfaiate, uma expressão de bêbado assentara-se no seu rosto antes cheio de dignidade. Inclinou-se para Bella, fêz-lhe cócegas no lóbulo da orelha com o mindinho, murmurando palavras que provocavam nela acessos de roucas gargalhadas. Ela afagou-lhe o joelho.
Criando coragem, Manischevitz abriu a porta e não foi bem recebido.
— Lugar reservado.
— Vá dando o fora, bicho branco.
— Pira, Iankel, judeu sujo.

B. Malamud 513

Mas êle se moveu em direção da mesa em que Levine se achava e a turma ia abrindo-se diante dêle enquanto avançava claudicando.

— Mr. Levine — disse com voz trêmula. — Manischevitz está aqui.

— Diga a sua fala, filho — respondeu Levine, fitando-o com olhos turvos.

Manischevitz estremeceu. As costas lhe doíam. Tremores frios atormentavam-lhe as pernas tortas. Olhou em volta, todo mundo era todo ouvido.

— Peço desculpas, mas gostaria de lhe falar em lugar reservado.

— Fale, ela é reservada.

Bella riu estridentemente: — Pare com isso, meu nêgo, ocê 'stá me matando.

Manischevitz, embaraçado a mais não poder, pensou em sumir, mas Levine dirigiu-se a êle:

— Tenha a bondade de declarar a natureza do que tem a comunicar pro seu criado.

O alfaiate molhou os lábios gretados.

— Você é judeu. Disso tenho a certeza.

Levine levantou-se, com as narinas farejando.

— Há mais alguma coisa que você queira me dizer?

A língua de Manischevitz pesava como pedra.

— Fale já ou cale-se de uma vez.

As lágrimas cegavam os olhos do alfaiate. Alguém jamais passara por tal provação? Deveria dizer que acreditava que um negro bêbado fôsse um anjo?

O silêncio lentamente petrificou-se.

Manischevitz recordava cenas da mocidade enquanto uma roda chiava em seu cérebro: creia, não, sim, não, sim, não. O ponteiro indicava o sim, entre o sim e o não; não, era o sim. Suspirou. O ponteiro continuava a mover-se, mas ainda assim era preciso fazer uma opção.

— Creio que você é um anjo de Deus — disse em voz alquebrada, pensando: se você o disse, está dito. Se você acredita, deve dizê-lo. Se acreditou, acreditou.

O silêncio se desfez. Todo mundo falava mas a música recomeçou e continuaram dançando. Bella, já entediada, tomou o baralho e deu a si mesma uma mão.

— Como você me humilhou — disse Levine, irrompendo em lágrimas.

Manischevitz desculpou-se.

— Espere até eu me reanimar. — Levine foi ao reservado de homens e voltou em suas roupas velhas.

Ninguém disse adeus quando partiram.

514 Entre Dois Mundos

Voltaram ao apartamento pelo metropolitano. Enquanto subiam as escadas, Manischevitz apontou para a sua porta com a bengala.

— Tudo isso já foi resolvido — disse Levine. — É melhor entrar enquanto eu decolo.

Desapontado de que tudo estivesse tão depressa terminado, mas roído pela curiosidade, Manischevitz seguiu o anjo, pelos três andares, até o telhado. Quando chegou, lá, a porta já estava trancada.

Felizmente conseguiu ver através de uma janelinha quebrada. Ouviu um ruído estranho, como se fôsse o ruflar de asas, e quando se esticou para enxergar melhor, poderia jurar ter visto uma silhueta escura levada para as alturas, num par de magníficas asas pretas.

Uma pena desceu flutuando. Manischevitz suspirou quando ela embranqueceu, mas estava apenas nevando.

Precipitou-se escada abaixo. No apartamento, Fanny brandia o esfregão de pó debaixo da cama e depois nas teias de aranha da parede.

— Uma coisa maravilhosa, Fanny — disse Manischevitz. — Pode crer, existem judeus em tôda parte.

# S. BIDERMAN

SOL BIDERMAN nasceu nos Estados Unidos, em 1936, tendo-se graduado pelas Universidades de Colorado e Stanford. Veio ao Brasil como bolsista da OEA para um curso de Sociologia da Literatura da Universidade de São Paulo. Publicou diversos trabalhos em vários órgãos da imprensa americana, como *New York Times, The Nation* e *Hispanic American Report*. Teve poesias suas editadas em *Encounter*. De um livro de contos em preparo, *West Denver Stories,* escolhemos *O Rabino,* estória que revela sua profunda familiaridade com o ambiente judeu nos Estados Unidos. Humor e caricatura, não despidos de uma componente poética, são os recursos que coloca a serviço de uma linguagem viva, rápida e incisiva que dá vazão a um grande poder de observação e uma crítica sutil dos dados colhidos, que são os da mais típica comunidade de *Entre Dois Mundos.*

## O RABINO

— Os gentios sempre imitam os judeus — disse o Rabino Solomovsky a David, na aula da Escola Hebraica, atrás dos barris de cal, no porão do Bloco das Meninas. — Os gentios sempre imitam os judeus. Porque nós celebramos o Pessach, êles têm a sua Páscoa. Porque nós celebramos Hanucá, êles têm o seu Natal.

516 Entre Dois Mundos

O Rabino era um homem sábio e cofiava a barba em ponta. David gostava de suas estórias, estórias que não vinham escritas na Bíblia, mas haviam sido transmitidas de pai para filho por milhares de anos. Uma vez, mesmo de longe, David ouviu o Rabino contar aos meninos maiores a história da Mulher.

— A Mulher, no princípio, estava ligada ao flanco do Homem. Mas Eva queixou-se a Deus de que era infeliz. E Deus separou-a do flanco de Adão e ela se achegou a Adão e uniu-se a êle face a face. Daí em diante, não mais se sentiu infeliz.

David gostava da história de Abrão que, quando menino, quebrara os ídolos do pai com uma vassoura. Quando Abrão viu que o pai voltava do trabalho para casa, pôs o cabo da vassoura na mão do único ídolo ainda inteiro. O pai deparou com as imagens quebradas e ficou vermelho de raiva, e Abrão disse:

— Pai, eu não posso mentir. Foi o ídolo.

David suspeitava de que essa história, como as plantas do Velho Mundo, sofrera um alteração ao ser trazida para a América[1].

Sua história predileta era a de Abraão, Isaac e o Demônio.

— Há muito e muito tempo — começou o Rabino — depois que Deus mudara seu nome de Abrão para Abraão, êle e seu filho Isaac iam, montados num burro, em direção do Monte Moriá, quando foi tentado pelo Demônio, como um certo imitador cujo nome sei que vocês conhecem.

"— Para onde você vai, Abraão? — perguntou o Demônio, disfarçado em um velho judeu.

"— Vou sacrificar meu filho — respondeu Abraão.

"— Se você ama seu filho, por que vai sacrificá-lo?

"— Porque amo mais a Deus. Agora, não me faça mais perguntas, porque o seu gorro não assenta bem em sua cabeça.

"Abraão mandou o Demônio embora, mas êle voltou na forma de um rio. Quando o burro em que iam montados Abraão e Isaac atravessava o rio a vau, a água subiu e afogou o *burro*. Mas Abraão salvou Isaac, transportando-o nos ombros. Quando o rio cresceu tanto que Abraão perdeu pé, Deus fê-lo caminhar através da água, não sôbre a água, como um certo imitador cujo nome sei que vocês conhecem.

"Chegaram ao outro lado, mas o Demônio havia escondido todos os galhos secos e gravetos, para que Abraão não pudesse fazer fogo. Abraão achou sòmente ramos cheios de seiva e enormes troncos verdes de oito côvados de grossura. Abraão empilhou os ramos e os tocos e tirou uma caixa de fósforos do bôlso. Embora tivesse caminhado através das águas do rio, Deus fizera o milagre e não deixara que os fósforos se molhas-

---

(1) De George Washington conta-se a seguinte lenda: Quando menino, cortou uma cerejeira do pomar de seu pai; êste, ao ver a árvore cortada, encolerizou-se e quis saber quem o fizera. Respondeu George: — Eu não posso mentir. Fui eu.

**S. Biderman** 517

sem. Abraão acendeu a lenha verde e os galhos cheios de seiva com um único fósforo e as línguas de enorme fogo lamberam o céu. E o Demônio enviou uma borrasca que não caiu sôbre a terra em volta, mas ùnicamente sôbre a fogueira. Entretanto o fogo ardeu no meio da grande tempestade.

"O grande rabino Manassés de Tessalonica — acrescentou o Rabino — escreveu em seus *Comentários* que o Diabo, e não um Anjo do Senhor, é que deteve a mão de Abraão quando êle estava prestes a sacrificar o filho.

David repetiu as histórias do Rabino ao Dr. Misnaged, quando o médico lhe aplicava um teste antialérgico. Êle fêz quarenta e oito incisões nas costas do menino, seis colunas de oito, com uma agulha mergulhada em tubos cheios de líquido concentrado, de côres variegadas.

— Feno, três. Gatos, três. Capim, dois. Álamo, três. Pinheiro, três... Não existe essa coisa de diabo, Davy. Não existe tal animal, mineral ou vegetal... Pêlo de cavalo, dois. Pena de ganso, um. Poeira, três. Morangos, negativo. Conhecemos pessoas alérgicas a muitas coisas, mas nenhuma alérgica ao diabo.

Todo dolorido, David vestiu a camisa, como um marinheiro depois de ser flagelado no mastro. Quando o menino já ia saindo do consultório, o Dr. Misnaged gritou: — Volte uma vez por semana para tomar uma injeção antialérgica e evite feno e gatos e capim e álamos e pinheiros e cavalos e gansos e poeira e aquêles que falam do diabo.

Na Escola Hebraica, naquela noite, David contou ao Rabino o que o doutor dissera.

— O que é que o Misnaged sabe de Demônios? — perguntou o Rabino, zangado. — Êle nunca viu um. Mas eu já vi gente possuída por demônios e *dibuks, dibuks* e demônios...

"Havia uma tal de Hana, a solteirona de nosso *schtetl,* a uns trinta verstas de Odessa. Tôda noite, enquanto ela dormia, o Demônio vinha até ela em forma de íncubo e fazia coisas que eu não posso contar a você, por causa de sua idade...

"Depois havia um tanoeiro, chamado Haim. Quando eu era menino, lembro-me de que, um dia, eu estava olhando pela janela de meu sótão e vi Haim contorcendo-se na neve da praça, e todos os aldeões em volta dêle. Saí correndo de casa e esgueirei-me por entre as pernas dos aldeões. No centro da multidão, estava Haim, contorcendo-se e babando na neve, e gritando em hebraico sefardita. Por isso, soubemos que êle estava possuído por um *dibuk*: todos os judeus no Reino do Czar falavam hebraico *aschkenazi.*

"Alguns homens carregaram com o pobre Haim para a sinagoga e o depuseram no chão. Depois, foram procurar Rafael, o Baal Schem. O Baal Schem veio e reuniu um *minian* de dez

518 — Entre Dois Mundos

homens e começou a exorcizar o *dibuk*. Recitou muitas vêzes a oração: "Êle te livrará do laço dos caçadores".

"O *dibuk* começou logo a desatar a língua. Disse, pelos lábios de Haim, que fôra um comerciante chamado Rubabel de Jerona, Espanha, e, torturado pelo Santo Ofício, traíra onze famílias judias que foram queimadas em um auto-de-fé. Sua alma corrupta errara pelo mundo quinhentos anos antes de entrar no corpo de Haim.

"O *dibuk* era muito teimoso e recusou-se a ser exorcizado. Finalmente, Rafael, o Baal Schem, tocou o *schofar*. O som espantou o *dibuk*, que saiu do corpo de Haim, quebrou uma vidraça e escapou da sinagoga. Haim levantou-se do chão e disse que se sentia bem, a não ser por uma dorzinha no dedão do pé direito. O Baal Schem tirou o sapato e a meia de Haim e ali encontrou uma mancha de sangue do tamanho da cabeça de um alfinête. Por ali é que o *dibuk* deixara o corpo de Haim.

"Conte isto ao Misnaged! — disse o Rabino àsperamente. — Conte isto a êle.

Davi nunca o contou ao médico, porque não mais voltou a tomar injeções antialérgicas. Ao invés, andou a cavalo nos estábulos, perto do palacete Bonfils, brincou com gatos nos becos da Irving Street, correu entre os álamos da grota McClintoch e os bosques de pinheiros e os campos de feno e os prados de capim e erva daninha. Nunga fungou nem espirrou quando o Rabino lhe falava do *dibuk* e do diabo.

O conflito entre o Rabino e o Dr. Misnaged começara quando o médico dera ordens para retirar a *mezuza* da porta do túnel, sob a alegação de que disseminava germes entre as crianças que a beijavam com as mãos sujas antes e depois das refeições. O Rabino protestara junto a Mr. Levi, mas o superintendente defendera o médico. Então, o Rabino levou o caso ao Conselho de Administração, que em maioria votou a favor da medicina.

Certa vez, o Rabino e o doutor aconselharam a mesma prática higiênica, mas por razões totalmente diferentes. O Rabino dissera a David: — Lave as mãos com água e sabão três vêzes ao levantar de manhã, porque o espírito de Belzebu, o Senhor das Môscas, dança nos seus dedos durante a noite.

— Isto não passa de uma velha história que os judeus inventaram — escarneceu o Dr. Misnaged. — De noite, enquanto você dorme, ou sonha, suas mãos podem tocar, quem sabe?, suas axilas, o chulé, o sexo ou o traseiro.

O Rabino lia jornais hebraicos de Nova Iorque e de Jerusalém. Tentava ensinar David a ler os caracteres hebraicos na cartilha, sem mostrar-lhe o significado das palavras. David era um

# S. Biderman 519

mau aluno, tão ruim que, quando chegou o tempo de sua *bar--mitzva,* o Rabino ficou preocupado.

— O que vão dizer na sinagoga, se meu próprio aluno é incapaz de ler a Torá? O que vão dizer na sinagoga?

Três jovens do Orfanato chegaram à idade da responsabilidade religiosa ao mesmo tempo: David, Moses Perlman e Aaron Angel. Como os pais dos três eram pobres, decidiram fazer a *bar-mitzva* juntos, com as despesas divididas entre os pais, e as orações divididas entre os meninos.

O dia da *bar-mitzva* chegou e a sinagoga se encheu dos parentes de Moses Perlman, da Hooker Street. Os parentes de David estavam espalhados pelo Sul e pelo Leste. Sòmente seu pai, tia Rebecca e tio Isaac estavam à mão. Os pais de Aaron não tinham meios para vir do Leste. Muitos membros, porém, que não compareciam à sinagoga todos os sábados apareceram naquele sábado da *bar-mitzva,* por causa das promessas de *schnapps,* arenque em conserva e pão-de-ló.

David recitou nove linhas da passagem da Torá daquela semana, embora a passagem fôsse de seis páginas. Êle levou dois meses para decorar as nove linhas. Moses, um aluno diligente, recitou o restante. Aaron fêz o discurso de *bar-mitzva* em hebraico e em inglês. Em nome de seus irmãos de confirmação, Aaron agradeceu a seus pais, aos parentes, ao Rabino Solomovsky e aos membros da congregação seus nobres exemplos de bondade e fé e coragem e sabedoria e fortaleza e honra e justiça. Jurou que êle e seus irmãos de *bar-mitzva,* no limiar da maturidade judaica, seguiriam sempre o caminho da retidão e da misericórdia. Amém.

O único menino de treze anos do Orfanato, que não fêz a *bar-mitzva* foi Geegee. Corria um boato em West Colfax de que o Rabino se recusara a fazer a *bar-mitzva* de Geegee, porque seu pai e as cabras de seu pai haviam profanado a arca muitos anos atrás. Ainda assim, o próprio Tubel, e não o Rabino, é que não permitiu que o filho cumprisse a cerimônia da responsabilidade religiosa.

Depois que o inconfirmado Geegee deixou o Orfanato e matou um homem, foi o Rabino que percorreu o Denver e o Rio Grande Eagle até Canon City e beijou-o em sua hora final. Foi o Rabino que observou, com os olhos cheios de lágrimas, ao lado de Warden Best, com seus lebreiros russos, Geegee batendo a cabeça contra a janela da morte.

Todos os anos, em Hanucá, as crianças do Orfanato faziam um pequeno *show,* que o Rabino organizava com canções de Hanucá e quadros das guerras dos Macabeus, no salão de festas do Bloco dos Meninos. Os títulos de alguns dêsses quadros eram: O Martírio dos Sete Filhos de Hana, o Martírio do Velho Eleazar, o Milagre do Cântaro de Óleo, e a Morte de An-

# 520                                   Entre Dois Mundos

tíoco Epifânio. A representação mais elaborada e popular era os Macabeus e o Falso Antíoco.

O Rabino conseguiu que Mrs. Black costurasse uma roupa de elefante num tecido áspero côr-de-rosa, a fim de representar o elefante na guerra dos Macabeus. O animal era montado por um guerreiro selêucida, como Rei Antíoco. O papel do elefante foi representado por: Aaron Angel, perna direita traseira; Joe Klopper, perna esquerda traseira e cauda (sua mão direita curvada para trás); Lenny Willowitz, perna direita da frente; e Cootie Katz, perna esquerda da frente e tromba (sua mão direita curvada para a frente). Nos ombros, os quatro meninos sustentavam uma prancha, o dorso do elefante, montado por Ronny Sliverman, o Falso Antíoco, sentado num palanquim com decorações cintilantes. Ronny foi escolhido por causa de seus quarenta quilos. David representava Judas Macabeu e Freddy Wyttle, seu irmão Eleazar. Os meninos restantes serviam de extras. Alguns empunhavam escudos com a Estrêla de Davi. Outros usavam túnicas com gregas e elmos de penacho feito de vassouras velhas. No fundo havia um grande cartão recortado, com bordas denteadas, e pintado de violeta, representando as montanhas, que tremiam cada vez que um membro do corpo técnico passava atrás do cartão.

Freddy, no papel de Eleazar Macabeu, apontava uma adaga de brinquedo para a barriga do elefante. Um ano, Freddy pisou acidentalmente no pé de Lenny Willowitz, que caiu para a frente, na barriga do elefante, e desequilibrou as outras pernas. O animal e o Falso Antíoco oscilaram e despencaram em cima de Eleazar.

Depois dos quadros, as senhoras da Liga do Orfanato distribuíam presentes. O Rabino sempre se queixava do papel de embrulho: árvores de Natal, renas, Papai Noel, Boneco de Neve, estrêlas de Belém.

Houve uma festa de Hanucá em que os presentes foram distribuídos de modo diferente. Foi no ano em que a primeira noite de Hanucá caiu na véspera de Natal. Uma silhueta alta e fina, trajando uma roupa desajustada de Papai Noel, entrou no Bloco Laurel pela saída de incêndio e deixou um presente junto à cama de cada criança.

David tinha sono leve e, quando o Papai Noel entrou em seu cubículo, êle sentiu sua sombra roçar-lhe a face, embora não houvesse luz no vestíbulo nem lua na noite, que pudesse gerar uma sombra.

David acordou atemorizado. Um grito silencioso subiu-lhe à garganta. Papai Noel virou-se e, vendo o menino levantar-se, deixou cair o presente e correu para a saída do cubículo. Antes que pudesse escapar, David agarrou-lhe a ponta da barba. O elástico que a prendia escorregou e David viu embaixo a

# S. Biderman
521

barba pontuda. Desmascarado, Papai Noel fugiu pela saída de incêndio, de faces vermelhas.

Quando a Escola Hebraica começou na semana seguinte, atrás dos barris de cal, o Rabino perguntou a David: — Você contou a alguém?

— Não.

— Muito bem — disse o Rabino e beliscou o queixo do menino com afeto.

David orgulhou-se de sua discrição. Guardara o segrêdo tão bem que o escondera até mesmo de Deus. Sabia que Deus vê tudo, mas o menino não se preocupava em conciliar as duas antinomias.

Com a morte de Mr. Levi, o Orfanato indicou Mr. Jacobs, como superintendente temporário, enquanto seu presidente, Mr. Schmetterlink, percorreu a costa atlântica à procura de um diretor permanente. Um dia, durante o interregno de Mr. Jacobs, disse o Rabino a David: — Não conte a ninguém, mas serei o próximo superintendente do Orfanato.

— O senhor? — perguntou David, incrédulo.

— Conversei com Mrs. Halavah em particular — confiou--lhe. — Ela tem uma posição-chave no Conselho e prometeu-me apoio total. Um orfanato judeu é o que desejamos. Um orfanato judeu! Não toleraremos por mais tempo festas de Natal de Jussel Pipik e a profanação da *mezuza*. Você sabia que há quem queira acabar com as leis dietéticas?

— Não acredito!

— É verdade. E se êles ganharem, o filhote da cabra será cozido no leite de sua mãe... Há quem queira eliminar o judaísmo como religião oficial do Orfanato. Em substituição, pretendem colocar um capelão judeu, um católico e um protestante, como no exército.

As várias mudanças que se verificaram nos meses anteriores haviam suscitado uma dor tensa e ôca no fundo do estômago de David. Essas mudanças haviam destroçado sua concepção da totalidade de seu universo, e deixaram-no inseguro e insone durante a noite. A *mezuza* que êle sempre beijara desde que a pôde alcançar, fôra arrancada da porta e sòmente uma mancha branca na madeira testemunhava a sua presença passada. Agora a cidadela de sua fé ia ser assaltada: os pratos onde êle sabia que só se podia comer carne e apenas carne, o talher marcado com que só se podia cortar e fisgar carne e apenas carne, iam ser misturados profana e promìscuamente com pratos e talheres para leite. Fôra-lhe ensinado no mesmo tom de voz que Deus existe e que a carne nunca deve ser misturada com leite. Esta lei caíra e o reino de sua fé ameaçava desintegrar-se. Todos os tipos de carne impura iriam ser servidos: animais que ruminam mas não têm casco bifurcado, ou ani-

522 Entre Dois Mundos

mais que têm casco bifurcado mas não ruminam, ou peixes sem escamas ou guelras. O Orfanato não mais seria um orfanato judeu. Em breve, seria retirado mesmo o nome de "Judeu". O Orfanato não teria mais um só Deus, mas partilharia seu altar com aquêles que se ajoelham no chão e adoram ídolos.

David descobrira também que até o Rabino, o bastião barbado da sua fé, não era inexpugnável. Êle, que acusara os cristãos de imitar os judeus, aparecera completamente ridículo em trajes de Papai Noel. Como êle era ingênuo nas coisas do mundo! Não tinha a mínima *chance* de ser indicado superintendente, mas, assim mesmo, se agarrava tenazmente a seu sonho absurdo. David ouvira boatos de que os judeus ricos do Conselho pretendiam substituí-lo pelo Rabino John Brown, do templo de East Side. A barba e o chapéu alto e o gabardo usado e prêto do Rabino Solomovsky lembravam demais o gueto. O glabro Rabino Brown usava ternos de gabardine cinza de cento e trinta dólares.

David tinha um amigo do ginásio que, um verão, estava trabalhando como mensageiro no Stanley Hotel em Estes Park.

— Eu vi uma vez o Rabino Brown no saguão — disse o amigo de David. — Aproximei-me dêle e disse: Bom dia, rabino.

"— Por favor, não me chame de rabino; estou de férias.

Na sinagoga do Rabino Solomovsky, os meninos corriam de um lado para o outro, na sala de rezar, brincando de esconder e gritando por suas mães, mas o Rabino e os fiéis de solidéus e xales de oração ficavam alheios e, voltados para a parede oriental, balançando-se na planta dos pés, proferiam sons intensos e ininteligíveis. A sinagoga do Rabino Brown, no East Side, era silenciosa como uma igreja metodista. Seu altar estava voltado para a parede ocidental e os homens não usavam solidéus nem xales de oração e sentavam-se misturados com as mulheres e as crianças. Uma única coisa o Rabino Brown não tolerava, e dissera-o mais de uma vez à congregação: o barulho desrespeitoso na casa do Senhor. Sempre que alguém fazia barulho com a cadeira ou irrompia numa tosse prolongada, o rabino interrompia o sermão e olhava impiedosamente para o perpetrador da profanação. Êle se vangloriava de ser o seu templo "a sinagoga mais silenciosa de Colorado".

Uma sexta-feira, à noite, o neto de três anos de Abraham Kippmann começou a chorar no meio do sermão, dito não em ídiche, como nas sinagogas do lado oeste, mas em inglês. O Rabino Brown cortou o sermão ao meio de uma frase:

— Faça calar essa criança, ou leve-a para fora daqui! — gritou e bateu no púlpito com sua bíblia.

## S. Biderman

Mrs. Kippmann saiu furiosa, com a criança soluçante em seus braços, e dirigiu-se raivosamente para a casa do sogro, presidente do conselho administrativo da sinagoga. Na sessão do conselho, na têrça-feira seguinte, saiu uma luta violenta. David soubera disso pelo Dr. Greenfield, o oculista, quando foi dilatar as pupilas e preparar o teste das letras. O oculista soubera pelo Dr. Feinfeld, otorrinolaringologista, que o soubera diretamente da fonte, Dr. Bronstone, periodontista e conselheiro da sinagoga.

O Rabino Brown abandonou a cidade numa pressa típica de ladrões de cavalos. Desapareceu a ameaça de substituir o Rabino Solomovsky. Alguns dias depois, o jornal *Intermountain Jewish News* publicava uma fotografia do Rabino Brown com o anúncio: "Aceita Chamado na Sinagoga de Cheyenne".

O Rabino Brown fôra o quarto diretor espiritual da sinagoga de East Denver em oito anos. Os rabinos ortodoxos do West Side tinham estabilidade — podiam estar certos de permanecer em suas sinagogas até que os membros de sua congregação pusessem saquinhos da terra de Eretz Israel sob suas cabeças. Mas os rabinos reformados e conservadores do East Side iam e vinham como treinadores de futebol.

O Rabino Solomovsky era procurado, sobretudo, para consolar os moribundos e enterrar os mortos. Não só cobrava menos do que os outros rabinos — uma espórtula de dez dólares por preces pelo moribundo e vinte e cinco por funerais — como também era famoso, até as faldas oeste das Montanhas Rochosas, por seu jeito suave junto ao leito de morte dos fiéis. Ganhara uma larga experiência no Asilo Bet Isaac para Velhos, onde servira também como conselheiro religioso.

Correu um boato pelo West Side que desacreditou seu ministério junto aos moribundos. Foi Albert Billigmann que pôs a história em circulação.

— Na noite anterior à morte de minha mãe — contou Albert a David com grande amargura — meu pai bateu à porta do Rabino e pediu-lhe que rezasse junto ao leito de minha mãe. Mas meu pai não podia pagar os dez dólares de "honorários", como o chamava o rabino, e êle se recusou a vir.

Pessoalmente, David não acreditava na estória, mas havia quem acreditasse.


O Rabino tinha uma filha chamada Lea, uma garôta tímida e calada, que freqüentava a mesma classe de David. O Rabino mandara-a para uma escola pública, porque não havia externato hebraico na cidade. Lea era a aluna mais brilhante da classe e ganhava o maior número de fitas em caligrafia, orto-

524 Entre Dois Mundos

grafia e comportamento. Ela se sentava sempre na frente da classe. David, que era o segundo em ortografia e comportamento, sentava-se atrás dela.

Um ano, porém, David ficou em primeiro lugar no teste de ortografia. Quando Miss Lattner não estava olhando, êle deu uma olhadinha no exercício de Lea e copiou as palavras como ela as escrevera. Êle tinha uma técnica especial de ocultar os olhos com as mãos, como se estivesse concentrado. Certo de que Miss Lattner não podia ver-lhe os olhos, êle olhou sob a axila esquerda de Lea para o seu exercício. Na palavra "anti-constitucionalìssimamente", Lea recolheu o braço e curvou-se sôbre a carteira, numa incerteza nervosa. David, não podendo ver o que Lea havia escrito, foi obrigado a grafar a palavra como julgara melhor. Lea errou, mas David escreveu-a corretamente e deslocou a garôta da primeira carteira neste ano. No ano seguinte, David perdeu decisivamente: sentado na frente, não podia olhar para trás.

Quando irromperam em Lea os sinais da puberdade, ela se tornou muito nervosa. Embora não sofresse de doença de pele, coçava as pernas debaixo da carteira até sangrar. Certa vez, na aula de Mrs. French, na Lake Junior High School, Lea não pôde controlar as mãos e coçou-se abertamente.

— Meninas educadas não coçam as pernas, Miss Solomovsky — disse Mrs. French em frente de tôda a classe.

A classe explodiu numa risada e Lea caiu no chôro. Mrs. French ficou tão confusa que mandou a classe embora. Sòzinha com Lea na sala, abraçou a garôta soluçante. Dêste dia em diante, Lea e Mrs. French tornaram-se grandes amigas. Lea costumava trazer para a professôra o *strudel* de sua mãe e os bolos-chapéu de Amã, de três cornos. No sábado de *bar-mitzva* de Lea, Mrs. French sentou-se entre a mãe e a avó de Lea, na secção de mulheres, atrás da grade, no fundo da sinagoga.

No ginásio, Lea recebia bilhetes na porta do salão de dança nos bailes estudantis, porque ela nunca tinha namorado. Môças que nunca eram convidadas para êstes bailes podiam pelo menos estar certas de participar do baile da A. G. N. — All Girls of North, clube de tôdas as môças de North. Neste baile, as môças é que convidavam os rapazes. Lea recebia os bilhetes no baile A.G.N. também; era por demais suscetível para convidar um rapaz a um baile.

Lea terminou em terceiro lugar, na sua High School, entre seiscentos e onze alunos, mas não foi para a Universidade. Seu pai achava pouco provável que ela encontrasse um marido adequado na Universidade de Colorado. Lá, os rapazes judeus vinham de famílias conservadoras e reformadas e andavam bêbados de farra em farra. Em vez disso, o Rabino manteve-a

# S. Biderman

em casa e, tôdas as noites de têrça-feira, convidava um grupo seleto de jovens de famílias ortodoxas para saborear os bolos de tricórnio de Amã de sua espôsa e beber vinho de Carmelo. A mãe de Lea gostava tanto de bolos de Purim que os fazia durante o ano inteiro.

Nessas noites de têrça-feira, Lea trajava um vestido glauco que tornava sua tez ainda mais pálida do que usualmente. Não sabia conversar com rapazes, nem o que fazer das mãos. Cruzava os dedos para controlar o tremor. Quando os rapazes se absorviam na discussão, com o Rabino, de aspectos sutis de Raschi ou do *Guia dos Perplexos* de Maimônides, Lea saía sorrateiramente da sala, fechava-se em seu quarto e chorava silenciosamente sôbre a cama.

Os serões dos Solomovsky eram comentados por todo o West Side. No primeiro ano, o Rabino convidou apenas homens qualificados da nobreza ortodoxa judaica — doutôres, dentistas, farmacêuticos e advogados. No segundo ano, foi obrigado a democratizar-se mais: mesmo Samson Fleisch, que trabalhava no açougue *coscher* de seu pai, na Avenida West Colfax, e ressudava a salame, e Esau Simon, com as unhas sujas de graxa e cheirando a gasolina, eram vistos com regularidade na sala de visitas dos Solomovsky. No terceiro ano, o Rabino chegou ao ponto de convidar filhos de famílias conservadoras do East Side. Mas não tinha fundamento nenhum o boato, espalhado por seus inimigos, de que seus serões de têrça-feira eram profanados pelos gentios. No quarto ano, um dito percorreu o West Side: "O Rabino precisa de uma Raquel para casar sua Lea".

Perdendo a esperança em Denver, o Rabino enviou a filha a Nova Iorque, para morar com sua irmã, que usava uma peruca côr de cenoura. Ela se casara com um rabino de Williamsburg que nem arredondava os cantos de sua cabeça nem desfazia os ângulos de sua barba. Lea morou dois anos com a tia, ao fim dos quais ficou noiva de um estudante polonês da *ieschiva*. Êle usava um *schtraimel,* chapéu redondo de pele, do qual escapavam cachos enrolados junto às orelhas. A falta de barba era evidente. Uma tarde, o jovem, sentado sòzinho com Lea na sala de visitas da tia, contou-lhe que fôra alterado durante a guerra e não poderia abençoá-la com filhos. Lea tomou suas longas e pálidas mãos e levou-as aos lábios e disse que não tinha importância e chorou e êle limpou-lhe as lágrimas com suas mãos alongadas.

Antes do casamento, a cabeça de Lea foi raspada e seu corpo e cabeça ungidos com óleo. Três senhoras hassídicas vestiram a noiva de branco e puseram uma peruca dourada em sua cabeça.

# 526 Entre Dois Mundos

Quatrocentos convidados encheram a sinagoga do Rabino Solomovsky. Até automóveis de judeus conservadores atravancavam Irving Street. Todos os rabinos da cidade — sem consideração de religião — estavam presentes.

Conduziram a noiva ao pálio matrimonial debaixo de um véu pesado. O Rabino Solomovsky não oficiou a cerimônia, mas permaneceu atrás da filha com lágrimas correndo pela barba abaixo. A cerimônia foi realizada por seu cunhado hassídico, Rabino Nathan. Êste entoou o Salmo 100, abençoou e serviu o primeiro copo de vinho aos noivos. A noiva, sua mãe e seu pai deram sete voltas em tôrno do noivo, segurando nas mãos velas trançadas acesas. O Rabino Nathan serviu o segundo copo de vinho ao casal, e depois de tê-lo bebido, o noivo quebrou o copo sob os pés. Depois da cerimônia, os cacos foram recolhidos, colocados em um saquinho e entregues ao casal. para serem depostos sôbre as suas pálpebras na hora da morte.

Nunca se soube quantas caixas de *schnapps* e de vinho foram consumidas. Mas a celebração teve mais sucesso do que qualquer *Simhat Torá*. Por horas seguidas, o pai da noiva dançou e pulou num rodopio com vinte hassiditas gritando e rindo, batendo os calcanhares com fôrça no chão da sinagoga, com barbas peroladas de suor, braços entrelaçados na *avodá*[2] do amor, até que todos caíram exaustos de bebida e alegria.

---

(2) Trabalho, serviço divino; liturgia do Dia da Expiação.

# M. LEVIN

MEYER LEVIN (1905) nasceu em Chicago e estudou na Universidade de sua cidade natal e em Paris. Trabalhou no *Daily News* de Chicago, dirigiu espetáculos de *marionettes,* experimentou a vida pioneira num *kibutz* da Palestina e exerceu funções dirigentes no *Esquire.*

Meyer Levin publicou estórias notáveis da vida judaica no *Menorah Journal* e contos hassídicos em *The Golden Mountain.* A estória que se segue é tirada de uma novela, *The Old Bunch* (1937).

Um dos seus maiores êxitos foi o romance *Compulsion,* em que relata, baseado em minuciosa documentação, o assassínio gratuito de um escolar por dois outros escolares judeus e narra o processo e a condenação dos dois assassinos, dos quais um faleceu na cadeia, enquanto o outro foi pôsto em liberdade há alguns anos. Meyer Levin tem também o mérito da divulgação dos *Diários* de Anne Frank em que se baseia a peça de Francis Goodrich e Albert Hackett.

## EGITO, 1937

— Não entendo o que fêz você ficar tão religioso assim de repente! — exclamou Lil de modo sarcástico. — Por que não deixa crescer a barba e não vai à *schul,* já que está assim?!

528 Entre Dois Mundos

— Religião nada tem a ver com isso — respondeu êle pacientemente. — Você sabe muito bem que todo êsse negócio nada significa para mim. É só o... o lado social da coisa. Quero dizer...

— Aí é que está! Socialmente, a nossa ida à casa de Ev significa algo para nós.

— Escute, Lil — disse êle contendo-se a custo. — Você sabe muito bem que, se a sua mãe fizesse um *seder,* nós teríamos que ir. Mas, já que seus pais estão em Rochester, é natural que meus velhos nos esperem. Não ir, seria dar-lhes uma bofetada na cara.

— Oh! meu Deus, terei de ficar sentada como uma prisioneira até meia-noite, enquanto seu avô resmunga as rezas por entre a barba? Nós estivemos lá no ano retrasado e isso deveria contentá-los por algum tempo!

— Isso foi há três anos.

— Seja lá quando foi, uma vez foi o bastante! Meu Deus, você não acha que, com todos os seus tios e tias, sua família já deve ter fregueses suficientes para o *seder,* sem que tenha de me meter nisso?

— Não é êsse o caso — disse Sam. — A nós não arrancaria um pedaço e êles se sentiriam felizes ao verem o filho e o neto à mesa.

— Escute, Sam. Somos jovens, modernos. Durante três anos estivemos amarrados em casa por causa da criança e de tudo o mais, mas agora, finalmente, podemos começar a sair e ver gente, por que devemos nos chatear com uma turma de gagás? Acho a idéia de Ev maravilhosa. Por que não fazer um *seder* só para casais jovens? Gostaria de ter tido eu mesma essa idéia! Acho que um *seder* é uma comemoração, não é? Por que não podemos nos divertir?

— Se você está tão entusiasmada para ir lá, vá — disse Sam. — Mas eu vou com Jackie à casa de minha gente.

Lil olhou-o ferozmente: sua mão aproximou-se da bôca a fim de sufocar um soluço.

— Oh! Então é assim! Você quer mostrar-lhes que mãe horrorosa êle tem. — E correu para o quarto.

Sam afundou-se numa cadeira e cruzou os braços bem apertados. Pouco a pouco a raiva passou. Resolveu levar o caso na brincadeira. Êle discutindo sôbre religião, logo êle, o agnóstico!

Foi encontrá-la de bruços, soluçando.

— Sinto muito, Lil. — Êle acariciou seus cabelos. — Não sei o que há comigo ùltimamente; ando tão nervoso que qualquer provocação me faz estourar. — Gostaria de lhe contar, ou a alguém mais, sôbre as vêzes em que, no tribunal ou no escritório, ficava tenso como se fôsse uma corda na qual hou-

# M. Levin

vessem dado nós, apertando a mais não poder; contar-lhe do asco e do embaraço que sentia em seu trabalho diário, em sair da política, em ter de bajular um nojento como o Juiz Horowitz e outras tantas coisas.

— Foi culpa minha, Sammy. Eu o irritei quando você estava cansado — disse ela, levantando-se e tomando a cabeça dêle entre as mãos. — Eu nem deveria ter mencionado a festa de Ev. Êste ano, devemos ir à casa de sua família. É o certo.

— Oh! não tem importância, provàvelmente êles nem notarão a nossa ausência. Em todo caso, podemos ir lá na segunda noite. Êles estão acostumados a receber-nos então.

— Mas é lógico! — exclamou ela. — Há *seder* na segunda noite também!

> "C-o-n
> S-t-a-n-t-i-n..."

o rádio estava tocando quando chegaram. Thelma dançava com Manny Kassel e havia também um casal estranho. Ev, encantadora num esvoaçante vestido branco que ocultava totalmente seu estado — apesar de ainda não haver nada a ocultar — veio correndo ao encontro dêles.

— Oh! querida, olhe-me! Está aparecendo? — ela cochichou bastante audìvelmente para Lil.

— Não aparece nada — sussurrou Lil também.

— Ela só queria uma desculpa para usar êsse vestido — observou Phil, dando uma piscada amorosa, sofisticada e orgulhosa para a espôsa.

— Oh! está bacana — disse Lil. — Encantador!

— Olá, Jackie! Êle não está bacana! — exclamou Ev.

— Diga alô à tia Ev, Jackie!

— Alô, belezinha — disse Jackie, e todos caíram na gargalhada.

Phil apresentou-os aos estranhos, Sr. e Sra. McIlwain, que estavam morrendo de vontade de assistir a uma Páscoa judaica.

A empregada servia aperitivos e pequenos canapés de caviar em pedaços de *matzot*.

— Não são excelentes! — dizia a Sra. McIlwain, examinando os canapés. — Páscoa ou não, acho que essa maneira de servir caviar é uma delícia.

— Estão realmente bacanas — concordou Lil.

— Querida, você tem que me dizer onde comprou isso. Como é mesmo que vocês o chamam? — perguntou a Sra. McIlwain.

— Matt-zote. — Ev pronunciou a palavra erradamente e deu um risinho de mofa.

530                                    Entre Dois Mundos

— Escute, isso não tem gôsto de um verdadeiro gim de banheira — queixou-se Manny, cômicamente, de sua bebida.

— Isso é a própria bebida prescrita — admitiu Phil. — Creio que você terá de aceitá-la assim mesmo, já que Ev vem usando ùltimamente nossa banheira.

Êles riram.

— Uma das coisas piores da Lei Sêca — disse McIlwain — é que não reconhecemos uma boa bebida quando a temos em mãos. Eu sempre usei o meu velho como provador-mor. Meninos, êle costuma chupar um bocado da verdadeira!

Todos o olharam com inveja por ser êle filho de um verdadeiro beberrão irlandês.

— Como é, Sam, ouvi dizer que você abandonou o navio quando êle afundava — disse Phil.

— Sim, com o resto dos ratos — interrompeu Sam.

— Oh! — riu Phil aprovando. — Bem, creio que o Big Bill está liquidado nesta cidade.

— Não sei, não — disse Sam. — Ainda é o prefeito.

— Deve estar um tanto sòzinho lá na prefeitura, por ora. — McIlwain referia-se à derrota dos candidatos de Thompson.

— De qualquer forma, êle bem que poderia cair fora — disse Phil. — Sua quadrilha já passou a mão em tudo o que podiam.

— Também acho — concordou Sam. — Rasparam a caixa até o fundo.

— Ouvi dizer que êle tem aspirações presidenciais — observou McIlwain.

— Com êle na presidência, é caso de sair correndo — chasqueou Manny.

— Vocês, homens, querem parar de falar em política? — interpôs-se Ev rindo e empurrando-os para a sala de jantar.

— Oh!, Ev, está tão bacana que nem tenho palavras! — exclamou Lil, ao ver a mesa. No centro havia um bôlo de várias camadas e, no tôpo, um boneco com uma roupa esvoaçante, e uma longa barba branca de algodão prêsa ao queixo querubínico. Moisés!

— Já pegaram? — perguntou Thelma com um risinho abafado. — Quem vocês acham que é?

— Moisés na Montanha? — aventurou a Sra. McIlwain.

— Ah-ah!

— Já sei! Se você não pode comer pão, coma bôlo! — rugiu Manny.

— Não é justo, você já sabia! — resmungou Ev.

Todos riram e Ev disse modestamente:

— Foi idéia de Phil.

Os cartões que marcavam o lugar de cada um eram os mais originais! Cada cartão era um recorte de uma figura bíblica;

M. Levin

apenas Ev colocara saias bem curtas sôbre as longas vestes das figuras femininas, e nos homens colocara chapéus de côco. O mais engraçado, porém, é que arrumara fotografias de artistas de cinema e as colara nos rostos das figuras da Bíblia.

— Quem será êste? — guinchou Lil e todos se acotovelaram em tôrno de uma foto de Adolphe Menjou, com um chapéu de sêda, no corpo de um capataz egípcio a brandir um chicote. Primeiro êles pensaram que fôsse McIlwain, pois era gentio (entenda-se, egípcio), além disso, era engenheiro; mas verificou-se que se tratava de Manny Kassel, devido a seu bigode à la Menjou, e o chicote pelo fato de ser dentista. Perto havia um retrato de Lilian Gish, como Rainha Ester tocando harpa, e naturalmente era Thelma, por causa do instrumento musical. Phil e Ev eram Doug Fairbanks e Mary Pickford, o casal perfeito, como Sansão e Dalila! Sam era Groucho Marx como Adão e Lil era Wilma Banky como Eva, e Jackie Cooper como Davi. Imediatamente êle gritou:

— Mãe-ê, quero um estilingue!

— Quieto, Jackie, mamãe lhe comprará um amanhã.

— Não, eu quero agora.

— Onde, diabo, você conseguiu tôdas essas fotos de artistas de cinema! — indagou Lil, procurando ignorar o filho.

— Ora, Phil tem um amigo na firma Lubliner & Trinz. Êle as arranjou no departamento de propaganda, especial.

— Eu quero! — Jackie puxava a roupa de Lil.

— Olhe, Jackie — disse Phil, pegando a prenda que estava no prato do menino. Ao desembrulhá-la, apareceu um cocar de índio. — *Nize beby* — êle imitou Milt Gross.

Jackie parou de gritar e pôs o cocar de papel na cabeça.

— Iai! eu sou índio — gritou, todo feliz.

— Você sabe, Phil tem muito jeito com crianças — disse Ev. — Acho que vai dar um ótimo papai, depois de tudo!

Os outros começaram a desembrulhar as prendas. Em cada prato havia um chapéu engraçado, dêsses usados em festas de Ano Nôvo.

— Vocês sabem, os bons judeus sempre usam um solidéu ou outra espécie de chapéu à mesa da Páscoa — explicou Ev aos gentios.

— Não vão pensar que essa é a verdadeira coisa — disse Phil. — Decidimos fazê-lo à nossa maneira, para variar.

Os McIlwain vestiram os chapéus. Êle tirara um fêz vermelho, azul e branco, com uma borla no alto. Sua face jovem, redonda e vermelha radiava boa vontade. O chapéu de Sam era amarelo e verde, cortado como um gorro estrangeiro. Manny tinha um chapéu com orelhas de burro! As mulheres também ganharam os seus.

532                                              Entre Dois Mundos

— Sabem quem teria adorado isso? Alvin Fox! — exclamou Thelma. — Lembram-se que êle estudava para rabino e depois desistiu?

— Eu ia convidá-lo — disse Ev — mas êles estavam justamente indo para a Europa, numa lua de mel atrasada.

— Êle se casou com uma garôta não judia — explicou Thelma aos McIlwain, radiando.

— Estava pondo abaixo o negócio, com aquelas cadeiras modernistas — riu Phil — e o velho achou mais barato despachá-lo para a Europa.

Todos riram bem-humorados.

Agora servia-se o vinho. Phil segurava um legítimo Chianti com a armação de palha envolvendo a garrafa.

— Como num *seder* de verdade — gritou Lil ao ver a empregada servir o primeiro prato, que consistia em ovos duros e picados em água salgada.

— *Charokis* [1] — respondeu Ev imediatamente, americanizando a palavra, a ponto de torná-la irreconhecível.

— Como é que você sabe tanto sôbre essas coisas? — indagou Lil, admirada. — Minha mãe costumava preparar uma espécie de *seder,* mas jamais sonharia em fazer um sòzinha.

— Menina, você nunca adivinharia onde eu consegui as instruções — disse Ev. — Havia um *menu* completo da Páscoa na coluna de Prudence Penny!

— Não pode ser!

— Eu lhe mostrarei. — E Ev trouxe o recorte do jornal. — Simplesmente entreguei-o à empregada para que o seguisse religiosamente.

— Religiosamente, essa é boa! — repetiu Manny.

— Que espécie de pão você prefere, branco ou de centeio? — brincou Phil, passando o prato de *matzot.*

— Eu vou realmente comer isso; é bom para você, eu estou de regime! — disse Ev. — O meu ginecologista acha que é a melhor coisa.

A empregada trouxe um prato de pãezinhos quentes, que a maioria aceitou, apesar de os McIlwains insistirem em comer *matzot.*

— Se não me engano, deve-se encher um copo de vinho para alguém — lembrou Lil.

— Oh! sim! *Eli hanové* [2]! — complementou Thelma.

— O que é isso?

— Elias — traduziu Phil.

— Sim. É bacana — disse Lil. — A gente deve encher um copo com vinho e Elias vem e o toma.

(1) Refere-se a *harosses.* V. Glossário.
(2) Elias, o Profeta.

M. Levin                                                              533

— Que tal dar a Elias um verdadeiro trago, para variar? —
disse Phil, enchendo um copo de gim. — Onde quer que este-
jas, meu velho! Abram a porta para Elias!

— Quem é Elias? — perguntou Jackie.

— Êle vem e vira o copo — explicou Lil.

— Quando?

— Logo mais. Você não pode vê-lo. É invisível.

— Ora — disse Jackie encarando-a. — Você está brincando comigo.

— É verdade — disse Lil. — Êle entra em tôdas as casas
e toma o vinho.

— É mesmo? Então, aposto que êle fica no pileque! —
cacarejou Jackie.

Todos riram.

— Êle não é bacana, mesmo?

Ev recostou-se em Phil.

— Oh! Lil, faça-o propor as quatro perguntas! — sugeriu
Thelma.

— Isso mesmo, é para isso que êle está aqui!

— É claro que não estamos fazendo na ordem certa —
explicou Phil aos McIlwains — mas num *seder* de fato, segue-
-se a Hagadá, uma espécie de livro ritual, e o filho mais nôvo
da casa faz as quatro perguntas tradicionais, e o chefe da
família, geralmente o avô, lê as respostas.

— Surprêsa! — disse Ev, e exibiu uma Hagadá impressa
em hebraico e em inglês. A curiosidade passou de mão em
mão, todos explicando aos McIlwains que o hebraico era lido
da direita para a esquerda, e não de cima para baixo, como
o chinês. Estudaram o livro respeitosamente.

— Oh! sabem o que eu gostaria de cantar? — gritou Thelma. — *Had gadia* [3]! Sempre costumávamos cantar isso quando eu era criança. — Virou algumas páginas. — Uma criança,
uma criança, por dois *zuzim* [4]! — começou ela. O vinho estava
afetando-a visìvelmente, suas faces estavam pegando fogo. —
*Had gadia! Had gadia!*

— Mas isso não vem no fim da refeição? — perguntou Ev.

— Qual é a diferença?

— *Had gadia! Had gadia!* — Manny começou a cantar
com ela.

A empregada trouxe um imenso pernil assado.

Guinchos e risotas.

Manny pegou um rôlo de serpentina que se achava perto de
seu prato e atirou-o ruidosamente. O papel-crepe vermelho
voou através da mesa, e foi cair na orelha de Sam.

---

(3) "Um cabritinho", uma balada que se recita na Páscoa, à mesa do *seder*.
(4) Moeda de prata.

534 Entre Dois Mundos

— As quatro perguntas, as quatro perguntas! — insistiu Lil.
— Muito bem, você as lê para Jackie e Phil responderá — disse Ev.
— Preste atenção, Jackie. — Lil mostrou-lhe as linhas do livro. — Você repete o que eu disser, certo?
Jackie assentiu com a cabeça.
— Por que...
— Por que...
— É esta noite...
— É esta noite...
— Diferente...
— Diferente...
Sam ouvia o filho piando e, relanceando para o livro nas mãos de Lil, repentinamente lembrou-se das palavras hebraicas: *Mah nischtana halaila hazé...* [5]! tal como costumava dizê-las, fascinado, e a grave entonação da resposta do avô.
— De tôdas as outras noites?
— De tôdas outras noites? — Jackie estendeu a mão para receber o prêmio.
— Porque hoje é 4 de abril — respondeu Phil — e tôda noite é outra noite.
Suas gargalhadas fizeram os cristais tilintar. Sam levantou-se.
— Vocês vão me desculpar — conseguiu balbuciar enquanto se dirigia à porta.
Lil precipitou-se atrás dêle.
— O que houve, você está doente? — Seu primeiro olhar foi de preocupação. Depois: — Você está louco? Envergonhando-me diante de meus melhores amigos!
Ev correu para êles.
— Isso é o fim! — estourou Lil calorosamente, caindo em lágrimas nos braços de Evelyn.
Na mente de Sam, estas palavras estavam lampejando, como se êle as lesse num sinal luminoso, acendendo e apagando, acendendo e apagando: "É aqui que caio fora. É aqui que caio fora".

(5) Por que esta noite é diferente?

# A. DINES

ALBERTO DINES (1932) nasceu na cidade do Rio de Janeiro. Filho de Israel e Rachel Dines que chegaram ao Brasil na década de 20, vindos de Volínia, Rússia. Cursou escolas israelitas até o ginásio. Foi, ainda adolescente, um dos fundadores no Rio do movimento sionista-socialista "Dror", nêle permanecendo como um ativo militante até os 20 anos. Seu primeiro trabalho jornalístico foi para o *Jornal Israelita* do Rio. Daí em diante foi repórter de várias publicações nacionais, passando em seguida a dirigir vários jornais do Rio, como *Última Hora, Diário da Noite, Tribuna de Imprensa* e finalmente *Jornal do Brasil*. Criou e dirigiu *Fatos & Fotos* durante alguns anos. Trabalhou como realizador de documentários cinematográficos e argumentista de vários filmes entre 1950 e 1955. Professor de jornalismo em várias universidades e cursos de alto nível. Autor de um livro de contos, em colaboração com outros três autores (*Vinte Histórias Curtas*) e de dois livros de reportagens, também em colaboração (*Os Idos de Março* e *O Mundo sem Kennedy*). Seus trabalhos literários geralmente versam sôbre temas judaicos ambientados na realidade brasileira.

## SCHMIL E A POLÍTICA INTERNACIONAL

Se dois *goim* estiverem brigando e se houver um judeu por perto, eis o que deve fazer o judeu: averiguar se não há ne-

536                                    Entre Dois Mundos

nhum ferido grave e, em caso positivo, chamar uma ambulância. Mas, se a briga não oferecer perigo para os contendores, o judeu deve então afastar-se imediatamente, pois quem corre perigo é justamente êle.

Por quê?

Porque quando dois *goim* brigam, quem sempre apanha é o judeu. Assim é, assim sempre foi. Razões há muitas e nenhuma. O que acontece, no entanto, é que nós já começamos a ficar cansados de ser bode expiatório de todos os pecados do mundo.

Senão vejamos: a peste bubônica mata meia Europa na Idade Média? Enforquem os judeus, êles são culpados. Os árabes invadem a Península Ibérica? Queimem os judeus, êles são meio-árabes. Fome na Rússia, o Tzar oprime o povo? Façam *pogroms,* liquidem os judeus. A revolução vence, o proletariado toma o poder? Malditos judeus, são todos comunistas. O imperialismo amordaça a Alemanha? Liquidem 6 milhões de judeus, são todos agentes do capitalismo cosmopolita. O mundo está em perigo, a Rússia briga com os Estados Unidos? Expulsem os judeus de Israel, êles estão atrapalhando a paz mundial!

E assim, tachados com todos os "ismos", empurrados de um lado a outro, vamos percorrendo esta atribulada história universal, levando paulada de todo lado, apanhando por sermos a favor e apanhando por sermos contra, por sermos neutros ou por não tomarmos partido.

Vejam o próprio caso de Cristo, êste belo judeu chamado Ioschua, a quem os romanos crucificaram com todos os requintes, enquanto o povo de Jerusalém chorava. Não obstante isso, sabem o que acontece na Páscoa? Malham um Judas de pano, xingam os judeus da vizinhança e se, porventura, algum gringuinho louro, de olhos claros, cai nas mãos da turba sagradamente enfurecida, quem paga é êsse coitadinho assustado que, um dia, eu próprio já fui.

É por isso que eu digo: quando um judeu estiver perto de uma briga de *goim,* corra dela, a menos que receba convite formal para nela ingressar, porque, na primeira oportunidade, quem apanha é êle. A êsse respeito contam-se muitas histórias e eu próprio assisti a uma delas, que bem serve para ilustrar o que já disse. Personagem principal: "seu" Schmil, vendedor de guarda-chuvas.

Morava eu, naquela época, naquele bairro sossegado, cujo nome é quase samba: Vila Isabel.

Bom tempo aquêle, de serenata em sábado de lua, lírio cheirando em noite de verão, de casa com quintal, quintal com galinheiro, gato miando no telhado, galo cantando de manhã-

**A. Dines** 537

zinha e a vida correndo tão plácida que nem dedo escorregando em violão.

Havia muitos judeus em Vila Isabel, bairro pobre que era. Mas viviam longe um do outro, mais preocupados com suas vidas cotidianas do que em ter um vizinho que falasse ídiche. Um velho de barbas era caso raro e, por isso, "seu" Schmil, o vendedor ambulante de guarda-chuvas, era um homem mais do que notado.

Andava curvado, olhar perdido em outras eras, apregoando com uma voz triste que fazia dó: "gvarda-tchuvas!", "gvarda--tchuvas!"...

Moleque descalço, estilingue no bôlso, eu não gostava nem desgostava dêle. Achava "seu" Schmil estranho, apenas isso.

Tudo começa num dia de 1937. (Vão me desculpar os que têm horror a datas mas, nesta história, será preciso citar algumas.) Estava eu na porta de casa, recém-vindo da escola, mastigando meu sanduíche de pão com queijo. "Seu" Schmil vinha vindo na ronda habitual, anunciando sua mercadoria com aquela mesma voz sofrida, que alguém usaria para chorar sua dor.

Súbito, mas tão súbito que não tive tempo de engolir o último bocado, saltaram de trás de um muro uns dez rapazotes e envolveram o velho. Estavam todos fardados de verde e eu logo percebi que se tratava do grupo da Juventude Integralista que se fundara em minha rua.

Aos gritos de "gringo sujo", "mata", "esfola", o batalhãozinho das melhores famílias do bairro caiu em cima do velho, desancando-lhe uma surra tremenda. Logo, soava um apito e, antes que algum dos passantes pudesse acudir, os fascistazinhos afastaram-se numa corrida disciplinada. Fiquei tão chocado que engoli as lágrimas junto com o lanche e até hoje lembro-me dêste amargo pedaço de pão. Quando cheguei até o homem, já êle estava rodeado por um grupo de pessoas que limpavam seu sangue e o consolavam.

"Seu" Schmil chorava feito criança. Ao mesmo tempo, tentava arrumar com os dedos nervosos e trêmulos os guarda-chuvas que os pequenos terroristas tinham rebentado. Sacudia a cabeça recriminando alguém mas, quando finalmente pôde falar, disse apenas:

— Oi!... Eu não devia ter saído de casa, hoje...

Ponto, parágrafo.


Alguns anos mais tarde, no mesmo bairro. Corria o ano de 1942 e eu posso até precisar a data — 5 de agôsto — porque naquele dia o Brasil entrara em guerra com a Alemanha e a

538 Entre Dois Mundos

Itália. Vinha eu do ginásio, dependurado, valentemente, no estribo do bonde, recebendo aquêle vento gostoso no rosto, já me sentindo algum pilôto de avião em pleno combate. De repente, vejo no ponto de bondes um aglomerado de gente movimentando-se aos gritos. Parecia briga. E como eu ainda não sabia que em matéria de briga o melhor é ler a notícia em jornal, aproximei-me, curioso.

Vi um grupo de rapazes dando uma sova daquelas num pobre homem. Batiam sem dó nem piedade como só batem os homens quando estão em maioria. Batiam e gritavam: "Italiano de uma figa", "filho..." (daquelas senhoras) e coisas no gênero. O homem já sangrava e não sei por que razão levado, aproximei-me mais. E, qual é o meu espanto, que o tal italiano de uma figa não era nada mais, nada menos do que "seu" Schmil, o meu triste vendedor de guarda-chuvas.

Dono de uma coragem que não sei onde fui buscar, meti-me entre aquêles braços que zuniam e batiam, cheguei até o velho e comecei a gritar e a chorar:

— Êle não é italiano! Êle é judeu! Êle não é italiano! Êle é judeu!

Um dos linchadores ainda teve a pachorra de me explicar:

— Dá na mesma, garôto, é tudo gringo...

E toma pancada no velho Schmil que escondia o rosto com as mãos e deixava-se bater com uma experiência secular. Finalmente, veio um guarda-civil e dispersou os patrióticos manifestantes. Meio envergonhado pelo chôro, dei uma olhadela para "seu" Schmil. O velho ainda encontrou pena para ter pena de mim: passou-me a mão pela cabeça e disse apenas:

— Você vê? Eu não devia ter saído hoje de casa...

Ponto, parágrafo.

Mais alguns anos. Eu já era quase homenzinho. Corria 1950, morávamos em bairro melhor, num alto edifício de apartamentos. Já estávamos naquela era em que as crianças nascem sabendo lidar com aparelho de televisão mas não sabem é como subir em árvores. O nôvo bairro não era muito pródigo em judeus mas, por coincidência, sabem quem veio morar no apartamento vizinho?

Schmil.

Não era mais vendedor ambulante de guarda-chuvas, pois uma filha, formada em medicina, casara-se muito bem e resolvera levar o pai consigo para o nôvo apartamento. O velho estava bem velho agora. Já não trabalhava mais, apenas ia rezar pela manhã na sinagoga, ficando o resto do dia a ler jornais ou brincando com os netos.

# A. Dines

O homem, creio, tinha esquecido de mim e de todos aquêles incidentes, pois jamais tocara nêles. Aliás, pouco falávamos mesmo. Era apenas *schalom* nos dias úteis, *gut iomtov* [1] nos dias de festas ou *gut schabes* [2] nos sábados (quando eu me lembrava que era festa ou sábado). Êste era o tipo de diálogo que trocávamos no elevador ou através de nossas janelas, já que o quarto do velho fazia parede com o meu. Às vêzes, eu lhe perguntava brincando: "Como vai o mundo?" E êle me respondia brincando: "À espera do Messias".

E era só.


Um dia, sábado, eu me levantei cedo, cheguei à janela para respirar um bocadinho de ar puro e qual não é meu espanto ao ver "seu" Schmil olhando para minha janela, como que me esperando, em vez de ir à sinagoga.

— *Gut schabes* — disse eu.

— *Gut schabes* — disse êle.

— Não vai à sinagoga?

O velho sacudiu a cabeça e, num tom definitivo, afirmou:

— Hoje, não.

— Mas, por quê, Reb Schmil?

E êle sorriu tão calmo e seguro que parecia ter saído de uma conversa com Deus. Sumiu, mas logo reapareceu na janela trazendo um jornal. Abriu na primeira página e me mostrou a manchete: ESTOURA A GUERRA NA CORÉIA.

O velho ficou sério e, então, explicou algo que só eu entenderia:

— Hoje, eu não saio de casa...

Ponto final.


## VERDE OLIVA, CORNETA NA BÔCA
## ou OS VÁRIOS CAMINHOS QUE LEVAM A DEUS
## E DE COMO MICHA ENCONTROU O SEU

Cada um tem a sua fórmula. Cada um tem o seu jeito. Mas não é fácil encontrar o caminho de Deus nos dias que correm. Ainda mais, quando o Deus de Micha é do tipo invisível, insólito, incomum. Micha, no entanto, soube encontrá-lo, conforme se comprova nesta narrativa. O mais estranho é que Micha não era um modêlo de espiritualidade: mal ouvira Bach, não fazia Ioga e nunca lhe falaram sôbre mescalina. Não tinha,

(1) Bom feriado.
(2) Bom sábado.

540                                    Entre Dois Mundos

portanto, nenhum dos atributos contemporâneos que podem nos levar ao divino.

Mas, assim mesmo, Deus abateu-se sôbre Micha como nos velhos tempos de anjos e profetas: lindamente. Foi esquecido também de enumerar no intróito que Micha não era dêstes que procuram Deus desesperadamente, na posição horizontal, como os jovens costumam fazer hoje em dia, com certa ânsia, esparramados sôbre alguma sacerdotisa. Em matéria de amor, como de resto em tudo, Micha era de uma simplicidade atroz: vez ou outra, arrumava um dinheiro e saía, por aí, para dar uma bimbada. Simples e direto, como quem tem fome.

Micha era assim: não pensava muito, ia em frente simplesmente. Sem carregar nas tintas, pode-se dizer que Micha era grosso e opaco. Por isso, quando se diz que vários são os caminhos que levam a Deus, não se consegue visualizar Micha em nenhum dêles. Não fazia nada com intensidade e, como isto é um pecado mortal, passava, assim, ao largo de Deus.

Micha poderia ter passado ao largo desta história também se, de repente, uma estranha fôrça não desabasse sôbre êle. E na fugaz confrontação com o mal, coisa de segundos como sempre, sem pensar muito o bocó Micha, aliás Michael Goldenberg, aninhou-se docemente nos braços do supremo. Talvez porque naquela infinita fração de tempo um pequenino nervo se contraíra um pouco mais ou uma gôta de hormônio destilara-se em demasia ou ainda porque os desígnios de um homem, às vêzes, são maiores do que êle próprio, a verdade é que Micha ultrapassou suas próprias dimensões. Mas como Deus não estudou psicanálise nem jamais procurou saber a origem dos grandes gestos, contentou-se.

— Sentido! Meia-volta, volver! Ordinário, marche! Um, dois, um, dois, um, dois...

Micha é o terceiro da quarta fila, segundo pelotão, companhia "A". Não se destaca nem na ordem unida. Seu rosto claro dentro do capacete que deveria destoar daquele mundo de caras morenas, confunde-se com todos, tão insignificante que é.

— Alto! Descansar!... Sentido! Debandaaaar!...

Micha poderia ter escapado do exército. Era só querer. Pouca gente gosta de servir o exército, especialmente quando se pode ganhar, fora dêle, um salário bem acima do magro sôldo. Eram vários os meios de evitar aquêle ano suado e sofrido dentro de uma pesada botina prêta e de um apertado e desbotado uniforme daquela côr que a nossa palheta cívica convencionou chamar de verde-oliva.

Micha não usou nenhum daqueles artifícios. Êle era simples e direto, por isso, quando chegou a hora de servir, serviu. Como dissemos, não pensava muito: ia em frente. Se pudéssemos figurar Micha geomètricamente, desenharíamos uma linha reta, porém muito apagadinha e, assim, o compreenderíamos: Micha era um simples.

— Soldado Michael Goldenbergue se apresenta ao Tenente Galvão.

Micha estava endurecido numa continência diante do oficial.

— À vontade, soldado. O que é?

Micha se descontrai, deixa escorrer a couraça que o envolvera segundos antes e começa a falar com aquêle jeito de quem se desenrola:

— Tenente, o senhor sabe... Eu sou brasileiro, como todos aqui... Mas acontece que minha religião é diferente. O senhor já sabe, não é?... Já falamos sôbre isto... Eu sou judeu...

— Sei, soldado. O que é que tem isto? Não fazemos discriminação aqui. Somos um exército democrático...

— Não é isso, não, tenente. Acontece que hoje é Dia do Perdão e eu tenho que...

O tenentezinho foi-se incendiando aos poucos. Logo estava pegando fogo:

— Outra vez, soldado? Semana passada foi Ano Nôvo, antes foi não-sei-o-quê!... Soldado Goldenbergue, o que é que você pensa que é isto aqui? Seminário?!

Micha tenta explicar. Mas como é simples e reto, grosso e opaco, êle não sabe manejar a retórica nem servir-se da diplomacia. E êle enfrenta a fúria do Tenente calmamente, dizendo que, como compensação pelas generosas folgas que tivera nos feriados israelitas, ficara de plantão em todos os dias santos cristãos, inclusive Natal e Ano Bom.

— Não quero saber, soldado! Você já se aproveitou bastante de minha boa vontade. Hoje não!

— Mas êles precisam de mim, tenente...

O Tenente Galvão não queria saber de que forma Micha era necessário na sinagoga. Mais do que isso, Micha era imprescindível. Porque era êle quem soprava o *schofar*. Parêntese. *Schofar* é um chifre de boi, perfurado, que os judeus fazem soar como uma trombeta primitiva para lembrar os ve-

542 Entre Dois Mundos

lhos tempos, nos dias sagrados. Fecha parêntese. Micha soprava o *schofar* no lugar do cantor da sinagoga porque êste envelhecera e o seu fôlego — há que ter um excelente pulmão para saber extrair algum som razoàvelmente mavioso daquele osso duro — já não era bastante.

— Ora, rapaz, não vá dizer que você é quem diz a missa... Micha não tinha nada de religioso. Mal acompanhava as preces em hebraico. Aconteceu que um dia, adolescente ainda, numa traquinagem, pegara no *schofar* de sua pequena sinagoga, levara-o à bôca e, por sorte, dêle tirara um lindo som. Ainda que isto não fôsse o mais correto — pois quem diz as preces deve, êle próprio, soprar o *schofar* — os velhos da sinagoga acabaram concedendo ao cantor o direito de possuir um assistente. Disso tudo resultou que, nos dias sagrados, temos o nosso Micha, voltado em direção de Jerusalém, o xale litúrgico na cabeça, a primitiva corneta espetada em direção ao céu, louvando a Deus.

O cantor então comandava o acólito com as palavras tradicionais:

— *Tekia*...

E Micha trombeteava em obediência: Tuh-Tuh-Tuh...

O cantor continuava:

— *Terua* [1]...

E Micha prosseguia impávido, olhos fechados: Tuuuuuh. Tuh--tuh-tuh.

Além do fôlego e do jeito, era preciso guardar na memória todos os toques e sons. Micha, no entanto, saía-se muito bem. Fazia aquilo como tôdas as coisas que lhe era dado fazer — sem nenhuma sensação especial.

Micha era assim: simples e reto. Não pensava muito: ia em frente, simplesmente.


— Tenente, eu preciso...

— Goldenbergue, chega!


Chega mesmo. Porque o nosso herói, por tudo o que dêle dissemos, não era de insistir em nada. Micha então sumiu desta história por algumas horas. O que fêz, pensou e viveu naqueles momentos, ninguém sabe. É o insondável que precede todos os grandes lances. Provàvelmente, não fêz, não pensou, não viveu nada. Deve ter ficado zanzando em algum canto do quartel, mão no bôlso, pensamento também.

(1) Tekia, Terua, nome de dois toques do *schofar*.

# A. Dines 543

Poderíamos enriquecer esta história descrevendo as profundas conotações do sofrimento de Micha. Poderíamos, se quiséssemos porventura emoções mais violentas neste relato, pô-lo fugindo para as montanhas, organizando guerrilhas ou comandando um grupo de soldados armados de paus e pedras que tomariam o forte de assalto e lá implantariam uma república livre, justa e independente das grandes nações. Pode-se muito quando se conta uma história.

Mas com Micha nada de expressivo podia acontecer. Apenas isto:

Lá pelas 8 horas da noite (quando na sinagoga deviam estar sentindo a falta do *schofar* de Micha) os recrutas se espalham pelos jardins do quartel, antes do toque de recolher. É uma bonita noite brasileira: o mar, não muito longe farfalhando na areia, o ar descansado e indolente. E, de repente, como sempre acontece num final inesperado, o corneteiro do batalhão, irrompe pelo pátio gritando:

— Roubaram minha corneta! Roubaram a minha corneta!

(Agora é tudo rápido.) Na escuridão tropical, debaixo de dois coqueiros o cruzeiro do sul brilhando no alto, numa paisagem onde o Deus de Sion não estava habituado a freqüentar, um vulto vira-se para o poente, uma corneta reluz em direção de Jerusalém e uma voz sem emoção, simples e reta, entoa o primeiro verso:

— *Tekia...*

E a corneta metálica responde estranhando: Tuh-tuh-tuh.

— *Terua.*

E a corneta metálica responde estranhando: tuuuuuuuh. Tuh-tuh-tuh.

Um tiro. Um grito. Mais tiros, mais gritos, correria.

— Renda-se!


(Ritmo lento outra vez.) Riram-se os soldados. Riram-se muito os soldados. Riram-se tanto em todo o quartel com aquêle estranho grasnar do corneteiro improvisado que o Tenente Galvão, no fundo excelente pessoa, perdoou Micha pelo pequeno incidente.

Com Micha nada aconteceu, nem podia acontecer. Quando chegou a hora de sair do exército, saiu do exército. Quando chegou a hora de engajar-se na vida, engajou-se na vida. Depois, passou por ela, incólume, tocando *schofar* nos dias sagrados, simples e reto, sem se aperceber que naquela noite ocorrera algo de muito importante: de capacete verde-oliva, corneta na bôca, Micha chegou perto, muito perto mesmo, do suave recanto onde Deus repousa das atribuladas tarefas dos dias que correm.

# L. LEWISOHN

LUDWIG LEWISOHN (1882) nasceu em Berlim, emigrando em 1890 com os pais para os Estados Unidos. Estudou na Columbia University, tornando-se leitor de uma casa editôra e colaborador de revistas. Em 1910, começou a lecionar, em universidades americanas, língua e literatura alemãs. Irritado por atitudes anti-semitas, abandonou a carreira universitária e tornou-se membro da redação de *The Nation,* a princípio como crítico de teatro e depois como diretor associado. No decurso do tempo conquistou uma posição de destaque nas letras americanas, como crítico e historiador da literatura. Muito apreciado como tradutor, obteve também grande êxito como novelista. Entre as suas obras de crítico e de historiador devem ser salientadas *The Spirit of Modern German Literature* (1916), *The Poets of Modern France* (1918) e *Story of American Literature* (1932). Entre as obras narrativas ressaltam *Upstream, Israel, The Island Within Last Days of Shylock.*

## TERRA SANTA

O homem louro sentado à minha frente, o homem de olhar alegre e astuto, tagarelava numa algaravia sôbre política egípcia. O *Venetia* seguia suavemente seu caminho, em direção a Alexandria. A linha azul do Mediterrâneo, visível através da

546                                          Entre Dois Mundos

vigia à minha esquerda, subia e descia, porém não mais do
que uma ou duas polegadas. Eu ouvia atentamente o homem
louro. Mas, casualmente, sons mal articulados à direita insi-
nuavam-se até minha mesa com uma familiaridade crescente
e incômoda. O homem louro voltou por um instante a sua
atenção para a comida e escutei a voz da mulher, clara agora,
apesar do assobio no convés:

— *Êste* frango não está muito bom, não acha, Lee?

Dois sujeitos gordos e salientes separavam-me da mulher que
falara. Tive que esticar um pouco o pescoço. Era visìvelmente
de meia idade, alta, magra, ansiosa, — ansiosa embora positiva. Sugou os dentes de um modo confortável e satisfeito ao
lembrar-se do gôsto do frango a que estava habituada em
casa. O marido, alto, corpulento, bonachão, voltou para ela
um rosto amável, enrugado e perspicaz.

— Já tivemos coisa pior.

— Gostaria de saber onde!

— Ora, em uma porção de lugares por aí.

Seus olhos cinzentos, vivos e prosaicos encontraram os meus.
Viu que eu entendera e careteou um sorriso de cumplicidade
masculina. Quase piscou ao dizer à espôsa mas, òbviamente,
para que eu ouvisse:

— Os drinques são um bocado melhores.

Ela acompanhou o seu olhar e, também para que eu ouvisse,
gorgolejou com seu genuíno, embora retardado caráter de mocinha:

— Ora, Lee Merriwether, estou surprêsa com você!

Pouco minutos depois, fui encontrá-los no convés. Ela descansava em sua espreguiçadeira, impaciente mesmo na posição
reclinada; Merriwether estava de pé junto ao parapeito, ume-
decendo generosamente a ponta de um belo charuto americano.
Êle acenou com a cabeça; a Sra. Merriwether inclinou-se para
a frente.

— Eu imaginei que o senhor fôsse americano!

Num instante, sob o olhar friamente humorístico e tolerante
do marido, ela me falava a respeito dêles, de si mesma. Jorrava. Não estávamos na estação turística. Evidentemente havia
poucos americanos. Já que só sabia falar inglês, e isto, segundo ela, talvez não "tão bem", estava faminta de comunicação.

— Somos de Albion, Wisconsin. Já ouviu falar dessa cidade? É uma bela cidade. Oh, sim, estivemos em tôda a
Europa. Londres, Paris, Veneza. O senhor viu o cemitério
onde Gray escreveu sua elegia? Não o adorou? Londres estava superlotada. Não é mesmo? Mas a Exposição estava bacana!

— E agora — disse eu — estão indo para o Oriente também.

# L. Lewisohn 547

Ela se inclinou para a frente; enfiou um punhado de cabelos castanhos e lisos sob o chapéu de viagem, feito de palha. O anseio em seu rosto era agora mais acentuado que a positividade e expansividade.

— Eu sempre quis ver os lugares onde Nosso Senhor viveu. Não somos tão terrìvelmente religiosos. — Havia uma pequena e estranha apologia em sua voz. Ela queria dizer, é lógico, que não eram fanáticos rancorosos. Mas eu já sabia disso, pela forma como arreliara o marido a respeito da bebida. — Eu sempre pensei... — Parou. Era, a seu modo, suficientemente articulada. Qualquer conversa, porém, que ultrapassasse as fórmulas especiais do seu meio deixava-a tímida. Sentei-me numa das cadeiras vagas ao seu lado. Ela desviou de mim o olhar. — É o seguinte. Nós somos Congregacionalistas. Mas meu pai, que morreu há muitos anos, era um ministro metodista. Devo dizer-lhe: era um santo, se é que existe algum. O senhor conhece aquêle velho hino: "Bem longe se ergue uma colina verde"? — Uma bela e frouxa emoção aflorou a seus olhos. — Como meu pai o cantava! Aos meus dezesseis anos, meu pai tinha um pôsto numa pequena cidade do sul de Wisconsin. Morávamos pegado à branca igrejinha. Meu Deus, aquilo é que era um lugar sossegado. Aos domingos, difìcìlmente se ouvia um ruído. Só o sino da igreja e, talvez, um galo cantando. O senhor sabe, o povo daquela congregação não tinha muita instrução. É lógico que nós mandamos nosso menino e a menina (tenho que lhe mostrar suas fotos) para Madison. Mas, naquela época, era diferente. Bem, devo dizer-lhe: Meu pai apenas falava ao seu povo sôbre Deus. Parecia que estávamos vendo Nazaré e a Galiléia e todos os lugares onde estêve o Salvador, o senhor sabe. E de alguma forma... — Ela se endireitou e tomou um ar mais convencional. — Eu sempre disse que as primeiras impressões são as que duram mais. O senhor também não acha? Meu Deus, que dia admirável!

— Vou contar um segrêdo sôbre minha espôsa. As senhoras lá de Albion fundaram uma espécie de clube, alguns anos atrás. E ela é uma das líderes. Bem, lá elas lêem artigos sôbre autores, ou falam das viagens que fizeram. Então, a patroa pensou, de certa forma, que, se fizéssemos esta viagem, certamente teria um assunto original! — Êle riu com um riso feliz mas subterrâneo, uma risada interior. Ela estava habituada a essas caçoadas. Seu protesto foi o usual:

— Ora, Lee Merriwether, como pode dizer isso!

Levantei-me e aproximei-me dêle, na amurada. Rolava seu charuto displicentemente. Seu tom era íntimo — de homem para homem.

548 Entre Dois Mundos

— Tivemos realmente um bom ano pela frente. Eu estou no negócio de fornecimentos ligado ao First National de Albion. Os fazendeiros tinham dinheiro, todos êles, é o que parece. Bem, eu teria ido sòmente até a Flórida ou a Costa. Mas ela — acenou em direção à espôsa — queria fazer esta viagem. Foi uma espécie de sonho que teve. Como ela lhe contou. Bem, eu estou me divertindo um bocado, é verdade. Há um bom uísque aí na sala de fumar e por um preço bem em conta. — Deu uma piscada para mim. — Vamos tomar um aperitivozinho?

Merriwether e eu, ao nos dirigirmos para a porta da sala de fumar, ouvíamos a voz dela, com seu tom extemporâneo de mocinha.

— Sei muito bem o que vocês dois vão fazer!

Merriwether riu à socapa.

— Não é muito difícil de adivinhar!


Um agente da Cook esperava-os em Alexandria e os perdi de vista, na turbulenta multidão árabe. Ao descer do trem naquela tarde, no Cairo, pensei avistar por um momento uma face levemente desnorteada, parecida com a da Sra. Merriwether. Mas eu não tinha certeza. Êles pretendiam hospedar-se no Shepheard, é claro, por uma semana ou uns dez dias. Eu estava com pressa de chegar a Cantara, a fim de dirigir-me à Palestina. Os Merriwether saíram da minha mente.

Exatamente doze dias depois, vim a encontrá-los outra vez. Entravam, hesitantes, na sala de jantar do Hotel Allenby em Jerusalém. No salão bastante vazio, havia apenas uma meia dúzia de pessoas: um velho comerciante egípcio, de rosto comprido e bronzeado, e sua jovem espôsa européia, um casal de louros e joviais inglêses, uma bem vestida sionista americana. A Sra. Merriwether viu-me imediatamente e esvoaçou contente em minha direção, como se deparasse um súbito refúgio.

— Ora, vejam só! — exclamou ela.

Seu marido, seguindo-a de perto, apertou a minha mão com inesperada cordialidade. Nem esperaram pelo convite para sentar à minha mesa. Òbviamente, estavam aliviados por me encontrarem. Trocamos as inevitáveis perguntas. Haviam chegado no dia anterior; e tinham um guia que a Sra. Merriwether "não achava grande coisa". Seu inglês era tão rápido e tão ininteligível! Perguntei-lhes qual a impressão que tinham da Terra Santa. Merriwether respondeu: — Ora, acho que está muito bem. — Sua espôsa olhou-me um pouco pálida. — É maravilhosa, maravilhosa. — Encarei-a firmemente. Ela

L. Lewisohn 549

pareceu-me inexplicàvelmente mais desalentada do que antes.
— A luz é horrível — disse. Aconselhei que usassem óculos
escuros. Já os tinham. Havia algo patético nela, algo ao mesmo tempo ansioso e frustrado. — E se fôssemos dar uma
volta esta tarde? — sugeri. Com um gesto que não lhe era
característico, ela colocou sua mão sôbre a minha. — Oh,
seria bacana! — Essa palavra, "bacana", afigurava-se, naquele lugar, estranhamente inocente; era de uma estranha e
distante infantilidade. Meu olhar caiu, por acaso, sôbre a face
do comerciante egípcio. De repente, êle adquiriu uma crueldade e uma perenidade faraônica.

Encontramo-nos, na hora marcada, em frente ao hotel. A
estrada de Jafa estava bastante movimentada. Desviamos de
algumas carrêtas na curta caminhada em direção ao portão
Jafa da cidade velha. Na esquina, detive-me e apontei quietamente à esquerda, onde se ergue, majestosamnte, a cidadela
de Suleimã, e se iniciam as longas e sublimes ladeiras das colinas da Judéia. A Sra. Merriwether estava de olhos arrega-
lados. Mas parecia fascinada, mau grado seu, pelas coisas
em primeiro plano: o café árabe na esquina, um alto e esfarrapado beduíno num asno minúsculo, um grupo de ágeis e
importunos engraxates.

Atravessamos o portão Jafa. A Sra. Merriwether e eu íamos
à frente. Merriwether nos seguia. Eu a guiava, degraus abaixo, pela ruela acidentada e tortuosa; cuidava para que não a
empurrassem. Parecia assustada. Disse-lhe que os árabes nada queriam ao chocar-se com ela. Simplesmente, não tinham
nenhum senso de ordem. Ela olhava tìmidamente para dentro
das imundas lojas. Desviou-se nervosamente de um grande
tabuleiro de madeira de um vendedor de doces, olhou as magníficas e severas faces de dois velhos judeus galicianos. Apon-
tei-lhe uma janela num arco imemorial que se estendia sôbre
a ruela.

— Olhem, aqui vocês têm um símbolo do antigo Oriente.
Há algo fantástico, humilde e arrogante, algo baixo e assim
mesmo elevado neste arco, nesta janela.

Ela nada disse. De trás veio a primeira observação de Merriwether:

— Suponho que êles não gostam de limpar isso por aqui.

A Via Sacra estava vazia e sossegada. Não era dia de festa.
Jazia esquecida entre as cegas paredes, com suas alternâncias
de luz ardente e enganadoras sombras negras. Algumas imundas crianças árabes, aguardando esporádicos turistas, pediam
esmolas em altos brados. A Sra. Merriwether cambaleou sôbre as lisas pedras do pavimento.

550 Entre Dois Mundos

— Foi aqui que Nosso Senhor... — Ela ofegava um pouco. Assenti com a cabeça. — A senhora a imaginava diferente? — perguntei.

— Oh, não sei! — Tentava parecer alegre.

Batemos à porta do convento francês, construído sôbre a casa de Pôncio Pilatos. Na fria igrejinha, uma freira francesa, com uma face inexpressiva, explicava, em inglês acurado mas sem eloqüência, algo sôbre as coisas associadas ao lugar. Na escuridão gelada, atrás do altar, em meio a um desagradável odor de flôres fanadas, nos mostrou a fachada em ruínas da casa do governador romano. A freira desapareceu assim que sua voz descolorida cumpriu seu dever. Quanto a nós, voltamos à cruel claridade do dia. Os Merriwether mantinham-se a meu lado. Êle estava sério e cauteloso. Quanto a ela, seus olhos vagueavam.

— Creio que é uma questão de formação — disse ela pensativa. Havia uma genuína bondade em seu timbre. — Eu sei, sei que não devemos julgar. Meu pai sempre dizia. Mas o senhor se sente bem em igrejas católicas? — Estava claro, pelo menos, que ela não se sentia. Nem se sentiu quando os levei ao Muro das Lamentações onde, frente às gigantescas e terríveis pedras, um pequeno grupo de judeus entoava suas violentas, ainda que austeras preces.

De volta ao Allenby, ela me agradeceu profusamente.

— Vou descansar um pouco agora — disse. — Meu Deus, como é duro andar. Amanhã o guia nos levará à igreja do Santo Sepulcro e daremos uma volta de jumento ao redor dos muros.

— E depois? — perguntei.

— Oh! veremos tudo aqui. Depois iremos a Belém, Nazaré e Tiberíades. Não é assim, Lee?

Êle concordou. Seu sorriso enrugado voltou e também sua cumplicidade masculina.

— Creio que depois disso partiremos.


Meus negócios levaram-me para o Norte. Do alto do Carmelo, vi Haifa, cintilando através da noite, e Safed empoleirada em sua santa colina. Através das atravancadas colinas rodei sôbre as altaneiras estradas para Tiberíades. Lá tive notícias dos Merriwether. A pálpebra esquerda da Sra. Merriwether ficara ligeiramente inflamada. Ela vira tantos árabes horrìvelmente cegos pelo tracoma que uma espécie de pânico se apossou dela e do marido. Êle indagara se havia algo como um médico decente naquele maldito buraco. O hoteleiro judeu levou-os, por certo, à clínica do Serviço Médico Sionista, onde

# L. Lewisohn

um oculista que falava inglês os tranqüilizou. Sentiram-se enormemente aliviados e gratos. O Sr. Merriwether apertara a mão do médico. Como recusasse uma gratificação, jurara mandar um cheque para o escritório central sionista. A Sra. Merriwether dissera, quase com lágrimas de alegria, que alguns dos seus melhores amigos em Albion eram judeus — gente encantadora, excelentes cidadãos. Em seguida, partiram imediatamente.

Como êsse fato ocorrera um ou dois dias antes, pensei ser ainda possível encontrá-los outra vez. E eu queria realmente vê-los. Era difícil explicar o porquê do meu interêsse por êles. À lembrança que tinha dêles ligava-se uma certa ternura. Por ela, pelo menos. Êle estava bastante desligado de tôda a sua aventura. Na verdade, não era dêle. Como é costume dos maridos americanos, tentava apenas agradá-la. Tinha posses para tal. Por que não fazê-lo? Mas ela! Trouxera-a até aqui um toque de ansiosa poesia em seu coração; um aroma de romance religioso que se prendia à sua meninice em Wisconsin, devido a seu santo pai e à calma e branca igrejinha em meio aos campos setentrionais. E agora?

Eu poderia ter voltado a Haifa, mas, ao invés, dirigi-me a Nazaré. Era tarde quando cheguei ao Hotel Germania. Sim, seus nomes estavam naquele extraordinário registro de hotel, onde se acham gravados nomes de pessoas de todos os cantos do mundo — de Nova Iorque ao Líbano, de Teerã a Viena. Portanto, eu os veria na manhã seguinte.

Dirigi-me ao meu pequeno e austero quarto, que mais parecia uma cela. Estava cansado e dormi. No entanto, algumas horas depois, acordei. Um vento soprava, um vento selvagem e importuno. Vesti um chambre e postei-me em frente à minha janela arqueada. Vi uma parede que parecia ser a mais velha do mundo. Abria-se nela uma pequena porta de madeira, sôbre a qual balançava-se uma lanterna turva e fuliginosa. Atrás da parede, ciprestes, cujos galhos oscilavam com o vento. A noite estava fria. Caravanas passavam a pé. Ouviam-se os sons de guizos de camelo. Saí de meu quartinho e fui para o saguão com grandes janelas arqueadas e sem vidraças, pelas quais se divisavam os telhados de Nazaré e as colinas distantes. O vento soprou através do saguão; o som dos chocalhos aproximou-se. A caravana estava à vista. Os altos e graves camelos pareciam sombras. Em tôrno dêles e de seus condutores, havia algo remoto e eterno. Os guizos tiniam.

Súbito, ouvi uma respiração ofegante atrás de mim. Voltei-me e vi a Sra. Merriwether envôlta num quimono. Seus olhos assustados encontraram os meus.

552                                              Entre Dois Mundos

— Oh! É o senhor! — Havia um soluço em sua voz. Tentei ser natural.

— É difícil dormir com êste vento. A senhora está vendo a caravana?

Ela aquiesceu com a cabeça silenciosamente. Suas mãos estavam apertadas à sua frente, segurando o quimono. Não dizia palavra. A face era tensa, os olhos cheios de tristeza, de confusão infantil.

— O que foi? — perguntei gentilmente.

Ela estremeceu.

— Tudo!

— A senhora não está gostando?

— O senhor conhece Belém?

Assenti.

— E a igreja da Natividade? Bem, a gente não pode ver o estábulo. Está cheio de imagens e coisas. São gregas, não são? Oh!, e o Jardim de Getsêmane. Há sòmente monges russos por lá. E em todo lugar há árabes e judeus. Oh, por favor, não se ofenda. Não me refiro aos bons como o senhor e o doutor em Tiberíades, mas a essa gente horrível e esquisita. Eu não poderia imaginar Nosso Senhor ou Pedro em Tiberíades, no lago, o senhor sabe. Não posso imaginar nada em parte alguma, em parte alguma. Estou pedindo a Lee que partamos o mais depressa possível. Quero ir embora; quero ir embora desta terrível terra de carcamanos.

Soluçou.

— Mas esta é a Terra Santa — disse eu.

Olhou além de mim, além do arco da alta janela. Murmurou:

— Bem longe se ergue uma colina verde!

— Bem? — incitei-a.

Havia um lamento em sua voz.

— É tudo tão diferente, tão.... tão estranho...

— Jesus era judeu — disse eu calmamente — e filho desta antiga terra.

Ela aquiesceu. Mas seus lábios comprimiam-se e algo da jovial e competente positividade americana voltou-lhe.

— É claro. Mas acontece que não consigo me sentir bem aqui. Acho que as coisas mudaram bastante desde os tempos de Nosso Senhor. Eu posso pensar melhor Nêle em casa. Sabe o que vou fazer?

— O quê?

— Quando chegar em casa, vou fazer uma viagem a Liberty, Wisconsin; é o lugar que sempre recordo desde os tempos de menina. Irei à igrejinha onde meu pai costumava pregar, e rezarei, chorarei bastante e tentarei... — hesitou e terminou, com leve falha na voz — tentarei reencontrar o meu Salvador.

L. Lewisohn 553

Sorriu-me patèticamente.

— Não conte a Lee sôbre o meu comportamento. Não quero que pense que estou nem um pouco desapontada. A viagem tem sido uma maçada para êle.

Desci para o desjejum alguns minutos antes dos Merriwether. Era um salãozinho pequeno e primitivo, com uma mesa comprida. Numa das pontas estava sentado um pequeno e enérgico judeu *sfaradi* com um fêz vermelho. Assim, sentei-me do lado oposto a fim de formar um refúgio para os Merriwethers. Êles entraram. Lee Merriwether apertou-me a mão. Quanto à espôsa, estava pálida, mas sorriu corajosamente.

— Tenho uma surprêsa para vocês — disse eu. Ela estremeceu. Mas eu lhe sorri tranqüilizadoramente. — Aposto que não comem um bom prato de aveia há muito tempo.

— Creio que não — grunhiu Merriwether. — Escute, o senhor se lembra daquela porcaria de *porridge* no *Venetia?*

— Espere — disse eu. — O hospedeiro é um alemão e faz o mais delicioso mingau de aveia. Encomendei um, e creme também.

Trouxeram o desjejum.

— Eu lhe digo — observou Lee Merriwether — nós sabemos viver na América. Não me importa o que digam. Ficarei feliz de voltar ao bom e velho Estados Unidos.

A mulher pousou a mão em seu forte braço.

— Eu também, Lee, eu também...

# N. MAILER

NORMAN MAILER (1923) nasceu em Long Branch (N. J.). De ascendência lituana, cresceu em Brooklyn e estudou em Nova Iorque e Paris. Durante a guerra serviu inicialmente no Serviço de Inteligência e depois, a próprio pedido, numa unidade de combate em Manilha. Mailer tornou-se famoso com seu romance *The Naked and the Dead* (1948) de que é extraído o trecho que se segue. Nêle descreve, com realismo impiedoso, o destino de um grupo de soldados americanos durante a Segunda Guerra Mundial, desde o momento em que desembarcam numa ilha do Pacífico ocupada pelos japonêses até a tomada total da ilha. As cenas no pôsto de comando de um general ambicioso revezam-se com as do avanço de sondagem através da jângal, realizado por doze soldados, e completam-se mùtuamente para ao fim se apresentar uma hedionda imagem total da guerra moderna, descrita como completamente absurda. A vitória decisiva é obtida por um major que não passa de um bobalhão medíocre. As fôrças que movem os personagens são a angústia, o mêdo e os impulsos sexuais. O segundo livro de Mailer é *Barbary Shore* (1951), uma alegoria em que prega uma espécie de marxismo idealista e antiestalinista. *The Deer Park* (1955) dá um quadro do mundo de Hollywood. Norman Mailer é considerado um dos líderes da Beat Generation.

556 Entre Dois Mundos

## O CANHÃO

O comboio de caminhões rodava pesadamente através da lama. A unidade de reconhecimento saíra do acampamento há quase uma hora, mas parecia muito mais. Dentro do caminhão comprimiam-se vinte e cinco homens e, como havia assento sòmente para doze, mais da metade estavam sentados no soalho, num intricado de fuzis, mochilas, braços e pernas. Na escuridão, todos suavam e a noite parecia terrìvelmente densa; de cada lado da estrada, a selva exsudava umidade contìnuamente.

Ninguém tinha nada a dizer. Quando prestavam atenção, ouviam a parte dianteira do comboio penando numa subida. De vez em quando, o veículo da retaguarda aproximava-se o bastante para que se vissem seus faróis encobertos qual duas pequenas velas em um nevoeiro. A cerração descera sôbre a floresta e na escuridão os homens se sentiam descorporificados.

Wyman, sentado em sua mochila, fechava os olhos e deixava-se sacudir pelos solavancos do caminhão; sentia-se como se estivesse num metrô. A tensão e a excitação que sofrera quando Croft aparecera e mandara juntar o equipamento, porque iam para a frente, estavam agora minoradas e Wyman seguia agora num estado de espírito que oscilava entre o enfado e um fluxo passivo de estranhos pensamentos e recordações. Pensava no dia em que, com a mãe, fizera uma viagem de ônibus de Nova Iorque a Pittsburgh. Fôra logo depois que o pai morrera e sua mãe ia procurar os parentes por motivos de dinheiro. A viagem se revelara inútil e, voltando pelo ônibus da meia-noite, êle e sua mãe haviam conversado sôbre o que fariam e decidiram que êle precisaria trabalhar. Pensou em tudo com um pouco de espanto. Naquela época, fôra a noite mais importante de sua vida, e agora estava fazendo outra viagem, uma viagem muito mais aventurosa, e não tinha a menor idéia do que podia acontecer. Tudo isso fê-lo sentir-se maduro por um instante; eram coisas que tinham ocorrido há pouquíssimos anos e que agora eram insignificantes. Tentou supor como seria um combate e chegou à conclusão de que era impossível prever. Sempre imaginara que fôsse algo violento, que se prolongasse por vários dias sem parar. Já estava no pelotão há mais de uma semana e não acontecera nada; tudo fôra paz e despreocupação.

— Red, você acha que vai ter coisa esta noite? — perguntou baixinho.

— Vá perguntar ao general — rosnou Red.

Êle gostava de Wyman, mas tentava ser pouco amistoso com êle, porque o rapaz lhe recordava Hennessey. Red sentia profunda aversão pela noite que teriam pela frente. Passara por tantos combates, experimentara tantas espécies de terror e vira tantos homens serem mortos, que não tinha mais ilusões sôbre a inviolabilidade de sua própria carne. Sabia que podia ser morto; era algo que aceitara de longa data, e em volta dêsse conhecimento havia criado mesmo uma carapaça, de tal modo que só raramente pensava em algo que fôsse acontecer, exceto nos próximos contados minutos. Todavia, ùltimamente vinha sentindo um desassossêgo inconfortável que nunca chegara a expressar em palavras e que o estava perturbando. Até Hennessey ser morto, Red aceitara a morte dos homens que conhecera como algo grande, devastador e sem significação. Os soldados que eram mortos apenas eram os que não estavam mais por perto; confundiam-se com velhos amigos que foram levados para o hospital e nunca haviam voltado, ou que tinham sido transferidos para outras unidades. Quando sabia de soldados mortos ou gravemente feridos, ouvia com interêsse, até mesmo um tanto preocupado, mas era a espécie de emoção que um homem sente quando um amigo se casa, ganha ou perde muito dinheiro. Era apenas algo que acontecera a um conhecido, e Red sempre o deixara passar sem mais. Mas a morte de Hennessey abrira um mêdo secreto. Era tão irônico, tão óbvio, quando se lembrava das coisas que Hennessey dissera, que se viu à beira de um pavor absoluto.

Antigamente, poderia ter encarado de frente o que sabia ser um combate infeliz, com a repugnância pela luta e pela miséria e uma sombria resignação pelas mortes que ocorreriam. Mas agora a idéia da morte era viva, novamente aterrorizadora.

— Você quer saber de uma coisa? — perguntou a Wyman.

— Sim.

— Você não pode fazer nada, por isso cale a bôca.

Wyman calou-se, ofendido. E Red imediatamente se arrependeu. Da areia dos bolsos, puxou uma barra de chocolate tropical, amassado e coberto de fumo de cigarro.

— Ei! quer um pedaço de chocolate? — indagou.

— Sim, obrigado.

Sentiam a noite em volta. No caminhão, não se ouvia qualquer ruído, exceto algum resmungo ou uma praga, quando recebiam um solavanco. Cada veículo, por si só, fazia todos os rumôres que um caminhão pode fazer; rangia, sacolejava, gemia a cada buraco do lamaçal e os pneus cantavam no molhado. Mas, em conjunto, a fila era um misto de sons e vibrações combinados, intricados, que lembravam o suave e persistente rumor de pequenas ondas batendo contra o casco de um navio. Era um som melancólico; e, na escuridão, os homens escarranchavam-se no chão, sem confôrto, com as costas apoiadas nos joelhos dos que ficavam por trás, os fuzis incli-

558                                    Entre Dois Mundos

nados nos mais esquisitos ângulos, ou enfiados desajeitadamente no meio dos joelhos. Croft insistira para que usassem
o capacete. E agora Red transpirava sob o pêso inabitual.

— É melhor ter um saco de areia na cabeça — disse a
Wyman.

O companheiro encorajou-se e perguntou:

— Acho que a coisa vai ser dura, não?

Red suspirou, mas dominou o aborrecimento.

— Não vai ser tão feia assim, garôto. Fique de rabo apertado e o resto vai andar sòzinho.

Wyman riu baixinho. Gostava de Red e decidiu ficar a seu
lado. Os caminhões pararam e os homens se mexeram, mudando de posição e gemendo ao moverem os membros entorpecidos. Esperaram pacientemente, a cabeça pendida sôbre
o peito, a roupa úmida recusando-se a secar no ar pesado da
noite. Não havia uma brisa sequer e êles se sentiam cansados
e com sono.

Goldstein começou a ficar inquieto. Os caminhões estavam
parados há cinco minutos.

— Sargento, posso sair e dar uma olhada no que está segurando a gente? — perguntou a Croft.

— Fique onde está, Goldstein — bufou Croft. — Nenhum
de nós vai sair e se perder de propósito.

O soldado sentiu enrubescer.

— Não estava pensando nisso, Sargento. Apenas achei que
podia ser perigoso ficar aqui sentados, quando os *japs* podem
estar por aí. Como vamos saber por que os caminhões pararam?

Croft bocejou e retrucou com frieza. — Vou lhe dizer uma
coisa: você vai ter bastante com que se preocupar. Que tal
se você se sentasse e se coçasse, se está nervoso. Quem tem
cabeça para dar essas malditas ordens sou eu. — Uma risada
espremida perpassou a bôca de alguns no caminhão e Goldstein ofendeu-se. Decidiu que não gostava de Croft e ficou remoendo tôdas as coisas sarcásticas e desagradáveis que êle
lhe dissera desde que estava no pelotão.

Os caminhões moveram-se novamente, avançando aos solavancos, em marcha lenta, por algumas centenas de metros, e
pararam. Gallagher praguejou.

— Que é que há, meu chapa? Está com pressa? — perguntou
Wilson delicado.

— Podíamos muito bem chegar aonde vamos.

Permaneceram parados por alguns minutos, depois tornaram
a mexer-se. Uma bateria que haviam passado na estrada estava atirando e outra, algumas milhas adiante, também entrou
em ação. As granadas assobiavam por cima, talvez alguns quilômetros acima de suas cabeças, e todos escutavam obtusamente. Uma metralhadora fêz fogo muito longe. O ruído che-

gou até êles em rajadas intermitentes, intensas e ôcas, como quem bate um tapête. Martinez tirou o capacete e massageou o crânio, sentindo como se um martelo o estivesse malhando. Um canhão japonês respondeu ao fogo com um guincho agudo e penetrante. Um foguete de iluminação ergueu-se no horizonte, e espalhou luz bastante para que enxergassem uns aos outros. Os rostos pareciam brancos e depois azuis, como se estivessem olhando-se em um quarto escuro e enfumaçado.

— Estamos chegando perto — disse alguém.

Depois que se apagou o foguete, podia-se divisar uma neblina pálida no horizonte.

— Alguma coisa está queimando — disse Toglio.

— Parece que a briga ali é forte — Wyman opinou a Red.

— Que nada! Estão apenas se experimentando — replicou Red. — Vai haver um barulho dos diabos é se começar alguma coisa esta noite.

As metralhadoras cuspiram fogo e depois silenciaram. Algumas granadas de morteiro caíam pelas redondezas com um estrondo chato e surdo; outra metralhadora, muito mais longe, começou a atirar novamente. Em seguida, fêz-se silêncio e os caminhões prosseguiram pela estrada negra e lamacenta.

Alguns minutos depois, detiveram-se mais uma vez. Alguém na traseira tentou acender um cigarro.

— Jogue fora essa merda aí — vociferou Croft.

O soldado era de outro pelotão e resmungou uma praga contra Croft.

— Quem diabo é você? Estou cansado de esperar.

— Jogue fora essa merda — repetiu Croft e, depois de uma pausa, o soldado apagou-o. Croft estava irritado e nervoso; não tinha mêdo, mas estava impaciente e superalerta.

Red ponderou se devia acender um cigarro ou não. Êle e Croft mal haviam trocado algumas palavras desde a briga na praia e agora sentia-se tentado a desafiá-lo. Na verdade, sabia que não o faria, e procurou imaginar se a verdadeira razão era por ser má idéia mostrar uma luz, ou por ter mêdo do Sargento.

— Que se funique, vou enfrentar êsse filho da puta quando chegar a hora certa — disse Red de si para si; — mas será na hora certa.

Puseram-se de nôvo em movimento. Alguns minutos mais tarde, ouviram umas poucas vozes baixas e o caminhão virou, chafurdando por uma vereda cheia de barro. Era estreitíssima. Os galhos das árvores raspavam por cima do veículo.

— Cuidado! — gritou alguém e todos se esticaram no soalho da viatura.

Red, ao tirar algumas fôlhas da camisa, picou o dedo num espinho. Limpando o sangue no traseiro das calças, começou

560 Entre Dois Mundos

a procurar a mochila que tirara ao entrar no caminhão. As pernas estavam duras e êle tentou flexioná-las.

— Não desçam enquanto eu não mandar — disse Croft.

Os caminhões haviam parado. Ouviam-se apenas os poucos homens, na estrada, rondando-os na escuridão. Tudo o mais estava terrìvelmente quieto. Ficaram ali sentados, falando aos cochichos. Um oficial bateu na porta traseira.

— Muito bem, desçam e fiquem juntos.

Começaram a saltar, movendo-se devagar e hesitantes. Era um salto de um metro e meio na escuridão e não sabiam o chão que os esperava.

— Abaixem a grade traseira! — gritou alguém.

— Muito bem, pessoal, vamos calar a bôca — respondeu o oficial, ríspido.

Todos saíram e ficaram por ali, esperando. Os caminhões já estavam manobrando para retornar.

— Há algum oficial aqui? — perguntou o tenente. Alguns homens riram baixinho. — Está bem; fiquem quietos. Que os sargentos se apresentem.

Croft e o sargento de um pelotão de sapadores e demolidores deram um passo à frente.

— A maioria dos meus homens está no caminhão seguinte — disse o outro subalterno.

O oficial mandou que os reunisse a todos. Croft conversou em voz baixa com o oficial por um instante e depois reuniu o pelotão de reconhecimento à sua volta.

— Vamos ter de esperar — disse. — Vamos ficar juntos em volta daquela árvore.

Havia apenas claridade suficiente para enxergá-la e encaminharam-se devagar até ela.

— Onde estamos agora? — quis saber Ridges.

— No quartel-general do 2.º Batalhão — respondeu o Sargento. — O que é que você ficou fazendo nessa estrada, todo aquêle tempo, se não sabe onde estamos.

— Ué, só trabalhei, não perco tempo olhando — disse Ridges.

Gargalhou, nervoso, e Croft mandou-o calar-se. Os soldados se sentaram em volta da árvore e esperaram em silêncio. Uma bateria disparou num bosque a uns quinhentos metros, iluminando a área por um momento.

— O que será que a artilharia está fazendo tão perto? — perguntou Wilson.

— É a companhia de canhões — disse alguém.

— Tudo o que se faz aqui é ficar sentado molhando o rabo — disse Wilson, suspirando.

— Na minha opinião, tudo isso está sendo dirigido muito deficientemente — disse Goldstein, formal. A voz era ansiosa, como se desejasse uma discussão.

— Você está puteando outra vez, Goldstein? — perguntou o Sargento.

"Anti-semita", pensou Goldstein.

— Estou apenas dando a minha opinião — disse.

— Opinião! Um bando de malditas mulheres é que têm opinião. — Croft deu uma cuspida.

— Quer uma caixa de sabão, Goldstein. — Era a voz de Gallagher, rindo e caçoando.

— Você gosta do exército tanto quanto eu — disse Goldstein brandamente.

Gallagher fêz uma pausa e depois escarneceu:

— Bolas! O que é que há? Você está querendo um pouco de *guefilte fisch?* — Parou, e depois como que deliciado com o que dissera, acrescentou: — Isso mesmo, o que Goldstein está precisando é um pouco daquele peixe bolorento.

Uma metralhadora recomeçou a atirar e soava muito próxima, por causa da noite.

— Não gosto do jeito como você fala — contraveio Goldstein.

— Você sabe o que pode fazer — continuou Gallagher. Estava meio envergonhado e, para encobri-lo, acrescentou com veemência: — Pode ir para o inferno!

— Você não pode falar comigo assim. — A voz de Goldstein tremia. Estava tumultuado: revoltado com a idéia de ter de lutar, embora reconhecesse a profunda necessidade de fazê-lo. Os *goim,* é só o que sabem fazer, lutar com os punhos, pensou.

Red interveio. Sentia o mal-estar que qualquer exibição emocional lhe trazia.

— Vamos com calma — murmurou. — Vocês vão ter um bocado pelo que brigar daqui a pouco. Brigar pelo exército! Quanto a isto, tem sido uma mixórdia dos diabos desde que puseram Washington num cavalo.

— Não é uma atitude muito bonita essa, Red — interrompeu Toglio. — Não se deve falar de George Washington assim.

— Você é um bom escoteiro, não, Toglio? — indagou Red, batendo-lhe nas pernas. — E gosta da bandeira nacional, não?

Toglio recordou uma história que lera certa vez: "O Homem sem Pátria". Red era como aquêle homem, resolveu.

— Não se deve brincar com certas coisas — disse acremente.

— Quer saber de uma coisa?

Toglio sabia que vinha uma piada, mas assim mesmo perguntou:

— O quê?

562 Entre Dois Mundos

— A única coisa errada com êsse exército é nunca ter perdido uma guerra.

— Você acha que devemos perder essa? — indagou Toglio, chocado.

— Que tenho eu contra êsses malditos *japs?* — Red inflamou-se. — Você pensa que estou querendo tirar dêles essa porcaria de selva? Pouco me importa que o Cummings ganhe outra estrêla.

— O General Cummings é um bom homem — interveio Martinez.

— Não existe oficial bom no mundo — declarou Red. — São apenas um bando de grã-finos, pelo menos é o que pensam. O General Cummings não é melhor do que eu. Sua merda não cheira a sorvete.

As vozes começaram a se elevar. Croft interveio.

— Falem baixo.

A conversa aborrecia-o. Eram sempre os homens que não chegavam a nada que faziam as sujeiras.

Goldstein continuava tremendo. Seu sentimento de vergonha era tão intenso que lhe marejaram os olhos algumas lágrimas. A intervenção de Red frustrara-o, pois as palavras de Gallagher o haviam deixado tão tenso que agora precisava, desesperadamente, de uma descarga. Todavia, tinha a certeza de que, se abrisse a bôca, iria chorar de ódio; assim, permaneceu em silêncio, tentando acalmar-se.

Um soldado vinha andando em direção da árvore.

— Vocês sãos os caras do rec?

— Sim — respondeu Croft.

— O.K., podem me seguir.

Tomaram as mochilas e começaram a andar na escuridão. Era difícil ver o homem da frente.

— Esperem aqui — disse o soldado que os guiava, depois de andarem algumas centenas de metros.

Red blasfemou.

— Na próxima vez, vamos tirar a sorte — disse. A companhia de canhões disparou novamente, e o som parecia muito forte. Wilson deixou cair a mochila e murmurou: — Aquêles pobres filhos da puta vão pegar o diabo daqui a pouco. — Suspirou e sentou-se no chão molhado. — Acho que êles teriam treco melhor para fazer do que pôr todo um esquadrão de homens marchando a noite inteira. Não consigo decidir se estou com frio ou com calor.

Caíra uma neblina pesada sôbre o solo. Os homens, alternadamente, tremiam em suas roupas molhadas e transpiravam na noite abafada. A artilharia japonêsa estava descarregando uma milha adiante e êles a ouviam em silêncio.

N. Mailer

O piquête saiu em fila de um, os rifles retinindo contra os capacetes ou fivelas das mochilas. Um foguete de iluminação subiu a alguma distância e, a essa luz, os homens pareciam silhuetas negras recortadas, em frente de um refletor. As carabinas postas a tiracolo em ângulos estranhos, e as mochilas lhes davam uma aparência deformada e corcunda. O ruído de seu caminhar era confuso e intricado. Como o comboio de caminhões, lembrava o marulhar das ondas. O foguete apagou-se e a coluna de homens passou. A alguma distância, o único som que dêles restava era o suave e metálico tinido das carabinas. A certa distância, iniciara-se uma escaramuça e os fuzis japonêses estavam atirando.

— Escute, tique-bum, tique-bum, tique-bum, tique-bum. A gente não pode se enganar — disse Red, virando-se para Wyman.

Alguns fuzis americanos responderam; seu fogo soava mais forte, como a chicotada de um cinto de couro sôbre uma mesa. Wyman mexeu-se, pouco à vontade.

— A que distância você calcula que estejam os *japs?* — perguntou a Croft.

— Diabo, se eu sei. Você vai vê-los logo, logo, meu chapa.

— Raios me partam, se fôr — disse Red. — Vamos passar a noite tôda sentados aqui.

Croft cuspiu.

— Isso não incomoda você, incomoda, **Valsen?**

— Eu, não. Não sou herói — contraveio Red.

Alguns soldados passaram no escuro e caminhões chegaram ao acampamento. Wyman deitou-se no chão. Aborrecia-o um pouco ter de passar sua primeira noite de combate tentando dormir. A água encharcava-o através de sua camisa, já molhada. Êle sentou-se novamente, tiritando. O ar estava muito pesado. Desejou poder acender um cigarro.

Esperaram mais meia hora antes de receberem ordens para prosseguir. O Sargento levantou-se e seguiu o guia enquanto o resto acompanhava a fila. O guia os conduziu a um matagal, onde já se encontrava um pelotão agrupado em volta de seis canhões antitanques. Eram pequenos canhões de 37 mm, de de um metro e oitenta de comprimento e canos muito finos. Num solo plano e duro, um homem poderia puxar um dêles sem muita dificuldade.

— Vamos com os antitanques até o 1.º Batalhão — disse Croft. — Teremos de empurrar dois dêsses negócios. — Pediu que se aproximassem. — Não sei quanto barro vamos encontrar nessa maldita trilha, mas não é difícil de imaginar. Ficaremos no meio da coluna, por isso vamos nos dividir em três grupos de três homens cada e assim haverá sempre um grupo descansando. Quero Wilson e Gallagher, Martinez

564  Entre Dois Mundos

pode ir com Valsen e Ridges, e você, Toglio, pega o resto, Goldstein e Wyman. Estamos raspando o fundo da barrica — acrescentou sêcamente.

Foi falar com o oficial por alguns segundos.

— O grupo de Toglio terá o primeiro descanso — disse, ao voltar. Foi até um dos canhões e deu-lhe um puxão. — Êsse filho da puta vai ser duro.

Wilson e Gallagher começaram a puxar com êle, e o outro pelotão que também se achava dividido em grupos de alguns homens para cada arma, começou a mover-se. Arrastaram as peças pela área do acampamento e passaram por uma brecha no arame farpado, onde havia um ninho de metralhadoras.

— Divirtam-se, colegas — disse o sujeito da metralhadora.

— Vá para o inferno — retorquiu Gallagher. O canhão já começava a lhe puxar os braços.

A coluna era formada por cêrca de cinqüenta homens que se movimentavam lentamente pelo atalho estreito através da selva. Após algumas centenas de metros, já não eram capazes de enxergar o homem da frente. Os ramos das árvores uniam--se por cima de suas cabeças, formando como que um túnel sem fim, por onde avançavam. Os pés afundavam na lama. Depois de alguns metros, as botas se cobriam de grandes placas de barro. Os homens dos canhões avançavam alguns poucos metros e paravam, arremetiam novamente e paravam. De dez em dez metros, uma peça atolava e os três homens encarregados dela tinham de puxá-la até perder o impulso. Então, empurravam-na e levantavam-na por mais alguns metros, até que afundava mais uma vez num buraco. A coluna inteira penava e tropeçava pela estrada, numa caminhada muito lenta. Na escuridão, colidiam uns com os outros, ora os homens de uma arma subiam na bôca da seguinte, ou se atrasavam tanto que a fila se desmanchava em pequenas colunas esparsas, serpenteando como um verme cortado em várias partes e ainda vivo. Os homens da retaguarda levavam a pior. Os canhões e os soldados precedentes haviam revolvido a trilha, deixando-a quase como um atoleiro, existindo lugares em que dois grupos precisavam unir os esforços numa só peça e transportá-la acima do solo até passar o pior do charco.

O atalho tinha poucos metros de largura. Enormes raízes faziam os homens tropeçar contìnuamente; seus rostos e mãos estavam arranhados e sangravam devido aos galhos e espinhos. Na escuridão total, não tinham a menor idéia da direção que tomava a vereda e algumas vêzes num declive, quando poderiam deixar a bôca-de-fogo rolar a pequena distância, aterrissavam no fundo, com a peça completamente fora do caminho. Eram obrigados a tatear a vegetação, cobrindo os olhos com os braços para protegê-los dos cipós e começava uma árdua luta para trazer a arma de volta à picada.

Alguns japonêses bem poderiam estar de emboscada, mas era impossível manter silêncio. As peças rangiam e estrondeavam, os pneus faziam um som de sucção quando afundavam na lama, e os homens praguejavam desesperadamente, ofegantes, como lutadores ao fim de uma árdua peleja. Vozes e ordens ecoavam cavas, perdiam-se em meio ao côro das imprecações e soluços roucos de homens extenuados e exangues no supremo esfôrço. Depois de uma hora, nada mais existia para êles, exceto o elegante canhão que precisavam recolocar na picada. O suor empapava-lhes a roupa e inundava-lhes os olhos, cegando-os. Agarravam, erravam e praguejavam, empurrando as pequenas peças poucos metros por vez, sem consciência do que faziam.

Quando um grupo era substituído por outro, cambaleavam ao lado da arma, tentando tomar fôlego, às vêzes ficavam para trás a fim de descansar um pouco. A cada dez minutos, a coluna parava para que os desgarrados pudessem alcançá-la. Nesses altos, os homens estendiam-se no meio da estrada sem se importar com a lama que os cobria. Sentiam como se estivessem correndo horas a fio; não conseguiam retomar fôlego, e o estômago vazio dava-lhes náuseas. Alguns homens começaram a jogar fora o equipamento; um após outro, lançaram fora o capacete ou deixaram-no cair no atalho. O ar era insuportàvelmente quente sob o dossel da selva e a escuridão não trazia alívio algum ao calor do dia; caminhar pela picada parecia como o tatear por uma privada abafada e estofada de veludo.

Durante uma das paradas, o oficial que comandava a coluna veio procurar Croft.

— Onde está o Sargento Croft? — gritou e as palavras repetidas de homem a homem, ao longo da trilha, alcançaram o Sargento.

— Pronto, tenente. — Tropeçaram pelo barro, um em direção ao outro.

— Como estão os seus homens? — perguntou o oficial.

— O.K.

Sentaram-se ao lado do atalho.

— Foi um êrro tentar — o oficial ofegava. — Temos que atravessar.

Com seu corpo enxuto e musculoso, Croft suportara relativamente bem o esfôrço, mas a voz estava insegura. Falava em curtos e rápidos jorros de palavras.

— Muito longe? — indagou.

— Mais um quilômetro e meio. Acho que andamos mais da metade. Nunca devia ter tentado a coisa.

566                                    Entre Dois Mundos

— Estão precisando muito dos canhões, não?

O oficial parou um segundo e tentou falar normalmente.

— Penso que sim... não há armas antitanques lá... na linha de combate... Detivemos um ataque de tanques faz duas horas... no 3.º Batalhão... Vieram ordens para deslocar alguns 37 para o 1.º Batalhão. Creio que esperam um ataque por lá.

— É melhor fazê-los chegar — disse Croft. Mostrava-se desdenhoso, porque o oficial precisara falar-lhe. O homem deve ser capaz de fazer o seu trabalho.

— Acho que sim. — O oficial levantou-se e encostou-se por um momento a uma árvore. — Se algum canhão atolar, mande me avisar. Vão ter de atravessar um riacho... mais adiante. Mau lugar, acho.

Começou a tatear o seu caminho para a frente e Croft dirigiu-se de volta para a arma que estava empurrando. A coluna, agora com mais de 200 metros, reiniciou a caminhada e o esfôrço continuou. Por uma ou duas vêzes, um foguete de iluminação espalhou sôbre êles uma leve luz azulada que quase perdia ao filtrar-se por entre a espêssa folhagem. No curto momento que durava, surpreendia-os junto às suas armas, nos movimentos clássicos de tensão que apresentavam a forma e a beleza de um friso. Os uniformes estavam duas vêzes enegrecidos, pela água e pelo lôdo escuro do atalho. No momento em que a luz incidia sôbre êles, realçava-lhes os rostos, pálidos e contorcidos. Até os canhões ostentavam a beleza elegante e articulada de um inseto empinado sôbre ancas de metal. A escuridão envolvia-os novamente e êles voltavam a puxar as armas, às cegas, para a frente, qual uma fileira de formigas arrastando sua carga de volta à toca.

Tinham atingido aquêle estado de fadiga em que se odeia a tudo. Qualquer um dêles podia escorregar na lama e lá ficar, arquejando roucamente, sem vontade de levantar-se. Aquela parte da coluna parava e esperava, entorpecida, que o soldado se juntasse a ela. Se tivessem fôlego, diriam palavrões.

— Merda, essa lama filha da puta.

— Levante-se — gritava alguém.

— Funique-se. Funique-se êsse maldito canhão.

— Me deixe ficar aqui. Estou bem. Não há nada comigo. Me deixe ficar deitado.

— Merda pra você, levante.

E penavam mais alguns metros e paravam. Na treva, a distância não tinha significado, nem mesmo o tempo. O calor abandonara-lhes os corpos; sentiam calafrios e tremores na noite úmida, e tudo em volta estava encharcado e empapado. Exalava dêles um odor, mas não era o odor animal; de suas roupas emplastradas com a sujeira asquerosa do lôdo do caminho desprendia-se um odor úmido, putrefato e gélido que oscilava entre o cheiro de fôlhas mofadas e o de fezes, enchendo-lhes as narinas. Só sabiam que deviam continuar a andar e, se pensavam no tempo, era com convulsões de náuseas.

Wyman estava admirado de ainda não ter desmaiado. Sua respiração vinha em longos tremores, as correias da mochila o atormentavam, os pés estavam em fogo e não podia falar, pois a garganta, o peito e a bôca estavam como que cobertos por um fêltro de lã. Não tinha mais consciência do cheiro fétido e violento que exalava de sua roupa. Algures em seu íntimo, admirava-se com a fadiga que seu corpo era capaz de suportar. Normalmente era um sujeito frouxo, que não trabalhava mais do que era preciso, e a sensação de trabalho, o esfôrço muscular, o arquejar, o gôsto da fadiga eram coisas que sempre evitara. Sonhara vagamente em tornar-se um herói, imaginando que isso lhe traria alguma grande recompensa, que tornaria mais fácil sua vida e resolveria o problema da subsistência sua e da mãe. Tinha uma namorada a quem pretendia ofuscar com as medalhas. Mas sempre imaginara o combate como algo excitante, sem a miséria nem o esfôrço físicos. Via-se em sonhos, atacando através de um campo, frente a muitas metralhadoras; mas no sonho não havia essas pontadas no lado de tanto correr, carregando pêso demasiado.

Nunca pensara que ficaria acorrentado a um monstro inanimado de metal, com quem teria de lutar até que seus braços lhe tremessem impotentes e o corpo estivesse prestes a desabar; evidentemente, nunca imaginara que desceria tropeçando por uma trilha, no meio da noite, com os sapatos chupando e arrastando lôdo. Empurrava o canhão, levantava-o com Goldstein e Toglio quando atolava num buraco, mas os movimentos eram agora automáticos; já quase não sentia a dor suplementar quando tinham de empurrá-lo para fora pelos cubos das rodas. Os dedos já não se fechavam e muitas vêzes precisava puxar desesperadamente até que as mãos escorregassem com o canhão ainda atolado.

A coluna avançava ainda mais lentamente do que no início, e às vêzes levavam quinze minutos para empurrar a arma por cem metros. De vez em quando um homem desmaiava e era largado à beira da picada, para que voltasse sòzinho quando se recuperasse.

Finalmente, uma mensagem começou a ser transmitida para trás ao longo da trilha.

— Coragem! Estamos chegando.

Por alguns minutos, ela serviu de estímulo, de modo que os homens trabalharam com alguma esperança nova. Mas, quando a cada curva do atalho descortinavam apenas outra fita de lama e escuridão, começaram a sentir um desânimo desespe-

568                                    Entre Dois Mundos

rançado. Às vêzes, por mais de um minuto não conseguiam
sequer mover-se. Tornava-se cada vez mais difícil lançar-se
novamente ao trabalho. Cada vez que paravam tinham ganas
de largar tudo.

Algumas centenas de metros antes de alcançar o 1.º Batalhão, tinham de atravessar um riacho, cujas margens inclina-
vam-se muito suavemente até um pequeno córrego cheio de
pedregulhos, para depois subir abruptamente até cêrca de
quatro metros acima. Era a corrente que o oficial menciona-
ra. Quando os homens ali chegaram, a coluna parou totalmente e os retardatários puderam alcançá-la. Cada grupo
esperava que os homens e a peça da frente atravessassem o
córrego. Durante a noite, na melhor das hipóteses, era uma
emprêsa difícil e demandaria muito tempo. Os homens iam
escorregando pela margem, procurando impedir que a peça
virasse no fundo; depois tinham de empurrá-la pelas pedras
escorregadias do riacho e finalmente içá-la para o outro lado.
As margens eram limosas e não tinham ponto de apoio; vez
por outra, um grupo empurrava o canhão quase até o alto,
para vê-lo depois escorregar de volta, num esfôrço inútil.

Até chegar o momento de entrar em ação o grupo de Wyman,
Toglio e Goldstein, já se passara meia hora: estavam pois
um pouco descansados. Haviam recuperado o fôlego e ficaram a gritar instruções uns aos outros, quando o canhão apontou no tôpo da margem. Começou a escapar-lhes, porém;
tiveram de resistir desesperadamente a fim de impedir que se
espatifasse no fundo. O esfôrço esgotou quase tôda a energia
que haviam recobrado e, depois de terem carregado a peça
através do riacho, sentiam-se tão exaustos como em nenhum
outro momento da marcha.

Detiveram-se por alguns momentos, a fim de reunir o que
lhes restava de fôrça e encetaram a luta para subir a outra
margem. Toglio resfolegava como um touro e suas ordens tinham um tom rouco e imperioso, como se as estivesse arrancando do âmago de seu corpo.

— O. K. FÔRÇA... FÔRÇA — rosnava êle e os três
homens empenhavam-se, entorpecidos, para rolar o canhão.
Êsse resistia, movia-se morosa e traiçoeiramente, e a energia
começou a esvair-se-lhes das pernas trêmulas. — SEGUREM!
— gritava Toglio. — NÃO DEIXEM ESCORREGAR. —
Entesaram-se por trás da arma, tentando calçar os pés no
barro mole do barranco. — FÔRÇA DE NÔVO! — gritou
e conseguiram forçá-lo para cima mais um metro. Wyman
sentiu que uma tira esticava-se perigosamente dentro do seu
corpo e se romperia a qualquer momento. Descansaram de
nôvo. Depois, empurraram mais alguns metros. Vagarosamente, de minuto a minuto, chegavam perto do tôpo. Estavam

N. Mailer 569

talvez a um metro da crista, quando Wyman perdeu as últimas reservas de fôrça. Tentou extrair alguns farrapos de energia de seus membros trêmulos, mas pareceu sucumbir de repente e ficou estendido obtusamente atrás da arma, mantendo-a apenas com o pêso do corpo esmorecido. A peça começou a escorregar e êle saiu fora. Toglio e Goldstein ficaram de lado, um em cada cubo. Quando Wyman largou, sentiram como se alguém estivesse empurrando o canhão em sentido contrário. Goldstein segurou firme até que as rodas escorregadias obrigaram-no a abrir os dedos, um a um, e teve apenas tempo de gritar, rouco: — CUIDADO! — a Toglio antes que a peça fôsse arrebentar-se no fundo. Os três homens desabaram atrás dela, rolando em seu rasto. O canhão bateu contra as pedras do fundo e uma das rodas ficou totalmente torcida. Tatearam-na no escuro, como cachorrinhos a lamber as feridas da mãe. Wyman começou a soluçar de exaustão.

O acidente provocou grande tumulto. O grupo de Croft estava com o seu canhão esperando atrás dêles.

— O que está prendendo vocês? O que está acontecendo? — gritava Croft.

— Tivemos encrenca — respondeu Toglio. — Esperem. — Êle e Goldstein conseguiram tombar a arma de lado. — A roda está arrebentada. Não podemos movê-lo.

— Ponham fora do caminho — praguejou o Sargento.

Tentaram mas não conseguiram.

— Precisamos de auxílio — gritou Goldstein.

Croft blasfemou de nôvo e êle e Wilson escorregaram pelo barranco abaixo.

Depois de algum tempo, conseguiram tombar a peça tantas vêzes até fazê-la chegar ao leito do riacho. Sem dizer nada, Croft voltou ao seu grupo, e Toglio e os outros subiram pelo barranco, cambaleando através do caminho até alcançar o acampamento do 1.º Batalhão. Os homens que haviam chegado antes dêles estavam deitados no chão, imóveis. Toglio esticou-se na lama e Wyman e Goldstein estenderam-se ao lado. Por uns dez minutos, nenhum dêles falou. Ocasionalmente, quando uma granada explodia ao redor dêles, na selva, suas pernas estremeciam, mas êsse era o único sinal de consciência. Homens passavam constantemente e os rumôres da luta eram mais próximos, mais violentos. Ouviam-se vozes dentro da escuridão. Alguém gritou:

— Onde está a tropa de animais para a companhia B? — e a resposta soava amortecida para os soldados deitados no chão. Pouco ligavam. Vez por outra, tomavam consciência dos ruídos da noite; durante alguns instantes, concentravam-se sôbre o constante zangarrear que emanava da selva, mas sempre recaíam no estupor, sem pensar em nada.

570                         Entre Dois Mundos

Algum tempo depois chegaram Croft, Wilson e Gallagher com sua peça. O Sargento gritou por Toglio.

— Que é? Estou aqui — disse Toglio. Detestava ter de mover-se.

Croft surgiu da escuridão e sentou-se ao seu lado. Ofegava como um fundista após uma corrida.

— Vou procurar o tenente. Falar do canhão. Como, diabo, pôde acontecer?

Toglio apoiou-se num cotovêlo. Detestava as explicações que teriam de vir e sentia-se confuso.

— Não sei — disse. — Ouvi Goldstein gritar "cuidado" e então parece que escapou de nossas mãos.

Toglio não gostava de dar desculpas a Croft.

— Goldstein gritou, hein? — perguntou Croft. — Onde está êle?

— Estou aqui, Sargento. — A voz de Goldstein veio do escuro, junto dêles.

— Por que você gritou: "cuidado"?

— Não sei. Senti como se não pudesse segurá-lo mais. Alguma coisa o arrancava de mim.

— Quem era o outro homem?

Wyman recobrou-se.

— Acho que era eu. — A voz era fraca.

— Você largou? — perguntou Croft.

Wyman sentiu uma ponta de mêdo ante a idéia de admiti-lo perante o Sargento.

— Não — disse — não creio. Ouvi Goldstein gritar e depois o canhão começou a vir para cima de mim. Estava rolando de marcha-ré, por isso saí da frente.

Já não tinha certeza de como acontecera e uma parte de sua mente tentava convencê-lo de que falava a verdade. Ao mesmo tempo, sentia uma surpreendente onda de vergonha.

— Acho que foi minha culpa — tartamudeou sincero, mas a voz soava tão cansada que lhe faltava sinceridade e Croft julgou que êle estivesse protegendo Goldstein.

— É — disse Croft. Um espasmo de fúria dominou-o. Virou-se para Goldstein: — Escuta, *Izzy* [1].

— Meu nome não é Izzy — disse Goldstein, zangado.

— O diabo se me dá qual seja. Na próxima em que você fizer uma sujeira dessas vou mandá-lo à côrte marcial.

— Mas não creio que eu tenha largado — protestou dèbilmente Goldstein. Agora, tampouco estava certo. A seqüência de sensações, quando o canhão começou a escapar-se de suas mãos, fôra por demais confusa para que pudesse raciocinar com certeza. Parecera-lhe que Wyman parara de empurrar

(1) Pejorativo de judeu em inglês.

primeiro, mas, quando êsse disse que lhe cabia a culpa, Goldstein teve um momento de pânico. Como Croft, acreditou que Wyman o estava protegendo.

— Não sei. Não penso que o tenha feito.

— Não sabe — interrompeu Croft. — Escute uma coisa; desde que você está no pelotão, Goldstein, você não fêz outra coisa, senão ter idéias de como poderíamos fazer melhor as coisas. Mas, quando chega a hora de uma merda de trabalhinho qualquer, você está sempre desguiando. Já estou cheio de sua conversa mole!

Mais uma vez Goldstein sentiu uma raiva impotente. Uma reação que êle não podia controlar, e a agitação que o dominou eram mais fortes do que o ressentimento, e o sufocaram a tal ponto que não podia mais falar. Algumas lágrimas de frustração marejaram-lhe os olhos. Virou-se, deitando-se novamente. A raiva agora era dirigida contra si próprio e sentiu uma vergonha irremediável.

— Não sei, não sei — repetia.

Toglio foi acometido de um misto de alívio e piedade. Sentia-se satisfeito que o ônus pela perda da peça não fôsse seu, no entanto estava aborrecido por alguém ter de levar a culpa. Ainda sentia o vínculo do esfôrço comum que havia unido os três homens durante a luta, e pensava consigo: "Pobre Goldstein, é um bom cara; apenas teve azar".

Wyman estava exausto demais para pensar com clareza. Após ter avocado para si a culpa, ficou aliviado ao descobrir que não era tão culpado assim. Em verdade, estava esgotado demais para pensar com coerência ou para se lembrar de qualquer coisa. Agora já se convencera de que fôra Goldstein quem abandonara o canhão e a sua principal reação era de bem-estar. A imagem mais viva que guardava era a agonia que sentira no peito e nas vísceras quando subiram o atêrro e pensava: "eu teria largado dois minutos mais tarde, se êle não o tivesse feito". Por êsse motivo, experimentou por Goldstein um confuso sentimento de afeição.

Croft levantou-se.

— Bem, esta é uma peça que êles não vão recuperar tão cedo — disse. — Aposto que vai ficar aí durante tôda a campanha.

Estava tão furioso que poderia ter batido em Goldstein. Sem mais uma palavra, Croft os deixou e foi em busca do oficial que comandava a coluna.

# I. SHAW

IRWING SHAW (1913) nasceu em Nova Iorque, formou-se no Brooklyn College e dedicou-se a um sem-número de profissões. Foi vendedor, motorista de caminhão, professor particular, operário etc.

Impôs-se como autor primeiro com *comic strips* para o rádio (séries de *The Gumps* e *Dick Tracy*) e, logo, como dramaturgo. Durante a Segunda Guerra Mundial distinguiu-se como oficial na África do Norte, França, Inglaterra e Alenha. Vive em Nova Iorque.

Seu primeiro grande êxito foi a peça *Bury the Dead* (1936) que, num curioso misto de realismo e misticismo, se dirige com veemência contra a guerra. Outra peça de enorme repercussão é *The Gentle People* (1939). Vários volumes de contos — *Sailor of the Bremen* (1939), *Welcome to the City* (1942) e *Act of Faith* (1946) — focalizam particularmente o ambiente dos pobres nas cidades americanas e, em parte, a guerra. Freqüentemente, Shaw desmistifica, num estilo *hard boiled,* certas ilusões vagas a respeito dos Estados Unidos. Sua obra narrativa principal é *The Young Lions* (1948) que se enquadra na série dos romances de guerra antimilitaristas, como os de Remarque e Mailer.

574                                   Entre Dois Mundos

## ATO DE FÉ

— Pinte um quadro bem patético — dizia Olson enquanto forçavam caminho através da lama, em direção à barraca do comandante. — Três veteranos escalavrados nos combates, que abriram caminho desde a praia de Omaha até... qual é mesmo o nome da cidade que íamos atingir?

— Konigstein — respondeu Seeger.

— Konigstein. — Pesadamente, Olson retirou o pé direito de uma poça e contemplou com admiração os três quilos de barro que se colaram às galochas. — A espinha dorsal do Exército. O oficial inferior. Merecemos muito mais de nosso país. Aproveite e mencione nossas condecorações.

— Que condecorações devo mencionar? — perguntou Seeger. — A medalha de atirador?

— Nunca acertei na môsca — disse Olson. — Sempre peguei um marcador caolho no alvo. Fale da Estrêla de Bronze, da Estrêla de Prata, da Croix de Guerre, com as palmas, a citação da unidade, a Medalha de Honra do Congresso.

— Pode deixar que mencionarei tôdas — disse Seeger sorrindo. — Você não acha que o Comandante vai notar que não ganhamos a maioria delas?

— Por Deus, Sargento — disse Olson com dignidade. — Você pensa que um galante militar sulino ousará duvidar da palavra de outro cavalheiro do Sul, na hora da vitória?

— Eu sou de Ohio — disse Seeger.

— Mas Welch é de Kansas — retrucou Olson, contemplando friamente um segundo-tenente que ia passando. O oficial teve uma contração nervosa com a mão, como se esperasse responder a uma continência, depois manteve-a rígida, enquanto surgia, no canto da bôca de Olson, um leve sorriso de superioridade zombeteira. O tenente baixou os olhos e patinhou na lama. — Você já ouviu falar de Kansas? — indagou Olson. — O perfumado Kansas das magnólias.

— É claro — disse Seeger. — Não sou bêsta.

— Cumpra seu dever para com seus homens, Sargento. — Olson parou para enxugar a chuva do rosto e começou a preleção. — Êsse sargento, da mais elevada estirpe, tomou a iniciativa e salvou seus camaradas, com grande risco pessoal, acima e além do apêlo de não sei o quê, dentro das melhores tradições do exército norte-americano.

— Vou enfrentar o fogo — disse Seeger.

— Welch e eu não poderíamos pedir mais — aprovou Olson.

Continuaram andando pesadamente através da lama, por entre as fileiras de barracas. O acampamento estendia-se tristemente pela planície de Reims, com a chuva fustigando as barracas oscilantes. Há mais de três semanas, a Divisão estava es-

I. Shaw    575

tacionada ali, esperando a ordem de reembarque para casa e provadas e exauridas já haviam sido tôdas as parcas diversões da redondeza e no acampamento pairava agora uma atmosfera de vigilante suspeita e impaciência em relação à vida militar que se espreguiçava sôbre o campo e até se dizia que o sargenteante da Companhia C andava apostando que não retornariam aos Estados Unidos antes do Quatro de Julho.

— Estou pronto a voltar ao *front* — cantou Olson. — É realmente agradável... — Era a letra que, nos primeiros dias depois da vitória na Europa, quando, ao somar seus pontos, descobriu que não ultrapassavam 63, êle compusera para uma melodia absolutamente irreconhecível. — Tóquio, espere por mim...

Dariam baixa logo que voltassem aos Estados Unidos, mas Olson continuava cantando sua canção, acrescentando ocasionalmente uma estrofe lamuriosa sôbre a febre dengue e as morenas com doenças venéreas. Era um rapaz baixo e rechonchudo que levara bomba na escola de cadetes do ar e fôra transferido para a infantaria, mas cujo bom humor não saíra prejudicado com o incidente. Possuía uma voz aguda e infantil e um belo rosto de criança. Era muito afável, e tinha uma garôta que o esperava na Universidade da Califórnia, onde pretendia concluir o curso às custas do Govêrno, quando deixasse o exército. Era exatamente o tipo que, nos filmes de guerra, é imediata, previsível e tristemente liquidado, mas havia atravessado quatro campanhas e seis batalhas importantes sem um arranhão.

Seeger era alto e magricela, com um grande nariz; fôra ferido em Saint-Lô mas voltara a seu contingente na Linha Siegfried, como se nada houvesse acontecido. Era divertido e de confiança; conhecia suas obrigações e substituíra cinco ou seis segundos-tenentes que haviam sido mortos ou feridos; e o comandante tentara comissioná-lo em campanha, mas a guerra terminara enquanto a papelada corria pelos quartéis-generais.

Chegaram à barraca do comandante e pararam.

— Sargento — disse Olson. — Welch e eu contamos com o senhor.

— O.K. — respondeu Seeger e entrou.

Da barraca emanava aquêle cheiro úmido de lonas do exército que, nos últimos três anos, marcara grande parte da vida de Seeger. O escrevente da Companhia estava lendo um exemplar do *Buffalo Courier-Express,* de julho de 1945, que recebera recentemente. O Capitão Taney, comandante da Companhia, sentado a uma mesa de cavalete, que êle usava como escrivaninha, com lábios franzidos de esfôrço, escrevia uma carta para a espôsa. Era um homenzinho atarantado, de cabelos amarelados que começavam a rarear. No decorrer da luta, con-

576                         Entre Dois Mundos

servara-se magro e tenso e sua voz era fria e cheia de autoridade. Mas, agora, relaxara um pouco e, sob o cinto, despontava uma barriguinha protuberante; por isso, deixava aberto o botão superior da calça, sempre que o podia fazer sem perda demasiado pública de dignidade. Durante a guerra, Seeger julgara-o um dêsses soldados natos: incansável, fanàticamente dedicado às minúcias, agressivo, severamente ansioso para matar os alemães. Mas, nos últimos meses, vira-o reconverter-se gradual e agradàvelmente no atacadista de ferragens de pequena cidade, o que de fato fôra antes da guerra, sedentário e algo tímido; e, como confiara certa vez a Seeger, ali nos desolados campos de batalha da França, preocupava-se com a filha que acabara de completar doze anos e costumava correr atrás dos rapazes, tendo sido surpreendida pela mãe, após as aulas, numa rêde, beijando um vizinho de quinze anos.

— Olá, Seeger — disse êle, respondendo à continência com um gesto suave e canhestro. — O que você quer?

— Incomodo, capitão?

— Absolutamente. Estou apenas escrevendo uma carta para minha mulher. Você é casado, Seeger? — Relanceou o rapaz alto, postado à sua frente.

— Não, senhor.

— É uma vida muito difícil — suspirou Taney, empurrando com aborrecimento a carta que tinha diante de si. — Minha espôsa reclama porque não repito, com mais freqüência, que a amo. Casado há quinze anos. Acho que ela já devia saber. — Sorriu para Seeger. — Pensei que você estivesse a caminho de Paris — disse êle. — Assinei os passes ontem.

— É sôbre isto que vim falar-lhe, capitão.

— Suponho que haja algo errado com os passes — falou Taney com resignação, como um homem que nunca conseguira pegar o jeito dos regulamentos e recebera de volta, para correção, uma torrente espantosa de requisições, pedidos de licença e petições de côrte marcial.

— Não, senhor — apressou-se Seeger a dizer. — Tudo bem com os passes. Partem amanhã. Mas é que... — Lançou um olhar para o escrevente da Companhia que agora lia a página esportiva.

— É confidencial? — perguntou Taney.

— Se não se incomoda, capitão?

— Johnny — disse Taney ao escrevente — vai procurar algum lugar na chuva para ficar.

— Sim, capitão — disse êle e vagarosamente levantou-se e saiu.

Taney olhou matreiro para Seeger e segredou-lhe num sussurro:

— Você pegou alguma coisa?

I. Shaw

— Não, senhor. Não ponho as mãos numa garôta desde Estrasburgo — respondeu Seeger sorrindo.

— Ah, assim é que é bom. — Taney inclinou-se, aliviado e feliz por não ter de enfrentar a desaprovação do Corpo Médico.

— É... bem... — começou Seeger, embaraçado — é difícil dizer, mas trata-se de dinheiro.

O capitão balançou a cabeça com tristeza.

— Sei.

— Há três meses que não recebemos, capitão, e...

— Com os diabos! — Taney levantou-se e gritou furiosamente. — Gostaria de pôr a mão em cada uma daquelas malditas velhotas que esquentam as cadeiras do Departamento de Finanças e torcer-lhes o pescoço.

O escrevente enfiou a cabeça dentro da barraca.

— Algo errado, capitão? O senhor me chamou?

— Não — gritou o capitão. — Suma-se.

O escrevente desapareceu. Taney sentou-se novamente.

— Acho que êles têm seus problemas — disse com voz mais normal. — Unidades desmembradas, deslocadas de um lado para o outro. Mas é uma dureza.

— Não seria tão grave — disse Seeger. — Mas acontece que vamos amanhã para Paris. Olson, Welch e eu. E em Paris a gente precisa de dinheiro.

— E eu não sei disso? — Taney meneou a cabeça. — Você sabe quanto paguei por um champanha na Place Pigalle, em setembro...? — Fêz uma pausa significativa. — Não direi a você. Perderia seu respeito pelo resto da vida.

— A fôrca ainda é bom demais para o cara que inventou a taxa de câmbio — disse Seeger sorrindo.

— Não me importo se nunca mais voltar a ver um franco na minha vida — disse Taney balançando a carta no ar, embora há muito a tinta estivesse sêca.

Houve um silêncio na barraca e Seeger, um pouco embaraçado, engoliu em sêco, ao observar o comandante abanando a fôlha estreita de papel em movimentos violentos e regulares.

— Capitão — disse o Sargento — a verdade é que vim pedir emprestado algum dinheiro para Welch, Olson e para mim. Pagaremos no dia mesmo em que recebermos e acho que agora não vai demorar muito. Se o senhor não quiser emprestar, basta dizer-me: compreenderei e darei o fora. Não gostamos de pedir, mas andar liso em Paris é o mesmo que estar morto.

Taney parou de abanar a carta e pousou-a na escrivaninha, pensativo. Examinou-a, franzindo a sobrancelha, com a aparência de um idoso guarda-livros na luz solitária e sombria suspensa no meio da barraca.

578 Entre Dois Mundos

— Basta dizer uma palavra, Capitão, e eu sairei corren-do... — voltou a dizer Seeger.

— Permaneça onde está, filho — respondeu Taney. Meteu as mãos no bôlso da camisa e retirou uma carteira gasta e manchada de suor. Contemplou-a por um momento. — Cro-codilo — disse com orgulho automático e distante. — Mi-nha espôsa mandou-a para mim quando estávamos na Ingla-terra, mas as libras não cabem nela. No entanto... — Abriu-a e retirou todo o conteúdo. Havia uma pequena pilha de fran-cos na mesa à sua frente. Contou-os. — Quatrocentos fran-cos, oito dólares.

— Desculpe-me — disse Seeger com humildade. — Não deveria ter pedido.

— Foi um prazer — retrucou Taney vigorosamente. — Foi um grande prazer. — Começou a dividir os francos em duas pilhas. — O fato, Seeger, é que a maior parte de meu dinheiro vai para as obrigações de casa. Também é verdade que perdi mil e cem francos num pôquer na noite retrasada; eu deveria ter vergonha de mim mesmo. Aí está... — Empurrou uma pilha na direção de Seeger. — Duzentos francos.

Seeger baixou os olhos para o papel gasto e aviltado, que sempre lhe dava a impressão de dinheiro falso.

— Não, capitão — disse êle. — Não posso aceitá-lo.

— Pegue-o — disse Taney. — É uma ordem.

O sargento recolheu vagarosamente o dinheiro, sem olhar para Taney.

— Um dia, capitão, depois de deixarmos o exército, o se-nhor passará por minha casa e tomaremos juntos uma bebe-deira violenta, o senhor, meu pai, meu irmão e eu.

— Considero isto um compromisso solene — disse Taney com gravidade.

Sorriram um ao outro e Seeger saiu.

— Tome um aperitivo por mim no Café de la Paix — disse o Capitão. — Um pequenino.

Quando Seeger se retirou da barraca, Taney sentou-se para escrever à espôsa que a amava.

Olson acertou o passo ao de Seeger e ambos caminharam em silêncio através da lama, por entre as barracas.

— Muito bem, *mon vieux?* — acabou perguntando Olson.

— Duzentos francos — disse Seeger.

Olson resmungou.

— Duzentos francos! Com duzentos francos não podemos pegar nem o traseiro de uma puta no Bulevar des Capucines. Aquêle miserável, avarento ianque!

— Êle só tinha quatrocentos francos — disse Seeger.

— Reformulo minha opinião — contraveio Olson.

# I. Shaw                                                                579

Caminharam desconsolados e pesados em direção à barraca. Olson falou apenas uma vez antes de chegar.

— Estas capas — disse, dando palmadas na dêle. — A invenção mais engenhosa da guerra. O mais alto ponto de saturação de qualquer fábrica moderna. Absorve e conserva mais água por centímetro quadrado do que qualquer outro material que o homem conhece. E salve o quarteleiro!

Welch esperava à entrada da barraca. Lá estava êle de pé, espreitando excitadamente, com seu jeito de míope, através da chuva, que lhe caía nos óculos; parecia zangado e bruto, como um motorista de táxi de cidade grande, individualista e incorruptível mesmo entre os dez milhões de uniformes coloridos. Tôda vez que Seeger dava inesperadamente com Welch, não conseguia evitar um sorriso ante a postura beligerante, o duro olhar através dos óculos de aro de metal dos praças, o qual em nada tinha a ver com o verdadeiro modo de ser de Welch.

— É herança de família — explicou Welch certa vez. — Todo o pessoal da minha família tem o jeito de quem vai meter um copo de cerveja na cara de um bêbado. Até minha velha.

Welch tinha seis irmãos, todos devotos, segundo êle. E Seeger, de vez em quando, se divertia imaginando-os numa fileira no domingo de manhã, na igreja, aparentemente à beira de uma violência geral, por entre o latim sussurrado e a chapelaria dominical.

— Quanto? — indagou Welch, em voz alta.

— Não me faça rir — respondeu Olson, desviando-se para entrar na barraca.

— Quanto você acha que eu conseguiria dos franceses por minha capa de combate? — perguntou Seeger. Entrou na barraca e deitou-se no catre.

Welch acompanhou-o e parou entre os dois, com um sorriso de superioridade nos lábios.

— Meninos fazendo trabalho de homem.

— Posso ver até a gente pintando o sete em Montmartre — murmurou Olson, deitado no catre, com as mãos atrás da nuca. — Por favor, tragam as dançarinas nuas. Por quatro mangos.

— Eu não me aflijo — anunciou Welch.

— Saia daqui — disse Olson, virando-se.

— Sei onde poderemos pôr as mãos em sessenta e cinco pelegas — disse Welch, olhando triunfantemente primeiro para Olson, depois para Seeger. Olson virou-se lentamente e sentou-se.

— Eu o matarei se estiver brincando — disse êle.

580                                    Entre Dois Mundos

— Enquanto vocês, garotos, desperdiçavam seu tempo, bobeando pela infantaria, eu usei a cabeça. Fui a Rims [1] e usei a cabeça.

— Rance — corrigiu Olson automàticamente. Tivera dois anos de francês na Universidade e, agora que a guerra terminara, sentia que devia iniciar os amigos num pouco de cultura.

— Comecei a conversar com um capitão da Fôrça Aérea — disse Welch com impaciência. — Um capitão gordinho, velho e de pés de pato, que nunca subiu além do segundo andar do quartel-general do Comandante Z, e êle me disse que o que mais gostaria de fazer era levar para casa uma bela e reluzente Luger alemã, para mostrá-la aos rapazes lá na Alamêda do Pacífico, na Califórnia.

O silêncio desceu sôbre a barraca; Olson e Welch olharam para Seeger com esperança.

— Sessenta e cinco mangos por uma Luger... nesses dias é uma belíssima oferta — disse Olson.

— Estão vendendo até por trinta e cinco — continuou Welch, hesitante. — Aposto que você poderia vender a sua agora e comprar outra quando conseguisse alguma grana e tirar vinte e cinco dólares limpos no negócio — disse dirigindo-se a Seeger.

Êsse nada disse. Matara o dono da Luger, um enorme Major da SS, em Coblença, atrás de uns fardos de papel num armazém. O major detonara a arma três vêzes contra êle, chegando a atingir o capacete, antes que Seeger o baleasse no rosto, a poucos metros. Guardara a Luger — uma arma comprida, pesada e bem equilibrada, com todo o cuidado, desde aquela ocasião; carregava-a consigo, escondia-a no fundo da cama de vento, lubrificava-a três vêzes por semana, e rejeitava tôdas as oportunidades de vendê-la, embora tivesse recebido ofertas que alcançavam oitenta, noventa e até cem dólares, enquanto estavam em luta, antes que as armas alemãs houvessem saturado o mercado.

— Muito bem, não há pressa — disse Welch. — Eu disse ao capitão que o encontraria à noite, por volta das oito horas, em frente ao Hotel Lion d'Or. Você tem cinco horas para resolver. É muito tempo.

— Quanto a mim, não direi nada — falou Olson, depois de uma pausa.

Seeger olhou pensativamente para os pés e os dois homens evitaram encará-lo. Welch enfiou as mãos no bôlso.

— Oh! esqueci: apanhei uma carta para você — disse êle, entregando-a a Seeger.

(1) Reims, cuja pronúncia é Rans ou Rinzz.

I. Shaw 581

— Obrigado. — Abriu-a distraìdamente, com o pensamento na Luger.

— Não direi uma maldita palavra — disse Olson. — Apenas ficarei deitado aqui, pensando no simpático e gordo capitão da Fôrça Aérea.

Seeger dirigiu-lhe um sorriso e encaminhou-se para a abertura da barraca, a fim de ler a carta na claridade. Era de seu pai e com uma única olhadela superficial na letra — rabiscada, apressada, manchada, tão diferente da usual letra firme, elegante e professoral — soube que algo não estava certo.

"Querido Norman — estava escrito — algum dia, no futuro, você me perdoará por ter escrito esta carta. Mas venho guardando isto há tanto tempo e aqui não há ninguém a quem eu possa falar; e por causa da situação de seu irmão, devo fingir-me alegre e otimista o dia inteiro, em casa, tanto com êle quanto com sua mãe, que já não é a mesma desde que Leonard foi morto. Agora você é o mais velho e, embora eu saiba que antes nunca conversamos muito sèriamente sôbre algo, você já passou por muitas coisas e imagino que tenha amadurecido consideràvelmente e tenha visto tantos lugares e pessoas diferentes... Norman, preciso de ajuda. Enquanto era a guerra, e você estava lutando, guardei isto comigo. Não seria justo entregar-lhe êste pêso. Mas agora a guerra acabou e sinto que não posso mais suportá-lo sòzinho. E um dia quando do regressar a casa, você terá de enfrentá-lo, se é que já não o enfrentou, e talvez possamos nos ajudar mùtuamente, enfrentando-o juntos..."

— Estou pronto a voltar ao *front*... — cantava Olson, suavemente, em seu catre. — É realmente agradável... Em Pelilu, no lamaçal, com a febre tropical...

Quedou-se em silêncio, após essa explosão sonora. Seeger piscou os olhos, aos pálidos raios luminosos, à entrada da barraca e continuou a ler a carta do pai, nas duras fôlhas brancas, elegantemente encimadas com o timbre da Universidade.

"Vinha sentindo a aproximação dêste fato há muito tempo — prosseguia a carta — mas, sòmente na manhã do domingo passado, é que ocorreu algo, fazendo-me senti-lo em sua fôrça total. Não sei o quanto você terá adivinhado sôbre a razão de Jacó ter sido dispensado do exército. É verdade que êle foi ferido gravemente na perna, em Metz, mas fiz algumas investigações e sei que homens com piores ferimentos voltaram a seus postos, depois de hospitalizados. Jacó recebeu dispensa médica, mas não acredito que tenha sido pelo ferimento de estilhaço de granada que recebeu. Êle está sofrendo daquilo que, suponho, vocês chamam neurose de guerra e está sujeito a ataques de depressão e a alucinações. Sua mãe e eu pensávamos que, à medida que o tempo passasse e a guerra

582 Entre Dois Mundos

e o exército fôssem ficando para trás, êle se recuperaria. Mas, ao contrário, está piorando. Na manhã do domingo passado, quando desci para a sala de estar, encontrei-o agachado com seu velho uniforme, junto à janela, espreitando o lado de fora..."

— Que diabo — dizia Olson — se não conseguirmos os sessenta e cinco dólares, sempre poderemos ir ao Louvre. Ouvi dizer que trouxeram de volta a Mona Lisa.

"Perguntei a Jacó o que estava fazendo — continuava a carta. — Êle não se virou. "Estou observando", disse, "V-1 e V-2. Bombas sibilantes e foguetes. Vêm vindo às centenas." Tentei trazê-lo à razão e êle me pediu que me agachasse para proteger-me dos estilhaços de vidro. Para acalmá-lo, abaixei-me atrás dêle e tentei dizer-lhe que a guerra acabara, que estávamos em Ohio, a 4 000 milhas do lugar mais próximo em que caíram as bombas e que a América nunca fôra atingida. Não me ouvia. "Estas são novas bombas-foguetes", disse, "para os judeus".

— Você já ouviu falar do Panthéon? — perguntou Olson em voz alta.

— Não — respondeu Welch.

— É grátis.

— Então irei lá.

Seeger meneou um pouco a cabeça e piscou os olhos antes de voltar à carta.

"Depois disso — continuava o pai — Jacó pareceu esquecer as bombas ocasionalmente, mas continuava a dizer que as turbas estavam subindo as ruas, armadas de bazucas e fuzis automáticos. Resmungava incoerentemente durante boa parte do tempo e ficava andando de cá para lá, dizendo: "Como vai a situação? Você sabe qual é a situação?" E contou-me que não estava preocupado consigo mesmo, era um soldado e esperava ser morto, mas preocupava-se pela mãe, por mim, por Leonard, por você. Parecia ter esquecido que Leonard estava morto. Tentei acalmá-lo e trazê-lo de volta à cama, antes que sua mãe descesse, mas êle se recusou e queria pôr-se de imediato a caminho, para juntar-se à sua divisão. Tudo era terrìvelmente incoerente. Certa vez, agarrou a fita que obteve com a Estrêla de Bronze e lançou-a ao fogo. Depois ficou de quatro, retirou-a das cinzas e fêz com que eu a pregasse novamente nêle, repetindo o tempo todo: "Isto é para quando vierem buscar os judeus".

— Na próxima guerra em que entrar — dizia Olson — não me pegam em pôsto inferior ao de coronel.

A chuva parara. Seeger dobrou a carta sem terminar de lê-la e saiu da barraca. Passeava devagar, descendo até o fim da rua da Companhia. Olhava fixamente para além dos vazios e

I. Shaw 583

ensopados campos da França, escalavrados e abandonados pelos vários exércitos; parou e abriu a carta de nôvo.

"Não sei que experiências Jacó sofreu no exército — escrevia o pai — que lhe fizeram isto. Nunca conversa comigo sôbre a guerra e recusa-se a ir a um psicanalista; de vez em quando, recupera seu natural, vigoroso e divertido, participa de torneios de tênis e sai a passear com um grande grupo de garôtas. Mas já devorou todos os relatos sôbre os campos de concentração e encontrei-o de lágrimas nos olhos quando os jornais noticiaram que, tempos atrás, uns cem judeus foram assassinados em Trípoli.

"O mais terrível, Norman, é que dou comigo mesmo começando a acreditar que não é neurótico para um judeu, hoje, comportar-se dessa maneira. Talvez Jacó seja o normal e eu, preocupado com meus interêsses particulares, lecionando economia numa sala de aula tranqüila, fingindo entender que o mundo é compreensível e organizado, eu seja realmente o louco. Peço-lhe mais uma vez que me perdoe por escrever-lhe uma carta assim, tão diferente de qualquer carta ou de qualquer conversa que já dirigi a você. Mas estou ficando apurado também. Não vejo foguetes e bombas, mas vejo outras coisas.

"Aonde quer que a gente vá, nestes últimos dias, restaurantes, hotéis, clubes, trens, ouve-se falar dos judeus de maneira mesquinha, odiosa e sanguinária. Em qualquer página que se abra dos jornais, depara-se com um artigo a respeito de judeus assassinados em algum lugar da face do globo. E há jornais grandes e influentes e colunistas bem conhecidos que todo dia se tornam cada vez mais comentados e mais populares. No dia em que Roosevelt morreu, ouvi um bêbado esgoelando em frente de um bar: "Finalmente, expulsaram o judeu da Casa Branca". E algumas pessoas que o escutavam apenas riram e ninguém o interrompeu. E no Dia da Vitória, em aceleração, uns vadios de Los Angeles espancaram selvagemente um escritor judeu. É difícil saber o que fazer, a quem combater, onde procurar aliados.

"Três meses atrás, por exemplo, abandonei meu joguinho de pôquer das quintas-feiras à noite, depois de jogar com os mesmos homens por mais de dez anos. John Reilly disse, casualmente, que os judeus se estavam enriquecendo à custa dessa guerra, e quando exigi uma desculpa êle se recusou a dá-la, e quando olhei em tôrno, para os rostos dos homens que tinham sido meus amigos por tanto tempo, pude sentir que não estavam comigo. E, quando saí da casa, ninguém me desejou boa noite. Sei que o veneno se espalhava a partir da Alemanha antes mesmo da guerra e durante ela, mas não tinha percebido que chegara tão perto de nós.

584                                    Entre Dois Mundos

"E nas minhas aulas de economia, vejo-me idiotamente subterfugindo nas preleções. Descubro que reluto em elogiar algum escritor liberal ou algum ato liberal e sinto-me um tanto aborrecido e aterrorizado ao ver, assinado por um judeu, um artigo que critique os abusos existentes. E odeio ver nomes judeus em comissões importantes e odeio ler sôbre judeus que combatem pelos pobres, pelos oprimidos, pelos fraudados e pelos famintos. De qualquer maneira, mesmo num país habitado há cem anos por minha família, o inimigo alcançou esta vitória sutil sôbre mim: fui levado a privar-me das causas elevadas quando as rotulam de estrangeiras, de comunistas, empregando nomes judeus a elas ligados como munições contra elas.

"E o que chega a ser ainda mais odioso: vejo-me a procurar nomes judeus nas listas de perdas e secretamente alegrando-me ao descobri-los lá, para demonstrar que, pelo menos, temos nosso lugar entre os mortos e feridos. Por três vêzes, graças a você e a seus irmãos, lá encontrei nosso nome e, que Deus possa perdoar-me, às custas do seu sangue e da vida de seu irmão, por entre minhas lágrimas, senti aquêle mesmo movimento de satisfação. . .

"Quando leio os jornais e vejo outro relato de que os judeus continuam sendo mortos na Polônia, ou que os judeus estão pedindo que lhes devolvam os lares na França, ou que lhes permitam entrar num país onde não serão assassinados, sinto raiva dêles e acho que estão aborrecendo o resto do mundo com seus problemas, que estão fazendo exigências ao resto do mundo apoiando-se nas matanças, que estão incomodando a todos com sua fome e pedindo a devolução de suas propriedades. Se a crosta da terra se abrisse e todos nós pudéssemos sumir numa hora, com nossos heróis e poetas, e profetas e mártires, talvez estivéssemos prestando um serviço à memória da raça judia. . .

"É assim que me sinto hoje, meu filho. Ajude-me. Preciso de ajuda. Você estêve na guerra, combateu e matou homens, viu povos de outros países. Talvez você compreenda coisas que não consigo compreender. Talvez consiga divisar uma esperança em algum lugar. Ajude-me. Seu devotado pai."

Seeger dobrou lentamente a carta, sem ver o que fazia, porque as lágrimas lhe queimavam os olhos. A passos lentos e sem rumo certo, caminhou por sôbre a grama morta do outono, afastando-se do acampamento.

Tentou enxugar as lágrimas, porque, com os olhos úmidos e anuviados, continuou a ver o pai e o irmão agachados na sala de estar antiquada de Ohio, e a ouvir o irmão, com o velho uniforme descolorido, dizendo: "São as novas bombas voadoras. Para os judeus".

# I. Shaw

Suspirou, contemplando a terra nua, desolada. Agora, pensava, agora tenho de refletir sôbre isto. Sentiu uma leve e injusta ferroada de cólera contra o pai por colocá-lo na necessidade de pensar no caso. O exército era bom para os problemas sérios. Enquanto a gente estava lutando, estava por demais ocupada, amedrontada e cansada para pensar em algo e, nas outras horas, ficava descansando, guardando o cérebro numa prateleira, adiando tudo para aquêle impossível tempo de claridade e beleza a vir depois da guerra. Pois bem, aí estava agora o impossível tempo de claridade e aí estava o pai pedindo-lhe que pensasse. Há tôda espécie de judeus, pensou, há o tipo cujo despertar quotidiano é dominado pela consciência de ser judeu, que vê sinais de hostilidade aos judeus em cada sorriso entrevisto nos bondes, em cada sussurro, que vê *pogroms* em cada artigo de jornal, ameaças em cada mudança do tempo, desprêzo em cada apêrto de mão, morte por trás de cada porta fechada. Êle não fôra assim. Era jovem, era grande e sadio, de trato fácil e gente de tôda espécie parecera apreciá-lo, tanto no exército, como fora dêle. Na América, especialmente, o que estava ocorrendo na Europa parecera remoto, irreal, sem relação com êle. Os salmodiantes velhos barbudos a queimar-se nas fornalhas nazistas, e as mulheres de olhos escuros a gritar preces em polonês, russo e alemão, quando eram empurradas, nuas, para dentro das câmaras de gás, pareciam-lhe tão vagas e quase tão alheias como devem ter sido aos homens chamados O'Dwyer e Wickersham e Poole que atiravam ao seu lado, na linha de frente.

Na Europa, tais coisas haviam parecido mais próximas. Muitas vêzes, nas cidades reconquistadas aos alemães, homens descarnados de faces cinzentas haviam-no abordado com humildade, olhando-o inquisidoramente, e lhe tinham perguntado, perscrutando-lhe a face comprida, sulcada e suja, sob o capacete anônimo: "Você é judeu?" Às vêzes, interrogavam-no em inglês, outras vêzes em francês ou ídiche. Não sabia francês, nem ídiche, mas aprendera a reconhecer a frase. Nunca entendera bem por que lhe faziam a pergunta, pois jamais lhe pediam algo e raramente conseguiam falar-lhe, até que, um dia, em Estrasburgo, um homenzinho idoso e curvado e uma mulher baixinha e informe o abordaram e indagaram, em inglês, se era judeu.

— Sim — respondeu, sorrindo para êles.

Os dois velhinhos abriram-se num largo sorriso, como crianças.

— Veja — disse o velho à espôsa — um jovem soldado americano. Um judeu. E tão grande, tão forte. — Tocara Seeger no braço, reverentemente, com as pontas dos dedos,

586                                    Entre Dois Mundos

depois apalpara o Garand que êle carregava. — E um fuzil
tão bonito...

E ali, por um momento, embora não fôsse especialmente sensível, Seeger teve uma intuição do motivo por que fôra abordado e inquirido por tantos anteriormente. Ali, para aquêles
velhos encurvados e exaustos, privados de suas famílias, fami-
liarizados com a fuga e a morte por muitos anos, era êle o
símbolo de que a vida continuava. Um môço robusto com o
uniforme do libertador, sangue, como julgavam, de seu sangue, mas que não se ocultava, não tremia de mêdo e desam-
paro, porém marchava a passos vitoriosos e confiantes pela
rua, armado e capaz de infligir terrível destruição a seus inimigos.

Seeger beijara a velha na face e ela chorara e o velho a cen-
surara por isso, enquanto apertava, com fervor e agradecimen-
to, a mão de Seeger, antes de se despedir.

E, reconsiderando o fato, era tolice fingir que, mesmo antes
da carta do pai, fôsse como qualquer outro soldado americano que ia à guerra. Quando estivera com o enorme Major SS
morto a seus pés, com o rosto afundado por suas balas, no
armazém de Coblença, e tirara a pistola daquela mão sem vida, experimentara estranho sabor extra de triunfo, quase imperceptível. Quantos judeus, pensara êle, êste homem matou;
como era justo tê-lo abatido. Nem Olson, nem Welch, que
eram como seus irmãos, teriam sentido isto ao apanhar a Luger, com o tambor ainda quente dos últimos tiros que seu dono detonara antes de morrer. E resolvera que faria todo o
possível a fim de levar essa arma para a América, travá-la e
conservá-la sôbre a sua escrivaninha, como uma espécie de
símbolo vago e semi-explícito a si mesmo de que, uma vez,
fôra feita justiça e êle fôra seu instrumento.

Talvez, pensou, talvez seja melhor levá-la comigo, mas não
como uma lembrança. Não travada, mas carregada. Os Estados Unidos eram agora um país estranho para êle. Fazia
muito tempo que estava fora e não tinha certeza do que o
esperava quando voltasse para casa. Se as turbas estivessem
descendo a rua, rumo à sua casa, não ia morrer em hinos e
preces.

Quando estava recebendo o treinamento básico, ouvira um
esquelético soldado de Boston, com cara de escrevente, falando na outra ponta do bar do PX[2], sôbre um copo de cerveja
aguada.

— Os rapazes do escritório deram-me uma festa de despedida — dizia com voz estridente. — E me disseram uma coi-

(2) Post Exchange: armazém de venda e serviços de pessoas das fôrças armadas
americanas.

I. Shaw 587

sa: "Charlie, disseram-me, guarde a sua baioneta. Poderemos usá-la quando você voltar. Contra os judeus".

Nada dissera então, porque sentira não ser possível nem desejável lutar contra qualquer voz que, por acaso, êle surpreendesse a deblaterar contra os judeus, de uma ponta a outra do mundo. Mas, repetidas vêzes, em momentos ociosos, deitado num catre de barraca, ou estirado no assoalho de alguma arruinada casa de fazenda francesa, tentando conciliar o sono, ouvira aquela voz áspera, satisfeita, prenhe de ódio e ignorância, a dizer, através do rosnido acervejado de recrutas no bar: "Guarde a baioneta..."

E as outras estórias — os judeus colecionavam estórias de ódio, de injustiça e de alusões à sua sina, numa espécie de peculiar e lunática avareza. O caso do oficial da marinha, comandante de um pequeno vaso à altura das Aleutas, que, no alojamento dos oficiais, proclamara odiar os judeus porque haviam sido êles que exigiram que primeiro se derrotassem os alemães e, em conseqüência, as fôrças do Pacífico haviam ficado à míngua. E, quando um dos seus oficiais subordinados, que acabava de apresentar-se a bordo, objetara e informara ao comandante que era judeu, êste levantara-se da mesa e dissera: "Meu senhor, a Constituição dos Estados Unidos diz que devo servir na mesma Marinha com os judeus, mas não diz que devo comer à mesma mesa com êles". No meio de neblinas e do frio, singrando os mares árticos à altura das Aleutas, num pequeno barco, sujeito a ataques súbitos e mortais a qualquer momento...

E houvera o caso dos dois jovens sapadores de uma companhia em ação no Dia D, quando desciam à costa, pouco antes de entrarem nas barcaças de desembarque.

— Eis a França — dissera um dêles.

— Que tal é ela? — perguntara um segundo, olhando através das milhas de água que os separavam da costa fumegante.

— Como qualquer outro lugar — respondera o primeiro.

— Os judeus encheram os bolsos durante a guerra.

— Calem-se! — dissera Seeger, lembrando-se, desesperado, dos assassinados, destruídos, errantes e famintos judeus da França. Os sapadores calaram-se e subiram juntos ao bote lotado e juntos alcançaram a praia.

E milhares de outras histórias. Os judeus, até os mais normais e os mais bem adaptados, convertiam-se em tesouros vivos dêsses casos, rebotalhos de malícia, de sêde de sangue, torcidos inteligente, confusa e astutamente de modo a tornar todo ato realizado por um judeu algo suspeito, vergonhoso e abominável. Seeger ouvira as estórias e fizera um esfôrço quase consciente para esquecê-las. Agora, ao segurar nas mãos a carta do pai, recordava-se de tôdas.

588 Entre Dois Mundos

Lançou um olhar vazio à sua frente. Talvez, pensou, talvez fôsse melhor se tivesse morrido na guerra, como Leonard. Mais simples. Leonard jamais teria de enfrentar uma multidão excitada, em busca de sua mãe e de seu pai. Leonard não teria de ouvir e colecionar aquelas històriazinhas fascinantes e monstruosas que faziam de cada judeu um estrangeiro em qualquer cidade, em qualquer campo, na face da terra. Seeger estivera perto da morte tantas vêzes que teria sido muito fácil, limpo e definitivo.

Abanou a cabeça. Era ridículo sentir-se assim, estava envergonhado de si mesmo pelo momento de fraqueza. Na idade de vinte e um anos, a morte não era uma resposta.

— Seeger! — era a voz de Olson. Êle e Welch haviam chapinhado a lama silenciosamente e estavam atrás de Seeger, de pé no campo aberto. — Seeger, *mon vieux,* o que você está fazendo? Pastando?

Seeger virou-se lentamente: — Queria ler minha carta.

Olson olhou-o demoradamente. Estavam juntos tanto tempo e juntos haviam passado tantas coisas, que cada um reconhecia lampejos e insinuações de expressão na face do outro, reagindo de acôrdo.

— Algo errado? — indagou Olson.

— Não — respondeu Seeger. — Nada demais.

— Norman — disse Welch, com voz juvenil e solene. — Norman, estivemos conversando, Olson e eu. Decidimos... você é muito agarrado àquela Luger e talvez... se você... Bem...

— O que êle está pretendendo dizer — interrompeu Olson — é que retiramos o pedido. Se você quiser vendê-la, muito bem. Do contrário, não o faça por nossa causa. Sério.

Seeger observou-os, ali, de pé, vergonhosos, duros e familiares.

— Ainda não me decidi — disse.

— Não importa qual seja a sua decisão — replicou Welch em tom oratório — para nós estará bem. Muito bem.

Andaram a êsmo e em silêncio através do campo, afastando-se do acampamento. Enquanto caminhavam, com os sapatos retirando sons sibilantes da grama morta e enlameada, Seeger pensou na ocasião em que Olson lhe dera cobertura numa cidadezinha dos arredores de Cherburgo. Ao descer por um dos lados de uma rua, Seeger fôra surpreendido por quatro alemães com uma metralhadora assestada no primeiro andar de uma casa de esquina. Olson tivera de sustentar o fogo sòzinho no meio da rua, sem qualquer cobertura, por mais de um minuto, atirando contìnuamente, para que Seeger pudesse escapar vivo. E pensou na ocasião em que, nos arredores de Saint Lô, fôra ferido e ficara caído num campo mi-

# I. Shaw 589

nado durante três horas: Welch e o Capitão Taney vieram procurá-lo na escuridão, encontraram-no, recolheram-no e saíram na carreira, os três esperando, a qualquer segundo, uma explosão que os estraçalharia.

E pensou em todos os tragos que haviam tomado juntos, nas longas marchas, fustigados pelo frio inverno, em tôdas as garôtas com que haviam saído juntos. Pensou também em seu pai e irmão, agachados atrás da janela em Ohio, à espera de foguetes e de multidões armadas de fuzis automáticos.

— Me digam uma coisa — parou e os encarou. — Digam-me uma coisa, o que é que vocês, rapazes, acham dos judeus?

Olson e Welch olharam um para o outro e Olson relanceou a carta na mão de Seeger.

— Judeus? — disse Olson afinal. — O que são êles? Welch, você já ouviu falar nos judeus?

Welch olhou pensativamente para o céu cinzento.

— Não — disse. — Mas, lembre-se, eu sou um camarada sem instrução.

— Sinto muito, meu chapa — disse Olson, virando-se para Seeger. — Não podemos ajudá-lo. Faça-nos outra pergunta. Talvez possamos nos sair melhor.

Seeger espreitou as faces dos amigos. Teria que confiar nêles, mais tarde, em trajes civis, nas ruas natais, mais do que já confiara nêles, nas ruas varridas por rajadas de metralhadoras e no campo escuro, minado, da França. Welch e Olson tornaram a olhar para êle, preocupados, com rostos cândidos, duros e dignos de confiança.

— A que horas você combinou de se encontrar com aquêle capitão? — perguntou Seeger.

— Às oito horas — respondeu Welch. — Mas não é preciso que a gente vá. Se é uma arma de estimação...

— Vamos encontrá-lo — disse Seeger. — Poderemos usar aquêles sessenta e cinco dólares.

— Ouça — disse Olson — sei o quanto você gosta dessa arma e eu me sentirei um patife se você a vender.

— Nem pense nisso — voltou a dizer Seeger, recomeçando a andar. — Para que a quero na América?

# GLOSSÁRIO

ALEF-BET: abecedário, alfabeto.

ASCHKENAZI: de Aschkenaz, Alemanha; judeu de origem alemã e, por extensão, dos países eslavos.

BAR-MITZVA: filho do mandamento. Solenidade pela qual o rapaz judeu, aos treze anos, ingressa na maioridade religiosa. Desde então torna-se responsável perante Deus e pode participar do *minian*.

CADISCH: oração pelos mortos, que o parente mais próximo recita junto à sepultura do falecido, bem como todos os dias durante um ano e em todos os aniversários da morte; por extensão, o filho do morto ou aquêle que profere a oração.

COHAN (pl. *cohanim*): sacerdote, em hebraico. Designa também os descendentes dos sacerdotes.

COSCHER: forma ídiche de *cascher*. Ritualmente puro, bom aprovado.

DALED: letra do alfabeto correspondente ao *d*.

DIBUK (pl. *dibukim*): alma errante, penada, condenada a vagar entre o céu e a terra, por causa de suas faltas. É uma concepção cabalístico-hassídica.

GOI (pl. *goim;* fem. *goie*): povo, nação, pagão, gentio. Também é usado para designar o não-judeu.

GUEMARA: comentário, exegese. Nome da segunda parte do Talmud, destinada à interpretação da Mischná, que forma o núcleo e a primeira parte do Talmud.

592 Entre Dois Mundos

GUILDEN: moeda holandesa equivalente ao florim.

HAGADÁ: nome dado ao livro que contém a narrativa do Êxodo do Egito e as demais partes do *seder,* o rito doméstico das duas primeiras noites do Pessach.

HAROSSES: forma ídiche de *harosset.* Mistura de noz, maçã, canela e passas raladas e amassadas com vinho, que é servida no *seder,* com a aparência de um ladrilho para simbolizar a argila que os judeus amassaram no Egito para fabricar ladrilhos.

HASSIDIM: pl. de *hassid.* Pio, beato, adepto do

HASSIDISMO: movimento religioso de grande alcance entre os judeus da Europa Oriental, fundado pelo Rabi Israel ben Israel, chamado Baal Schem Tov, e seus discípulos, nos séculos XVIII e XIX.

HAZAN: chantre de sinagoga.

HOMENTASCH: lit. bôlso de Amã. Bolos triangulares recheados com sementes de papoula ou com ameixa, comidos durante o Purim.

IESCHIVÁ: escola ou seminário rabínicos, academia talmúdica, escola de estudos superiores.

IHUS: linhagem.

IOM KIPUR: lit. dia da expiação. Designa uma das principais celebrações da religião judaica. É um dia em que o crente, observando jejum absoluto, se entrega à oração ao exame de consciência e à penitência. É celebrado dez dias depois do Ano Nôvo, ou seja, em setembro.

KAFFIR: cafre, negro banto.

KRAAL: aldeia fortificada dos indígenas sul-africanos.

KUCHEN: bôlo.

LAGER: campo de concentração.

LAMED-VAV: trinta e seis, em hebraico. Trinta e seis justos que, segundo a lenda, vivem incógnitos entre os homens e são uma razão de ser do mundo.

LANTSMAN: conterrâneo, em ídiche.

LANTSLEITE: lit. gente da terra. Conterrâneo.

MAMZER (pl. *mamzeirim*): bastardo.

MELAMED: professor. Em geral, de primeiras letras, no *heder;* usado também de forma depreciativa, no sentido de mestre-escola algo ridículo, pouco instruído.

MESCHUGA: loucura.

MESCHUGE: louco.

MEZUZA: estôjo de metal que contém, em pergaminho, os primeiros parágrafos da oração Schmá, e que serve de talismã, sendo colocada no batente das portas.

MIDRASCH: glosa, interpretação. Os *midraschim* são comentários homiléticos da Escritura.

# Glossário

**MINIAN:** quórum. Conjunto de dez pessoas indispensáveis para realizar qualquer rito judaico.

**MISNAGD:** lit. adversário. Opositor do Hassidismo.

**POGROM:** movimento popular de violência contra os judeus (russo).

**REB:** senhor, modo de tratamento ídiche.

**SCHALOM:** lit. paz. Cumprimento usual entre os judeus. Abreviatura da saudação tradicional, *schalom aleihem,* a paz seja convosco!

**SCHICKER:** beberrão.

**SCHIKSE:** rapariga, môça gentia.

**SCHKOTZIM:** forma ídiche de *schkatzim,* pl. de *schkatz.* Rapaz gentio, velhaco.

**SCHMÁ:** nome da primeira e mais importante oração judaica, que se inicia com as palavras *Schmá Israel,* Ouve, ó Israel.

**SCHNAPPS:** aguardente.

**SCHNORRER:** mendigo, miserável. Designa um tipo popular de pedinte, achacador, impudente.

**SCHMONE ESRÉ:** lit. dezoito. Designa uma prece composta de dezoito bênçãos, que se pronuncia três vêzes ao dia, com a face voltada para o oriente.

**SCHOFAR:** côrno, chifre. Denomina a trombeta de chifre de carneiro que se toca na sinagoga durante a solenidade do Ano Nôvo e no encerramento do Iom Kipur.

**SCHOHET:** lit. magarefe. Nome dado a quem abate os animais consumidos pela comunidade, segundo as prescrições do *cascher,* pureza ritual.

**SCHTETL:** cidadezinha, aldeia em ídicne. Designa especìficamente os pequenos aglomerados urbanos em que, durante um largo período, viveram os judeus da Europa Oriental.

**SCHUL:** escola, sinagoga, em ídiche.

**SEDER:** ordem. Celebração familiar das duas primeiras noites da Páscoa judaica.

**SEFIROT:** pl. de *sefira,* esfera, emanação, em hebraico; uma das dez emanações ou manifestações de atributos latentes no En-sof, no Sem-Fim cabalístico.

**SELIHA** (pl. *selihot*): lit. perdão, absolvição. Conjunto de orações de penitência, recitadas em geral de madrugada, na semana anterior ao Ano Nôvo e aos dias de jejum.

**SIVAN:** nome do nono mês do calendário judaico e terceiro do ano hebraico, correspondendo mais ou menos a maio-junho em nosso calendário.

**SCHTRAIMEL:** gorro de pele. Chapéu tradicional de origem medieval usado pelos judeus devotos da Europa Oriental, particularmente pelos rabinos, designando às vêzes a sua autoridade.

# 594 — Entre Dois Mundos

STRUDEL: torta de frutas, especialmente de maçã.

SUCOT: lit. cabanas. Designa a Festa das Cabanas ou dos Tabernáculos. Celebrada no outono, além de ser uma ação de graças pelos frutos da colheita, relembra os quarenta anos que os filhos de Israel erraram no deserto.

TALES: forma ídiche de *talit*. Xale de lã, com franjas nas extremidades, que os judeus devem usar nas cerimônias religiosas.

TALMUD: o mais famoso livro dos judeus, depois da Bíblia. É uma compilação de escritos de diferentes épocas, sôbre inúmeros temas, por numerosos intérpretes da Bíblia e da Lei Oral. A coletânea talmúdica constitui uma verdadeira enciclopédia da legislação, do folclore, das lendas, das disputas teológicas, das crenças, das doutrinas morais, das tradições históricas da vida judaica, durante sete séculos, entre o término do Velho Testamento e o fim do século V da era cristã. Divide-se em Talmud de Jerusalém e Talmud da Babilônia, conforme o lugar em que foi redigido. Subdivide-se em Mischná e Guemara, cada qual com diversos tratados e ordens.

TORÁ: lit. lei. Designa ora a Bíblia, ora todo o código cívico-religioso dos judeus, constituídos pela Bíblia e pelo Talmud.

TZADIK (pl. *tzadikim*): lit. devoto, justo, pio. Nome dado aos rabis hassídicos e aos intérpretes dos ensinamentos de Baal Schem Tov.

ZLOTY: moeda polonesa, estabelecida em 1924.

ZOHAR: lit. esplendor. Nome dado à mais importante compilação da Cabala, também denominada Sefer ha-Zohar, o Livro do Esplendor. A obra é escrita em aramaico, sendo atribuída a Rabi Moisés de Leon, místico judeu-espanhol do século XIII.

# ÍNDICE

5   A. Rosenfeld: *Introdução.*

## POGROM

31   A. Schwarz-Bart: *A lenda dos justos.*
47   M. Edelman: *A última resistência no gueto de Varsóvia.*
55   H. Heine: *O rabi de Bacherach.*
89   A. Zweig: *Pogrom.*
95   Sydor Rey: *A história de Schulim.*
111   G. Bassani: *Uma lápide na via Mazzini.*

## PRECONCEITO

143   K. E. Franzos: *Barão Schmule.*
151   B. Auerbach: *Judeu por uma hora.*
157   M. G. Saphir: *O inimigo dos judeus.*
161   E. Fleg: *O pequeno profeta.*
171   A. Maurois: *Pobres judeus.*
177   A. Schnitzler: *A excursão.*
191   F. Molnar: *O hussardo que gostava de três judeus.*

# DISTÂNCIA E AJUSTAMENTO

201  H. Fast: *O relatório do legado Lêntulo Silano.*
223  D. Szomory: *Na linguagem dos pássaros.*
227  I. Ehrenburg: *Cachimbo número três.*
237  E. Toller: *Em luta com o bom Deus.*
241  R. Ikor: *As águas misturadas.*
259  I. Zangwill: *O rei dos schnorrers.*
275  A. Döblin: *Terra de petróleo.*
283  L. Hatvany: *Bondy Jr.*
297  M. A. Goldschmidt: *Avromche Nattergall.*
321  J. R. Bloch: *A heresia das torneiras.*
335  S. Zweig: *Buchmendel.*
359  L. Feuchtwanger: *Os talões de bagagem do Sr. Wollstein.*
365  I. Bábel: *Guy de Maupassant.*
     *O filho do rabi.*
377  F. Kafka: *Visto da galeria.*
381  J. Wassermann: *O caso de Agathon Geyer.*
389  O. Mandelstam: *Imperialismo juvenil.*


# O NÔVO MUNDO

397  E. Ferber: *O jejum.*
411  F. Kafka: *A construção de uma cidade.*
415  R. Gary: *A mais velha história jamais contada.*
425  S. Rawet: *O profeta.*
     *A prece.*
435  M. Gold: *Cinqüenta centavos à noite.*
443  E. Espinoza: *Mate amargo.*
455  A. Gerchunoff: *O candelabro de prata.*
     *O médico milagroso.*
467  S. Bellow: *Napoleon Street.*
489  D. Jacobson: *O zulu e o zeide.*

# Índice

597

503  B. Malamud: *O anjo Levine.*

515  S. Biderman: *O Rabino.*

527  M. Levin: *Egito, 1937.*

535  A. Dines: *Schmil e a política internacional. Verde-oliva, corneta na bôca.*

545  L. Lewisohn: *Terra Santa.*

555  N. Mailer: *O canhão.*

573  I. Shaw: *Ato de fé.*

591  Glossário.

COMPÔS E IMPRIMIU
TELS.: 52-7905 e 52-3585
S. Paulo — Brasil